जान दी जाये
या
चाय हो जाये...

जान दी जाये
या
चाय हो जाये...

दामोदर मावज़ो

अनुवाद

रमिता गुरव

वाणी प्रकाशन

प्रकाशन के उत्कृष्टतम 62 वर्ष

vaniprakashan.com

पेपरबैक पहला संस्करण : 2025

वाणी प्रकाशन

4695, 21-ए, दरियागंज, नयी दिल्ली-110 002

फ़ोन : + 91 11 23273167, 23275710

शाखाएँ

अशोक राजपथ, पटना-800 004, बिहार

कॉफ़ी हाउस कैम्पस, महात्मा गांधी मार्ग, प्रयागराज-211 001, उत्तर प्रदेश

महात्मा गांधी अन्तरराष्ट्रीय हिन्दी विश्वविद्यालय, वर्धा-442 001, महाराष्ट्र

sales@vaniprakashan.in
vaniprakashan@gmail.com

Jaan Di Jaye Ya Chay Ho Jaye
by Damodar Mauzo
Translated by Ramita Gurav

ISBN : 978-93-6944-223-2
Novel

मूल्य : ₹ 595

जी.एस. ऑफ़सेट, दिल्ली-110 095 में मुद्रित

वाणी प्रकाशन का लोगो मक़बूल फ़िदा हुसैन की कूची से

चाय पीने की तलब हुई।

गैस जलाया और पानी चढ़ाया।

पानी खौलने लगा।

यूरेकाऽ!

लेकिन आर्किमिडीज़ याद आने से पहले चाय की याद से जीभ लपलपा उठी।

पहले मुझे लगता था कि कला और विज्ञान दो अलग-अलग छोर हैं। लेकिन जब चाय बनाना सीखा तब समझ में आने लगा कि उनके बीच कितना क़रीबी रिश्ता है।

चाय कैसे बनायी इसकी बजाय चाय कैसी लगी इसमें मेरी दिलचस्पी ज़्यादा थी।

चाय-पत्ती, शक्कर, दूध मिलाकर चाय छान डालने तक दिल को चैन नहीं था। चाय का कप होंठों से लगाया और मेहनत सार्थक हो जाने की ख़ुशी मिली!

"अरे बाबू, चाय की ख़ुशबू आ गयी। बनायी है तो थोड़ी मेरे लिए भी ले आओ।"

अन्दर बैठे-बैठे माँ ने फ़रमा डाला।

मैंने बची हुई पत्तियों में ही थोड़ा पानी डाला और उसे ज़रा उबाला। उसमें दूध मिलाया और फिर वह चाय ले जाकर माँ को दे दी। घूँट लेते ही उसने मुँह बिगाड़ा। "तुमने जो पी उस चाय की ख़ुशबू ही अलग थी। यह चाय वह वाली नहीं है! शक्कर तक ठीक से नहीं पड़ी।"

बिना कुछ कहे मैंने चम्मच भर शक्कर ले जाकर उसके कप में डाल दी। "अब घोलो। नहीं तो वह काम भी मुझे ही करने के लिए कहोगी–" मन कर रहा था कि कह दूँ कुछ ऐसा लेकिन नहीं कहा। एक नम्बर की आलसी है। माँ ज़रा अपने हाथ-पैर हिलाये इसलिए डैडी ने घर का काम करने को कोई नौकर तक नहीं रखा था। लेकिन बैठे-बैठे, बना-बनाया निगल जाने की उसकी आदत नहीं छूट रही।

जो चावल-करी बनाती उसमें स्वाद-वाद कुछ नहीं होता था। किचन में काम करते समय भी उसका पूरा ध्यान बाहर के टी.वी. पर लगा रहता। मुझे तो शक है–उसके हाथ के बने खाने से ऊब चुके डैडी रोज़ बाहर खाकर आते होंगे।

एस.एस.सी. में पहुँचने तक मैंने चाय का घूँट तक नहीं चखा था। चाय माने नशा, बच्चों को चाय नहीं पीनी चाहिए ऐसी बातें बचपन से ही मेरे मन में बिठायी गयी थीं। इसलिए लगा ही नहीं कि कभी पी लूँ। लेकिन बीच में कुछ ऐसा वाक़या हुआ जिसने चाय के बारे में जिज्ञासा ज़रूर जगायी। तब मैं शायद छठी क्लास में पढ़ रहा था। देर रात को एकदम आँख खुल गयी। पहले लगा पड़ोस का बिल्ला आवाज़ कर रहा है। फिर बग़ल वाले कमरे से माँ का कराहना सुनाई दिया। बीच-बीच में 'आंऽ–बस करो–और नहीं...' कहे जा रही थी। हं: हं: कर रहे डैडी की साँस फूली हुई थी। बीच में ही माँ पर गुर्रा उठते थे। क्या करूँ समझ में नहीं आ रहा था। लड़ रहे हैं क्या? फिर अचानक आवाज़ें रुक गयीं। मैं सोने की कोशिश करने लगा। ज़रा आँख लग ही रही थी कि कुछ बातें कानों में आ पड़ीं।

"उठो। चाय बनाओ!"

"रात के दो बजे हैं–"

"मैंने टाइम नहीं पूछा। चाय बनाने को कहा है।"

और फिर माँ के उठने और गैस जलाने की आवाज़ आयी। इतनी देर रात होने के बावजूद डैडी चाय पीना चाहते हैं! कैसी होगी यह चाय? क्या पीने में इतनी अच्छी लगती है?

सुबह स्कूटर लेकर जैसे ही डैडी काम पर चले गये मैंने माँ से पूछा, "माँ, क्या चाय पीने में अच्छी लगती है?"

"अच्छी तरह बनी हो तो लगती है अच्छी! क्यों पूछ रहे हो?"

"रात को डैडी ने तुम्हें चाय बनाने के लिए कहा था ना?"

माँ की आँखें फैल गयीं। "तुम जाग रहे थे?"

"नहीं, माँ। अचानक बीच में आँख खुली थी। लेकिन फिर जल्दी ही नींद आ गयी।"

माँ शायद भूल गयी उस बात को। लेकिन मेरे मन में जाग उठी जिज्ञासा बीच-बीच में अपना फन ऊपर उठाती रही।

ज़ख़्मों के निशान जिस तरह जीवन भर शरीर का साथ देते हैं उसी तरह कुछ घटनाओं से जुड़ी यादें मेरे मन से मज़बूती के साथ चिपकी हुई हैं। भला क्या उम्र रही होगी मेरी उस समय, जब हमारे घर के दरवाज़े और खिड़कियाँ दिन भर खुली रहा करती थीं! जब माँ और डैडी साथ बैठकर बातें या बहसें किया करते थे। ऐसा कोई लम्हा मुझे याद नहीं आता जब माँ ने मेरे लिए लाड़-प्यार जताया हो। बस याद है, काफ़ी बड़ा होने तक माँ का मुझे कोसते रहना–'तुम कोख में क्या आये मेरे सुख को तो आग ही लग गयी।' 'तुम्हारा जन्म हुआ और डैडी मुझसे दूर हुए।'

माँ का हमेशा से मानना रहा है कि उसके काम में हाथ बँटाना मेरा कर्तव्य है। घर का काम करने को हमारे यहाँ कोई नौकर नहीं है, इसके लिए अक्सर वह डैडी को दोषी ठहराती और डैडी माँ को। मुझे याद है, हमारे यहाँ दुर्गाम्मा नाम की एक औरत काम करने आती थी। मैं साल भर का था तब से वह हमारे यहाँ थी। एक दिन कुछ हो गया इसलिए माँ ने उसे घर से भगा दिया। उस शाम जैसे ही डैडी घर पहुँचे, माँ दुर्गाम्मा का नाम लेकर उन्हें बुरा-भला कहने लगी। तब डैडी ने माँ पर तड़ातड़ थप्पड़ और लातें बरसायी थीं और ऊपर से उसे 'अभी के अभी चाय बनाकर ले आओ' ऐसा हुक्म दिया था। इस दौरान मैं सहमकर अँधेरे में जाकर बैठ गया और फिर वहीं सो गया था। ये सब अच्छी तरह याद है मुझे!

मेरशी गाँव में बसा हमारा यह घर पुराना खपरैल की छत वाला तो नहीं था पर एकदम नया भी नहीं था। कभी डैडी को कहते हुए सुना था कि उसे मेरे दादा ने बनवाया था। लेकिन बेचारे दादा-दादी को इस घर में रहने का कभी मौक़ा ही नहीं मिला। घर के सामने बरामदा, आँगन वग़ैरह कुछ नहीं था। घर में जो टी.वी. का पुराना बक्सा पड़ा था; बाहर से देखने पर बिल्कुल उसकी तरह दिखता। हालाँकि घर छोटा नहीं था। अन्दर आते ही पहले बैठने का कमरा और फिर उसके दाहिनी तरफ़ डैडी का कमरा। सुना था कि बायीं तरफ़ का कमरा जचगी के समय माँ को दिया गया था, वह फिर हमेशा के लिए माँ का ही कमरा बना। आगे एक तरफ़ किचन और दूसरी तरफ़ स्टोर-रूम जो बाद में मुझे नसीब हुआ। नीचे की ओर बाथरूम और टॉयलेट। दादा-दादी दोनों जब अचानक एक के बाद एक गुज़र गये तब मकान में दरवाज़े, खिड़कियाँ तक नहीं लगी थीं। माँ बताया करती थी कि जब माँ के साथ रिश्ता तय हुआ तब जाकर दहेज में मिले पैसों से दरवाज़े-खिड़कियाँ लगीं और डैडी के पास स्कूटर आ गया था। आगे के दरवाज़े में पहले बाहर से एक और भीतर एक, ऐसी दो कुण्डियाँ थीं। कभी-कभार सबको बाहर जाना होता तो बाहर की कुण्डी में ताला लग जाता। लेकिन एक दिन ये दोनों कुण्डियाँ चली गयीं और बाहर से चाबी लगाकर खुलने वाला लैच आ गया। इससे जुड़ा क़िस्सा मुझे अच्छी तरह याद है।

पास्कोआल के घर के सामने डॉ. सोमेश्वर ने एक दवाखाना खोला था। "अरे, वह तो आयुर्वेदिक डॉक्टर है। घास-फूँस वाला। कौन गोंयकार जायेगा उसके पास? यहाँ के लोगों को तो डॉ. कॉश्ताबीर पर ही ज़्यादा भरोसा है। बेचारा मक्खियाँ मार रहा है।" इस तरह की बातें सुनकर शायद माँ को उस पर तरस आ गया होगा। एक दिन छाती में दर्द हो रहा है कहकर माँ ने उसी को ले आने की हिदायत देते हुए मुझे उसके पास भेजा। ख़ुशी-ख़ुशी आ गया। बाद में बीच-बीच में आता रहा। जब वह आता तब माँ मुझे खेलने बाहर भेज देती या फिर हॉल में जाकर पढ़ने के लिए कहती। "क्यों?" पूछने पर बताती, "जब डॉक्टर इंजेक्शन लगाते हैं तब बच्चों को नहीं देखना चाहिए।" कुछ भी हो—जब से यह डॉक्टर माँ का इलाज करने घर आने लगा था तब से माँ की तबीयत सुधरने लगी थी।

एक दिन ज़ुकाम होने के कारण डैडी डॉ. कॉश्ताबीर के पास जाने लगे तब मैंने कहा—"डॉ. सोमेश्वर को बुला लाऊँ? माँ का इलाज हमेशा वहीं करते हैं।" डैडी एकदम आग-बबूला हुए। अपना ज़ुकाम भूलकर माँ का बदन दुखने तक उसे पीटते रहे।

दूसरे दिन बढ़ई आया। उसने दोनों कुण्डियाँ निकाल दीं और दरवाज़े में बाहर से चाबी से खुलने वाला लैच लगाया। तब से डैडी चाबी अपने साथ लेकर जाने लगे थे। कभी-कभी अचानक चाबी से दरवाज़ा खोलकर घर में आ जाते।

अपने घर के आसपास जो भी जगह होती वहाँ लोग बग़ीचा बनाते थे। लेकिन हमारे घर के आसपास जगह होने के बावजूद एक तुलसी वृंदावन छोड़े तो सब सूखे पठार सा था। वैसे कहने के लिए पास ही बढ़िया देसी आम देने वाला, एक आंबुल्ली का पेड़ था और उसके ज़रा आगे एक बरगद। वह बरगद हमारा नहीं है, वह हमारी ज़मीन की हद के बाहर है लेकिन वह आंबुल्ली हमारी है ऐसा डैडी कहा करते थे। सुबह के समय बरगद के नीचे उसके फलों के अम्बार लगे दीख जाते। एकाध बरगद का फल मुझ पर भी आ गिरे इस इच्छा के साथ, मैं बाहर जाकर उसके नीचे खड़ा हो जाता। लेकिन बरगद मुझसे नाराज़ ही रहा करता। ठण्ड के दिनों में आंबुल्ली पर बौर आ जाती तब वह मुझे बड़ी सुन्दर लगती। गर्मी के दिनों में उस पर लगे आम पकने लग जाते। वे जब नीचे गिरते तब उन्हें चूसकर खाने में बड़ा मज़ा आता। स्वाद में थोड़े खट्टे, ज़्यादातर मीठे! हवा बहते ही जब पके आम झड़ने लगते तब दूसरे बच्चे वहाँ पहुँचने से पहले मैं दौड़कर वहाँ पहुँच जाता और

उन्हें बीनकर ले आता। माँ उनका खट्टा-मीठा सालन, सांसांव बनाती थी। लेकिन डैडी को सांसांव पसन्द नहीं था। इसलिए इतवार या छुट्टी का दिन छोड़कर ही बीच-बीच में बनाती। जब बनाती तब मैं खा लेता। बच्चे टिकोरे या पके आम गिराने के लिए पत्थर मारते तब माँ उन पर चिल्लाती। मुझे उन्हें वहाँ से भगाने के लिए कहती। पर मैंने उन्हें कभी नहीं भगाया। मुझे देखते ही वे ख़ुद ही भाग जाते। मेरे 'रुको' कहने के बावजूद।

लेकिन उस शाम को वे दोनों नहीं भागे थे। धप्-धप् करते हुए एक के बाद एक दो पके हुए आम गिरने की आवाज़ मेरे सतर्क कानों ने सुन ली थी। फिर भी मैं चुपचाप बैठा रहा। सोचा, किसी मज़दूर के बच्चे को आकर उन्हें ले जाने दो। पर कोई आहट सुनाई नहीं दी। कोई भी दौड़कर उन्हें लेने नहीं आया।

"अरे बाबू, आम गिरने की आवाज़ आयी थी। जल्दी जाकर देखो।" माँ ने आदेश दिया। अँधेरे में आम ढूँढ़ने का मेरा बिल्कुल मन नहीं था। लेकिन चला गया। पेड़ की जड़ के पास ही गिरे थे। उन्हें उठाकर ऊपर देखा तो लगा जैसे पेड़ की ओट में कोई है। दो क़दम आगे बढ़ा। घाघरा-ब्लाउज़ पहने एक लड़की और एक जवान लड़का, वहाँ अँधेरे में आंबुल्ली के तने से सटकर खड़े थे। शायद आम ढूँढ़ने आये थे। ज़रा उनके क़रीब जाकर अपने दोनों हाथ आगे बढ़ाते हुए मैंने पूछा, "आम चाहिए? मेरे पास बस, दो ही हैं।" बच्चे होते तो दौड़कर ले लेते। लेकिन ये दोनों जस के तस वहीं खड़े रहे। ऊपर से लड़का बोला, "मेरे हाथ में तो पहले से ही दो आम हैं! तुम जाओ यहाँ से।" और मेरी खिल्ली उड़ाता हुआ सा वह हँसा।

मुझे उस पर बड़ा ग़ुस्सा आया। उसके दोनों हाथ तो उस लड़की के ब्लाउज़ में थे। कहाँ थे आम उसके पास?

"दिखाओ तो सही?" कहते हुए मैं आगे बढ़ा। उस लड़की ने दोनों हाथ अपने चेहरे पर रख दिये थे। मेरे मन में शंका उभरी। कहीं वह रो तो नहीं रही है ना?

"तुम चले जाओ..." वह दबी आवाज़ में मुझ पर बिफरा।

वह चाहता है इसलिए भला मैं क्यों जाऊँ? इतने में दरवाज़े से मुझे पुकारती हुई माँ की आवाज़ कानों में पड़ी। इसलिए चला गया।

दोनों आम माँ के हाथ में देकर कहा, "माँ, आंबुल्ली के नीचे ना, दो लोग खड़े हैं। मैंने जब पूछा, 'आम चाहिए?' तो वह लड़का कहने लगा कि उसके हाथों में तो पहले से ही दो आम हैं। लेकिन माँ उसके हाथ तो लड़की के ब्लाउज़ में थे। फिर झूठ क्यों बोला उसने?"

माँ ने मुण्डी दरवाज़े से बाहर निकालकर बड़ी बारीक़ी से देखा। "अँधेरे में कुछ ठीक से दिखाई नहीं दे रहा–वह आम चूस रहा है या मसल रहा है! जाने दो,

तुम अन्दर आओ।" माँ ने दरवाज़ा बन्द किया और उस लड़के को जो आम मिले थे उन्हें देखने की मेरी इच्छा अधूरी ही रह गयी।

हमारे घर के दरवाज़े से बाहर देखने पर मुझे ऐसा लगता मानो बरगद और आंबुल्ली उन दोनों की तरह पास-पास खड़े हैं। दोनों आपस में बातें करते हैं ऐसा महसूस होता। आंबुल्ली के पके आम गिरते ही आसपास के बच्चे आकर उन्हें चुरा ले जाते। लेकिन गिरे हुए बरगद के फल वहीं के वहीं पड़े रह जाते। बरगद सीधे ऊपर की तरफ़ बढ़ा हुआ और हरे-भरे पत्तों से पूरी तरह लदा था। छतनार बरगद का शानदार रूप देखकर मुझे ब्याह के समय दूल्हा बने छोटे मामा की याद आ जाती।

शायद एक दिन मुझसे कुछ कहने का बरगद का मन हुआ होगा। मेरे माथे पर धप् से बरगद का एक फल आ गिरा। उस साल आंबुल्ली भी ख़ूब फली थी। मुझे तो वह पास खड़े बरगद की दुल्हन जैसी दिखती। मन में ख़याल तक आया–जाकर बस्ती के सारे बच्चों को बुला लाऊँ और बरगद-आंबुल्ली का ब्याह रचा दूँ। उस दिन आम का सांसांव बना दूँ और बरगद के पत्तों से बने दोनों में भरकर सब बच्चों में बाँट दूँ।

एक दिन शाम को तेज़ हवा बह निकली। धप्-धप् करते हुए ढेर सारे आम झड़ गये। माँ जाने के लिए कहे उससे पहले ही थैली लेकर मैं बाहर पहुँच गया था। सब बच्चों के साथ नीचे गिरे हुए पके आम इकट्ठा करने में मुझे बड़ा मज़ा आया। थैली भरकर आम घर ले आया। इसके बावजूद मज़दूरों के बच्चे ही ज़्यादा उठा ले गये कहकर माँ मुझे डाँटने लगी। डैडी का स्कूटर दरवाज़े तक पहुँचा ही था कि माँ का शिकायत का पिटारा खुल गया–"सब घांटी बच्चे आकर आम ले जाते हैं। इससे अच्छा है किसी आदमी को बुलाकर आमों की तुड़ाई कर लो।"

"तुम्हें आम क्यों चाहिए? सांसांव बनाने के लिए ही ना?" डैडी ने माथे पर बल डालते हुए पूछा।

"बेच भी तो सकते हैं।" माँ ने पैसा कमाने का ज़रिया देखा।

"मुझे बेचने बैठने के लिए कह रही हो?" डैडी उबल पड़े।

दरअसल डैडी ने पैसा कमाने का दूसरा ही ज़रिया देख लिया था। वे किसी आदमी को लेकर आये और उसे वह फलों से लदी आंबुल्ली दिखा दी। बस, अगले आठ-दस दिन तक ही हम नीचे गिरने वाले पके आम इकट्ठा कर पाये। क्योंकि उसके बाद आंबुल्ली काट दी गयी! बेचारा बरगद अब अकेला पड़ गया इस बात का मुझे बड़ा अफ़सोस हुआ।

देवू कौन है यह मुझे पता नहीं था। मैंने उसे बहुत बाद में देखा। डैडी देवू के बारे में बात करते समय भगवान जितनी ही श्रद्धा रखकर बोला करते। देवू को वे 'बाबा' कहकर बुलाते। बाबा से पूछे बिना वे कुछ भी नहीं करते थे। ज़्यादातर शनिवार की शाम को डैडी बाबा से मिलने जाते थे।

माँ ने मुझे बताया कि 'वह ओझा है'। पर 'ओझा' किसको कहते हैं ये भला मैं कैसे जान पाता? जब कभी मूड में होते तो डैडी बाबा के बारे में बताते रहते। 'आज बाबा पर बड़ी अच्छी सवारी आयी।' 'मुर्गे की बलि चढ़ाने को कहा है।' 'इतवार-बुधवार को ताड़ी, रोट चढ़ाने का सिलसिला रुक गया है इसलिए इस इलाक़े का रक्षक देवता नाराज़ है। बदला लेने की ताक में है।' ये सब मेरे सिर के ऊपर से चला जाता। उसमें से कुछ भी मेरी समझ में नहीं आता। लेकिन डैडी के बताने का दिलचस्प ढंग देखकर उनकी नक़ल करने की इच्छा ज़रूर होती।

मैं चार साल का हुआ तब माँ ने डैडी को याद दिलाया था–"बाबू को अब के.जी. में डालना चाहिए।" अब मैं के.जी. क्या है यह देखने के लिए उत्सुक हो गया। लेकिन एक शनिवार को बड़ी देर रात घर लौटे डैडी ने मेरे सामने ही माँ से कह दिया, "बाबा कह रहे हैं कि बाबू के नसीब में पढ़ना नहीं लिखा है।"

"ऐसा कैसे हो सकता है? क्या सब बच्चे नहीं जाते?" माँ ने पूछा।

"क्या मैं नहीं चाहता कि वह पढ़े? बुढ़ापे में उसी को तो देखना हैं हमें। पढ़ाई के बग़ैर कैसे होगा? पर उसके नसीब में ही नहीं है तो वह भी क्या करे?"

"क्या यों ही घर में बिठाकर रखेंगे उसे?"

"बाबा ने छह साल का होने के बाद ही स्कूल भेजने के लिए कहा है। तब तक कुछ अक़्ल आती है तो देखते हैं।" डैडी ने आँखें बन्द करके बाबा के लिए हाथ जोड़े।

"उसे समय पर स्कूल नहीं भेजा तो उसका सत्यानाश होगा।" मेरे लिए माँ की यह चिन्ता देखकर मुझे अच्छा लगा।

"सब समझता हूँ। उसे स्कूल भेजते ही तुम्हारे लिए तो पूरा मैदान ही साफ़ हो जायेगा! तब तुम्हारा जो सत्यानाश होगा क्या उसे मैं खुली आँखों से देखता रहूँ?" डैडी की आँखें लाल होने लगीं। माँ ने विषय को वहीं विराम दे दिया। मैं समझ गया, अब आगे के.जी. नहीं देख पाऊँगा।

दोपहर के समय जब दूर खेलने वाले बच्चों की आवाज़ें कानों में पड़ जातीं तब मैं खिड़की के पास खड़ा होकर बाहर देखता रहता। मेरे हमउम्र, कभी दो तो कभी तीन बच्चे खेलते हुए मुझे दीख जाते। कभी गिल्ली-डण्डा तो कभी लगोरी, कभी कंचे तो कभी गेंद से खेला करते। कभी-कभार जब उनकी गेंद या गिल्ली खिड़की के पास आ गिरती तब उनकी नज़र मुझ पर भी पड़ जाती। फिर वे हाथ ऊपर उठाकर हिलाते। जवाब में मेरा हाथ ऊपर उठ जाता और फिर अपने-आप नीचे आता। साँझ के समय उनके जाने के बाद, मैं उनका वह खेल मन ही मन खेलता रहता। सुबह डैडी के जाने के बाद बाहर से दो छोटे गोल पत्थर लेकर एक से दूसरे को निशाना बनाकर मारता। यों अपने साथ खेलने में मुझे बड़ा मज़ा आता।

एक दिन वे दोनों कंचे खेल रहे थे। एक का कंचा खिड़की की तरफ़ आया। "लगाओ निशाना।" कंचे के पीछे आये हुए लड़के ने दूसरे को चुनौती देते हुए कहा। उसने अगर सही निशाना लगाया होता तो कंचा हमारी दीवार से टकराकर इस लड़के को अच्छे से नज़दीक गिरा हुआ मिल जाता। दूसरे बच्चे ने कंचा वहीं पास ही फेंका। कंचा उठाने आये बच्चे ने मुझसे पूछा, "खेलने आओगे?"

मैंने कहा, "मेरे पास कंचा नहीं है।"

"ख़ाली देखने आओ–" कहते हुए कंचा गड्ढे की तरफ़ फेंककर वह उस ओर दौड़ा।

मैंने जाकर माँ से पूछा, "माँ, मैं बाहर खेलने जाऊँ?" वैसे माँ की नींद पूरी हो चुकी थी लेकिन पलकें अभी भी भारी थीं। जैसे ही उसने हाँ में सिर हिलाया, मैंने दरवाज़ा खोलकर बाहर दौड़ लगाई। एक तरफ़ खड़ा होकर उनका खेल देखने लगा।

"बीऽ ऽ स–" आख़िरी निशाना सही लगाकर वह जीत गया। वे दोनों कंचे उसके हुए। फिर जेब में कंचे खनखनाते हुए दोनों मेरे क़रीब आये। "मैं रवि, ये पिटू–तुम्हारा नाम क्या है?"

मैंने नाम बता दिया, "बाबू।" मुझे पता था कि मेरा एक नाम है, विपिन। लेकिन वह नाम अपना सा नहीं लगता था। मेरे पास कंचे नहीं हैं यह बताते ही एक

ने पूछा, "तुम क्रिकेट खेलते हो?" मैंने "नहीं" कहा। यह सुनते ही दूसरे ने पूछा, "फुटबॉल?" जब मैंने कहा कि मैं कोई भी खेल नहीं खेलता हूँ तो उन्हें विश्वास ही नहीं हुआ।

"स्कूल में भी नहीं खेलते?"

मैं स्कूल ही नहीं जाता हूँ यह सुनकर तो वे और भी हैरान हुए। उन्हें मुझ पर तरस आया यह बात मुझे अच्छी नहीं लगी। रवि ने पिंटू से कहा,"तुम दो दाँव हार चुके हो। अब तुम इसके साथ खेलो। फिर पक्का जीत जाओगे तुम नया कंचा!"

"मैं नहीं खेलूँगा। मेरे पास कंचा नहीं है।" मैंने कहा।

"मैं तुम्हें उधार दे दूँगा। खेल ख़त्म होते ही मुझे वापस कर देना।" रवि ने हिसाब समझाया। इस पर पिंटू हँसकर बोला, "वह गेम हारेगा तो उसका कंचा मेरा होगा। फिर कहाँ से देगा तुम्हें?"

"वह हम आपस में देख लेंगे।" रवि ने कहा। मेरे मना करने के बावजूद उसने मेरे हाथ में कंचा थमाया और मुझे खेल के नियम बताने लगा। "ज़मीन में मुट्ठीभर नीचे एक गोल गड्ढा बनाया जाता है। इसे 'मील' कहा जाता है। एक के कंचे पर दूसरा अपने कंचे से सही निशाना लगाता है तो उसे 'शॉट' कहते हैं। कंचा जब मील में होगा तब दूसरा उसे अपने कंचे से मार नहीं सकता। मील में कंचा फेंककर खेल शुरू होता है। अठारहवाँ शॉट होना ही चाहिए। उन्नीस पर मील में और फिर बीसवें शॉट से तुम गेम जीत जाते हो।"

और फिर मैंने खेलना शुरू किया। खेलते-खेलते मैं सत्रह पर पहुँचा तब पिंटू आठ पर था। मेरा अचूक निशाना देखकर उनकी तरह मैं भी हैरान था। कंचा दूर-दूर फेंकते हुए पिंटू ने गेम को लम्बा खींचा था बस इतना ही। लेकिन वह आठ पर था तभी मैंने बीसवाँ 'शॉट' मारकर गेम जीत लिया। पिंटू का कंचा जेब में डालकर मैंने रवि का कंचा रवि को वापस दे दिया।

रवि पिंटू को चिढ़ाने लगा तब पिंटू ने उस पर उल्टा वार करते हुए कहा, "तुम उसके साथ जीतकर तो दिखाओ!"

रवि जैसे मौक़ा ही देख रहा था। गेम ख़त्म हुआ। यह गेम भी रवि पन्द्रह पर था उसी समय मैंने जीत लिया। इस बार पिंटू ने तालियाँ बजायीं।

मैंने कहा, "अब हम तीनों मिलकर खेलते हैं। कंचों को निशाना बनाकर। इसमें हारना-जीतना नहीं होगा। शॉट नहीं गिनेंगे, सिर्फ़ खेलेंगे।" दोनों ख़ुश हुए। उसके बाद हम बहुत देर तक खेलते रहे। जब मैंने कहा कि डैडी घर आने से पहले मुझे घर पहुँचना है तब रवि ने मुझसे पूछा, "तुम डैडी से डरते हो?"

मैं चकरा गया। डरना...इसका क्या मतलब है? मैंने जो सच था वही कहा–"मैं नहीं जानता।"

ख़ैर, इसके बाद मैं रोज़ उनके साथ खेलने लगा। खेलना भी हो जाता और कंचे भी बच जाते इसलिए पिटू ख़ुश था। उसने कहा भी–"जब से तुम आये हो खेलने में बड़ा मज़ा आ रहा है। अब हम जीतने के लिए नहीं खेलते, खेलने के लिए खेलते हैं। है ना?"

एक दिन पिटू नहीं आया था। मैं और रवि कंचे खेल रहे थे तब अचानक उसे याद आया, "बाबू, माँ ने मुझे एक किलो चावल लाने को कहा था। पर मैं पैसे लाना भूल गया। अभी घर जाकर ले आता हूँ। तुम साथ आओगे?"

खेतों के किनारे छोटे बाँध की तरह उभरी हुई चर्च की ज़मीन पर एक झोंपड़ी दिख गयी। यही उनका घर था। रवि की माँ घर में ही थी। "क्या यही है वह बाबू?"

शायद रवि ने उसे मेरे बारे में बता दिया था। मेरे बालों पर हाथ फेरते हुए वह बोली, "बेचारा! बचपन खो गया है उसका।...जाओ बच्चों, खेलो।"

कंचों का खो जाना पता था। पर बचपन खो जाने का मतलब क्या होगा?

मेरा लौटने का समय हो चला था। रवि ने कहा, "चलो, मैं तुम्हें घर तक छोड़ आता हूँ।" रवि और मैं बातें करते-करते हमारे घर की तरफ़ जाने लगे।

माँ ने दरवाज़ा खोला फिर भी हमारी बातें ख़त्म नहीं हुई थीं। मेरे साथ बातें करते-करते रवि घर के अन्दर चला आया। तभी अचानक डैडी वहाँ पहुँचे। "ये कौन है? यहाँ कैसे आया? तुम्हारी हिम्मत कैसे हुई इसे घर लाने की?" डैडी का ये अवतार देखकर बेचारे रवि की सिट्टी पिट्टी गुम हो गयी। वह फ़ौरन वहाँ से भाग निकला।

उस दिन से रवि हमारे घर की अगल-बग़ल में, कहीं भी नज़र नहीं आया। आठ दिन तक मैंने खिड़की के पास खड़े रहकर इन्तज़ार किया। पिटू की भी झलक तक नज़र नहीं आयी। शायद उन्होंने अपने खेलने की जगह बदल दी थी।

दो कंचे मेरी जेब में थे। मेरे अपने, ख़ुद के कमाये हुए। दोपहर को माँ के सो जाने के बाद बाहर जाकर मैं कंचों के साथ खेलने लगा। अकेले ही! अकेले खेलने में भी बड़ा मज़ा आता था। देखते-देखते कंचे मेरे साथ खेलने लगे!

यादों में बसे उस दिन एक कंचा झाड़ियों के पास पहुँच गया। उसे निशाना बनाकर मारने के लिए मैंने कंचे वाला हाथ ऊपर उठाया ही था कि सामने पड़े कंचे के पास साँप की फुत्कार सुनाई दी। ज़रूर चार हाथ लम्बा होगा। फन निकालकर

मेरी तरफ़ ही देख रहा था। उसकी चमकती खाल और लम्बी देह को मैं देखता रह गया। छोटी-छोटी, प्यारी सी दो आँखें मुझे नहीं बल्कि मेरे हाथों की ओर टकटकी बाँधे देख रही थीं। अगर मैंने उसके पास पड़े कंचे पर अपना कंचा फेंका होता तो उसे ज़रूर लग जाता। मेरा हाथ अपने आप नीचे आ गया। और फिर जैसे इसी के लिए रुका था वैसे साँप ने फन ढीला किया और सरसर करता हुआ दूसरी झाड़ी में घुस गया।

"बाबू जल्दी से घर आओ।" माँ शायद खिड़की से देख रही थी। लेकिन जाने से पहले मैंने निशाना साधकर कंचा फेंका। एकदम सही निशाना लगने की ख़ुशी में दोनों कंचे उठाये, अपनी जेब में रखे और भीतर चला गया।

शाम को डैडी घर आते ही उन्हें चाय देने से पहले माँ ने उन्हें साँप के बारे में बता दिया।

"नाग या धामिन?" डैडी ने बारीक़ी से पूछ-ताछ की।

"नाग ही होगा। माफ़ करो भगवन्! दिया-बाती का समय है।" मुझे बाद में पता चला कि दिया-बाती के समय साँप का नाम नहीं लेते हैं।

"बड़े घर का ही होना चाहिए। इतना बड़ा फन फैलाया था। मैंने अपनी आँखों से देखा है।"

"कहाँ देखा था? दिखाओ मुझे–"

माँ ने खिड़की के पास ले जाकर उन्हें वह जगह दिखाई। फिर डैडी मेरी तरफ़ मुड़कर मुझे डाँटने लगे। "गधे, तू बाहर गया था खेलने? और तुझे कंचे किसने दिये? अभी के अभी उन्हें यहाँ लेकर आओ।"

मेरे कमाये हुए दोनों कंचे...मेरे साथी...डैडी खींचकर ले गये। "दुबारा कभी घर के बाहर क़दम नहीं रखेगा।" ऐसा कहकर उन्होंने जाकर धड़ाम् से खिड़की बन्द कर दी।

उसके बाद खिड़की खोलने का मन ही नहीं हुआ।

कंचे चले गये। मेरे लिए दरवाज़े बन्द हुए, खिड़कियाँ बन्द हुईं। लेकिन डैडी के माथे पर चिन्ता की लकीरें क्यों उभर आयीं यह मैं नहीं समझ सका। खुले में घूमने वाले और बिल में रहने वाले उस नाग को 'बड़े घर का' क्यों कहते हैं और चुपचाप अपने रास्ते जाने वाले उस जीव से सब इतना डरते क्यों हैं? मेरी अल्प-बुद्धि को ऐसे सवाल सताते रहते थे।

डैडी काफ़ी डरे हुए से लग रहे थे। "इलाक़े का रक्षक देवता ही होगा। अनजाने में हमसे कोई दुख न पहुँचा हो उसे। हे भगवन्, हमसे नाराज़ न होना। कोई भूल-चूक हुई हो तो माफ़ करना। अब बाबा को इस बारे में बताना चाहिए। कुछ टोटका करने के लिए कहना चाहिए।" और फिर उन्होंने माँ को आदेश दिया, "बुधवार को मुझे याद दिलाना–ताड़ी और रोट का चढ़ावा चढ़ाने के लिए।"

छोटा था तब मुझे लगता था कि सब बच्चे एक जैसे होते हैं। लेकिन प्राइमरी स्कूल में पहुँचने के बाद एक बात समझ में आ गयी। सब डैडी एक जैसे नहीं होते। सबकी माँ एक सी नहीं होती। प्राइमरी स्कूल से ही एक और बात अच्छी तरह समझ गया। हमें अपने माता-पिता को वे जैसे हैं वैसे ही स्वीकारना चाहिए।

स्कूल का पहला दिन बड़ा यादगार रहा। जब मैं क्लास में पहुँचा तो किसी ने कहा, "मास्टर जी आ गये।" बच्चों के कहकहे फूट पड़े। मैं बैठ गया। समझ गया कि ये मेरे लिए ही कहा गया था। बाक़ी सभी बच्चे पाँच साल की उम्र पूरी करके स्कूल आये थे। सिर्फ़ मैं छह साल पूरे कर आया था। देखने में अपनी उम्र से बड़ा दिखता था। दूसरी बार 'मास्टर जी' सुना तो किसने कहा यह देखने के लिए मैं उठ गया। वैसे मैं ग़ुस्से में नहीं उठा था। लेकिन मुझे देखते ही सब बच्चे 'वह मैं नहीं हूँ' यह जताते हुए से, जिसने कहा था उस बच्चे की ओर देखने लगे। कहने वाला बच्चा मुँह छिपाने लगा। मेरा डील-डौल देखकर डर गया होगा। दुबारा कभी किसी ने कुछ नहीं कहा।

स्कूली किताबों के सिवाय और भी पढ़ने लायक किताबें होती हैं ये मुझे पता नहीं था। पाठ्य-पुस्तकों में से पाठ पढ़ना मुझे बेहद पसन्द था। एक दिन किताबें ही मुझे ढूँढ़ती हुई आ गयीं। और अचरज की बात यह थी कि डैडी के हाथों फटने से बच गयीं।

प्राइमरी में पढ़ रहा था तब की बात है यह। मैं तब तीसरी कक्षा में था। नया साल शुरू हो चुका था। चर्च के मैदान में स्कूल का सालाना गैदरिंग चल रहा था। तब गैदरिंग के दौरान कुछ चुनिन्दा खेल मुक़ाबलों का फाइनल रखने की परम्परा थी। दौड़ के मुक़ाबले में मैं आख़िरी दौर में पहुँचा था। चीफ़ गेस्ट का आगमन हुआ और मुक़ाबले की घोषणा हो गयी।

"देखना तुम, रॉय ही जीत लेगा ये मुक़ाबला।" दौड़ना शुरू करने के पहले ही पास खड़ा गैरी फुसफुसाया।

“वह अव्वल आया तो ज़रूर जीतेगा।” मैंने कन्धे उचकाते हुए कहा।

इतने में सबको तैयार रहने के लिए कहा गया। सीटी बजते ही सब दौड़ने लगे। मैं यहाँ-वहाँ देखे बिना दौड़ रहा था। बाउंडरी पर खड़े कुछ लड़के ‘रॉय, रॉय’ कहकर चिल्ला रहे थे। पर वह तो मेरे आगे नहीं दिख रहा था। इतने में सीटी बजी। सब को रोका गया। मेरे पीछे दौड़ रहा रॉय ग्राउंड पर पड़ी रस्सी में उलझकर गिरने की वजह से रेस दुबारा शुरू करने का रेफरी ने निर्णय लिया।

एक, दो, तीन, गो–मैं निकल पड़ा। मेरे आगे कोई भी नहीं था। पीछे रॉय और उसके पीछे बाक़ी सब। मैं अव्वल आ गया। लेकिन रेफरी ने आकर मुझसे कहा, “तुम आउट हुए हो। तुमने सीटी बजाने के पहले ही दौड़ना शुरू किया था।” और फिर ऐलान हुआ कि मुक़ाबला रॉय ने जीता है। वहाँ मौजूद लोगों में चुप्पी छा गयी। कुछ बच्चों ने तालियाँ बजायीं।

गैरी ने कान के पास आकर कहा–“देखा ना तुमने? रॉय उस एम.एल.ए. का बेटा है। जीतना तो उसी को था। उसका डैडी आज चीफ़ गेस्ट–”

मैं हैरान हो गया। भला ऐसा कैसे हो सकता है? पक्का जानता था कि सीटी बजने के बाद ही मैं दौड़ा था। यह ठीक नहीं हुआ–

रॉय को इनाम देने के बाद मुख्य अतिथि उठे और उन्होंने घोषणा की, “दौड़ के मुक़ाबले में जो अव्वल आ सकता था वह डिस्क्वॉलिफाय हो गया। दरअसल वह बहुत बढ़िया दौड़ा था इसलिए मेरी तरफ़ से उसे स्पेशल प्राइज़ दिया जायेगा–दो सौ रुपये!”

और फिर मेरा नाम लेकर मुझे बुलाया गया। मेरे पैर नहीं हिले।

“चलो, तुम्हें बुला रहे हैं।” गैरी ने मुझे धकेला। लेकिन मेरे पैर पीछे मुड़ गये। सबकी तरफ़ पीठ करके मैं ग्राउंड के बाहर चला गया। चलता रहा...दौड़ पड़ने का मन हो रहा था। भींची हुई मुट्ठियाँ उत्तेजित हो रही थीं। ग़ुस्से के मारे आँखें फटकर बाहर निकलना चाहती थीं।

पीछे से कोई मुझसे भी तेज़ डग भरता हुआ पास आ रहा था। लेकिन मैंने पीछे मुड़कर नहीं देखा। उसने मेरे कन्धे पर हाथ रखकर मुझे रोक लिया।

“वाह! सन, बढ़िया दिलेरी दिखाई तुमने! मुझे बहुत ख़ुशी हुई। चलो आओ मेरे साथ–” और वह मेरा हाथ पकड़कर चलने लगा। उसने जब कन्धे पर हाथ रखा था तब उसे झटक डालने की इच्छा हुई थी। लेकिन उसकी धीर-गम्भीर आवाज़ ने जैसे अपना जादू चलाकर मुझे शान्त कर दिया। वह मुझे चर्च के पास जो पैरिश हाउस

था वहाँ ले गया। अपने कमरे में ले गया तब उसके शर्ट पर लगा क्रॉस देखते ही मैं समझ गया कि वह आदमी उस चर्च का पादरी है।

"डियर सन, आज सब लोगों के बीच खड़े होकर तुमने जो हिम्मत दिखाई है उसकी मैं प्रशंसा करता हूँ।" फादर जो बोल रहे थे उसमें से आधा तो मेरे सिर के ऊपर से चला जा रहा था। मैंने जो किया था उसकी वे तारीफ़ किये जा रहे थे। लेकिन मैंने तो कुछ भी नहीं किया था। ऊपर से रेफरी ने जो धोखा-धड़ी की थी उसके ख़िलाफ़ मैं अपनी नाराज़गी तक ज़ाहिर नहीं कर पाया इस बात पर मुझे ही ग़ुस्सा आ रहा था। और फादर यहाँ मेरे सामने बैठकर तारीफ़ों के पुल बाँधे जा रहे थे। "मैं ईसा मसीह का नाम लेकर कहता हूँ, ग्राउंड पर मौजूद होने के बावजूद मैं उन झूठों के ख़िलाफ़ ज़बान नहीं खोल सका। मेरी इस हरकत के लिए मैं परमेश्वर का गुनहगार हूँ...और तुम्हारा भी। इसीलिए तुम्हें यहाँ लेकर आया हूँ। मुझे माफ़ करना..." और फिर फादर वहीं घुटनों के बल बैठ गये और उन्होंने वहाँ अनुपस्थित यीशु के सामने अपने हाथ जोड़े। उनकी आँखें भर आयीं। यह देखकर मैं अन्दर तक हिल गया।

कुछ देर बाद फादर उठ गये। अलमारी खोलकर उन्होंने दो बिस्कुट निकालकर मेरे हाथ में रखे और पूछा, "चाय पिओगे?"

मैंने "नहीं" कहा।

"आज लोग सच को महत्त्व नहीं देते हैं। सब ओर झूठ का बोल-बाला है। लोगों ने सेल्फ-रिस्पेक्ट छोड़ दिया है। सिर्फ़ पैसों के पीछे भागते हैं सब।...लोगों को उन्होंने ख़रीद लिया है। लाचार बन गये हैं सब उनके सामने। लेकिन तुम...तुम बाक़ी सबसे अलग हो। तुम्हारे पास डैअरिंग है। उनके मुँह पर थूक आये हो तुम..."

"फादर, मैं अब जाऊँ?" मुझसे ये सब सुना नहीं जा रहा था।

"पहले मुझे एक बात बताओ। क्या तुम किताबें पढ़ते हो?"

"हाँ।" मैंने जवाब दिया।

"गुड। कौन सी किताबें पढ़ी हैं?" फादर ने उत्सुकता से पूछा।

"थर्ड स्टैंडर्ड की–"

"उन्हें छोड़कर कुछ और पढ़ा है?"

फादर उठे। बुक शेल्फ से दो छोटी किताबें निकालकर मेरे हाथों में पकड़ा दीं। "इन्हें पढ़ो। ये बाइबल की कहानियाँ हैं...ईसा मसीह की कहानियाँ!"

मैं तो वहाँ से निकलने का मौक़ा ही तलाश रहा था। उन किताबों को मज़बूती से हाथों में पकड़कर मैंने सीधे घर की तरफ़ दौड़ लगायी। साँझ हो गयी थी। डैडी अभी-अभी घर पहुँचे थे। घर लौटते समय रास्ते में किसी ने उन्हें बता दिया था कि

एम.एल.ए. साहब ने इनाम के रूप में जो दो सौ रुपये दिये थे उन्हें स्वीकार किये बिना चले जाने के कारण एम.एल.ए. साहब का अपमान हो गया था। जैसे ही मैंने घर के भीतर क़दम रखा, आग-बबूला हुए डैडी ने मेरा कॉलर पकड़ा और मुझे ज़ोर से हिलाया–"कहाँ गया था तू गू खाने?"

"फादर ने मुझे–" मेरी ज़बान लड़खड़ा गयी।

डैडी ने मेरे हाथों से किताबें झपटकर छीन लीं और उन पर नज़र फेरी। "ये तुझे फादर ने दी हैं? क्या वह तुझे ईसाई बनाना चाहता है? और तुझे एम.एल.ए. साहब से ज़्यादा वह पादरी अपना लगा?" ऐसा कहकर डैडी ने किताबें वहीं फेंकीं और फिर मेरे गाल लाल करने के काम में जुट गये।

स्कूल के बच्चों की तरफ़ देखकर पहले मुझे आश्चर्य होता था। पर घुमक्कड़ मन को अँधेरे कमरे में खूँटे से बाँधकर रखने की डैडी ने मुझे आदत डाल दी। अब मैं नहीं देखता था कि दूसरों के पास किस तरह के स्कूल बैग हैं? डैडी जो भी ले आते उसे कन्धे पर लटकाकर चला जाता। घर में रस्क टोस्ट होते तब टिफिन में रस्क टोस्ट, माँ ने अगर उबाल दिया हो तो अण्डा। जो दिया जाता उसे चुपचाप खा लेता। केक, लड्डू, सूजी का हलवा, सैंडवीच इनका ख़याल तक दिमाग़ में नहीं लाता।

एक इतवार को डरते-डरते मैंने पूछा,"डैडी, क्या आज हम मिरामार बीच नहीं तो दोनापावला जा सकते हैं? राजू के डैडी हर इतवार को उन सब को लेकर कलंगुट बीच या बोंडला जैसी जगह जाते हैं।"

इस पर डैडी ने बताया था, "इतवार छुट्टी का दिन है। छह दिन लगातार काम करते हैं तब जाकर यह एक दिन मिलता है, घर रहकर आराम करने के लिए। तुम भी घर पर रुको और आराम करो।" फिर उन्हें कुछ अलग ही सूझ गया। "सुनो, अब से रोज़ सुबह उठकर व्यायाम किया करो। दस सूर्य नमस्कार और बीस उठक-बैठक।"

एक उठक-बैठक उन्होंने करके दिखा दी। सूर्य नमस्कार उनसे नहीं हो पाया। लेकिन मुझसे करवा लिया। बाद में बढ़िया टाइमपास के रूप में मुझे ये व्यायाम बहुत अच्छा लगा। जब भी समय मिलता, करता रहता।

पाँचवीं में, हाईस्कूल पहुँचने पर एक दिन कैजेटन ने मुझसे पूछा, "तुम्हारा जन्मदिन कब है?" तब तक लोगों के बच्चे अपना बर्थ डे वग़ैरह मनाते हैं इसके बारे में सुना

ज़रूर था। प्राइमरी स्कूल में किसी दिन कोई यूनिफॉर्म के बजाय नये कपड़े पहनकर आता तो मालूम पड़ जाता कि उस दिन उसका बर्थडे है। फिर उस दिन क्लास के सभी बच्चों को एक-एक टॉफी मिल जाती। मेरा भी बर्थडे हो सकता है यह पता नहीं था। माँ कभी-कभी मुझसे कहती, "तुम जब पैदा हुए वह मेरा दूसरा जन्म था।" मैंने इस बारे में कभी गम्भीरता से विचार नहीं किया था। एक दिन मैंने डैडी से पूछा, "डैडी, मेरा बर्थडे कब है?" डैडी ने माँ की ओर उँगली दिखाते हुए नथुने फुलाकर कहा, "जिस दिन ये मरने से बच गयी वही तुम्हारा जन्मदिन था, समझे?" मैं ठीक से नहीं समझा। "डैडी, कैजी मुझसे पूछ रहा था कि मैं अपना बर्थडे कब मनाऊँगा? उसे क्या जवाब दूँ?"

कोई भी उनसे इस तरह के सवाल पूछे यह डैडी को कतई पसन्द नहीं था। "उससे कहो, तुम्हारा जन्म याद आते ही तुम्हारी माँ को मौत के कगार पर पहुँचने की याद आती है–इसलिए हमारे यहाँ तुम्हारा बर्थडे नहीं मनाते।"

मैं इसका अर्थ नहीं समझ पाया। और जब यह कैजी को बताया तब ना ही वह।

उसके बाद छठी क्लास में पहुँचा तब निलेश ने मुझे अपने घर बर्थडे पार्टी में बुलाया था। डैडी का मूड देखकर ही डैडी से बात करनी चाहिए इतना मैं अब तक सीख गया था। उस दिन डैडी बड़े अच्छे मूड में दिख रहे थे। सीटी बजाते हुए घर आये थे। "पणजी के शेरे पंजाब का मटन खाकर आता है तब या उसे कोई नखरेवाली मिलती है तब इस तरह मूड में होता है।" माँ को ये कहते हुए मैंने सुना था। हिम्मत जुटाकर मैंने धीरे से डैडी से पूछा, "बर्थडे पार्टी है। निलेश ने बुलाया है। जाऊँ?"

पलभर में मूड बदल गया। शायद खाया हुआ मटन शरारती बकरे का होगा! सींग भिड़ाने के लिए तैयार खड़े से डैडी कड़ी आवाज़ में बोले, "ख़बरदार किसी के यहाँ गया तो!" फिर पास आकर मेरा कान खींचते हुए फ़रमान सुनाया, "तू कभी भी किसी के घर नहीं जायेगा और ना ही किसी को अपने घर बुलायेगा।"

डैडी का अनुशासन केवल मेरे लिए ही नहीं, सबके लिए था। कभी-कभार पहुँचने वाले मामा और माँ की तबीयत बिगड़ने पर आने वाले डॉ. कॉश्ताबीर को छोड़कर किसी और का कभी हमारे घर आना मुझे याद नहीं। हाँ, बीच में कुछ दिनों के लिए डॉ. सोमेश्वर ज़रूर आये थे।

गणेश चतुर्थी, दीवाली, क्रिसमस इन त्योहारों का सम्बन्ध केवल छुट्टियों से और बाहरी दुनिया से है इतना मैं जानता था। लेकिन एक दिन क्रिसमस का त्योहार दहलीज़ पार करके हमारे घर के भीतर आ पहुँचा। जब उसने दस्तक दी तब दरवाज़ा डैडी ने ही खोला था।

"मैरी क्रिसमस" कहते हुए वह भीतर आने लगी।

"हम हिन्दू हैं।" मुझे लगा अब डैडी का पारा चढ़ जायेगा।

उसने मुस्कुराते हुए केक और कुकीज़ से भरी थैली जिस पर 'मोंजिनीज़ केक्स' लिखा था आगे बढ़ाई। "पता है। वी आर नसरानी। तमिल क्रिश्चन।" उसने कहा।

मैं डैडी के पीछे ही खड़ा था। "टेक...टेक।" उसने मेरी तरफ़ देखकर कहा। और अपना दाहिना हाथ डैडी की ओर बढ़ाते हुए बोली, "आय एम एल्सी।"

मुझे लगा था अब डैडी ग़ुस्सा हो जायेंगे लेकिन आश्चर्य! कुछ और ही होते हुए देखा। डैडी ने अपना हाथ आगे बढ़ाते हुए शेकहैंड किया और मुझे आज्ञा दी, "बेवकूफ़ों की तरह क्या देख रहे हो? वह थैली ले लो।" मैं हिचकिचाते हुए आगे बढ़ा।

"हैलो यंग ब्वॉय। यू लुक गुड। टेक।" कहते हुए उसने थैली मुझे दे दी और मेरे गाल पर हाथ फेरा।

"यू आर इन ह्विच क्लास?"

"सिक्स्थ!"

"अय्योय्योऽ, ओनली सिक्स्थ?" वह हँस पड़ी। फिर उसने डैडी से कहा, "मुझे वह उम्र में बड़ा लगा।"

मुझे वह छोटी मामी सी लगी। सिर्फ़ रंग ज़रा साँवला था। बड़े गले वाला सफ़ेद स्लीवलेस ब्लाउज़, लाल बॉर्डर की सफ़ेद साड़ी, गले में नाज़ुक सोने की चेन और चेन में एक लॉकेट।

पीठ पर खुले छोड़े बाल, कान के पास बालों में लगाया हुआ फूल और खिलखिलाती हँसी। मुझे उसकी हँसी अच्छी लगी। उसके कपड़े और बोलने के

ढंग से लग रहा था कि वह दक्षिण भारतीय है। डैडी ने बैठने के लिए दरवाज़े के पास ही उसे कुर्सी दे दी। "नो, नो। आय एम गोइंग।" उसने कहा ज़रूर पर हिली नहीं। आवाज़ सुनकर माँ भीतरी दरवाज़े के पास आकर रुक गयी। लेकिन बाहर नहीं आयी।

"मद्रासी?" डैडी ने पूछा।

मुझे लगा कि यह बात उसे पसन्द नहीं आयी। लेकिन वह मुस्कुराकर बोली, "आय एम श्रीलंकन। बट माय हज़बैंड इज़ तमिलियन।" उसने बताया कि उसका पति हाल ही में ट्रांसफर होकर गोवा आया है और वह पास्कोआल के घर के पीछे जो रो हाउस है वहाँ रहती है। ऊपर से उसने 'एक दिन हमारे घर कॉफ़ी पीने आइए' कहकर हमें निमन्त्रण भी दे दिया। जाते-जाते मुड़ गयी और डैडी से बोली, "हसबैंड काम पर जाने के बाद मैं बोर हो जाती हूँ। ज़रा बाबू को हमारे यहाँ भेज दीजिए। उसकी पढ़ाई में मदद करने में मुझे ख़ुशी होगी।" और फिर मेरे गाल को हलकी सी चिकोटी काटी और मुझसे कहा, "कला आना हँ...। मैं तुम्हें बढ़िया कॉफ़ी पिलाऊँगी।"

वह जिस ओर गयी थी उस तरफ़ ताक रहे डैडी को देखकर माँ ने ज़ोर से कहा, "बाबू को बुलाया है उसने। तुम्हें नहीं।" और जब लगा कि डैडी बरस पड़ने वाले हैं, वहाँ से अन्दर सटक गयी।

इससे पहले कभी भी ऐसा नहीं हुआ था। हमारे यहाँ ना कभी कोई आता और ना ही हमें कोई बुलाता। 'मैरी क्रिसमस' तो इस घर ने पहली बार सुना था। उस दिन सबके पेट में खाना कम, केक ज़्यादा गया।

दूसरे दिन मैं इस बात को लेकर बड़ा उत्साहित था कि वह मुझे लेने आने वाली है। वैसे मैं ख़ुद भी जा सकता था। लेकिन मुझे मन मुताबिक़ कहीं भी आने-जाने की आज़ादी नहीं थी। फिर भी हिम्मत करके मैंने माँ से पूछ लिया, "कल जो आयी थीं उनका घर ज़्यादा दूर नहीं है। क्या मैं ख़ुद चला जाऊँ?" लेकिन माँ नाक सिकोड़कर बोली–"उसने आने के लिए कहा और तुम कूदते-फाँदते जाने के लिए तैयार हो गये! मुझे तो वह औरत बड़ी चंचल लगी!"

चंचल का क्या मतलब है यह मैंने माँ से नहीं पूछा। शाम को जब डैडी घर आये तब उन्हीं से पूछ लिया। वे बोले, "उसे सब औरतें अपने जैसी लगती हैं।" मुझे मेरे सवाल का जवाब तो नहीं मिला लेकिन जाने की इज़ाज़त ज़रूर मिली। डैडी ने कहा, "दुबारा बुलाया तो चले जाना तुम।"

दो दिन बाद शाम के क़रीब चार बजे वह आ गयी। इस बार उसने लम्बा स्कर्ट और सफ़ेद ब्लाउज़ पहना हुआ था। पीठ पर बाल खुले छोड़े थे इसलिए ऐसे दिख रही थी जैसे अभी नहाकर आयी हो।

"व्हेअर इज़ अम्मा?" उसके पूछने तक माँ बाहर आ पहुँची। हाथ में जो मिठाई का बक्सा था उसे माँ को देकर बोली, "स्पेशल मद्रासी स्वीट।"

माँ ने बक्सा ले लिया। उसे मिठाई देते समय वह कितनी अच्छी तरह मुस्कुरायी थी पर माँ का चेहरा बिल्कुल रूखा था। उसने मेरा हाथ पकड़कर कहा, "कम टू माय हाउस। आय विल गिव यू स्वीट्स।" उसने मुझे साथ लेकर जाने की माँ से इजाज़त माँगी तब माँ ने मना नहीं किया। इसलिए मैं भी उछलता-कूदता हुआ उसके साथ चला गया।

वह बहुत बातूनी थी। बातें करते-करते उसने हमारे लिए कॉफ़ी बनायी। कॉफ़ी तैयार हो रही थी तब तक उसने मुझे खाने के लिए एक लड्डू दिया। अलग ही क़िस्म का लड्डू था। देसी घी में तर-बतर और बहुत ही मीठा। फिर उसने कॉफ़ी लाकर मेज़ पर रखी और मेरा हाथ पकड़कर मुझे खींचते हुए अपनी गोद में बिठा लिया। माँ की गोद में बैठना मुझे याद नहीं। परायी औरत की तो ख़ुशबू तक नहीं सूँघी थी कभी। लड्डू ख़त्म करके मैंने कॉफ़ी की तरफ़ हाथ बढ़ाया तब उसने जल्दी से मेरा हाथ पीछे खींचा।

"नो,नो। कॉफ़ी इज़ हॉट। वेट।"

और फिर उसने मुझे कसकर पकड़ा और चूम लिया। यह अनुभव मेरे लिए एकदम अनूठा था...नया था। उसके साथ कुछ बातें करने का मन हुआ। पर उसे क्या कहकर बुलाऊँ यह समझ में नहीं आया। टीचर? दीदी? मुझे मामी की याद आयी। "मामी" कहकर बुलाया तो नाराज़ हो गयी। बोली, "नो। नो। कॉल मी एल्सी। सिंपली एल्सी।" लेकिन नाम लेकर बुलाना मुझे अच्छा नहीं लगा। उसके बाद मेज़ पर रखी फ़ोटो की ओर उँगली से इशारा करते हुए मैंने पूछा कि वह कौन है?

"माय हसबैंड।" मुझे उसके बच्चों के बारे में पूछना था। कैसे पूछूँ?

"बेबी?" हाथों से इशारा करते हुए मैंने उससे पूछा।

"नो बेबी।" उसके चेहरे पर मुझे हलकी सी उदासी दिखी। लेकिन जल्दी ही वह फिर से मुस्कुरा उठी। "यू प्ले विथ मी। ओके?"

फिर उसने फूँककर कॉफ़ी ठण्डी की और मुझे पिला दी। "लाइक इट? फिल्टर कॉफ़ी; मद्रासी स्पेशल।"

हमारे घर मुझे कॉफ़ी के स्वाद वाला पानी पीने को मिलता था। डैडी और माँ ज़्यादातर चाय ही पीते। बच्चों के लिए चाय पीना मना होने के कारण उसका स्वाद नहीं जानता था। लेकिन ऐसी कॉफ़ी पहली बार पी थी।

"यू लाइक्ड कॉफ़ी?" उसने दुबारा पूछा। ठीक ही तो बनी थी। मेरे 'हाँ' कहते ही उसने दुबारा मुझे कसकर पकड़ा और चूम लिया। फिर उसने खेल का सामान बाहर निकाला। ताश के पत्ते और साँप-सीढ़ी का बोर्ड।

"यू प्ले कार्ड्स ?" उसने पूछा। मैंने 'नहीं' कहा। लेकिन साँप-सीढ़ी के खेल के लिए 'हाँ' कहा।

"कमॉन, लैट अस सीट ऑन द बैड।" उसने कहा।

हम कॉट पर बैठ गये। उत्साह के साथ मैं पालथी मारकर बैठ गया। वह भी पलंग पर एक पैर मोड़कर बैठ गयी। फिर हमने वहीं साँप-सीढ़ी का बोर्ड फैलाकर खेलना शुरू किया। खेलते समय साँप के काटने, सीढ़ी चढ़ने पर जब 'ओह नो' या 'अय्योयो' या फिर 'व्हेरी गुड' वग़ैरह कहती तब मुझे उसे सुनने में बड़ा मज़ा आता था। मुझे ज़्यादा बोलने की आदत न होने के बावजूद उस दिन मैं बोलने लगा था, उत्साह से तालियाँ बजाने लगा था। पहला ही दाँव मैं जीत गया तब मुझसे ज़्यादा उसे ख़ुशी हुई। जीतते ही उसने मुझे सीने से लगाकर, इतनी ज़ोर से भींचा कि मेरा तो दम ही घुट गया।

दूसरा दाँव खेलते समय खेल ज़रा रोकना पड़ा। मेरे पासा फेंकते ही छह आ गये थे। गोटी छह खाने आगे बढ़ाने के बाद ध्यान में आया कि पासा नहीं मिल रहा है। बहुत ढूँढ़ा। नीचे भी नहीं गिरा था। पलंग पर ही होना चाहिए था। उसने मेरे पैर ऊपर उठाकर मेरे कूल्हे के नीचे गिरा हो तो देखने के लिए वहाँ हाथ फेरकर देखा। फिर अपने पैर ऊपर उठाये और मुझे वहाँ ढूँढ़ने के लिए कहा। मुझे एकदम दिख गया। पासा उसकी स्कर्ट के अन्दर जाँघ के नीचे पहुँच गया था। मैंने आगे झुककर उसे वहाँ से निकाला तो बड़ी ख़ुश हुई। दुबारा मेरा हाथ चूमकर उसने कहा, "बस, अब और नहीं खेलेंगे।" मैं थोड़ा निराश हुआ तो उसने आगे कहा, "कम टुमॉरो। वी विल प्ले मोअर, ओके?"

मैं घर जाने के लिए उठा। अकेले जा सकता था, ज़्यादा दूर तो नहीं था। लेकिन उसने मुझे रोक लिया। कहा कि वह मेरे साथ चलेगी। और फिर उसने मेरे सामने ही अपने कपड़े बदले।

उस रात स्वादिष्ट मद्रासी मिठाई खाते हुए डैडी ने मुझसे इतने सारे सवाल पूछे जितने पहले कभी नहीं पूछे थे। उसका घर कैसा है? उसके कितने बच्चे हैं? उसका पति क्या करता है? उसके घर कौन काम करता है? आमतौर पर मेरा ज़्यादा बोलना

डैडी को पसन्द नहीं आता था। लेकिन इस बार मेरा हर जवाब उन्हें छोटा लगता था। बेकार की पूछ-ताछ बरदाश्त न होने के कारण माँ को डाँटते रहनेवाले डैडी आज बारीक़ी से पूछ-ताछ कर रहे थे। जितना मेरी समझ में आया था वह सब मैंने डैडी को बता दिया। "उसने कल भी बुलाया है। चला जाऊँ?" मैंने डैडी से पूछा। इस पर डैडी ने बस 'हाँ' कहकर जवाब दिया।

दूसरे दिन उसके आने की राह देखे बिना मैं ही उसके घर चला गया।

"कम...कम। गुड ब्वॉय।" मुझे अन्दर बुलाकर उसने मेरे बालों पर हाथ फेरा।

उसने झीनी नाइटी पहनी थी और धुले हुए बाल पीठ पर खुले छोड़े थे। इसके कारण आज वह कुछ अलग सी दिख रही थी। "सिट। आय विल मेक कॉफ़ी।"

मैंने मना किया। लेकिन उसने नहीं सुना। "नो,नो। यू मस्ट टेक कॉफ़ी।" और फिर कॉफ़ी कितनी अच्छी होती है, उससे कैसे 'एनर्जी' मिलती है, वह कैसे 'ताज़गी' लाती है वग़ैरह कॉफ़ी के बारे में बहुत कुछ बताती रही। कॉफ़ी ख़त्म करते ही उसने मुझे बिस्कुट दिये। और ज़िद करके खींचकर मुझे अपनी बायीं जाँघ पर बिठा दिया। "आय लाइक यू बाबू।" कहकर उसने मुझे पास खींचा और अपना गाल सामने करते हुए कहा, "गिव मी अ मुट्टम!"

इसका मतलब मैं नहीं समझ पाया। हालाँकि इतना जान गया था कि वह चूमने के लिए कह रही है। लेकिन मुँह में बिस्कुट भरा हुआ था। उसी हालत में उसका गाल चूमा तो गाल को बिस्कुट का चूरा लग गया। "यूऽ नॉटी मैन..." कहते हुए उसने अपना गाल साफ़ किया। और फिर मेरी जाँघ पर हलके से चपत लगायी। "ईट फर्स्ट" कहा और जाँघ पर थपकियाँ देती रही।

कभी किसी का लाड़-प्यार नहीं मिला था इसलिए मुझे यह सब बड़ा अजीब सा लग रहा था। लेकिन नहीं चाहिए ऐसा भी नहीं लग रहा था। जब तक मैंने कॉफ़ी ख़त्म नहीं की उसने मुझे नीचे उतरने नहीं दिया और ख़ुद भी कॉफ़ी नहीं पी।

"तुम्हें और कॉफ़ी दूँ?" कॉफ़ी का अपना कप मेरे सामने रखते हुए उसने मुझसे अंग्रेज़ी में पूछा। मना करके मैं उठा। उठ तो गया पर उसने मुझे जाने नहीं दिया। बैठे-बैठे आगे बढ़कर उसने मुझे पास खींचकर पूछा, "यू लाइक मी?" मैं सकपका गया। वह पसन्द न आने का सवाल ही नहीं था। लेकिन यों मुझे कसकर पकड़ना, चूमना, गोद में बिठाना अब ज़रा ज़्यादा होने लगा था। "कम। यू लाइक मी? होल्ड मी टाइट!" ऐसा कहते हुए उसने मेरे दोनों हाथ खींचकर अपनी पीठ की तरफ़ ले लिए। मेरे हाथ ठिठककर बेजान होकर नीचे गिर गये। मैं पीछे मुड़ गया। वहाँ से भाग जाने का मन हुआ। "वेट।" मैंने उसकी तरफ़ पीठ की थी। उसने वैसे ही मुझे अपनी तरफ़ खींचा। "आय विल गिव यू चॉकलेट। कम।" कहकर ज़ोर

से भींचा। घबराहट से भरा मेरा चेहरा उसे दिखाई नहीं दे रहा था। बैठे-बैठे वह मेरे शरीर पर से हाथ फेर रही थी। हाथ छाती पर से उतरकर नीचे आ गया। उसका हाथ मेरे शॉर्ट्स में पहुँचने तक मैं बहुत नर्वस हो गया था। "यू आर बिग, यू आर बिग" कहती हुई जब वह मुझे टटोलने लगी तब मैं एकदम आतंकित हो गया। पूरी ताक़त लगाकर मैंने उसे धकेल दिया। कॉफ़ी का कप नीचे गिरकर टूटने की आवाज़ आयी। वह गिरी या उठी यह देखने के लिए न रुककर मैंने दरवाज़ा खोला और बदहवास हालत में घर की तरफ़ भाग गया।

उसे पहचानने में भूल की यह सोचकर शर्म और ग़ुस्से के मारे बाहर से मैं थरथर काँप रहा था। दिल की घुटन बरदाश्त न होने के कारण साँस लेने में तकलीफ़ हो रही थी। उसकी दी हुई कॉफ़ी गले तक आ रही थी। उसे उल्टी करके बाहर फेंकने का मन हुआ। लेकिन इस तरह सारी घुटन बाहर फेंककर मुझे अभी से रीता नहीं होना था। डैडी के लिए रुकना था। डैडी आते ही जब उन्हें सब बता दूँगा तब जाकर दिल को चैन मिलेगा...फिर डैडी उसे नहीं छोड़ेंगे...ज़रा-सी ग़लती के लिए माँ पर भड़क उठने वाले डैडी अब उसका क्या हश्र करेंगे?

उस शाम डैडी का स्कूटर रोज़ के रास्ते से घर नहीं आया। एल्सी के घर की तरफ़ से आया। डैडी को देखकर मैं उठने जा ही रहा था कि तड़ाक् से एक झन्नाटेदार थप्पड़ मेरे गाल पर रसीद हुआ। "उसका कॉफ़ी का मग तोड़कर तू यहाँ भाग आया?" थप्पड़ पड़ते ही गले तक आकर रुकी हुई कॉफ़ी एक झटके में फटाफट बाहर निकली। डैडी अन्दर गये। उन्होंने माँ से जो बात कही वह मेरे कानों में पड़ गयी–"चाय-वाय बनाने की ज़रूरत नहीं। मैं फर्स्ट क्लास कॉफ़ी पीकर आया हूँ।"

उस दिन से मुझे कॉफ़ी से नफ़रत हो गयी।

इसके बाद मैं एल्सी को पूरी तरह टालने लग गया। वह भी फिर कभी हमारे घर नहीं आयी। डैडी ही कभी-कभार उससे मिलने जाते होंगे। 'चाय नहीं चाहिए, कॉफ़ी लेकर आया हूँ' कहते तो मैं समझ जाता।

अगले क्रिसमस पर माँ केक का इन्तज़ार कर रही थी। डैडी ने उससे कहा, "अब केक भूल जाओ। उन लोगों ने मकान छोड़ दिया है।"

मुझे स्कूल जाना पसन्द था। स्कूल में मुझे दोस्त मिलते थे इस वजह से नहीं। वहाँ का खुलापन मुझे अच्छा लगता था। घर के दरवाज़े, खिड़कियाँ चौबीसों घण्टे बन्द रहने के कारण वहाँ मेरा दम घुटता था। पर कई बार चाहकर भी स्कूल नहीं जा पाता। कभी-कभी तबीयत ख़राब होने की वजह से माँ बिस्तर पर ही पड़ी रहती। तब डैडी मुझे हुक्म देते, "आज घर पर ही रहो और उसकी मदद करो। समझे?"

पता नहीं क्यों डैडी को लगता था कि मैं बिल्कुल नासमझ हूँ। उनके अनुसार एक दिन स्कूल न जाने से कोई नुक़सान नहीं होता था। उनको यह भी लगता था कि अब मैं माँ की मदद करने लायक बड़ा हो गया हूँ। ऐसी स्थिति में घर का काम करने के लिए कोई नौकर क्यों नहीं रखते हैं ये मैं कभी जान नहीं पाया। कपड़ों के लिए वॉशिंग मशीन थी। लेकिन बर्तन साफ़ करने और झाड़ू-पोंछा लगाने के लिए किसी की मदद चाहिए थी। माँ ज़रूरत के अनुसार बर्तन माँजती और एक दिन छोड़कर झाड़ू लगा देती। घर में कचरा दिखने पर डैडी डाँटते थे। पहले माँ को और फिर मुझे! "ज़रा झाड़ू लगाने में तुझे शर्म आती है?"

आमतौर पर अपनी पढ़ाई से जुड़ी कोई कठिनाई हल करने के लिए मैं कभी डैडी के पास नहीं जाता था। एक दिन की बात है। मामूली सा सिंप्लिफिकेशन का गणित था। मैंने डैडी से पूछा, "डैडी 'मायनस टू ए अपॉन बी' को कैसे सिंप्लिफाय करते हैं?"

डैडी ने किताब हाथ में ली और देखा। पल भर सोचते रहे और फिर भड़क गये। "स्कूल में जाकर क्या पढ़ते हो, गोबर? इतना भी नहीं समझते?"

"डैडी, मायनस टू ए..."

"देखो, मायनस का मतलब है घटाना, टू मतलब दो....ऐसा करो। कल अपनी टीचर से जाकर कह दो–कह दो कि मैंने बताया है–ठीक से पढ़ाओ, नहीं तो कंप्लेंट कर दूँगा।"

मेरा दिमाग़ चकरा गया। अगर इतना आसान था तो डैडी ने सॉल्व करके क्यों नहीं दिखाया मुझे? ख़ुद अच्छी तरह पढ़कर बिना किसी की मदद के मुझे सॉल्व करना सीखना चाहिए...शायद इसलिए!

एक दिन अंग्रेज़ी के टीचर ने हमें निबन्ध लिखने के लिए कहा। 'माय होम।' मैंने लिखकर दे दिया। घर कैसे दिखता है...घर के आसपास ख़ाली जगह तो है लेकिन वहाँ फूलों के पौधे वग़ैरह नहीं लगाये हैं। माँ को बिल्लियाँ पसन्द नहीं और डैडी को कुत्ते....आंबुल्ली कैसे ढेर सारे फलों से लद जाती थी, लेकिन बच्चे आम तोड़ने के लिए पत्थर फेंकते थे इसलिए उसे काट डाला गया...अब चूँकि पेड़ आसपास नहीं हैं इसलिए पंछियों की चहचहाहट सुनाई नहीं देती। किसी भी तरह के पंछी आसपास नज़र नहीं आते। कोई चोर-उचक्का कहीं घर में न घुस जाये इस डर से बाहर का दरवाज़ा बन्द तो कहीं कोई जानवर, साँप अन्दर न घुसे इसलिए पीछे का दरवाज़ा बन्द। मक्खियाँ, मच्छर आते हैं इसलिए खिड़कियाँ हमेशा बन्द। माँ से नहीं हो पाता तब घर में झाड़ू लगाता हूँ। घर में कोई नहीं आता इसलिए मेरी पढ़ाई अच्छे से हो जाती है...वग़ैरह।

दूसरे दिन सबके निबन्ध जाँचने के बाद नोटबुक्स वापस कर दी गयीं। मेरी नहीं दी। मैं घबरा गया। मार्टिन सर कभी नाराज़ नहीं होते यह जानने के बावजूद। पीरियड ख़त्म होते ही उन्होंने मुझे बुलाया और नोटबुक देकर कहा, "मुझे तुमसे बात करनी है। आज शाम मेरे घर आ सकते हो? मैं पास ही रहता हूँ। घोड़ाबाँध के बाद पहला ही घर–"

चला गया। देखकर शॉक ही लगा मुझे। सर की पत्नी बाहर बग़ीचे में पौधों को पानी दे रही थी और मार्टिन सर बरामदे में झाड़ू लगा रहे थे! भला मर्द भी कभी झाड़ू लगाते हैं? और ऊपर से सर होकर?

मुझे देखते ही उन्होंने "आओ" कहा लेकिन झाड़ू लगाना बन्द नहीं किया। अपना काम ख़त्म करने के बाद मुझे अन्दर ले गये और हॉल में बिठाया।

"चाय लोगे?"

मैंने मना करते हुए कहा,"मैं चाय नहीं पीता, सर।"

उन्होंने पानी का गिलास लाकर दे दिया। चाय के लिए हाँ कहा होता तो क्या चाय भी वे ही बनाकर ले आते?

फिर पास बैठकर उन्होंने मेरा हाल-चाल पूछा। पढ़ाई कैसी चल रही है? डैडी क्या करते हैं? माँ के बारे में पूछ-ताछ की। "कोई खेल क्यों नहीं खेलते?" इस सवाल का जवाब देते समय मैं ज़रा उलझन में पड़ गया। बात तो सही है कि नहीं खेलता हूँ। मेरी उम्र के सभी बच्चे खेलते हैं। मैं क्यों नहीं खेलता? रवि-पिंटू का साथ छूटने के बाद मैंने कोई खेल नहीं खेला था, यह सच है।

"अच्छा, किस तरह की किताबें पढ़ते हो?"

किताबें पढ़ना मुझे पसन्द था। कभी-कभार कोंकणी टीचर लाइब्रेरी से किताबें

लाकर हमें पढ़ने देती थी। 'मनोहर राय की कविताएँ', 'गोदुबाय की कहानियाँ', 'कोंकणी लोककथाएँ' जैसी कुछ ही किताबें पढ़ी थीं।

"अंग्रेज़ी किताबें पढ़ी हैं?"

मैंने "नहीं" कहा। फिर वे अन्दर गये, दो किताबें लेकर आये और मुझे दे दीं। एक थी 'ऑलिवर ट्विस्ट' और दूसरी थी 'टॉम सॉयर'।

"पढ़ने के बाद वापस करना। और बता देना तुम्हें पसन्द आयीं या नहीं। और अगर पसन्द आ गयीं तो उनमें से क्या और क्यों पसन्द आया यह भी ज़रूर बताना।"

इतने में हाथ में बास्केट बॉल लिए मार्टिन सर की बेटी अन्दर आ गयी। माथे पर हेअर बैंड, सफ़ेद स्कर्ट और सफ़ेद टॉप–मिट्टी में सनकर इतने मैले हुए थे कि मुझे लगा उन कपड़ों को देखकर मार्टिन सर अब उसे डाँटना शुरू करेंगे। लेकिन आश्चर्य! "आओ स्टैला बिटिया। आज का खेल बढ़िया हुआ ना? पहले अन्दर जाओ और साफ़-सुथरी होकर आओ। मम्मी ने तुम्हारे लिए सूप बनाया है। तुम्हारा काम निपटने तक मैं आ जाऊँगा। तुम्हें सूप गरम करके दे दूँगा।"

मैं उठ गया। बाहर जाते समय उन्होंने पूछा, "क्या डैडी-मम्मी को किताबें पढ़ने का शौक़ है?"

मैंने "नहीं" कहा। मालूम नहीं उन्होंने यह सवाल क्यों पूछा। वैसे निबन्ध में जो लिखा था उसे तो उन्होंने पढ़ा ही होगा। माँ टी.वी. देखती है। डैडी ऑफ़िस की फ़ाइलें लेकर बैठते हैं। खिड़कियाँ-दरवाज़े मज़बूती से बन्द किये जाते हैं। दरवाज़ा खोलते ही तेज़ बहने वाली हवा मुझे अच्छी लगती है। उतनी ही बन्द खिड़कियाँ भी मुझे अद्‌भुत लगती हैं...

उस दिन मैंने पहली बार एक अलग ही डैडी को देखा–स्टैला के डैडी!

मेरी देखी हुई पहली मैयत!

सुबह-सुबह सन्देश मिला–नाना जी गुज़र गये।

माँ ने जल्दी-जल्दी कपड़े थैली में भर दिये। अपने साथ मेरे भी। डैडी टैक्सी लाने चले गये। माँ ने चाय बनायी। बिस्कुट निकाले। मुझसे कहा, "पेटभर खा लो। मौत वाले घर में खाने-पीने का मौक़ा नहीं मिलेगा। खाना खाने में देर होगी।" मेरे साथ माँ ने भी पेटभर खा लिया। डैडी होटल में खाकर आयेंगे यह मुझे बिना बताये पता चल गया था। दो दिन बाद सातवीं की परीक्षा थी। लेकिन मेरी पढ़ाई हो चुकी थी इसलिए मुझे चिन्ता नहीं थी।

टैक्सी आ गयी। जहाँ तक मुझे याद है, उस दिन मैं पहली बार टैक्सी में बैठा था। मामा का घर म्हापसा में था। वहाँ पहुँचने तक दस बज गये।

लाश कैसी होती है यह भी पहली बार देखा। नानाजी को नीचे चटाई पर सुलाया गया था। उनके हाथ बँधे हुए थे! या फिर मुझे ऐसा दीख रहा था? अधखुली आँखें चोरी से मुझे ही देख रही थीं। माँ कभी-कभी बताती थी, "मामा-मामी नानाजी को सताते हैं।" लेकिन यहाँ तो नानाजी के शरीर पर फूलों के हार डाले गये थे। "मामी उन्हें ठीक से खाना तक नहीं खिलाती।" लेकिन यहाँ तो मामी बिलख-बिलखकर रो रही थी। रोते-रोते बता रही थी, "कल सुबह अच्छे-भले उठे, चाय पी, चपाती खायी। कल बढ़िया मछली मिली थी। तली हुई मछली रोज़ जितनी खाते थे दोपहर को उससे ज़्यादा दुबारा माँगकर खायी। मैंने जो मछली का सालन बनाया था उसकी तारीफ़ करते हुए बड़े चाव से खाना खाया और बाद में लेट गये। रात को उनके लिए रोटियाँ और सब्ज़ी बनायी थी। फिर भी दोपहर वाला मछली का सालन माँगा और रोटी के साथ खा लिया। खाने के बाद आराम से सो गये। सुबह उठकर देखा तो सब ख़त्म हो चुका था..." इस पर किसी ने कहा, "नसीबों वाली मौत आयी है बहन। हमारे माथे पर क्या लिखा है भगवान जाने।"

सुबह चाय में डुबोकर खाये हुए बिस्कुट मानो माँ में ढेर सारी ताक़त भर गये थे। माँ ने भी ज़ोर-ज़ोर से रोना शुरू किया। मैं हैरान होकर उसे देखता रहा। फिर

बाहर बरामदे में चला आया। देखा, डैडी पड़ोसियों के साथ बातें कर रहे थे। दोनों मामा मातमी चेहरा लिए अपना काम किये जा रहे थे। आने-जाने वाले लोगों को नानाजी के बारे में कुछ न कुछ बता रहे थे। मुझे उस दिन पता चला कि जिनके बारे में मैंने कभी नहीं सुना था ऐसे बहुत सारे गुण नानाजी में मौजूद थे। बाद में किसी के कान में डैडी को कहते हुए सुना, "मरी भैंस में बहुत घी! मुझसे इस तरह के नाटक नहीं देखे जाते।"

मुझे ढूँढ़ते हुए कल्पेश बरामदे में आया और मेरा हाथ पकड़कर मुझे बाहर ले गया। बालों की बनावट और रंगीन टी शर्ट पहनने की वजह से अपने ही घर में वह मेहमान सा दिख रहा था। बाहर अर्थी बाँधी जा रही थी। कल्पेश ने एक गाइड की तरह मुझे नानाजी को कैसे इस अर्थी पर लिटाकर श्मशान ले जायेंगे, वहाँ सजाई हुई चिता पर रखकर नानाजी को किस तरह अग्नि दी जायेगी, यह सब ब्योरेवार बता दिया। दरअसल वह सब देखने की मेरी उतनी इच्छा नहीं थी फिर भी मैंने कहा, "मैं आता हूँ तुम्हारे साथ। साथ ही रहेंगे।"

"हट्! हमारे लिए मना है। पिता ज़िन्दा हो तो बेटा श्मशान नहीं जा सकता।" और फिर एक पन्द्रह-सोलह साल के बच्चे की तरफ़ इशारा करते हुए बोला, "वह देखो, वह उल्लास है। उसे श्मशान जाने का चान्स मिला है। उसके पिता की मौत हुई है ना!"

लाश उठाने में दोपहर हो गयी। बाक़ी लोगों के साथ डैडी भी श्मशान चले गये। फिर माँ ने मुझे बुलाया और नहाने भेजा। डैडी वापस लौटते ही माँ के पास आये।

"मैं सब संस्कार होने तक रुकने वाली हूँ। तुम बाबू को अपने साथ लेकर जाओ।" माँ ने कहा।

"और अगले बारह-तेरह दिन क्या मैं उसके पीछे नाचता फिरूँ?" डैडी की आवाज़ तेज़ होने लगी।

"लेकिन परसों से उसकी परीक्षा शुरू हो रही है..." माँ बताने लगी।

"जहाँ तुम रहोगी, वहाँ वह रहेगा। सातवीं की परीक्षा है। आठवीं तक फेल नहीं कर सकते ऐसा क़ानून ही बना है अब। उसे कौन फेल करता है ये मैं देखता हूँ।" ग़ुस्से में बड़बड़ाते हुए डैडी चले गये।

"अब अगले बारह दिन तुम्हारे लिए मैदान साफ़..." माँ बुदबुदायी।

अगले तीन दिन ऐसे ही बीते। बाहर नहीं जा सकते इसलिए बड़े मामा भुनभुनाते हुए घरभर घूमते रहते। छोटे मामा कोर्ट का काम रुक जाने की वजह से झल्लाते हुए

फ़ाइलें खोलकर बैठ जाते। बड़ी मामी मछली के बिना गले के नीचे निवाला कैसे उतरेगा इस चिन्ता में एक दिन तेंफळां के छोटे फल डालकर बनायी तीखी करी, एक दिन अजवाइन वाली सोल-कड़ी, एक दिन कच्चे आम का उड़द-मेथी वाला सालन बनाकर दिन गिन रही थी। छोटी मामी आते-जाते आईने में ख़ुद को निहारकर अपने आप पर मुग्ध हो जाती थी। मौत वाले दिन अर्थी उठ जाने के बाद जब सिर पर पानी डालकर नहाई तब उसके ध्यान में आया कि खुले बालों में भी वह अच्छी दिखती है। उसे देखकर मुझे एल्सी की याद आयी और शरीर सिहर उठा। खुले बाल पीठ पर अच्छे लगते हैं या घुमाकर आगे सीने पर ले तो ज़्यादा अच्छे लगते हैं, ये मामी ने मुझसे अब तक चार बार पूछ लिया था। "मैके आयी हुई बेटी कभी कोई काम करती है?" अपने आप से यह कहती हुई माँ किसी न किसी के साथ बेकार की बातें करते हुए यों ही दिन निकाल रही थी। पहले तीन दिनों में बाहर जाकर किया जाने वाला कोई भी छोटा-मोटा काम होता तो उसके लिए कल्पेश को बुलाया जाता। फिर मेरा हाथ पकड़कर वह मुझे भी अपने साथ खींच ले जाता। उसकी पूँछ बनकर घूमना मुझे ज़रा भी पसन्द नहीं था। फिर भी चला जाता। उन तीन दिनों में कल्पेश ने मुझे अपनी आवारागर्दी के बहुत सारे क़िस्से सुनाकर मेरे ज्ञान में बढ़ोतरी की थी।

"आख़िर ग्रहण छूटा।" चौथे दिन जैसे ही दोनों मामा घर के बाहर निकले कल्पेश ने कहा। "अब बस और नौ दिन बचे हैं। उसके बाद तो सूतक भी ख़त्म होगा।"

उस दिन दोपहर का खाना हो चुका था। बड़े मामा आधे दिन तक बाहर घूमकर दोपहर को घर लौटे थे। खाना खाने के बाद लेट जाते ही खर्राटे तक भरने लगे थे। छोटे मामा वक़ील थे। वे सुबह अपने काम पर गये थे और अब रात के आठ बजने तक वापस नहीं आने वाले थे। कल्पेश का ध्यान कहीं और था। अब क्या करूँ यह सोचता हुआ सा वह बड़ा बेचैन दिख रहा था। उसने चेहरे पर पावडर पोता था, इनशर्ट किया था और पैरों में जूते पहने थे। घर के बाहर क़दम रखने के लिए उसके पैर मचल रहे थे। अचानक मुझे बग़ल में ले जाकर उसने कहा, "मुझे एक काम है। जाकर शाम तक वापस आ जाऊँगा। तुम्हें छोड़कर बाक़ी सब गहरी नींद में सोये हैं। उठने के बाद अगर किसी ने पूछा तो बताना—बाबुश ने मयड़े के हलवे वाले केले ले जाने को बुलाया है इसलिए गया है। और हाँ, किसी भी समय पूछें, तो कहना कि अभी गया है।"

उसे मुझसे किसी जवाब की उम्मीद भी नहीं थी। बिना रुके वह सीधे बाहर चला गया। लेकिन उसे बचाने के लिए मुझे झूठ नहीं बोलना था। कहीं कोई उसके बारे में पूछ न ले इस डर से मैं सबकी नज़रों से अपने आप को बचाता रहा। लेकिन

शाम को उसके लौटने तक किसी ने भी उसके बारे में नहीं पूछा इसलिए मैं बच गया। जब लौटा तब सचमुच कल्पेश अपने साथ हलवे वाले केलों का गुच्छा लेकर आ गया।

दूसरे दिन सुबह दोनों मामा के अपने-अपने काम के लिए घर के बाहर निकलते ही कल्पेश ने मेरे सामने अपना राज़ खोल दिया।

"क्या तुम जानते हो मैं कल कहाँ गया था?" उसने पूछा।

"बाबुश के पास..."

"हट्! दरअसल, बाबुश नाम का कोई बन्दा है ही नहीं। मैंने उन्हें यों ही बता रखा है–बाबुश नाम का एम.एल.ए. का पी.ए. है जो मुझे बहुत पसन्द करता है। 'एम.एल.ए. साहब का काम है' कहने पर घर में मुझसे कुछ भी नहीं पूछा जाता। फिर कभी केले तो कभी केक साथ लेकर वापस आ जाता हूँ। सब ख़ुश!"

"और अगर मामा ने कभी तुम्हारे बारे में एम.एल.ए. साहब से पूछा तो?"

"एम.एल.ए साहब मामा को पास फटकने दे तब ना!" कल्पेश ने अपनी चालाकी दिखाई।

"लेकिन देखो, कल कहाँ गया था यह सिर्फ़ तुम्हें बता रहा हूँ। किसी से कहोगे तो नहीं?" मैं किसी से कुछ कहने नहीं जाऊँगा यह वह अच्छी तरह जानता था। इसीलिए निश्चिन्त होकर आगे बताने लगा, "दरअसल मैं कलंगुट गया था। जानते हो कहाँ? बीच पर नहीं।....क्या तुम यह जानते हो?" उसने अपने नाक को उँगली लगाकर पूछा। मैं उसका मुँह ताकता रह गया। मुझ मासूम को कैसे पता चलता कि ये शारीरिक सम्बन्ध से जुड़ा इशारा था। इस मामले में मेरा अनाड़ीपन ताड़कर वह बोला, "तुम ना सिर्फ़ देखने में बड़े लगते हो। मुझसे चार साल छोटे हो यह बात तक मुझे याद नहीं रहती। रुको, तुम्हें कुछ दिखाता हूँ।" वह अन्दर जाकर एक पतली सी किताब ले आया। कोई आसपास मौजूद नहीं है इसकी तसल्ली कर ली और फिर किताब खोलकर मुझे दिखाने लगा। एक औरत पैर खुले रखकर सोयी थी और उसके ऊपर एक आदमी। दोनों के शरीर पर कपड़े नहीं थे। इतने में किसी की आहट सुनाई दी। कल्पेश ने फ़ौरन किताब खींच ली और अपने शर्ट के अन्दर पेट के पास खोंसी। बड़ी मामी नाना के कमरे में जल रहे पीतल के दीप की बाती ठीक करने जा रही थी। कल्पेश ने मेरा हाथ पकड़ा और खींचते हुए मुझे बाहर बरामदे में ले गया। और फिर जैसे कोई रोचक कहानी सुनाते हैं वैसे वह क़िस्सा सुनाया...पिछले तीन महीनों से एक अमेरिकन गोरी औरत कलंगुट में आकर रह रही है। कल्पेश की उम्र अठारह तो उसकी चालीस है। लेकिन दो बच्चों की माँ की तरह बिल्कुल नहीं लगती। बहुत पैसे वाली...पानी की तरह पैसा बहाने वाली।

गुदगुदे शरीर वाली और बहुत मज़ाक़िया तबीयत की। कल्पेश से उसकी मुलाक़ात का क़िस्सा भी बड़ा दिलचस्प था। जब वह म्हापसा बाज़ार आयी थी तब कल्पेश पर उसकी नज़र पड़ी। उसे देखकर वह मुस्कुरायी। उसके हाथों में कुछ थैलियाँ थीं। वैसे हलकी ही थीं–फल, बिस्कुट, केक, बिअर कैन्स वग़ैरह चीज़ें थीं। उसने कल्पेश से हैल्प माँगी–सामान लेकर कलंगुट में जहाँ वह रहती थी वहाँ उसके साथ जाने के लिए...उस दिन से हफ़्ते में दो दिन वह उसे अपने पास बुलाती है और वह चला जाता है। जाते ही उससे बहुत कुछ करवा लेती है। उस किताब में जो था वैसा...और ऊपर से पैसे भी देती है...

अचानक मेरे दिमाग़ में कौंधा, "क्या तुम्हें वह कॉफ़ी पिलाती है?"

"करैक्ट। बेस्ट कॉफ़ी। अमेरिका में मिलती है बिल्कुल वैसी–जिसे स्टारबक्स कहते हैं ना, वह वाली।"

मुझे घिन आयी। उस दिन से घर लौटने तक मैं कल्पेश को टालता रहा।

उस छुट्टी में मैंने लगभग पचास किताबें पढ़ी होंगी। बीस-पच्चीस मार्टिन सर की दी हुई थीं। दो-तीन दिन में ही किताब पढ़कर वापस कर रहा हूँ यह देखकर शायद शुरू में सर को शक हुआ था। वे मुझसे सवाल पूछने लगे थे। 'द फॉल्ट इन अवर स्टार्स' जब दूसरे ही दिन मैंने वापस की तब उनका पहला ही सवाल था–

"किताब पढ़ी?"

"हाँ सर।"

"पूरी पढ़ी?" मैंने पढ़ी तो थी।

फिर वे मुझसे हेजल के डायग्नोसिस के बारे में पूछने लगे।

जवाब मिलते ही उन्होंने मुझे 'द बुक थीफ' दे दी। वापस लौटाई तब उन्होंने मुझसे हिटलर की जर्मनी के बारे में पूछा, ज्यू लोगों के बारे में पूछा, किताब की उस जर्मन लड़की के बारे में पूछा। इतना सब पूछने के बाद ऊपर से जब उन्होंने पूछा, "क्या तुम इसी तरह कहानियाँ सुना सकोगे?" तब मैंने सिर हिलाकर 'नहीं' कहा।

"कोशिश करो।" मार्टिन सर बोले। मेरा सिर अब और ज़ोर से हिला। मार्टिन सर देखते रह गये। "मुझे पता है, विपिन। यू हैव मैनी स्टोरीज़ इन यू। पर तुम मुँह खोलने से डरते हो। कहानियाँ सुनाना भी एक आर्ट है। तुम्हारे पास लिखने का आर्ट है। ओके। तुम लिखो। दिमाग़ में जैसे आये वैसे लिखो..."

उस दिन मैंने लिखा। डैडी और मैं, घर और स्कूल, बरगद और आंबुल्ली, सर और स्टैला...इन सबके बारे में लिखा। पढ़कर देखा तब अनजाने में हुई वह तुलना मुझे बिल्कुल पसन्द नहीं आयी। लगा जैसे आईने के सामने नंगा खड़ा हूँ। कल अगर सर ने लिखा हुआ पढ़ने के लिए माँगा तो? मैंने तुरन्त काग़ज़ फाड़कर फेंक दिये। दो दिन बाद फिर से लिखा–कल्पेश के बारे में, एल्सी से जुड़ी उस याद के बारे में। पर जो लिखा उसे उसी दिन फाड़ डाला। फाड़ते ही एक बात महसूस हुई। दिल का बोझ काग़ज़ पर उतर जाते ही मन हल्का महसूस होने लगता है। उस दिन से काग़ज़ मेरे लिए बोझ उतारने की जगह बन गये। सिर भारी हो जाता तब सारा बोझ काग़ज़ पर उतार देता। उसके बाद काग़ज़ फाड़ डालता। फिर मन एकदम हल्का...शिथिल...शान्त...

"आठवीं की पढ़ाई बहुत कठिन है।" बच्चे कहा करते। अनजाने में ही एक कौतूहल जग गया था। जून के महीने में पाठ्य-पुस्तकें हाथ आते ही उन्हें पढ़कर ख़त्म करने के लिए जी मचल उठा। पर निराशा ही हाथ लगी! भाषा विषय की पाठ्य-पुस्तकें बिल्कुल बच्चों वाली सी लगीं। पर इतिहास की किताब के पन्नों में मुझे तरह-तरह की कहानियाँ मिलीं जिन्हें बड़ी उत्सुकता से पढ़ गया। जिओग्राफी पढ़ते वक़्त लगा जैसे पूरी दुनिया घूम आया हूँ। विज्ञान ने मेरी जिज्ञासा जगायी। लैबोरेटरी मुझे बहुत पसन्द आयी। लेकिन वहाँ मुझे मन-मुताबिक़ प्रयोग करने नहीं मिलते थे। लैब में होने वाले प्रयोगों को देखते-देखते घर के टॉर्च, रिमोट, लाइट के बटन खोलकर देखने की आदत पड़ गयी। कभी-कभी किसी शब्द के अर्थ को नहीं समझ पाता था। मार्टिन सर ने सलाह दी थी, "अर्थ नहीं समझे इसलिए अगर कहीं रुकावट आयी तो आगे बढ़ने से पहले डिक्शनरी खोलकर देखनी चाहिए।" घर में एक छोटी डिक्शनरी थी। लाइब्रेरी की बड़ी ऑक्सफोर्ड डिक्शनरी लेकर अर्थ ढूँढ़ना आसान हो जाता। एक दिन वैब्स्टर्स डिक्शनरी कम थिसारस देखकर मेरी जिज्ञासा जाग उठी। उसे साथ लेकर घर आया। पर्यायवाची और विलोम शब्दों के साथ खेलने में बड़ा मज़ा आया। हर दिन बीस-बीस पन्ने पढ़ लेता और उन्हें याद करता। शब्दों की व्युत्पत्ति ढूँढ़ना भी सीख गया। बस, अन्तिम दस-बीस पन्ने बचे थे।

उस दिन गांवकार सर स्कूल में इतिहास पढ़ा रहे थे। भारत की स्वतन्त्रता का इतिहास मुझे अच्छी तरह याद हो गया था। मैं वैब्स्टर्स खोलकर पढ़ने लगा। सर ने क्लास में जो सवाल पूछा था उसकी तरफ़ मेरा ध्यान नहीं था। अचानक सर ने मुझे पुकारा और खड़ा किया। मुझसे जवाब पूछा। जैसे ही मैंने पूछा कि सवाल क्या है वे एकदम आग-बबूला हो गये। सरदार वल्लभभाई पटेल से जुड़ा सवाल दुबारा पूछा तब मैंने जवाब दे दिया। मेरे डेस्क पर पड़ी खुली डिक्शनरी देखकर सर को लगा कि मैंने पुस्तक में से पढ़कर जवाब दिया है। ग़ुस्से में फ़रमा दिया,"वह पुस्तक लो और यहाँ आओ।"

उस भारी डिक्शनरी को देखकर भड़क उठे। "मैं जी जान लगाकर हिस्ट्री पढ़ा रहा हूँ और तुम यहाँ डिक्शनरी खोलकर बैठे हो? क्या ढूँढ़ रहे हो उसमें?"

"शब्दों के अर्थ, सर।" मैंने जवाब दिया।

"कौन से शब्दों के अर्थ नहीं समझे हो?" सर ने तीखे स्वर में पूछा।

"सीख रहा हूँ सर।"

"डिक्शनरी सीख रहे हो?" सर हँसे। यह देखकर बच्चे भी हँसने लगे। सर ने आगे पूछा, "सीख ली?"

"ख़त्म होने आ रही है सर।"

"बताओ तो–हिस्ट्री का क्या अर्थ है?"

"द स्टडी ऑफ़ पास्ट इवेंट्स।" जवाब सुनकर सर उत्तेजित हुए। फिर उन्होंने डिक्शनरी खोली और उसमें देखकर पूछा, "होमिसाइड का क्या अर्थ है?"

"मर्डर, अ किलिंग ऑफ़ वन ह्यूमन बीइंग बाय एनअदर।"

"और प्रोलेटेरिएट?"

"सर्वहारा वर्ग, द लोवस्ट सोशल ऑर इकॉनॉमिक क्लास ऑफ़ अ कम्युनिटी।"

शायद सर को लगा होगा कि मैं उन्हें चुनौती दे रहा हूँ।

"और उसका एंटोनीम?"

"एरिस्टोक्रैट।" मैंने कहा।

उनका पारा चढ़ने लगा। "अब बताओ, पेनिटेंशरी का क्या मीनिंग है?"

बताने का मन हुआ था, 'प्रिज़नर्स कैम्प'। लेकिन सुनते ही वे और भड़क उठेंगे ऐसा लगा। चुप रहा। गांवकार सर के ग़ुस्साये चेहरे पर विजय की मुस्कान उभर आयी।

"डिक्शनरी सीखने चले हैं! पहले पढ़ाई पर ध्यान दीजिए!" और फिर पीरियड ख़त्म होने तक आठवीं में पढ़ाई की ओर ध्यान नहीं दिया तो दसवीं में क्या हश्र हो सकता है ये बताते रहे। जाते समय डिक्शनरी साथ लेकर चले गये।

स्कूल छूटते ही कॉरिडोर में मार्टिन सर दिखाई दिये। मुझे देखते ही रुक गये। बोले, "शाम को घर की तरफ़ ज़रा एक चक्कर लगाना।"

मुझे अचरज हुआ। मैंने उनसे कोई भी किताब नहीं ली थी। उनकी कोई भी किताब मेरे पास नहीं रह गयी थी जिसे मुझे उन्हें वापस करना था। शायद पढ़ने के लिए कोई नयी किताब देना चाहते होंगे।

"कहाँ जा रहे हो? कब तक लौटोगे?" माँ के रोज़ के सवाल। जवाब देने का मन नहीं हुआ।

"आराम से आ जाना। आज शनिवार है। ये कह रहे थे कि ओझा के पास होकर आयेंगे।" ज़ाहिर सी बात थी कि इस से मुझे कोई फ़र्क़ नहीं पड़ता था।

सर के घर थोड़ा जल्दी ही पहुँचा। स्टैला ने मुझे आते हुए देखा और मेरे भीतर पहुँचने से पहले ही अन्दर बता दिया। सर मेरा इन्तज़ार कर रहे थे। हॉल में उनकी पत्नी सिलाई मशीन पर काम कर रही थी। सर ने मुझे कुर्सी पर बैठने के लिए कहा। मशीन के पहिये और ऊपर-नीचे हो रही सूई की कच्क-कच्क आवाज़ बन्द होते ही पत्नी का ध्यान अपनी तरफ़ खींचते हुए सर बोले, "आग्नैस, एकदम ज़रूरी काम न हो तो ज़रा यहाँ आओगी? इसके साथ कुछ बातें करनी हैं। तुम भी साथ बैठो।"

वहीं अपनी कुर्सी घुमाकर वे चेहरा हमारी तरफ़ करके बैठ गयीं।

"सुनो आग्नैस, इसे मैंने ही यहाँ बुलाया है। पहले तुम्हें ज़रा बैकग्राउंड बताता हूँ।" और फिर सर ने उन्हें सुबह वाली स्कूल की घटना बताई। "पढ़ाई करना छोड़कर यह लड़का डिक्शनरी याद कर रहा है, यह बात गांवकार सर ने स्टाफ रूम में आकर नमक-मिर्च लगाकर बताई। बोले, 'भला डिक्शनरी भी कोई सीखने, याद करने की चीज़ है?' गांवकार ने इससे मीनिंग्स पूछे। सीधे-सादे शब्दों के अर्थ इसने बता दिये। लेकिन ज़रा कठिन शब्द पूछा तो वह नहीं बता पाया–जब गांवकार ने यह बताया तो मैंने पूछा–'कौन सा कठिन शब्द पूछा था?' लेकिन उसे वह याद नहीं था।" फिर मेरी तरफ़ देखकर सर ने पूछा, "सो सन टेल मी, कौन सा शब्द था वह?"

"पेनिटेंशरी।" मैंने बताया।

"तुम जवाब नहीं जानते थे?"

"प्रिज़नर्स कैम्प, सर।"

"तो फिर तुमने जवाब क्यों नहीं दिया?"

"गांवकार सर नाराज़ हो जाते, सर।" मैंने कहा।

मार्टिन सर हँस पड़े। "तुम जानती हो आग्नैस, यह जो पढ़ रहा था ना, वह थी वैब्सटर्स डिक्शनरी कम थिसारस। दरअसल स्टाफ के लिए लायी गयी थी। लेकिन स्टाफ तक इसे रिफर नहीं करता है। लगता है इसने बाय हार्ट कर रखी है–है ना?"

मैंने बाय हार्ट नहीं की थी। लेकिन सच था कि याद हो गयी थी। चुप रहा।

"आग्नैस, हालाँकि इसके सामने कहना नहीं चाहिए फिर भी कहता हूँ। ही इज़ ब्रिलियेंट! उसकी पढ़ने की स्पीड और ग्रास्पिंग पावर को मैंने देखा है। लेकिन इस तरह की मैमोरायजिंग कैपेसिटी! अमेजिंग! भगवान की देन है यह!"

मुझ पर हरसिंगार के फूलों की बौछार हो रही है ऐसा लगा! स्टैला जो केक का स्लाइस और सॉफ्ट ड्रिंक दे रही थी उसे ले लेता तो मन में पैदा हुई इस निर्मल और सुन्दर भावना का स्वाद बिगड़ जाने का डर था इसलिए मना किया। लेकिन जब सर ने आग्रह किया तब ना नहीं कह सका।

उस शाम बाहर बारिश न होने के बावजूद शरीर पर शीतल बूँदों की बौछार झेलता हुआ मैं घर लौटा।

सीढ़ी पर क़दम रखते ही तीखी डाँट कानों में पड़ गयी–"वहीं खड़े रहो।"

मैं 'स्टैच्यू' बन गया! दरवाज़े पर डैडी खड़े थे। उनके पीछे वे 'बाबा' खड़े थे। बाबा की कमर पर मैला गमछा, कन्धे पर लाल कपड़ा और माथे पर काली पट्टी

बँधी थी। दोनों के पीछे दीवार से पीठ लगाकर चटाई पर माँ बैठी हुई थी। बीच में एक तसले में सुलग रही आग धुआँ छोड़ रही थी। पूरा वातावरण गम्भीर और मातमी था! पिछले साल नानाजी की मौत पर देखा हुआ शोक भरा माहौल याद आया।

तरह-तरह के पेड़ों की डालें इकट्ठा बाँधकर बनाया गया झाड़ू ऊपर उठाये हुए बाबा एक-एक क़दम पटकते हुए आगे बढ़ रहे थे।

"न हिलेगा-न डोलेगा–" वे मुझे चेतावनी दे रहे थे या किसी अज्ञात को समझ नहीं सका। "कौन हो तुम? कहाँ से हो? सीधी तरह नहीं बताओगे? अब देखो मेरी ताक़त–" कहते हुए वे दरवाज़े पर पहुँचे। मैं अभी तक सीढ़ी पर ही था। अंगारों सी लाल आँखें गोल-गोल घुमा रहे थे। ये देखकर मुझे वे पगलाये हुए से लगे। डैडी को उनके पीछे हाथ जोड़े खड़ा देखकर मुझे लगा जैसे कोई चमत्कार हो गया है। हमेशा हेकड़ी दिखाने वाले, माँ को उठते-बैठते झिड़कने वाले और मुझे हर पल अपनी आज्ञा में रखने वाले डैडी आज टाँगों के बीच दुम दबाये खड़े कुत्ते से दिख रहे थे।

"दिन गया है डूब...गोधूलि की इस वेला में..." डालियों वाला झाड़ू नचाते हुए बाबा पास आ गये।

"अब उठाओ अपना साया...छोड़ो उसका शरीर..." कहकर जब उन्होंने मुझे मारने के लिए वह झाड़ू ऊपर उठाया तब उनका हाथ नीचे आने से पहले ही मैंने उसे कसकर पकड़ा।

"अरे...अरे! यह क्या कर रहे हो? इस देवू ओझा का कहा नहीं मान रहे? दुष्ट आत्मा! जलता अंगारा रख दूँ क्या तुम्हारी हथेली पर?" बाबा दहाड़ पड़े। डैडी दौड़े-दौड़े आ गये। मेरा हाथ छुड़ा लिया। क़रीब आकर बोले, "बाबा की बात सुन लो–वे झाड़-फूँक कर रहे हैं। तुम्हें नहीं मार रहे...तुम्हारे शरीर में जिसका संचार है उसे भगा रहे हैं।"

मैं चुप रहा। बाबा ने डैडी की तरफ़ देखकर पूछा, "तुझे पूत चाहिए ना?" जवाब में डैडी ने "हाँ, सायबा" कहा। 'हाँ बाबा' कहना छोड़कर ग़लती से तो नहीं कहा था ना? फिर बाबा ने तीन बार वह झाड़ू मेरे सिर पर दे मारा। पहली बार झाड़ू उठाया था तब जो ज़ोर था वह अब कम होने के कारण मुझे दर्द-वर्द महसूस नहीं हुआ।

"मुक्त हुआ। अब ले आओ उसे अन्दर–" कहकर बाबा ने धुआँ छोड़ रहे तसले के पास जाकर आसन जमा लिया। नमक की डलियाँ तसले में फेंकते ही तड़तड़ा उठीं।

"अब बला टल गयी ना बाबा?"

बाबा ने कुमकुम लेकर डैडी के हाथ में देते हुए कहा, "ये लगाओ उसके माथे पर और उसे ले जाकर बन्द कर दो कमरे में। आज रात तुम में से कोई भी उसके पास नहीं जायेगा। न लाइट जलानी है न दिया। न खाना, न पीना। कल इतवार है। सुबह कौवा रोते ही आने देना उसे बाहर।" बाबा ने मुझे उनका हाथ पकड़ने के जुर्म की सज़ा सुनाई थी।

"हाँ, सायबा।" डैडी ने हामी भरी। और फिर तसले की आग के उजाले में दीवार पर नाचने वाले सायों को साक्षी बनाकर तुरन्त मुझे कमरे में बन्द कर दिया गया।

हाथ में पानी लेकर तसले की आग बुझाने से पहले बाबा को डैडी से पूछते हुए सुना, "कोई और सवाल है?"

"साढ़े-साती कब ख़त्म होगी, बाबा?"

"मध्य चरण में है। घबराना मत। मैंने अपनी मुट्ठी में पकड़ रखा है उसे।" यह कहकर डैडी को अगला सवाल पूछने का मौक़ा दिये बिना बाबा ने तसले में जो पानी फेंका था उसकी आवाज़ कानों में पड़ गयी। सभी ओर धुआँ फैल गया होगा। माँ-डैडी के खाँसने की आवाज़ें आने लगी थीं। पर मुझे कमरे में बन्द कर दिया गया था इसलिए मैं इस धुएँ से बच गया।

अन्ध विश्वास के अदृश्य पाश में बाँधकर मुझे इस कमरे में बन्द किया गया इसलिए एक ओर मैं लज्जित था तो दूसरी ओर ग़ुस्से में। कहाँ मुँह छिपाऊँ समझ में नहीं आ रहा था। ग़नीमत थी कि मैं अकेला था। हरदम मेरे साथ घूमने वाला साया तक यहाँ नहीं था। आँखें खोलकर बन्द दरवाज़े की तरफ़ देखा। कुछ देर पहले तसले में धुआँ छोड़ते हुए जल रही आग के उजाले में, हॉल की दीवार पर जो साये नाच रहे थे, वे भी अब ग़ायब हो चुके होंगे। अच्छा हुआ, यह ज़िल्लत देखने यहाँ कोई नहीं। ख़ुद के अकेले होने पर राहत महसूस हुई। ये अकेलापन मुझे चाहिए ऐसा लगने लगा। अँधेरा मुझे अच्छा लगने लगा। चाहे आँखें पूरी तरह खुली रखूँ या कसकर बन्द, हर पल मेरा साथ देने वाला...अँधेरा...मेरा साथी! मैंने अँधेरे को अपना दोस्त बना लिया...

उस रात, उस बन्द कमरे ने मुझे नयी दुनिया दिखाई जो सिर्फ़ मेरी थी। हाँ! इस घुप्प अँधेरे और मेरे बीच शायद जन्म-जन्म का नाता रहा होगा। अँधेरे में मेरी सभी संवेदनाएँ तीक्ष्ण होकर मुझमें चैतन्य जगाती हैं ऐसा मेरा अनुभव रहा है। दरअसल जब से रवि-पिटू का साथ छूटा था तभी से मैंने अँधेरे का साथ अपनाया था। अब

वह मेरा क़रीबी था! अँधेरे की संगत में मेरी चित्तवृत्तियाँ प्रफुल्लित हो जाती हैं इस सत्य से मेरा साक्षात्कार हो चुका था।

उस रात जब बाबा की साढ़ेसाती का मध्य चरण चल रहा था तब मेरे कानों ने मुझे नया मन्त्र सिखाया।

मेरे कमरे में घड़ी नहीं थी। दीवार पर भी नहीं और कलाई पर भी नहीं। फिर भी टिक्-टिक् आवाज़ आने लगी। लगातार आती रही। ये मेरे सीने में बसे दिल की धड़कन है यह समझने में देर नहीं लगी। उस आवाज़ पर ध्यान केन्द्रित किया। मेरी तन्द्रा लग गयी। सभी संवेदनाएँ कानों में एकत्रित हो गयीं। आँखें खोलूँ तो अँधेरा, बन्द करूँ तो भी अँधेरा! अब कान ही मेरी आँखें बन गये। वे दूर की आवाज़ें जो पहले कभी कान के पर्दे को छूती तक नहीं थीं, अब स्पष्ट सुनाई देने लगीं। पास्कोआल का कुत्ता बीच-बीच में भौंक रहा था। घुग्घुओं की तीखी चीत्कार और निशाचर चमगादड़ों की पंखों को फड़फड़ाते हुए अँधेरे में मारी हुई छलाँगें...दिन में जो हॉर्न-ब्रेक की आवाज़ें सुनाई पड़तीं उतनी ही साफ़ सुनाई पड़ी। दूर कहीं पर डोल रहे पेड़ों की डालियों और पत्तों की सरसराहट सुनते ही मैंने जो कहीं पढ़ा हुआ था वह याद आया। रात के पंछी आवाज़ सुनकर अपना रास्ता खोजते हैं। विशिष्ट आवाज़ निकालकर अपना शिकार झपट लेते हैं...आवाज़ की दुनिया मेरे सामने साकार होने लगी। आवाज़ें अब आवाज़ें नहीं रहीं। आवाज़ें स्पृश्य हो गयीं। आवाज़ें जीवित हो गयीं। आवाज़ें इन्सान बन गयीं। आवाज़ें मुझसे टकराने लगीं। आवाज़ें मुझे चुनौती देने लगीं। दिल की धक-धक और नाड़ी की टिक टिक के बीच साम्य निरखते-निरखते दोनों के बीच समय का जो सूक्ष्मतम अन्तर था वह भी महसूस होने लगा। शरीर की अलग-अलग धमनियाँ एक ही समय पर फड़कती हैं यह ध्यान में आया और शिराओं में से बहने वाले रक्त की मन्द गति महसूस होने लगी। कानों के ज़रिये अपने भीतर झाँककर देखते समय मुझे आसपास का संसार भी दिखाई देने लगा।

श्रवणेन्द्रिय द्वारा दिया गया साक्षात्कार का यह अद्भुत अनुभव अपने हृदय में सँजोकर रखते हुए मैंने रात बितायी।

दसवीं में पहुँचने पर मुझे सहपाठियों ने बताया–काफ़ी देर तक पढ़ने के बाद, ज़्यादातर रात के समय जब नींद आने लगती है तब वे लोग चाय पीते हैं। उसके बाद एकदम तरोताज़ा महसूस करते हैं। मैंने पूछा–"माँ कुछ नहीं कहती?" उन्हें मेरी अक्ल पर तरस आया। "माँ ही तो चाय बनाकर देती है।"

मैंने माँ को बताया तब वह ज़रा अनमनी-सी हुई। फिर उसने पूछा, "तुम कहाँ रात को पढ़ने बैठते हो?"

सच ही तो कहा था उसने। मुझ पर कभी रतजगा करके पढ़ाई करने की नौबत ही नहीं आयी थी। लेकिन जब उसने ऐसा कहा तब मैंने रात को पढ़ाई करना तय किया। माँ को बता दिया, "दसवीं में बहुत पढ़ना पड़ता है। बाक़ी बच्चे तो ट्यूशन भी जाते हैं। अब मैं भी रात को पढ़ने बैठने वाला हूँ।" उस रात मैंने चाय माँगी। उसने मुझे रसोई-घर में बुलाया और कहा, "रोज़ रात को पढ़ाई करोगे तो रोज़ चाय माँगोगी। मैं वह नहीं कर पाऊँगी। मुझसे रतजगा बरदाश्त नहीं होता।"

"लेकिन माँ मैंने कभी–"

"सीखो। अब तुम बड़े हो गये हो। कैसे बनाते हैं यह मैं दिखाती हूँ तुम्हें। चलो–" और उसने मुझे चाय बनाना सिखाया!

तब पी हुई चाय मुझे अच्छी नहीं लगी थी। लेकिन फिर एक दिन मैं मार्टिन सर के घर गया था–किताबें लाने। वे इसी तरह मुझे बीच-बीच में अंग्रेज़ी उपन्यास पढ़ने देते थे। उन्होंने ही मुझमें अंग्रेज़ी और किताबों में रुचि जगाई थी। ख़ैर, उस दिन जब मैं उनके घर गया तब उनकी पत्नी हमारे लिए चाय बनाकर ले आयी। मुझे वह चाय बहुत अच्छी लगी। मैंने उनसे ऐसा कहा तो वे बोलीं–"मैं दूध वाली चाय ही बनाती हूँ।"

उस रात मैंने वैसी ही दूध वाली चाय बनायी। बढ़िया बन गयी!

मार्टिन सर ने जो किताबें दी थीं उन्हें लेकर घर आया तब मुझे वे फादर याद आये। उन्होंने मुझे बाइबल की कहानियों वाली किताबें दी थीं। मैंने उन्हें पढ़ा था। और

मुझे उनसे मन में आया एक सवाल पूछने की इच्छा हुई थी–"ईसा मसीह अन्याय के ख़िलाफ़ लड़े थे। अन्याय करने वाले तो बच निकले। लेकिन ईसा सूली पर चढ़ गये। फिर भी आप अन्याय के ख़िलाफ़ लड़ना अच्छा है ऐसा कैसे कह सकते हैं?" लेकिन मुझे दुबारा कभी फादर से मिलने का मौक़ा ही नहीं मिला। उनका तबादला हो चुका था। चर्च में सब उनके ख़िलाफ़ हो गये थे। सुना कि कोई नहीं चाहता था कि वे वहाँ रहें।

बाहर से जानी-पहचानी आवाज़ कानों में आ पड़ी। चार पहियों वाले ठेले पर प्लास्टिक की थैलियों और गमलों में रोपे हुए फूलों के पौधे लादकर, उन्हें बेचने निकला आदमी–"प्लांट–पौधे ऽ" कहकर चिल्ला रहा था। परसों आया था तब उससे मेरी बात हुई थी। मैंने उसे आज आने को कहा था। अब वह दरवाज़े पर खड़ा मेरा ही इन्तज़ार कर रहा था।

"माँ, ज़रा पचास रुपये दो। वह आदमी तुलसी का पौधा ले आया है।"

मार्टिन सर के घर के सामने वाला बग़ीचा जब से देखा था तब से हमारे घर के आसपास भी बग़ीचा बनाने के लिए मैं उत्सुक हो गया था। दो साल से मैं इस काम में जुटा था। गर्मी के दिनों में लोग अपने पेड़-पौधों की जो टहनियाँ काटकर फेंकते थे उनको और जवाकुसुम, मोगरा जैसे फूलों के पौधे लगाकर मैंने इस काम की शुरुआत की थी। परसों इस दर-दर पौधे बेचने घूमने वाले आदमी को रोककर मैंने गुलाब के पौधे के दाम पूछे थे। छोटे से पौधे के उसने पचास रुपये बताये थे। मैंने अन्दर जाकर माँ को बताया तो वह मुझ पर बरस पड़ी थी। "क्या ज़रूरत है उन फूलों की? मुझे कोई शौक़ नहीं है फूलों का। उसकी बजाय तुलसी का पौधा है तो पूछो उससे।" मैंने पूछा तो वह हँस पड़ा। "बाबू, तुलसी का पौधा तो कहीं भी मिल जायेगा। चाहिए तो अगली बार लाकर देता हूँ तुम्हें। दस रुपये दे देना। लेकिन तुम यह गुलाब का पौधा ले लो। देसी है इसलिए सस्ता है। कलम लेते तो सौ-दो सौ लग जाते।" मैं मोल-भाव करने लगा। "ठीक है। तुलसी और गुलाब दोनों पौधे लेकर आना और पचास में दे देना।"

उसी के अनुसार वह ले आया था। "तुलसी के पचास रुपये? बोल दो, नहीं चाहिए।"

"माँ वह तीस रुपये कह रहा था। मैंने उससे पचास में दो पौधे माँगे हैं।"

"दो क्यों? एक ही काफ़ी है।"

"पर माँ, एक अगर सूख गया, मर गया तो? इसी वजह से दो माँगे। दोनों ले

लेते हैं।" माँ कभी बग़ीचे में जाकर देखने वाली नहीं थी। पचास रुपये देकर मैंने दोनों पौधे ले लिए। एक तुलसी का, दूसरा गुलाब का। गुलाब की बेल थी। उसे टेक लगाने की ज़रूरत थी। पौधे लेकर सीधे बग़ीचे में चला गया।

घर के बाहर दो तरफ़ दस-दस मीटर जगह थी। मैंने वहाँ बग़ीचा बनाया था। घर के सामने तुलसी का बिरवा लगाने के लिए एक हाथ भर लम्बा छोटा सा मिट्टी का चबूतरा था जो पिछली बारिश में ढह गया था। मैंने मिट्टी थापकर उसकी मरम्मत की थी। तुलसी का बिरवा वहीं लगाया। दाहिनी तरफ़ अच्छी सी जगह देखी और वहाँ गुलाब के पौधे को रोप दिया। फिर योंही ज़रा बग़ीचे में चहलक़दमी करने लगा। पिछली बारिश में जुझे ने जो जवाकुसुम की टहनियाँ दी थीं उन्होंने अच्छे से जड़ पकड़ ली थी। बोगनविलिया की तो झाड़ी बन गयी थी। सफ़ेद जवाकुसुम में कलियाँ तक फूट पड़ी थीं। दो दिन के अन्दर फूल खिलेंगे। क्रोटोन अच्छेऽ से बढ़ा हुआ था। पिछले तूफ़ान में जब चम्पा का पौधा टूटकर गिरा था तब मैंने उसकी टहनियाँ दो जगह रोप दी थीं। वे दोनों टहनियाँ अब पेड़ बनने जा रही थीं। इस साल चम्पा पर फूल आने चाहिए। डैडी की वक्र दृष्टि से बचा रहा तो दो साल के भीतर बग़ीचा अच्छी तरह फूलों से गुलज़ार हो जायेगा। दुबारा एक नज़र फेरी। मन प्रसन्न हुआ। "चलो, इसी बहाने एक कप चाय हो जाये!" कहकर मैं घर के अन्दर चला गया।

प्रीलिम्स की परीक्षा नज़दीक थी।

'ज़्यादा पढ़ाई करेंगे तो ज़्यादा मार्क्स मिलेंगे' ऐसा सुना था इसलिए बच्चे जी-जान से पढ़ाई में जुटे थे। मैंने तो जो भी पढ़ा था उसका रिविजन तक कर डाला था। मुझे ज़रा ख़ाली बैठे देखते ही डैडी या तो कोई काम बता देते या फिर कोई सवाल पूछते। "दस किलो कपास भारी है या दस किलो लोहा?" अगर मैं कहता, "दोनों दस किलो हैं ना?" तो डैडी झुँझला जाते। "मैंने पूछा, कपास भारी है या लोहा?" मैं जवाब देता–"लोहा। लेकिन–"

डैडी मुझे बेअक्ल करार कर देते।

एक दिन पूछा, "बताओ तो, एटम बम कैसे बनाते हैं?" मैंने कहा, "मुझे नहीं पता।" तो भड़क गये। "एस.एस.सी में पहुँचा है। आख़िर क्या पढ़ा रहे हैं तुझे?" सीधे दूसरा सवाल दागा, "गोवा के लिए खेत-बाग़ान ज़्यादा ज़रूरी हैं या खनिज वाली खदानें?" इस विषय से सम्बन्धित पढ़ाया हुआ कुछ भी याद नहीं आ रहा था। मुझे जो सही लगा वह बताया, "खेत-खलिहान और बाग़ान ज़्यादा ज़रूरी हैं,

डैडी।" डैडी ने तमाचा मारने के लिए हाथ ऊपर उठाया ज़रूर लेकिन नहीं मारा। "एकदम भूसा भरा पड़ा है। मूर्ख कहीं का। पास तो हो जाओगे ना?"

हाथ में किताब लिए बैठता तो डैडी कहते, "पढ़ो, पढ़ो। दिमाग़ में घुस रहा है न कुछ?" अगर जान जाते कि मेरे हाथ की किताब 'पढ़ाई वाली' नहीं है तो पता नहीं क्या कर डालते!

मार्टिन सर ने किताबों से इतना लगाव पैदा किया था कि लगता कि कब एक किताब ख़त्म करता हूँ और दूसरी ले आता हूँ। मार्टिन सर से दो-दो किताबें ले आना या फिर वे जिन किताबों के नाम बताते उन्हें लाइब्रेरी से ले आना और भूखे-प्यासे की तरह चाट डालने के बाद लौटा देना ऐसा पिछले दो सालों से लगातार चला आ रहा था। हार्डी ब्वॉयज़, अंडरकवर ब्रदर्स वग़ैरह से लेकर मार्टिन सर ने 'प्राइड एंड प्रेजुडिस' जैसा उपन्यास भी पढ़ने को दिया था।

'थ्री इडियट्स' फ़िल्म देखकर आये हुए बच्चे जब क्लास में चर्चा कर रहे थे तब मार्टिन सर ने पूछा, "पिक्चर देखोगे?" मैंने ना कहा क्योंकि पक्का पता था कि डैडी मना करेंगे। "'फाइव पॉइंट समवन' किताब पढ़ लेना। यह फ़िल्म उसी किताब पर आधारित है। अभी स्टैला पढ़ रही है। उसका पढ़ना ख़त्म होते ही तुम ले जाना।" मैं बाद में लेकर आया और पढ़ ली।

बचपन में एक मामा का घर छोड़कर किसी और के यहाँ कभी आना-जाना नहीं हुआ था। पड़ोसियों के घर तक नहीं। अब किताबों के बहाने हफ़्ते में कम से कम एक बार मार्टिन सर के घर हो आता। प्रीलिम क़रीब होने के बावजूद उन्होंने एक नयी किताब हाथ में थमाकर कहा था, "पढ़ाई छोड़कर ये किताबें नहीं पढ़नी हैं। ख़ुद को तुम्हें ही समझाना है, जब तक पढ़ाई पूरी नहीं होगी तब तक किताब हाथ में नहीं लूँगा। समझे?"

प्रीलिम के ठीक एक दिन पहले शाम के समय माँ को बुख़ार चढ़ा। माँ ने डैडी से कहा, "मुझसे काम नहीं होगा। कल एक दिन छुट्टी ले लो।"

"छुट्टी तो मैंने ली है। कल मैनेजर के घर सत्यनारायण की पूजा है। सुबह ही बुलाया है। नहीं जाऊँगा तो उसे बुरा लगेगा। जाऊँगा तो उसकी कुछ मदद होगी। उसकी मर्ज़ी का ख़याल रखना मेरे लिए ज़रूरी है। समझी?"

"और यहाँ मेरे साथ कौन होगा? क्या मौत को बुलाऊँ साथ रहने?"

"मेरा दिमाग़ ख़राब मत करो। ज़रा से बुख़ार से कोई मर नहीं जाता। बाबू रहेगा घर पर। उसे कहोगी तो वह चावल बना देगा। और बाबू, तुम ज़रा वासुदेव के होटल पर जाकर दाल-सब्ज़ी वग़ैरह ले आना। कोकम है, नारियल का दूध डाले बिना फीकी सोल-कड़ी बनाने से काम हो जायेगा। ठीक है? मैं शाम तीन-चार बजे तक वापस आ जाऊँगा।"

"डैडी, मेरी प्रीलिमिनरी परीक्षा है। अगर पास नहीं हुआ तो फाइनल परीक्षा में बैठने नहीं देंगे।"

"क्या तीर मारने वाले हो पता है। और इस साल नहीं बैठे तो अगले साल बैठ जाना। परीक्षा तो अगले साल भी होगी।"

सुबह उठकर डैडी चले गये। माँ का बुख़ार कम होने लगा था। इसके बावजूद उसने 'तुम परीक्षा देने जाओ' कहने की ज़हमत नहीं उठाई।

फिर मैंने 'टू किल अ मॉकिंग बर्ड' किताब उठायी और घुस गया उसके अन्दर!

शाम के क़रीब चार बजे बैल बजी। दरवाज़ा खोलकर देखा तो बड़े मामा सामने खड़े थे। माँ ने फ़ोन करके अपनी तबीयत बिगड़ने के बारे में बताया था क्या?

मामा को अन्दर बुलाकर माँ के कमरे में ले जाकर बिठाया। "अरे बाबू, वासुदेव की दुकान पर जाकर चार-पाँच बटाटावड़े ले आओ। तुम्हारा दोपहर का खाना भी ठीक से नहीं हुआ।" बात तो सही थी। मुझे भूख लगी थी। फीकी सोल-कड़ी के साथ कोई कितना चावल खा सकता है? दौड़कर चला गया और ले आया। पीछे-पीछे डैडी भी घर आ गये। मामा को देखते ही–

"तुम क्यों आये हो यहाँ?" डैडी को बड़े मामा पसन्द नहीं हैं यह बात मैं जानता था। लेकिन घर आये मेहमान से इस तरह पूछना सुनने में अच्छा नहीं लगा।

"क्यों, तुमने फ़ोन करके सन्देसा पहुँचा दिया कि तुम्हारी तबीयत बिगड़ गयी है?" डैडी ने जैसे सफाई माँगते हुए डपटकर माँ से पूछा।

"नहीं, सायबा। और मान लो मैंने बता भी दिया होता–तो क्या वह आ जाता?" माँ भी कुछ कम नहीं थी।

"जाने दो। उसे चाय-वाय के बारे में पूछा कि नहीं?" डैडी बोले। मैं समझ गया, डैडी को चाय चाहिए थी।

"कैसे पूछती? मुझसे होता तो पूछती न? वोऽ देखो, बटाटावड़े मँगवाये हैं।" माँ ने कहा।

"बाबू, वह थरमस उठाओ और वासुदेव की दुकान पर जाकर दो चाय ले आओ।"

"रहने दो। रहने दो। पानी ही दे देना।" मामा ने कहा।

"डैडी, मैं चाय बनाऊँ?" सुनते ही डैडी ने माथे पर त्यौरियाँ चढ़ाईं।

"तू? तुझे बनानी आती है?"

"मैंने उसे सिखाया है।" माँ ने जैसे डाँट खाने के लिए तैयार होकर कहा।

"चलो अच्छा हुआ। बनाओ। देखते हैं कैसे बनती है!"

मैंने चाय बनायी। अपने लिए थोड़ी अलग निकालकर अन्दर ही रखी और तीन कप लेकर मैं बाहर चला आया। तब तक जो पाँच बटाटावड़े ले आया था उनमें से तीन स्वाहा हो गये थे। बाक़ी बचे ख़त्म होने से पहले मैंने उनमें से एक वड़ा उठा लिया।

तीनों ने फू फू करते हुए चाय पी ली। लेकिन एक ने भी नहीं बताया कि अच्छी बनी है या नहीं। मैंने ख़ाली कप उठा लिए।

"फ़ौरन धोकर रख दो उन्हें।" माँ ने फ़रमाया। "और जो एक वड़ा बचा है उसे अन्दर ले जाओ। मैं उसे बाद में खा लूँगी–तबीयत को आराम मिलते ही।"

"तुम बिना काम के आने वालों में से नहीं हो। बताओ, क्या काम लेकर पधारे हो आज?" डैडी ने मामा से सीधे सवाल दागा।

"एकदम सही पहचाना जीजाजी। बात करने ही आया था। कल्पेश अब बड़ा हो गया है ना?"

"तो क्या उसके लिए रिश्ता ढूँढ़ रहे हो?"

"जीजाजी, आप भी ना...बहुत मज़ाक़ करते हैं। वह तो अभी बीस का ही है। मैं उसे कहीं काम पर लगाने के बारे में सोच रहा था।"

"कुछ पढ़ा भी है वह?"

"आपको तो पता ही है। दसवीं में दो बार फेल हुआ है।"

"प्यून की नौकरी तक नहीं मिलेगी।"

"और अगर मिलेगी भी तो कहता है कि उसे नौकरी नहीं करनी। वह ख़ुद का बिज़नेस करना चाहता है।"

"वाह भई वाह! मतलब बिज़नेसमैन बनने वाला है इसका भतीजा!" डैडी ने माँ की ओर देखकर कटाक्ष किया।

लेकिन मामा ने डैडी के व्यंग्य-बाणों को अनदेखा किया। "टूरिस्ट टैक्सी ख़रीद कर देने के लिए पीछे पड़ा है।"

"मतलब ड्राइवर बनना चाहता है क्या?"

"कह रहा था कि साल के भीतर गाड़ी का लोन ख़त्म हो जायेगा। उसके बाद ड्राइवर रखकर दूसरी ख़रीद लेगा, फिर तीसरी...करते-करते कार-पूल कम्पनी शुरू करने की बात कर रहा है।"

"आं! फिर तो वह मालिक बन जायेगा। वह पात्रांव और तुम पात्रांव के पिता!" डैडी का स्वर नहीं बदला।

"आपसे कुछ मदद मिल जाती तो अच्छा होता।" मामा ने अपना स्वर नम्र ही बनाये रखा।

"मुझसे कैसी मदद? गाड़ी बन्द पड़ी तो उसे धकेलना तक मुझसे नहीं होगा।"

"वह लोन लेने की बात कर रहा था। अगर आप गारंटर बनें तो..."

"ऐसा? मतलब, कल अगर गाड़ी ठोक दी, नुक़सान हो गया तो गारंटर मैं? अच्छा आइडिया निकाला है आं, जीजाजी को गड्ढे में धकेलने का..." डैडी की आवाज़ तेज़ हो गयी।

डैडी का मूड ख़राब होगा और जीजा-साले के रिश्ते में दरार पड़ेगी यह सोचकर माँ कब से परेशान हुए जा रही थी। उन्हें रोकने के लिए उसने अपना मुँह खोला–"आप ज़रा मेरी बात सुनोगे?" और तभी उसने इतनी देर तक रोककर रखी गैस एकदम छूट गयी। पुर्र.. र्र...पाँक–मुझे कभी अपना हँसना याद नहीं है। लेकिन उस पल लगा जैसे हँसी फूट पड़ेगी। मामा ने खुक्क किया और पीछे-पीछे डैडी ने हँसी का फव्वारा छोड़ा। हँसते-हँसते डैडी बोले, "सुनी। सबने सुनी। बताकर हो गयी ना बात? और बची हो तो बताना। हम बाहर चले जायेंगे।"

माँ का उतरा हुआ चेहरा देखकर मुझे उस पर तरस आ गया।

"मुझे अब निकलना चाहिए। लेकिन उससे पहले जिस एक और काम के लिए आया था वह भी बताता हूँ।" मामा ने गला खँखारते हुए कहा।

"पता था मुझे। बिना काम के इस तरफ़ झलक दिखाने वालों में से तुम नहीं हो। फ़ायदे का है ना?"

"देखिए जीजाजी, मैं जो बताने आया हूँ वह सबके फ़ायदे का है।"

"सबके? है...मतलब तुम्हारे और इसके छोटे भाई के फ़ायदे का है...सही कहा ना?"

"जीजाजी, प्लीज़ मेरी बात सुन लीजिए। आजकल बड़े टेंशन में हूँ। बँटवारा चल रहा है।"

"किसके बीच?"

"भाइयों के बीच। छोटा भाई ख़ुद वक़ील है। वह मुझे धोखा देना चाहता है। इसलिए–"

"और इसका क्या? तुमने इसके बारे में नहीं सोचा?" माँ की तरफ़ इशारा करते हुए डैडी ने पूछा।

"उसे जो भी देना था वह सब तो हमने शादी में दे दिया न?"

"तुमने?"

"मतलब...पिताजी ने।"

"क्या? चने या फिर मूँगफली?" डैडी की आवाज़ का तीखापन मुझे अस्वस्थ करने लगा।

"पिताजी कह रहे थे कि सोने के डबल कड़े, कंगन, चूड़ियाँ, तोड़े, गले में गलसरी, हार, साथ ही बाजूबन्द...रिवाज़ के मुताबिक़ उसे जो भी देना था वह सब दे दिया गया है।" मामा की आवाज़ थोड़ी धीमी पड़ गयी थी।

"ये आप लोगों ने पहले से ही तय कर रखा है ना? तो ठीक है। अब किस काम से आये हो यह बताओ।" डैडी उठ गये।

"सुनिए। ज़रा बैठिए तो सही। बता रहा हूँ। बँटवारा ठीक से हो इसलिए मुझे इसका 'पावर ऑफ़ अटोर्नी' चाहिए। सिर्फ़ एक दस्तख़त। बाक़ी सब मैं सँभाल लूँगा।"

"दस्तख़त वग़ैरह कुछ नहीं मिलेगा तुम्हें। चलो उठो और दफ़ा हो जाओ। बँटवारा कैसे होता है यह मैं देख लूँगा।" और डैडी ने मामा को क़रीब-क़रीब हाथ से खींचते हुए घर के बाहर निकाला।

उलझे और बेचैन मन के साथ मैं अपने कमरे में गया और 'टू किल ए मॉकिंग बर्ड' खोलकर बैठ गया। क़रीब तीस पन्ने पहले ही पढ़ चुका था। सुबह मैं इस किताब के मुख्य पात्र स्काउट के साथ इतना समरस हो गया था कि वह लड़की होने के बावजूद लगा जैसे मैं अपनी ही कहानी पढ़ रहा हूँ। पर अब मुझे उस लड़की से जलन सी महसूस होने लगी। उससे 'यह मत करो, वह नहीं करना चाहिए' कहने वाले कई लोग इस उपन्यास में मौजूद थे। वहीं दूसरी ओर उससे ग़लती हो जाने पर उसे समझने वाले, उसका साथ देने वाले उसके पिता एटिकस फिंच भी वहाँ थे। उसका भाई जेम भी वहाँ था। मुझे एक बात का तीखा एहसास हुआ–मैं स्काउट नहीं हूँ!

मुझे लगा जैसे उस दिन के उजाले में मैं अँधेरे में हाथ-पैर मार रहा हूँ।

बाहर कोई आया हुआ था। लेकिन बाहर जाने का मेरा बिल्कुल मन नहीं था। पर जैसे ही आवाज़ कानों में पड़ी मैं एकदम स्तब्ध हुआ। ऐसे बैठा रहा मानो हाथ-पाँव जम गये हों।

"कौन हैं आप?"

"मार्टिन। विपिन के स्कूल में पढ़ाता हूँ।"

"घर कैसे आना हुआ?"

"विपिन का हाल-चाल जानने आया था। वह कैसा है?"

"क्यों? उसे क्या हुआ है?"

"आज से प्रीलिम परीक्षा शुरू हुई है।"

"पता है मुझे।"

"वह आज के पेपर में अपीयर नहीं हुआ।"

"कल भेज दूँगा उसे–"

"इस तरह इगनोर किया तो उसका बड़ा नुक़सान हो सकता है।"

"जानता हूँ। एक विषय में फेल होगा–"

"यह प्रीलिम है। फाइनल परीक्षा क़रीब आ रही है–"

"फाइनल तो नहीं है ना? और इस साल फेल हुआ तो अगले साल परीक्षा में बैठ सकता है।"

"इतना कैजुअली मत लीजिए, मिस्टर परोब! क्या आप जानते हैं? वह हमारे स्कूल का ब्राइटेस्ट स्टूडेंट है। शायद बोर्ड में–"

लेकिन डैडी उनकी कोई बात सुनने के मूड में नहीं थे। "ठीक है, ठीक है। कल से परीक्षा दे देगा वह।"

दरवाज़ा फटाक से बन्द होने की आवाज़ आयी।

मार्टिन सर 'फिंच' और डैडी 'रैडली' से लगने लगे मुझे। फिर जो इससे पहले कभी नहीं हुआ था वह हो गया। मेरा गला भर आया। रोने का सा मन हुआ।

मामा तक को मैंने अपने हाथों से चाय बनाकर पिलाई थी। और पहली बार हमारे घर आये मार्टिन सर को यों ही जाने दिया? दरअसल मार्टिन सर को आदर के साथ अन्दर बुलाना चाहिए था। मैं उनके लिए चाय बनाकर दे देता। एक बटाटावड़ा बचा था, वह भी दिया जा सकता था।

चाय पीने की इच्छा हुई इसलिए किचन में गया तो वहाँ माँ को बटाटावड़ा खाते हुए देखा। उसी पल चाय पीने की इच्छा दब गयी। सिर्फ़ पानी पीकर बाहर चला आया। माँ ने टी.वी. ऑन ही छोड़ रखा था। उस पर कोई गायक गा रहा था–'त्वमेव माता, पिता त्वमेव...'

गाना सुनते समय आमतौर पर उसके अर्थ की ओर ध्यान नहीं जाता है। लेकिन आज मेरा ध्यान उसकी तरफ़ गया। मैं सुनने लगा। गाना क्या कह रहा था? तुम ही मेरी माँ, तुम ही मेरे पिता...भगवान से प्रार्थना की जा रही थी। शरीर सिहर उठा।

माँ-डैडी मेरे भगवान हैं या भगवान ही मेरे माँ-डैडी? पिता भगवान समान या भगवान पिता समान? मैंने टी.वी. बन्द कर दिया।

दूसरे दिन परीक्षा में बैठा। मार्टिन सर सामने दिख गये तब मैं उनसे नज़रें चुराने लगा। लेकिन उन्होंने ही मुझे आवाज़ देकर पास बुलाया। ऐसे बात की मानो कल कुछ हुआ ही नहीं। "बचे हुए पेपर अच्छे से लिखना। एक पेपर आनसर नहीं किया इसलिए तुम्हें रोककर नहीं रखेंगे।" जब सुना तो दिल को थोड़ा दिलासा मिला।

फाइनल परीक्षा ख़त्म हुई। मार्टिन सर के कहे के अनुसार उस छुट्टी में मैंने कोंकणी और मराठी के क़रीब दस-बारह उपन्यास पढ़े। लेकिन एक-दो को छोड़कर बाक़ी कुछ ख़ास पसन्द नहीं आये। हाँ, बांग्ला के शरत् बाबू अच्छे लगे। 'गॉन विथ द विंड' उपन्यास पढ़कर तो मेरा सिर चकरा गया। अमेरिका के उस दौर के सामाजिक परिवेश और स्कार्लैट के संघर्षमय जीवन को समझने में मुझे परेशानी हुई। क़रीब तीन हज़ार पन्नों में उलझकर मैं पूरी तरह खो गया। लेकिन काफ्का का 'मैटामॉरफॉसिस' मुझे बहुत...मतलब बहुत ही अच्छा लगा...मन में आया—'मैं भी एक दिन ऐसा ही कीड़ा बन जाऊँ और लोगों के तरह-तरह के रूप देखता रहूँ।'

उन दो महीनों में मैंने अलग-अलग दुनियाओं की सैर की। गोवा को नये सिरे से जान गया। 'डिसकवरी ऑफ़ इंडिया' ने मुझे भारत की पहचान करायी। भारत-पाक विभाजन, अमेरिका का सिविल वॉर, दक्षिण अफ्रीका का नस्ल-भेद, दलितों का संघर्ष, मक़बूल फ़िदा हुसैन का बहिष्कार...कितना कुछ था पढ़ने के लिए...ये सब पढ़ते-पढ़ते मैंने उसमें ख़ुद को खो दिया है, ऐसा महसूस होने लगा। युद्ध एवं शान्ति, प्रेम एवं भोग, वास्तव एवं विलक्षण...इन सबके बीच के अन्तर को समझने की कोशिश में मेरा दम निकल गया।

एस.एस.सी. में अच्छे नम्बरों से पास हो गया। स्कूल पहुँचते ही सब साथियों ने मुझे बधाइयाँ दे दीं। पढ़ाया हुआ और मेरा पढ़ा हुआ जो भी समझ में आया उसे परीक्षा में लिख दिया था। जैसे लिखा था उसी के अनुसार मार्क्स मिले थे। अंग्रेज़ी, कोंकणी, मैथ्स, साइंस, सभी पर्चों में।

"मार्टिन सर तुम्हें ढूँढ़ रहे थे।" किसी ने बताया।

स्कूल से सीधे उनके घर चला गया। मार्टिन सर बड़े ख़ुश थे। "हमें लगा था कि तुम बोर्ड की परीक्षा में मैरिट लिस्ट में आओगे।" मार्टिन सर बोलते ही जा रहे थे...नम्बर कम-ज़्यादा हुए इस बात का उन्हें दुख नहीं था। "ज्ञान की प्यास बनाये रखना। अपना ज्ञान बढ़ाते रहना। मनुष्य को जानने-समझने की कोशिश लगातार करते रहना। हर मनुष्य को केवल मनुष्य के रूप में देखना। ऊपर से देखने में जो अटपटा लगे, विचित्र सा लगे, उसके पीछे छिपे यथार्थ को ढूँढ़ना। सबसे पहले ख़ुद को ढूँढ़ना। खाने-पीने में ही सुख मानने वालों में से तुम नहीं हो। आमतौर पर कहा जाता है कि 'दिल तक पहुँचने का रास्ता पेट में से होकर गुज़रता है।' लेकिन तुम उनमें से नहीं हो। तुम्हें तुम्हारा सही रास्ता किताबें दिखायेंगी। उनका साथ कभी मत छोड़ना...."

वे और भी बोलते रहते लेकिन इतने में हमारे क्लास की मैगी मिठाई लेकर आ गयी।

"सर, पेढ़े लीजिए।"

तब तक सर की पत्नी भी वहाँ पहुँच गयीं। उन्होंने उसे बधाई दी। "कांग्रेच्युलेशंस मैगी!" फिर पूछा, "अच्छे मार्क्स मिले हैं ना?"

"हाँ, मैम। डिस्टिंक्शन मिला है।" और फिर मैगी ने मेरी तरफ़ देखकर कहा, "लेकिन इसके जितने नहीं।"

"ऐसा मत कहो, मैगी। कम्पैरिज़न्स आर ओडियस। तुमने अच्छी कोशिश की, अच्छे मार्क्स मिले। बधाई हो तुम्हें।" सर ने कहा।

उसने मुझे भी पेढ़ा दिया और वह चली गयी।

पर मैं सर के घर ख़ाली हाथ ही चला आया था।

डैडी को वह पत्र मिलने तक किसी को भी मेरे रिज़ल्ट में प्रशंसा करने योग्य कोई बात नज़र नहीं आयी थी। पास हुआ हूँ यह बताते ही डैडी ने कहा था, "चलो, साल तो बच गया! मार्क्स कितने मिले?"

इक्यानबे परसेंट कहा तब पहले तो उन्हें शक ही हुआ। "फेंक तो नहीं रहे हो ना? चलो ठीक है, अच्छे मिले हैं! फिर भी- नौ कम हैं।"

"इक्यानबे? फिर भी–नौ कम हैं।" यही डायलॉग डैडी परसों बोल गये थे–माँ का बढ़ा हुआ वज़न देखकर।

हेडमास्टर ने डैडी को पत्र लिखकर स्कूल और गाँव में मेरे अव्वल आने के बारे में बताया था और माता-पिता को बधाई दी थी। दूसरे दिन डैडी उस पत्र को अपने साथ लेकर ऑफ़िस चले गये। बता रहे थे कि हमेशा डैडी को कम आँकने वाले मैनेजर को पहले विश्वास ही नहीं हुआ था। मैनेजर सहित सभी ने बड़ी तारीफ़ की थी इसलिए डैडी बड़े ख़ुश थे। सभी ने कहा था, 'आगे ख़ूब पढ़ाना।' बाक़ी सब ने इंजीनियर बनाने की सलाह दी लेकिन केवल मैनेजर की 'बेटे को डॉक्टर बनाना' वाली सलाह ही डैडी ने गम्भीरता से ली। ऑफ़िस वालों ने उनसे पार्टी माँगी तो वे तीन सौ रुपयों का केक ले आये और सब में बाँट दिया। बचे हुए गिनकर चार स्लाइस घर ले आये थे। एक माँ के लिए, एक मेरे लिए और दो ख़ुद खाकर उन्होंने उस दिन रिज़ल्ट की ख़ुशी मनायी।

डैडी ख़ुश इसलिए माँ ख़ुश! डैडी ने मुझे आगे पढ़ाने का जो निर्णय लिया था, उसका प्रमुख कारण था उनका मैनेजर। डैडी के साथ हमेशा अपमानजनक व्यवहार करने वाले इस मैनेजर के बारे में डैडी जब कभी बोलते, बुरा ही ज़्यादा बोलते। कड़े अनुशासन वाला है कहकर उसे कोसते रहते। ऐसा आदमी जो ख़ुद भी नहीं खाता था और दूसरों को भी खाने नहीं देता था। लेकिन मेरे रिज़ल्ट के बारे में सुनकर डैडी पर ख़ुश हुआ था। डैडी ने बताया कि उसने पूछा था, "कहाँ ट्यूशन लिया?" कभी कोई ट्यूशन नहीं लिया यह मालूम होते ही मैनेजर ने उँगलियों पर गिनते हुए हिसाब लगाया और बताया कि कम से कम पच्चीस हज़ार की बचत की है इसलिए अब उसे कोई अच्छा सा प्रेज़ेंट दे दो। मैनेजर ने स्कूटर देने के लिए कहा था। लेकिन जब बताया कि लाइसेंस के लिए अठारह का होना ज़रूरी है तब कहा, "कम्प्यूटर दे दो। आगे पढ़ाई में उसके काम आयेगा।" शायद उसे ख़रीदना डैडी के बस की बात नहीं थी। उन्होंने अनसुना कर दिया। इतने में एक क्लर्क ने बताया कि ग्यारहवीं में पहुँचने पर विद्यार्थियों को गोवा सरकार लैपटॉप देती है। उसे भी मिल जायेगा।

फिर मैनेजर ने ही डैडी को सुझाव दिया और उस दिन मुझे मेरा पहला मोबाइल मिला–वह भी स्मार्ट फ़ोन!

सब बोल रहे थे, "इंजीनियरिंग में भेजना है तो साइंस में एडमिशन लो।" लेकिन मैनेजर ने कहा था,"मेडिसिन में भेजना। वहाँ स्कोप ज़्यादा है।" बस, एडमिशन कहाँ लेना है इसका निर्णय वहीं हो गया। उच्च माध्यमिक विद्यालय कहने के बजाय ज्यूनिअर कॉलेज कहने में एक रुतबा था इसलिए शहर की नामी संस्था में दाख़िला लिया जहाँ ग्यारहवीं-बारहवीं तक और साथ ही बी.ए./बी.एससी. तक पढ़ने की सुविधा थी। इतने सालों में मेरी पढ़ाई का हाल-चाल जानने के लिए डैडी के मुँह से कभी एक शब्द तक नहीं निकला था इसलिए अब उसमें उनकी इतनी दिलचस्पी देखकर मुझे कुछ अजीब सा लग रहा था।

"मैं तुम्हें डॉक्टर बनाऊँगा। फिर तुम मेरी शान देखना। ज़रूरत ही नहीं होगी मुझे उस फ़ालतू नौकरी की। हाँ ऽ–पहले ही बता रहा हूँ तुम्हें–किसी का भी मुफ़्त में इलाज नहीं करोगे। उस मैनेजर का भी नहीं।"

माँ ख़ुश हुई या नहीं, मैं नहीं जान सका। डैडी ख़ुश हुए ना, बस हो गया! साइंस में डालो या फिर आई.टी.आई में–माँ को कोई फ़र्क़ नहीं पड़ता था। मुझसे तो किसी ने पूछा तक नहीं और मुझे भी नहीं लगा कि उन्हें मुझे पूछना चाहिए था।

वासुदेव की चाय की दुकान से लगकर ही डॉ. कॉश्ताबीर का दवाख़ाना था। वैसे डॉक्टर हमेशा अपने काम में व्यस्त रहते थे। लेकिन उस दिन वे मुझे बाहर ही मिले। शायद उन्होंने रिज़ल्ट की ख़बर पहले ही सुन ली थी। पास आकर उन्होंने बधाई दी। अचानक उनसे एक सवाल पूछने का मन हुआ। "डॉक्टर, आर्ट्स और साइंस इन दोनों के बीच क्या फ़र्क़ है?"

उन्होंने मेरे कन्धे पर हाथ रखकर बात को बड़ा आसान करके समझाया– "तुम्हारा जन्म कैसे हुआ जो यह बताये वह है साइंस। और जन्म लेने के बाद क्या करना है जो यह बताये वह है आर्ट्स।"

यह सुनकर मुझे आर्ट्स लेने की इच्छा हुई। लेकिन डैडी ने तो मेरा नाम साइंस स्ट्रीम में दे दिया था इसलिए बिना कुछ कहे चला गया।

आगे चलकर जब मैक्रोस्कोपिक एनॉटॉमी और प्रोक्रिएशन पढ़ा तब मुझे डॉ. कॉश्ताबीर ने जो व्याख्या बतायी थी वह याद आयी। 'तुम्हारा जन्म कैसे हुआ जो यह बताये वह है साइंस–' आँखों के सामने माँ और डैडी आ गये। उनका समागम, गर्भ धारण, गर्भावस्था, प्रसव...और फिर मेरा जन्म! उस दिन से माँ और डैडी की तरफ़ देखने की मेरी दृष्टि बदल गयी।

उस इतवार को सुबह-सुबह ही डैडी ने हमसे कहा–"आज हम देवता के दर्शन करने जायेंगे।"

"कौन से?" मैंने पूछा।

"सभी।" डैडी ने बड़ी शान से कहा, "टैक्सी बुलायी है। नौ बजे हमें बाहर निकलना है।"

मैं अचरज में पड़ गया। हालाँकि गोवा के सभी मन्दिर मैंने नहीं देखे थे फिर भी सौ के आसपास तो ज़रूर होंगे। "बस एक दिन में सभी मन्दिरों में जाना हो पायेगा?"

डैडी को ग़ुस्सा आया। "क्यों, तुम्हें क्या लगा? तुम लोगों को घुमाने ले जा रहा हूँ मैं? हम कुल देवता के दर्शन करने जा रहे हैं। हमारे देवता, इसके मैके के देवता, तुम्हें जिसने गोद में डाला उस फातर्पे की देवी के और हमारे ग्राम देवता, जांबावले के दामोदर जी के दर्शन करने। समझे? अब पूछ-ताछ बन्द करो और फटाफट निकलो बाहर।"

देवू ओझा ने साढ़े साती को अपनी मुट्ठी में क़ैद कर रखा था। इसका मतलब साढ़े साती ख़त्म नहीं हुई थी। तो फिर यह रिज़ल्ट वाला चमत्कार कैसे हुआ? इसी की छान-बीन करने डैडी ज्योतिषी के पास चले गये थे। उसने बताया, "साढ़े साती हमेशा बुरा ही नहीं करती। अच्छा भी करती है। लग्न कुण्डली और चन्द्र कुण्डली दोनों में शनि शुभकारक होने की वजह से साढ़े साती ने चाल बदल दी है। इसी कारण अच्छा रिज़ल्ट आ गया। छह महीने बाद साढ़े साती ख़त्म होगी। लेकिन इस बीच वाले समय में वह किसी भी तरह की बाधा नहीं लायेगी..." शायद इसी ज्योतिषी ने डैडी को बताया होगा, "सभी देवी-देवताओं के दर्शन कर लो और रक्षा के लिए गुहार लगाओ।"

दर्शन करने के बाद इच्छा पूर्ति के लिए जब भगवान से मदद की गुहार लगाई गयी तब पता चला। मुझे साइंस स्ट्रीम में दाख़िल किया गया है इसलिए मुझे पढ़ने की अच्छी बुद्धि दे और परीक्षा में, ख़ासकर बारहवीं की, बढ़िया मार्क्स मिले, ऐसी याचना करने के लिए ही देवी-देवताओं की भेंट लेने के कार्यक्रम का आयोजन किया गया था। मन किया कि डैडी से पूछ लूँ–क्या अब भगवान मुझे अच्छे मार्क्स दिलाकर पास करेंगे? लेकिन दुबारा डाँट खाने की अपेक्षा चुप रहने में समझदारी दिखी।

"अब माशेंल आ ही गये हैं तो ओल्ड गोवा जाकर बाँ जिजस कैथेड्रल में बड़े सायब के सामने भी मोमबत्ती जला आते हैं।" मुझे शक हुआ। यह भी मैनेजर का ही सुझाव होने की बड़ी सम्भावना थी। बाँ जिजस कैथेड्रल जाकर वापस आते

समय रास्ते में मिलने वाले सभी मन्दिरों में जाकर डैडी ने एक-एक रुपये का चढ़ावा चढ़ाया। माँ तो सड़क किनारे दिखने वाले छोटे मन्दिरों, सिन्दूर फाँसे गये पत्थरों और छोटे-मोटे क्रूसों तक के सामने 'सायबा, मदद करना' कहकर हाथ जोड़ती जा रही थी।

जांबावले में ग्राम-देवता का आशीर्वाद पाने की इच्छा से डैडी ने प्रसाद-पँखुड़ी माँगी। मुझे यह सब कुछ अजीब सा लग रहा था। प्रसाद लेने की विधि द्वारा कोई भी काम करने से पहले उसके लिए भगवान की हाँ या ना का पता लगाया जाता था। इसमें देवता की मूर्ति पर दायीं और बायीं तरफ़ फूल की पँखुड़ी लगायी जाती थी। जिस तरफ़ की पँखुड़ी पहले गिरती उससे पता चल जाता कि भगवान ने आगे बढ़ने के लिए हामी भरी है या नहीं। प्रसाद में देरी हो रही है यह देखकर डैडी ने पण्डित को डाँट पिलाई। पण्डित जी ने भगवान को! जो माँगी थी उस तरफ़ की न सही लेकिन आख़िर पँखुड़ी गिर गयी। पण्डित जी ने इस प्रसाद की गुत्थी सुलझा दी–"तुमने बेटे पर पूरा ध्यान दिया तो ही इच्छित लक्ष्य साध्य हो पायेगा।"

सुहागन औरत द्वारा दूसरी सुहागन या देवी को हल्दी, कुमकुम लगाकर उसकी गोद में पड़े आँचल में जटा वाला नारियल, तन्दुल और चोली का कपड़ा रखने का, 'होंटी भरने' का रिवाज़ होता है, यह माँ ने मुझे धीरे से समझाया। कुंकळी की शान्तादुर्गा को ऐसा ही चढ़ावा चढ़ाकर लौटते समय पूरे सफ़र में डैडी ग्राम देवता के प्रसाद के बारे में ही सोच रहे थे।

घर पहुँचे तब रात के आठ बज चुके थे। डैडी बोले, "अब और तुम कहाँ खाना बनाने जाओगी? उससे अच्छा है मैं ही जाकर कुछ ले आता हूँ।" ऐसा कहकर वे स्कूटर लेकर चले गये और नौ बजने के बाद ही वापस लौटे। एक प्लेट पुलाव का पैकेट देकर बोले, "तुम दोनों आपस में बाँटकर खा लेना। मुझे भूख नहीं है।"

जब ग्यारहवीं के क्लासेस शुरू हो गये तब एक इतवार को मार्टिन सर से मिलने गया था। उन्हें बताया कि मैंने साइंस में एडमिशन लिया है। मुझे लगा था कि ख़ुश होकर मार्टिन सर मुझे आशीर्वाद वग़ैरह दे देंगे। लेकिन–

"साइंस लिया? क्यों?" मार्टिन सर ने आँखों में आँखें डालकर पूछा, "साइंस का मतलब क्या है यह जानते हो?"

मुझे डॉ. कॉश्ताबीर की बातें याद आयीं। लेकिन मार्टिन सर के सामने कुछ कहने की हिम्मत नहीं हुई।

"डैडी कहते हैं–मार्क्स अच्छे मिले हैं–साइंस में अच्छा भविष्य है।" मैंने हिचकिचाते हुए कहा।

"डैडी ने कहा इसलिए तुमने साइंस लिया–" वे मुझसे पूछ रहे हैं या आगे कुछ बताना चाहते हैं, यह मैं नहीं समझ पाया। चुप रहा।

"साइंस में क्या है कहा?" सर ने पूछा।

"अच्छा भविष्य–"

"किसका?" मैं पूरी तरह हैरान!

"सो! आगे क्या करने वाले हो?" सर ने पूछा।

"डैडी कह रहे हैं कि मेडिसिन में जाओ–"

"मतलब, तुम डॉक्टर बनोगे?"

"डैडी ने कहा है–" मुझे ही नहीं पता था कि मैं क्या कहना चाहता था।

"समझ गया। तुम्हारे डैडी चाहते हैं कि तुम डॉक्टर बनो–राइट?"

मैंने हामी भरी।

"तुम्हें क्या चाहिए इस बारे में कभी सोचा है तुमने?" मार्टिन सर की नज़र आहत सी लगी। सर को जवाब देना था। मैं सोच में पड़ गया। मुझे क्या चाहिए? अब तक इसके बारे में कभी सोचा नहीं था। उलझन में पड़ गया।

"मुझे लगा था, तुम दूसरों से अलग हो। तुमने काफ़ी सारी किताबें पढ़ी हैं। तुम बढ़ियाऽ एस्से लिखते हो। लगा था–तुम इंडिपेंडेंटली सोचते हो...लेकिन जाने दो। पढ़ना...बहुत पढ़ना। और साथ ही इंडिपेंडेंटली सोचना भी सीखना।"

उस दिन मार्टिन सर ने आजकल क्या पढ़ रहे हो यह नहीं पूछा। फलाँ किताब पढ़ो नहीं कहा। बाहर निकलते समय बस इतना कहा, "देअर इज़ नो फ्रीडम लाइक फ्रीडम ऑफ़ माइंड!"

रास्ते भर उस वाक्य को दोहराता हुआ मैं पैदल घर चला आया।

मन की स्वतन्त्रता के बारे में सोचना यानी रोज़ की आदतों के दायरों को तोड़कर बाहर निकल आना। एक ढर्रे पर चल रही ज़िन्दगी को नया मोड़ देना। मुझसे वह नहीं हो सका।

मैं रोज़ क्लास में हाज़िरी लगाता था।

मैं रोज़ माँ को चाय बनाकर देता था।

मैं रोज़ डैडी को जिस किसी चीज़ की ज़रूरत होती वह बाज़ार से ला देता था।

मैं रोज़ अपना होमवर्क करता था।

स्वतन्त्र विचारों का बन्द दरवाज़ा खोलने की मैंने ज़रा भी कोशिश नहीं की। कारण था मेरा व्यवहार, मेरी पढ़ाई, किसी को कभी छेड़ने न जाने का मेरा स्वभाव। इस वजह से अध्यापक भी मुझसे अच्छा बरताव करते और विद्यार्थी भी। केवल नमशीकार सर छोड़कर। कारण दो थे–मैं उनके ट्यूशन क्लास में नहीं जाता था। दूसरा कारण था–मेरी क्लास में पढ़ने वाले उनके बेटे को बायोलॉजी छोड़कर बाक़ी सभी विषयों में मुझसे कम मार्क्स मिलते थे।

ग्यारहवीं में था तब दीवाली की छुट्टी के बाद सरकार ने लैपटॉप बाँटे। क्लास के क़रीब बीस विद्यार्थियों के पास तो पहले से ही थे। लेकिन मुफ़्त में मिल रहे हैं इसलिए उन्होंने भी ले लिए। पर मेरे लिए यह एकदम नयी चीज़ थी। रोज़ की रुटीन ज़िन्दगी में कुछ नया हो गया था! एक नयी दुनिया में क़दम रख रहा था। बन्द दरवाज़ा खुलने लगता है तब जो ख़ुशी होती है मुझे वह ख़ुशी महसूस हुई।

मुझे कम्प्यूटर के बारे में कुछ भी मालूम नहीं था। लेकिन अमृत पटेल नाम के लड़के ने मुझे इंटरनेट कनेक्शन से लेकर एप डाउनलोड करने तक सब कुछ सिखा दिया। हाँ, उसकी शर्त मान लेने के बाद। वह कोंकणी और अंग्रेज़ी विषय में कमज़ोर था। मैंने उसकी कठिनाइयाँ सुलझा दीं और उसने मेरी। जब मैंने अपना पासवर्ड बनाकर फीड किया तब अली बाबा को गुफा में जाने के लिए, 'खुल जा सिम सिम' ये दरवाज़ा खोलने के इशारे वाले शब्द मिलते ही जो ख़ुशी हुई होगी उसका साक्षात् अनुभव हुआ। ज्ञान और सूचना के दो बम मानो एक साथ फूटे हों, कुछ इस तरह दिमाग़ में विस्फोट हुआ। इस विस्फोट से ऊपर उठी धूल नीचे आकर जम जाने तक मैंने लैपटॉप पर अपनी पकड़ जमा ली थी।

ग्यारहवीं में पहुँचा तब तक मेरी ठुड्डी के पतले रोंए, काले बाल बनकर उभर आये थे। लेकिन दाढ़ी बनाने का ख़याल कभी दिमाग़ में नहीं आया। एक दिन मेरा क्लासमेट निनाद अपनी दाढ़ी सफाचट करके आया तब उसे बच्चों ने काफ़ी चिढ़ाया। "किस हज्जाम के पास गया था?" "सैलून का क्या नाम है?" ऊपर से सब 'फर्स्ट टाइम की ख़ुशी में पार्टी चाहिए' कहने लगे। तब निनाद ने बड़ी शान से कहा–"मैंने ख़ुद बनायी है दाढ़ी। फॉरैन रेजर से! डैडी ने मुझे दाढ़ी बनाना सिखाया।"

मैंने घर आकर डैडी को बताया।

"उस काम के लिए तुम्हें मेरी ज़रूरत क्यों है? जिस तरह दाढ़ी अपने आप बढ़ती है वैसे ही दाढ़ी बनाने की अक़्ल भी अपने आप आ जाती है।" डैडी ने मुझे सुना डाला।

"क्या मैं आपका रेजर ले सकता हूँ?"

"बिल्कुल नहीं। जो पॉकेट मनी देता हूँ वह इसीलिए है। अगर चाहिए तो जाओ और उसी पैसे से ले आओ।"

दूसरे दिन जाकर ले आया। तीसरे दिन दाढ़ी बनवा ली।

क्लास में कोई मुझे छेड़ने नहीं आया।

छुट्टी के दिनों की बात थी। शनिवार को पड़ोस की फ्लाविया की शादी थी। पास्कोआल ख़ास आया था काज़ार का निमन्त्रण देने। डैडी पास्कोआल को पसन्द नहीं करते थे। उन्होंने मुझे जाने के लिए कहा। पर मेरा बिल्कुल मन नहीं था। लगा–लाइब्रेरी में जाकर बैठ जाऊँ और देर रात को घर आकर 'काज़ार में जाकर आ गया' कह दूँ। लेकिन कल अगर पास्कोआल ने डैडी से पूछा, 'कोई भी क्यों नहीं आया' तो? रहने दो। एक अच्छी बात थी, मेरी क्लास का इग्नेशस भी जाने वाला था।

काज़ार म्हापसा में था। वहाँ जाने के लिए पास्कोआल ने ख़ास गाँव वालों की ख़ातिर शाम को बस का इन्तज़ाम किया था। अच्छी तरह इस्त्री किये हुए कपड़े पहनकर मैं निकल गया। देखा, बस पूरी भर चुकी थी। फिर भी सब "तुम अन्दर चढ़ो" कह रहे थे। मैं किसी तरह अन्दर घुसा। देखा कि सामने इग्नेशस बैठा था। "बाबू, यहाँ आ जाओ।" कहकर उसने अपने पास बैठने के लिए मुझे जगह बनाकर दी। खचाखच भरी हुई बस में सीट के किनारे किसी तरह बैठ गया।

पहले चर्च में शादी की रस्में पूरी की गयीं। उसके बाद हॉल में रिसेप्शन था। आठ बजे का समय दिया गया था लेकिन शुरू हुआ नौ बजे। मैं इग्नेशस के साथ-साथ रहा। हमने एक टेबल पकड़ ली। टेबल को घेरे हुए तीन लड़कियाँ, इग्नेशस, उसका एक दोस्त और मैं। हँसते-खिलखिलाते, मज़ाक़ करते हुए उनकी बातें चल रही थीं। इग्नेशस मुझे भी उनकी बातों में शामिल करने की कोशिश करता था। बियर और स्नेक्स आ गये। मैं तो बियर के लिए मना कर रहा था लेकिन जब इग्नेशस ने कहा कि मेरे फ्रेंड्स के सामने इज़्ज़त मत उतारो, ज़रा गिलास हाथ में ले लो, तो ले लिया। 'चिअर्स' किया। होंठों से भी लगाया। छी...कैसे सब मज़े लेकर बियर पीते हैं? एकदम कड़वी है। मैंने गिलास नीचे रखा।

इग्नेशस और उसका दोस्त डांस करने उठे और उन्होंने दो लड़कियों को भी अपने साथ डांस करने के लिए उठाया। मुझे भी आग्रह किया। लेकिन मैं नहीं उठा। तीसरी लड़की वहीं बैठी रही। इतने में मार्टिन सर वहाँ पहुँचे। उनके पास आने तक मैंने उन्हें देखा ही नहीं था। जल्दी-जल्दी उठा। बियर का गिलास देखेंगे तो क्या

कहेंगे! लेकिन उन्होंने उसे नज़रअन्दाज़ किया। पढ़ाई के बारे में ज़रा पूछ-ताछ की। "क्या पढ़ रहे हो? या समय नहीं मिल पाता?" मैंने कहा, "पढ़ रहा हूँ सर।" बताया कि अब्दुल कलाम का 'इगनाइटेड माइंड्स' पढ़ रहा हूँ। बड़े ख़ुश हुए।

बुफे में लगा खाना खाने तक ग्यारह बज गये। वापसी के लिए मैं जल्दी ही बस में चढ़ा और आगे की सीट पर बैठ गया। कुछ ही देर में बस भरने लगी। कुछ बुजुर्ग औरतें खड़ी थीं। उन्हें देखकर मैं उठ गया। बस आते समय जितनी भरी थी अब उससे भी ज़्यादा ठसाठस भर गयी। भीड़ में मैं कुछ लड़कियों के बीच फँस गया। आगे-पीछे लड़कियाँ...और वो भी बिन्दास्त। हिचक के मारे मैं शरीर को समेटने लगा, यहाँ-वहाँ सटने लगी थीं इसलिए। थोड़ी देर में बस जब मुड़ने या ब्रेक लगाने लगी तब सटना कुछ ज़्यादा ही होने लगा। किसी के कूल्हे मुझे जहाँ नहीं छूना था वहाँ छूने लगे। किसी की छाती का उभार बाजुओं को दबाने लगा। वे जान-बूझकर ऐसा कर रही हैं ऐसा शक हुआ। मांडवी पुल पर पहुँचने तक मेरी साँसों की रफ़्तार तेज़ हो गयी थी। और भी कुछ कुछ हो रहा था।

आधी रात को घर पहुँचा। सीधे बिस्तर पर कूद गया। नींद आ गयी...साथ ही सपने भी आये। सपने में इग्नेशस नहीं आया। मार्टिन सर नहीं आये। आगे-पीछे सटे हुए वे जवान बदन आये...किसी एक पल में देर रात को सिहरकर जाग उठा। लेकिन तब तक–

यह मेरा पहला स्वप्न दोष था। उठकर बाथरूम चला गया, सब साफ किया और वापस आकर सो गया।

पिछले दिनों जब जांबावली में प्रसाद विधि द्वारा सलाह माँगी थी तब भगवान ने बताया था–अच्छा रिज़ल्ट चाहते हो तो पूरा ध्यान दो। ग्रामदेवता की कही उस बात को डैडी ने काफ़ी गम्भीरता से लिया होगा। या फिर मेडिसिन में डालने के लिए आवश्यक पूँजी उन्होंने जमा कर ली थी इस वजह से होगा–डैडी ने वी.आर.एस. ले लिया।

"देखो बाबू, अब पहले की तरह हर महीने पगार घर में नहीं आने वाली। लेकिन चिन्ता मत करना। तुम्हारे ख़र्च का बोझ मैं उठाऊँगा। तुम सिर्फ़ डॉक्टर बनकर दिखाना।"

मैं टेंशन में! दिखाना मतलब सच में क्या करना होगा? लगन से पढ़ाई करके डैडी को जैसा चाहिए वैसा करने का निर्णय ले लिया।

इसके बाद एक दिन माँ को पसन्द है इसलिए मुलायम कोयों वाला कटहल लेकर बड़े मामा आये थे। उन्होंने डैडी से पूछा, "इतनी जल्दी रिटार्यमेंट क्यों ली?"

"अरे उम्र भी तो हो गयी ना? तुम्हें क्या लगता है? कितनी होगी?"

"मैं जानता हूँ। आप उम्र में मुझसे इतने भी बड़े नहीं हैं।"

"बाक़ी बची ज़िन्दगी आराम से कट जाये इसलिए ले लिया वी.आर.एस., ऐसा समझो!"

"वी.आर.एस. लेने पर ज़िन्दगी अच्छे से बीत जायेगी ऐसा किसने कहा आपसे?"

"सीधा हिसाब है। अगले पाँच-छह सालों में बाबू डॉक्टर बन जायेगा। घर में डॉक्टर होने पर हम दोनों की सेहत एकदम मस्त बनी रहेगी। फिर हम दीर्घायुषी हो जायेंगे! करैक्ट?"

"आपको दीर्घायु अवश्य प्राप्त हो। पर एक बात कहना चाहूँगा–लम्बी उम्र के सपने ज़रूर देखने चाहिए, लेकिन कल मौत नहीं आयेगी इसकी गारंटी कौन दे

सकता है? मुझे यक़ीन है आपने इस बारे में ज़रूर सोचा होगा।"

मामा की इन बातों का डैडी पर कितना असर हुआ इसका मुझे पता नहीं। लेकिन मैं चिन्ताओं के जाल में ज़रूर फँस गया। वह बात अगर डैडी पर लागू होती है तो मुझ पर भी लागू होगी। और अगर कल मरना ही है तो फिर आज जीने का कोई मतलब है क्या?

उस रात मुझे चाय पीने की तलब हुई। लेकिन अब पढ़ाई का बहाना नहीं था इसलिए इच्छा को मारना पड़ा।

पर एक बात अच्छी तरह ठान ली। इसके आगे, मौत कभी भी आ सकती है इस सोच के साथ, जब मन करे तब चाय पीते रहना है!

बारहवीं होने तक मेरी पढ़ाई पर ध्यान देने की ख़ातिर ही डैडी ने वी.आर.एस. ले लिया था। उनका हिसाब सीधा-सादा था–अगर थोड़ी सी पढ़ाई करके बाबू दसवीं में बढ़िया मार्क्स लाता है तो फिर बहुत पढ़ाई करने पर उसे बहुत मार्क्स मिलने चाहिए।

रोज़ याद दिलाते रहते, "देखो, तुम्हें अच्छे कॉलेज में डाला है ताकि तुम बढ़िया रिज़ल्ट लेकर आओ।" हायर सेकेंडरी को कॉलेज कहना उन्हें पसन्द था। मेरे घर वापस पहुँचने तक शाम के पाँच बज जाते थे। आते ही वे पूछने लग जाते, "आज क्या पढ़ाया, दिखाओ! नोट्स बनाये हैं? मन लगाकर पढ़ो। अगर गाइड चाहिए तो बता दो।"

एक दिन वे प्रो. नमशीकार से मिल आये। उन्होंने डैडी से कहा, "लड़का अच्छी तरह पढ़ रहा है। लेकिन मेडिसिन में जाना है तो उसे अभी से बायो के ट्यूशन में भेजना पड़ेगा। देखना तुम, बारहवीं में उसे सौ में से सौ मार्क्स लाने के क़ाबिल बना दूँगा।"

ट्यूशन लेने के लिए डैडी पीछे ही पड़ गये। कितना बताया कि मुझे ज़रूरत नहीं है। पर मेरी बात सुनने के लिए तैयार ही नहीं थे। अच्छा हुआ, दूसरे एक प्रोफ़ेसर ने उन्हें समझाया–"अगर लड़का होशियार हो, रोज़ पढ़ता हो तो उसे ट्यूशन की ज़रूरत नहीं है।" मैं बच गया।

इस दौरान एक और बात हो गयी। मेरे ही स्कूल के लेकिन मुझसे एक साल सीनियर मदन ने अपनी जान दे दी। यह ख़बर पेपर में भी छप आयी और पूरे गोवा में मशहूर हुई। मैं स्कूल के समय से मदन को जानता था। बड़ा होशियार लड़का था। खेल-कूद में भी हमेशा आगे रहता। मन लगाकर खेला करता। स्कूल में क्रिकेट और बाहर लड़कों के साथ फुटबॉल। दरअसल उसकी पहली पसन्द फुटबॉल था।

बढ़िया खेलने के कारण हर कोई उसे अपनी टीम में खींचने की कोशिश करता था। लेकिन घरवालों ने उस पर दबाव डालना शुरू किया। अगर खेलना ही है तो क्रिकेट खेलो। क्रिकेट में अच्छा भविष्य बनाया जा सकता है। फुटबॉल को कोई नहीं पूछता। दो साल वह स्कूल की क्रिकेट टीम की तरफ़ से खेला। बैटिंग और फील्डिंग बहुत बढ़िया करता था। एस.एस.सी. में अच्छे मार्क्स ले आया तो घर वालों में आस जगी। मैथ्स में 96 मार्क्स मिले, यह देख इंजीनियरिंग में भेजकर उसे आदमी बनाने के प्रयास शुरू हुए। इसके बावजूद मदन ने हौसला नहीं छोड़ा। हायर सेकेंडरी की फुटबॉल टीम में जगह बना ली। पढ़ाई भी की। ग्यारहवीं में फर्स्ट क्लास लिया। लेकिन साठ-पैंसठ परसेंट से कुछ होने वाला नहीं था इसलिए उसका फुटबॉल खेलना बन्द कर दिया गया। और फिर रात-दिन ट्यूशन-क्लासिस और पढ़ाई का सिलसिला शुरू हुआ। आख़िर एक दिन...उसने जान दे दी!

मदन के बारे में सुनकर डैडी पूरी तरह हिल गये। लगायी हुई पूरी पूँजी बर्बाद होने से अच्छा है कि बच्चे के मन मुताबिक़ करें, यह सोचकर शान्त हुए।

लेकिन उस दिन मदन को याद करके मेरा मन बड़ा बेचैन हुआ। अच्छी कड़क चाय बनाकर पी ली तब जाकर चैन मिला!

पहले मुझे लगता था कि कहानियों-उपन्यासों में मिलने वाले पात्र समाज में दिखने वाले आम लोगों से हटकर होते हैं। इनमें चित्रित प्रेम हो या भोग, इच्छा या वासना, दृढ़ता या ज़िद, संघर्ष या द्वन्द्व, सब किताबी होता है। ऐसा असली जीवन में नहीं हो सकता। लेकिन लैपटॉप मिलने पर नयी दुनिया से साक्षात्कार होने और अब आँखों के सामने अपनी मर्ज़ी के अनुसार जीने वाले साथी विद्यार्थियों को देखने के बाद, किताबों में मिलने वाले लोग आसपास ही होते हैं इसका एहसास हुआ।

ग्यारहवीं की परीक्षा जल्दी ख़त्म होने के कारण मेरे पास काफ़ी समय था। लेकिन इसका फ़ायदा माँ को ही ज़्यादा हुआ। अब छोटे-मोटे काम वह मुझसे ही करवाने लगी। जहाँ होती वहाँ से उठने का मन नहीं होता था इसलिए सब मुझे ही करने के लिए कहती। "बाबू, पीने के लिए पानी ला दो।" कुछ खाने का मन किया तो बुला देती। "वासुदेव के होटल पर जाकर दो बटाटावड़े ले आओ।" मछली साफ़ करना उसे बिल्कुल पसन्द नहीं था इसलिए दरवाज़े तक आने वाली मछली भी नहीं ख़रीदती थी। उसके लिए मुझे भगाती, "नुक्कड़ पर जाओ और कटी हुई विसवण मछली के टुकड़े ले आओ।"

इतवार को डैडी घर होते तो कुछ लज़ीज़ खाने की इच्छा से माँ को फ़र्मा देते, "आज चिकन शागोती खाने का बड़ा मन है" या "सूखी बांगड़ा मछली की किसमूर बनाओ।" आगे-आगे फिर जैसे ही इतवार आ जाता माँ को सिरदर्द हो जाता। कभी कमर दर्द होता तो कभी बदन दर्द। तब डैडी कहते, "बाबू, अंकुश के होटल जाकर मटन ले आओ। उसे सालन ज़रा ज़्यादा ही डालने के लिए कहो। और रॉकी के पास जाकर कातरे पाव ले आओ।"

शायद किताबें पढ़ने का परिणाम होगा, दिन-ब-दिन मेरी संवेदनाएँ तीव्र होने लगी थीं। मार्टिन सर जिस मन की स्वतन्त्रता की बात कर रहे थे उसे भोगने में मेरा संकोची स्वभाव आड़े आ रहा है इस बात का एहसास होने लगा था। अदृश्य बन्धनों के पाश तोड़कर मन अब खुली हवा में साँस लेना चाहता था। अपनी मर्ज़ी के मुताबिक़ जीने के लिए मन छटपटा रहा था। लेकिन माँ-डैडी के बन्धन तो मैंने ही ख़ुद पर लाद दिये थे। वैसे मैं इस मुग़ालते में कभी भी नहीं था कि माँ-बाप की हर बात मानने वाला कहकर मेरी प्रशंसा होगी। प्रशंसा की गयी या हो गयी होती तो क्या इससे मैं बहक जाता? बिल्कुल नहीं। लेकिन सब कुछ आदत के चलते करता जा रहा था—उन्हीं की मर्ज़ी के मुताबिक़!

छुट्टियों में कुछ काम करने की मैंने आदत डाल रखी थी। लाइब्रेरी से लायी हुई किताबें पढ़ना, लैपटॉप पर सूचना और प्रौद्योगिकी के बारे में पढ़ना, नियमानुसार थोड़ा व्यायाम करना, बग़ीचे में लगाये गये पौधों को खाद-पानी देना और बीच में फुरसत निकालकर चाय पीना।

एक दिन रास्ते में मेरी क्लास का इग्नेशस मिला। उसने कहा, "हमारे घर की दीवार से लगकर एक आम का पौधा उग आया है। वहीं बढ़ने दिया तो वह दीवार फोड़ डालेगा। पापा ने उसे उखाड़कर बाहर फेंकने के लिए कहा है। तुम्हें चाहिए तो ले जाओ।" पिछले दिनों की याद आयी। घर की बग़ल में जो देसी आम का पेड़ था उसकी याद। डैडी ने उसे कटवा दिया था। अब भी शायद—लेकिन उस बात को तो काफ़ी साल हो चुके थे।

इतना बड़ा बग़ीचा है। लगा देते हैं। मैं जाकर वह पौधा ले आया। अच्छी तरह चार-हाथ तक बढ़ा हुआ था। दिमाग़ में आया, डैडी कहेंगे—"बारहवीं में हो और पढ़ाई छोड़कर तुम यह लेकर बैठे हो?" इस वजह से डैडी की नज़र में न पड़े ऐसी जगह दूर कोने में उसे रोप दिया। पहले हाथ भर नीचे गड्ढा खोदा। उसमें गोबर,

राख, नारियल की जटाएँ और पहाड़ी पर उगने वाले 'हुसके' के पौधों की जड़ों वाली मिट्टी लाकर डाली। रोपने के बाद पौधे को घड़ा भर पानी दिया।

दूसरे दिन पड़ोस का पास्कोआल झगड़ने आ पहुँचा। "कल तुमने जो आम का पौधा लगाया है उसे एकदम हद पर ही क्यों रोपा है? वहाँ पास जो हद के निशान वाला पत्थर है वह तुम्हें नहीं दिखा?"

पड़ोसी से लड़ने का प्रसंग मुझ पर कभी नहीं आया था। और यह शोर अगर डैडी के कानों में पड़ गया तो? मैंने कहा, "सॉरी अंकल, वहाँ से निकालकर मैं अभी दूसरी जगह लगा देता हूँ।"

"कोई ज़रूरत नहीं।" अचानक वहाँ आ धमके डैडी काटने दौड़े। "पौधा हमारी हद के भीतर ही है। और वह पत्थर यहाँ कैसे पहुँचा? मुझे पता है, तुम्हीं ने उसे हिलाया होगा। नहीं तो सर्वेवालों को बुलाकर अभी सही–ग़लत का फ़ैसला कर लेते हैं।"

"तुम्हें जो चाहिए वह करो। मुझे ऐसे सर्वेवालों की रत्ती भर परवाह नहीं। मैं थूकता हूँ उन पर।" कहकर आग-बबूला होते हुए पास्कोआल चला गया।

दूसरे दिन देखा तो वहाँ कुछ नहीं था। आम का पौधा ग़ायब हो चुका था।

मुझे डैडी पर ग़ुस्सा आया। अच्छे से वहाँ से निकालकर उस पौधे को मैं किसी और जगह लगा देता। अब पौधा गया सो गया बेकार में झगड़ा मोल लेना पड़ा।

मैं लैपटॉप खोलकर बैठा था। इतने में माँ ने आवाज़ दी। उसे तुरन्त चाय चाहिए थी। उसे ज़रा रुकने के लिए कहा तो नाराज़ होकर बड़बड़ाने लगी। उकताकर उठ गया। चाय बनायी और जाकर उसे दे दी।

"यह वाली चाय तुम पी लो। अपने लिए जो बना रखी है ना, मुझे वह दो।" उसने बैठे हुए फ़र्माया।

"मैंने अपने लिए चाय नहीं बनायी है।" मैंने शान्त स्वर में कहा।

"क्यों?"

"मुझे अभी नहीं पीनी। बाद में पी लूँगा।"

"तुम पिओगे तब मुझे भी देना आं!"

"तो क्या यह चाय नहीं चाहिए?" मेरा पूछना ख़त्म होने से पहले उसने कप होंठों से लगाया।

मैं जाने के लिए मुड़ा। मैं सुन सकूँ उतनी आवाज़ में बोली, "मुझे जैसी चाहिए वैसी चाय कभी नहीं मिलती।"

मुझे ऑस्कर वाइल्ड की याद आ गयी। वह कहता है–संसार में दो तरह की ट्रेजडीज़ होती हैं। एक–जो चाहिए वह कुछ भी नहीं मिलता। दो–जो चाहिए वह सब मिलता है।

माँ को जो चाहिए वह कुछ भी नहीं मिलता है! भला किन उम्मीदों के साथ वह जी रही होगी? जहाँ तक मुझे याद है, मैंने उसे कभी भी ख़ुश नहीं देखा है। जब मेरा जन्म हुआ था कम से कम तब ख़ुश हुई थी क्या? या उसे बेटी चाहिए थी? उसे चाय बनाकर देने के लिए, उसकी सेवा करने के लिए! हो सकता है कि बचपन में उसे जब चाहिए था तब, जैसा चाहिए था वैसा कुछ भी नहीं मिला होगा। क्या माँ-बाप ने कोई सुख नहीं दिया? सच है कि मामा कभी-कभार आ जाते हैं, कहने के लिए कहते हैं कि हाल-चाल पूछने आये हैं पर तभी आते हैं जब कोई काम होता है। उन्हें भाई-दूज, रक्षा-बन्धन से कोई मतलब नहीं होता। कहते हैं कि उनके यहाँ इस सबका रिवाज़ ही नहीं है। ब्याह कर के इस घर में आने को अब तक पच्चीस

साल तो हो ही चुके होंगे। किन अपेक्षाओं की पोटली लेकर वह इस घर में आयी होगी? अच्छा है कि यह डैडी का अपना घर है। सास-ससुर का सुख नहीं मिला इस वजह से नाख़ुश है क्या? उसे जब चाहिए था जैसा चाहिए था नहीं मिला, इसका सही-सही क्या मतलब है? डैडी से सुख? गहना-लत्ता? सैक्स? वैसे वह अभी तक उतनी बूढ़ी भी नहीं हुई है। पचास को पार किया होगा? लेकिन पचास की उम्र बुढ़ापे का लक्षण तो नहीं है। कहते हैं माधुरी दीक्षित पचास पार कर चुकी है। अभी तक तीस की लगती हैं। और माँ? साठ की है कहा तो कोई मना नहीं करेगा। डैडी ने आख़िरी बार उसे कब बाँहों में भरा होगा?

क्या डैडी को जो चाहिए था वह सब मिला होगा? अगर ऑस्कर वाइल्ड ने जो कहा वह सब सही है तो मन मुताबिक़ सब मिल जाना भी ट्रेजडी है। सब मिलना ही चाहिए ऐसा किसी का आग्रह नहीं होता। लेकिन कुछ तो मिलना चाहिए ना?

मेरे बचपन की एक बात याद है। एक बार जब मामा मिलने आये थे तब डैडी ने मेरे सामने ही उनसे कहा था–"जब से शादी हुई है तब से इसने मुझे कोई सुख नहीं दिया है। सिर्फ़ बकबक और झिकझिक..." माँ को बोलना बहुत पसन्द है यह बात तो सही है। डैडी को वह बिल्कुल बरदाश्त नहीं होता था। इसलिए जब डैडी घर में होते तब वह टी.वी. लगाकर बैठ जाती। हाल-हाल में तो अकेले ही बोलती रहती थी।

घर में डैडी ही कमाने वाले थे। उन्हें जो-जो चाहिए वह सब मिलता होगा क्या? शायद मिलता होगा। उन्हें जो चाहिए उसे वे बाहर खाकर आते हैं। माँ घर में नहीं बनाती इसलिए वे बाहर खाकर आते हैं या फिर वे बाहर खाकर आते हैं इसलिए माँ घर में खाना नहीं बनाती, मुझे पता नहीं। लेकिन काफ़ी सालों से जितना पकाना ज़रूरी है उसे छोड़कर वह कुछ भी अलग बनाने नहीं जाती। डैडी ने मामा को बताया था कि माँ ने कोई सुख नहीं दिया। आज उसका मतलब समझ में आ रहा है। अगर ऐसा है तो–क्या डैडी अपनी ज़रूरतें घर के बाहर पूरी करके आते हैं?

और मैं? मुझे जो चाहिए उसके बारे में तो मैंने कभी सोचा ही नहीं! मुझे क्या चाहिए होगा? जो चाहिए वह सब मिल जाता है इसलिए क्या मुझे कोई शिकायत नहीं? हो सकता है। मुझे मोबाइल मिला। लैपटॉप मिला। मुझे नहीं मिला हो ऐसा भला क्या है? 'द पिक्चर ऑफ़ डोरियन ग्रे' को दुबारा पढ़ना चाहिए। अरे हाँ! कहते हैं कि ऑस्कर वाइल्ड के साथ बड़ी ट्रेजडी हुई थी। क्या हुआ होगा उसके साथ? जो चाहिए था वह कुछ भी नहीं मिला? या जो चाहिए था वह सब मिल गया? उसकी शादी हुई थी और दो बच्चे भी थे। लेकिन वह गे था। समलिंगी सम्बन्ध बनाने के कारण उसे जेल में डाला गया था। जेल में रहकर भी उसने काफ़ी कविताएँ रचीं।

सोच-सोचकर सिर दुखने लगा। भीतर माँ अकेले ही बड़बड़ा रही थी। नसीब को कोस रही होगी शायद। मुझे उस पर दया आयी। उठा। किचन में जाकर दो कप चाय बनायी। दोनों कप लेकर बाहर आया। कहा, "तुम्हें जो चाहिए वह कप उठाओ।"

कम से कम उतना तो उसे जो चाहिए वह मिल जाने दो!

चुनाव के दिनों में विद्यार्थियों में कुछ ऐसा जोश होता है कि वे क्लास के अन्दर कम, बाहर ज़्यादा होते हैं। इस साल तो पिछले साल से भी ज़्यादा सरगर्मी दिखाई दे रही थी। वैसे हायर सेकेंडरी में चुनावी हलचल उतनी नहीं होती। लेकिन बग़ल में ही उसी संस्था का जो कॉलेज था उसके साथ सॉलिडेरिटी दिखाने का यह उनका क्लासिक तरीक़ा था। दूसरी ओर प्रतिनिधि बनने के लिए विद्यार्थियों के बीच तगड़ा मुक़ाबला होता। एकदम जुनून सवार हो जाता विद्यार्थियों पर। पिछले साल इस गहमागहमी से मैंने हाथ भर दूरी बनायी रखी थी। इस साल तो तय करके चार हाथ दूर रहा। परसों शनिवार को घटी घटना से तो विद्यार्थी नेतृत्व पर से मेरा विश्वास ही उठ गया था।

आज सोमवार। जाऊँ या न जाऊँ सोच रहा था। लेकिन कल तक बरसने वाली धुआँधार बारिश आज थम जाने के कारण आसमान साफ़ और नीला दिखा। मन तरोताज़ा सा हुआ। गेट पार करके अन्दर पहुँचा तो माहौल कुछ अलग सा महसूस होने लगा। कल तक मुझसे पहचान तक न दिखाने वाले कुछ लड़के योंही 'हाय' कह रहे थे। मुझे देखकर मुस्कुरा रहे हैं ऐसा लगा। कुछ लड़कियाँ भी मेरी तरफ़ इशारा करके मुस्कुरा रही थीं। सीधे पहले वॉशरूम चला गया। आईने में देखा। शर्ट आगे-पीछे ठीक-ठाक है या नहीं इसे अच्छे से चेक किया। कौए का प्रसाद भी नहीं और किसी भी तरह का मैल या धब्बा भी नहीं। क्लास की तरफ़ मुड़ ही रहा था कि ऑफ़िस के प्यून ने आकर पूछा, "विपिन परोब?"

"हाँ। क्या हुआ?"

"तुम्हें प्रिंसिपल ने बुलाया है।"

"किसलिए" पूछना था पर उसके पहले ही वह वहाँ से चल पड़ा।

ग्यारहवीं में दाख़िला लेने के बाद मैंने प्रिंसिपल की केबिन में क़दम नहीं रखा था।

"आओ, बैठो।" कभी सुना नहीं था कि एक विद्यार्थी का स्वागत ऐसे होता है। "यू आर अ ब्रेव ब्वॉय!"

मैं उलझन में पड़ गया। शायद पीछे जो खड़ा है उसके लिए कहा होगा सोचकर मैंने पीछे मुड़कर देखा। फ़िलहाल वहाँ कोई नहीं था! यों ही मज़ाक़ में कह रहे हैं क्या? "सर, मैंने क्या किया?"

"क्या किया? यू हैव मेड अस प्राउड, माय ब्वॉय!" कहकर उन्होंने टेबल पर जो बेल थी उसे दबा दिया। प्यून भीतर आया। "फातिमा को बुलाओ। और तीन कप चाय ले आओ।"

मैं कुछ भी नहीं समझ पा रहा था। यह फातिमा कौन है और मुझे यह चाय-वाय क्यों पिलाई जा रही है?

"सर, मे आय कम इन?"

"प्लीज़ कम। अब फातिमा से ही सुनते हैं।"

तब तक वह अन्दर आ गयी थी।

"यही है ना वह? तुम्हारा सेवियर!"

"येस सर।"

अरे!...यह तो परसों वाली ही लड़की है!

शनिवार को मैं लाइब्रेरी से बाहर निकला तब शाम के साढ़े पाँच बज चुके थे। बाहर बारिश बरस रही थी। छाता नहीं ले आया था इसलिए उसके थमने तक रुका रहा। कुछ थमी तो तेज़ डग भरता हुआ बस की तरफ़ जाने लगा। लेकिन तभी दुबारा बारिश ने ज़ोर पकड़ा। सोचा कुछ देर के लिए एक पेड़ के नीचे रुक जाता हूँ। वहाँ पत्तों से नीचे टपकने वाली बूँदें झेलता रहा। सामने रास्ते से एक लम्बे हाथों वाली कमीज़ और चूड़ीदार सलवार पहने, माथे पर दुपट्टा ओढ़े हुए एक लड़की जा रही थी। बारिश थमने का नाम नहीं ले रही थी और बूँदों की टप-टप भी बढ़ती जा रही थी इसलिए ज़रा सा दौड़ूँगा तो जल्दी से बस स्टॉप तक पहुँच जाऊँगा सोचकर मैंने क़दम उठाये। इतने में एक मारुति वैन उस लड़की के सामने आकर रुक गयी। मैंने दौड़ना शुरू किया था। जैसे ही उस गाड़ी के नज़दीक पहुँचा लगा कि कुछ भयंकर हो रहा है। गाड़ी से उतरे दो आदमी उस लड़की को खींचकर गाड़ी की ओर ले जाने की कोशिश में थे। मेरे क़दम वहीं रुक गये। अनजाने में मैंने मारुति का दरवाज़ा ब्लॉक किया था।

"गैट लॉस्ट–" एक मुझ पर चिल्लाया। लेकिन मैं वहीं पैर जमाये खड़ा रहा।

"बाजू हटो। नहीं तो–" और दूसरे ने छुरा बाहर निकाला।

क्या उन्हें लगा कि मैं डर जाऊँगा? कहीं पढ़ा हुआ एक वाक्य फटाक से नज़र

के सामने आ टपका–‘डर को जीतो, मौत को जीतोगे।’ मौत? भला कैसी होती है? पता नहीं। लेकिन डर लगने जैसा आज तक कभी कुछ हुआ ही नहीं था। अब भी भाग जाने का ख़याल मन में नहीं आया। मेरी मुट्ठियाँ भिंच गयीं। मैंने किताबों का बैग पैरों के पास नीचे फेंका और दोनों हाथ ऊपर उठाये–अगर उसने मुझ पर छुरे से वार किया तो उसे रोकने के लिए। इतने में मारुति के ड्राइवर ने गाड़ी रेज़ करके वहाँ से हिलायी। मीटर भर आगे ले गया। सामने वाले दोनों हड़बड़ा गये। मेरी भी समझ में नहीं आ रहा था कि क्या करूँ। इस मौक़े का फ़ायदा उठाकर वह लड़की उनके हाथ से छूट गयी। और फिर वे दोनों घबराकर गाड़ी की तरफ़ दौड़ गये। उनके अन्दर बैठते ही वैन तेज़ी से चली गयी।

इतने में मेरी बस आ पहुँची। उस दिन मेरा बैग और मैं पानी में तर-बतर होकर घर लौटे।

तब उस लड़की का चेहरा तक ठीक से नहीं देखा था। और वैसे देखा जाये तो मैंने कुछ भी नहीं किया था। इत्तफ़ाक की बात थी। वे दोनों जब उस लड़की को खींच रहे थे उसी वक़्त मैं वहाँ पहुँच गया था। और अगर वे मुझ पर वार करते तो बचाव के लिए मैं तैयार था, बस इतना ही।

“वैल डन, विपिन। फातिमा तुम्हें थैंक्स कहना चाहती है।”

फातिमा की आँखें भर आयी थीं। “थैंक्यू...” किसी तरह उसके मुँह से निकला और फिर रुलाई फूटी। सर बैठने के लिए कहें इससे पहले ही वह निढाल होकर कुर्सी पर बैठ गयी।

सर उठे। पानी का गिलास उसके हाथ में देकर उन्होंने पूछा, “आर यू ओ.के.?”

फातिमा ने सिर हिलाया।

प्यून तीन कप चाय लेकर आया। सर ने ही उठकर चाय का कप मेरे हाथ में दिया। फातिमा मना कर रही थी। लेकिन सर ने कहा, “मना मत करो। विपिन के कारण एक अनप्लेजंट हादसा होते-होते रह गया इसलिए ले लो।”

“एक बात बताओ विपिन, वे गुंडे कौन थे यह जानते हो? क्या तुम उन्हें पहचान सकते हो?” सर ने पूछा।

पल भर सोचा। “मैं नहीं जानता, सर। लेकिन दुबारा देखा तो शायद पहचान लूँगा।” फिर कुछ देर रुककर आगे कहा, “शायद नहीं भी।”

“आगे इस तरह की कोई घटना न हो इसकी हम पूरी ख़बरदारी लेंगे। लेकिन फिर भी तुमसे पूछ रहा हूँ फातिमा, क्या तुम्हें या तुम्हारे घर वालों को लगता है कि हमें पुलिस कमप्लैंट करनी चाहिए?”

"नहीं, सर।"

"श्योर?"

"हाँ, सर।"

उसके बाद सर ने मुझसे भी पूछा, "क्या तुम्हें लगता है कि शिकायत दर्ज करनी चाहिए?" मैंने भी ना कहा।

चाय का घूँट पीने के बाद शायद फातिमा की आवाज़ खुल गयी थी। मेरी ओर देखकर शुक्रिया अदा करती हुई बोली, "थैंक्यू। उस दिन तुम नहीं होते तो!" और फिर एक बार भर्राये गले से कहा, "कोई और होता तो डर जाता...लेकिन वे लोग तुमसे डरकर भाग गये...शुक्रिया।"

कैंटीन वाली चाय से यह चाय ज़्यादा अच्छी लगी!

बाहर निकलते समय फातिमा मेरे पास आकर बोली, "मेरे असलम भैया तुमसे मिलना चाहते हैं। वे कल आ रहे हैं।"

"क्यों?"

"टू थैंक्यू।"

"देखो, फातिमा...मैंने कुछ नहीं किया है। वे लोग ही डरकर भाग गये, बस। किसी को भी आकर मुझे थैंक्यू कहने की ज़रूरत नहीं।"

"प्लीज़, विपिन। कल सुबह...नौ बजे? गेट के पास?"

मना करने का मन नहीं हुआ।

वह जाने के लिए मुड़ी और कुछ देर पहले मन में पैदा हुआ सवाल याद आया। "एऽ फातिमा, ज़रा रुको। एक बात बताओ–तुम तो मुझे नहीं जानती थीं। वैसे कोई भी नहीं जानता। फिर मेरा नाम तुम्हें किसने बताया?"

"चित्रा ने। उसने देखा था तुम्हें–"

चित्रा कौन है यह जान लेना मुझे ज़रूरी नहीं लगा इसलिए आगे बिना कुछ पूछे चला गया। क्लास में पहुँचते ही कल तक जो कभी बात भी नहीं करते थे ऐसे लड़के पास आकर शाबाशी देकर चले गये। क्लास में से चले जाने का मन हुआ। ज़्यादातर बच्चे इलेक्शन कैनवसिंग के काम में जुटे हुए थे। घर वापस जाने के इरादे से मैं उठ गया। दरवाज़े में ही अपने प्रचार के पैम्फलेट बाँट रहा अमृत पटेल मिला।

"हाय बडी, हीरो ऑफ़ द डे!"

आसपास के विद्यार्थी पास आने लगे हैं यह देखकर मैंने अमृत का हाथ पकड़कर उसे एक तरफ़ खींचा।

"मैं घर जा रहा हूँ। आय कांट स्टैंड दिस।"

"व्हाट? यह नहीं हो सकता आं, परोब। कल रैली निकालकर तुम्हें फेलिसिटेट करने का हमारा प्लेन है। ग्रेट डैरिंग मैन!"

"सच कहता हूँ, अमृत, मैंने कुछ भी नहीं किया है। प्लीज़ डोंट...।"

"तो फिर तुमने उन गुंडों को फायट दी यह ख़बर ग़लत है?"

"अरे, वही तो बता रहा हूँ। मुझे वहाँ खड़ा देखकर, वे ही डरकर भाग गये।"

"उन्होंने छुरा दिखाया था ना? उसके बाद तुम उन पर टूट पड़े कि नहीं?"

"वाह! वो लोग छुरा दिखाये तो मुझे उनसे डरना चाहिए? वे मारने आते तो उन्हें रोकने के लिए मैं पूरी तरह तैयार था, बस, इतना ही!" मैंने जो सच था वह कह दिया।

अचानक अमृत ने मेरे कन्धे पर हाथ रखा। "अजीब हो तुम यार। लोग यहाँ न किये हुए कामों का क्रेडिट लेकर चले जाते हैं। और एक तुम हो–तुमने जो हिम्मत दिखाई उसकी हम तारीफ़ करना चाहते हैं तो तुम मना कर रहे हो? नॉट डन! कल फेलिसिटेशन होकर रहेगा!"

रोज़ की ही बस में चढ़ा। रोज़ के ही रास्ते से गया। लेकिन माहौल बदला हुआ था। बाहर पानी बरस रहा था। छाता बन्द करके मैंने अपना चेहरा ऊपर उठाया और बारिश की बूँदों को अपने शरीर पर झेलने लगा। ख़ुश होना जिसे कहते हैं क्या यह वही है? एक बात सच थी...अनजाने में मेरे हाथों कुछ हो गया था!

आज तक कभी भी अनुभव नहीं की थी ऐसी एक उत्साह भरी भावना लहर बनकर ऊपर उमड़ आयी। किताबें पढ़ते समय जिस भावना की ओर दूर से तटस्थता के साथ देखता आया था आज वही भावना मुझे अपनी गोदी में लेकर मेरे साथ हँस-खेल रही है ऐसा लगने लगा। यह मेरी सहज भावना नहीं है ऐसा एक मन ज़ोर देकर कह रहा था। लेकिन पहचान लो इसे; यह तुम्हारी ही है; तुम्हारा अधिकार है वह; उसे कसकर पकड़ो, ऐसा दूसरा मन कह रहा था। इतने दिन कहाँ छिपा हुआ था यह दूसरा मन? यह सब सच है ना? या कोरी कल्पना?

हवा तेज़ बह रही थी। उस पर सवार होकर उड़ते-उड़ते मैं घर पहुँचा।

दोपहर के बारह बजे थे। हॉल में आरामकुर्सी पर पड़े डैडी खर्राटे भर रहे थे। जब से वी.आर.एस. लिया था तब से ज़्यादातर घर में ही पड़े रहते। और करते भी क्या? पढ़ना उन्हें कभी पसन्द आया ही नहीं। अख़बार तक नहीं पढ़ते थे। एक बार मैंने सुझाया भी था। तो कहने लगे, "नौकरी करता था तब नहीं मँगवाया। अब नौकरी छोड़ने के बाद अख़बार पर पैसा बरबाद करने के लिए कह रहे हो?" उन्हें ही टी.वी. देखना पसन्द नहीं या माँ हर समय टी.वी. देखती रहती है इसलिए उन्हें पसन्द नहीं? नहीं जानता! उनका मानना था कि घर के काम औरतों को करने चाहिए और मेहनत-मजूरी वाले बाहर के काम नौकरों को। उनके दिन का रुटीन तय था। सुबह-शाम बाज़ार जाकर एक चक्कर लगा आना और बाक़ी बचे समय में सो जाना। बीच में जो समय बचता उसमें किसी न किसी बात पर माँ के साथ बहस करना। पिछले दो-ढाई महीनों में डैडी का वज़न भी दो-ढाई किलो बढ़ चुका था।

अपना बैग लाकर मैंने कमरे में पटक दिया। चाय पीने का मन हुआ। आज मन में उमड़ आयी भावना चाय का घूँट लेते ही और अधिक खिल उठेगी ऐसा लगा। पानी चढ़ाते ही ध्यान में आया, खाना बनाने की कोई तैयारी नहीं हुई थी।

"चाय बना रहे हो? मुझे भी देना आं!" माँ ने दरवाज़े के पास आकर कहा।

"माँ अभी तक खाना नहीं बनाया? कब बनाओगी?"

"अरे, आज मुझसे बिल्कुल नहीं हो रहा है–" डैडी ने जब से वी.आर.एस. लिया है तब से माँ खाना पकाने में कुछ ज़्यादा ही आलस करती थी।

"डैडी घर में ही हैं ना?"

"सता रहा है मुझे वह। मैंने कहा, 'तुम ज़रा चावल बनाओ। तब तक मैं मिक्सर पर नारियल पीस लेती हूँ।' तो कहने लगा, 'औरतों के काम औरतों को ही करने चाहिए।' रोज़ का तमाशा है उसका।" इतने में उसे मेरा ख़याल आया। "ख़ैर, अच्छा हुआ तुम आ गये। ऐसा करते हैं–वासुदेव के होटल से कुछ ले आते हैं। तुम जाकर दो पाव और बटाटावड़े ले आओ। तुम्हारा और मेरा काम हो जायेगा।"

"और डैडी?"

"उसने अपने लिए बिरयानी मँगवायी है। मैंने सुना था–उसने फ़ोन से ऑर्डर दिया है। अपने ऊपर ख़र्च करने के लिए उसके पास पैसा है। पर तुम्हारे और मेरे ऊपर ख़र्च करते समय उसके हाथ तंग होते हैं।" बड़बड़ाते हुए माँ अन्दर चली गयी।

मैंने चाय बनायी। छानकर कप में डालने जा रहा था तभी बाहर से आरामकुर्सी गिरने की ज़ोर से आवाज़ आयी। दौड़कर बाहर चला गया। देखा कि डैडी कुर्सी के साथ नीचे गिर गये थे। पहले जाकर गिरी हुई आरामकुर्सी उठाकर एक तरफ़ खड़ी की। डैडी की तरफ़ हाथ बढ़ाया तो ध्यान में आया कि उन्हें मिर्गी का दौरा पड़ा है।

"माँ..." मैं दौड़कर माँ के पास गया और पूछा, "क्या डैडी को पहले कभी मिर्गी का दौरा पड़ा है?" उसने नहीं कहा तो पहले मैंने डॉ. कॉश्ताबीर को फ़ोन लगाया। उन्होंने तुरन्त उठा लिया।

"डैडी को मिर्गी का दौरा पड़ा है। क्या करूँ?"

"ठीक हो जायेगा। लेकिन ठीक होने तक उसके साथ कुछ भी मत करना। सिर्फ़ उसके पास रहना। कीप अ वॉच।"

माँ आकर बताने लगी, "चेहरे पर पानी मारो।" लेकिन मैंने नहीं सुना। चुप रहा। कुछ देर में डैडी ने आँखें खोलीं। मैंने हाथ आगे बढ़ाते हुए कहा, "उठिए डैडी। कुर्सी पर बैठिए।"

मैं उठाने गया तो डैडी ने अपना पूरा बोझ ही मुझ पर लाद दिया। ख़ुद उठने की कुछ भी कोशिश नहीं कर रहे हैं यह देखकर मैंने कहा–"क्या थोड़ी देर में उठेंगे?"

डैडी ने मुँह खोला। लेकिन वह टेढ़ा सा दिखा और जो बोले वह कुछ समझ में भी नहीं आया। मुझे शक हुआ।

"डैडी, ज़रा हाथ ऊपर उठाइए!" हाथ वैसे ही पड़ा रहा। "क्या हो रहा है डैडी?" उनका चेहरा देखते ही मैं समझ गया। डॉ. कॉश्ताबीर को दुबारा फ़ोन लगाया। उन्होंने कहा, "108 को फ़ोन करके एंबुलेंस बुलाओ और जल्दी से अस्पताल ले जाओ। इट्स एन इमरजेंसी।"

108 को फ़ोन करके रिसीवर नीचे रख ही रहा था कि माँ चाय के दो कप लेकर आ गयी। लेकिन चाय पीने की मेरी इच्छा अब मर चुकी थी।

इतने में बैल बजी। दौड़कर बाहर गया। देखा, डैडी ने जो बिरयानी ऑर्डर की थी उसे लेकर एक आदमी आया था। मेरे कुछ कहने से पहले ही माँ आगे बढ़ी और वह पैकेट लेकर अन्दर चली गयी।

जी.एम.सी. के बारे में बुरा ज़्यादा सुनने में आया था। पर हमारा अनुभव अच्छा रहा। फटाफट डैडी को आई.सी.यू. में लेकर चले गये। कुछ देर में डॉक्टर बाहर आ गये। "टी.आई.ए.!" उन्होंने बताया। "स्ट्रोक। ट्रांजिएंट इस्कोमिक अटैक! समय पर लेकर आये इसलिए बच गये। अब ये दवाइयाँ जल्दी से ले आओ।"

"अभी?" जब हाथ में कुछ न हो तब पैसे होने का स्वाँग कैसे रचते हैं यह समझ नहीं सका।

"डोंट वरी! हमने ट्रीटमेंट शुरू किया है। लेकिन–ज़्यादा देर मत करना।"

घर की ओर दौड़ा। देखा कि माँ आरामकुर्सी पर बैठी बिरयानी खा रही है...

"कैसा है वह?"

"तो चिन्ता है तुम्हें?" मेरे मुँह से निकल गया।

"है इसीलिए तो पूछ रही हूँ। लेकिन चिन्ता करने से भूख मर जाती है क्या?"

मैं बिना कुछ कहे डैडी का सामान खोजने लगा। पासबुक, चेकबुक निकाला। बैंक में गया। उन्हें अर्ज़ी लिखकर दी। बैंक ने अपना आदमी मेरे साथ भेजा। अस्पताल में जाकर डॉक्टर से कहकर चेक के पीछे उनके दस्तख़त लिये। अस्पताल का स्टैम्प लगवा लिया। डैडी के अँगूठे का निशान बैंक के आदमी के सामने चेक पर ले लिया और दस हज़ार निकाले तब जाकर दवाई का इन्तज़ाम हुआ।

इतना करने के बावजूद डॉक्टर ने बताया, "हेमी प्लेजिया! पूरी तरह ठीक होना मुश्किल है। लेकिन अगर आप फुल अटेंशन देंगे तो कंट्रोल में रह सकते हैं।"

डैडी का शरीर बायीं तरफ़ से पूरी तरह निष्क्रिय हो गया था। बायीं आँख बन्द ही रहती थी। हाथ बेजान सा लटकता रहता, पैर ज़मीन पर नहीं लगता। जीभ लूली पड़ गयी थी। लेकिन नर्सों और डॉक्टरों की तत्पर सेवा के कारण मुझे ज़्यादा परेशानी नहीं हुई। तीसरे दिन डैडी को वार्ड में ले आये।

उस दिन शाम को मार्टिन सर अस्पताल में मिलने आये। उन्हें डॉ. कॉशताबीर से पता चला था। आते समय वे क्रीमक्रैकर बिस्कुट का पैकेट ले आये थे। मैंने वापस देते हुए कहा, "सर, वे अभी तक कुछ नहीं खा रहे हैं।"

वापस मेरे हाथ में रखकर बोले, "तुम खाओ।"

थोड़ी देर बैठे। जाते समय पूछा, "क्या तुम्हें पैसे की ज़रूरत है?" कोई भी ज़रूरत हो तो बता देना कहकर चले गये।

मैं बीच-बीच में घर जाकर आता था। जाते समय माँ के लिए अस्पताल के कैंटीन से रोटी-सब्ज़ी या करी-चावल लेकर चला जाता। तीसरे दिन माँ को पुलाव खाने की इच्छा हुई। उसके दो दिन बाद चिकन।

दस दिन तक डैडी अस्पताल में रहे। इस बीच मुझे दो बार बैंक से पैसे निकालने पड़े। ख़र्च ज़रूर हुआ लेकिन दवाई असर करने लगी। आठ दिन बाद उन्हें बिस्तर पर उठाकर बिठा दिया। वे जो बोलते वह मुझे छोड़कर और किसी की समझ में नहीं आता था। पहले से डैडी के स्वभाव को अच्छी तरह जानता था इसलिए और अब उन्हें समझने की कोशिश करने के कारण वे जो भी कहना चाहते वह मैं थोड़ा-बहुत जान जाता।

डिस्चार्ज के दिन जब बड़े डॉक्टर जाँचने आये तब डैडी ने डॉक्टर से जो पूछा वह उनकी समझ में नहीं आया। लेकिन मैंने अन्दाज़ा लगा लिया। मेरी तरफ़ उँगली से इशारा करते हुए डॉक्टर से पूछ रहे थे, "यह डॉक्टर कब बनेगा?"

"वे क्या पूछ रहे हैं?" डॉक्टर ने मुझसे पूछा।

बताऊँ या ना बताऊँ! आख़िर बता दिया। मेरी ओर देखकर डॉक्टर ने पूछा, "क्या तुम मेडिसिन पढ़ रहे हो?"

"नहीं डॉक्टर। मैं बारहवीं में पढ़ रहा हूँ।" मैंने जल्दी-जल्दी स्पष्ट किया।

डॉक्टर ने हँसते हुए कहा, "उसे पढ़ाओ, बन जायेगा वह डॉक्टर।"

डैडी की जीभ फिर से हिली। "वह मुझे ठीक करेगा!" ऐसा वे बता रहे थे या पूछ रहे थे यह मैं भी नहीं समझ सका। "वे जो कह रहे हैं वह मैं नहीं समझ पा रहा हूँ" कहकर मैंने किसी तरह स्थिति सँभाली।

डॉक्टर ने मुझे बताया, "डिस्चार्ज दे रहे हैं इसका मतलब यह नहीं है कि वे फुल्ली रिकव्हर्ड हुए हैं। ख़याल रखना ही होगा। आगे उन्हें रिहेबिलिटेशन थैरपी देनी पड़ेगी। लेकिन उसके लिए पहले उन्हें अपनी एनर्जी रिगैन करनी होगी। और आठ-दस दिन में तुम फिजिओथेरपिस्ट से मिलना। वह तुम्हें डिटेल में एक्सप्लैन करेगा।"

अस्पताल में थे तब तक कुछ पता नहीं चल पाया था। लेकिन लकवे के मरीज़ की तीमारदारी करना क्या होता है यह घर आने के बाद ही पता चला। दाल-चावल अच्छी तरह मसलकर उसके छोटे-छोटे निवाले मुँह में रखने से लेकर टट्टी-पेशाब साफ़ करने तक के सब काम करते-करते खाने-पीने की इच्छा ही मर जाती थी।

इच्छा होती सिर्फ़ चाय पीने की!

डैडी को घर लाने के बाद दो दिन यों ही गड़बड़ी में निकल गये। पिछले बारह दिन क्लासिस मिस हुए थे। इतने दिन उस बारे में सोचा तक नहीं था। आज अचानक याद आयी। पिछले दिनों अमृत उस रैली का आयोजन करने वाला था। क्या हुई होगी रैली? साथ ही फातिमा का भाई भी मुझसे मिलने आने वाला था। काफ़ी इन्तज़ार करने के बाद चला गया होगा। और वह उत्साह भरी भावना! उस दिन घर में क़दम रखा और उत्साह की वह लहर कब शान्त हुई पता ही नहीं चला।

इन बारह दिनों में मुझे क्या क्या मिस हुआ होगा? क्लास में कोई टॉपिक पढ़ाते ही उसी दिन किताबें और सन्दर्भ ग्रन्थ पढ़कर नोट्स बनाने की मेरी आदत थी। पिछले बारह दिनों में क्लास में पढ़ाया हुआ जो कुछ छूट गया था, अच्छे से पढ़ाई करके उस नुक़सान को भरा जा सकता था। लेकिन डैडी की तीमारदारी और घर के काम निपटाने के बाद मुझे पढ़ाई के लिए समय मिलने की गारंटी कहाँ थी? विवेकानन्द की बातें याद आयीं–"नैवर से आय कांट!" मन में निश्चय किया। आज से कोई क्लास नहीं छोड़ूँगा।

डैडी की टट्टी, पेशाब होने के बाद, उनका बिस्तर साफ़ किया। उन्हें चाय में डुबोकर टोस्ट खिलाया और फिर मैं कपड़े पहनकर तैयार हो गया। मेरे 'ज़रा ख़याल रखना' कहने के पहले ही माँ का रोना शुरू हुआ–"पहले ही कहे देती हूँ, मुझसे नहीं होने वाला। मेरा ही शरीर मेरे लिए बोझ बना है। उसकी तीमारदारी करनी पड़ी तो कल तुम्हें मुझे ही अस्पताल में भर्ती करना पड़ेगा।"

मेरे दिल को छलनी करने की उसकी कोशिश मैंने कामयाब होने नहीं दी। मन कड़ा करके बाहर निकला।

क्लास के लिए पाँच मिनट देर से पहुँचा। प्रो.नमशीकार बायोलॉजी का क्लास ले रहे थे। "सर, मे आय–"

मुझ पर नज़र पड़ते ही नमशीकार जी ने मुस्कुराते हुए कहा–"आइए, आइए। बैठिए।"

बेंच पर बैठ ही रहा था कि सर ने सवाल दागा, "बारहवीं की क्लास के लिए आये हो या तेरहवीं के भोज को?"

कुछ बच्चे योंही हँस पड़े। सर का जोश बढ़ गया। "दिन गिने हैं मैंने। बताओ तो सही, कितने दिनों से क्लास से ग़ायब हो?"

"बारह। आज तेरहवाँ दिन है।" वही बच्चे फिर से हँसे। ये सब उनके पास ट्यूशन लेने जाते थे।

"कहाँ थे?" नमशीकार जी को शक हुआ कि कहीं मैंने जॉनसन की ट्यूशन क्लास तो जॉइन नहीं की?

"जेनेटिकली इंजीनियर्ड इंसुलिन समाप्त हो गया मेरा। मैं गारंटी देता हूँ कि इस पर सवाल ज़रूर आयेगा। कैसे मेक अप करोगे? ट्यूशन?" वे शायद अन्दाज़ा लगाने की कोशिश में थे।

मैं चुप बैठा रहा। सीने पर हाथ बाँधे हुए।

"तुम्हारे डैडी ने मुझसे कहा था–तुम्हें अच्छे से पढ़ाना। तुम्हें वे डॉक्टर बनाना चाहते हैं। और तुम मटरगश्ती करते हुए यहाँ-वहाँ घूमते रहो, लोगों की लड़कियों को प्रोटेक्शन देते हुए।" मैंने लम्बी साँस सीने में भर ली।

"अपने डैडी से कहो कि कल आकर मुझसे मिल लें। उन्हें तुम बताओगे या मैं बताऊँ?"

"मैं नहीं बताऊँगा। आप भी मत बताना। वे नहीं आयेंगे।" मैं बैग हाथ में लेकर उठा और दाँत होंठ चबा रहे नमशीकार की तरफ़ बिना देखे बाहर निकल गया। सीधे कैंटीन पहुँचा। काफ़ी दिनों से कैंटीन वाली चाय नहीं पी थी। उसे पीने की तलब हुई।

चाय का कप लेकर पास की ख़ाली मेज़ के पास जाकर बैठा। पहले ही घूँट से ताज़गी आ गयी। क्लास में नहीं बैठना था तो फिर आया ही क्यों? चाय पीने? चाय तो घर पर भी बनाकर पी सकता था। ये जो ताज़गी महसूस हो रही है क्या यह सिर्फ़ चाय की ही है? या फिर इस माहौल की? घर के उस सीलन भरे और बीमार माहौल से दूर जा सकूँ, इसलिए आया हूँ मैं यहाँ?

"क्या मैं यहाँ बैठ सकती हूँ?" उस लड़की ने हाथ में पकड़ा कॉफ़ी का कप टेबल पर रखते हुए पूछा।

"टेबल मेरी नहीं है। पूछते की ज़रूरत नहीं।" मेरी आवाज़ मुझे ही कुछ रूखी सी लगी।

कुर्सी कुछ ज़्यादा ही पास खींचते हुए वह बोली, "सही कहा तुमने। टेबल के पास कोई भी बैठ सकता है। पर मैं तुम्हारे पास बैठ सकती हूँ क्या? यह पूछा है।"

"मुझे कोई प्रॉब्लम नहीं। बिल्कुल बैठो तुम। पर मुझे ज़्यादा बोलने की आदत नहीं है।"

"बहुत बढ़िया! मुझे बोलना पसन्द है। तो फिर ज़्यादा बोलने का काम मैं करती हूँ। तुम कम बोलना।" ऐसा कहकर वह खुक करके हँसी। हँसते हुए अच्छी लगी। मैं यों ही सकपका सा गया। ऐसा लगा जैसे उसकी हँसी के स्पन्दन मेरे हृदय को स्पर्श कर रहे हैं और साथ ही मैंने ख़ास अपने लिए जो जगह सँभालकर रखी हुई है उस पर अतिक्रमण कर रहे हैं।

"हाय विपिन, मैं चित्रा हूँ।" उसने अपना हाथ आगे बढ़ाया। मैं सकुचा गया। उठकर भाग जाने का सा मन हुआ।

लेकिन पैर चिपके हुए से वहीं जमे रहे।

"कम ऑन, क्या अच्छा नहीं लगा तुम्हें यों परिचय करा देना?" शायद वह भी सीधी बात करने वालों में से थी। उसकी आवाज़ में ठेस पहुँचने की भावना उतर आने का एहसास हुआ। थोड़ी देर और इसी तरह चुप्पी बाँधे बैठा रहा तो लगा कि वह उठकर चली जायेगी। वह इस तरह चली जाये यह नहीं चाहता था। मैंने अपना हाथ आगे बढ़ाया। पिछले दिनों मैंने जो पौधे लगाये थे उन पर खिले हुए मखमली फूलों का स्पर्श बिल्कुल ऐसा ही था। नर्म, मुलायम, वेलवेटी...

"हैलो–" जिस तरह पहले परिचय हुआ था शायद वह उससे सन्तुष्ट नहीं हुई थी।

"मैं चित्रा हूँ।"

"येस। हैलो, चित्रा।"

"थैंक्स।" मेरा हाथ ज़रा सा दबाकर उसने छोड़ दिया। "तुमसे मिलकर अच्छा लगा, विपिन।"

"तुम मेरा नाम कैसे जानती हो?"

"ऐसा क्यों कह रहे हो? रोल पर तो तुम्हारा नाम यही है–विपिन परोब। राइट?" और फिर वही बोलती रही। एकदम खुलकर बातें करने लगी। वह भी बारहवीं में थी। लेकिन आर्ट्स में। बता रही थी कि उसे चित्रकला पसन्द है। बारहवीं के बाद फाइन आर्ट्स करना चाहती थी। बाद में मास्टर्स करने बड़ौदा–एम.एस.युनिवर्सिटी में जाना चाहती थी। "तुम क्या करने वाले हो विपिन?"

मुझे जवाब नहीं सूझा कहने की बजाय मेरे मुँह से शब्द नहीं फूटे कहना सही होगा। सुनता ही रह गया था।

"एस.एस.सी. में तुम मेरिट लिस्ट में आये थे न?"

"नहीं, नहीं। स्कूल में, गाँव में टॉप किया था, इतना ही।"

"सुना है यहाँ ग्यारहवीं में भी तुमने टॉप किया। ग्रेट! आगे क्या? मेडिसिन या इंजीनियरिंग?"

मैंने कन्धे झटकाकर कहा, "सोचा था कि मेडिसिन में जाऊँगा। लेकिन–"

"लेकिन क्या?"

"हाल ही में सोच बदल गयी है–" क्या मैं कुछ ज़्यादा बोल गया? जल्दी-जल्दी चाय की चुस्की ली।

"तुम्हें मालूम है, बहुत उत्साहित होकर मैंने आर्ट्स जॉइन किया था। लेकिन सालभर में ही उक्ता गयी हूँ। जिसका कला से ज़रा भी सम्बन्ध नहीं ऐसी शिक्षा को आर्ट्स क्यों कहते हैं समझ में नहीं आता।"

"क्या तुम भाषा विषय नहीं पढ़ रही हो? उसमें साहित्य पढ़ाते हैं ना? वह भी तो कला ही है।"

"यू आर राइट। लेकिन–"

"किताबें पढ़ना पसन्द है?"

"बहुत।"

"तो फिर हो गया। जो फॉर्मली पढ़ाते हैं वह पसन्द नहीं है ना? तो फिर किताबें पढ़ो। काफ़ी कुछ सीख जाओगी।"

मैं इसके साथ बातें करते हुए कहीं बहक तो नहीं रहा हूँ यह सोच ही रहा था कि चित्रा ने पूछा, "तुम्हें लिटरेचर पसन्द है, राइट?"

"तुम्हें कैसे पता चला?"

"फ़िक्शन। वह भी ऑफ़-बीट, क्लासिक्स...राइट?" कौन जाने मेरे चेहरे पर उसने क्या देखा; वह हँस पड़ी। "मैंने कोई स्पाइंग वग़ैरह कर नहीं खोजा है आं! मैंने कई बार तुम्हें लाइब्रेरी में देखा है–किताबें लेते हुए। साइंस का स्कॉलर लिटरेचर की किताबें पढ़ रहा है यह देखकर मुझे आश्चर्य हुआ था। बस, इतनी सी बात।"

"बात तो सही है तुम्हारी। मुझे फ़िक्शन पढ़ना पसन्द है। वह भी सर्रियल, एब्सर्ड, विलक्षण....कुछ इस तरह का।"

"हमारी पसन्द मिलती है। मुझे अल्बैर कामू बहुत पसन्द है। तुम्हें एक और बात बताती हूँ। अल्बैर कामू का 'द मिथ ऑफ़ सिसिफस' पढ़कर मैं इतना इन्सपायर हो गयी कि सिसिफस की दो पेंटिंग्स बन गयीं मुझसे। तुम्हें दिखाने ले आऊँ?" मैं हाँ या ना कहूँ इसके पहले चित्रा ने आगे पूछा, "कल?"

कल? डैडी का बी.पी. मॉनिटर करने के लिए डॉ. कॉश्ताबीर आने वाले हैं। एकदम होश में आ गया। पंख फैलाये हवा में उड़ान भरकर आसमान में चक्कर लगाना शुरू ही किया था, अचानक पंख टूटकर ज़मीन पर धड़ाम से आ गिरने जैसा हाल हुआ। डैडी इस समय कैसे होंगे? क्या माँ ठीक से ख़याल रख रही होगी? कैसे बताऊँ कि कल का दिन कैसा होगा?

"बता नहीं सकता। डैडी की तबीयत ठीक नहीं है।"

"नो प्रॉब्लम, विपिन। मुझे ज़रा अपना नम्बर दो। अगर कल तुम नहीं मिले तो फ़ोन कर दूँगी।"

वह मानकर चल रही थी कि मैं उससे मिलने आऊँगा। और क्या यह बात मुझे अच्छी लगी थी? आज हम पहली बार मिले थे। लेकिन कई सालों की जान-पहचान है ऐसे बात कर रहे थे। मैंने घड़ी पर नज़र दौड़ायी। मुझे कैंटीन आये एक घण्टाभर हो गया था।

"विपिन, एक और राउंड हो जायें? मुझे कॉफ़ी चाहिए।" चित्रा उठ गयी। ये देखकर मैं भी उठा। "तुम बैठो। मैं ले आता हूँ।"

"नो प्लीज़। यह ऑफ़र मेरा है। नेक्स्ट टाइम तुम देना।"

"मुझे चाय–"

"पता है।" यह कहकर वह चली गयी और ले आयी।

चाय का कप मेरे सामने रखा और वह बोली, "पता है, विपिन, मुझे कॉफ़ी बहुत पसन्द है।"

"मुझे चाय।" कप उठाकर मैंने कहा।

"तुम्हें अल्बैर कामू का वह वाक्य याद है?"

"कौन सा?"

"उसका वह फेमस कोट–शुड आय किल मायसैल्फ ऑर हैव ए कप ऑफ़ कॉफ़ी?"

अगर मैं होता तो क्या कहता? जान दी जाये? या चाय हो जाये?

कामू दुबारा पढ़ना पड़ेगा!

चित्रा को अलविदा कहकर घर लौटते समय शान्त हो चुकी वह उत्साह की लहर दुबारा मुझसे लिपटने आयी। मैंने उसे नहीं रोका। उस लहर का लिपट जाना मुझे अच्छा लगा। किताबों में ऐसी लहरें मैंने देखी थीं। लेकिन तटस्थ होकर, किनारे खड़े होकर, सूखा रहकर। मुझे हमेशा लगता था कि ऐसी भावनाओं के बारे में हम सिर्फ़

किताबों में ही पढ़ सकते हैं। लेकिन आज मैं ऐसी लहर में पूरी तरह भीग जाने का आनन्द अनुभव कर रहा था–

पता था–घर पहुँचते ही डैडी की तीमारदारी में लग जाना होगा। आज भी माँ खाना बनाकर रख देगी इस बात की उम्मीद नहीं थी। पर इस सबके बीच मेडिसिन का ख़याल दिल से निकाल देने के कारण मुक्ति की एक सुखदायी भावना मैं अनुभव कर रहा था। घर की तरफ़ चल पड़ा। ख़ुशी की लहर पर सवार होकर ही मैंने वासुदेव के होटल जाकर फिश करी और राइस का पार्सल बनाने के लिए कहा और वह आने तक एक मस्त चाय पी ली।

"अब डैडी की तबीयत कैसी है?" वासुदेव ने पूछ-ताछ की। उसे डॉ. कॉश्ताबीर ने बताया होगा। वासुदेव को संक्षेप में सब कुछ बता दिया। शायद वह पहले से ही सब जान चुका था। पास आकर मेरा कन्धा थपथपाते हुए बोला, "देखो बाबू, इस तरह रोज़-रोज़ फिश करी राइस, बटाटावड़ा, सब्ज़ी पूरी ले जाकर पेट भरना ठीक नहीं। तुम घर में कोई नौकर क्यों नहीं रख लेते?"

इतने दिनों तक यह बात क्यों नहीं सूझी मुझे? अब तक डैडी ही सब सोचा करते थे इसलिए मुझे कभी किसी चीज़ के बारे में सोचने की ज़रूरत ही नहीं पड़ी थी। पर अब इसके बारे में सोचना पड़ेगा इस बात का मुझे पहली बार एहसास हुआ।

पार्सल लेकर घर पहुँचा तो देखा कि माँ आराम कुर्सी पर बैठी हुई सेब खा रही थी और डैडी लेटे हुए उसके हिलते मुँह की ओर टकटकी बाँधे देख रहे थे।

"माँ, सेब कहाँ से ले आयी?"

"तुम्हारे छोटे मामा आये थे। इसका हाल-चाल जानने। वही ले आये थे।"

मन में सोचा, अच्छा हुआ। डॉक्टर ने भी डैडी को सेब मिक्सचर में पीसकर देने के लिए कहा है।

"कहाँ रखे हैं?" खाना खाने से पहले डैडी को दे आता हूँ सोचकर मैंने पूछा।

"क्या?"

"सेब कहाँ हैं?"

"ख़त्म हुए। मैंने खा लिए।" माँ ने शान्त आवाज़ में कहा।

"सारे?"

"ढेर सारे लेकर नहीं आया था। सिर्फ़ चार-पाँच ही थे। खाने का समय हुआ था। इन्सान को भूख भी लगती है ना?"

"और मैं यहाँ खाना लेकर आया हूँ–"

"सिर्फ़ सेब खाकर पेट थोड़े भरता है? चावल तो चाहिए ही–" कहते हुए माँ ने थोड़ी कोशिश के बाद अपनी भारी भरकम देह को आराम कुर्सी से बाहर निकाला।

उत्साह की लहर अब शान्त हो जायेगी ऐसा लगा था। उसे रोके रखने के लिए मुझे मार्टिन सर के घर जाना चाहिए था। मुझसे जैसे बन पड़ा वैसे डैडी को दवाई देकर, पथ्य, परहेज का ध्यान रखते हुए खाना खिलाकर शाम को मार्टिन सर के घर पहुँचा तब किसी समारोह की तैयारी चल रही थी।

"आओ विपिन। एकदम सही समय पर पहुँच गये हो। आज हमारी स्टैला का बर्थडे है।"

कौन आया है यह देखने स्टैला बाहर आ गयी। मुझ पर नज़र पड़ते ही थोड़ी मायूस हो गयी ऐसा लगा। शायद, जिसकी राह देख रही थी वह नहीं आया था इसलिए होगा। मैंने दूर से ही 'हैप्पी बर्थडे' कहा। पर वह क़रीब आयी और मुझसे हाथ मिलाकर 'थैंक्यू' कहा। इतने में सर की पत्नी वहाँ पहुँच गयी। "आज शाम को यहाँ छोटी-सी पार्टी रखी है। स्टैला के फ्रैंड्स आने वाले हैं। तुम भी रुकना आं!"

मैं ख़ाली हाथ आया हूँ यह ध्यान में आते ही मुझे शर्मिन्दगी महसूस हुई। रुकना सम्भव नहीं था। "सर, आप जानते हैं। डैडी को घर तो ले आये हैं। लेकिन पूरा समय वे बिस्तर पर ही पड़े रहते हैं। उन्हें समय-समय पर दवा देनी पड़ती है। मैं नहीं रुक सकता। सॉरी।"

सर मेरा हाथ पकड़कर मुझे भीतर ले गये। इस कमरे में उनकी लाइब्रेरी थी। तीन अलमारियाँ भरकर किताबें थीं। वहाँ जो लिखने की मेज़ थी उस पर भी किताबों का ढेर था। अनजाने में मेरी नज़र किताबों पर से गुज़रने लगी।

"क्या घर का काम करने के लिए कोई है?" मुझे सुबह वासुदेव ने जो कहा था वह याद आया। घर का काम करने किसी को क्यों नहीं रख लेते? सर ने अपनी बात जारी रखी। घर का काम और डैडी की सेवा ही करते रहोगे तो पढ़ाई के लिए समय कैसे निकाल पाओगे इस सवाल पर 'मैंने मेडिसिन में जाने का ख़याल छोड़ दिया है' कहने का मन हुआ था, लेकिन चुप रहा। माँ घर के काम में मदद नहीं करती है इसका उन्होंने अन्दाज़ा लगाया था। दसवीं की प्रीलिम्स के समय जब हमारे घर आये थे तब डैडी के ग़ुस्सैल स्वभाव से तो उनका परिचय हो ही गया था। आगे मेरा क्या होगा यह चिन्ता उन्हें सता रही थी।

"देखो, विपिन। डैडी की दवा, फिजियोथैरपी वग़ैरह मिलाकर कितने पैसों की ज़रूरत होगी इसका कुछ अन्दाज़ा है तुम्हें?" मुझे इस बारे में कुछ भी पता नहीं था। सर ने बताया कि जब बीच में वे अस्पताल आये थे तब उन्होंने इस बारे में पूछ-ताछ की थी। डैडी कहाँ और किस तरह का काम करते हैं इस बारे में मैं कुछ नहीं जानता था। उन्होंने वी.आर.एस. लिया है यह बात मैंने ही सर को बतायी थी। सर ने मुझसे कहा–"तुम्हें लगेगा कि मैं तुम्हारे डैडी की चुग़ली कर रहा हूँ। लेकिन यू शुड नो। तुम्हारे डैडी माइनिंग कम्पनी के ऑफ़िस में साधारण फ़ाइलिंग क्लर्क

थे। माइनिंग बन्द करने के बाद कम्पनी जब फ़ाइलें चेक कर रही थी तब स्टॉक का हिसाब नहीं मिल सका। उन्हें डैडी पर शक हुआ। इनक्वायरी के बाद जो पता चला उसके आधार पर पीनल एक्शन लेते हुए उन्होंने डैडी को नौकरी से निकाल दिया। लेकिन इतने सालों की सर्विस का ख़याल रखकर कम्पनी ने उन्हें प्री-रिटायरमेंट पैकेज दिया और घर भेजा। उन्होंने जो तुम लोगों को वी.आर.एस. वाली बात बताई है वह सच नहीं है। मेरे साले की बीवी उनके हेड ऑफ़िस में काम करती है। वह बता रही थी–कम्पनी ने उन्हें अच्छा पैकेज दिया है। प्रोविडंट फंड, ग्रेच्युइटी और स्पेशल पैकेज मिलाकर उन्हें छह लाख के ऊपर मिले हैं। फ्रैंकली स्पीकिंग, इन पैसों में उनका इलाज होना मुश्किल है। क्या इसके बारे में तुमने कुछ सोचा है?"

मैंने ना में गर्दन हिलाई।

"इसके अलावा तुम्हारा भी भविष्य है। डॉक्टरी की पढ़ाई करना आसान बात नहीं है। तुम अच्छी पढ़ाई करोगे तभी तुम्हें एडमिशन मिलेगा। लेकिन इसमें भी पाँच साल तो लग ही जायेंगे। और पोस्ट ग्रेजुएशन करोगे तो और दो-तीन साल। कैसे करोगे सब?" कुछ देर रुककर वे आगे बोले, "सोचकर देखो, विपिन। मेरे हिसाब से तुम्हारे डैडी की देखभाल के लिए एक नर्स की ज़रूरत है। पार्ट टाइम मेल नर्स मिल सकता है। लेकिन फीमेल नर्स हो तो शायद घर के काम में भी मदद हो सकती है। हाँ, ज़रा महँगी पड़ेगी। तुम अपना फिनेंशियल कंडीशन देखो और तय करो।"

इतने में स्टैला केक लेकर आयी। मैंने एक स्लाइस उठाया। पर 'थैंक्यू' कहना भूल गया।

स्टैला के जाने के बाद सर ने कहा, "पहले केक खाओ। मैंने अभी यह जो बताया है, वह तुम्हें डराने के लिए नहीं। लेकिन यू हैव टू ब्रैस फॉर इट।" मैं जब तक ये सब पचा पाता तब तक वे थोड़ा रुक गये। "बुरे दिन तुम ओवरकम कर लोगे इसकी मुझे पूरी गारंटी है। मैं बस इतना कहना चाहता हूँ–तुम्हें अगर कोई भी ज़रूरत हो तो मैं हूँ। यू मे काउंट ऑन मी!"

आज का दिन किताब के पन्नों में मिलने वाले दिन सा लगा। सुबह वह चित्रा और अब मार्टिन सर!

बाहर निकला तब हल्की बारिश हो रही थी। मैं छाता लेकर नहीं आया था।

"ठहरो, मेरा छाता ले जाओ।" सर ने कहा।

"ज़रूरत नहीं सर।"

मन कर रहा था कि कह दूँ, "आज तक ज़िन्दगी में सब कुछ ड्राय ड्राय सा था सर। आज भीग जाने दीजिए मुझे बारिश में...आय विश टू गैट ड्रेंच्ड इन द रेन्स..." मैं जाने लगा। सर मुझे देखते रह गये। और मैं? शरीर में उत्साह की लहर और माथे पर बारिश के फूल झेलते हुए घर लौटा।

दूसरे दिन बाहर निकलने का मौक़ा ही नहीं मिला। डॉ. कॉश्ताबीर ने आने में देर की। तब तक मैं डैडी का बदन पोंछना, बिस्तर बदलना, उन्हें दलिया देना, दवा पिलाना...सब कुछ कर चुका था। दवाखाने जाने से पहले हमारे घर आनेवाले डॉ. कॉश्ताबीर दोपहर साढ़े बारह बजे पहुँचे। उससे पहले क़रीब साढ़े दस बजे मोबाइल बजा था। डैडी, माँ या फिर कभी-कभार आने वाला मामा का फ़ोन छोड़कर पहली बार मुझे किसी दूसरे का फ़ोन आया था। वैसे, मैंने अनुमान लगाया था।

"क्या हुआ विपिन? तुम नहीं आये?"

"तुम्हें बताया था ना? डैडी की तबीयत ठीक नहीं है।"

"नो प्रोब्लम। मुझे भी अन्दाज़ा था। इसीलिए आज मैं अपने चित्र भी साथ लेकर नहीं आयी। डैडी कैसे हैं अब?" शायद चित्रा को लगा होगा कि डैडी को बुख़ार या ज़ुकाम जैसा कुछ हो गया है।

"वैसे ही हैं। ठीक होने में वक़्त लगेगा। कल आ पाना भी मुश्किल लगता है।"

"अच्छा हुआ। आय मीन, कल मेरे लिए भी मिलना मुश्किल होगा। पप्पा का फ़ोन आया था। बता रहे थे कि मम्मा की तबीयत बिगड़ गयी है। आज मैं काणकोण जा रही हूँ। दरअसल सुबह ही जाने वाली थी। पर तुम आने वाले थे इसलिए रुक गयी। अच्छा, शनिवार को मिलें क्या? संडे का कोई प्लैन वग़ैरह बनाते हैं। ओ.के.?"

मैंने हामी में सिर हिलाया। लेकिन यह उसे कैसे पता चलेगा?

"जानती हूँ तुम ज़्यादा बात नहीं करते हो। इसलिए मैं ही बता रही हूँ–शनिवार को साढ़े नौ बजे, कैंटीन में। ओ.के.? बाय द वे, एक प्रोब्लम है। काणकोण में मुझे रेंज नहीं मिल पायेगी। तुम तो फ़ोन ही नहीं करोगे, मुझे मालूम है। लेकिन मैं भी नहीं कर पाऊँगी।"

उसी की तरह 'नो प्रोब्लम' कहने का मन हुआ। फ़ोन नीचे रखा ही था कि माँ का सवाल आया–"किसका फ़ोन था?"

क्या बताऊँ? चित्रा का? 'कौन चित्रा' पूछा तो क्या कहूँगा? उससे अच्छा है–

"कॉलेज से–"

"क्यों?"

"क्लासिस मिस हुए हैं ना, इसलिए।"

माँ की जिज्ञासा का समाधान हुआ। लेकिन यह सम्भाषण डैडी के कानों में पड़ गया था। बायें कान से सुनाई देता है या नहीं पता नहीं। लेकिन उनका दाहिना कान शायद सही-सलामत था। दाहिने हाथ से इशारा करते हुए उन्होंने मुझे पास बुलाया। तोतली ज़बान में बोले–"मुझे ठीक होना है। तुम्हारे डॉक्टर बनने तक मुझे चलना-फिरना आना चाहिए। एक बार तुम डॉक्टर बन गये ना फिर मुझे कोई चिन्ता नहीं... पढ़ो। तुम जल्दी डॉक्टर..."

"डैडी, अब आप सो जाइए। आप ठीक हो जायेंगे।"

मैं वहाँ से हट जाऊँगा इसलिए उन्होंने मेरा हाथ कसकर पकड़ रखा था। "पैसों की चिन्ता मत करना। हैं...बैंक में...फिक्स में...उन्हें अभी हाथ मत लगाना, खाते में से निकालना।"

"कैसे निकालूँ? आपके नाम पर हैं–"

"निकाल लो। मैं साइन कर दूँगा–"

डैडी ने हाँफना शुरू किया। यह देखकर 'बाद में बात करते हैं' कहकर मैंने ही बात रोक दी।

डॉ. कॉश्ताबीर के आकर जाने के बाद माँ ने कहा, "बाबू, कुछ खाने के लिए ले आओ। वासुदेव का करी-चावल खाकर जी उक्ता गया है। किसी दूसरी जगह से ले आना आज। बिरयानी वग़ैरह कुछ भी।"

मैंने कहा, "मैं भी उक्ता गया हूँ वासुदेव के होटल से खाना खाकर। आज हम घर में ही खाना बनाते हैं।"

माँ के माथे पर सिलवटें उभर आयीं। "मुझसे होता तो मैं ही खाना बनाती..."

"तुम कुछ मत करना। मैं ही खाना बनाता हूँ आज। तुम सिर्फ़ मुझे बताती जाना।"

उस दिन मैंने ही कुकर चढ़ाया। चावल बनाया। दाल गल जाने पर उसमें हल्दी पाउडर, मिर्ची, इमली का गूदा, नमक सब माँ से पूछकर लेकिन अपने अनुमान से डाल दिया। कद्दूकस किया हुआ नारियल नहीं है कहकर माँ बड़बड़ा रही थी। मैंने नारियल फोड़ा। लेकिन उसका गूदा फटाफट खुरचकर नहीं निकाल सका। किसी तरह दाल बना डाली। थोड़े कोकम को पानी में भिगोने के बाद उसमें नमक, हरी मिर्च, थोड़ा गुड़ और हींग डाला और बिना नारियल के दूध वाली फीकी सोल-कड़ी तैयार हुई। सच कहता हूँ–वासुदेव के होटल के बासी करी-चावल खाने की बजाय

यह गरमागरम दाल-चावल खाकर और सोल-कड़ी पीकर बड़ा अच्छा लगा। माँ ने झल्लाते हुए ही सही पर बड़े चाव से खाना खाया। उसकी जीभ बिरयानी खाने के लिए तैयार बैठी थी ना!

खाने के बाद मैंने सब डिब्बे खोलकर देखे और क्या-क्या चाहिए, नहीं चाहिए इसकी सूची तैयार की। उस शाम बाज़ार जाकर प्याज़, आलू, सूजी, गेहूँ का आटा, तेल, नमक, मिर्ची, हल्दी, ज़ीरा, शक्कर, गुड़, धनिया...जो-जो चाहिए था वह सब सामान ले लिया। चाय पत्ती माँगी तो दुकानदार ने पूछा–"कौन सी दूँ?" अब मुझे क्या पता कि चाय की अलग-अलग क़िस्में होती हैं! जब कहा, "अच्छी वाली दे देना" तब वह बोला, "तुम्हारे यहाँ स्ट्रांग ले जाते हैं ना?" वही लेकर आया।

उस रात मैंने डैडी के लिए सूजी की पतली खीर बनायी। हींग और मिर्च डालकर अपने लिए सूजी का सांजा बनाया।

डैडी को चम्मच से खीर खिलायी। मुँह पहले से ही टेढ़ा हो चुकने के कारण पता नहीं चल सका कि उन्हें पसन्द आयी या नहीं। लेकिन थोड़ा मेरे लिए रखकर, सांजा ख़त्म करते समय माँ बिना बोले नहीं रह सकी, "बना ही रहे थे तो ज़रा सूजी का मीठा हलवा बना देते तो अच्छा होता। मैं भी बड़े चाव से खा लेती।"

मन के कोने में दिन भर लुका-छुपी खेल रही चित्रा रात के अँधेरे में मेरे पास आकर बैठ गयी। पूछा तक नहीं–"क्या मैं यहाँ बैठ सकती हूँ?"

सुबह पाव लाने के बहाने मैं वासुदेव के होटल चला गया। ग्राहकों की भीड़ कम होने के कारण वह गल्ले पर ही बैठा था। पाव लेकर वापस जाने के लिए मुड़ा तब वासुदेव ने पुकारा, "अरे बाबू, रुको। एक चाय ले लो। मेरी तरफ़ से।" मैंने ले ली। अच्छा हुआ। मुझे बात उठाने का मौक़ा मिला।

शुरू में मैं वासुदेव को 'बाप्पा' कहता था। उसका बेटा संदीप उसे 'बाप्पा' कहकर बुलाता था इसलिए। लेकिन जब संदीप कॉलेज जाने लगा तब उसने 'बाप्पा' कहना छोड़कर 'पप्पा' कहना शुरू किया। तब से जैसे पूरा गाँव पुकारता था वैसे ही मैं भी 'वासुदेव' कहने लग गया। "वासुदेव, कल तुमने कहा था न, घर के काम के लिए कोई नौकर क्यों नहीं रखते हो? मुझे लगता है, अब–"

"मैं भी इसी बारे में बात करना चाहता था।" मुझे रोककर वासुदेव सीधे मुद्दे पर आ गया। "तुम हमारे कृष्णा को जानते हो ना?" कहते हुए वासुदेव ने बात स्पष्ट की। बारह साल की उम्र से पिछले पाँच साल तक होटल में काम करने के बाद अब उसे कोई दूसरी नौकरी करनी है। उसने वासुदेव को एक महीने का नोटिस

दिया था। इस बीच वासुदेव को भी दूसरा आदमी काम के लिए मिल गया। "कृष्णा मेरे भरोसे का आदमी है। उसे कोई भी काम बताओ। कभी 'ना' नहीं कहेगा। उसे अगर दूसरी जगह अच्छी नौकरी मिलती है तो उसके भले की ख़ातिर मैं उसे रोकने वाला नहीं हूँ। ख़ुशक़िस्मती से मुझे भी दूसरा आदमी मिल चुका है। पर अब कृष्णा के हाथ में महीने की पगार थमाकर उसे घर बैठने के लिए कहना मुझे अच्छा नहीं लग रहा है, बाबू। मैं कह रहा था कि तुम ही–"

डैडी की फिजियोथैरपी शुरू होने के बाद मेरी जो दौड़-धूप हो रही थी वह आँखों के सामने उभर आयी। कृष्णा को पिछले कुछ सालों से मैं देखता आ रहा था। लेकिन वह स्वभाव में कैसा है, क्या काम करता है वग़ैरह जानने की ज़रूरत कभी महसूस ही नहीं हुई थी।

"लड़का एकदम अच्छा है। दिनभर काम करके रात को पढ़ाई करते हुए उसने आठवीं पास की है। अब नौकरी करते हुए मैट्रिक तक पढ़ना चाहता है। मैं उससे बात कर लेता हूँ। मैं उसे दो बार चाय और दोपहर के खाने के साथ पाँच हज़ार पगार देता था। तुम उतना ही दोगे तो भी बहुत है।"

"क्या वह तैयार है?" मैंने हिचकिचाते हुए पूछा।

"हाँ...लेकिन उसकी कुछ शर्तें हैं।"

"शर्तें?" मुझे ताज्जुब हुआ।

"काम की नहीं। समय की भी नहीं। वह पढ़ना चाहता है और पढ़ाने वाला भी...लेकिन इस बारे में तुम उसी से बात करो। तो फिर भेज दूँ उसे तुम्हारे घर?"

घर आकर चाय बनाने तक कृष्णा दरवाज़े पर हाज़िर हुआ। मैंने तीन कप निकाले और जो दो कप चाय बनायी थी उसे उनमें उड़ेल दिया। एक कप कृष्णा को दिया, एक कप माँ को दे आया और एक ख़ुद लिया। बैठने के लिए कहने के बावजूद कृष्णा नहीं बैठा। बग़ल में अदब के साथ खड़ा रहा। मैंने अपनी चाय ख़त्म की। इतने में डैडी का कराहना सुनाई पड़ा इसलिए मैं उठकर उनके पास चला गया। डैडी ने बिस्तर पर ही टट्टी-पेशाब कर दिया था। उसे साफ़ किया। डैडी को लिटाये रखकर ही उनके कपड़े और बिस्तर बदला। उन्हें सूजी का दलिया खिलाया। यह सब होने तक कृष्णा वहीं खड़ा रहकर सब कुछ देख रहा था।

बाद में मैंने उससे पूछ-ताछ करके जानकारी हासिल की। कृष्णा बीच वाली बस्ती में अपने माँ-बाप के साथ रहता था। दरअसल वे लोग दांडेली के थे। लेकिन कृष्णा का जन्म गोवा में हुआ था। घर की बिगड़ी हुई परिस्थिति के कारण वह स्कूल नहीं जा सका था। लेकिन ख़ुद पूरी लगन के साथ पढ़ता था–अपने आप।

मैंने स्पष्ट कह दिया,"हमारा काम होटल की तरह नहीं है। माँ की तबीयत बिगड़ती रहती है। खाना बनाने की तैयारी रखनी पड़ेगी। डैडी को तो तुम देख ही रहे हो। उनका सब काम करना पड़ेगा। जब मैं कॉलेज जाऊँगा तब पीछे घर का सब–"

"सर, मैं सब काम कर लूँगा। सिर्फ़–" कहकर वह रुक गया।

वासुदेव की बातें याद आयीं। "वासुदेव बता रहा था कि तुम्हारी कुछ शर्तें हैं।"

"शर्तें नहीं सर। प्रार्थना है।"

"पहले मुझे सर कहना बन्द करो। घर के लोग और सभी परिचित मुझे बाबू कहते हैं। तुम भी कहो..."

"लेकिन सर–"

"फिर से सर?"

"सॉरी, सर।"

मेरे चेहरे पर नाराज़ी उभर आयी। वह घबरा गया। "ठीक है। ठीक है बाबू सर!"

"अरे बाबू कहो। सिर्फ़ बाबू–"

"जी। मेरी आपसे एक प्रार्थना है। क्या आप मुझे पढ़ा सकते हैं? मैं सब काम कर लूँगा। सिर्फ़ आप मुझे पढ़ाइए।"

"क्या पढ़ाऊँ?"

"कोंकणी और अंग्रेज़ी, सर–ओह सॉरी, बाबू।"

मुझे अमृत की याद आ गयी। गोवा के बाहर से आये हुए इन लड़कों में कोंकणी सीखने की ललक है और गोवा के लोगों को उसकी कोई परवाह नहीं!

"पर, तुम्हारी कोंकणी तो बहुत अच्छी है।"

"बोलना ही आता है। लेकिन अच्छी तरह लिखना भी सीखना चाहता हूँ।"

"और अंग्रेज़ी?"

"समझ लेता हूँ। लेकिन बोल नहीं पाता।" कृष्णा की एक बात मुझे भा गयी। उसे क्या पढ़ना है यह वह अच्छी तरह जानता था। इसे लेकर उसके मन में कोई दुविधा नहीं थी।

"तुम्हें दूसरी नौकरी मिलने वाली है ना?"

"मिलने वाली है या नहीं...इसका पता नहीं। पर करनी ज़रूर है।"

फिर हिचकिचाते हुए उसने बताया–वासुदेव चाचा का बेटा सन्दीप पढ़ाई में उसकी मदद करेगा इस उम्मीद के साथ वह वहाँ काम करने गया था। पहले दो साल तक उसने मदद की थी। लेकिन बाद में वह उसे टालने लग गया था। इसी वजह से वह अब मेरे पास आया था।

मैं उसे किचन में ले गया। उसे बताया कि कौन सी चीज़ कहाँ रखी है। तब तक कृष्णा ने चाय का बर्तन और कप धो दिये थे। माँ के कमरे में ले जाकर माँ से मिलवाया तो उसने झुककर माँ को प्रणाम किया। मैं माँ को कृष्णा के बारे में बता रहा था तब तक उसने कमरे में यहाँ-वहाँ बिखरा सामान सही जगह पर रखकर कमरा ठीक किया।

मैंने पगार के बारे में पूछा तो बोला, "आप जो दोगे उसे मैं ले लूँगा। बस, मुझे पढ़ाइए सर।" उसके मुँह को 'सर' कहने की जो आदत पड़ चुकी थी उसे जाने में अभी वक़्त लगेगा यह सोचकर मैंने उसे चुप कराना छोड़ दिया। टाइमिंग के बारे में पूछने पर कहने लगा–"डैडी की तबीयत ठीक नहीं है। मम्मी भी बीमार है। मैं दिन भर रुक जाऊँगा। आपके पढ़ाने का टाइम क्या होगा यह आप ही बता दीजिए सर।"

"ओ.के.। बताओ, कब से आ रहे हो?"

"आज से। अभी से!" कहकर कृष्णा सीधे किचन में चला गया।

शनिवार को मैं ज़रा जल्दी ही बाहर निकलकर कॉलेज पहुँचा। आमतौर पर ठीक टाइम पर ही पहुँचने वाला मैं उस दिन नौ बजने के पहले ही कॉलेज पहुँचा था। डैडी की चिन्ता कृष्णा के आ जाने से कम हो गयी थी। उठाना, बिठाना, दवाई, पतला आहार, पॉटी...सब कुछ डेढ़ दिन के भीतर ही उसने अच्छी तरह सीख लिया था। माँ को समय-समय पर चाय-नाश्ता देना उसने कल से ही शुरू किया था। आज सुबह आठ बजने के पहले ही हाज़िर हो गया। मछली ख़रीदने के लिए दो सौ रुपये उसे देकर घर से बाहर निकलते समय सिर का सारा बोझ उसके सिर पर रख देने के कारण मुझे हल्का-हल्का सा महसूस हो रहा था।

रोज़ की आदत के चलते क़दम जल्दी- जल्दी पड़ रहे थे। हालाँकि जल्दी पहुँच चुका था। क्लास शुरू हो गयी थी। मुझे तो क्लास में जाना ही नहीं था। फिर भी मन में एक उत्सुकता अनुभव कर रहा था। कौन है यह चित्रा? क्या उससे मिलने की ख़ातिर मैं कॉलेज आया हूँ? ऐसा क्या कॉमन है हम दोनों के बीच जिसके चलते मुझे उसके लिए अपनापन महसूस हो रहा है? मैं साइंस स्टूडेंट, वह आर्ट्स। उसे चित्रकार बनना है। मुझे मेडिकल डॉक्टर...नहीं, नहीं। कल-परसों तक मैं डॉक्टर बनना चाहता था। पर अब आगे क्या बनूँगा यह मुझे ही मालूम नहीं। उसे कल भी पेंटर बनना था और आगे भी। वह बातूनी थी। मैं अल्पभाषी। उसे कॉफ़ी पसन्द है। मुझे चाय। कुछ भी कॉमन नहीं! नहीं? उस दिन चित्रा ने ही कहा था, "हमारी पसन्द मिलती है।" हाँ। उसे पढ़ना पसन्द है। उसे कामू पसन्द है। आज तक मुझे कामू,

काफ्का, मुराकामी पढ़ा हुआ कोई साथी नहीं मिला था। मार्टिन सर के कारण इन अद्‌भुत साहित्यकारों से परिचित हो चुका था। लेकिन उनके बारे में अपने विचारों को सर के साथ शेयर करने का मन नहीं होता था। चित्रा के पास वह दृष्टि है–जीवन में उपस्थित जो कुछ विलक्षण, विचित्र है उसे सहज, सामान्य मानकर उसकी ओर देखने की दृष्टि। दरअसल जो विलक्षण है वही वास्तव है।

कोई बताता है कि अहल्या का पातिव्रत्य भंग हुआ और हम आँख मूँदकर उसे सच मान लेते हैं। पाप करने वाला इन्द्र देवता बन जाता है! कुन्ती ने, पति की सम्मति से या फिर उसे अँधेरे में रखकर पर-पुरुषों से सन्तान प्राप्त की। इस कृति को पवित्रता प्रदान करने के लिए हमने उन पुरुषों को देवत्व प्रदान किया! स्वच्छन्द सम्भोग से प्राप्त तृप्ति के आनन्द में आकण्ठ डूबने के तर्कसंगत सत्य को छिपाने के लिए व्यास ने जिस भ्रम जाल को बुना उसे हम अपनी बुद्धि गिरवी रखकर स्वीकार कर लेते हैं। आल्बैर कामू के उपन्यास 'द आउटसाइडर' का मरसॉल एक विलक्षण मनुष्य है। लेकिन, हमारे बनाये गये चौखटे में वह फिट नहीं बैठता इसलिए उसे हम एंटी हीरो कहेंगे? आल्बैर कामू उसे स्ट्रेंजर कहते हैं। स्ट्रेंजर मतलब अपरिचित। अजनबी, अनजाना, दुनिया से अलग ऐसा क्यों कहना चाहिए? उसे लगा कि ख़ून करना चाहिए इसलिए उसने अरब को मार दिया। अब उसके साथ क्या बहस करेंगे? उसे फाँसी पर लटका देंगे ना? मरसॉल तो तैयार ही बैठा है। अपने जीवन की ओर तटस्थता से देखने की उसकी वृत्ति अगर किसी को अस्वाभाविक, दुनिया से अलग लगती है तो वह उसका प्रोब्लम नहीं है। कल मेरे डैडी की मौत होने पर मुझे शोक करना चाहिए या नहीं, कितना करना चाहिए, कैसे करना चाहिए यह मैं तय करूँगा या लोग? कामू के मरसॉल की तरह क्या मैं अपनी तरफ़ तटस्थता से देख सकता हूँ? तो फिर बताओ–आज मैं यहाँ क्यों आया हूँ? चित्रा से मिलने? अमृत से मिलने क्यों नहीं?

थिंक ऑफ़ द डेविल! अमृत सामने ही खड़ा था। पहले देख लिया होता तो उससे छिप जाता।

"हाय बडी। हमें धोखा दिया ना?"

मैं रैली में नहीं पहुँचा इस बात का उसे बुरा लगा था या गुस्सा आया था?

"पर अच्छा हुआ–रैली हो ही नहीं पायी। फातिमा नहीं चाहती थी कि वह इश्यू ब्लोव अप हो जाये। सो वी ड्रॉप्ड द आइडिया।"

"थैंक्यू।" जैसे-तैसे मेरे मुँह से निकला।

"बाय द वे, पता चला कि उस दिन नमशीकार सर ने तुम्हारा इनसल्ट किया था। मैं क्लास में नहीं था इसलिए छूटा वह ब्लडी नमशीकार! नहीं तो–"

"छोड़ दो उस बात को।"

"भला ऐसे कैसे छोड़ दूँ? मैं सी.आर. हूँ। तुम सिर्फ़ कह दो–फिर देखो मैं कैसे सबक सिखाता हूँ उस नमशीकार को–हमारे सुपरमैन से ऐसे बात करेगा वह? चलो। अभी चलते हैं।"

अमृत का हाथ छुड़ाकर मैंने उसकी बात काट दी। "नहीं, मुझे काम है। मैं जा रहा हूँ।"

"लाइब्रेरी में? कैरी ऑन स्कॉलर–" कहकर अमृत चला गया।

साढ़े नौ बजने में अभी दस मिनट बाक़ी थे। चित्रा को जब आना है आने दो। पहले एक चाय हो जाये सोचकर मैं कैंटीन की तरफ़ चला गया।

चाय मँगवा लूँ या चित्रा के लिए रुकूँ? या फिर एक चाय और एक कॉफ़ी लेकर मेज़ पर ही उसकी राह देखूँ? वैसे दूसरों के बारे में सोचकर चाय पी जाये या न पी जाये यह तय करनेवालों में से मैं नहीं हूँ। लेकिन आज मैंने तय किया कि चित्रा के आ जाने तक मेरी चाय को मेरा इन्तज़ार करना पड़ेगा।

साढ़े नौ बजने में दो मिनट बचे थे तभी मुझे वह दीख गयी। मैं चेहरा छिपाने की कोशिश में लग गया। इस वक़्त तो नहीं मिलनी चाहिए थी। लेकिन मुझे ही ढूँढ़ती हुई सी वह पास आ धमकी। "हैलो, विपिन" कहकर मानो काफ़ी दिनों की जान-पहचान हो वैसे कुर्सी खींचकर नज़दीक बैठ गयी। और कोई रास्ता न देखकर मैंने मुस्कुराने की बरबस कोशिश की।

"बहुत इन्तज़ार कराते हो जनाब! उस दिन नहीं आये। हमारे भाईसाहब तुमसे मिलने के लिए रुके थे।" फातिमा ने कहा।

"सॉरी, नहीं आ सका।" आज फातिमा पिछली बार की तुलना में अच्छी लग रही थी। माथे पर दुपट्टा ओढ़कर उसका एक सिरा गर्दन पर ढीला सा लपेटे हुए बायें कन्धे पर से पीछे छोड़ा हुआ था। "वे दूसरे दिन भी आये थे। और तीसरे भी–" फातिमा 'चौथे भी' कहे उससे पहले मैंने बता दिया, "डैडी की तबीयत बहुत ख़राब हुई थी।" फातिमा से पीछा कैसे छुड़ाऊँ यह सोच ही रहा था कि फातिमा ने कहा, "चित्रा ने बताया था मुझे।"

"तुम जानती हो उसे?" पूछने का मन हुआ कि वह अभी तक क्यों नहीं आयी?

"ऑफ़ कोर्स! वी आर कॉफ़ीमेट्स!"

"क्लासमेट्स?"

"नहीं, नहीं। कॉफ़ीमेट्स। मैं एफ. वाय में हूँ। लेकिन हम रोज़ मिलते हैं–ओवर कॉफ़ी।"

पूछने का मन हो रहा था, लेकिन शब्द नहीं फूट रहे थे। फातिमा हँस पड़ी–

दिल की बात ज़ुबान पर लाने से यों न घबराइए,
जो भी पूछना है हमसे खुलेआम पूछ डालिए।

मैं हड़बड़ा गया।

"तुम पूछ क्यों नहीं लेते मुझसे?"

"क्या?"

"यही कि चित्रा क्यों नहीं आयी?"

चित्रा मुझसे मिलने वाली है यह बात और कोई नहीं जानता ऐसा मुझे क्यों लगा था?

"तुम्हें कैसे पता चला?"

"उसी ने भेजा है मुझे। अपना पैग़ाम तुम तक पहुँचाने। दरअसल उसे अचानक काणकोण जाना पड़ा। उसे मैसेज मिला कि मम्मा की तबीयत बहुत बिगड़ गयी है। तुम्हारा फ़ोन नहीं लगा, इसलिए..."

यह बताने के लिए इसे बात को इतना खींचने की क्या ज़रूरत थी? नाराज़ होकर उठा। अब चाय की ज़रूरत थी।

फातिमा अभी भी बैठी हुई थी। अब और क्या काम बाक़ी है उसका?

"मुझे चाय चाहिए।" काउंटर की तरफ़ जाते हुए मैंने कहा।

"मुझे कॉफ़ी।" बेहिचक होकर फातिमा ने बताया।

प्रिंसिपल के ऑफ़िस में पहली बार मिली फातिमा और आज कैंटीन में बैठी हुई फातिमा के बीच ज़मीन-आसमान का फ़ासला दिखा। उस दिन वह डरे हुए बछड़े सरीखी लगी थी। आज वह फुदकने वाली हिरनी सी लग रही थी।

"चित्रा ने मुझे पहले ही आगाह किया था।"

"किस बारे में?"

"विपिन से मिलने जा रही हो तो मुझे ही बोलना पड़ेगा। सुनने को कुछ नहीं मिलेगा।"

चित्रा ने मेरे बारे में और क्या-क्या कहा था यह मैं क्यों जानना चाहता हूँ? फिर भी पूछ लिया–

"और क्या बता रही थी?"

फातिमा मुसकुरायी। "और भी बहुत कुछ! लेकिन–"

"लेकिन क्या?" मैं बेचैन होने लगा था।

"उसी के मुँह से सुनना अच्छा लगेगा तुम्हें।" कहकर वह हँसी। चाय ख़त्म हुई। यह देखकर फातिमा ने भी कॉफ़ी का आख़िरी घूँट पी लिया।

"तुमने यह पूछा तक नहीं कि चित्रा कब लौटने वाली है!"

भला मैं क्यों पूछूँ? क्या वह कोई शहज़ादी है?

"तुम नहीं जानना चाहते तो मैं क्यों बताऊँ?" कुर्सी से उठते हुए फातिमा ने मुझे चिढ़ाकर कहा। पहली बार मिली थी तब लगा नहीं था कि इतनी मज़ाक़िया होगी।

"बहुत मज़ाक़ हुआ। बताओ तो सही–"

"मतलब चित्रा जो कह रही थी कि तुम्हें मैसेजिस पढ़ने की आदत नहीं है वह बिल्कुल सही है!"

मोबाइल निकाला। मैसेसेस देखे। "मंडे। सेम टाइम, सेम प्लेस।"

फातिमा को क्लास अटैंड करनी थी। हम उठ गये। कैंटीन के बाहर पहुँचते ही उसने मुझे रोककर कहा, "यू नो विपिन, मुझे डांस पसन्द है तो चित्रा को पेंटिंग। हमारी पसन्द बहुत कम मिलती है। और कॉमन पसन्द में से दो ही मेन हैं। एक है–"

"कॉफ़ी!"

"करेक्ट! और दूसरी–तुम!" कहकर फातिमा शोखी भरी मुस्कुराहट के साथ चली गयी।

एक अलग ही नशे में चूर होकर मैं चला जा रहा था। पीछे से तेज़ क़दमों की आहट के साथ किसी की पुकार सुनाई पड़ी। "परोब!"

मैं रुक गया। ये तो नमशीकार सर का बेटा था। मेरी ही क्लास में पढ़ता था।

"चार दिन से तुम्हें ढूँढ़ रहा हूँ..." हाँफते हुए उसने बताया। "पहचान गये ना मुझे?"

"नमशीकार–"

"प्लीज़, मुझे उस नाम से मत बुलाना। तंग आ चुका हूँ मैं उस सरनेम से। मेरा नाम सर्वेश है।"

"क्यों ढूँढ़ रहे थे मुझे?" मैंने चलते-चलते पूछा। मुझे वहाँ से जाने की जल्दी थी।

"सॉरी कहना था। उस दिन जिस तरह डैडी ने तुमसे बात की–मैं बहुत...बहुत शर्मिन्दा हुआ। ग़ुस्सा भी आया। लेकिन–" मेरी बग़ल में क़दम से क़दम मिलाकर चलते हुए सर्वेश ने कहा।

"उसके लिए तुम क्यों सॉरी कहते हो?"

"अनफॉरच्यूनेटली वे मेरे पिता है।" वह बोलता रहा। जल्दी होने के बावजूद मैं उसे नहीं रोक पाया। पूरे मन से बोल रहा था। मुझे लगा मानो पिता की हरकतों

पर मन में जो ग़ुस्सा भरा था उसे इस तरह व्यक्त करके वह अपने दिल का बोझ हलका करने की कोशिश कर रहा था।

"तुम जानते हो परोब, मेरा अपना भी एक एंबिशन है। मुझे खाना बनाना पसन्द है। मॉम जो खाना बनाती है उससे भी अच्छा बना लेता हूँ मैं। नये प्रयोग करता रहता हूँ। मॉम मुझे सपोर्ट करती है। मुझे शेफ बनना है। लेकिन डैड नहीं सुनते। महराज, रसोइयाँ कहकर मेरी खिल्ली उड़ाते हैं। वे चाहते हैं कि मैं डॉक्टर बनूँ। वे डॉक्टर नहीं बन पाये। अब मुझे डॉक्टर बनाना चाहते हैं।"

क्या बात! मेरी हालत और उसकी हालत...तो दोनों में ज़्यादा फ़र्क़ नहीं है!

"आय एडमायर यू परोब। तुममें गट्स हैं। उस दिन उस मुस्लिम लड़की को तुमने गुंडों से बचाया। और परसों डैडी के तानों को बेअसर करते हुए तुम सीधे क्लास के बाहर चले गये...ऐसे गट्स मुझमें नहीं हैं।"

बस स्टैंड पर पहुँचने तक वह बोलता रहा। फिर उसने बैग से एक टिफिन का बक्सा निकाला और मेरे हाथ में रखकर बोला, "'सर्वेस्का', यह मेरा इन्वेंशन है। माय ओव्न रेसिपी। बिबिंका की तरह है इसलिए 'सर्वेस्का'। इसे ले लो। आय डेडिकेट इट टू यू।" उसका आजिज़ी भरा चेहरा मुझसे देखा नहीं गया। मैंने वह टिफिन का बक्सा ले लिया।

"थैंक्यू परोब। एक और बात पूछनी थी। मेरे दोस्त बनोगे?" इतने में बस आ गयी। मैं अन्दर चढ़ गया। सर्वेश का प्रश्न अनुत्तरित रहा।

घर आकर देखा...

घर की सभी खिड़कियाँ-दरवाज़े पूरी तरह खुले हुए थे। अब तक जिन्हें घर की चौखट के बाहर रोका गया था वे प्रकाश की चमचमाती किरणें कूद-फाँदकर घर में घुस आयी थीं। पूरे घर में जैसे उत्साह छलक रहा था।

इस प्रकाश से भरे हुए घर में डैडी का अनुशासन तोड़ने वाले कृष्णा को मैंने हवा बनकर बहते देखा।

माँ की तबीयत ख़राब होने पर, बाहर से बिना खाना मँगवाये और किचन में मेरे पैर पड़े बिना दोपहर का डेढ़ बजने के पहले ही 'खाना तैयार है' यह मैं पहली बार सुन रहा था। आमड़ा डालकर बनाया हुआ सीपियों का सालन और बाज़ार से मैं जो मोडसो मछली ले आया था उसका कृष्णा की भाषा में कहूँ तो 'रवा फ्राय'। ख़ुशबू

से ही माँ की भूख भड़क उठी थी शायद। हमेशा नहीं उठा जाता कहकर थाली कमरे में मँगवाने वाली माँ बुलाने के पहले ही आकर खाने की मेज़ पर बैठ गयी। कृष्णा ने पुकारा तो मैंने कहा, "माँ को पहले खाने दो। हम बाद में खायेंगे।" मछली के दो टुकड़े कृष्णा ने अलग निकालकर नहीं रखे होते तो माँ के हाथों लगने से नहीं बचते। खाना खाने के बाद डकार पर डकार लगाती हुई माँ उठ गयी। मेरी थाली लगने के पहले ही उसके धीमे खर्राटों की आवाज़ मेरे कानों में आ गिरी। बिन बताये पता चल गया कि आज कुछ ज़्यादा ही खा चुकी थी। बेचारे डैडी! आमड़ा के मौसम में सीपियाँ ज़रूर ले आते थे। और वासुदेव के होटल का 'तवा फ्राय' तो उन्हें बेहद पसन्द था। थोड़ी ख़ुशबू उनके काम कर रहे दायें नथुने में पहुँची होगी क्या?

मेज़ पर एक ही थाली देखी तो जाकर मैं दूसरी थाली ले आया। "आओ कृष्णा। हम खाना खा लेते हैं।"

"नहीं सर। मैं बाद में–"

"ठीक है। ऐसा है तो मैं भी बाद में बैठता हूँ।" कहकर मैं जब उठा तब हिचकते हुए वह खाना खाने आ बैठा।

खाना खाते समय थाली में से जो ख़त्म होता उसे माँगने के लिए मुँह खोलना छोड़कर किसी से भी कोई और बात की हो तो मुझे याद नहीं। लेकिन आज मैंने बात की। "पढ़ने की यह लगन कहाँ से आयी तुममें?"

शायद किसी के साथ अपने मन की बात साझा करने की राह ही देख रहा था–फटाफट बता दिया। उसके अप्पा ने उसे कहा था, "पढ़े बिना कोई इन्सान नहीं बन सकता!" "अप्पा ने कहाँ तक पढ़ाई की है?" यह पूछने पर बोला, "उन्हें मौक़ा ही नहीं मिला पढ़ने का। उनका कहना है कि पढ़ाई नहीं की इसीलिए वे पिछड़ गये और उनका नुक़सान हुआ।"

"तुम्हारे अप्पा क्या पढ़ने के लिए कह रहे हैं तुमसे?"

"स्कूल की पढ़ाई...हो सके तो आगे की पढ़ाई भी।"

"कॉलेज?"

"नाइट स्कूल से मैंने आठवीं तक पढ़ाई की है। लेकिन नाइट कॉलेज नहीं है ना?"

"इच्छा और लगन हो तो कुछ भी हो सकता है।"

"मुझे 'कुक' बनना है।" कृष्णा की आवाज़ में दृढ़ निश्चय था।

"अगर ऐसा है तो वासुदेव की नौकरी क्यों छोड़ी?"

"उस तरह का कुक नहीं सर। मुझे बड़े होटल में 'शेफ़' बनना है। पर उसके लिए अच्छी तरह कोंकणी लिखना और अंग्रेज़ी बोलना आना चाहिए। इसीलिए यहाँ आया हूँ।"

सत्रह साल की उम्र में कृष्णा ने अपने भविष्य का सपना देख लिया था। उस सपने को सच बनाने का उसने निश्चय किया था। उस सपने को पूरा करने की ख़ातिर वह कितनी भी मेहनत करने के लिए तैयार था। और मैं? मुझे कुछ नहीं पता कि मैं क्या करने वाला हूँ, क्या बनने वाला हूँ!

खाना खाया, मुँह धोया और कृष्णा से कहा, "किताब लेकर आ जाओ। पढ़ने–"

"आधा घण्टा दे दीजिए सर। जल्दी से काम निपटाकर आ जाता हूँ।" उस आधे घण्टे में उसने बर्तन माँजकर अपनी जगह पर रख दिये। भिगोकर रखे हुए कपड़े धो डाले। काम करने में उसकी फुरती अचरज में डाल देती थी। पढ़ने की गति तो उससे भी अच्छी थी। उसके माँ-बाप घर में कन्नड़ बोलते थे। हालाँकि कृष्णा के साथ कोंकणी में बात करते थे। उनकी कोंकणी टूटी-फूटी थी इसलिए बचपन में उसे शुद्ध कोंकणी बोलने वाले पड़ोसियों के घर छोटे-मोटे काम करने भेजते। उसके अप्पा गैरेज में काम करते-करते मैकेनिक बने थे। माँ पहले पड़ोसियों के घर काम करने जाती थी। लेकिन बाद में अप्पा ने उसे काम छोड़ने के लिए कहा। कृष्णा को प्राइमरी स्कूल में डाला था। लेकिन वहाँ के मास्टर, काम की तलाश में पश्चिमी घाट पार करके गोवा के बाहर से आये कृष्णा जैसे मज़दूरों के बच्चों को घांटी कहकर बुलाते थे और उनसे अपने घर के सारे काम करवा लेते थे। उसके बाद जब हाई स्कूल जाने का समय आया तब कृष्णा के अप्पा पर एक आरोप लगा। गैरेज के मालिक ने सर्विसिंग के लिए आयी हुई कार की स्टेपनी ग़ायब कर दी। जब पकड़ा गया तब अप्पा से कहा इल्ज़ाम अपने सिर पर ले लो, जल्दी ही तुम्हें छुड़ा लाऊँगा। बेचारे अप्पा ठगे गये। पुलिस केस बना। जैसे ज़बान दी थी वैसे मालिक ने पुलिस को पैसा खिलाकर अप्पा को छुड़ा तो लिया लेकिन नौकरी से हटा दिया। हालात से मजबूर होकर कृष्णा को वासुदेव के होटल पर काम करना पड़ा। अप्पा अब बांबोळी में युनिवर्सिटी के रास्ते पर स्कूटर ठीक करने का काम करते हैं। धीरे-धीरे उनका धन्धा जमने लगा है। उन्होंने कृष्णा से कह दिया था–"एस.एस.सी. तक एक्सटर्नल पढ़ाई करना। ट्यूशन का ख़र्चा मैं दूँगा।"

उस शाम कृष्णा के साथ मैं उसके घर गया। इतवार होने की वजह से उसके अप्पा घर पर ही थे। वे लोग एक भाटकार के आउट हाउस में रहते थे। ज़मींदार के उन

दो कमरों के आउट हाउस का पाँच हज़ार रुपये किराया था। इसके अलावा ज़रूरत पड़ने पर भाटकार के घर के काम भी करने पड़ते। गोवा के मूल निवासी, गोंयकार न होने के कारण उन्हें सब 'घांटी' कहते थे और यह सुनकर अप्पा को बड़ा दुख होता था। अप्पा ने बताया, "मेरी कोंकणी सुनकर लोग जान जाते हैं कि मैं घांटी हूँ इसलिए यह ज़रूरी है कि बेटा एकदम सही कोंकणी सीखे। तभी जाकर लोग उसे गोंयकार मानेंगे।"

कृष्णा की अम्मा ने चाय लाकर दी। कृष्णा ने इतना सा मुँह करके बताया– "सॉरी सर, थोड़ा ही दूध था।"

गोंयकार बनने के उसके हौसले को सलाम करते हुए मैंने बड़े मज़े के साथ वह कम दूध वाली चाय पी ली।

मंडे। सेम टाइम, सेम प्लेस।

ठीक समय पर पहुँच गया। घर की ज़िम्मेदारी का बोझ उठाने में अब कृष्णा की मदद मिलने लगी थी इसलिए मैं चिन्तामुक्त था। पर चित्रा नहीं आयी। फातिमा आ गयी। वह टेबल के पास पहुँचने से पहले मैंने मोबाइल चेक किया। हाँ, मैसेज था। 'सॉरी।'

सिर ऊपर उठाकर देखा तो सामने अपने दोनों हाथों में दो कप लिए फातिमा खड़ी थी। चाय का कप मेरे सामने टेबल पर रखकर बैठ गयी। "चित्रा ने सॉरी कहा है।" ऐसा कहकर इस पर मैं कुछ पूछता हूँ या नहीं यह देखने ज़रा रुक गयी। पल भर के लिए मन में आया–चित्रा ने इसे जान-बूझकर तो नहीं भेजा है ना मेरे पास? कहीं ऐसा तो नहीं कि यहीं उसे पीछे रुकने के लिए कहकर ख़ुद ही मुझसे मिलने आ रही है? मैं भी पागल की तरह बुलाते ही आकर बैठ जाता हूँ...इन्तज़ार करता हुआ! मन किया कि उठकर चला जाऊँ। उठ भी गया–

"चाय ठण्डी होगी। पिओ और फिर जाओ।" यह फातिमा भी बड़ी होशियार है। मन परख लेती है! पिछली बार फातिमा ने जो कहा था वह याद आया। हमारी दो पसन्दीदा बातें कॉमन हैं। मैं फातिमा की ओर नज़रें गड़ाये ध्यान से देखने लगा। माथे पर जो दुपट्टा ओढ़ा था वह बाल ढँकने के लिए था या अपनी ख़ूबसूरती में चार चाँद लगाने के लिए? ख़ूबसूरत? फातिमा ऐसे दिख रही थी जैसे अभी ब्यूटी पार्लर होकर आयी है। दुपट्टे के नीचे छिपे उसके बाल, भौंहें, होंठ, आँखों का काजल... मैं मज़े लेकर निहार रहा हूँ यह देखकर फातिमा झिझक गयी। अपने चेहरे पर उभर आने वाला संकोच छिपाने के लिए जब उसने कॉफ़ी का मग होंठों से लगाया तब उसके नाख़ूनों पर लगे हलके गुलाबी नेल-पॉलिश पर नज़र पड़ी। फातिमा ख़ूबसूरत थी! और चित्रा? एक ही बार मिली थी। मैं कहाँ बारीक़ी से देख पाया था? लेकिन उसने लिपस्टिक नहीं रगड़ी थी। बालों का कोई स्टाइल नहीं बनाया था। नाख़ूनों पर कोई नेल-पॉलिश लगा हो तो याद नहीं। पता नहीं क्यों, चित्रा को देखते ही मेरे सामने शरत बाबू की राजलक्ष्मी खड़ी हो जाती थी।

अरे...यह क्या हो रहा है? मैं इन दोनों की तुलना क्यों करने लगा हूँ? शायद परसों फातिमा ने जो कहा था उस वजह से होगा। उन दोनों की एक कॉमन पसन्द-मैं!

"एक बात पूछूँ, विपिन?"

मैंने प्रश्नार्थक मुद्रा में गर्दन हिलायी।

"क्या तुम रात को एकदम अँधेरा करके सोते हो?"

"तुम क्यों जानना चाहती हो?"

"बताओ ना, प्लीज़।"

"हाँ। मुझे अँधेरा पसन्द है!"

"तभी! चित्रा कह रही थी, विपिन की आँखें गहरी काली, कजरारी हैं। मैंने उससे कहा, रात के अँधेरे ने लगाया है यह कजरा! ऐ अँधेरे के आशिक़, बताओ तो ज़रा, कजरारी इन आँखों में, राज़ कितने छिपा रहे हो?"

ये यों ही बोलती रही तो फिर चित्रा के बारे में बताना भूल जायेगी। मन अस्वस्थ होने लगा।

"अभी तक तुमने नहीं पूछा है।" फातिमा ने चिढ़ाने के स्वर में कहा।

चाय का कप होंठों से लगाते समय मैंने सवालिया अन्दाज़ में अपनी भौंहें ऊपर उठायीं। सही था कि मैंने अभी तक चित्रा के बारे में नहीं पूछा था। लेकिन क्या यह ख़ुद नहीं बता सकती?

"चित्रा की माँ बहुत बीमार है। उसने कहा है कि और आठ-दस दिन तक नहीं आ पायेगी।" पलभर रुकी और फिर पूछा, "एक फ़ोन तक क्यों नहीं किया तुमने?"

मैं उलझन में पड़ गया। ठीक है मैंने नहीं किया; लेकिन वह तो कर सकती थी ना?

"इट्स ओके। तुमने किया होता तो भी नहीं लगता। उसे वहाँ रेंज नहीं मिलती है।"

"आय एम वेस्टिंग माय टाइम!" कहकर मैं उठा।

"सुनो, कल क्लास बंक करके मैं जाना चाहती हूँ।"

"मुझे क्यों बता रही हो?" मैंने झल्लाकर पूछा।

"काणकोण...चित्रा के घर! बेचारी को माँ की चिन्ता खाये जा रही है।"

मेरे पैर वहीं ठिठककर रुक गये। पहली मुलाक़ात में उत्साह के झरने सा दिखने वाला चित्रा का रूप अब चिन्ताओं में डूबकर कितना मुरझा गया होगा!

"क्या तुम आओगे? उसे अच्छा लगेगा। मुझे भी कम्पनी मिलेगी।"

मेरे जाने से चित्रा को अच्छा लगेगा यह बात मैंने कैसे मान ली? या फिर फातिमा को कम्पनी मिलेगी इसलिए हाँ कहा। मुझे नहीं पता। पर इतना सच

था कि सुबह कंदब बस स्टैंड पर मिलना तय करके हम दोनों ने अपना-अपना रास्ता पकड़ लिया।

मेल नर्स महीने के पन्द्रह हज़ार लेता है यह पता चलते ही घर का सारा काम करने, खाना बनाने के साथ-साथ डैडी की देख-भाल करने वाले कृष्णा को केवल पाँच हज़ार देना मन को किसी भी तरह जायज़ नहीं लगा। मार्टिन सर ने डैडी की बिगड़ी हुई आर्थिक स्थिति का अन्दाज़ा दे दिया था। डैडी के पास बुक से पता चला कि अकाउंट में लाखभर रुपये जमा थे। उनमें से अस्पताल और दवाई के ख़र्चे के लिए क़रीब चालीस हज़ार पहले ही निकाले थे। इसके आगे ख़र्चे के लिए पैसे निकालते समय डैडी के दस्तख़त की ज़रूरत थी। दाहिना हाथ सही-सलामत होने के कारण डैडी अब दस्तख़त कर सकते थे। हालात ठीक-ठाक है तब तक सब सीख-समझ लेना चाहिए।

पहले मैंने माँ से पूछ-ताछ की। पर उसे कुछ भी पता नहीं था। और यह अपेक्षित भी था। पिछले दिनों मामा ने बात उठायी इसलिए शादी में उसे जो गहने मिले थे उनके बारे में जान गया था। चालीस-पचास तोले के सोने के गहनों का क्या हुआ इस बारे में माँ कुछ नहीं जानती थी। उन्हें डैडी के हवाले करने के बाद बस एक बार मामा की शादी में उन्हें पहना था। उसके बाद कभी उनका दर्शन नहीं हो पाया। डैडी ने कहा था कि लॉकर में रखे हैं। लेकिन माँ का इस पर विश्वास नहीं था।

"डैडी से ही पूछो।" उसने कहा। और फिर मेरे पीछे-पीछे वह भी डैडी के पलंग के पास आ गयी।

पैसे के बारे में डैडी से बात करने का मौक़ा इससे पहले नहीं आया था। बचपन का डर अब भी बाक़ी था। लेकिन आज बीमारी की वजह से असहाय होकर बिस्तर पर पड़े दुबले-पतले डैडी के सामने पैसों से जुड़ा सवाल उठाते समय जीभ ज़रा भी नहीं झिझकी। डैडी ने सब सुन लिया। माँ उत्कंठित होकर सुन रही है यह बात शायद उन्हें खटक गयी। अपना दाहिना हाथ हिलाकर 'तुम यहाँ से चली जाओ' ऐसा जब तक स्पष्ट सुनाई नहीं दिया तब तक उन्होंने चार बार कहा। निराश होकर माँ वहाँ से अपने कमरे में चली गयी।

"मैं कब ठीक हो जाऊँगा?" कान उनके मुँह से लगाकर सुना तब सवाल समझ में आया।

"इलाज चल रहा है ना डैडी, जल्दी ठीक हो जायेंगे आप।" ऐसा कहने का रिवाज़ है यह मुझे पता था।

"मैं ठीक होते ही दे दूँगा। पैसों के बारे में तुम मत सोचो। अच्छे से पढ़ाई करो। तुम्हारे डॉक्टर बनने तक जितने पैसों की ज़रूरत है उतने हैं मेरे पास।"

"लेकिन डैडी, अभी ज़रूरत है, ख़र्चे के लिए।" मैंने परेशानी ज़ाहिर की।

"दराज़ में पड़े हैं। उन्हें ले लेना।" इतना बोलने तक डैडी हाँफने लगे। उन्हें बता सकता था कि वे पैसे कब के ख़त्म हो चुके हैं। लेकिन फिर उस ख़र्चे का हिसाब माँगने लग जाते। ठीक होने तक उन्हें किसी भी तरह का टेंशन नहीं दे सकते थे। डॉ. मिश्किता ने कहा था कि बी.पी. नॉर्मल रहना चाहिए। मैं वहाँ से हट गया।

दवाखाना बन्द करके घर जाने से पहले डॉ. कॉश्ताबीर डैडी का बी.पी. चेक करने आ गये।

"एकदम नॉर्मल है!" उन्होंने कहा और वे बाहर जाने लगे। दरवाज़े के पास पहुँचने पर मैंने उन्हें अपनी परेशानी बतायी। वे डैडी को अच्छी तरह जानते थे। वे वापस मुड़ गये और डैडी के पास जाकर उन्होंने स्पष्ट कह दिया, "मिस्टर पोरोब, मैं तुम्हारा इलाज कर रहा हूँ। लेकिन पन्द्रह दिन हो गये अभी तक मुझे मेरी विजिट के पैसे नहीं मिले हैं। बाबू ने बहुत पैसा बहाया इसलिए तुम बच गये। लेकिन इसके आगे और भी ख़र्चा होने वाला है। उसके हाथ में पैसे नहीं होंगे तो वह तुम्हारा आगे का ट्रीटमेंट कैसे कर पायेगा?"

इस दवा का अच्छा असर हुआ। डॉ. कॉश्ताबीर के जाते ही डैडी ने मुझे बुला लिया। चेकबुक लाने के लिए कहा। तकिये से पीठ लगाकर बिठाने के बाद ब्लैंक चेक पर दस्तख़त किये और फिर मुझे ख़बरदार किया। "यह बीअरर चेक है। किसी के भी हाथ में पड़ने मत देना। तुम ख़ुद जाकर पैसे निकाल लेना। जितने चाहिए उतने ही।" इतना कहकर आगे यह भी बताया, "तुम्हें जॉइंट एकाउंट होल्डर बनाना चाहिए। मैनेजर से कहो।"

बैंक में जितने एफ.डी. थे उन्होंने उनकी जानकारी दे दी। माँ के गहनों के बारे में पूछते ही उस ख़राब हालत में भी वे सकपका गये। और फिर उनकी जीभ कुछ ज़्यादा ही लूली पड़ गयी। इतना समझ में आ रहा था कि वे माँ को दोष दे रहे थे। वह क़रीब आने नहीं देती थी इसलिए ख़र्च करने पड़े कुछ ऐसा सा सुना मैंने। लेकिन उस बारे में ज़्यादा सोचना मुझे ज़रूरी नहीं लगा। चेक सुरक्षित जगह पर रख दिया और धुले कपड़े तह करने के काम में लगे कृष्णा को पुकारकर पढ़ने के लिए बुलाया।

बारहवीं में पढ़ने वाले इस किशोर के पास बैठी फर्स्ट ईयर की फातिमा किसी पिल्ले सी लग रही थी। तीन लोगों वाली सीट पर पहले सिर्फ़ हम दो ही बैठे थे। लेकिन छूटने तक बस पूरी तरह भर गयी। फातिमा खिड़की के पास बैठने के कारण मैं बीच में सैंडविच हो गया था। जल्दी बाहर निकलने के कारण वातावरण में ठण्डक थी। बादलों के पर्दे की ओट से बाहर निकलकर सिर ऊपर उठा रही सूरज की किरणें पेड़-पौधों के संग अठखेलियाँ कर रही थीं। हल्की धूप में चमक रही हरी पत्तियों को देखकर फातिमा ने कहा, "चित्रा होती तो यहीं उतरकर चित्र बनाने लग जाती।"

"तुमने फ़ोन किया था?"

"उसी का आया था। बता रही थी कि मम्मा की तबीयत अब सुधर रही है। मैंने उसे बता दिया है कि हम लोग आज आ रहे हैं।" और अचानक विषय बदलते हुए फातिमा ने कहा, "तुम जानते हो विपिन, मैं पहली बार बस से इतना लम्बा सफ़र कर रही हूँ। और आय एम सो हैप्पी–ये सफ़र तुम्हारे साथ कर रही हूँ।" कहकर फातिमा ने मेरी बाँह में हल्की सी चिकोटी काटी। मैंने भी लम्बा सफ़र कहाँ किया था? मेरशी एकम मेरशी और मेरशी दूनी पणजी। चार-पाँच साल पहले एक बार म्हापसा मामा के घर और एस.एस.सी. होने के बाद देवता के दर्शन करने गया था, वह भी टैक्सी से।

कुंकळ्ळी, बाळ्ळी निकल जाने के बाद घाटी की चढ़ाई शुरू होने से पहले बारिश की बौछार शुरू हुई। फातिमा के पास वाली काँच की खिड़की बन्द नहीं हो पा रही थी। मैंने भी कोशिश की। कोशिश करते समय अचानक बस ने ब्रेक लगाया और मैं सीधे फातिमा पर लुढ़क गया। 'सॉरी' कहकर ठीक तरह से बैठा। लेकिन खिड़की अधखुली रह जाने के कारण बारिश का पानी अन्दर आ रहा था। उससे बचने की ख़ातिर फातिमा मेरे क़रीब आकर मेरी बग़ल में घुस गयी। दूसरी ओर बैठे पैसेंजर को मैं भला कहाँ तक धकेलता? पर फातिमा बेझिझक बग़ल में मुझसे चिपकती जा रही थी। फिर उसी ने मुझे सुझाया–"अपना हाथ मेरे कन्धों पर रखो। दब जाने से बच जाओगे। फिर परेशानी नहीं होगी तुम्हें।" आगे बारिश ख़त्म होने तक मेरा हाथ उसके कन्धों पर पड़ा रहा।

"क्या तुम जिम जाते हो?" अचानक फातिमा ने पूछा।

मैंने ना कहते हुए सिर हिलाया।

जवाब में जब उसने कुछ नहीं कहा तब मैंने ही पूछा, "क्यों पूछा?"

वह हँस दी। फिर गर्दन पीछे ले जाकर मेरा बाजू दबाकर बोली, "युवर मसल्स!"

मैंने धीरे से उसके कन्धों पर से हाथ उठा लिया।

शायद वहाँ चित्रा का घर बड़ा मशहूर था। बस स्टॉप पर उतरकर पूछते ही दो लोग अपनी मर्ज़ी से दिखाने आ गये। बाहर लेटेराइट पत्थर का जालीदार बड़ा सा सुन्दर कम्पाउंड। अन्दर ख़ूबसूरत बग़ीचा। एक तरफ़ गैरेज। गैरेज में एक जीप, एक टोयोटा एस.यू.वी. कार, दोनों के बीच एनफील्ड बाइक और पीछे की तरफ़ मवेशी घर। बाहर से ही पता चल रहा था कि घर बहुत बड़ा है। बीच में बड़ा सा खुला आँगन, उसके चारों तरफ़ बरामदे और उनके साथ लगे कमरों वाला मकान था। किसी पुरानी हवेली सा।

सीढ़ियाँ चढ़ने से पहले ही डाँट भरी आवाज़ कानों में आ गिरी। कोई आदमी शायद अपनी पत्नी को ज़ोर-ज़ोर से डाँट रहा था। "जो तुम्हारे लिए मना है वही करना है? बताने पर भी तुम्हारी समझ में नहीं आता?" डाँट सुनने की मेरे कानों को आदत थी। अक्सर डैडी माँ को डाँटा करते थे। पर वह डाँट तीखी होती थी। उस डाँट की मार के निशान तक मेरे मन पर भी उभर आते थे। लेकिन यह डाँट अलग थी–मुलायम मुलायम...प्रेम भरी। किताबों में जैसे प्रेमी अपनी प्रेमिका को तकिया लेकर मारता है वैसी।

हम बाहर ही खड़े रहे। इतने में 'भोंक-भोंक' करते हुए एक सफ़ेद रंग का कुत्ता कहीं से दौड़कर आ गया। डर के मारे फातिमा ने मेरी बाँह कसकर पकड़ ली। कुत्ता भौंकते हुए कुछ दो मीटर की दूरी पर खड़ा हो गया। उसके भौंकने में भी मुझे उसी मुलायम डाँट का एहसास हुआ।

"पाखल्या, चुप रहो। वे मेरे फ्रैंड्स हैं।" मैं समझ गया, फिरंगियों जैसे रंग के कारण कुत्ते का नाम 'पाखलो' रखा गया था। चित्रा की झिड़की सुनते ही कुत्ते की दुम हिलने लगी। हम सब अन्दर चले गये। "पाखलो इज़ अवर बेस्ट फ्रैंड!" चित्रा ने कुत्ते का माथा खुजलाते हुए कहा।

इतने में अन्दर से उसके पप्पा वहाँ आ गये। चित्रा ने उनसे हमारा परिचय कराया। शॉर्ट पैंट पर झक सफ़ेद टी शर्ट पहने हुए उसके पप्पा किसी पुराने फ़िल्मी हीरो की तरह दिख रहे थे। "अभी आ रहा हूँ।" कहकर अन्दर चले गये।

"सो हैंडसम!" और मुझे कोहनी मारकर फातिमा ने कहा,"तुम्हारी तरह!"

चित्रा हमें लेकर मम्मी के कमरे में चली गयी। मम्मा लम्बे हाथों वाली आराम कुर्सी पर बैठकर कुछ बुन रही थी। उनका सजीला, सुन्दर व्यक्तित्व बीस-बाईस साल पहले वे कितनी ख़ूबसूरत रही होंगी इसकी गवाही दे रहा था। लेकिन निस्तेज आँखें बीमार हालत को बयान कर रही थीं।

अन्दर पहुँचते ही फातिमा आगे बढ़कर मम्मा का बुनाई का काम बड़े मज़े लेकर देखने लगी।

"यह फातिमा है, मम्मा।" चित्रा ने परिचय कराया।

"अच्छा, तो यह है वह? पीछे ईद के समय तुमने बिरयानी भेजी थी ना? अभी भी याद आते ही मुँह में पानी आ जाता है।" फातिमा ख़ुशी के मारे फूल गयी।

"आप कितना अच्छा बुनती हैं मम्मा! मुझे सिखायेंगी?" फातिमा ने लाड़ में आकर पूछा।

"बड़ी ख़ुशी से सिखा देती। लेकिन–काफ़ी देर हो गयी है अब। मेरे पास उतना समय नहीं बचा..."

"मम्मा, क्या कह रही हो? मेरे बच्चों के लिए कपड़े, टोपे, दस्ताने, मोज़े बुने बग़ैर कहीं भी नहीं जाऊँगी कहती थीं न तुम?" चित्रा ने उन्हें प्यार भरी झिड़की दी और आगे बोली, "और यह विपिन है। मम्मा, पता चला कौन है?"

"हाँ, पता चला! तुम जिससे मिलने वाली थीं वही है ना यह? बहादुर, होशियार, गूँगा..."

"और जिसे आर्ट्स में जाना चाहिए था लेकिन ग़लती से जो साइंस में पहुँचा, है ना?" अन्दर आकर पप्पा ने उसका वाक्य पूर्ण किया। संकोच के मारे अपना मुँह कहाँ छुपाऊँ समझ में नहीं आया।

"चलिए। नाश्ता इज़ रेडी।" पप्पा ने अन्दर के कमरे की तरफ़ इशारा करते हुए कहा, "और सुनो, तुम भी चली आओ। उनके साथ चाय पी लेते हैं। आओ।" यह कहते हुए पप्पा ने मम्मा का हाथ पकड़कर उसे उठाया। "अपने हाथों से तुम्हारी पसन्दीदा चटनी बनायी है मैंने–छोटा अट्टालांव डालकर।"

पुदीने को कोंकणी में छोटा अट्टालांव कहते हैं यह मैं उस दिन जान गया।

चटनी के साथ चावल के चीले! भूखे पेट फटाफट अन्दर चले गये। दो केतलियाँ रखी थीं। मेरे कप में चाय उड़ेलकर चित्रा ने बताया, "पप्पा के हाथ की बनी चाय है। हमारी गाय के दूध वाली।" फिर उसने पप्पा के लिए भी चाय उड़ेली। "ये भी चाय के भक्त हैं।"

"और मेरे लिए?" फातिमा ने पूछा।

"हमारे लिए कॉफ़ी–" कहकर चित्रा ने दूसरी केतली हाथ में ली।

"पर आज मेरी तैयारी थी आं–चाय पीने की।" यह कहकर फातिमा मेरी तरफ़ देखकर मुस्कुरायी।

"यू नॉटी गर्ल! दिस इज़ नॉट फेअर! अपना धर्म छोड़ना सही नहीं।" चित्रा ने अपनी नाराज़गी ज़ाहिर की। झूठ-मूठ की भी हो सकती थी या सचमुच की भी।

"यू मीन–तुम दोनों का धर्म एक है?" पप्पा ने मज़ाक़ किया।

"ऑफ़ कोर्स! वी आर कॉफ़ी लवर्स!" चित्रा ने कहा।

मम्मा बीच में पड़ गयी। "लेकिन पता है चित्रा, थोड़ी फ्लेक्सिबिलिटी भी ज़रूरी होती है। धर्म के लिए भी पगडंडियों की गुंजाइश रखनी चाहिए। हमारी बात ही देखो। इसे चाय चाहिए। मुझे कॉफ़ी पसन्द है। लेकिन कभी-कभी इसके लिए मैं चाय पीती हूँ और उसे कभी-कभी कॉफ़ी पीते हुए तुमने भी देखा है। इसलिए हम समानधर्मी हैं। सच है ना पति महोदय?"

"सौ टका सच!" कहकर पप्पा ने बग़ल में बैठी फातिमा के हाथ पर ताली दी और मानो अपने पुराने दोस्त को जवाबी प्रतिक्रिया दे रही हो वैसे फातिमा ने भी ताली ली। तो ऐसे भी पिता होते हैं! और मम्मा भी! बीमार होने के बावजूद?

हमें बस-स्टॉप तक छोड़ने हमारे साथ पैदल चलकर आयी हुई चित्रा और घर में चेहरे पर हँसी ओढ़े हुए रहने वाली चित्रा–दोनों अलग थीं। दरअसल जब से आया था तब से मुझे लग रहा था–यह ख़ुशमिज़ाजी का, खुलकर बातें करने का नाटक कर रही है। मुँह दुख रहा है फिर भी मुस्कान बनाये रखी है। लेकिन हम घर से बाहर निकले और चित्रा का ओढ़ा हुआ मुखौटा नीचे उतर गया।

"पप्पा उनसे जितना बन पड़ता है उतना और मैं जितना कर सकती हूँ उतना नाटक करते रहते हैं घर में। मम्मा से नहीं होता है फिर भी वह घर के काम करना चाहती है। बाद में पप्पा उन्हें डाँटना शुरू करते हैं। उसे आराम मिले इसी कोशिश में हम लगे रहते हैं। इतनी सारी दवाइयों की मार से पहले ही आधी हो गयी है–"

"क्या हुआ है उसे?" मेरे मन में उठा सवाल फातिमा ने पूछा।

"कैंसर!"

मन में आया कि कब बस आयेगी और कब हम वहाँ से निकल जायेंगे। चित्रा के मुर्झाये चेहरे की तरफ़ देखने का साहस मैं नहीं बटोर सका। इतने में बस आ गयी।

"थैंक्यू विपिन। तुम आ गये। बड़ा अच्छा लगा।" मेरा हाथ अपने हाथ में लेकर चित्रा ने कहा।

"वाह, वाह! और मैं?" फातिमा ने उसे चिढ़ाया।

"तुम्हें बहुत ज़्यादा थैंक्स। तुम्हारी वजह से ही तो पहुँच पाया यहाँ विपिन। लो।" कहकर चित्रा ने फातिमा को बाँहों में भर लिया और उसके गाल पर अपने होंठ रख दिये। ऐसा करते समय क्या कनखियों से मेरी तरफ़ देख रही थी?

मानो मेरा ही गाल चूमा गया है इस ख़याल के साथ मैं बस में चढ़ गया।

पणजी पहुँचने तक हमने कुछ ज़्यादा बात नहीं की। जब पहुँचने को हुए तब फातिमा ने पूछा, "कब मिलेंगे?"

मैंने सिर्फ़ कन्धे उचकाये। वह मुस्कुरायी। "मुझे पता है तुम्हारा जवाब।"

"क्या जवाब है?"

"चित्रा आने के बाद–राइट?" मैंने दुबारा कन्धे उचकाये।

"लेकिन मैं मिलना चाहती हूँ। आय ओ यू अ थिंग।" फातिमा ने सीरियस होकर कहा। बस मुकाम पर पहुँच चुकी थी।

"क्या है वह?" लोगों को उतरने देकर मैंने पूछा।

"याद है? बाय कहने से पहले चित्रा ने मेरे गाल पर होंठ रखे थे?"

"तो?"

"तुम जानते हो? उसे उन्हें मेरे गाल पर नहीं रखना था।"

"तो फिर कहाँ?" मैं उतरने के लिए उठा।

"एकदम बुद्धू हो तुम।" फिर मेरी आँखों में गड़ी नज़रें हटाकर कहा, "वह किस मेरे लिए नहीं था। मुझे उसे अब रिटर्न करना है–तुम्हें।"

और फातिमा ने पीछे मुड़कर देखे बिना अपना रास्ता पकड़ लिया।

अगले पन्द्रह दिन मैं कॉलेज नहीं गया। चित्रा का मैसेज आया था कि वह दीवाली के बाद ही क्लासिस जॉइन करेगी। फातिमा ने दो बार फ़ोन किया था। मेरा मूड ऑफ़ होने के कारण फ़ोन उठाने का मन नहीं हुआ। इस बीच डैडी की फिजियोथेरपी शुरू हो गयी। पहले कुछ दिन मैं ख़ुद उन्हें लेकर जाता था। कृष्णा भी साथ आ जाता। बाद में फिजियो ने कहा–"उन्हें कृष्णा के साथ भिजवा देना, तुम अपनी पढ़ाई पर ध्यान दो।" डैडी ने भी कहा–"जल्दी डॉक्टर बन जाओ। फिर मुझे सौ साल जीना है।"

कॉलेज गया तो मालूम पड़ा कि अगले दिन से छुट्टियाँ शुरू हो जायेंगी।

छुट्टियों का नाम सुनते ही बच्चे बड़े ख़ुश हो जाते हैं। एक समय था जब छुट्टी हो या न हो, मेरे लिए सब दिन एक जैसे होते थे। लेकिन इस बार मुझे कुछ ख़ालीपन सा महसूस हुआ। एक बात की तसल्ली थी, मेरे साथ लैपटॉप था। सारा पोर्शन घर बैठे पढ़ने मिल जाता था। नमशीकार सर का आख़िरी लेक्चर अटैंड किया था तब उन्होंने पूछा था कि जो जेनेटिकली इंजीनियर्ड इंसुलिन वाल टॉपिक उन्होंने पढ़ा दिया था उसे मैं कैसे मेकप करूँगा? नमशीकार सर ने ऐसे बताया था जैसे वह टॉपिक भयंकर कठिन था। घर आकर उसके बारे में लैपटॉप पर जानकारी खोजी। पढ़ने पर मुझे वह एकदम आसान लगा। बाद में अमृत के पास जाकर करिक्युलम माँगा और उसे लिखकर ले आया। अब घर बैठे ही पढ़ाई हो रही हो तो फिर क्लास जाने की क्या ज़रूरत? सिर्फ़ प्रेक्टिकल्स के लिए जाना पड़ेगा।

पर उस दिन लैपटॉप से भी जी उचट गया। खाना हो गया था। कृष्णा को पढ़ाकर भी हो चुका था। डैडी गहरी नींद सो रहे थे। माँ टी.वी. सीरियल देखने में पूरी तरह तल्लीन थी। मैं अकेला कमरे में बैठा हुआ था। जब से कृष्णा ने घर को अपने नियन्त्रण में ले लिया था तब से सभी खिड़कियाँ खुली रहती थीं। लेकिन आज मन में इतना अँधेरा घिर आया था कि खिड़कियों से आनेवाला प्रकाश आँखें

चुँधियाने लग गया। उठकर खिड़की बन्द कर दी। लगा मानो बिल्कुल रीता-रीता सा हुआ हूँ। अकेलापन खाने दौड़ने लगा। मुझे कहीं जो पढ़ा था वह याद आया। 'इफ यू फील लोनली वैन यू आर अलोन, दॅन यू आर इन बैड कम्पनी।' मन कुछ ज़्यादा ही अशान्त हुआ। इस विकलता से मुझे बाहर निकालने के लिए चित्रा पास होनी चाहिए थी ऐसा क्यों लगा? और किसी की भी याद क्यों नहीं आयी? और फिर मुझे याद आयी–मार्टिन सर की!

दोपहर की तपती धूप नरम होने तक रुका रहा। चार बजने तक राह देखी और फिर चला गया। सर घर पर ही थे। "मैं आज ही तुम्हें याद कर रहा था। लेकिन सोचा तुम काम में व्यस्त होगे। कल दीवाली है ना?"

कल दीवाली है? हो सकता है। ऐसे जब कोई बता देता तभी पता चल जाता था।

"सुना है तुम्हारी हायर सेकेंडरी का स्टाफ बड़ा अच्छा है। यू आर हैप्पी ना?"

सर को ख़ुश करने के लिए क्या मुझे 'हाँ' कहना चाहिए? चुप रहा।

"नये दोस्त बनाये हैं ना?"

अब मैंने 'हाँ' में सिर हिलाया। लेकिन अगर नाम पूछे तो क्या बताऊँ? चित्रा? फातिमा? मैंने बात बदलने का निर्णय लिया। "सर, मुझे साइंस नहीं चाहिए ऐसा लगने लगा है। उसके बदले आर्ट्स..."

"क्या?" मार्टिन सर को इतना आश्चर्यचकित होते हुए मैंने कभी नहीं देखा था।

अब मुझे ख़ुद पर ही आश्चर्य हुआ। क्या मैं यहाँ इस विषय पर बात करने आया था? मैंने तो इस बारे में सोचा तक नहीं था!

"तुम तो मेडिसिन में जाने वाले थे।"

मैं चुप।

"डैडी को बताया है तुमने?"

"नहीं सर। मैं बारहवीं साइंस पूरा करूँगा सर।"

"लुक माय ब्वॉय, तुमने 'पेडणे' जाने का टिकट लिया है। अब आधे रास्ते में बीच में ही उतरकर तुम 'काणकोण' जाने के बारे में सोच रहे हो?"

काणकोण? आँखों के सामने चित्रा का चेहरा उभर आया। उसने आर्ट्स लिया है इसलिए मैं साइंस नहीं चाहिए कह रहा हूँ? सही है कि मेडिसिन में जाने का ख़याल मैंने छोड़ दिया है। लेकिन साइंस?

"तुम्हें ना पहले ही आर्ट्स लेना चाहिए था। मुझे लगा था तुम राइटर या फिलोसॉफर बनोगे। पर तुम साइंस में चले गये। अब दो साल बाद तुम इस बारे

में सोच रहे हो और तुम्हारा यह सोचना अगर इंडिपेंडेंट और फाइनल है तो अच्छी बात है। मेरा बस इतना ही कहना है–जो भी करना सोच-समझकर करना। और याद रखना, ऐसा करने वाले अकेले तुम नहीं हो। 'जूरॅसिक पार्क' लिखने वाले माइकल ख्रिचटन ने हावर्ड में मेडिसिन की पढ़ाई की थी। राइटर बन गया।"

मन शान्त हो इसलिए चला आया था। विकलता के साथ अब उलझन भी जुड़ गयी थी। उफनते पानी के सैलाब में डूबने से बचने के लिए हाथ-पैर मार रहा हूँ, कुछ ऐसी बुरी हालत हुई। सीधे घर जाने के बजाय मैं रास्ता बदलकर यों ही चल पड़ा और दीये जलने के समय तक घर लौटा।

अपना काम ख़त्म करके कृष्णा मेरा ही इन्तज़ार कर रहा था। "कल जरा आने में देर हो जायेगी, सर। दीवाली है ना?"

खाने की इच्छा मर गयी थी। मैंने दरवाज़े, खिड़कियाँ मज़बूती से बन्द कीं। सारा ध्यान मन की अस्वस्थता पर केन्द्रित किया। पतलून उतार दी और पूरी अस्वस्थता का स्खलन होने तक हस्तमैथुन किया।

सुबह उठकर खिड़की खोलते ही उजली रोशनी और शीतल हवा ने मुझको अभ्यंग स्नान कराया।

"हैप्पी दीवाली, विपिन।" सुबह-सुबह चित्रा का फ़ोन आया। चित्रा की आवाज़ सुनकर मन प्रफुल्लित हुआ।

"थैंक्यू।" आगे क्या कहूँ समझ में नहीं आया।

"मुझे विश नहीं किया तुमने!"

मुझे सतही औपचारिकताएँ निभाना पसन्द नहीं। 'हैप्पी दीवाली'...इसका अर्थ मैं कभी भी नहीं समझ पाया था। लोग कहते हैं तब जवाब में थैंक्यू बोलना है इतना मालूम था। वह भी एक औपचारिकता निभाने के नाम पर।

"सॉरी। मुझको ना फॉर्मेलिटी की समझ नहीं है।" इस तरह कभी किसी के साथ दिल खोलकर बात करना मुझे याद नहीं–आज ही क्यों?

"जाने दो। तुम्हारी यही ख़ासियत मुझे पसन्द है!" मन में गुदगुदी होना यानी क्या है इसका अनुभव ले लिया।

"नहाना हो गया?" कितनी सहजता से चित्रा बोले जा रही थी!

"सुबह आँख खुलते ही उजली रोशनी और ठण्डी हवा ने नहला दिया।" कैसे फूट पड़ते हैं ज़ुबान से ऐसे शब्द?

"वाह! क्या बात! शायराना अन्दाज़ में बोलने लगे हो। लगता है फातिमा का असर पड़ा है।"

इतने में बेल बज उठी। दरवाज़ा खोलने जाने तक चित्रा ने पूछा, "आज किस तरह के पोहे बनाये हैं?"

कृष्णा ने हाथ में पकड़ा डिब्बा दिखाकर दरवाज़े पर ही कहा, "अम्मा ने पोहे दिये हैं, सर!"

"किस तरह के?" मैंने कृष्णा से पूछा था पर चित्रा को लगा उससे पूछा है।

"मुझसे पूछ रहे हो? बनाये हैं ना पोहे?"

"तड़के वाले पोहे।" कृष्णा ने जो जवाब दिया उसे मैंने चित्रा तक पहुँचा दिया।

"हमारे घर आओ। दस तरह के पोहे मिलेंगे।"

"दस?"

"दस तरह के तो पप्पा ने बनाये हैं। ऊपर से मम्मा के बनाये दूध वाले पोहे और मेरे बनाये दही वाले। देख लो। आओगे तो हमें ख़ुशी होगी।" चित्रा सचमुच दिल से कह रही है यह मैं बिन बताये समझ रहा था।

"बट फॉर द डिसटंस! मेरे हिस्से के तुम ही खा लेना। मुझ तक पहुँच जायेंगे!"

"फातिमा ने तुम्हें विश किया?"

चित्रा का फातिमा को बीच में लाना मुझे पसन्द नहीं आया।

"वह तुमसे बड़ी नाराज़ है। तुम फ़ोन नहीं उठा रहे हो उसका?"

मैं चुप रहा।

"शी इज़ ए गुड गर्ल, विपिन। और मेरी बेस्ट फ्रैंड। उसे मत दुखाना, प्लीज़! वह कितना मानती है तुम्हें पता है?"

कैसे बताऊँ चित्रा को–तुम कहती हो 'मानती है।' वह कहती है 'पसन्द करती है।'

पप्पा ने उसे पुकारा इसलिए चित्रा ने फ़ोन रख दिया। उसका कॉल ख़त्म होते ही फातिमा का फ़ोन आया। ले लिया।

"ख़ुशनसीबी अपनी! थैंक्यू जनाब!" मुझे लगा था वह 'हैप्पी दीवाली' कहकर विश करेगी।

"थैंक्यू किसलिए?"

"हमारा फ़ोन जो आपने उठा लिया! चलो, अब मुबारकबाद–हैप्पी दीवाली!"

"थैंक्यू।"

"मेरे फ़ोन का इन्तज़ार कर रहे थे ना?"

"नो।" मेरे मुँह से निकल गया।

"कमॉन, यू हर्ट मी। इन्तज़ार कर रहे थे कहने के लिए क्या पैसे लगते हैं?"

"झूठ क्यों बोलूँ?"

"ओ विपिन...यू आर सो ब्रुटली ऑनेस्ट। मुझे प्लीज़ करने के लिए ज़रा सा झूठ नहीं बोल सकते थे तुम?" और मुझसे कोई जवाब नहीं आ रहा है यह देखकर उसने आगे पूछा, "चित्रा का फ़ोन आया था तुम्हें–उसके साथ भी इसी तरह बात की होगी तुमने। आय एम श्योर!"

"डोंट मिक्स अप–"

"ठीक है। अब तुम फ़ोन काटोगे। उससे पहले पूछ रही हूँ–कब मिलेंगे? छुट्टियों में–"

"इन्तज़ार करो।" कहकर मैंने फ़ोन काट दिया।

दीवाली के दिन मैंने कृष्णा को महीने की पगार दे दी। वह झिझका। "वासुदेव काका ने पाँच की बात की थी।"

"अब तुम मेरा काम कर रहे हो। यह उसके पैसे हैं।"

"सात?" फिर पैसे माथे को लगाकर उसने कहा, "थैंक्यू सर। लेकिन सर–ट्यूशन के पैसे नहीं निकाले आपने।" मुझे पैसे वापस देते हुए कृष्णा ने कहा।

"वे निकालकर ही दिये हैं।"

कृष्णा की पढ़ने की लगन और तत्परता सराहनीय थी। एक दिन मैंने पूछा, "तुम्हारी उम्र क्या है?" दूसरे दिन सीधे बर्थ सर्टिफ़िकेट ले आया।

"आठवीं तो तुमने पास कर ली है। अब एस.एस.सी. की परीक्षा में क्यों नहीं बैठते?"

"इस साल?"

"हाँ, इस साल।"

और फिर मैंने उसे मैथ्स, साइंस, हिस्ट्री, जिओग्राफी पढ़ाना शुरू किया। उसकी ग्रहण-शक्ति ठीक-ठाक थी। एक बार समझ लेने के बाद उसे पक्का याद रह जाता। अच्छे से याद कर सकता था और मेहनत करने के लिए तैयार था। आज जो पढ़ाया जाता उसे कल याद करके आ जाता। महीने के भीतर उसका आत्मविश्वास बढ़ गया। सीधे स्कूल जाकर एक्सटर्नल परीक्षा में बैठने की बात कर आया और परीक्षा की तैयारी में लग गया।

बीच में एक दिन फातिमा का फ़ोन आया।

"हम आपके हैं कौन?"

"व्हाय आस्क मी?" मैं हड़बड़ा गया।

"मैटिनी शो के लिए! मेरे साथ आओ ना–" फातिमा ने मानो गले पड़ते हुए पूछा। या फिर वैसा नाटक कर रही थी? मना रही थी या चिढ़ा रही थी?

"कोई और नहीं मिला क्या?" ग़ुस्से में पूछा। लेकिन ग़ुस्से में दम नहीं था इसका मुझे ही एहसास हुआ।

"चित्रा यहाँ होती तो तुम्हारे पास फेवर माँगने नहीं आती।"

"ब्लैकमेल कर रही हो?"

"ऐसा ही समझो। लेकिन आओ।"

क्या उसे सचमुच लगा था, मैं काँटे में फँस जाऊँगा?

"सॉरी।" कहकर मैंने फ़ोन काट दिया। लेकिन फ़ोन पर बात करते समय न दिखने वाला फातिमा का नाज़-नखरों वाला, आशिक़ाना मिज़ाज और शोखी भरा चेहरा दिनभर चिढ़ाता रहा। उस दिन मैंने वह बात की जो कभी आमतौर पर नहीं करता था। लैपटॉप पर 'हम आपके हैं कौन?' देख ली।

छुट्टी ख़त्म होने से पहले चित्रा को फ़ोन करके उसकी मम्मा का हाल-चाल पूछने का मन हुआ था। पर फिर मैंने ख़ुद से पूछा—तुम्हें कब से चित्रा की मम्मा की चिन्ता सताने लगी? उससे अच्छा है सीधे चित्रा से ही पूछ लो—कब आयेगी? कब मिलेगी?

चित्रा ने ही फ़ोन करके बताया—कब आयेगी, कब मिलेगी!

विद्यार्थी भी अपने रिज़ल्ट की जितनी राह नहीं देखते उतनी मैंने उस दिन की राह देखी। कैंटीन में पैर रखने तक मेरे दिल की तेज़ धड़कन कानों के परदे फाड़ने लग गयी थी। देखा, चित्रा तो मुझसे पहले ही आकर बैठी थी। बाल ढीले बाँधकर पीछे छोड़े हुए थे। दूधिया सफ़ेद चूड़ीदार सलवार सूट और उस पर काली ओढ़नी। होंठों पर हल्की मुस्कान और आँखों से ग़ज़ब का उत्साह छलक रहा था।

"हम भी बैठे हैं यहाँ!" सच, पास बैठी होने के बावजूद मेरा ध्यान फातिमा की ओर नहीं गया था।

"बाय वन गेट वन फ्री का ज़माना है ना? तो इसलिए चित्रा के साथ फातिमा फ्री!"

मुझे यह कमेंट पसन्द नहीं आया! लेकिन चित्रा ने फातिमा को ताली दी।

"चित्र लेकर आयी हो?" बातचीत शुरू करने के उद्‌देश्य से मैंने चित्रा से पूछा।

"चित्र...आ को तो हम ले आये हैं।" फातिमा शरारत के मूड में थी।

"तुम—" आगे क्या कहूँ नहीं सूझ सका। "मज़ाक़ बस हो गया।"

"अरे करने दो ना उसे मज़ाक़। इसी वजह से तो मुझे वह पसन्द है। हँसी-मज़ाक़ से चेहरे पर मुस्कान खिलती है।" चित्रा की बात सुनकर चुप रहती तो वह फातिमा कैसी?

"एंड अ डे विदाउट स्माइल इज़ अ डे वेस्टेड।" फिर से उसने चित्रा के हाथ पर ताली जमा दी।

"लेकिन कम्बख़्त ऐसे भी लोग इस ज़माने में हैं जिनके सभी दिन यों ही वेस्ट होते रहते हैं..."

"ठीक है जया! तुम्हें अगर उसकी स्माइल नहीं मिलती है तो वह तुम्हारा प्रोब्लम है। उसकी मुस्कान–"

चित्रा को बीच में टोककर फातिमा ने पूछा, "तुमने देखी है?"

"ऑफ़ कोर्स! तुम लोग जब कोणकोण आये थे तब दिखाना भूल गयी। ज़रा ठहरो आं–" ऐसा कहकर चित्रा ने मोबाइल में से चित्र ढूँढ़ निकाला। उसने जो पेसिंल स्केच बनाया था उसका व्हाट्सएप पर शेयर किया हुआ फ़ोटो हमें दिखाया। "ये कैनवस का फ़ोटो है। चित्र अभी अधूरा है। कंप्लीट हो जाते ही ले आऊँगी दिखाने।"

यह मेरा ही रेखाचित्र है? हाँ। आँखें, नाक, होंठ, चेहरे की बनावट...

"गुड स्केच! लेकिन चेहरे पर मुस्कान कहाँ है?" फातिमा ने होंठ दबाकर पूछा।

"वह देखने के लिए नज़र चाहिए।" चित्रा की आँखों में आत्मविश्वास झलक रहा था। मैंने उस स्केच को दुबारा देखा। पेसिंल की करामात होगी शायद–होंठों पर, गालों पर सिर्फ़ शेड्स। लेकिन आँखें? क्या वे मुस्कुरा रही थीं?

"चाय ले आता हूँ।" कहकर मैं उठा।

"कॉफ़ी–" चित्रा ने याद दिलायी।

कॉफ़ी के दो कप उनके सामने रखकर मैं अपने लिए चाय ले आया।

"क्या विपिन! हमें कम्पनी देने के लिए तो आज तुम कॉफ़ी पी सकते थे!" चित्रा ने रूठी सी आवाज़ में कहा।

"दूसरे को अच्छा लगे इसलिए मुझे जो पसन्द नहीं उस कॉफ़ी को पीना मुझे सही नहीं लगता।"

क्या मेरा यों कहना ठीक नहीं था? दोनों ने पल भर एक-दूसरे को देखा और बात बदल दी।

"छुट्टियों में क्या किया?" चित्रा ने कॉफ़ी का कप मुँह के पास ले जाते हुए पूछा।

मैं सोच में पड़ गया। क्या-क्या किया मैंने? कुछ भी तो नहीं–बताने लायक।

"मैं बताऊँ जनाब ने क्या किया? फ़िल्म देखी।" फातिमा ने मुझे उकसाने की कोशिश में बीच में टाँग अड़ाई।

"सच? कौन सी?"

"हम आपके हैं कौन!" फ़ातिमा ने आँखें मिचकाते हुए कहा।

"सच में विपिन?"

अनजाने में मैंने हामी में सिर हिलाया।

"अरे हाँ चित्रा। हम लोग मैटिनी शो देखने गये थे।" चित्रा इसे सच मानेगी यह सोचकर मेरा कलेजा मुँह को आ रहा था।

"मुझे छोड़कर?" चित्रा की भौंहें तन गयीं।

"वह झूठ बोल रही है। मैंने यू ट्यूब पर देखी है। वह किसके साथ मैटिनी गयी थी यह उसी से पूछो।" मेरी बातों में स्पष्टीकरण का स्वर था। शायद उनको भी यह महसूस हुआ।

"जाने दो। मैंने वह फ़िल्म तीन बार देखी है।" चित्रा ने विषय झटक दिया।

कॉफ़ी ख़त्म करके फातिमा ने बैग उठाया। "समय का ख़याल ही नहीं रहा। मुझे लेक्चर में जाना है। नहीं तो मैडम नोट कर लेती हैं।"

हम भी उठ गये।

"एक चक्कर लगा आयें क्या, विपिन?" बाहर निकलते-निकलते चित्रा ने पूछा।

"मैं साथ आ जाती। लेकिन–नहीं। तुम लोग जाओ।" फातिमा का जाने का मन नहीं था शायद। लेकिन चित्रा ने उसे धकेला।

"तुम जाओ। कबाब में हड्डी नहीं चाहिए।"

"ओ.के., बाय विपिन। हड्डी लेकर तुम जाना। कबाब चला क्लास में।" हमें चिढ़ाते हुए फातिमा दौड़कर चली गयी।

"शी इज़ सो लाइवली। मुझे बहुत पसन्द है वह।" और पल भर रुककर चित्रा ने मुझे कोहनी मारते हुए कहा, "और उसे तुम।"

"शी इज़ टू मच!" मेरे मुँह से निकल गया।

"तुम्हारी बात सही है। लेकिन उसके इस स्वभाव के कारण शी इज़ मोस्टली मिस-अंडरस्टुड। तुम जानते हो? शी इज़ स्कॅअर्ड ऑफ़ ब्वॉयज़। डरती है वह–"

"और इसके बावजूद मेरे साथ–"

"वही बता रही हूँ तुम्हें। उसे तुम पसन्द हो क्योंकि यू आर डिफरेंट।"

चित्रा का फातिमा पुराण समाप्त नहीं हुआ था। "उसे पोएट्री बहुत पसन्द है। उर्दू, हिन्दी, कोंकणी कितनी अच्छी तरह बोलती है देखा है न तुमने? बहुत सुन्दर–"

चलते-चलते हम सड़क पर पहुँच चुके थे। अचानक एक स्कूटर पास आकर रुक गया।

"हैलो चित्रा, कैसी हो? आज तुम्हारी पूँछ, फातिमा कहाँ है?"

"वह अभी क्लास अटैंड करने गयी है।" और फिर मेरी तरफ़ मुड़कर चित्रा ने परिचय कराया। "असलम भैया, यह वही है, विपिन। पहचान गये कौन है?"

"ओह...विपिन परोब! उस दिन कितना इन्तज़ार कराया। थैंक्यू सो मच। बहुत शुक्रगुज़ार हूँ तुम्हारा। तुमने फातिमा की इज़्ज़त बचायी..." उसने जो हाथ आगे बढ़ाया था उसे अपने हाथ में तो ले लिया लेकिन जवाब में कुछ नहीं कहा। कब वह यहाँ से चला जायेगा यही सोच रहा था।

वह अपने रास्ते चला गया। फिर भी चित्रा की बात ख़त्म नहीं हुई। "पता चला ना कौन था वह? फातिमा का भाई..." चित्रा के साथ चलते समय मुझे फातिमा के बारे में बात नहीं करनी थी।

"तुम मुझे अपने पेंटिंग्स दिखाने वाली थीं।" मैंने उसे याद दिलायी।

"हाँ। सिसिफस के। नेक्स्ट टाइम ले आऊँगी।" फिर वह हँस पड़ी। "सच कहूँ? मैं अभी तक एमेच्युअर हूँ। पेंटिंग अपने आप सीख रही हूँ। इस वजह से किसी को दिखाने से कतराती हूँ। तुम्हें दिखाने ले आऊँगी कहा था–पता है क्यों?"

"तुम बताओ।"

"तुमसे दुबारा मिलने का मुझे बहाना चाहिए था।"

"और वे पेंटिंग्स?" चित्रा ने झूठ बोला है इस कल्पना से ही मेरी आवाज़ में तीखापन आ गया होगा।

"ऑफ़ कोर्स वे पेंटिंग्स हैं। यहीं, मतलब मामा के घर पर हैं। और बेशक, तुम्हें उन्हें दिखाना मुझे अच्छा लगेगा। कब लाऊँ बताओ। कल?"

दूसरे दिन सचमुच वह चित्र लेकर आ गयी। उन्हें रखने के लिए एक फोल्डिंग स्टैंड भी ले आयी थी। सिसिफस मुझे जाना-पहचाना सा लगा। "विपिन, तुम्हें नहीं लगता, इस चित्र वाले सिसिफस और तुम में साम्य है?" मैं उलझन में पड़ गया। "सिर्फ़ फिजिकल नहीं। उसके चेहरे पर आये हुए भाव देखो। निरीह, निर्विकार, कठोर। उसी के साथ 'कम व्हाट मे, मैं वह पत्थर ऊपर ले जाकर ही दम लूँगा' यह दृढ़ संकल्प।"

मैं देखता रहा। चित्रा को अभिप्रेत वह साम्य भला कहाँ है?

"मैंने ये चित्र तुमसे मुलाक़ात होने से पहले बनाये थे। बाद में जब तुम्हें देखा तो तुम मुझे जाने-पहचाने से लगे; तुमसे नज़दीकी बढ़ाने की इच्छा होने की वजह यही थी।"

"लेकिन–मैं–ऐसा..."

"मेरी नज़र से देखोगे तो तुम्हें साम्य दिख जायेगा। हालाँकि इस चित्र में दिखाई देने वाली एक बात तुम में नज़र नहीं आती।"

"कौन-सी?"

"सॉरी टू से दिस–लेकिन जो दृढ़ संकल्प इस सिसिफस की नज़रों में है, जो आल्बैर कामू को अभिप्रेत है, वह सेल्फ कॉन्फिडेंस मुझे तुममें दिखाई नहीं देता। ऑफ़ कोर्स उसे तुममें देखना मुझे अच्छा लगेगा।" यह कहकर चित्रा पेंटिंग्स पैक करने लग गयी।

मुझमें बहुत सारी कमियाँ हैं इसका एहसास मुझे बचपन से ही होता रहा है। नहीं, मुझे हर पल उसका एहसास दिलाया जाता रहा है। यह कमियाँ लेकर ही मैं यहाँ तक पहुँचा हूँ। वे हमेशा के लिए मेरे साथ रहने वाली हैं यह भावना मज़बूती से मुझसे चिपकी हुई है। उस दुख भरी भावना को मैंने कभी ज़ुबान पर आने नहीं दिया। वह कटु भावना अपनी एक-एक सतह शरीर पर चढ़ाते-चढ़ाते अब एक बड़ा ढेर बनकर खड़ी है। चित्रा ने आज उसे ज़रा सा धक्का दिया तो लगा कि वह ढेर ढह जायेगा। अब चाय पीनी ही पड़ेगी...

"कैंटीन चलें क्या? मुझे चाय चाहिए।" मैंने उठकर कहा।

"चलते हैं। लेकिन एक रिक्वेस्ट है। दिल खोलकर बात किया करो मुझसे।"

चित्रा के इस उत्कट अनुरोध से लगा कि मैं पिघल जाऊँगा। चाय की तलब बेचैन करने लगी। पर इतनी जल्दी चित्रा का साथ छोड़कर भी नहीं जाना था।

"मैं बात कर रहा हूँ ना!" सचमुच, आज तक कभी भी किसी से जितनी बातें नहीं की थीं उतनी बातें करने लगा था जब से चित्रा मिली थी। "और क्या बात करूँ?"

"तुम्हारे बारे में। तुम्हारा घर। तुम्हारे लोग। तुम्हारा बचपन। तुम्हारा पढ़ना।"

"मैं नहीं जानता क्या बोलूँ? लेकिन–तुम पूछो, मैं बता दूँगा।"

और ऐसा ही हुआ। उस दिन कैंटीन की दो कुर्सियों पर हमने दो घण्टों तक आसन जमाया।

घर लौटा तो याद आया–उसकी मम्मा की तबीयत के बारे में पूछना रह गया था।

कृष्णा के लिए मैंने एक टाइम-टेबल बनाया था। सुबह आठ से नौ बजे तक मैथ्स या साइंस, तीन से चार तक इतिहास, भूगोल और चार से पाँच बजे तक भाषा। दिन छोटे हो चले थे इसलिए वह छह बजे घर जाता था और फिर उसे पढ़ाये हुए पाठों का रिवीज़न करना था। जो समझ में नहीं आया हो उसे दूसरे दिन पूछना था। उसकी पढ़ने की तीव्र इच्छा और तैयारी देखकर मन को सन्तोष मिलता था।

डैडी अब बिना किसी की मदद के अपने आप बैठने लगे थे। पर अभी भी एक पैर नीचे नहीं रख पाते थे इसलिए किसी का सहारा लेकर ही टॉयलेट वग़ैरह करते थे।

जब से कृष्णा की मदद मिलने लगी थी तब से माँ को कुछ ज़्यादा ही आराम मिलने लगा था। फिर भी डैडी को उठाने-बिठाने के काम में मदद करने से जी चुराती थी। कृष्णा घर लौट जाने से पहले उसे डैडी के सामने आरामकुर्सी पर बिठा देता और फ़ुरसत मिलने पर डैडी की ज़िम्मेदारी उठाने मेरे वहाँ पहुँचते ही माँ टी.वी. देखने अपने कमरे में चली जाती। यह रोज़ का कार्यक्रम बन चुका था।

मैं लैपटॉप लेकर बायोलॉजी के नोट्स बना रहा था। साँझ हो गयी थी। कृष्णा चला गया था। सात बजे माँ टी.वी. के सामने बैठती थी। उस दिन का काम ख़त्म करके मैंने लैपटॉप बन्द किया तो बाहर माँ को किसी के साथ बात करते हुए सुना। बाहर आकर देखा तो डैडी बिस्तर पर लेटे हुए थे और उनके सामने आरामकुर्सी पर बैठी माँ उनसे बातें किये जा रही थी। मेरी तरफ़ पीठ करके बैठी थी इसलिए वह मुझे नहीं देख पायी। वैसे तो उसे यों बैठे देखकर मैं ख़ुश हो जाता लेकिन माँ का स्वर शिकायत भरा और दोष देने वाला सा लगा। मेरे पास पहुँचने के बावजूद माँ ज़ोर-ज़ोर से बोले जा रही थी। मैं भौचक्का होकर सुनता रह गया।

"तुम जो भुगत रहे हो ना वह तुम्हारे ही कर्मों का फल है...बिनब्याही ही रह जाती तब भी सुख में जी रही होती मैं...तुम्हारे संग गाँठ बँधी और नर्क में आ गिरी। मुझे सताने में बड़ा मज़ा आता था न तुम्हें?....अब तुम भुगतो...मर्द हो ना तुम! औरतों के काम औरतों को करने चाहिए कहते थे न तुम...मुझे क्या नौकरानी समझकर ले आये थे?...घर का सारा काम मेरे मत्थे चढ़ा दिया...सच है...मुझसे नौकरानी बरदाश्त नहीं होती...पर क्यों...क्या तुम यह नहीं जानते? डिलीवरी के दिनों में घर की नौकरानी के साथ मेरी आँख चुराकर क्या रंग-रेलियाँ मनायी जा रही थीं क्या मैं नहीं जानती थी? उस दुर्गाम्मा के साथ भी? इसलिए नहीं चाहिए थी मुझे नौकरानी घर में...क्या कभी तुमने मेरी परवाह की?...तुम्हें तो बाहरवाली चाहिए थी...घर वाली से तुम्हारा जी उचट गया था। नौकरानी रखने के लिए मना किया था न मैंने? तो फिर एक नौकर रख लेते घर के काम के लिए...पर नहीं। तुम्हें शक था कि मैं उसके साथ चक्कर चला लूँगी...पिताजी ने मुझे पचास तोले सोना पहनाया था...मैं सुख में रहूँ इसलिए...पर सुख भोगा तुमने...किसके ऊपर लुटा आये वो गहने? क्या मुझे सुख की आस नहीं थी?...पर जब तुम्हें ज़रूरत होती तभी पास आ जाते...अपने जूठे को मुझे खिलाने!...अब देखो कौन पास लेता है तुम्हें?...कहे देती हूँ...मैं तुम्हारा कोई भी काम करने वाली नहीं हूँ..."

डैडी खुली आँखों से देख रहे थे और दाहिने कान से सुन रहे थे। उनका दाहिना हाथ और दाहिना पैर कुलबुला रहा था। ग़ुस्सा आ रहा होगा। माँ की पीठ मेरी तरफ़ थी। लेकिन डैडी मुझे देख सकते थे। वे मुँह से तोतली ज़बान में कुछ कह रहे थे। जब भी बोलने के लिए मुँह खोलते लार टपक जाती। माँ एकदम तैश में आ गयी थी...

"मुझे पता है....तुम्हें आदत नहीं है किसी से कुछ सुनने की...तुम जब ठीक-ठाक थे तब कभी कह नहीं पायी मैं तुमसे...थप्पड़ से मुँह बन्द करते थे न तुम... अब सुनो...कुछ भी नहीं कर सकता है तू...कल ठीक हो जाऊँगा और सबक सिखाऊँगा वग़ैरह मत सोचना...तू ऐसे ही रहने वाला है....लूला...हाथ-पैर न हिला सकने वाला...अपाहिज..." और फिर विचित्र ढंग से हँसने लगी।

"माँ बस करो। अन्दर चलो।" एक ओर मुझे उसका यह बरताव पसन्द नहीं आया था तो दूसरी ओर उस पर तरस भी आ रहा था। मेरी आवाज़ कान में पड़ते ही ऐसे उठी जैसे कुछ हुआ ही न हो। धीरे-धीरे अपने कमरे में चली गयी।

दो मिनट में टी.वी. शुरू हुआ। डैडी की तबीयत ठीक-ठाक थी तब कमरे में सुनी जा सके बस उतनी ही टी.वी. की आवाज़ होती थी। पर अब घर-भर गूँज उठती थी!

सुबह उठकर डैडी के पास गया तो देखा कि बिस्तर पर पड़े डैडी का शरीर ऐंठ गया है। पिछले अनुभव से सीखकर डॉ. कॉश्ताबीर को बताये बिना एंबुलेंस बुलाने के लिए 108 नम्बर लगाया।

डॉ. मिश्किता ने बताया, "इस बार बच गये। दुबारा इस तरह बी.पी. शूट होने मत देना।"

अब अस्पताल की आदत हो जाने के कारण मुझे इस बार ज़्यादा दौड़-धूप नहीं करनी पड़ी। दिन भर वहाँ रुकने की ज़रूरत नहीं थी। नर्सिस पूरा ख़याल रखती थीं। मैं पतला आहार और ज़रूरत के मुताबिक़ दवाइयाँ लाकर दे देता था।

फ़िलहाल कृष्णा के काम का बोझ थोड़ा कम हो गया था। अब मैं उसे ज़्यादा समय तक पढ़ने बिठाता था। मैं बस से अस्पताल आता-जाता हूँ यह देखकर कृष्णा ने

एक दिन मुझसे कहा–"डैडी का स्कूटर यों ही पड़ा रहता है। आप उसे लेकर क्यों नहीं जाते?"

मुझे क्यों नहीं सूझा इतने दिनों तक?–"पर मेरे पास तो लाइसेंस नहीं है।"

"मेरे पास कहाँ है? मैं ऐसे ही चलाता हूँ।"

मैंने स्कूटर स्टार्ट करने की कोशिश की। पर नहीं हुआ।

"मेरे अप्पा ठीक कर देंगे।" कृष्णा ने फ़ोन करके अप्पा को बता दिया। चार महीने बन्द रहने के बावजूद एक घण्टे के भीतर ठीक हो गया। पहला राउंड कृष्णा ने लगाया। फिर मैंने हाथ में लिया।

"सर, आप चलाना जानते हैं ना?"

सच था कि कभी चलाई नहीं थी। लेकिन कैसे चलाते हैं यह देखा था ना? कृष्णा की मदद से मेरशी में ही एक चक्कर लगाकर आ गया। मुझे चित्रा की बातें याद आयीं–'तुममें मुझे सेल्फ कॉन्फिडंस नहीं दिखता है।' अगली बार स्कूटर लेकर ही चित्रा से मिलने जाऊँगा।

उस दिन अस्पताल से घर आया तो देखा कि माँ ने कृष्णा को काम दिया है–अपने पैर दबाने का। उस दिन मैंने कृष्णा को कुछ ज़्यादा ही होम वर्क दे दिया।

सुबह स्कूटर से अस्पताल जाते समय फ़ोन आया। फातिमा! उसकी मज़ाक़भरी बातें सुनने का मूड नहीं था। मैंने काट दिया। जल्दी ही फिर से आया। थोड़ी देर रुक कर ले लिया। "विपिन, बैड न्यूज़।"

"अब मज़ाक़ बस करो! आय एम इन नो मूड–"

"सुनो विपिन, एक बुरी ख़बर है। चित्रा के मम्मा की डैथ हुई है। कल रात गुज़र गयीं। चित्रा काणकोण चली गयी है।"

मुझे जवाब नहीं सूझा।

"मैं वहाँ जाने के लिए निकली हूँ। असलम भैया की गाड़ी से जा रहे हैं। तुम आ रहे हो ना?" वह मानकर चल रही थी कि मैं 'हाँ' कह दूँगा।

"नहीं। डैडी इज़ इन हॉस्पिटल...चित्रा को बताना–"

'बताना' कह दिया। लेकिन क्या बताना है वह नहीं सूझा।

"बता दूँगी मैं। यू टेक केअर।" मेरे बताये बिना जो बताना है वह कैसे समझ गयी फातिमा?

अस्पताल के पार्किंग में स्कूटर अभी पार्क कर ही रहा था कि पीछे-पीछे मार्टिन सर का स्कूटर आकर रुका। "तुम यहाँ क्या कर रहे हो?"

वे अपने किसी रिश्तेदार का हाल-चाल जानने वहाँ आये हुए थे। वहाँ जाने के बाद फिर डैडी को देखने आये। लेकिन बात किसी और ही विषय से शुरू की।

"उसे पूछने का यह टाइम नहीं है लेकिन यही सही टाइम है पूछने का इसलिए पूछ रहा हूँ।" मार्टिन सर सीधे विषय पर आये। "उम्मीद है कि डैडी जल्दी ठीक हो जायेंगे। लेकिन ख़बरदारी के तौर पर उनके सभी पेपर्स ठीक-ठाक हैं कि नहीं यह देखना ज़रूरी है।" कौन से पेपर्स और उनका ठीक-ठाक होना मतलब क्या है यह धीरे-धीरे मुझे समझाया।

डैडी पन्द्रह दिन अस्पताल में रहकर घर वापस आने तक डैडी के बैंक अकाउंट्स, फिक्सड डिपॉज़िट्स, घर, स्कूटर सब मेरे नाम पर करने का काम शुरू हो गया था। मार्टिन सर की दूरदृष्टि के कारण बहुत सारे काम आसान हो गये थे यह पता चलने में देर नहीं लगी। ड्राइविंग लाइसेंस के लिए भी अर्ज़ी दी।

क्रिसमस की छुट्टियाँ शुरू होने तक मैं क्लासिस के लिए कॉलेज नहीं जा सका। गोवा मुक्ति के दिन मुझे फातिमा का फ़ोन आया। उसे झट् से ले लिया, मानो उसी की राह देख रहा था। हैलो कहते ही फातिमा ने कहा, "तुम तो पूछोगे नहीं इसलिए मैं ही बताये देती हूँ। उस दिन मैं चित्रा की माँ की मैयत में शामिल होकर आ गयी। आमतौर पर स्ट्रांग दिखने वाले चित्रा के पप्पा उस दिन पूरी तरह कॉलेप्स हो गये थे। उनकी हालत ऐसी थी मानो किसी ने उनकी जड़ें ही उखाड़कर फेंक दी हों। उनके मुक़ाबले चित्रा ज़्यादा कमपोस्ड थी। दफ़न, ओह नो–दहन संस्कार काणकोण में हुआ। यू नो, पप्पा की ख़राब हालत के कारण चित्रा ने अग्नि दी। वेरी करेजिअस ऑफ़ हर। इज़ेंट इट?"

शान्त चित्त होकर मम्मा के शव को अग्नि देने वाली चित्रा की प्रतिमा आँखों के सामने आ गयी।

"सुन रहे हो ना, विपिन? मुझे लगता है, हमें मिलना चाहिए, बात करनी चाहिए। कल पणजी आ सकते हो तुम? कांपाल में, कला अकादमी के कैंटीन में? पाँच बजे?"

चला गया। देखा कि फातिमा पहले ही हाज़िर होकर कैंटीन में बैठी थी। सामने एक कप कॉफ़ी और मेरे लिए एक कप चाय रखकर। "चाय लो। गरम है। तुम्हें आता हुआ देखकर अभी ले आयी हूँ।"

फातिमा ने बालों को पूरी तरह छिपाते हुए माथे पर से कसकर दुपट्टा ओढ़ रखा था। इस वजह से उसका मूड कुछ ज़्यादा ही उदास लग रहा था। चाय ख़त्म होने तक हममें से किसी ने कुछ नहीं कहा। उत्साह के आवेश में डूबी रहने वाली फातिमा आज बहुत शान्त और गम्भीर थी। कुछ देर बाद उसने बताया,"कल चित्रा का फ़ोन आया था। तुम्हारे डैडी की तबीयत के बारे में पूछ रही थी। तुम फ़ोन करके उसे बता देना–बाद में।"

इस दुख की घड़ी में हमदर्दी जताते हुए चित्रा से मुझे कुछ कहना होगा इस ख़याल से ही बर्फ़ का गोला गर्दन पर से फिसलकर रीढ़ की हड्डी पर से नीचे तक उतरने जैसा एहसास हुआ।

"हम बाहर जाकर एक चक्कर लगा आये क्या?" मैंने पूछा। वह तुरन्त उठ गयी। घास पर से चलते हुए हम मांडवी के किनारे से जैटी तक चले गये। बायीं ओर मुड़कर कार पार्किंग से होते हुए सड़क पर आ गये।

"मैं जानती हूँ, अगर मैंने ऐसे ही बुलाया होता तो तुम नहीं आते। चित्रा की बात करनी थी इसलिए आये हो।" उदासी भरी मुस्कुराहट के साथ फातिमा ने कहा। मैं इस पर भला क्या कहता? सच ही तो कह रही थी वह!

अपने आप क़दम मिरामार की ओर बढ़ने लगे।

"और क्या कह रही थी चित्रा?" मैंने चुप्पी तोड़ने के इरादे से पूछा।

"कह रही थी कि डैडी की तबीयत ठीक होती तो तुम आ जाते।"

"आय डोंट नो!" मैंने जो सच था वह कह दिया।

"इवन आय कुड नॉट फेस हर दैट डे! उसे याद करके मेरा कलेजा टूटता है।" कहकर फातिमा ने मेरा हाथ पकड़ लिया। उसकी उँगलियों का स्पर्श ठण्डा लगा। अपने हाथ में मेरा हाथ थामे वह चलती रही। बीच पर टूरिस्ट लोगों की भीड़ थी। हम बैठने के लिए आसपास जगह ढूँढ़ने लगे। एक ओर ख़ुशी के मूड में एक-दूसरे को बाँहों में लिए मज़े करने वाला दस-पन्द्रह लोगों का जमावड़ा था। एक गिटार बजा रहा था। दूसरा गा रहा था। उनका मूड हमारे मूड से मेल नहीं खा रहा था इसलिए हमने पास ही दूसरी जगह ढूँढ़ ली। मिरामार घूमने आये तरह-तरह के लोगों को देखते हुए हम समन्दर किनारे बैठ गये। बातें कम, ख़ामोशी ज़्यादा!

दिन डूबने लगा। बीच में ही सूरज को देखकर ख़ुद से बात करती हुई सी फातिमा बोल पड़ी, "ऐ डूबते सूरज, चित्रा की सारी मायूसी साथ लेकर डूब जाओ प्लीज़।" सूरज डूबने तक वह उसकी ओर टकटकी बाँधे देखती रही।

"चलते हैं ना फातिमा, देखो सूरज डूब गया।" मैंने कहा, "मैंने अपनी बाइक कला अकादमी के पास रखी है।"

"हाँ, बाबा। अँधेरा होने से पहले पहुँचना है मुझे।" कहकर फातिमा उठने जा ही रही थी तभी पाँच-छह आदमियों ने आकर हमें घेर लिया।

"ऐ ऽ, यहाँ क्या कर रहे हो तुम?" एक ने आवाज़ ऊँची की।

"लगता है भाग के आये हैं कहीं से!" दूसरे ने अपनी राय ज़ाहिर की।

"तुम्हारा क्या धरम है?" वह पहला वाला कुछ ज़्यादा ही आक्रमक लगा।

"यह लड़की तो मुस्लिम है। और लगता है यह हिन्दू है–" तीसरे ने कहा।

"पैंट उतारकर देखो ना–" सब ज़ोर से हँस पड़े। मैंने दाँत भींच लिए। मेरा ख़ून खौल उठा। आँखें लाल हो गयीं। कौन हैं ये? हमें क्यों तंग कर रहे हैं? यह दादागिरी क्यों? और मैं क्यों सहन करूँ? मैंने फातिमा का हाथ पकड़कर उसे बग़ल में खींचा। वह और भी क़रीब आयी।

"अच्छे से बोल रहा हूँ–निकलो यहाँ से।" मैं दहाड़ उठा।

फातिमा ने दोनों हाथों से मेरी बाँह ज़ोर से पकड़ी। मेरी डाँट सुनकर वे थोड़े डर गये। इतने में एक ने कोंकणी में कहा, "अरे, यह तो गोंयकार है!"

"तो क्या हुआ? धरम डुबोने वालों को माफ़ करेंगे?" यह क़द-काठी में पतला सा था लेकिन आवाज़ ऊँची थी।

"क्या चाहिए तुम्हें? कौन हो तुम?" मेरे सवालों में उनके अधिकार को चुनौती दी गयी थी।

"अभी दिखाते हैं हम कौन है!" कहकर उसने अपनी बाजू पर थपकी दे दी।

"हिन्दू वॉच डॉग समिति–नाम सुना है?" दूसरा बोला। बड़े क्रान्तिकारी होने के अन्दाज़ में जिस बदनाम संस्था का उसने नाम लिया उसे सुनकर मैं आग-बबूला होकर उस पर टूट पड़ा। वह उस धक्के से नीचे गिर गया। यह देखकर बाक़ी सब भड़क गये। किसी ने चाकू बाहर निकाला। इतने में कुछ समय पहले बीच पर मौज-मस्ती करने वाला वह पूरा ग्रुप वहाँ पहुँचा।

"ऐ ऽ क्या है? कैसी बदमाशी चल रही है?" उस आवाज़ में रौब था।

"बदमाशी तो उन लोगों ने की है। हम तो यहाँ सिर्फ़ उन्हें ख़बरदार करने आये थे।" उनके बीच जो गोवा वाला आदमी था उसने शान्त आवाज़ में कहा।

"क्या चाहते हो?"

"वह लड़की मुसलमान है। लड़का हिन्दू है। उनका प्यार-व्यार हम लोग बरदाश्त नहीं करेंगे। हम हिन्दू वॉच डॉग्स हैं। उन्हें–" पतली क़द-काठी वाला धमकी भरी आवाज़ में बोलने लगा।

"क्या कर लोगे तुम?" ग्रुप के एक आदमी ने आगे बढ़कर उसकी कॉलर पकड़ी और अपने साथियों को पुकारा। वे फ़ौरन आ गये। "अरे आओ सब। हम

पहले इन्हीं की सुन्नत कर लेते हैं। पकड़ो सबको–" ग्रुप वाले आगे आते ही सब वॉच-डॉग घबरा गये और दुम दबाकर भाग गये। दो-तीन मोटरबाइक्स शुरू होने की आवाज़ आने तक वे रुके रहे। "आप लोग चलिए। वे अब वापस नहीं आयेंगे। आ गये तो उनके साथ क्या करना है वह हम देख लेंगे।" यह कहकर थैंक्यू की अपेक्षा रखे बिना वे अपनी जगह वापस लौटे। हो-हल्ला सुनकर पास आये हुए लोगों की भीड़ भी कम हुई।

"चलो, चलते हैं।" कहकर फातिमा का हाथ अपने हाथ में लेकर मैंने वापसी का रास्ता पकड़ लिया।

"डर गयी?"

"तुम साथ होते हुए?" मेरा हाथ दबाकर फातिमा ने कहा। डर ग़ायब हो चुका था और अब वह अपने मूल स्वरूप में आ रही थी यह मैं अच्छी तरह समझ गया।

"कैसी बदमाशी देखो। वह भी धर्म के नाम पर!"

"इस तरह सोचने वाले बहुत हैं। सभी धर्मों में होते हैं ऐसे लोग। और ऐसे भी होते हैं–हमारी हैल्प करने दौड़कर आने वाले लोगों जैसे।"

फातिमा बस-स्टॉप पर जाने लगी। "ठहरो, मैं स्कूटर लेकर आता हूँ। तुम्हें घर तक छोड़ दूँगा।"

"नहीं। उस समय कुछ देर के लिए नर्वस ज़रूर हुई थी, लेकिन तुम्हें क्या लगा, मैं उनसे डर गयी? वे डरपोक लोग हैं। मॉब देखते ही फुदकने लगते हैं। गोवा में उन्हें कोई नहीं पूछता–" पास आती हुई बस देखकर फातिमा ने मेरा हाथ दबाकर कहा, "लेकिन–आय एम हैप्पी, तुम्हारा कनसर्न देखकर। तुमने मुझे घर तक छोड़ आने की बात कही। पर मैं नेक्स्ट टाइम बुलाऊँगी तब आना पड़ेगा आं!"

बस छूट गयी। मेरे क़दम वापस समन्दर किनारे की तरफ़ मुड़ गये। वह जवान लोगों का ग्रुप अभी भी वहाँ मौज-मस्ती कर रहा था। गाना, नाचना, हँसी-मज़ाक़। मुझे पास आते देखकर उनमें से दो लोग ग्रुप छोड़कर मेरी तरफ़ आ गये। वे पास आते ही मेरे दिमाग़ की बत्ती जल गयी। तभी, वे मुझे जाने-पहचाने लग रहे थे।

"आज तुम लोगों का रिवर्स रोल?" उन्हें मेरे इस सवाल की अपेक्षा नहीं थी। शायद वे मुझसे शुक्रिया सुनने की उम्मीद में क़रीब आये थे।

"हमें लगा तुमने हमें नहीं पहचाना।" इतने में हमें बात करते हुए देखकर पास आये ग्रुप के एक आदमी ने पूछा, "गे फ्रैंड?"

"नो,नो। यू गो। हम एक चाय पीकर आ जाते हैं।"

मुझे भी एक चाय चाहिए थी। हम बाहर गये। सड़क पार करके ठेले वाली दुकान पर गये। पेपर कप में चाय लेकर पास के बेंच पर बैठ गये।

"यू आर राइट। हमारा रोल रिवर्स हुआ है। एंड वी वॉन्ट टू थैंक यू फॉर दैट।" और फिर उन्होंने अपना पूरा क़िस्सा सुना दिया।

वे दोनों पार्टनर थे। बदक़िस्मती से उन्हें वीड लेने की लत लग चुकी थी। जेबें ख़ाली हुई थीं। तलब लगते ही कुछ भी करने के लिए वे तैयार हो जाते। ऐसे ही दिनों में उन्होंने वह प्लैन बनाया था। फातिमा को उठा ले जाना और घर वालों से एक लाख की फिरौती माँगना। फातिमा के पिता व्यापारी थे। एक लाख के लिए वे पुलिस के पास नहीं जायेंगे और आसानी से पैसे मिल जायेंगे ऐसा उन्होंने सोचा था। लेकिन बीच में अचानक मेरे वहाँ पहुँचने की वजह से उनका प्लैन फेल हुआ था।

"लेकिन उसके लिए हमें थैंक्स?"

इसका भी उन्होंने जवाब दिया। उन्हें डर लगा था कि फातिमा के घर वाले पुलिस में शिकायत करेंगे, मैं गवाही दूँगा, कॉलेज बड़ा इश्यू करेगा और उनके नाम पर पुलिस वॉरंट आ जायेगा। अगले आठ-दस दिन वे छिपकर रहे। उन दस दिनों में उन्हें नशा करने का मौक़ा ही नहीं मिला। दस दिनों तक शिकायत दर्ज नहीं हुई यह देखकर उनकी जान में जान आयी। तब उनके ध्यान में आया कि अगर दस दिन तक वे नशे के बिना रह सकते हैं तो हमेशा के लिए भी छोड़ सकते हैं। उसके बाद कभी नशा नहीं किया।

"लेकिन तुम उस लड़की को बरबाद कर देते–उसका क्या?"

"यू मीन रेप? नो वे! हम पार्टनर्स हैं। गे फ्रैंड्स।" मेरे दिमाग़ में अचानक कौंधा। कल ही सुप्रीम कोर्ट का एक फ़ैसला आया था जिसने एलजीबीटीक्यू लोगों को दिलासा दिया था। अपनी ख़ुशी सेलेब्रेट करने के लिए यह गे लोगों का समूह यहाँ एनजॉय कर रहा था।

"ओ.के.।" मैंने उठकर कहा, "फिर भी, मेरा भी कर्तव्य है इसलिए तुमसे कह रहा हूँ–थैंक्यू। तुम लोग समय पर वहाँ पहुँच गये इसलिए मसला वहीं हल हुआ।"

"दैट मेक्स अस इवन!" और फिर शैक हैंड करते हुए आगे कहा–"बाय द वे, हमें पता नहीं था–शी इज़ युअर गर्लफ्रैंड...गुड चॉइस। उसे भी दे देना, हमारे बेस्ट विशिस।"

वे अपने ग्रुप की तरफ़ दौड़कर चले गये।

फातिमा से भला यह सब कहा जा सकता था? चिढ़ा-चिढ़ाकर मेरी जान ले लेगी।

मैंने कभी परीक्षा का टेंशन नहीं लिया था। डैडी की तबीयत अच्छी थी तब पढ़ो-पढ़ो कहकर पीछे ही पड़ जाते। मेडिसिन में दाख़िला मिल सके इतने मार्क्स ले आऊँ बस उनकी इतनी ही अपेक्षा थी। मुझे पूरा भरोसा था कि मैं इस अपेक्षा पर खरा उतरूँगा। फिर भी डैडी को सन्तुष्ट करना है इस बात का दबाव तो था ही। लेकिन मेडिसिन में जाने का ख़याल जब से छोड़ा था तब से काफ़ी हल्का महसूस करने लगा था। आगे क्या करना है इस बारे में सोचने को लेकर कोई दबाव नहीं था। बारहवीं की परीक्षा में बैठूँ या न बैठूँ, पढ़ाई चल रही थी। लाइब्रेरी की किताबें और लैपटॉप, मेरे काम के लिए बस इतना काफ़ी था। क्लास में जाना कम होने के कारण घर पर ही ज़्यादा समय बीतता। वह समय भी कम पड़ जाता तो रात तो अपनी ही होती।

कृष्णा को पढ़ाते समय फातिमा का फ़ोन आ गया। "चित्रा आ रही है कल।"

"मालूम है।" मैंने कुछ दिन पहले फ़ोन किया था तब उसी ने बताया था कि वह मकर संक्रान्ति के बाद आने वाली है। दरअसल पन्द्रह तारीख़ को आने वाली थी। लेकिन पप्पा ने कहा कि मम्मा कहा करती थी कि किंक्रान्त वाले दिन मतलब संक्रान्ति के दूसरे दिन कहीं बाहर नहीं जाना चाहिए। बुरे शगुन वाला दिन होता है वह। सो उसके अगले दिन जाना।

"तुम्हें मुझसे कुछ नहीं कहना है?" फातिमा बड़ी ख़ुश लग रही थी।

"कल–"

"आज?"

"क्या कहूँ?"

"वह भी मैं बताऊँ? आज मेरा बर्थडे है जनाब!"

"ओह! हैप्पी बर्थडे टू यू! अब–हैप्पी?"

दूसरे दिन चित्रा आ गयी। मैं जब कैंटीन पहुँचा तब दोनों कॉफ़ी का मग हाथ में लिए बड़ी संजीदगी से किसी विषय पर बात कर रही थीं।

"वह ऽ देखो आ गया। उसी से पूछो।" फातिमा ने कहा।

चाय लेकर उनके साथ बैठ गया। फातिमा ने बताया–"चित्रा इज़ इन डिलेमा! टू बी ऑर नॉट टू बी!"

"अब बहुत हो गया, जया! तुमने शेक्सपियर पढ़ा भी है?" चित्रा ने उसे रोका और ख़ुद ही अपने मन की दुविधा के बारे में बताया।

जब से मम्मा की बीमारी बढ़ गयी थी तब से चित्रा पढ़ाई के लिए फुरसत नहीं निकाल पायी थी। क्लासिस चूक गये, पढ़ना भी नहीं हो पाया। अब जो बैकलॉग बचा था उसे कवर अप करके परीक्षा में बैठने की बजाय इस साल ड्रॉप लेना चाहिए या नहीं इसी दुविधा में थी।

"तुम्हें क्या लगता है, विपिन?"

मुझे जवाब नहीं सूझा।

"अभी किसी से ट्यूशन मिलना भी मुमकिन नहीं। दो महीनों के बाद परीक्षा है। किसी का गाइडेंस मिल जाता तो मैं पार हो जाती। लेकिन–"

"अरे यार, सीधे बोल दो ना उसे!" फातिमा ने बीच में मुँह खोला। और मुझे सम्बोधित करते हुए बोली,"उसे लगता है कि मुझे उसकी हैल्प करनी चाहिए। अरे यहाँ तो हम ही किसी तरह किनारे पहुँचने की ख़ातिर हाथ-पैर मार रहे हैं। मैंने बारहवीं की पढ़ाई कैसे की वह मैं ही जानती हूँ। इसके बावजूद मैं हाँ कह देती। लेकिन पिछले चार महीनों से मैंने भी बिल्कुल पढ़ाई नहीं की है। यह साल ख़राब हुआ तो अब्बू कच्चा चबा जायेंगे मुझे!"

चाय का आख़िरी घूँट पीकर मैंने सिर झटक दिया। और एक चाय पीने की ज़रूरत महसूस हुई। "एक मिनट दे दो मुझे। निकाल लेते हैं कोई सॉल्यूशन।"

जाकर चाय ले आया। गरम चाय का घूँट हलक के नीचे उतरते ही ताज़गी आ गयी। "मैं पढ़ाऊँ?"

दोनों चौंककर मेरा मुँह ताकते रह गयीं। चित्रा ने ही पहले ज़ुबान खोली, "हैलोऽ मैं आर्ट्स कर रही हूँ। भूल गये?"

"लेट मी ट्राय। तुम्हारी डिफिकल्टीज़ बताओ। पोर्शन क्या है बताओ। और टेक्स्ट बुक्स हैं तो लाकर दे दो। देखते हैं!" मेरी आवाज़ में जो यक़ीन था उसे पचा पाना दोनों को भारी पड़ रहा था।

"ओ.के.। चलो मान लिया। लेकिन परीक्षा केवल मेरी ही नहीं है। तुम्हारी भी है। तुम्हें भी तो–"

"डोंट वरी। मेरी और तुम्हारी, दोनों की ज़िम्मेदारी मैं लेता हूँ।"

फिर उसे ख़बरदार किया,"देखो, मुझे मेडिसिन की तैयारी नहीं करनी है। लेकिन तुम्हें फाइन आर्ट्स के लिए एडमिशन चाहिए तो पूरा समय देना पड़ेगा। आगे का सारा दारोमदार तुम पर टिका है।"

"ये हुई न बात!" फातिमा इतनी देर तक रोके रखी साँस छोड़ते हुए बोली,"व्हाट अ कॉनफिडंस!" कहकर मुझे ताली देने के लिए उसने अपना हाथ ऊपर उठाया लेकिन जवाब में मेरा हाथ ऊपर नहीं उठा यह देख मेज़ पर ही पटक दिया।

"आय एडमायर यू, विपिन!" चित्रा के माथे पर अभी भी चिन्ताओं का जाल बुना हुआ था। "पर–अब भी कह रही हूँ, तुम्हारा समय–"

"वह सब तुम मुझ पर छोड़ना।" मैंने बात ख़त्म करने के इरादे से कहा।

"अगर ऐसा है तो सुनो–"

चित्रा ने फिर खुलासा किया। अंग्रेज़ी, कोंकणी और हिस्ट्री इन विषयों की पढ़ाई वह ख़ुद कर लेगी। उसे कठिन लगने वाले विषय थे जिओग्राफी और इकॉनॉमिक्स। और कुछ सायको के चैप्टर्स।

फातिमा पन्ना बदलने के इन्तज़ार में थी। "हो गया तुम लोगों का? ऑल सेटल्ड? तो फिर मैं केक बाहर निकालूँ?" कहते हुए उसने अपने बर्थ डे केक के स्लाइस हमारे सामने रख दिये।

केक खाते समय मुझे चित्रा ने फ़ोन पर जो बात कही थी वह याद आयी। यही कि किंक्रान्ति का दिन बुरे शगुन वाला होता है।

"चित्रा, इज़ इट ट्रू–किंक्रांति का दिन मतलब 15 जनवरी इज़ अ बैड डे?"

चित्रा कुछ भी कहे उसके पहले फातिमा उबल पड़ी–"राइट! आय एम अ बैड गर्ल। इसीलिए अच्छी लगती हूँ तुम्हें। क्योंकि बैड ब्वॉयज़ लाइक बैड गर्ल्स! है ना चित्रा?"

चित्रा खिलखिलाकर हँस पड़ी।

बड़ी देर से मुझे जो सवाल खाये जा रहा था मैंने उसे पूछ लिया। "अब मेरी एक डिफिकल्टी है। तुम लोग बहुत बार जया का नाम लेते हो। कौन है यह जया?"

उँगली ऊपर करते हुए फातिमा ने कहा, "उसका ट्यूशन मैं दूँगी इस जयेश को।"

दोनों ने फिर जया-जयेश नाम कैसे किसी की भी टाँग खींचने के लिए इस्तेमाल किये जाते हैं यह बताकर मेरे कॉलेज-लिंगो के ज्ञान में इज़ाफ़ा किया।

परीक्षा होने तक मेरे अगले कई दिन बहुत बढ़िया गुज़रे। दिन-रात काम। कृष्णा को पढ़ाना, चित्रा की तैयारी और जो समय बचता उसमें मेरी पढ़ाई। मैं ज़िम्मेदारी

लेता हूँ कहा था तबसे चित्रा भी जी जान से पढ़ाई में जुट गयी थी। इस बीच स्कूटर का लाइसेंस भी मिल चुका था। स्कूटर के कारण मेरा काफ़ी समय बच जाता था।

एक दिन फातिमा का फ़ोन आया–"सर, मुझे एक टॉपिक डिफिकल्ट लग रहा है। पढ़ायेंगे?" रोज़ की तरह मज़ाक़ कर रही है सोचकर मैंने उसे डपटा। "फातिमा प्लीज़ लीव मी अलोन। पहले परीक्षा ख़त्म होने दो। बाद में जितना चाहे उतना हँसी-मज़ाक़ कर लेना।"

"सच कह रही हूँ मैं!"

"तुम मेरी सीनियर हो–"

"वह सिर्फ़ नाम के लिए। तुम सिर्फ़ ज़रा समझा देना–जैसे चित्रा को समझाते हो वैसे, प्लीज़!"

मिन्नतें करने लगी तब पता चला कि सचमुच उसे डिफिकल्टी थी। पहले 'कॉगनिशन' टॉपिक ख़ुद समझा और बाद में उसे समझा दिया।

हॉल टिकट हाथ आने तक चित्रा का सारा पाठ्यक्रम कवर हो चुका था। रिविजन करना अब उसके हाथ में था। उसने वह कर दिया था। फातिमा की सेमेस्टर परीक्षा में अभी देर थी। कृष्णा की एस.एस.सी. की परीक्षा एप्रिल शुरू होते ही मतलब बारहवीं की परीक्षाएँ ख़त्म होने के बाद शुरू होने वाली थी। इसलिए मुझे डैडी की या घर की चिन्ता नहीं थी।

बारहवीं का पहला पेपर अंग्रेज़ी, दोनों के लिए कॉमन। हमारा सेंटर भी एक ही था। पेपर ख़त्म करके बाहर आया तो देखा कि चित्रा मेरे लिए रुकी थी। चेहरे पर ख़ुशी की लहर दिखाई दी।

"शुरुआत तो अच्छी हो गयी।" चित्रा ने कहा।

"सो हाफ डन।"

पर इसके बाद हमारे बाक़ी पेपर्स के दिन एक से नहीं थे। चित्रा का आख़िरी पेपर ख़त्म होने के पाँचवें दिन मेरा आख़िरी पेपर था।

सभी पेपर उम्मीद से ज़्यादा अच्छे गये इसलिए वह बेहद ख़ुश थी। पप्पा घर पर अकेले थे इसलिए पेपर ख़त्म होते ही वह काणकोण जाने वाली थी। इस वजह से हमारा परीक्षा के बाद मिलना मुश्किल था। लेकिन मेरा आख़िरी पेपर ख़त्म करके बाहर निकला तो सामने चित्रा को पाया। एकदम हॉल के दरवाज़े पर। "सरप्राइज़ कैसे लगा?"

"काणकोण जाकर वापस भी आ गयी?"

"गयी ही नहीं। पप्पा से कहा चार दिन बाद आ जाऊँगी। लेकिन पहले बताओ, परीक्षा कैसी थी?"

"क्या बताऊँ? बस, हो गयी यही बड़ी बात है।" मैंने कहा।

"बिल्कुल अच्छी गयी होगी। मेरी तरह।"

मैं चित्रा के साथ स्कूटर तक आ गया। "बोलो, कब मिलेंगे?"

"आज ही।" चित्रा ने क्षण भर की भी देरी न करते हुए कहा।

"आज?"

"अभी।"

ना कहने की कोई वजह ही नहीं थी। मैंने स्कूटर स्टार्ट किया। मुझे चाय की ज़रूरत महसूस हुई। "मिरामार चलते हैं। वहाँ चाय अच्छी मिलती है।" मैंने कहा।

"नहीं।" मेरी पीठ पर मुक्का जमाते हुए चित्रा ने कहा, "वहाँ कॉफ़ी नहीं मिलती है। दोना पाउला चलते हैं।"

हवा में लहराने वाले बालों के साथ मेरी कमर को अपनी बाँहों में क़ैद किये बैठी चित्रा को लेकर स्कूटर चलाते समय वह रास्ता कितना ख़ूबसूरत है इसका मुझे पहली बार एहसास हुआ।

नज़दीक ही जो होटल दिखा उसके अन्दर चले गये। चाय की ख़ुशबू से ही पता चला कितनी बेकार चाय है। मैंने नाक-भौंह सिकोड़ी। लेकिन कॉफ़ी का घूँट लेते ही चित्रा ने कहा, "बेस्ट है। सीप लोगे?"

"ना बाबा ना! बढ़िया कॉफ़ी पीने की बजाय ख़राब चाय मुझे चलेगी।" मैंने जो सच था वह कहा।

"सच कहती हूँ, विपिन, सिर्फ़ तुम्हारी वजह से यह साल बच गया।"

इस तरह की बातें सुनते ही मुझे संकोच सा होने लग जाता। "बस करो अब। मैंने सिर्फ़ घोड़े को पानी के पास पहुँचाया।"

"वहीं कह रही हूँ। उसे तो पानी ही दिखाई नहीं दे रहा था। यू आर सिंप्ली ब्रिलियंट! तुम नहीं जानते हो तुम्हारा पॉटेंशियल! ऐसे पीछे-पीछे मत रहा करो। ख़ुद की क़ाबिलियत पहचान लो।"

परीक्षाओं के दिन थे इसलिए होगा शायद, टूरिस्ट ज़्यादा नहीं थे। लेकिन होटल में लोगों का आना-जाना जारी था इसलिए मुझे ज़रा शर्मिन्दगी सी महसूस हुई।

"चलो, हम बाहर घूम आते हैं।" मैं उठा। चलते-चलते हम दोना पावला के टीले के नीचे पहुँचे। चित्रा ने दोना पावला के बारे में वहाँ लिखी हुई जानकारी पढ़कर कहा, "चाहे सच्ची हो या झूठी–दोना पावला की कहानी मुझे अच्छी नहीं लगती।"

"लेजंड मानकर उसे छोड़ देना चाहिए।"

"लेजंड्स लोगों को इन्सपायर करने वाले होने चाहिए। मुझे आत्महत्या का ग्लोरिफिकेशन पसन्द नहीं।"

"जिसे ज़िन्दा नहीं रहना है उसे अपनी जान देने का अधिकार क्यों नहीं दिया जाता?" मैंने इस बारे में कभी भी कुछ नहीं सोचा था, फिर भी यह बात मुँह से कैसे निकल गयी? शायद, अब तक गहरे दबाकर रखे हुए विचार चित्रा के सामने सहजता से बाहर निकल रहे हैं!

"लेकिन यह मूर्ति मुझे पसन्द है। एक शिल्प के तौर पर।"

हालाँकि चोटी पर बहुत सारे लोग आ-जा रहे थे पर बैठने के लिए खुली जगह भी थी। आकाश में बादल घिर आये थे। सूरज को छिपाने का उनका प्रयास जारी था।

"ऐऽ विपिन, बताओ तो, ये बादल क्या कह रहे हैं?"

"कि बारिश आने वाली हैं?"

"नहीं। वे मुझसे कह रहे हैं, हमें अपने चित्रों में समा लो।"

इस बीच बादलों का पर्दा हटाकर सूरज ने चेहरा बाहर निकाला। धूप आँखों में आने लगी था यह देखकर मैंने कहा, "धूप की तरफ़ पीठ तो करो।"

चित्रा ने बैठने की दिशा बदली और मेरी तरफ़ मुँह करके बैठ गयी। मेरे झेंप जाने तक मुझे देखती रही। "ऐसे क्या देख रही हो?" मैंने संकोच भरे स्वर में पूछा।

"तुम्हें याद है, विपिन? मैंने तुमसे कहा था कि सिसिफस की नज़रों का आत्म-विश्वास मुझे तुम्हारी नज़रों में नहीं दिखता है?" मुझे वह अच्छी तरह याद था। चित्रा ने आगे कहा, "आय वॉज़ रांग-पार्टली। तुममें इस दुनिया से हटकर कुछ तो ज़रूर है। और आम इन्सान वाली कुछ बात तुममें नहीं है। वह 'कुछ' इंटरेस्टिंग है। एक एस्पायरिंग चित्रकार के रूप में मुझे वह चैलेंज सा लगता है। मुझे उसे ढूँढ़ निकालना है। चित्र में कैपचर करना है।" चित्रा देख तो मुझे रही थी लेकिन कहीं खोयी हुई सी बोले जा रही थी।

"तुम्हें मैंने पहली बार लाइब्रेरी में देखा था। तभी तुम औरों से हटकर हो इस बात का मुझे एहसास हुआ था। मैंने लाइब्रेरियन से तुम्हारे बारे में पूछ-ताछ की और फिर आय बिकेम ऑल द मोर इंटरेस्टेड। लगा कि तुमसे परिचय कर लेना चाहिए। लेकिन मौक़ा ही नहीं मिला। दूसरी बार पानी बरस रहा था। तुम लाइब्रेरी से बाहर निकले। उस समय तुम्हें रोकने का, तुमसे बात करने का मन हुआ इसलिए आगे बढ़ आयी थी। लेकिन तुमने मुझे देखा तक नहीं। चलते रहे। जब बारिश तेज़ हुई तब तुम पेड़ के नीचे खड़े हो गये। तुम्हें भीगने से बचाने के लिए जल्दी से छाता लेकर मैं तुम्हारे पास पहुँच पाती तब तक तुम बस-स्टॉप की ओर भागने लगे थे।

इतने में–व्हाट अ ड्रामा इट वाज़! वह वैन रुक गयी। उनको फातिमा को खींचते हुए देखते ही मेरे हाथ-पाँव काँप गये। लेकिन तुम किसी चट्टान से उनके बीच खड़े हुए। आज भी वह पूरा दृश्य आँखों के सामने उभर आता है। मैं तभी जान गयी–तुम, सिर्फ़ तुम ही यह कर सकते थे!" कुछ पल बाद जैसे होश में आकर चित्रा ने कहा, "साढ़े छह बज गये। सूरज डूब गया। चलें?"

मेरे चेहरे पर उतर आये भाव शायद उसने देख लिए थे। चित्रा ने पूछा, "क्या याद आया?"

हाँ, सही था याद आया था। जब प्राइमरी में पढ़ रहा था तब भूगोल पढ़ाते समय टीचर ने बताया था, "पृथ्वी सूरज का चक्कर लगाती है और सूरज बस एक ही स्थान पर स्थिर रहता है।" बाद में जब डैडी ने कहा था, "सूरज माथे पर आया" तब मैंने डैडी को बताया था, "नहीं डैडी, सूरज तो वहीं है। पृथ्वी घूम रही है इसलिए दोपहर हुई है।" डैडी की डाँट खानी पड़ी थी–"किताबों का ज्ञान किताबों तक ही रखना चाहिए।" डैडी के सामने मैं ज़्यादा बात नहीं करता था। फिर भी पूछने की हिम्मत की थी–"लेकिन डैडी चक्कर तो पृथ्वी लगाती है। तो फिर हम जो कहते हैं कि सूरज घूमता है, वह ग़लत नहीं है क्या?" तब डैडी ने कान उमेठकर कहा था, "बुजुर्गों का सयानापन है वह। ग़लत हो ही नहीं सकता। टीचर जो पढ़ाते हैं उसे बस पेपर में लिखना होता है। हम जो बताते हैं वह व्यावहारिक ज्ञान है। समझे? हाँ कहो।" मेरे मुँह से 'हाँ' जवाब नहीं फूटा इसलिए गाल पर ज़ोरदार चाँटा जमाया था...इतने दिनों से दिल के कोने में गहरे छिपकर बैठी वह याद आज अचानक ऊपर आयी थी। और ख़ास बात यह थी कि मैंने वह याद चित्रा के साथ साझा की थी।

दोना पावला के टीले से नीचे उतरते समय चित्रा ने कहा, "तभी! फातिमा कहती है कि तुम्हारे चेहरे पर कभी भी मुस्कुराहट नहीं आती।"

"और तुम क्या कहती हो?" मेरे सवाल को नज़रअन्दाज़ करते हुए उसने आगे कहा, "वह बता रही थी कि तुम उसे बहुत अच्छे लगते हो। लेकिन तुम उसे क़रीब आने ही नहीं देते। उसे लगता है–तुम्हें वह बिल्कुल पसन्द नहीं है। मैंने उससे कहा–"

"क्या?"

"उसे तुम पसन्द हो यह तुम समझ नहीं पा रहे हो। बात बस इतनी सी है।"

"और तुम्हें?"

"यह मैं भी समझती हूँ और तुम भी। अलग से बताने की ज़रूरत है?"

वापस लौटते समय चित्रा मुझसे और भी सटकर बैठ गयी। "धीरे चलाओ। ज़्यादा देर तक बैठने को मिलेगा।"

स्कूटर से उसे मामा के घर छोड़ा तब उसने बताया,"कल मैं घर जा रही हूँ। फ़ोन कर लेना। और अगर मुझे नहीं लगा तो फातिमा के पास मैसेज रखना।"

उस दिन घर पहुँचने में देर हुई। मेरे वापस आने तक रुका हुआ कृष्णा जब घर जाने के लिए निकला तब रात हो चुकी थी। मुझसे ग़लती हुई थी। उसी क्षण मैंने उसकी परीक्षा शुरू होने तक उससे पूरा रिवीजन करा लेने का निश्चय किया। नया टाइम-टेबल बनाया। डैडी के काम की ज़्यादातर ज़िम्मेदारी मैंने अपने सिर पर उठा ली। फिर भी रुकावटें आती रहीं। उन दोनों की वजह से। पहले चित्रा का फ़ोन आया।

"पप्पा तुमसे मिलना चाहते हैं। कब आ रहे हो?"

"पप्पा? मुझसे?"

"हाँ। तुम्हारी बड़ी तारीफ़ करते हैं।"

चित्रा ने ही काफ़ी कुछ बताया होगा। "सॉरी, चित्रा। मैं नहीं आ पाऊँगा!"

"परीक्षा तो ख़त्म हो चुकी है। डैडी स्टेबल हैं। अब और कौन सा कारण बताने वाले हो?"

"कृष्णा की परीक्षा क़रीब आ रही है।" फिर मुझे उसे कृष्णा के बारे में बताना पड़ा। सुनकर बोली–"तारीफ़ के पुल बाँधने के लिए तुम और भी वजहें दे रहे हो पप्पा को। रुको हं–" और पप्पा से बात करके वह वापस फ़ोन पर आयी। "ठीक है। पप्पा कह रहे हैं कि अगर तुम मिलने नहीं आ सकते तो वे आ जायेंगे तुमसे मिलने। पूछ रहे हैं कि कब आऊँ? बोलो, क्या कहूँ उनसे?"

पूरी तरह फँस जाने के कारण मैंने कहा कि मैं ही आ जाता हूँ। तो बोली, "इतवार को आना। रहने ही आ जाना।"

डैडी बीमार हैं यह याद दिलाते ही वह थोड़ी नरम पड़ गयी। "चलो ठीक है। खाने पर ही आना। इन्तज़ार करूँगी इतवार को।"

"इतवार को नहीं होगा। कृष्णा के अप्पा को बेटे के लिए उन्होंने जो मन्नत माँगी थी उसे पूरा करना है। कृष्णा नहीं होता है तो मैं कहीं नहीं जा सकता हूँ। सोमवार को आ जाऊँगा।"

"वेज खाने?"

"मुझे कोई फ़रक़ नहीं पड़ता।"

"लेकिन हम काणकोण वालों को पड़ता है ना! उससे अच्छा है, मंगलवार को आओ।"

मानो आपस में तय किया हो वैसे फातिमा का फ़ोन आया। "मिलना चाहती हूँ।"

"क्यों?"

"पढ़ नहीं पा रही हूँ।"

"तो फिर मैं क्या करूँ?"

"डिफिकल्टी हल करो।"

"सॉरी–"

"मैं फेल हो गयी तो कहना ही पड़ेगा तुम्हें। उससे अच्छा है–मिल लो।"

मेरी हालत ख़राब। ना कहना चाहता हूँ। ना नहीं कह पा रहा हूँ।

"कब?"

"इतवार को तो तुम नहीं आ सकते हो।" मतलब चित्रा से इसकी बात हो चुकी है।

"सोमवार के दिन तुम वेज खाते हो ना?"

"बेकार की बातें छोड़ो। और मुझे सोमवार वग़ैरह नहीं लगता है।"

"मुझे ना शेरे पंजाब की मटन बिरयानी खानी है। हम वहीं खाने पर बात करते हैं–डिफिकल्टी वाली।"

पता नहीं क्यों, आजकल उसकी हँसी-मज़ाक़ भरी बातों पर ग़ुस्सा नहीं आता! "प्लीज़! मैं मज़ाक़ नहीं कर रही हूँ।" शायद मेरे मन की बात को ताड़कर मुझे चिढ़ाते हुए सी बोल पड़ी।

"मैं फ़ोन रखता हूँ।" और सचमुच मैंने फ़ोन रख दिया। इतने में दुबारा आया। "सॉरी, सॉरी। ये देखो, मैंने कान पकड़ रखे हैं। आज शाम पाँच बजे। तुम स्कूटर ला रहे हो ना? मांडवी के कॉर्नर पर रुकती हूँ।" और मैं हाँ या ना कहूँ इससे पहले उसने फ़ोन काट दिया।

कहीं ये दोनों मिलकर मेरा बकरा तो नहीं बना रही हैं ना यह ख़याल आये बग़ैर नहीं रहा। लेकिन नहीं। पाँच बजे फातिमा रास्ते पर नज़रें गड़ाये खड़ी दिखी। हैरानी की बात यह थी कि आज उसने माथे पर दुपट्टा नहीं ओढ़ा था और सलवार कमीज़ की जगह जीन्स और टी शर्ट पहना था।

दोनों ओर पैर डाले पिछली सीट पर बैठते हुए उसने पूछा, "कैसी लग रही हूँ मैं?"

"फातिमा की तरह।" मैंने स्कूटर आगे बढ़ाया।

"यू मीन, नो डिफरेंट?" और स्कूटर टर्न ले रहा है यह देखकर कान के पास चिल्ला उठी, "अरे, अरे कहाँ लेकर जा रहे हो मुझे?"

"लाइब्रेरी?"

"नहीं। और कहीं भी ले जाओ। गिव मी अ राइड।"

"और तुम्हारी डिफिकल्टी?"

"यही है। स्कूटर पर तुम्हारे पीछे बैठना सीखना है मुझे।"

क्या कहता? मैं आगे बढ़ता रहा। "कहीं मुझे मिरामार तो नहीं ले जा रहे? वहाँ वे वॉच डॉग हो सकते हैं!"

"डरती हो उनसे?"

"अरे, नहीं! भूल गये? उन्होंने कहा था ना कि वे तुम्हारी पैंट उतार देंगे। और हमें ये मंज़र देखने में बिल्कुल इंटरेस्ट नहीं है, इसलिए! उससे अच्छा है तुम स्कूटर आगे ले जाओ, दोना पावला की ओर।"

फातिमा ने दोनों हाथ कोहनियों तक मेरी बग़लों में डालकर ऊपर उठाये और मुझसे चिपककर कान में बोली, "हवा से बातें करते हुए, फास्ट ले चलो मुझे। आय लव स्पीड!"

"सॉरी, मैं अपनी ही स्पीड में जाने वाला हूँ।"

"वही तो कह रही हूँ–जो तुम्हारी स्पीड, वही मेरी स्पीड। देखना तुम-हम साथ-साथ पहुँचेंगे दोना पावला।"

पिछली बार की तरह मैंने उस होटल में अपने लिए चाय मँगवा ली और फातिमा के लिए कॉफ़ी।

"तुम्हारे साथ चाय पीने के लिए मैं तैयार हूँ। उस दिन प्रिंसिपल के केबिन में नहीं पी? इसके बावजूद तुम मुझे कॉफ़ी क्यों पिला रहे हो?" मैं चुप बैठा हूँ यह देखकर वह आगे बोली, "जानती हूँ। यू केअर फॉर मी–इसलिए!"

क्या मैं उलझन में हूँ? या फातिमा ने मुझे उलझन में डाला है?

कॉफ़ी ख़त्म करके उसने कहा, "चलो टहल आयें। मुझे तुम्हारे साथ पैदल चलने में बड़ा मज़ा आता है।" और फिर उसने अपने हाथ से मेरी बाँह पकड़ी।

टीले के नीचे पहुँचने पर ऊपर देखते हुए फातिमा ने कहा, "ऊपर नहीं। आज तुम मुझे दूसरी जगह ले जाओ–कहीं भी।"

चित्रा और फातिमा के बीच कुछ भी छिपा नहीं रहता है इस बात की मुझे ख़ुशी हुई। लुका-छिपी करना मुझसे बरदाश्त नहीं होता। एक-दूसरे के बीच पर्दा रखना भी नहीं हो पाता।

दूसरी जगह ले जाओ कहा और फिर ख़ुद ही मुझे जेटी की तरफ़ खींचकर ले गयी। बेंच पर पहले ख़ुद बैठी और फिर मुझे खींचकर बिठाया और पहला सवाल पूछा–"तुम्हें शायरी पसन्द है?"

"नहीं।"

"संगीत?"

"नहीं।"

"डांस?"

"नहीं।"

"ऐसे कैसे रूखे, रसहीन आदमी हो यार?" उसकी आँखों में मुझे हल्की सी टीस महसूस हुई। "तुम्हारे चेहरे पर मुझे मुस्कुराहट क्यों नहीं दिखाई देती? चित्रा कहती है तुम्हारी आँखों में उसे वह नज़र आती है। मुझे उससे जलन होती है। प्लीज़, विपिन, मेरे लिए ज़रा मुस्कुरा दो..."

"फातिमा, प्लीज़। मेरे पास जो है उसे माँगो। जो नहीं है उसे कैसे दूँ?"

"क्या तुम्हारे दोस्त नहीं हैं?" फातिमा के सवाल का ना में जवाब देता तो चित्रा और फातिमा–दोनों को बुरा लगता। और सच बात यह थी–"नहीं थे। अंटिल आय मैट चित्रा एंड यू।"

"थैंक्यू। और यह भी इसलिए हुआ क्योंकि हमने तुम्हें अपना दोस्त बनाया। अब भी तुम्हारे दोस्तों का सर्कल बढ़ सकता है। लेकिन तुम तो नाक के आगे देखते हुए सीधे चलते हो। ज़रा आसपास, अगल-बग़ल में भी देखा करो। बहुत सारे दिख जायेंगे–कुछ तुम्हारी तरह सोचने वाले, कुछ लायकेबल..."

मैंने घड़ी देखी। "मुझे जल्दी जाना है, फातिमा। हम लौट चलें?"

"बाज़ नहीं आओगे। तुम ना...दीवारें खड़ी कर लेते हो अपने चारों ओर, कभी पुल भी बाँधा करो जनाब।"

"पुल बाँधने के लिए दो किनारों की ज़रूरत होती है।"

"करेक्ट! आँखें खोलकर देखो। चित्रा है, मैं हूँ। बाँधो पुल। हैल्प चाहिए? मैं करती हूँ। बस हाथ आगे बढ़ाओ।" यह कहकर फातिमा ने मेरा हाथ अपने हाथ में ले लिया।

"मुझे लेकर तुम दोनों का कॉमन अजेंडा तो नहीं है ना?"

"मे बी। चित्रा एक कलाकार, पेंटर। वह तुम्हारे दिल की थाह पाने की कोशिश में है।"

"और तुम?"

"हो सके तो आपके गुमशुदा दिल को खोजकर अपने क़ाबू में करने की कोशिश में लगे हैं हम..."

"बस करो अब। तुम्हारे इम्तिहान क़रीब आ रहे हैं यह याद है ना तुम्हें?"

"अरे इम्तिहान में तो पास होना ही है मुझे। लेकिन यह अलग तरह का इम्तिहान है, जनाब। *देखेंगे हम जिस दिन आपको हँसते हुए दिल खोलकर, इम्तिहान में*

कामयाब होने की ख़ुशी मनायेंगे उस दिन हम भी दिल खोलकर!"

सचमुच देर हो गयी थी। कृष्णा को इतनी देर तक रोके रखना सही नहीं था। मैं उठा।

"ठहरो। मैंने एक कविता लिखी है। कोंकणी में नहीं है। तुम्हें पसन्द आयी तो फिर कोंकणी में लिख दूँगी। कहने के लिए इसे उर्दू भी कह सकते हैं या हिन्दी भी। गुमशुदा। दरअसल गुलज़ार की लिखी हुई है। मैंने ज़रा तोड़-मरोड़ की है।" ऐसा कहकर उसने अपने पर्स से एक काग़ज़ का टुकड़ा निकाला और मेरे हाथ में रख दिया। "पता है, पढ़ने पर तुम कोई कमेंट नहीं करने वाले हो। पर पढ़ना ज़रूर। उतना भी मेरे लिए काफ़ी है।"

लौटते समय भी रास्ते में वह मुझसे सटकर बैठी थी। बीच में कान के पास आकर बोली, "तुम इतने क़रीब होते हो तब तुम्हारे भीतर की पावर...इन्सपिरेशनल पावर मुझमें आ जाती है। आय फील इट। डू यू?"

ज़ाहिर सी बात थी कि मैं उत्तेजित हो गया था। फातिमा के कहे हर शब्द पर मुझे यक़ीन हो रहा था। उसने जो कहा था उसमें मुझे कुछ भी ग़लत नहीं लगा। सतही तो बिल्कुल नहीं लगा।

उतरते समय कान में मन्त्र फूँक देने की तरह फातिमा ने कहा–"रोज़ सुबह मुझे याद करके आईने में देखना और मुस्कुराना। जिस दिन मुस्कुराहट सहज और ख़ूबसूरत दिखेगी उस दिन मुझे फ़ोन करके बता देना। लेट अस सेलेब्रेट दैन!"

और पागल सा मैं! सुबह उठकर आईने में देखने लग गया।

सोमवार को कृष्णा नहीं आया। लेकिन अपने कहे के मुताबिक़ मंगलवार की सुबह हाज़िर हुआ। डैडी के मिज़ाज में आजकल नरमी आ चुकी थी। उनका बोला हुआ किसी की समझ में नहीं आता था इसलिए उन्होंने बोलना ही बन्द किया था। खाने का निवाला मुँह के पास लाया जाता तब मुँह खोल देते। बेटा डॉक्टर बनेगा, उन्हें ठीक करेगा और भरपूर कमायेगा ये सपना देखना उन्होंने कब का छोड़ दिया था। उनका बाउल कंट्रोल चला गया था इसलिए टट्टी-पेशाब आये तो बता नहीं पाते थे। उन्हें एडल्ट डायपर्स पहनाने की ट्रेनिंग कृष्णा को दे दी थी और बड़ी ज़िम्मेदारी से वह यह सब करता था। माँ को बैठे-बैठे तैयार खाना मिल जाता था। मेरे पीछे तो जो भी खाने का मन करता उसे वह कृष्णा से बनवा लेती थी। कृष्णा को हमारे घर भेजकर वासुदेव ने हम पर जो उपकार किये थे उसके बारे में सोचता तो पुराण कथा याद आकर मुझे हँसी आ जाती–वासुदेव ने कृष्ण को नन्द को सौंपा था न!

अपराधी भावना के साथ ही काणकोण जाने के लिए बाहर निकला। दरवाज़ा खोलते ही वसन्त ऋतु के प्राकृतिक सौन्दर्य ने अभिभूत कर दिया। चारों ओर फूल ही फूल खिले थे। बग़ीचे में लगाये हुए पौधों के साथ ही अपने आप उग आये पौधों पर भी फूल खिले थे। कुछ फूल चित्रा के लिए ले जाने का विचार मन में आया लेकिन फ़ौरन उसे झटक दिया। नहीं। फूल पौधों पर ही अच्छे लगते हैं। स्कूटर स्टार्ट करते समय एक तितली आँखों के सामने से नाचती-फुदकती उड़कर चली गयी। किसी चित्र की भाँति। चित्रा की याद आयी। पीछे-पीछे फातिमा के हँसी-मज़ाक़ की भी।

कृष्णा से कहा कि वापस आने में देर हो सकती है और मैं कदम्बा बस स्टैंड की तरफ़ चल पड़ा।

पाखलो दौड़कर आ गया। भौंका ज़रूर लेकिन दुम हिलाकर, मानो प्यार से। दस बजने को आये थे फिर भी चित्रा ने ब्रेकफास्ट नहीं किया था। मेरे लिए रुकी हुई थी।

आज उनके घर में एक और बुजुर्ग व्यक्ति उपस्थित थे। "ये मेरा मौसेरा भाई है, विसू–आय मीन विश्वनाथ। चित्रा इसे विश्वाप्पा कहती है।"

"लेकिन मुझे वह नाम पसन्द नहीं। तुम मुझे विसू कहकर ही बुलाना।" आदमी बारीक़ी से खोज-ख़बर लेने के लिए उत्सुक सा लगा।

"विश्वाप्पा बहुत पहले निकल रहे थे। लेकिन जब पप्पा ने तुम्हारे बारे में बताया तो कहने लगे कि तुमसे मिलकर ही जायेंगे।"

"आज तुम्हारे लिए ख़ास हीट-रोस बनाया है।" पप्पा बोले।

इस पर चित्रा ने कहा, "मैंने ही कहा था उनसे, इडली सांबर तो कहीं भी मिल जायेगा। लेकिन गोवा के पारम्परिक व्यंजन हीट–रोस को लोग भूल चुके हैं। कभी खाया है तुमने?"

कहाँ खाता? बोलने के मूड में होती तो कभी माँ बताया करती कि ऋषि पंचमी के दिन या श्रावण में आने वाले किसी इतवार को उसके मायके में हीट-रोस बनता था। लेकिन माँ ने कभी बनाया नहीं था। आज पहली बार खा रहा था।

ब्रेकफास्ट के दौरान पप्पा का प्रशंसा-पुराण प्रारम्भ हुआ। फातिमा पर कुछ दिनों पहले किया हुआ उपकार, चित्रा को पढ़ाई में की हुई मदद का उपकार, मम्मा के गुज़रने के बाद दी हुई सान्त्वना का उपकार, जो मैंने नहीं किये थे उन सब उपकारों का बोझ मेरे सिर पर लाद देने के कारण, मन की तैयारी होने के बावजूद, उनके बोझ तले मैं पूरी तरह दब गया। यहाँ तक तो सब ठीक था। रिश्तेदार को

शायद कोई बात परेशान किये जा रही थी। ऐसा लगा जैसे पप्पा की बात ख़त्म होने का इन्तज़ार ही कर रहे थे। पप्पा का बोलना ख़त्म होते ही उन्होंने तुरन्त मुँह खोला, "यह तो बड़ा सर्वगुण सम्पन्न लगता है!"

सर्वगुण सम्पन्न कहने के पीछे कोई व्यंग्य-बाण नहीं छिपा था इसलिए मैं चुप रहा। इस बीच चित्रा उठकर अन्दर चली गयी। उसके जाते ही उन्होंने अपनी छान-बीन शुरू की। कहाँ रहते हो, मूल गाँव कौन-सा है, डैडी क्या करते हैं...इससे पहले किसी ने भी इतनी बारीक़ी से मेरी पूछ-ताछ नहीं की थी। जैसा बन पड़ता था वैसे बताता गया। फिर उन्होंने सरनेम पूछा। 'परोब' कहा तो दुबारा पूछा–"मतलब प्रभु है ना?" मैंने चुप रहना पसन्द किया। "या फिर परब कहा तुमने?" यह पूछ रहे थे तब कुछ समय पहले का अपनेपन से भरा स्वर ज़रा बदला हुआ सा लगा। मैंने कहा, "मुझे उनमें फ़रक़ नज़र नहीं आता।" फिर उन्होंने पूछा कि माँ का मायका कहाँ है? इतने में चाय लाने अन्दर गयी चित्रा गरमागरम चाय लेकर आ गयी। उसके कानों ने शायद सुन लिया था–"इतनी पूछ-ताछ क्यों विश्वाप्पा? क्या किसी के लिए रिश्ता लेकर जाना चाहते हो?" यह सुनते ही विश्वाप्पा ज़रा नाख़ुश से हुए। ऊपर से चित्रा ने पूछा, "अभी तक कुलदेवता के बारे में नहीं पूछा?"

चित्रा को उनका इस तरह पूछ-ताछ करना अच्छा नहीं लगा यह बात विश्वाप्पा ने भाँप ली। उन्होंने तुरन्त चाय का कप होंठों से लगाया।

"कोई बात नहीं चित्रा। सच कहूँ तो कुल देवता के बारे में मुझे ही कुछ पता नहीं।" जो सच था वह मैंने कह दिया।

ग्यारहवीं में दाख़िला लेते ही मेरे डॉक्टर बनने की मन्नत माँगने के लिए जिन देवताओं के दर्शन लेने गये थे उनकी याद आयी। लेकिन उनमें से कुलदेवता कौन थे यह याद नहीं हो सका।

"पता है पप्पा? हमारी इतनी दोस्ती है। लेकिन अभी तक इसने मेरा सरनेम नहीं पूछा है। बताओ विपिन, पता है तुम्हें? मुझे ही नहीं, फातिमा तक को शक है कि यह जानता भी है या नहीं कि फातिमा मुसलमान है। क्योंकि इसे फ़रक़ ही नहीं पड़ता।"

"विश्वाप्पा भी कहाँ मानता है बेटी? उसने तो बस योंही पूछ लिया।" पप्पा ने बात सँभालने की कोशिश की। "तुम्हें कभी हमने भेदभाव करना सिखाया है?"

"नहीं पप्पा। लेकिन आपको कम से कम पता है कि इस तरह के भेदभाव होते हैं। विपिन को तो यह पता ही नहीं और इसीलिए मैं उसे अपना दोस्त मानती हूँ।" चित्रा के ऐसे विचार हैं और अपने पप्पा से वह इतनी स्पष्टता से बात कर सकती है यह देखकर अच्छा लगा।

चाय पीकर विश्वाप्पा उठे। "अच्छा, तो मैं निकलता हूँ। कारवार की फास्ट बस मिली तो जल्दी घर पहुँच जाऊँगा।" कहकर वे बाहर चले गये। पप्पा उन्हें दरवाज़े तक छोड़कर चले आये।

आते-आते ही पप्पा ने मुझसे पूछा, "तुम्हें बुरा तो नहीं लगा ना?" मैंने 'नहीं' कहा तो सुनकर बोले,"तुम्हारी इसी उम्र में सही मायने में मनुष्य का व्यक्तित्व आकार ग्रहण करता है। तुम लोगों की स्वतन्त्र विचार करने की वृत्ति मुझे पसन्द है। हमारी चित्रा भी अलग विचार रखती है। विचार सही हो तो किसी भी तरह की रोक-टोक नहीं होनी चाहिए।"

"पप्पा, मुझे पता है, अब आप भगवान के अस्तित्व के बारे में पूछेंगे।" चित्रा ने हँसते हुए कहा।

"पूछने में क्या है? बताओ बेटा, तुम आस्तिक हो या नास्तिक?"

कभी गम्भीरतापूर्वक इस बारे में कोई विचार नहीं किया था। कहा, "पता नहीं।"

"स्वामी विवेकानन्द का कहना है कि जिसका भगवान पर विश्वास नहीं होता उसका अपने आप पर विश्वास नहीं होता।" मुझ पर दया दिखाते हुए पप्पा ने कहा।

"लेकिन मेरा अपने आप पर पूरा विश्वास है। और विवेकानन्द ने कहा है कि जिसका अपने आप पर विश्वास है उसे आस्तिक मान लेना चाहिए। जिस तरह विवेकानन्द दाम्भिकता का विरोध करते थे उसी तरह मैं भी करता हूँ।"

"देखा पप्पा, भगवान या धर्म की बात आती है तब अपने लिए जो कनविनियंट होता है हम उसी को मानते हैं।"

"यह जो तुम्हारी पीढ़ी है ना, जैसी भी है–सोचती है, मुझे इसी बात की ख़ुशी है।" पप्पा ने जो भी कहा वह दिल से कहा था।

पप्पा ने चित्रा को मुझे घुमा लाने के लिए कहा। हम दोनों बाहर निकले। घर तो बड़ा था ही, आसपास की सारी ज़मीन भी उन्हीं की थी। "समन्दर किनारे हो आयें? थोड़ा पैदल चलना पड़ेगा, चलेगा?" चित्रा ने पूछा।

चलते-चलते मैंने पूछा,"तुम्हारी ग़ैरहाज़िरी में घर के सारे काम कौन करता है?"

"लोग हैं। बाग़-बाग़ान, शाक-भाजी और फूलों के पौधों का बग़ीचा, गाय-गोरू और घर का काम–एक परिवार ही रखा है हमने इन कामों के लिए। जब तक मम्मा थी खाना वही बनाती थी।। पप्पा को भी खाना बनाना पसन्द है। अब खाना बनाने के लिए एक औरत आती है। मेरे न होने से पप्पा का कोई काम नहीं रुकता। लेकिन अब मम्मा के बाद उनका कैसे होगा इसकी चिन्ता ज़रूर होती है।"

इसी तरह अगर मेरी माँ गुज़र गयी होती तो डैडी क्या करते? क्या मुझे डैडी की चिन्ता होती? खाना बनाना, कपड़े धोना, झाड़ू लगाना...डैडी ने इन कामों को हाथ छोड़िए कभी उँगली तक नहीं लगायी थी। सारा काम मुझ पर ही आ गिरता। अच्छा हुआ, मार्टिन सर ने ऐन वक़्त पर सही सलाह दी–नहीं तो पैसे होने के बावजूद डैडी दवा के लिए तरस जाते।

"एक पूछूँ? तुम नास्तिक हो या एगनॉस्टिक?" बीच में ही चित्रा ने पूछा।

मैंने कन्धे उचकाये। "और तुम?"

"मैं कर्म काण्ड नहीं मानती हूँ। लेकिन जिसने यह संसार निर्माण किया है वह चराचर में व्याप्त है, इसमें मेरा विश्वास है।"

ज़रा सोचकर मैंने कहा, "यह संसार अगर भगवान ने निर्माण किया है तो वह चराचर में कैसे हो सकता है? उसे बाहर होना चाहिए।"

"ऐसा क्यों कह रहे हो?"

"तुम जब चित्र बनाती हो तब तुम चित्र में कहाँ होती हो? तुम बाहर होती हो। उसी तरह–"

चित्रा सोच में पड़ गयी। "मैं चित्र में कैसे नहीं होती हूँ? जिसके पास नज़र होती है उसे ज़रूर दिख जाती हूँ। उसी तरह मुझे भी उसकी उपस्थिति महसूस होती है यह सच है।"

अब मैं सोच में पड़ गया। मुझे कुछ समय पहले पढ़ी हुई मनोहरराय सरदेसाय की लिखी एक कविता याद आयी।

तुम बिजली में, तुम आँधी में
तुम ही आग में जलते हो
सबके भीतर होकर भी तुम
सबके बाहर होते हो।

इतने में समन्दर की आवाज़ कानों में गूँज उठी। और फिर चित्रा बचपन की यादों में खो गयी।

"जानते हो, हम छोटे थे तब मई के महीने में हमारे घर मेहमान आते थे–मामी, मौसी और रिश्ते की नहीं लेकिन पप्पा की मानी हुई एक बहन। समन्दर में नहाने आते थे सब। उनके साथ उनके बच्चे भी आते थे। फिर हम सब साथ मिलकर समन्दर किनारे आ जाते। एकदम सुबह पहुँचते। औरतें घुटने भर पानी में बैठकर, घण्टे भर तक छोटी-छोटी लहरें पीठ पर झेलते हुए नहातीं। फिर शरीर सुखाकर किनारे पर ही किसी मछुआरे के घर में लेट जातीं। कोई भी घर से खाना लेकर आता

था। हम बच्चे रेत में खेलते रहते। थक जाने पर सो जाते। शाम को फिर से पानी में। औरतें फिर से पीठ पर लहरें झेलतीं। मौसी के घुटनों में दर्द होता था इसलिए अपने पैरों पर गीली रेत थापकर किनारे पर बैठ जाती...हम बच्चे बड़े मज़े करते। सुन्दर रेत घर बनाते। तरह-तरह की सीपियाँ, शंख, कौड़ियाँ, घोंघे आदि जमा करते। मामी ने मुझे कार्डबोर्ड पर सीपियाँ चिपकाकर चित्र बनाना सिखाया था। वहीं से मुझमें चित्रों का शौक़ पैदा हुआ था।"

उसके चेहरे पर उभर आने वाले भाव देखता रहा। फिर कहा, "जब तुम्हें देखता हूं तब बग़ीचे में आने वाली एक तितली याद आती है मुझे।"

"बताओ, क्यों?" चित्रा ने मुझसे पूछा।

"मे बी, उसके तरह-तरह के रंग हैं, इसलिए?"

"नहीं! उसकी स्वच्छन्द वृत्ति!"

कितना सही था!

और फिर उसने ख़ूब सारी बातें कीं। पप्पा ने कैसे उसे स्वतन्त्र विचार करने के लिए प्रवृत्त किया, कैसे वाचन में रुचि जगायी, मम्मा ने कैसे उसे रंग संगति पहचानने की दृष्टि दे दी, ये सब बताती गयी।

पानी में पैर डुबोने के बाद हम वापस लौट पड़े। "तुम कम बोलते हो इसका देखो मैं कैसे फ़ायदा उठाती हूँ। अब तुम अपने बारे में कुछ तो बताओ–"

क्या बताता उसे? समन्दर किनारे की बात तो दूर रही, घर के बग़ीचे में भी कभी दोस्तों के साथ तक नहीं खेल पाया, वह बात? जीतकर जिन्हें खो चुका था उन दो कंचों का क़िस्सा? डैडी ने गाल लाल किये थे वह? माँ ने रात दो बजे डैडी को चाय बनाकर दी थी वह बात? दौड़ने की स्पर्धा में मुझे जो इनाम नहीं दिया गया था उस बारे में? पादरी की दी हुई बाइबल की कहानियों की किताब लेने के कारण डैडी की जो मार पड़ी थी उस बारे में? हर घड़ी मुझे सताते रहने वाले अनगिनत सवाल?...किस किसके बारे में बताता?

"सच, विपिन। तुम्हारे जैसा मुँह बन्द करके सुनने वाला कोई मिले तो फिर हम जैसे बड़बड़ करने वालों का तो फ़ायदा-ही-फ़ायदा है।" ऐसा कहकर चित्रा ज़ोर से हँसी। फिर उसे फातिमा की याद आयी। "आज फातिमा को होना चाहिए था। बड़ा मज़ा आता।"

वे दोनों साथ होतीं तो कैसे मेरी टाँग खींचना शुरू कर देतीं यह सोच रहा था तब मुझे याद आया। जेब में हाथ डालकर मैंने वह काग़ज़ का टुकड़ा बाहर निकाला और चित्रा के हाथ में दे दिया।

"यह देखो उसकी लिखी हुई कविता–"

"फातिमा कविता पढ़ती है ये जानती थी लेकिन वह कविता लिखती भी है यह नहीं पता था–कल तक।" और वहीं खड़े-खड़े उसने कविता पढ़ी।

तलाश है एक गुमशुदा की
लगभग बीस की उम्र होगी
उड़ा उड़ा रंग, नीम गोरा माएल
उदास आँखें हैं, ख़ुश्क रहती हैं बेशतर वो
भवें काली हैं पर लगता है तंग आयी हैं किसी से
मैं जगाऊँगी मुहब्बत की चेतना
और सजाऊँगी ख़्वाब सुहाने
मेरा प्यार जो होगा साथ तुम्हारे, हमसफ़र मेरे

और पढ़ने के बाद मुझसे पूछा, "तुम्हें कब, कल शाम को दे दी? कल सुबह ही मुझे पढ़कर सुनाई थी।"

"तो तुम जानती थीं?"

"हाँ। दरअसल गुलज़ार ने जो लिखा है उसे अपने मन मुताबिक़ रिकन्सट्रक्ट किया है उसने। पागल है वह!" चित्रा के स्वर में सराहना थी।

उनके घर वापस पहुँचने तक खाया हुआ सब हजम हो गया था। पप्पा खाना तैयार हुआ है या नहीं यह देखने अन्दर चले गये। और इस बीच चित्रा मुझे अपने कमरे में लेकर गयी। पेंटिंग्स दिखाने। मुझे पेंटिंग के बारे में कुछ समझ में नहीं आता था। उस बारे में मुझे ज़्यादा ज्ञान नहीं था। लेकिन चित्रकला की साधारण समझ रखने वाले मुझ जैसे व्यक्ति को भी उन चित्रों को देखते ही एक अनुभवी चित्रकार की प्रगल्भता का एहसास हुआ। बेशक एक दिन बड़ा नाम करेगी।

इतने में पप्पा वहाँ आ गये। "उसे दिखा दिया न? क्या कहना है तुम्हारे दोस्त का?"

"नहीं। उसे सबसे आख़िर में दिखाने के लिए रखा है।" यह कहकर उसने एक और कैनवस ऊपर उठाया। वह चित्र मेरा है यह बिन बताये समझ में आ रहा था। पहली बार मुझे एहसास हुआ–मेरी आँखें हँस रही थीं। शायद, मैं चित्रा की नज़रों से देख रहा था इसलिए ऐसा लगा होगा।

सिर्फ़ मेरे लिए किसी ने खाना बनाया हो, माँ ने भी, ऐसा कभी नहीं हुआ था। एक साथ इतने व्यंजन थाली में परोसे हुए कभी देखे नहीं थे। हाँ, फ्लाविया के काज़ार

के बुफे में सजाये गये पकवान देखे थे। लेकिन वह ऑर्डर देकर बाहरी लोगों से काज़ार में शामिल लोगों के लिए बनवाया गया एक प्रकार का व्यावसायिक खाना था। इसके साथ उसकी तुलना कैसे की जा सकती है? जंगली सूअर की शागोती बनायी थी। एकदम मसालेदार और तीखी। पूरियों के साथ खायी। वैसे मुझे पूरियाँ ख़ास पसन्द नहीं लेकिन आज शागोती के साथ बड़े चाव से खायीं। देसी चावल और काळुंदरां की करी। पप्पा को मज़े लेकर इस मछली को खाते हुए देखकर उसके स्वाद का अन्दाज़ा आ गया। देखते-देखते चित्रा ने बित्ता भर लम्बी शेंवटो मछली थाली में परोस दी। "गझनी की है।" मैं सोच में पड़ गया। थोड़ी देर में चित्रा ने स्पष्ट किया। उनके इलाक़े में जल-द्वार वाले तालाब की मछली को गझनी की मछली कहते हैं। इतने में देसी आम का खट्टा-मीठा 'सांसांव' थाली में परोसा गया। जब से आंबुल्ली को तोड़ा गया था तब से नहीं खाया था। अब पेट भर खा लिया। घर में खाते समय बस हो गया, नहीं चाहिए कहने का कभी मौक़ा ही नहीं आया था। होटल जाने पर भी जितना चाहिए उतना ही लिया जाता था। बहुत देर बाद समझ में आया, यहाँ हाथ थाली पर रखकर ना कहने तक थाली रिफिल होती रहती थी। थाली में कुछ भी न छोड़ने की मेरी आदत पप्पा को बहुत भा गयी। लेकिन उस आदत के चलते हद से ज़्यादा भरे हुए मेरे पेट की हालत कितनी ख़राब हुई थी इसे वे कैसे जान पाते?

खाना खाकर थोड़ी देर बाद मैं जाने के लिए उठा तो पप्पा ने कहा कि उनके यहाँ का रिवाज़ है कि खाने के बाद चाय पिलाये बिना मेहमान को वे जाने नहीं देते। रिवाज़ तोड़ा जा सकता था। लेकिन चाय कैसे छोड़ता?

चाय का घूँट पीकर पप्पा ने कहा, "चित्रा की मम्मा चली गयी, सारी चिन्ताएँ मेरे लिए छोड़कर–"

"कौन सी चिन्ताएँ?" मैंने पूछा।

"और कौन सी? बेटी की। पढ़ाई के ख़र्चे की ज़िम्मेदारी उठाने के लिए मैं पूरी तरह तैयार हूँ। लेकिन लड़की के भविष्य की चिन्ता तो सताती है ना?"

मैंने अनुमान लगाया। लेकिन चित्रा ने साफ़ कह दिया, "पप्पा आप चाहते हैं ना कि मैं सुखी रहूँ? तो फिर मुझे बन्धन में बाँधने का ख़याल छोड़ दीजिए। मुझे एक कलाकार बनकर जीना है। और उसके लिए मुझे आज़ादी चाहिए। और याद रखिए मैंने मम्मा से यह प्रॉमिस लिया था।"

चाय के ख़ाली कप उठाकर चित्रा भीतर गयी है यह देखकर पप्पा ने मुझसे कहा, "एक अच्छा सा लड़का उसे मिल जाये और दोनों अच्छे से अपनी ज़िन्दगी बिता दें, मेरी बस इतनी ही इच्छा है। मैं कब तक रहूँगा उसके साथ? आज हूँ,

कल नहीं। उसे जैसा चाहिए वैसा जीवन-साथी मिल जाता तो मैं चिन्ता-मुक्त होता। लेकिन ये अपनी मनमर्ज़ी ही करेगी!"

मेरे सामने ये सब बोलना नहीं चाहिए था ऐसा पप्पा को क्यों नहीं लगा इस पर ताज्जुब करते हुए मैंने उनसे विदा ले ली।

सुबह उठकर शीशे में देखा। कल देखा हुआ पेंटिंग याद आने से पहले फातिमा की दी हुई सूचना याद आयी। मुस्कुराकर देखा। लेकिन वह ओढ़ी हुई बनावटी सी मुस्कुराहट लगी। अभी तक फ़ोन कैसे नहीं आया यह सोच ही रहा था कि मोबाइल बज उठा। "मैं जानती हूँ। तुम इन्तज़ार ही कर रहे थे, राइट?"

मेरे मन की बात इस तरह ताड़ जाती है तब खीझ सा जाता हूँ। लेकिन झूठ कैसे कहूँ? "राइट।"

"थैंक्यू! आपकी इस बेताबी को देखकर दिल को बड़ाऽ अच्छा लगा।" वह ख़ुशी के मारे फूली नहीं समा रही थी।

"रांग! कल मैं चित्रा से मिलने गया था इसलिए तुम जल-भुनकर ख़ाक हो रही हो।"

"क्यों? आय नो एवरीथिंग–कल जो भी हुआ वो। अभी मैंने फ़ोन किया है तुमसे पूछने–तुमने कहा था ना कि हम मिलेंगे, तो फिर कब मिलेंगे, यही पूछना था।"

"मैंने? कब कहा था?"

"दो बार। उस दिन मिरामार बस तक छोड़ते समय तुमने मुझे प्रॉमिस किया था कि घर तक छोड़ आओगे। और लास्ट टाइम बताया था–अब देर हो रही है, बाद में मिलते हैं। भूल गये?"

"लुक, फातिमा, मेरे मुँह में इस तरह कुछ भी मत डालो। और प्लीज़ नाव यू कॉन्सन्ट्रेट ऑन युअर एक्ज़ेम्स। अब फ़ोन रख दो।" लेकिन उसकी बात अभी तक ख़त्म नहीं हुई थी।

"इम्तिहान में अभी पन्द्रह दिन बचे हैं। बीच में सिर्फ़ एक बार–"

"नो वे। पहले परीक्षा।"

"ठीक है, जैसा तुम कहो। लेकिन बाद में ना मत कहना, आं?"

"किसे ना मत कहना?"

"युअर प्रॉमिस। इम्तिहान के बाद मिलने का।"

इस फातिमा की बच्ची को चिढ़ाने में मज़ा आता है तो क्या हुआ? मैं क्यों चिढ़ाने देता हूँ?

ट्वेल्थ सिंड्रोम के बारे में मैंने पढ़ा था। बारहवीं में पहुँचते ही पढ़ाई के बोझ तले विद्यार्थियों के स्वभाव, चाल-चलन में आने वाला बदलाव कई सारे माँ-बाप के लिए चिन्ता का कारण बन जाता था। पिछले साल मदन इस सिंड्रोम का शिकार हुआ था। मेरा इस सिंड्रोम से ग्रस्त हो जाने का सवाल ही नहीं था। इसके बावजूद बारहवीं के इस साल में मेरे स्वभाव और चाल-चलन में विलक्षण बदलाव आने के आसार नज़र आ रहे थे। रोज़मर्रा की शान्त ज़िन्दगी में अचानक कोई बवण्डर आने को था। ग्यारहवीं में जिसका कभी एहसास ही नहीं हुआ उसे अब बारहवीं में ही क्यों महसूस कर रहा हूँ? वे पुराने दिन, वो बचपन... सब कुछ कैसे नियोजित सा था। खाना-पीना, कपड़े, जूते सब-कुछ बिन माँगे मिल जाता था। अंकुश था सिर्फ़ माँगने पर। डैडी जो देना नहीं चाहते थे उसे माँगा नहीं जा सकता था।

एक बार जूते माँगे थे तब डैडी ने मोमबत्ती जलाकर उसे मेरे पैरों के तलवों पर दबाकर बुझाया था। डैडी का वह दाग़ना अब भी याद है। मैं नहीं रोया यह देखकर माँ को लगा था कि मोमबत्ती से दाग़ने पर दर्द नहीं होता। उसने मुझे बताया था कि उसे गरम गुड़ से दाग़ा था उसकी माँ ने। मोमबत्ती से पिता दाग़ते हैं और गुड़ से माँएँ दाग़ती हैं इस मीठे से भुलावे में ख़ुद को डाले हुए था मैं। माँ ने कभी गरम गुड़ से तो नहीं दाग़ा लेकिन एक बार जब चीले बना रही थी तब दूसरा चीला माँगा इसलिए गरम पलटे से दाग़ा था। इससे इतना सबक सीख गया था कि बिन माँगे जो भी मिले उसे चुपचाप स्वीकार कर लेना चाहिए।

मेरे नाना की मौत हुई थी तब माँ मुझे अपने साथ लेकर म्हापसा, मामा के घर गयी थी। तब मामा ने माँ से कहा था, "जानती हो, तुम्हारा घर, घर नहीं मकान है।" बाद में मैंने माँ से पूछा था, "घर नहीं मकान है यानी क्या है?" तब माँ ने बताया था, "घरवाला और घरवाली के बीच जब अच्छे सम्बन्ध होते हैं, अपनापन होता है तब घर, घर होता है, सिर्फ़ ईंट-पत्थर, सीमेंट से बना मकान नहीं।" इसके बाद कहीं भी कोई मकान दिख जाता तो मैं वहाँ घर ढूँढ़ने लग जाता।

रवि के साथ जब कंचे खेला करता था तब एक दिन रवि के साथ उसके घर गया था। उसका घर यानी एक छोटी सी झोंपड़ी थी। कुछ दिनों के बाद पंचायत ने उस झोंपड़ी को तोड़ डाला था। डैडी से इस बारे में पूछने की कोई गुंजाइश ही नहीं थी इसलिए मैंने माँ से पूछा था। "क्या पंचायत हमारा घर भी तोड़ देगी?" जब

उसने बताया कि इस घर पर हमारा मालिकाना हक़ है तब जाकर राहत की साँस ली थी मैंने।

इस घर में अपने आप को मैं सुरक्षित अनुभव करता। क्योंकि यहाँ कुछ भी घटित नहीं होता था। ना चतुर्थी मनाते थे ना दीवाली, ना रिश्तेदार आते ना मेहमान, ना मिठाई आती ना केक–कुछ भी ख़ास नहीं होता था। डैडी जो ले आते उसे खाना, डैडी जो कहते उसे सुनना, माँ जो-जो माँगती उसे लाकर देना, मैं जो चाहता हूँ वह कुछ भी नहीं करना है सिर्फ़ इस बात का ख़याल रखना। घर के दरवाज़े, खिड़कियाँ बन्द करते ही बाहर की दुनिया से कोई मतलब नहीं रह जाता। कभी-कभी शराबी सावलाराम बग़ल वाले रास्ते से हिलते-लहराते हुए चला जाता तब वह इस सिरे से उस सिरे तक पहुँचने तक उसकी गन्दी गालियाँ सुनाई पड़तीं। माँ भी कान लगाकर उन्हें सुना करती। मेरे पूछने पर उसने बताया था, "वह रास्ते को गालियाँ दे रहा है, हमें नहीं।" वे गालियाँ हमारे लिए नहीं थीं इसलिए मैं भी उन्हें एक कान से सुनकर दूसरे कान से निकाल देता था।

पहला बदलाव महसूस हुआ था स्कूल में पहुँचने के बाद। इससे पहले कभी भी खुलापन अनुभव नहीं किया था। एक दिन डैडी मुझे स्कूटर के पीछे बिठाकर बाज़ार ले गये थे तब चेहरे पर हवा के थपेड़े लेते हुए जो महसूस हुआ था, वह खुलापन। लेकिन वह मुझे मैं चाहता हूँ इसलिए नहीं मिला था। पहली कक्षा में मेरी तगड़ी क़द-काठी थी इसलिए और ऊपर से छह साल की उम्र में स्कूल में पहुँचने के कारण दूसरे बच्चों के मुक़ाबले मैं बड़ा दिखता था। पहले डर के मारे दूर-दूर रहने वाले बच्चे बाद में पास आकर बतियाने लगे। निरुपद्रवी मानकर एक शरारती बच्चे ने एक दिन मुझे पेंसिल चुभोयी। मैंने घर आकर डैडी से कह दिया। डैडी भड़क गये। "मुझे मत बताओ। तुम्हारे पास हाथ नहीं?" दूसरे दिन मैंने उस बच्चे के पेट में घूँसा जमाया। उस दिन से बच्चे मुझसे दूरी रखने लगे। एक दिन माँ को टीचर ने मैं 'अच्छा पढ़ता हूँ' कहा है यह बताया तब उसके मुँह से निकला था, "अच्छी तरह पढ़ सको इसीलिए तो स्कूल भेजा है।" पहली ही परीक्षा में अव्वल आने की बात जब मैंने डैडी को बतायी तब उन्होंने जैसे शेकहैंड करते हैं वैसे मेरे गालों को चिकोटी काटते हुए हिलाकर अन्तिम चेतावनी दी थी, "स्कूल की बातें स्कूल में। मुझे नहीं बतानी हैं। मुझ तक अगर कोई भी बात पहुँची फिर तुम्हें मैं दिखा दूँगा।" उस उम्र में 'डैडी क्या दिखायेंगे मुझे' यह सवाल पड़ा था। लेकिन ऐसा मौक़ा फिर कभी मैंने आने नहीं दिया। मेरा घर अच्छा, मैं अच्छा, मेरा स्कूल अच्छा। मेरे कुछ किये बिना सब-कुछ ठीक समय पर अपने आप हो जाता। मुझमें आया हुआ पहला बदलाव तब महसूस हुआ जब मार्टिन सर ने मुझे अपने क़रीब आने दिया। लेकिन उसको मैंने अपने घर के नियमों के विरुद्ध जाने नहीं दिया था।

दसवीं के रिज़ल्ट के बाद डैडी बदल गये थे। औपचारिकता निभाने के लिए कुछ परिवर्तनों को मुझे भी स्वीकार करना पड़ा था। दसवीं में ही लम्बी पतलून आ गयी थी। फिर जूते। ग्यारहवीं में पॉकेट मनी आ गया। हर सोमवार को सौ रुपये मिल जाते और इतवार को डैडी उन सौ रुपयों का हिसाब माँगते। मैं दे देता। ये सतही कॉस्मेटिक बदलाव कभी भी मेरे मन पर कोई परिणाम नहीं कर पाये थे। अभी भी मैं अपने घर के अनुशासन को मेरी सुरक्षा का कवच मानकर चल रहा था। ज़रा सा कुछ अलग होने का एहसास हो जाते ही भीतर से बेचैन हो जाता। अपने कोष में पड़े रहने में मैं स्वयं को सुरक्षित मानता। बाहरी दुनिया बदल रही है इसका एहसास हो रहा था–ज़्यादातर जब किताबें पढ़ने लग जाता तब। किताबों वाली दुनिया से मैं अचम्भित था। लेकिन वह दुनिया ही अलग थी। उस दुनिया का मुझसे कोई सम्बन्ध नहीं था। फ्रांज काफ्का या आलबैर कामू या काजुओ इशिगुरो, इनके लेखन से मैं तादात्म्य अनुभव करता। लेकिन उनके लेखन में दिखने वाली दुनिया अलग है यह पहचानकर उससे अपना अन्तर बनाये रखता। टी.वी. के सामने बैठकर शहर में फैली दंगल को देखता, फुटबॉल मैच देखता या जब कोई फ़िल्म भी देखता तब मैं किसी तटस्थ अजनबी सा उनसे दूरी बनाये रखता। लेकिन पिछले कुछ महीनों की घटनाओं ने मुझे उलझन में डाल दिया था। यह बदलाव मैं किनारे पर खड़े रहकर नहीं देख सकता था। वह मुझे भीतर तक मथने लगा था। डैडी का लकवे का अटैक, मेरा क्लास में अव्वल आना, चित्रा-फातिमा का परिचय, माँ का वह विलाप कानों में पड़ जाना, नमशीकार से अपमानित हो जाना, कृष्णा का सहारा मिलना, मेरे हाथों में स्कूटर आना...इनमें से कुछ भी मुझे चाहिए इसलिए घटित नहीं हुआ था। माँ कभी-कभार कहती थी–"होनी होए सो होए, होनी को स्वीकार करो।" इसी तरह जो मेरे हिस्से आया उसे मैंने तटस्थ होकर स्वीकारा था। लेकिन चित्रा के घर से लौटा था तब से एहसास होने लगा–मैं अब इस किनारे पर रुकना नहीं चाहता हूँ। ख़ुद उसमें डूबने लगा हूँ। जो घटित हो रहा है उसके स्पन्दन मेरे अन्तरंग को स्पर्श करने लगे हैं।

क्या ज़रूरत थी मुझे चित्रा के लिए इकॉनॉमिक्स पढ़कर उसे पढ़ाने की? कृष्णा को पढ़ाना समझ सकता हूँ। मुझे चाहिए इसलिए नहीं पढ़ा रहा था। डैडी की देखभाल करने और घर के काम के लिए उसी ने यह शर्त रखी थी। पढ़ाना ही पड़ा। लैपटॉप मिला था वह भी बिन माँगे। मुझे चाहिए था इसलिए नहीं...

फातिमा ने चाहे चित्रा को कह दिया हो कि हम मैटिनी शो देखने गये थे तो क्या उसके कहने से मेरा कोई नुक़सान हो जाता? वह झूठ बोल रही है यह साबित करने की मुझे क्या ज़रूरत थी? चित्रा को मुझे दिखाने के लिए सिसिफस के चित्र ले आने की याद क्यों दिलायी? मदन ने अपनी जान दे दी तब उसके लिए मन में सहानुभूति होने के बावजूद मैं उसके अन्तिम संस्कार में नहीं गया। लेकिन जब चित्रा की मम्मा चल बसी तब सान्त्वना देने नहीं पहुँचा इसलिए मन अपराध-बोध से ग्रस्त क्यों हुआ? चित्रा से मिलने की इच्छा क्यों हो रही है? और वह नखरेबाज़ फातिमा! सच है गले पड़ जाती है–लेकिन मैं उसके नाज़-नखरे क्यों बरदाश्त करता हूँ? स्कूटर पर वह मुझे कसकर पकड़े बैठती है तब मन को वह क्यों पसन्द आने देता हूँ?... ये जो सब कुछ हो रहा था वह मुझे नहीं चाहिए इसलिए नहीं हो रहा था। आज तक मैं जिस तटस्थता को अपने जीवन का अटूट हिस्सा मानकर चल रहा था अब वह तटस्थता ख़तरे में है और वह मेरे लिए ही संकट पैदा कर रही है ऐसा दिखने लगा। मन की भुनभुनाहट कानों में पड़कर मुझे बेचैन करने लगी तब उठ गया।

दूध वाली कड़क चाय का गरमा-गरम घूँट पिया तब जाकर धीरे-धीरे जान में जान आयी।

आज कृष्णा का पहला पेपर था। सुबह उसके अप्पा को फ़ोन किया। वे बेटे को लेकर परीक्षा सेंटर पर जाने के लिए बाहर निकल ही रहे थे। उन्होंने फ़ोन कृष्णा को दिया। उसे सलाह दी–सेंटर पर किताबें लेकर मत जाना। अगर साथ ले गये हो तो अप्पा के साथ वापस भिजवा दो। दो पेन साथ रखना। पेपर आनसर करने के बाद अगर समय बचा हो तो उसे दुबारा पढ़ लेना।

चाय बनायी। एक कप माँ को दे आया। अपनी चाय होंठों से लगा ही रहा था कि डैडी का कराहना सुनाई पड़ा। रोज़ की बात है कहकर अनसुना कर सकता था। लेकिन बाद में गैस छोड़ने की फर फर आवाज़ सुनी। शक हुआ इसलिए जाकर देखा तो रात को पहनाया हुआ डायपर पूरी तरह भरने के बाद टट्टी-पेशाब बाहर निकला था। अभी डायपर निकाला ही था दुबारा फर फर...डायरिया हो सकता है। 'भगवान देता है तो छप्पर फाड़ के।' कौन भगवान किसे पता? लेकिन शायद वह बात सही होगी। डैडी ने छप्पर फाड़ के मैला किया था। चाय वहीं छोड़ी और उन्हें साफ़ करने में लग गया। गनीमत थी नीचे रबर डाला हुआ था। कमरे की बदबू जाने के लिए कुछ अगरबत्तियाँ लाकर जला दीं। तब तक चाय ठण्डी पड़ चुकी थी। दुबारा गरम करके मुँह के पास ले गया तो हाथों की बदबू नाक में घुस

गयी। फिर से साबुन रगड़कर हाथ धोने तक चाय दुबारा ठण्डी हुई। तलब वैसी की वैसी रही।

डॉ. कॉश्ताबीर को फ़ोन लगाया। पेशेंट देख रहे होंगे। वे फ़ोन नहीं उठा रहे थे इसलिए स्कूटर निकाला। पहले वासुदेव के पास जाकर चाय पी और फिर डॉक्टर साहब को साथ लेकर घर आया। उन्होंने जाँचकर कहा, "एडमिट करना अच्छा होगा।"

अस्पताल मानो डैडी का दूसरा घर हो गया था। मुझे भी वहाँ ज़रा शान्ति मिलती थी। डॉ. कॉश्ताबीर को उनके दवाखाने तक छोड़ने गया तब वे बोले, "बाबू डैडी ठीक होकर वापस आने की उम्मीद कम है। चार-पाँच दिन निकाल लेंगे।"

डॉ. कॉश्ताबीर ने कहा था कि चार-पाँच दिन निकाल लेंगे। डैडी आठ दिन रहे। नौवें दिन की सुबह गुज़र गये। डॉक्टर चादर से चेहरा ढक रहे थे उसी वक़्त कृष्णा का फ़ोन आया। "सर, आज लास्ट पेपर है–सोशल साइंस। बच्चे कह रहे हैं बॉस्टन टी पार्टी पर सवाल ज़रूर आयेगा। सर, मुझे थोड़े पॉइंट्स बता सकते हैं?"

डैडी के पेपर्स और बिल तैयार होने तक मैंने बॉस्टन टी पार्टी पर कृष्णा को लेक्चर दिया और फिर सीधे कैंटीन जाकर डबल चाय गटक गया।

बड़े मामा आते समय पण्डित जी के साथ ही आये। उन्होंने पण्डित जी के साथ पहले दक्षिणा की बात तय करने के लिए कहा तभी मैंने ताड़ लिया कि मामा को भी कुछ कमीशन मिलने वाला होगा। मैंने पण्डित से स्पष्ट कह दिया–"मुझे डैडी को स्वर्ग नहीं भेजना है। मन्त्र-वन्त्र, बारहवाँ-तेरहवाँ, मासिक श्राद्ध मामा चाहते हैं तो वे कर सकते हैं। मुझे कुछ नहीं करना।" मामा ग़ुस्सा हो गये। "इस बारे में ज़रा माँ से पूछकर बता सकते हो?" मैंने उनके सामने ही माँ से पूछा। उसने कहा, "मेरी देख-भाल वही करने वाला है। जैसा वह चाहता है वैसा होने दो।"

पण्डित के हाथों में हज़ार रुपये थमाकर उसे वापस भेजने तक श्मशान में मुझे लेकर पाँच ही लोग बच गये थे। होटल के गल्ले को कभी किसी के हवाले न करने वाला वासुदेव आज नौकर को वहाँ बिठाकर आया था। शराब मिलने की उम्मीद में ही सही लेकिन सावलाराम श्मशान में पहुँचा था। कौन जाने, उन्हें कहाँ से पता चला लेकिन गैरेज बन्द करके कृष्णा के अप्पा कन्धा देने आये थे। 'जल्दी करो, जल्दी करो' कहते हुए बड़े मामा जलती चिता के सामने कपाल फूटने तक रुके रहे। जाते समय बताकर गये, "अब तुम बड़े हो गये हो। माँ को क्या चाहिए क्या नहीं यह सब तुम्हीं को देखना है।" ज़िम्मेदारी का एहसास दिलाकर वहाँ से निकल गये। वासुदेव

को अपने साथ स्कूटर पर पीछे बिठाकर अप्पा आगे चले गये। सिर खुजाने वाले सावलाराम के हाथ में पचास रुपये रखे और अपना रास्ता नापने के लिए उसे मुक्त किया। हर्स वैन लाश पहुँचाकर तुरन्त चली गयी थी इसलिए मैंने किराये की मोटर बाइक चलाने वाले पायलट को बुला रखा था। गरमी हो रही थी। पसीने से तर-ब-तर हुआ था। मोटर बाइक पर पायलट के पीछे बैठकर अपने दोनों हाथ उसके कन्धों पर रखकर हवा के थपेड़े झेलते हुए मैं सीधे घर आ पहुँचा।

भीतर आते ही माँ ने हाथ मुँह के पास ले जाकर पूछा, "कुछ लेकर नहीं आये?" जहाँ था वहीं से मुड़ा। देखा तो दरवाज़े पर अप्पा खड़े थे–दोनों हाथों में खाने के डिब्बे लिए, "वासुदेव पात्रांव ने भेज़ा है।"

माँ ने कहा, "मैं नहा चुकी हूँ। अब तुम नहा लो।"

पहले ही गरमी का महीना आग उगलने लगा था। जलती चिता से उठने वाला धुआँ मन में उतर आया था। नल का पानी ठण्डा था। बदन रगड़-रगड़कर साफ़ करते हुए नहाया। चाय की तलब हुई थी। लेकिन खाने का समय था। डिब्बे खोले तो देखा कि माँ ने मेरा काम आसान कर रखा था। जो बचा था उसे खाकर मैंने चाय का पानी चढ़ा दिया।

डैडी गुज़र गये! माँ की पहली प्रतिक्रिया थी, "छूट गया।" और दूसरी प्रतिक्रिया, "छूट गयी।" उसे ऐसा क्यों लगा मैं नहीं जानता। लेकिन एक सच है–डैडी होते और उनकी तबीयत ठीक-ठाक होती तो मैं मेडिसिन में दाख़िला लेने की तैयारी में लगा रहता। उस कोशिश की छटपटाहट से मैं ज़रूर छूट गया था।

डैडी की मौत से किसी को कोई फ़रक़ नहीं पड़ा था। पहले दिन सान्त्वना देने तक कोई नहीं आया। परीक्षा ख़त्म करके शाम को बस कृष्णा ही आ गया। श्मशान में जाते समय बड़े मामा ने कान में कहा था। "अख़बार में मृत्यु का समाचार छपवाना पड़ेगा।" इसके पीछे मामा का क्या स्वार्थ है वह मैं जानता था। इस बहाने मामा का नाम अख़बार में छपकर आ जाता। मैंने "हाँ" कहा। "कुछ तीन हज़ार तक ख़र्चा होगा।" अगर वे दे सकते हैं तो मैं क्यों ना कहूँ। चुप रहा। "दे रहे हो ना?" मामा मेरी जेब से पैसा ऐंठना चाहते थे। "मैं नहीं चाहता कि मेरा नाम अख़बार में आये।" मैंने बताया। "और मुझे नहीं लगता कि ऐसा कोई भी है जिसे शिकायत होगी कि हमने डैडी की मौत के बारे में सूचना नहीं दी।"

सिर्फ़ दो मामा थे। छोटे मामा को उस दिन कोर्ट की डेट पड़ी थी। वे नहीं पहुँच पाये। बड़े मामा बेकार थे इसलिए आ गये। उनका बेटा कल्पेश–पिता ज़िन्दा हो तो बेटे को अन्तिम संस्कार में नहीं जाना चाहिए इस नियम के अनुसार नहीं आया था।

डैडी के कोई रिश्तेदार नहीं थे। उनका घराना एक पूत वाला था। इस कारण चाचा, बुआ वग़ैरह कोई नहीं। डैडी ने कभी कोई दोस्त नहीं बनाये। पड़ोसियों के साथ कभी अच्छे सम्बन्ध नहीं रखे। इसके बावजूद जब लाश घर ले आये थे तब पास्कोआल आकर मुझे और माँ को हमदर्दी जताकर चला गया था।

शाम को कृष्णा के आने तक घर में किसी के रोने की आवाज़ सुनाई नहीं दी थी। जब कृष्णा रोने लगा तब मैंने पूछा, "डैडी की याद आयी?" उसने सिर हिलाकर ना कहा। बोला कि मेरी चिन्ता में उसे रोना आ गया। बाद में भीतर जाकर माँ से मिला तब उसे रोते हुए नहीं सुना।

कृष्णा रात के लिए चपाती बनाकर रखना चाहता था। पर मैंने ही मना किया और उसे बाज़ार भेजकर चार पाव मँगवाये। कृष्णा के जाने के बाद याद आया– आज का पेपर कैसे गया यह पूछना ही रह गया!

सुबह आँख खुली तब रोज़ की तरह कमरे में अँधेरे का साम्राज्य फैला था। मन किया दरवाज़े, खिड़कियाँ इसी तरह बन्द ही पड़ी रहने दूँ और सोता रहूँ। वैसे आज डैडी का कोई काम भी नहीं करना था। रोज़ पाव वाला पाव दे जाता था। माँ अपना नाश्ता कर लेगी। अफ़सोस जताने आने वाले कल आकर चले गये थे। वैसे भी उठकर क्या करना है? इस घुप्प अँधेरे में आँखें मूँदकर यों ही पड़ा रहूँ और कल की रात काफ़ी बड़ी थी कहकर अब सीधे कल सुबह ही उठ जाऊँ यह ख़याल मन में आ ही रहा था कि फ़ोन बज उठा। "किस मिट्टी के बने हो तुम, यार? कितना इन्तज़ार किया तुम्हारे फ़ोन का? पता भी है, कल से मेरे इम्तिहान शुरू हो रहे हैं–"

डैडी की मौत की ख़बर जिनको देनी थी उनमें एक मामा का घर छोड़कर हमारा अपना कोई और नहीं था। लेकिन अब मन में प्रश्न उभर आया, क्या मुझे चित्रा और फातिमा को बताना चाहिए था? अगर बताया होता तो वे क्या करतीं? क्या दाह-संस्कार में शामिल होने श्मशान चली आतीं?

"ऐसे कैसे दोस्त हो तुम? विशिस तक तुमसे माँगकर लेने पड़ते हैं?"

शायद मेरी तरफ़ से कोई जवाब नहीं आया इस कारण होगा, फातिमा अचानक सीरियस हो गयी। "क्या हुआ, विपिन?"

"कुछ नहीं।"

"कुछ नहीं?"

"डैडी गुज़र गये।"

फ़ोन कट हुआ। मेरी तरफ़ से? या उसकी तरफ़ से?

बेल बजी और माँ दरवाज़ा खोल देगी यह सोचकर पड़ा रहता तो बेल बजती रहती इसलिए उठा। छुट्टी होने के बावजूद कृष्णा को दरवाज़े पर खड़ा देखकर पूछा, "तुम क्यों आये हो?"

"माँ ने कल बोला था कि आज से काम पर आओ।" और वह अन्दर चला गया। बड़े दिनों के बाद कृष्णा के हाथ की चाय पीने का मौक़ा मिला।

"तो फिर, परीक्षा कैसी थी?"

"मैं पास हो जाऊँगा, सर!" चेहरे पर बहुत बड़ी मुस्कान लाते हुए कृष्णा ने कहा। चाय का ख़ाली कप उठाकर उसने पूछा, "सर, आज बाहर का दरवाज़ा खुला ही छोड़ दें क्या? कोई भी आ सकता है मिलने...अफ़सोस जताने..."

"उसे बन्द ही रहने दो। कोई नहीं आयेगा।" लेकिन मेरा अन्दाज़ा ग़लत साबित हुआ। पहले मार्टिन सर आये। उन्होंने विश करने हाथ आगे बढ़ाया। मैंने उनसे हाथ मिलाया। वे कुछ देर तक बैठे रहे। तब तक कृष्णा उनके लिए चाय ले आया। कुछ हिचकिचाहट के साथ सर ने कप ले लिया। "आप लोगों के यहाँ मौत वाले घर में चाय-वाय नहीं पिलाते हैं ना?"

"पता नहीं। लेकिन मैं पीता हूँ। इसी वजह से पिलाता हूँ।"

चाय पीने के बाद सर उठे। अपने हाथ में पकड़ी हुई किताब मुझे देकर कहा, "जोन डिडियन की 'द ईयर ऑफ़ मैजिकल थिंकिंग।' ग्रिविंग के बारे में मेरी पढ़ी हुई सबसे बढ़िया किताब है यह।"

पूछने का मन हुआ, "बट सर, डू यू थिंक आय एम ग्रिविंग?" लेकिन सर शायद मन की बात ताड़ गये थे। वे आगे बोले,"बाक़ी दुनिया अपनों की मौत के दुख से कैसे निपटती है यह तुम जान सको इसलिए। ट्राय टू रिलेट टू इट।"

छोटे मामा कल नहीं पहुँच सके थे। आज समय निकालकर आये थे। मेरी पीठ पर ऊपर से नीचे तक हाथ फेरा। मेरे कन्धों से पितृशोक का बोझ हटा देने का सन्तोष मन में लिए वे माँ के कमरे में जाकर बैठ गये। डैडी से सहमे हुए रहते इसलिए जब भी आते तब कब यहाँ से जाऊँगा यह सोचते हुए से बैठे रहते थे। आज भी वैसे ही बैठे थे–लेकिन ऑफ़िस में क्लायंट इन्तज़ार कर रहे होंगे इसलिए।

कृष्णा ने उन्हें चाय नहीं दी।

"जीजाजी का फ़ोटो बाहर मेज़ पर रखना चाहिए था।" मामा बोलने की औपचारिकता निभाते हुए से बोले।

"रखने के लिए घर में होना चाहिए ना?" माँ ने कहा।

मामा को अचानक याद आया। "क्या जीजाजी ने इंश्योरेंस वग़ैरह किया था?"

"पता नहीं।" मैंने कहा। लेकिन माँ की आँखें चमक उठीं।

"किया था, किया था।"

"पॉलिसी सँभालकर रखी है ना?" वकील बोल पड़े।

"बाबू, ज़रा देखो तो, उनकी अलमारी की दराज़ में हो सकती है।"

उठने का मेरा बिल्कुल मन नहीं था। लेकिन छोटे मामा खड़े हुए। "चलो, दिखाओ तो सही।"

मैं कभी उस दराज़ में कुछ भी ढूँढ़ने नहीं गया था। अब जब ढूँढ़ा तब पॉलिसी तो नहीं मिली पर डैडी की सगाई वाली सोने की अँगूठी मिल गयी। एक चाबी मिली। उसे देखकर मामा ने कहा, "यह तो लॉकर की चाबी है। बैंक में जाकर देखें क्या? पॉलिसी उस लॉकर में हो सकती है।" लॉकर में और क्या-क्या हो सकता है यह जानने की अपनी उत्सुकता को छुपाने की वे भरसक कोशिश कर रहे थे फिर भी वह दिख रही थी। मैं अलमारी बन्द कर रहा था तब मामा का ध्यान उस पर गया। "रुको, रुको। उस कपड़े में जो लपेटकर रखा है उसे ज़रा देखो।"

पुराने पत्र, काग़ज़, दस्तावेज़ हो सकते थे। बेमन से सैटिन के कपड़े में लपेटकर रखा हुआ वह गट्ठर बाहर निकाला। खोलकर देखा तो नोटों के बंडल थे। सब नोट पाँच सौ के थे। मामा की आँखें फैल गयीं।

"देखो, देखो। गिन लो। कितने हैं देख लो।"

"रहने दीजिए मामा जी। गिनकर क्या करना है?" मैंने उन्हें उसी तरह वापस सैटिन के कपड़े में लपेटकर रखते हुए कहा।

"अरे, लेकिन काम आयेंगे। किसी का उधार, क़र्ज़ा चुकाना हो तो-"

"क्या डैडी को आपका कोई क़र्ज़ा चुकाना था?"

"अरे, नहीं।" फिर अपनी बात से ज़रा पीछे हटते हुए से मामा बोले, "रहने दो, रहने दो। दरवाज़ा अच्छी तरह बन्द कर देना।" दुबारा मेरे कन्धों पर हाथ रखकर राज़ की बात बताने की तरह कान में कहा, "पगार छोड़कर जो ऊपर की कमाई होती थी ना, यह वही पैसा है। पता है मुझे।"

भीतर जाकर उन्होंने माँ को इस बारे में बताया। अलमारी में रुपयों के बंडल मिले हैं यह सुनते ही उठा नहीं जा रहा था इसलिए बिस्तर पर पड़ी माँ झट से उठकर बैठ गयी। फिर मामा के जाने तक मैं बाहर जाकर 'द ईयर ऑफ़ मैजिकल थिंकिंग' पढ़ने बैठा।

डैडी की मौत से किसी और का कोई लेना-देना क्यों होना चाहिए? पर नहीं। दो पड़ोसी और पड़ोसिनें अफ़सोस जताने आयीं और चली गयीं। मेरा स्कूल वाला दोस्त इग्नेशस और रेमंड आकर मुझे विश करके चले गये।

क़रीब साढ़े बारह बजे एक इनोव्हा रास्ते पर रुक गयी। स्टार्च किये हुए कपड़ों में, काला गॉगल पहने, चालीस पार की उम्र वाला एक तोंदियल आदमी नीचे उतरा। उसके पीछे-पीछे डायरी बग़ल में दबाये हुए, गंजे सिर वाला,पचास के आसपास का आदमी 'यही वह घर है' कहते हुए अन्दर चला आया।

"तुम उसके बेटे हो?" उस तोंदियल ने रौबीली आवाज़ में पूछा। डैडी ने जो क़र्ज़ा लिया था उसे वसूल करने आया है क्या? मेरे 'हाँ' कहते ही उसने आगे बढ़कर हाथ मिलाया। "बुरा हुआ। आदमी बहुत अच्छा था।"

मैं चुप रहा। डैडी को बहुत अच्छा आदमी कहने वाला यह पहला आदमी था।

"हमें नहीं पहचाना तुमने?" उसने अकड़कर पूछा।

भला इसने भी मुझे कहाँ पहचाना था? कभी कहीं इससे आमना-सामना हुआ हो ऐसा नहीं लगता था।

"तुम कौन हो?" मेरे सवाल से वह हक्का-बक्का हुआ। आँखें तरेरकर उसने गंजे की तरफ़ देखा।

"तुम नहीं पहचानते हो?" गंजा चकित हुआ। "वे हमारे एम.एल.ए. साहब हैं!"

यह सुनते ही क्या उसे लगा कि मुझे उसे सलाम ठोंकना चाहिए था? इतने में पड़ोस वाला पास्कोआल दौड़ते-हाँफते हुए वहाँ आ धमका। विधायक जी की गाड़ी देखते ही नया शर्ट चढ़ाकर यहाँ आने तक उसे थोड़ी देर हो गयी थी।

"सर, आइए। बैठिए सर।" मानो अपने ही घर में उनकी आवभगत कर रहा हो वैसे पास्कोआल ने उन्हें अन्दर बुलाया। बैठने के लिए कुर्सी देकर पहले उसने अपना परिचय दिया। "सर, मैं पास्कोआल। वह बग़ल वाला घर मेरा ही है।"

"यहाँ कितने लोग रहते हैं?" तोंदियल के सवाल पर गंजे ने डायरी निकालकर बताया, "तीन थे। अब दो।" वह मतों की संख्या बता रहा था।

"सर, पीने के लिए कुछ ले आऊँ?" पास्कोआल का सिर्फ़ घुटने टेककर नीचे बैठना बाक़ी था।

"नहीं।" और मेरी तरफ़ देखकर सायब ने कहा, "तुम मत घबराना। कोई भी ज़रूरत हो तो सीधे हमारे पास आ जाना। नौकरी करते हो?"

"सर, वह पढ़ रहा है।" पास्कोआल ने ख़ुलासा किया।

"ठीक है। पढ़ना ख़त्म होते ही आ जाना। लगा देंगे तुम्हें नौकरी पर।" यह कहकर वह उठ गया। "माँ को बताना कि हम यहाँ हमदर्दी जताने आये थे। और

याद रखना। आगे इलेक्शन आ रहे हैं। हमें तुम्हारी ज़रूरत है।" उसने गर्दन हिलाकर गंजे को इशारा किया। गंजे ने जेब में हाथ डालकर पाँच सौ के दो नोट निकाले और मेरे सामने रखे।

तोंदियल पीठ करके इनोव्हा की ओर चला गया। मेरी तीखी नज़रें देखकर गंजे ने अपना हाथ पीछे लिया। नोट जेब में वापस रखे और तोंदियल के पीछे दौड़ा।

"अरे बाबू, तुमने पैसे क्यों नहीं लिये? तुम्हें पता नहीं। तुम्हें जो पैसे दिये थे अब वह गंजा हजम करेगा।"

वे पैसे अब कोई तीसरा ही खायेगा इस बात का शोक मनाते हुए पास्कोआल चला गया।

कृष्णा अब मुझे अच्छी तरह पहचानने लगा था। बिन माँगे चाय लेकर आ गया। मेरे लिए!

सर की दी हुई किताब जब पढ़कर ख़त्म की तब तक दोपहर हो गयी थी। जोन डिडियन की प्रामाणिकता और लेखन शैली से प्रभावित ज़रूर हुआ लेकिन मैं किताब के साथ जुड़ाव महसूस नहीं कर पाया।

सुबह माँ ने बताया था, "आज तीसरा दिन है। आज मिलने कोई नहीं आयेगा।"

ज़रा टहल आने का मन हुआ इसलिए बाहर चला गया। चलते-चलते वासुदेव की दुकान तक जा पहुँचा। अन्तिम संस्कार के दिन उसके द्वारा भेजे हुए खाने के पैसे चुकाने गया तो उसने बताया कि अप्पा ने उसी दिन दे दिये थे। माँ को पसन्द हैं इसलिए मैंने चार बटाटावडे माँगे तो उसने कहा, "मत ले जाना। बटाटावडा में प्याज़ होता है और सूतक में प्याज़ खाना वर्जित है।" कुछ मछली ले जाने की इच्छा हुई। लेकिन वह भी वर्जित थी। वहाँ से निकल कर ज़रा आगे तक चलता रहा। फिर मुड़कर स्कूल का एक चक्कर लगाकर वापस आया। माँ बड़ी परेशान लग रही थी। "तुमने अलमारी लॉक की थी न?" उसने पूछा।

मुझे चुप देखकर सिर्फ़ मैं सुन सकूँ इतनी धीमी आवाज़ में वह बोली, "मैंने उसे दो बार अलमारी के पास जाते हुए देखा है। जल्दी जाकर ज़रा देख आओ सब ठीक-ठाक है तो!" उसका कृष्णा पर यों शक करना मुझे गवारा नहीं हुआ। "सब ठीक-ठाक होगा।" कहकर मैं मुड़ गया। इस पर उसने दुबारा उसी चिन्तित स्वर में कहा, "ऐसा करो, वह चाबी लाकर मुझे दो। किसी की नज़र उस पर नहीं पड़नी चाहिए।"

अलमारी में रखे नोटों के बंडल तुम्हारे तकिये के नीचे लाकर रख देता हूँ, ऐसा कह देता तो उसकी ख़ुशी का कोई ठिकाना नहीं रहता यह पता होने के बावजूद मैंने वैसा कुछ नहीं किया।

खाना खाने के बाद मैंने लैपटॉप निकाला। अमेरिकन लोगों का दुख अलग, अफ्रीकन लोगों का अलग? नहीं, उनकी अभिव्यक्ति का तरीक़ा अलग-अलग है। और हम? मुझे आधुनिक कोंकणी साहित्य के प्रवर्तक शणै गोंयबाब की लिखी हुई 'मेरी बा कहाँ गयी' कहानी याद आयी। हमारी टीचर ने बताया था कि उसे पढ़ते समय उन्हें रोना आया था। मैंने उसे दो बार पढ़कर देखा। दुख होने की बात दूर रही उल्टा मुझे तो लेखक पर ग़ुस्सा आया था। बाबुलो की माँ औरों से अलग, बहुत प्रेम करने वाली, ममतामयी थी तो क्या हुआ? वह भगवान के घर चली गयी है यह झूठ बताने की और फिर बाबुलो को भी भगवान के घर भेज देने की लेखकीय योजना मुझे ज़रा भी पसन्द नहीं आयी थी। लैपटॉप पर मैंने काफ़ी सारी किताबें खँगाली। एक भी ख़ास पसन्द नहीं आयी। फिर एकदम एक कहानी याद आयी। अमेरिकन लेखिका, चियारा बार्झिनी की कहानी–'प्रैक्टिस'। मुझे वह कहानी बहुत अच्छी लगी थी। अब फिर एक बार पढ़ी।

पति की मृत्यु अटल है।

जब उसकी मृत्यु होगी तब मुझे किस तरह पेश आना होगा?

उसने उसकी सब चीज़ें बाहर निकालीं। जो उसे प्रिय थीं वे...

उसका विग, उसकी घड़ी, सिगरेट केस, हैट, बढ़िया कॉर्डरॉय पैंट।

सबको कमरे में फ़र्श पर तितर-बितर करके रख दिया।

फिर वह कपड़े पहन तैयार होकर बाहर चली गयी। ज़रा टहलकर वापस आयी।

अरे! ये चीज़ें यहाँ फ़र्श पर कैसे आ गयीं? उसने स्वाँग रचा...
यह तो उसका विग है। उसके बिना वह बाहर कैसे घूमेगा?
वह घड़ी। उसके बिना वह कैसे समय जान पायेगा?
बिना हैट के तो वह कहीं भी जाता नहीं था...

वह सन्तुष्ट हुई...रिहर्सल अच्छी हुई थी।

फिर उसे याद आयी। वह छोटी थी तब उसकी दादी की मौत हुई थी वह घड़ी–

उसके बाद बीच-बीच में जितनी हुईं वे मौतें...

अब पति की भी मौत होने वाली है

तैयार रहना चाहिए।

दुख अपने आप बरदाश्त हो जायेगा।

पति की मौत का इन्तज़ार करने वाली उस औरत की कहानी मुझे अब भी उतनी ही पसन्द आयी। बाद में मुझे सपना भी आया–उसमें मैं अपनी मौत की प्रैक्टिस कर रहा था...

आज किसी के आने की उम्मीद नहीं थी। इसलिए बन्द रखे दरवाज़े पर जब दस्तक हुई तब ताज्जुब हुआ। कृष्णा ने जाकर दरवाज़ा खोला। चित्रा और फातिमा आयी थीं। पिछले दिनों प्रिंसिपल की केबिन में मेरे मन में यह सवाल उठा था कि फातिमा मेरा नाम कैसे जानती है? आज दूसरा सवाल पैदा हुआ था–ये लोग मेरे घर का पता कैसे जान गये?

शायद मुझसे क्या बात करें उनकी समझ में नहीं आ रहा था इसलिए काफ़ी देर तक वे दोनों चुपचाप बैठी रहीं। फिर चित्रा ने बैठे-बैठे आगे झुककर पूछना शुरू किया–

"वॉज़ इट पेनफुल?"

"किसके लिए?" मैंने पहले पूछा। लेकिन बाद में फ़ौरन उसकी बात का सन्दर्भ समझ में आया। "डैडी कुछ बताने की स्थिति में नहीं थे। जब तक घर में थे तब तक बेशक काफ़ी सहा होगा उन्होंने। लेकिन अस्पताल में पेन किलर वग़ैरह दिये जाते थे इसलिए ही वॉज़ ओके। पेन नहीं रहा होगा।"

"आय वॉज़ शॉक्ड–तुम्हारी बात सुनकर। सॉरी, दरअसल उसी समय आना चाहती थी। लेकिन अकेली कैसे आती? चित्रा काणकोण में थी। वी आर सॉरी फॉर यू!..." दुखभरी आवाज़ में यों अफ़सोस जताने के स्वाँग को फातिमा ठीक से नहीं निभा सकी।

फातिमा का ध्यान सामने पड़ी किताब पर चला गया। उसने किताब उठाई। शीर्षक पढ़ा, 'द ईयर ऑफ़ मैजिकल थिंकिंग' और उसे खोलने के झमेले में न पड़ते हुए किताब चित्रा के हाथ में दे दी। चित्रा उसे खोलकर देखने लगी। मैंने कहा, "मार्टिन सर ने दी है। शायद अपनों से बिछड़ने के दुख को समझने में मेरी मदद करने के लिए।"

"अच्छी है?" चित्रा ने पन्ने पलटते हुए पूछा।

"वही सेंटिमेंट है–जिसे विलियम फॉकनर ने 'द वाइल्ड पाल्म्स' में दिखाया है–बिटवीन ग्रीफ एंड नथिंग आय विल टेक ग्रीफ! ग्रीफ को स्वीकारो, बरदाश्त करो और भूल जाओ। पूरा कन्फ्यूशन है।"

"तुम किसे चुनोगे?" चित्रा बहस जारी रखना चाहती थी।

"नथिंग।"

मुझे याद आया, "फातिमा, आज से तुम्हारी परीक्षा शुरू हुई है ना?"

"हाँ। आज का पेपर आन्सर करके आयी हूँ।"

"इतनी हड़बड़ी में आने की क्या ज़रूरत थी?"

"फ़र्ज़ था मेरा..." उसकी आवाज़ कठोर भी थी और कोमल भी।

"माँ कहाँ है?" चित्रा ने विषय बदला। उन लोगों को माँ से मिलना था। कहीं माँ उनसे पूछ न बैठे–क्या इतना भी पता नहीं कि तीसरे दिन अफ़सोस जताने नहीं आते?

उन्हें माँ के पास बिठाकर अन्दर चला गया। कृष्णा ने चाय का पानी चढ़ाया था। मैंने कहा, कॉफ़ी बनाओ। लेकिन घर में कॉफ़ी पावडर नहीं था। कृष्णा को पैसे दिये और उसे कॉफ़ी लाने भेजा। माँ के कमरे में वापस चला गया तो देखा कि माँ की ओर से पूछताछ चल रही थी। चित्रा का नाम पूछ लिया था शायद। फातिमा का नाम सुनकर उसने पूछा, "ईसाई हो?"

दोनों असहज सी हो गयीं। फिर चित्रा ने कहा, "वह विपिन की फ्रैंड है!"

"विपिन की फ्रैंड है, पता ही नहीं था।" माँ ने जो सच था वह कह दिया।

"दरअसल, हम दोनों उसके फ्रैंड्स हैं।" चित्रा ने अपना भी परिचय दे दिया।

"चलो हम बाहर बैठते हैं।" मैंने उन लोगों को वहाँ से उठाया।

बाहर पहुँचने के पहले ही चित्रा ने मुझसे पूछा, "तुम्हारा कमरा कौन सा है?" मैंने उसे उँगली से इशारा करके दिखाया।

उसने जब कमरा दिखाने के लिए कहा तो उसे वहाँ लेकर चला गया।

"इतना अँधेरा?"

"मुझे अँधेरा पसन्द है।" और मैंने लाइट जला दी।

"मुझे अँधेरे में दिया जलाना अच्छा लगता है–जैसे तुमने जलाया वैसे।"

हॉल में आये तो देखा कि कृष्णा ने दो कप कॉफ़ी और मेरे लिए चाय लाकर रख दी थी।

"अपने घर में से किसी की भी मौत देखना मतलब...टेरीबल महसूस हुआ होगा ना तुम्हें? आय रियली फील सॉरी फॉर यू!" फातिमा ने सिहरकर कहा। उसे बुरा लगेगा इसलिए अपनी प्रामाणिक प्रतिक्रिया देने से मैंने ख़ुद को रोक लिया।

"लेकिन तुम मौत की ओर ऑब्जेक्टिवली देख रहे हो यह देखकर मुझे अच्छा लगा। दैट्स द स्पिरिट!" चित्रा ने कहा, "विवेकानन्द कहते हैं–डैथ इज़ जस्ट चेंजिंग ऑफ़ गारमेंट!"

“बोलना बड़ा आसान है यार! तुम्हारी मम्मा गुज़र गयीं तब कितना नर्वस हुई थीं तुम?” फातिमा ने मुझे अच्छा लगे इसलिए कह दिया।

“दुख हुआ था। लेकिन मुझे पता था कि वह दुख मैं ओवरकम कर लूँगी। मुझे चिन्ता थी तो बस पप्पा की। माँ के जाने के बाद अकेलेपन का सामना करते हुए वे कैसे दिन बितायेंगे उसकी। लेकिन ही एडजस्टेड! बाय द वे, विपिन, पप्पा ने तुम्हें अपनी ओर से कंडोलन्सिस देने के लिए कहा था।”

जो बोलना था वह बोला जा चुका था। दोनों उठ गयीं। हाथ मिलाया। उसमें भी फ़रक़ महसूस हुआ। फातिमा ने हाथ ज़रा ज़ोर से दबाया था।

“कल तीसरा दिन था इस वजह से नहीं आया।” कहते हुए बड़े मामा कल्पेश को साथ लिए भीतर आये। मामा अन्दर माँ के कमरे में जाकर बैठ गये। कल्पेश के साथ बोलने जैसा मेरे पास कुछ नहीं था। लेकिन मुझे बताने लायक कल्पेश के पास काफ़ी सामग्री थी। हाल ही में म्हापसा-मुम्बई जाने वाली बस के ड्राइवर के साथ उसकी दोस्ती हुई थी और उसके साथ दो बार वह मुम्बई जाकर आया था। यह ख़बर उसने कुछ इस शान से बतायी मानो वह वर्ल्ड कप में दो गोल दागकर आया हो। उसने आगे बताया कि एक टैक्सी ड्राइवर के साथ अच्छे सम्बन्धों के चलते वह ड्राइविंग सीख गया था। घर में वकील चाचा की कार होने के बावजूद वे उसे हाथ लगाने नहीं देते थे। अब हाथ में कुछ पैसे आ जाने के बाद पिताजी उसे कार ख़रीदकर देने वाले थे। बीच में मुम्बई से दो जवान एक बारगर्ल के साथ गोवा घूमने आये थे तब कल्पेश ने उन्हें पूरा गोवा दिखाया था। वाळपई में नयी बनी ‘पाम फार्म’ यह जगह उन्हें बहुत पसन्द आयी थी। वहाँ उन्होंने जो ‘उर्राक’ शराब पी वह उन्हें इतनी पसन्द आयी कि जाते समय दोनों दो बोतल ख़रीदकर लौटे थे। फिर उस शाम को वे बोतल लेकर बैठे थे और बार गर्ल को कल्पेश के हवाले कर दिया था। उस वक़्त जो रंग-रेलियाँ कीं उनके बारे में लार टपकाते हुए बताना शुरू करते ही मैंने उठकर कृष्णा को चाय बनाने के लिए कहा।

“एक बात कहूँ बाबू, हाथ में अगर पैसा हो ना तो मनमानी ऐश कर सकते हो। बस, पैसा चाहिए।” उसने चाय का कप नीचे रखा और फिर अब तक दिल में दबाकर रखी बात को ज़ुबान पर ले आया। “तो गिन लिए वे पैसे? कितने हैं?” शायद यह बात बड़े मामा के कानों में पड़ गयी। बाहर आकर वे उस पर चिल्ला उठे। “तुम्हें समझाकर ले आया था कि तुम इस बात को नहीं उठाओगे। कौड़ी

भर अक्ल नहीं है तुममें।" फिर बड़े मामा ने मुझे माँ के कमरे में बुलाया। "बाबू, पण्डित जी कह रहे थे, जीजाजी की मृत्यु को शुभ घड़ी नहीं मिल पायी। शान्ति पूजा करनी पड़ेगी।"

"और अगर नहीं की तो?" मैंने पूछा।

"वही तो बता रहा हूँ। पण्डित जी ने कहा है कि अगर शान्ति पूजा नहीं की तो पुत्र के प्राण को ख़तरा हो सकता है।"

"ख़तरा मेरे प्राणों को है ना? उसको उठाने के लिए मैं तैयार हूँ। मुझे कोई शान्ति पूजा नहीं करनी।"

लेकिन मामा को कुछ और भी कहना था। उन्होंने अलमारी वाले उन पैसों की बात उठायी। "जीजाजी ने वे पैसे अपनी पत्नी के लिए रख छोड़े हैं। तुम अभी भी बच्चे हो। तुम्हें ख़र्चे के लिए जितने चाहिए उतने उससे माँग लेना। बेहतर होगा कि उन्हें तुम माँ के हवाले कर दो।" यह सीधी सी लगने वाली सलाह उन्होंने माँ से बातचीत करने के बाद ही दी थी।

"मामा जी, आप ही ने तो उस दिन कहा था न, 'अब तुम बड़े हो गये हो'। और अब मुझे 'बच्चा' कह रहे हैं। आप पहले ये तय कर लीजिए कि मैं बड़ा हूँ या बच्चा।" इतना कहकर मैं बाहर चला आया। कल्पेश मेरी ही राह देख रहा था–उन पैसों से क्या-क्या मज़े किये जा सकते हैं इसकी सूची प्रस्तुत करने।

लग रहा था कि अब और कोई नहीं आयेगा लेकिन शाम को अमृत और सर्वेश आये। बेचारों की समझ में नहीं आ रहा था कि क्या कहे। हाथ मिलाया और चुपचाप बैठे रह गये। संकोच से भरा मौन उन्हें बड़ा परेशान कर रहा है यह देखकर मैंने ही मुँह खोला–"पैरेलिटिक अटैक आया था। अस्पताल ले गये थे। डॉक्टरों ने जो करना था सब किया लेकिन...चार दिन हुए–ही डाय्ड।"

"सॉरी फॉर यू!" सर्वेश ने कहा। नमशीकार की मौत होगी तब सर्वेश कितना 'सॉरी' महसूस करेगा?

"एक अच्छा हुआ, परीक्षा ख़त्म होने के बाद ये सब हुआ।" अमृत बोला।

अगर परीक्षा के दौरान डैडी की मौत हुई होती तो क्या फ़रक़ पड़ता?

"तुम्हारी परीक्षा कैसी गयी? वह क्या है कि तुमने क्लासिस अटैंड नहीं किये थे ना इसलिए पूछ रहा हूँ–" सर्वेश ने हिचकते हुए पूछा।

"अच्छी गयी। और तुम लोगों की?"

"नॉट बैड। मुझे तो ना मेडिसिन करने जाना है ना इंजीनियरिंग। पास हो जाऊँगा।" अमृत ने कहा।

"मेरे परचे बढ़िया गये हैं। डैडी की अपेक्षाओं के अनुसार अस्सी परसेंट तो मिल ही जायेंगे। लेकिन नीट परीक्षा अच्छे से क्रेक होनी चाहिए। उस रिज़ल्ट पर तो सारा दारोमदार है..." सर्वेश की नकेल उसके पिता के हाथ में थी यह बिना बताये समझ में आ जाता था। वह अब जानना चाहता था, मैंने नीट की तैयारी की थी या नहीं। मैंने बता डाला, "बैस्ट ऑफ़ लक सर्वेश। मैं नीट आनसर नहीं करने वाला हूँ।"

"अच्छा?" सर्वेश इतना सा मुँह करके बोला,"तुम बैठते तो मेरी भी थोड़ी मदद हो जाती। डैडी से डिफिकल्टी पूछने की बजाय तुमसे पूछना मुझे आसान लगता है।" उसने दिल से कहा।

वे चले गये। इसके बाद हमदर्दी जताने आने वालों का ताँता रुक गया।

डैडी छूट गये और वह भी छूट गयी ऐसा माँ ने कहा ज़रूर था। लेकिन मरे हुए की आत्मा को शान्ति प्रदान करने के विचार से वह मुक्त नहीं हो पायी थी। मामा ने जो सलाह दी थी उसे उसने गम्भीरता से लिया था। डैडी के बारहवें दिन का भोज हरवळे तीर्थ पर जाकर देने की उसकी इच्छा को ना क़हना मेरे लिए मुश्किल हुआ। इसी के परिणामस्वरूप हम आठ लोगों ने हरवळे जाकर छह-सात हज़ार रुपये पण्डित के मुँह में स्वाहा किये और डैडी की आत्मा को शान्ति दे दी।

कहते हैं, 'एमटी माइंड इज़ डेविल्स वर्क शॉप'। पर मेरे मन पर यह बात लागू नहीं होती। वह कभी भी बेकार नहीं बैठता। दरवाज़े, खिड़कियाँ बन्द करके घुप्प अँधेरे में होता हूँ तब भी मेरा मन काम में लगा रहता है। तरह-तरह के विचारों की महफिल मन में बराबर जमी रहती है। हाथ-पाँव ज़्यादा देर तक बिना किसी काम के रहे तो मैं बेचैन हो जाता हूँ। फिर बग़ीचे में काम करना, लाइब्रेरी में जाना, कभी पैदल पणजी पाटो की ओर चक्कर लगाना...बाक़ी बचे समय में लैपटॉप, किताबें तो थीं ही। इनके साथ अब ई-बुक्स और ई-मैग़जींस भी जुड़ गये थे।

डैडी थे तब मुझे कुछ भी लेने की ज़रूरत महसूस नहीं हुई थी। किसी चीज़ की ज़रूरत महसूस होने पर भी कभी किसी से कुछ माँगा नहीं था। डैडी लाते थे और मैं ले लेता था। अब लाने वाला भी मैं और लेने वाला भी मैं। मैंने मोबाइल बदलकर नया मॉडल ले लिया और अमेज़ॉन पर आय पैड मँगवा लिया। जिस किताब को अपने संग्रह में शामिल कराने की इच्छा होती उसे आय पैड पर स्टोर कर लेता। इसके लिए पैसे चुकाने वाला भी मैं और पढ़ने वाला भी मैं। फिर भी कभी-कभी हाथ कुछ करने के लिए मचल उठते। एक दिन पैदल चलते-चलते बांबोळी में यूनिवर्सिटी के रास्ते तक पहुँचा। वहाँ कृष्णा के अप्पा का गैरेज दिखा। मेरे पास फुरसत का समय तो था ही सो वहाँ चला गया। अप्पा किस तरह स्कूटर खोलते हैं, उसके बिगड़े पुर्जों पर काम करके किस तरह उसे ठीक करते हैं यह देखकर मैं चकित हुआ। किसी भी तरह की औपचारिक शिक्षा लिए बिना अप्पा कितने बढ़िया तरीके से यह कौशलपूर्ण काम कर रहे थे।

घर लौटते समय स्कूटर ठीक करने के लिए ज़रूरी औज़ार–पाना, पेंचकस, ग्रीस, ऑयल वग़ैरह अपने साथ लेकर आया। दूसरे दिन अपना स्कूटर खोलकर बैठ गया। उसके सब पुरज़े निकालने लगा। कृष्णा भागा-भागा आया–मदद करने। उससे कहा, "तुम खाना बनाने की ओर ध्यान दो।" अन्दाज़े से काम शुरू किया। पुरजे अलग-थलग कर दिये। बीच में खाना खाने के लिए उठा। फिर वापस आकर बैठा। अब तक सब कुछ एकदम सही जा रहा था। अप्पा को जैसे करते हुए देखा

था, वैसे ही सब कुछ कर रहा था। अब बस, दुबारा सब कुछ फिट करना बाक़ी था। कृष्णा ऑयल लेकर आया। ऑयल ले लिया और उसे सीधे अन्दर भगाया। मैंने ही ऑयल बदला। ग्रीस पोतकर पिछला व्हील लगा रहा था तब फ़ोन बजा। दोनों हाथों में ग्रीस लगा था। फ़ोन नहीं उठा सकता था। लेकिन कृष्णा ने आकर फ़ोन उठाया। स्क्रीन देखकर बोला, "सर, कोई चित्रा है।"

फ़ोन ले लो कहना सम्भव नहीं था और काट दो भी नहीं कह सकता था। मेरी मुश्किल समझकर उसी ने फ़ोन ऑन करके मेरे कान के पास पकड़ लिया।

"कांग्रेच्युलेशन विपिन–" चित्रा का उत्तेजित स्वर कानों में पड़ते ही याद आया, आज रिज़ल्ट आने वाला था।

"आ गया रिज़ल्ट?"

"तुमने अभी तक देखा नहीं है? अरे, तुमने नाइन्टी क्रॉस किया है।"

मैं चुप। कम से कम थैंक्यू तो कहना चाहिए था।

"चुप क्यों हो? एटलीस्ट मुझे तो कांग्रेच्युलेट करो। पता है मुझे कितने मिले हैं?"

"बताओ–"

"परीक्षा में बैठने का साहस नहीं कर पा रही थी मैं। सिर्फ़ तुमने कहा इसलिए–"

"कितने मिले यह बताओ।"

"सेवंटी सेवन! विश्वास ही नहीं हो रहा।"

चित्रा ने कांग्रेच्युलेशन्स माँगे थे यह याद आते ही मैंने उसे बधाई दी।

"कल मैं पणजी आ रही हूँ। मिलते हैं!"

कृष्णा फ़ोन नीचे रखता उससे पहले फ़ोन दुबारा बजा।

"फातिमा का होगा। यहाँ लाओ।" मुझे कैसे पता चला इसका आश्चर्य करते हुए उसने फ़ोन मेरे कान से लगा दिया।

"थैंक्यू फातिमा।" मैंने उसकी सारी हवा ही निकाल दी।

"अरे मुझे कांग्रेच्युलेट तो करने दो।"

"विशिस पहुँच गये।"

"कैसे लटकाये हुए चेहरे से कह रहे थे, पेपर बस ठीक ही गये हैं। पर तुम तो बड़े छुपे रुस्तम निकले यार!"

"हो गया तुम्हारा? रखूँ अब?"

"नहीं,नहीं। वी मस्ट मीट नाउ। फ़ोन पर नहीं तुम्हारा हाथ अपने हाथ में लेकर पर्सनली तुम्हें कांग्रेच्युलेट करना है मुझे।"

"मैं यहाँ स्कूटर ठीक कर रहा हूँ। दोनों हाथों में ग्रीस लगा है।"

"सो व्हाट! ग्रीस लगा हो या शहद लगा हो। बस आपका हाथ थामने का मौक़ा हमें मिलना चाहिए।" फातिमा चित्रा से भी ज़्यादा उत्साहित लग रही थी।

"आज किसी भी तरह नहीं हो सकता। सॉरी।" फातिमा की बातें हल्की-हल्की कृष्णा को सुनाई पड़ रही होंगी इसकी चिन्ता हो रही थी।

"आज बिल्कुल नहीं हो सकता कह रहे हो? ख़ैर, चलो ठीक है। लेकिन कल का श्योर आं! सुबह फ़ोन करूँगी। चित्रा को भी बता देती हूँ।"

कृष्णा को रिज़ल्ट के बारे में पता चला। वह इतना ख़ुश दिख रहा था कि उसे देखकर मुझे लगा मानो उसी का रिज़ल्ट आया है। अन्दर जाकर शायद उसने माँ को ख़बर दे दी थी। स्कूटर जगह पर रखकर अपने हाथ-पाँव साफ़ करने तक माँ किचन में पहुँच गयी। शक्कर का डिब्बा खोला और मेरे सामने रखा। "बाबू, अच्छे मार्क्स के साथ पास हुआ है ना तू? ले, मुँह मीठा कर।" मैंने चुटकी भर शक्कर मुँह में डाल दी।

लॉग इन करके देखा तो 93% मिले थे। रिज़ल्ट शेयर करने योग्य बस दो-तीन लोग ही थे। कल-परसों तक इनमें से पहले नम्बर पर मार्टिन सर थे। लेकिन अब मुझमें चित्रा से मिलने की जो बेताबी पैदा हुई थी उसे देखकर शक हुआ कि अब मार्टिन सर का नम्बर पीछे पहुँच गया था। नहीं, ऐसा नहीं होना चाहिए। आज जो भी थोड़ी-बहुत क़ाबिलियत मुझमें है, उसे जगाने का श्रेय केवल मार्टिन सर को ही जाना चाहिए।

कृष्णा से कहकर मैं बाहर निकला। आधे रास्ते में पहुँचा था कि सर का ही फ़ोन आ गया। "कांग्रेच्युलेशन्स, बाबू। वी आर सो हैप्पी। लेकिन सच कहूँ, मुझे बिल्कुल आश्चर्य नहीं हुआ।" मेरे थैंक्यू कहने तक उन्होंने पूछा, "आज का क्या प्लैन है?" मैं सोच में पड़ गया। "आग्नेस ने तुम्हें आज रात को डिनर पर बुलाया है। सो, हम तुम्हारा इन्तज़ार कर रहे हैं- ज़रा जल्दी ही आ जाना। सेवन थर्टी?"

समय की पाबन्दी मैंने सर से ही सीखी थी। मैं ठीक समय पर पहुँच गया। मार्टिन सर टी.वी. पर न्यूज़ देख रहे थे। दरवाज़ा हमेशा की तरह खुला ही था। आहट पाते ही वे बाहर आ गये। "कांग्रेच्युलेशन्स, बाबू। यू मेड मी प्राउड!" इस बार उन्होंने मुझे गले लगाया। और फिर स्टैला को पुकारा। स्टैला के पीछे-पीछे स्टैला की माँ भी आ गयी। दोनों ने मुझे दिल से बधाइयाँ दी थीं। आदत न होने के कारण इतने स्नेह से मेरा दम घुटने लगा।

"93% मतलब तुम मेडिसिन के लिए ट्राय कर सकते हो।" स्टैला अपनी बात ख़त्म करने से पहले ही उसे टोकते हुए मार्टिन सर बोले, "पर उसे इंटरेस्ट होना चाहिए ना?"

"तो फिर आगे क्या करना चाहते हो तुम?" मैडम आग्नेस ने कौतूहल से पूछा।

क्या बताऊँ? मैं एकदम ब्लैंक हो गया। सर ही मेरी मदद के लिए आये। "अरे, फ़िलहाल उसे यहाँ आराम से बैठने दो। वी शैल टॉक अबाउट इट ओवर द डिनर, राइट?"

"क्या लाऊँ? व्हिस्की या बियर?" मैडम ने पूछा।

मैंने सिर हिलाकर मना किया।

"अरे, तुम शर्माना मत। सर कुछ नहीं कहेंगे तुम्हें।" मैडम आज कुछ ज़्यादा ही ख़ुश लग रही थीं।

सर हँस पड़े। "मुझे पता है–वह नहीं पीता। लेकिन आज का दिन एक्सेप्शन है। चलो लाओ तुम–बियर ले आओ।"

अन्दर जा रही मैडम की तरफ़ मार्टिन सर बड़े प्यार से देख रहे थे। किसी पति को अपनी पत्नी की तरफ़ इतनी आत्मीयता से देखते हुए मैंने पहली बार देखा था।

"आज आग्नेस बेहद ख़ुश है। तुम जानते हो क्यों?" सर स्टैला की ओर देखते हुए मुस्कुराते हुए बोल रहे थे। मैं नहीं समझ पाया कि यह सुनते ही स्टैला अन्दर क्यों भाग गयी? "स्टैला की अब शादी होने वाली है। दूल्हा उसी ने ढूँढ़ा है। जैम ऑफ़ अ ब्वॉय! आज ही काज़ार की डेट फाइनल की है। बारह मई को। हॉल भी बुक कर लिया। तुम्हें शादी में आना ही पड़ेगा!"

स्टैला बियर लेकर आ गयी। बियर गिलास में उड़ेलते समय झाग उफनकर ऊपर आया। थोड़ा सा नीचे भी गिरा। उसने 'सॉरी' कहा।

"डोंट बॉदर डियर।" सर ने स्टैला से कहा और फिर मेरी तरफ़ मुड़कर बोले, "ये फ्रॉथ–उसके मन में उफन रहे उत्साह सा है जो ओवर फ्लो हो रहा है। देखा ना?" स्टैला इस बार नहीं शर्मायी। बोतल लेकर अन्दर भागने की बजाय उसने ऊपर से अपने पिता से ही पूछ लिया, "और जो मम्मा-आप फूले नहीं समा रहे हो क्या उसे यह दिख नहीं रहा?"

स्टैला को मुझे बधाई देनी चाहिए थी। लेकिन झिझक बीच में आ गयी। सर ने 'चिअर्स' किया और मैंने वह कड़वा पेय मुँह से लगाया।

"कुछ नया पढ़ा?" सर ने पूछा और फिर ख़ुद ही आगे बोले, "ओह! एक्ज़ैम ख़त्म होते ही डैडी की डैथ! कहाँ टाइम मिला होगा तुम्हें?"

"आपने जो किताब दी थी वह मैंने पढ़ ली सर–'द ईयर ऑफ़ मैजिकल थिंकिंग।'"

"मुझे पता है, तुम रिलेट नहीं कर पाये होगे राइटर के साथ। लेकिन तुम्हें उस इमोशन के बारे में भी पता होना चाहिए।" और फिर टेबल पर पड़ी एकदम नयी किताब उठाकर मेरे हाथ में देते हुए उन्होंने कहा, "यह किताब तुम्हारे लिए मेरा गिफ्ट है। मुझे इस बात की पूरी गारंटी है कि तुम्हें यह पसन्द आयेगी। टेक इट।"

"ब्लाइंडनेस!" जुझे सारामागो का नाम सुना था।

"माय फैवरेट ऑथर। उसका लिखा 'द गॉस्पैल अकॉर्डिंग टू जीसस क्राइस्ट' नॉवेल मेरा ऑल टाइम फैवरेट है। उसने जेझू को दैवी पुरुष के रूप में नहीं, मनुष्य की तरह दिखाया है। हायली फिलॉसॉफिकल। लेकिन तुम जानते हो? बड़ी ट्रेजडी हुई उसके साथ। कुछ कैथलिक धर्मान्ध लोगों ने उसे धर्म के विरुद्ध लिखने वाला कहकर कंडेम्ड कर दिया।"

सर ने जो किताब दी थी मैं उसके पन्ने पलटकर देखने लगा। सर बताने लगे, "अकस्मात एक स्ट्रेंज महामारी फैलती है और जब उसका कोई इलाज नहीं मिल पाता तब किस तरह पूरी दुनिया पैनिकी हो जाती है उसे इसमें दिखाया है। वॉट अ फ्लायट ऑफ़ इमेजिनेशन!"

इतने में मैडम वहाँ आ गयीं। "यह क्या बात हुई? इसका गिलास तो वैसे का वैसा पड़ा है। और मैं यहाँ और बियर लाने के बारे में पूछने आयी थी! कोई बात नहीं–डिनर रेडी है। लगा देती हूँ। ज़्यादा देर करेंगे तो खाना ठण्डा होगा।"

मैडम जाने के बाद सर ने कहा, "तुम जानते हो बाबू? किपलिंग ने कहा है–भगवान ने जब यह संसार रचा तब उसे चिन्ता हुई। इतने सारे लोगों के जीवन को ख़ुशियों से भरने के अपने काम में वह अकेला किस-किस तक पहुँच पायेगा? इसी कारण उसने माँ को बनाया। आग्नेस को देखता हूँ तब मुझे उसका कहना बिल्कुल सच लगता है।" मेरी नज़रों के सामने माँ आ गयी। लेकिन सर की बात काटने की हिम्मत मैं नहीं कर सका। आपसे चूक हो रही है ऐसा नहीं कह सका।

इतने में स्टैला आ गयी। "कमॉन डैडी, मम्मा तुम लोगों के लिए रुकी है।"

मार्टिन सर ने अपना गिलास ख़ाली कर दिया। मैंने भी कुछ घूँट फटाफट हलक के नीचे उतार दिये।

चार लोग बैठ सके ऐसी टेबल। उस पर बीच में सजाकर रखा हुआ सारा खाना। चारों तरफ़ रखी हुईं प्लेटें। साथ में काँटे और चम्मच भी। "जो चाहिए वह ले

लो।" कहते हुए मैडम मुझे एक-एक डिश का ढक्कन खोलकर दिखाने लगीं। "ये आमोटतीख–मछली का खट्टा-तीखा सालन, यह चिकन शागोती, ये फ्रायड चोणाक मछली, ये प्रॉवन पुलाव और ये सान्नां हैं।" मैं पहली बार किसी क्रिश्चन के घर खाना खा रहा था। ये लोग काफ़ी फॉर्मेलिटीज का पालन करते हैं ऐसा सुना था इसलिए दिल पर एक प्रकार का दबाव सा था। लेकिन सर ने मुझे ऐसा कुछ भी महसूस होने नहीं दिया। उन्होंने अपनी प्लेट में खाना लिया और मुझे भी लेने के लिए कहा। किसी ने भी कुछ नहीं परोसा। लेकिन मुझे और लेने का आग्रह अवश्य किया। मैडम खाना बनाने में बड़ी माहिर लगीं। खाना बहुत स्वादिष्ट बना था। मैंने चाव से खाना खाया। बीच में एक ढका हुआ बर्तन था। स्टैला ने उसे खोला और उसमें जो था उसे अपनी प्लेट में परोसा और मुझसे पूछा, "दिस इज़ सॉर्पोतेल। तुम खाओगे?" मैंने कभी नहीं खाया था। इतने में सर ने एक कलछी भर अपनी प्लेट में लेते हुए मुझे बताया, "यह पोर्क सॉर्पोतेल है। तुम नहीं खाते हो तो रहने दो।" सर खाते हैं, स्टैला खाती है–तो फिर मुझे क्यों नहीं खाना चाहिए? मेरी झिझक देखकर मैडम ने कहा," हिन्दू लोग नहीं खाते। सूअर का गोश्त है ना? दरअसल मैं टेबल पर नहीं रखने वाली थी। लेकिन स्टैला को बहुत पसन्द है इसलिए–"

मैंने ढक्कन खोला और कलछी भर अपने लिए परोसा। सर को अच्छा लगे इस वजह से बिल्कुल नहीं। एक तो औपचारिकताएँ निभाने के नाम पर अलगाववादी, विशिष्ट व्यवहार मुझे पसन्द नहीं था। दूसरी बात यह थी कि बिना खाये कैसे पता चल पाता कि वह अच्छा लगता है या नहीं? अच्छा लगा। और एक कलछी भर ले लिया।

इतने में स्टैला का मोबाइल बजा।

"पहले खाना खाओ। बाद में फ़ोन कर लेना।" मैडम ने कहा। लेकिन स्टैला ने फ़ोन ले लिया। "क्या?" कहकर वह उठी। अन्दर के कमरे में जाकर बात करने लगी। काफ़ी समय तक जब वह बाहर नहीं आयी तब मैडम अन्दर चली गयीं। वे भी जब बाहर नहीं आयीं, तब मार्टिन सर भी उठकर अन्दर गये। थोड़ी देर में सर ने आकर कहा, "सॉरी बाबू। तुम खाना खाओ। मुझे ज़रा बाहर जाना पड़ेगा। मैं जल्दी आ जाऊँगा।" दो मिनट में स्टैला और मैडम तैयार होकर बाहर आ गयीं। मार्टिन सर आकर मेरे पास बैठे। उनके चेहरे पर फैली चिन्ता साफ़ पढ़ी जा सकती थी।

"सर, क्या हुआ?" मेरे स्वर में भी चिन्ता उभर आयी।

"एक्सिडेंट! रामिरो का–स्टैला के होने वाले दूल्हे का एक्सिडेंट हुआ है। उसे अस्पताल ले गये हैं।"

"आय होप नथिंग सीरियस।" मैं उठ गया। सर कुछ भी नहीं बोले।

"सर, मैं रुक जाऊँ?"

"नहीं। राजू की टैक्सी बुलायी है। हम लोग अब अस्पताल जा रहे हैं।"

क्या करूँ समझ में नहीं आ रहा था। मैं उसी अवस्था में बाहर चला गया।

रात भर सॉर्पोतेल गले तक आता रहा।

सुबह उठकर चाय बनायी। पहले माँ को दे आया।

आदतन फ़ोन उठाया। वाट्सएप मैसेजिस देखे। फातिमा की अभिनन्दनपरक कविता पढ़ी। फिर चित्रा ने जो मैसेज भेजा था उस पर भी नज़र डाली। "तीनों का रिज़ल्ट आया है। सेलेब्रेट तो करना ही पड़ेगा। आज दोपहर साढ़े बारह बजे पाटो वाले 'आंबील' होटल में साथ लंच करेंगे। इन्तज़ार रहेगा।" 'आज नहीं हो सकता' कहने का मन हुआ था। लेकिन सोचा जाने दो। मेरा मूड नहीं है इसलिए उनका मूड क्यों ख़राब करूँ?

"आज खाने में चिकन बनाते हैं। कृष्णा के हाथ में जादू है। क्या बढ़िया चिकन बनाता है।"

जब से डैडी गुज़रे थे, तब से स्वादिष्ट चीज़ें खाने की माँ की इच्छाएँ बराबर बढ़ती जा रही थीं। मैंने कोई जवाब नहीं दिया। माँ का सब्र ख़त्म हुआ। "बाबू सुना नहीं? मैंने कहा आज चिकन–"

"नहीं।" इतना कहकर मैं चाय का मग लेकर बाहर आ गया। रात वाली घटना की याद से बेचैनी बढ़ गयी। मार्टिन सर घर आ गये होंगे। कैसा होगा रामिरो अब? स्टैला शायद अस्पताल में रुक गयी होगी। हाथ-पाँव में फ्रेक्चर वग़ैरह हुआ हो तो 12 मई की शादी आगे धकेलनी पड़ेगी।

कृष्णा के आने के बाद मैं बिना ब्रेकफास्ट किये ही घर से बाहर निकला। आधे रास्ते पहुँचा था तभी ख़बर सुनी और मैं लौट आया। रात के एक्सिडेंट में रामिरो की घटना-स्थल पर मौत हो गयी थी।

घर में क़दम रखते ही कृष्णा ने बताया–"आप फ़ोन साथ ले जाना भूल गये। यही था। दो फ़ोन आकर चले गये।" मैंने मोबाइल हाथ में नहीं लिया। कृष्णा से कहा, "उसे बाहर ही रखना। फ़ोन आये तो भी मत उठाना।"

कमरा बन्द करके बैठ गया। मार्टिन सर से हमदर्दी जताने जाने का मन नहीं हुआ। सर का उदास चेहरा मैं नहीं देख सकता था। कल देखा हुआ खिले गुलाबों के गुच्छे सा स्टैला का ख़ुशी से भरा चेहरा मुझे मेरी नज़रों में उसी तरह सँजोकर रखना था। अपना काम करने के लिए भगवान ने जिसे रचा था उस माँ के घायल

दिल को देखने का साहस मुझमें नहीं था। और रामिरो! 'आय डू' कहने के पहले ही 'आय डाय' कहकर अचानक यों ग़ायब हुआ? जिसे मैंने कभी देखा नहीं था वह रामिरो उस बन्द कमरे के अँधेरे में स्टैला को चिढ़ाता हुआ सा मेरी खुली आँखों के सामने नाचता रहा।

दोपहर के खाने का समय हुआ तब कृष्णा मुझे खाने के लिए बुलाने आया। भूख भी मर गयी थी और मूड भी नहीं था। कहा, "तुम खा लो। मुझे भूख नहीं।" इस पर कृष्णा बोला, "ऐसा है तो मुझे भी भूख नहीं। मैं भी भूखा रहूँगा।" मुझे पता था इसका ज़िद्दी स्वभाव। कहा, "मेरे लिए थाली लगाकर कमरे में ले आओ और तुम भी खा लो।"

रात का खाया सॉर्पोतेल शायद इस बीच हजम हो चुका था। दोपहर के तीन बजते ही–हो सकता है कि परोसे हुए खाने की ख़ुशबू नथुनों में भर जाने के कारण पेट में भूख भड़क उठी थी। अँधेरे में ही खाना खा लिया और बाहर जाकर कुल्ला करके वापस आया। कृष्णा ने बताया कि सुबह वाला फ़ोन ही अब तक तीन बार आकर चला गया था। मैंने चेक नहीं किया। कमरे में जाकर दुबारा अँधेरे में घुस गया।

कृष्णा सुबह जल्दी ही आ पहुँचा–ख़बर के साथ। स्टैला के दूल्हे का अन्तिम संस्कार आज शाम चार बजे था–तालिगाँव में। गाँव से बस जाने वाली थी। मैं नहीं गया। मोबाइल की बैटरी ख़त्म होकर वह कब का ठण्डा पड़ चुका था। मैंने 'ब्लाइंडनेस' को खोला और आसपास का संसार भूलकर किताब के उस 'शुभ्र अन्धत्व' में डूब गया। किसी बीमारी का प्रकोप भला इस तरह भी हो सकता है?

वह कार लेकर सिग्नल के पास हरी बत्ती की राह देख रहा होता है। उसे एकदम कुछ दिखाई नहीं देता। लेकिन आँखों के सामने अँधेरा नहीं है। केवल शुभ्र प्रकाश दिख रहा है। वह अपनी गाड़ी आगे नहीं बढ़ा रहा है इसलिए पीछे की गाड़ियों में बैठे लोग उस पर गुस्सा हो रहे हैं। कोई एक उससे कहता है, "मैं तुम्हारी गाड़ी से तुम्हें घर पहुँचा देता हूँ।" वह आदमी उसे पहुँचाता ज़रूर है लेकिन उसकी कार लेकर भागता है। तब उसकी पत्नी टैक्सी बुलाती है और अपने अन्धे पति को आँखों के डॉक्टर के पास ले जाती है। 'शुभ्र अन्धापन' एक संक्रमणशील बीमारी है। वह, उसकी पत्नी, कार चुराने वाला, आँखों का डॉक्टर और जो-जो उनके सम्पर्क में आते हैं, वे सब एक के बाद एक अन्धे हो जाते हैं। करते-करते बीमारी एक महामारी में तब्दील हो जाती है। शहर भर में हज़ारों की संख्या में लोग

क्वारंटाइन हो जाते हैं। और फिर मनुष्य के भीतर की मनुष्यता के साथ मनुष्य के भीतर की पशुता भी बाहर आने लगती है। डॉक्टरों को जब क्वारंटाइन करने ले जाते हैं तब 'मैं भी अन्धी हूँ' यह झूठ कहकर डॉक्टर की पत्नी भी क्वारंटाइन वाले कमरे में भर्ती हो जाती है...

इतने में चित्रा और फातिमा मिठाई लिये दरवाज़े पर हाज़िर हुईं। कृष्णा ने ही दरवाज़ा खोला था।

"अरे वाह! बाबू साहब यहाँ किताब पढ़ने में व्यस्त हैं? हमें चिन्ता की गर्त में धकेलकर!"

चित्रा को बीच में रोककर फातिमा ने मुझसे पूछा, "क्या बात है विपिन? आज तुम्हारा मूड ठीक नहीं है। कुछ तो हुआ है–राइट?"

"राइट। लेकिन पहले तुम लोग बैठो।" उन्हें बिठाकर मैं बोलने के लिए सही शब्द ढूँढ़ने लग गया।

"क्या हुआ, विपिन?"

मैंने मार्टिन सर वाली घटना बतायी। "आज सर को अपना चेहरा दिखाने का मन ही नहीं हो रहा है। कितनी बेचारगी महसूस कर रहे होंगे। सर से ज़्यादा मैडम। परसों कितनी ख़ुश थीं। और स्टैला! रामिरो के साथ ख़ुशहाल ज़िन्दगी बिताने के कितने सारे सपने देख रही थी!" पहली दफ़ा एकबारगी मैं इतना बोल गया था।

"तुम कभी मिले थे उससे?" चित्रा ने पूछा। मैंने ना में सिर हिलाया।

किसी मेहमान या रिश्तेदार के आने की हमारे घर को आदत नहीं थी। आश्चर्य करती हुई माँ बाहर आ गयी।

"ये लोग कौन हैं बाबू?" और फिर उसे याद आ गया,"आं, पहचान गयी। कुछ दिन पहले ही तुम दोनों यहाँ आयी थीं न।" माँ का ध्यान चित्रा के हाथ में दिख रहे बक्से पर चला गया। "क्या ले आयी हो? विपिन के लिए? कृष्णा, ये लोग जो साथ ले आये हैं उसे ज़रा अन्दर रख दो। यहाँ चींटियाँ वग़ैरह लग सकती हैं–" लेकिन कृष्णा बाहर आने से पहले माँ ही उस बक्से को लेकर अन्दर गयी। सहसा चित्रा ने धीमी आवाज़ में पूछा, "आश्चर्य! तुम्हारे पिता गुज़रे थे तब भी तुम इतने सेंटी नहीं हुए थे। अब वो सर का होने वाला जमाई, जिसे तुमने देखा तक नहीं था वह–"

कृष्णा कॉफ़ी के दो और चाय का एक मग लेकर वहाँ पहुँचा और चित्रा ने अपनी बात आधी छोड़ दी।

"उसकी मौत से मुझे जलन हो रही है चित्रा।" कॉफ़ी का मग हाथ में पकड़कर नज़रें मुझ पर गड़ाये फातिमा ने चित्रा से कहा। "उसकी जगह मैं होती तो क्या विपिन इतना ही दुखी होता—मेरे लिए!"

"शट अप, फातिमा!" मेरे मुँह से निकला। आगे कुछ नहीं सूझा तो चाय का मग होंठों से लगाया।

"कौन सी किताब है?" कॉफ़ी का मग नीचे रखकर चित्रा ने किताब की तरफ़ हाथ बढ़ाया।

"सारामागो की 'ब्लाइंडनेस'।"

"पढ़ी है मैंने।" चित्रा ने किताब वापस देते हुए कहा। "बहुत ज़बरदस्त और पूरी तरह बेचैन कर देने वाली किताब है। मनुष्य के गुण, दुर्गुण, हेट, ग्रीड, कम्पेशन...इस किताब में तुम्हें तरह-तरह की वृत्तियाँ-प्रवृत्तियाँ दिख जाती हैं। इसमें तुम हो, फातिमा है, तुम्हारी माँ है, मैं भी दिख जाऊँगी। ख़ासतौर पर दुनिया में महामारी फैलने पर मनुष्य कैसे एक ओर मानवीय तो दूसरी ओर स्वार्थी व्यवहार करता है इसे प्रभावशाली ढंग से दिखाया है।"

"दुआ करो कि वैसा कुछ यहाँ न हो।" फातिमा ने दिल पर हाथ रखते हुए कहा।

"क्या तुम्हारे और मेरे बस में है?" चित्रा ने कहा।

जाने के लिए उठी तब फातिमा ने कहा, "कल वाला सेलेब्रेशन कैंसल मत समझना। बस, पोस्टपोंड हुआ है। 'आंबील' हमारा इन्तज़ार कर रहा है। कब मिलना है यह अब तुम तय करके बता देना।"

वे आकर चली गयीं। सिर पर मँडरा रहे काले बादल हटकर आसमान साफ़ हो गया।

जब से डैडी गुज़रे थे तब से बड़े मामा हर पन्द्रह दिन में कम से कम एक बार हमसे मिलने आने लगे थे। पणजी में कोई काम होता तो खाना खाने हमारे यहाँ आ जाते। डैडी नहीं हैं इसलिए बेझिझक आते हैं या फिर कृष्णा के हाथ का खाना पसन्द है इसलिए आते हैं, कौन जाने? बहन के वर्तमान और भतीजे के भविष्य की मामा जी को कुछ ज़्यादा ही चिन्ता हो रही थी।

पेट भर खाने के बाद मामा डकार लेते हुए माँ को साथ लेकर मेरे कमरे में आये तभी मैं समझ गया कि मसला क्या है।

"मैंने उन पैसों को सही-सलामत रख दिया है। आप चिन्ता कर रहे होंगे इसलिए बताये दे रहा हूँ।" मैंने उनका काम आसान कर दिया।

"अरे बेटा, चिन्ता तो है ही। लेकिन मेरी नहीं तुम्हारी माँ के इलाज की, तुम्हारी पढ़ाई की–"

"गिन लिए हैं मैंने। उसकी भी चिन्ता मत करना आप।"

"कितने हैं?"

"बहुत!"

"मतलब कितने?" छिपाने की लाख कोशिश करने के बावजूद उनकी उत्सुकता खुलकर सामने आ ही गयी।

"अब तक जितने गिने हैं वे दस लाख तीस हज़ार हैं–"

"यानी–और भी बचे हैं?"

"जी हाँ। आधे भी नहीं गिन पाया हूँ। और पन्द्रह-बीस तो ज़रूर होंगे।"

मामा के मुँह से टपक रही लार छिप न सकी।

"बैंक में कितने जमा हैं यह नहीं पूछेंगे? तेरह या बाईस हैं, सही-सही याद नहीं।"

"लाख?" माँ ने पूछकर मामा का काम आसान किया।

"और इंश्योरेंस के कितने मिलने वाले हैं बता दूँ?"

"कितने?"

मैंने उँगलियों की मदद से हिसाब करके कहा–"मेरा गणित ज़रा कमज़ोर है। क्या बाद में बता सकता हूँ?"

मामा ज़रा सकपका गये। "मुझे बताने की क्या ज़रूरत? लेकिन अपनी माँ को तुम्हें सब बताना चाहिए ना? वह बेचारी कुछ नहीं जानती..."

"क्यों माँ? मामा सच कह रहे हैं? तुम जानना चाहती हो?"

माँ ज़रा सकुचा गयी, "अब वह कह रहा है तो–"

"उसका हक़ है वह। ऊपर से उसके पास हाथ ख़र्च के लिए भी–"

"और डैडी के जो क़र्ज़े चुकाने बाक़ी हैं, उनके बारे में नहीं सुनना है आपको? बैंक ने जो नोटिस भेजा है उसके मुताबिक़"–मैंने गिनने में फिर एक बार उँगलियों की मदद ली। "अर्बन बैंक के पन्द्रह, ऊपर से ब्याज, स्टेट बैंक के बारह, उनमें से दो चुका दिये हैं। एल.आई.सी. पॉलिसी पर जो लोन लिया था वह ज़्यादातर पॉलिसी के पैसों से ही चुक जायेगा। एक काम कीजिए मामाजी–वासुदेव के होटल और किस्तोद के बार का बहुत सारा उधार चुकाना बाक़ी है। क्या आप उसे चुकाओगे? उतनी ही आपकी प्यारी बहना के घर-संसार को सहारा देने में आपकी मदद होगी। ज़्यादा नहीं, सिर्फ़ दस-ग्यारह हज़ार।"

"मेरे पास कहाँ हैं पैसे? मेरी जेब तो हमेशा ख़ाली रहती है।"

"आपको अगर ख़र्चे के लिए कुछ चाहिए तो बता दीजिए।"

मामा आगे कुछ सुनने के लिए नहीं रुके।

"क्या कल से मैं चार दिनों की छुट्टी ले सकता हूँ?" कृष्णा ने उस दिन का काम ख़त्म करके घर जाते समय पूछा।

"श्योर! लेकिन क्यों?"

"गाँव जाना है।"

"भगवान के दर्शन करने या मेला देखने?"

कृष्णा कुछ देर के लिए जैसे 'बताऊँ या न बताऊँ' इस दुविधा में पड़ गया। कुछ देर बाद बोला, "गाँव में सूखा पड़ा है। लोग भूख से मर रहे हैं। अप्पा कह रहे हैं कि हमें जाकर इस कठिन घड़ी में जितनी हो सके उतनी गाँव वालों की मदद करनी चाहिए।"

पढ़ने के लिए पैसे नहीं थे इसलिए जो काम मिले उसे करने वाला कृष्णा अब उन लोगों की मदद कैसे करने वाला था? "तुम्हें पैसे चाहिए?"

"नहीं। वापस आऊँगा तब शायद ज़रूरत पड़ेगी। अप्पा के पास जो पैसे हैं हम

उन्हीं को लेकर जायेंगे। अम्मा ने पड़ोसियों के राशन कार्ड से जो चावल, गेहूँ वग़ैरह अनाज ख़रीदा है उसे भी साथ ले जाने वाले हैं। और अपने दो हाथों से जितनी हो सके उतनी मदद तो हो ही जायेगी, इसलिए मैं भी साथ चल रहा हूँ।"

दोपहर को बाज़ार से घर लौटते समय वासुदेव ने पुकारा। स्पेशल़ चाय का कप हाथ में देते हुए उसने कहा, "तुम्हारे रिज़ल्ट की ख़बर सुनी और बड़ा अच्छा लगा। तुम्हें और क्या दे सकता हूँ? सिर्फ़, यह गरमागरम स्पेशल चाय! लो, इसे पी लो।"

चाय बहुत बढ़िया बनी थी।

कृष्णा के बारे में बताते ही वासुदेव ने कहा, "जिन्होंने ख़ुद दुख भोगा है वहीं दूसरे का दुख समझ सकते हैं। जिन्होंने लेने में छोटापन अनुभव किया है वही जानते हैं कि देने में कितना बड़प्पन होता है।"

"उस दिन तुम्हारा मुर्झाया चेहरा हमसे देखा नहीं जा रहा था। अब कैसे हो, विपिन?" चित्रा की आवाज़ में जो चिन्ता झलक रही थी वह मुझे स्पर्श किये बिना नहीं रही।

"सच कहूँ? तुम लोगों के आ जाने के बाद बहुत अच्छा लगा।"

"मुझसे ज़्यादा फातिमा ने इसे महसूस किया। कल फ़ोन पर उसने दो पंक्तियाँ सुनाई थीं। जब मैंने माँगीं तब ह्वाट्सएप पर भेज दीं। पढ़कर सुनाऊँ? तुम्हें पता चलेगा कि वह कितनी कम्पैशनेट है। ध्यान से सुनना आं...पढ़ती हूँ–

रस्में निभाने के लिए, सगे बहुत सारे होते हैं
दिल में अँधियारा छाता है, तो दोस्त ही उजियारा बनते हैं।"

फातिमा की बात याद आयी। "'आंबील' हमारा इन्तज़ार कर रहा है।" तय किया, अब उन्हें ट्रीट मैं ही दूँगा!

उस दिन अपने रिज़ल्ट की ख़ुशी मनाने के लिए कृष्णा ने शुगरलैस केक बनाया। माँ भी खा सके इसलिए। 69 परसेंट मिलना उसके लिए बहुत बड़ी बात थी। कितना ख़ुश हुआ था!

"अब आगे के बारे में क्या सोचा है?" मैं जानता था फिर भी उससे पूछ लिया।

"केटरिंग करने वाला हूँ।" कृष्णा ने केटरिंग कोर्स से जुड़ी सारी जानकारी प्राप्त की थी।

"एस.एस.सी. में इतने अच्छे मार्क्स लेकर अब केटरिंग करोगे?"

कृष्णा मेरे सवाल से असमंजस में पड़ गया। "स्टार होटल का कुक बनना है तो केटरिंग कोर्स से कुछ नहीं होने वाला। तुम होटल मैनेजमेंट का कोर्स करो। पहले बारहवीं और फिर डिप्लोमा।"

मैंने पूछताछ की थी। डिग्री कोर्स बारहवीं के बाद सम्भव था और वह तीन साल का था। इस वजह से उसकी फ़ीस भी ज़्यादा थी। कम फ़ीस वाले सर्टिफ़िकेट कोर्सिस उपलब्ध थे लेकिन उनका कम स्कोप था।

"इसके बजाय दो साल का डिप्लोमा कोर्स करो।"

"लेकिन फी?"

"दो साल की मिलाकर फी कुछ डेढ़ लाख तक हो जायेगी। लेकिन तुम उसकी चिन्ता मत करना। पहले बारहवीं हो जाने दो। तुम बस मन लगाकर पढ़ाई करो।"

ऐसा कहकर मैंने तीस हज़ार का चेक उसके हाथ में देते हुए कहा, "ग्यारहवीं-बारहवीं तक की पढ़ाई इतनी रकम में हो जायेगी। फिर भी इस बीच अगर और पैसों की ज़रूरत पड़ती है तो मैं तो हूँ ही। लेकिन बड़े होटल का कुक बनने का तुम्हारा सपना पूरा होते हुए अप्पा को देखने दो।"

"लेकिन–फिर डिप्लोमा के लिए पैसे...?"

"कुछ महीने पहले कभी सोचा था तुमने कि तुम एस.एस.सी. पास हो जाओगे? पर पास हुए न? और वो भी अच्छे मार्क्स लेकर? डिप्लोमा भी हो जायेगा!"

कृष्णा की आँखों में उमड़ आया सैलाब देखने के लिए मैं वहाँ नहीं रुका।

कृष्णा आता रहा। माँ उसे काम फ़र्माती रही। खाना बनाने तक ठीक था। पर एक दिन फिर से देखा, माँ उससे अपने पैर दबवा रही थी।

कृष्णा को अपने पास बुलाया। ग्यारहवीं की तैयारी में लग जाने के लिए कहा। अब से घर के सारे काम मैं सँभाल लूँगा कहा।

"बाबू, बाज़ार जा रहे हो क्या? बड़ी बांगड़ा मछली मिले तो लेकर आना। कृष्णा के हाथ का बना उसका उड़द-मेथी वाला सालन लाजवाब होता है।"

"आगे से कृष्णा नहीं आयेगा, माँ।"

वह दिन हमने दाल-चावल-पापड़ खाकर गुज़ारा।

चित्रा काणकोण में थी। वहाँ ठीक से रेंज नहीं मिल पाती थी। फिर भी फ़ोन कैसे–

"आज मिलना ज़रूरी है। शाम पाँच बजे।"

"ज़रूरी है तो अभी मिल लेते हैं।" मेरी बेताबी देखकर चित्रा ज़रूर हँसी होगी।

"पागल, मैं काणकोण में हूँ। पणजी जाने अभी निकली हूँ।"

दस मिनट पहले ही मिरामार पहुँच गया। देखा कि फातिमा पहले ही वहाँ हाज़िर थी। "पक्का जानती थी मैं, चित्रा के बुलाने पर तुम दस मिनट पहले ही आओगे।"

गर्मी के दिन होने के कारण समन्दर किनारे पर लोगों की भीड़ थी। सूरज ढलने में अभी काफ़ी समय बचा था। एक ही तरफ़ खड़े होने की बजाय ज़रा टहलना अच्छा होगा सोचकर हमने फ़ुटपाथ पर ही यहाँ से वहाँ तक चार चक्कर लगाये।

"देखो तो, हमारे साये कैसे एक-दूसरे में समा गये हैं! कौन तुम और कौन मैं...पता ही नहीं चल पा रहा।" गनीमत थी कि कोई शेर सुनाना शुरू नहीं किया।

मेरी नज़र घड़ी की तरफ़ थी। चित्रा को देर क्यों हुई?

"चित्रा जल्दी नहीं आनी चाहिए।" फातिमा के मुँह से निकला। "उतना ही तुम्हारे साथ अकेले रहने का मौक़ा मिलेगा।"

सामने एक ऑटो आकर रुका। सिर बाहर निकालकर चित्रा ने कहा,"विपिन, यहाँ बहुत भीड़ है। चलो, हम दोना पावला चलते हैं। आओ, ऑटो में बैठो।"

फातिमा ने ख़ुशी से ताली बजायी। ऑटो में हमारे बैठ जाते ही चित्रा ने कहा,"दो लड़कियों के बीच नहीं बैठना है इसीलिए वह किनारे बैठा है। तुम्हारी वजह से नहीं, समझी?"

यहाँ भी भीड़ ने हमारी पीठ नहीं छोड़ी। लेकिन टीले के नीचे बैठने को जगह मिल गयी।

"सस्पेंस क्यों बढ़ा रही हो?" मैंने अधीरता दिखाई।

चित्रा उठी। हमारे सामने खड़ी हुई। लगा कि अब यह लेक्चर देना शुरू करेगी। पर उसने जो बताया उसकी बिल्कुल उम्मीद नहीं थी। "मैं मुम्बई जा रही हूँ। फाइन

आर्ट्स पढ़ने। रहेजा इंस्टीट्यूट से सोमवार को इंटरव्यू का कॉल आया है। इतवार को निकलना है।"

डूबने से पहले ही सूरज को बादलों ने ढक लिया। उमस भरे माहौल में दम घुटने लगा। मैं उठकर खड़ा हुआ।

"क्या हुआ?" चित्रा ने पूछा।

"चाय चाहिए।" मैंने क़दम आगे बढ़ाये। पीछे-पीछे और चार क़दम साथ आने लगे।

"विपिन ने कोई रिएक्शन नहीं दिया।" चित्रा ने कहा या पूछा?

"तुमने कभी किसी की जान को जाते हुए देखा है? ये देखो मुझसे रूठकर मेरी जान जा रही है।" भीड़ की परवाह किये बिना फातिमा गा उठी।

"तुम अच्छी गायिका हो इसमें कोई शक नहीं। लेकिन उसे चिढ़ाने के लिए गा रही हो तो यह ठीक नहीं।"

दो कॉफ़ी, एक चाय, मौन... तेरह मिनट और फिर बेमौसम बरसात!!!

हम तीनों अन्दर ही फँस गये। आसपास खड़े लोग भी बारिश के कारण अन्दर आ गये। अन्दर लोगों की भीड़...दिमाग़ में विचारों की!

"ऐऽ! आय एम फीलिंग इंसपायर्ड। मुझे ज़बरदस्त प्रेरणा मिली है...इस पल को कैनवस पर उतार लाने की! सिरों की भीड़, सिरों में कीड़े-मकोड़े, चींटियाँ...एक सिर में से आसमान में उड़ान भरने वाला एकदम सफ़ेद कबूतर और चार आँखों के उदास तारे। इफ ओनली...पास कैनवस होता तो..."

"इस ज़बरदस्त प्रेरणा को बहुत सँभालकर ले जाना अपने साथ। यह पल तुम्हें कैनवस पर जो उतारना है! जाते समय अपने साथ हथेलियों में भरकर डूबती शाम भी ले जाना और आँखों में भरकर यह बेमौसम बरसात...काम आयेगा–हम दोनों की तस्वीर बनाओगी तब!" फातिमा ने लफ़्फ़ाज़ी की।

"मुझे तुम्हारी तस्वीर की क्या ज़रूरत है? तुम दोनों को तो अपने साथ लेकर ही जा रही हूँ मैं–अपने दिल में।"

लेकिन मेरे मुँह से कुछ नहीं निकला। मौन ही रहा। कुछ बोलने का मन ही नहीं हुआ।

बारिश थम जाने के आसार नज़र आते ही हम बाहर निकल आये। हल्की बूँदा-बाँदी जारी थी। मैंने जेब से रूमाल निकालकर चित्रा का सिर ढक दिया।

"अरे, नहीं चाहिए। मुझे भीगना अच्छा लगता है।" चित्रा ने कहा। जैसे इसी के लिए रुकी थी वैसे फातिमा ने झपटकर वह रूमाल लिया और अपने सिर पर फैलाया।

"तुम अपना दुपट्टा सिर पर ओढ़ो।" कहकर मैंने अपना रूमाल वापस लिया।

"कम से कम इस बहाने जनाब ने अपना मुँह तो खोला–एट लास्ट!"

"चित्रा, ज़ुकाम को इनवाइट क्यों कर रही हो? तुम्हें मुम्बई भी जाना है। वापस लौटें क्या?"

चित्रा ने मना किया।

बैठने लायक कोई जगह नहीं मिली। सब कुछ गीला-गीला था। बस, योंही पैदल चक्कर लगाते रहे। पूरा समय सिर्फ़ चित्रा ही बातें करती रही। "मुझे जे.जे. स्कूल ऑफ़ आर्ट्स में एडमिशन चाहिए था। लेकिन उनका एंट्रेन्स एक्ज़ैम बारहवीं की परीक्षा के पहले ही था। मुझे पास होने की गारंटी नहीं थी इसलिए मैंने उसे आनसर नहीं किया था। पर अब सब ठीक-ठाक हो गया है।" फिर बताया कि उसने कैसे पप्पा को मनाया, कैसे ऐन वक़्त पर पप्पा का मुम्बई वाला फ़्लैट ख़ाली हो गया, वहाँ रहने का इन्तज़ाम किस तरह किया, इंटरव्यू में ले जाने के लिए अपने चुनिन्दा चित्रों का पोर्टफोलियो कैसे तैयार करके पैक किया। यह भी बताया कि उन चित्रों में मेरा चित्र भी शामिल था...

"लेकिन मेरा क्यों?"

"तुमने मोनालिसा का चित्र देखा है? उसकी मुस्कान मानो कोई पहेली है। तुम्हारा चित्र भी कुछ ऐसा ही है। उसमें तुम्हारी आँखें–हँस रही हैं या उदास हैं, ब्लैंक हैं या मीनिंगफुल–समझ में नहीं आता। उलझन में डाल देती हैं! आय एम सॉरी। मैं ख़ुद को लियोनार्दो दा विंची से कमपेअर नहीं कर रही हूँ आं!"

'अब ख़त्म करो' कहती हुई सी बारिश दुबारा शुरू हुई। समय का एहसास ही नहीं रह गया था। ऑटो रिक्शा बुलाया। मुझे मेरशी तक छोड़ आने के लिए वे दोनों तैयार थीं। लेकिन मैंने अपनी बाइक मिरामार पार्क की थी। इतवार को मिलना तय होने के बाद मुझे मिरामार छोड़कर ऑटो चला गया।

बारिश तेज़ हो गयी तो उससे बचने के लिए आसरा ढूँढ़कर थोड़ी देर के लिए वहाँ खड़ा हुआ। आठ कब के बज चुके थे। माँ से कहा था कि घर लौटने के बाद खाना बनाऊँगा। भूखी माँ आँखों के सामने आयी तो बरसती बारिश में ही बाहर निकल पड़ा। रास्ते में 'नियाज' से माँ के लिए बिरयानी पैक करवा ली। घर पहुँचा तब नौ बजने जा रहे थे। पर देखा कि माँ तो खाना खाने बैठी थी। आश्चर्य!

"तुम्हें आने में देर हो रही है यह देखकर मैंने ख़ुद ही खाना बना लिया।"

ख़ैर, अच्छा हुआ, एक बात समझ में आयी कि जब मैं घर पर नहीं रहूँगा तब माँ अपने लिए खाना बनाकर खा सकती है।

इतवार को चित्रा कोंकण कन्या ट्रेन पकड़कर मड़गाँव से मुम्बई जाने वाली थी। सुबह-सुबह फ़ोन आया। "कैसे जाओगे?" बाइक लेकर जाने के बारे में सोच रहा था। लेकिन इस पूँछ को पीछे लटकाकर नहीं ले जाना था मुझे। "अभी तक कोई प्लैन नहीं बनाया है।"

"बाइक से जा रहे हो तो पिलियन रायडर मैं हूँ।"

"मैं बाइक लेकर नहीं जा रहा हूँ।"

"अगर ऐसा है तो–गाड़ी छह बजे छूटने वाली है। चित्रा कह रही थी कि वह स्टेशन जल्दी पहुँचने वाली है। हम लोग साढ़े तीन बजे कदम्बा बस स्टेशन के शटल काउंटर के पास मिलते हैं।"

"नहीं,चार बजे।"

"डन। चार बजे पहुँचती हूँ। टिकट ख़रीदकर वहीं रुकती हूँ।"

मुझे लगा था कि पूरे रास्ते में ये बड़बड़ाती, हँसी-मज़ाक़ करती, चिढ़ाती रहेगी। लेकिन ऐसा कुछ नहीं हुआ। इतनी चुप थी कि मुझे ही पूछना पड़ा, "आज इतनी चुप-चुप क्यों हो?"

फिर उसने चित्रा के बारे में बताना शुरू किया। चित्रा से मिलने से पहले कैसे वह सबसे अलग-थलग रहा करती थी। उसका अतीत कैसे उसे आतंकित किया करता था। लड़कों की तो बात ही छोड़ो, लड़कियों के साथ तक दोस्ती नहीं करती थी। एक दिन कैसे चित्रा ने उससे पूछा था, मोबाइल पर एक फ़ोटो खींचूँ? नहीं कहा तब कैसे ज़बरदस्ती उसे रोककर पूछा था, "तुम इतनी सुन्दर दिखती हो पर तुम्हारी आँखों में इतनी उदासी क्यों हैं?" फिर उसी ने बताया कि उसे पेंटिंग में रुचि है। मैं बहुत इंट्रोवर्ट हो गयी थी। चित्रा ने मुझे बोलना सिखाया। मेरा डर, संकोच मिटने की वजह चित्रा ही थी। उसे पेंटिंग और पढ़ना पसन्द था तो मुझे शायरी और डांस। मैंने कभी चार लोगों के सामने अपनी कविता नहीं पढ़ी थी ना कभी डांस किया था। कविता मेरी डायरी के लिए और डांस मेरे कमरे में जो आईना था उसके लिए। चित्रा ने मुझे मुझसे मिलाया। मेरे भीतर अल्हड़पन जगाया। मेरे चेहरे पर मुस्कुराहट खिला दी। कॉन्फिडेंस दिया। हालाँकि मैं उसकी सीनियर थी फिर भी मुझे उसका साया बनकर रहना अच्छा लगने लगा...

कुछ देर रुककर मानो चित्रा से ही बात करती हुई सी बुदबुदायी,"इसके पहले भी तुम छुट्टियों में घर जाती थीं। लेकिन उस समय भरोसा होता था तुम्हारे वापस आने का। तुम्हारे आने के बाद जब मिलते तब ख़ुशी दुगनी हो जाती। अब...सब सूना-सूना लग रहा है।" इतना कहकर फातिमा फिर से चुप हो गयी...मेरे स्वभाव के विपरीत होने के बावजूद मैंने उसका हाथ अपने हाथ में ले लिया। तब उसकी दोनों आँखें छलछला उठीं। रूमाल से आँखें पोंछकर वह बाहर देखते हुए बैठी रही।

चित्रा के बारे में फातिमा ने जो बताया था उसे सुनकर चित्रा के प्रति मेरे मन में जो भावना थी वह और प्रगाढ़ हुई। मेरा कोई दोस्त-वोस्त तो नहीं था पर मेरे पास एक चित्रा थी। मेरे दिल को सुकून देने के लिए वह अकेली ही काफ़ी है इस बात का एहसास हुआ।

स्टेशन पर पहुँचे तो देखा कि ट्रेन अभी तक प्लेटफॉर्म पर नहीं लगी थी। लेकिन चित्रा पप्पा के साथ पहले ही वहाँ हाज़िर थी। पप्पा रोज़ की तरह मज़ाक़िया मूड में नहीं दिख रहे थे। ज़रा गुमसुम से नज़र आये। "तुम चित्रा के साथ होतीं तो मुझे उतनी चिन्ता नहीं हो रही होती फातिमा!"

"पप्पा और मेरा क्या? चित्रा मेरे साथ नहीं होगी इसकी किसी को चिन्ता नहीं?" फातिमा ने रुआँसा चेहरा लिए कहा।

"ऐसी बात क्यों कर रही हो?" चित्रा ने डाँटा तो फातिमा ने आँसुओं से भरी आँखों को रूमाल लगाया। "अब बहुत हो गया आं! क्या आप लोग यहाँ मुझे रुलाने के लिए आये हो? और पप्पा, मुम्बई अब पहले की तरह दूर नहीं रही। मैं पणजी रहूँ या मुम्बई, एक जैसा ही है ना? आपको मेरी चिन्ता नहीं करनी चाहिए। दरअसल चिन्ता तो मुझे आपकी करनी चाहिए। देखिए, कैसे मैं ही दिल को कड़ा करके जा रही हूँ।"

"बेटा मैं चिन्ता करना नहीं चाहता पर हो जाती है।" पप्पा ने उतरा हुआ चेहरा लेकर कहा।

"मुझे किसी को दुखी करके नहीं जाना है। कह दीजिए कि मत जाओ। अभी, इसी वक़्त घर वापस लौटते हैं।" चित्रा ने दृढ़ता से कहा।

"तुम मत जाओ ऐसा किसने कहा है?" फातिमा ने एकदम पूछा।

"मुझे पता है," चित्रा ने उसकी आँखों में आँखें डालकर कहा, "तुम मुझे रुकने के लिए नहीं कहोगी।" और फिर मेरी तरफ़ देखकर आवाज़ धीमी करते हुए सिर्फ़ मैं और फातिमा सुन सकूँ इस तरह बोली, "क्योंकि मैडम, मैं यहाँ रहूँ उससे ज़्यादा आप चाहती हैं कि मैं यहाँ से चली जाऊँ। राइट?"

"क्या मैं इतनी स्वार्थी हूँ?" कहकर फातिमा ने उसे बाँहों में भर लिया।

गाड़ी प्लेटफॉर्म पर आने लगी। पप्पा सामान उठाने की तैयारी करने लगे। फातिमा अभी भी चित्रा की बाँहों में थी। उसके कन्धे पर चेहरा टिकाये चित्रा ने आँखों से इशारा करते हुए मुझे अपने पास बुलाया। "आय नीड अ वर्ड फ्रॉम यू, विपिन। मेरे जाने के बाद तुम कभी भी फातिमा को नहीं टालोगे।"

"तुम्हें ऐसा क्यों लगता है? मैं भला उसे क्यों टालूँगा?"

फातिमा फ़ौरन चित्रा की बाँहों के घेरे से बाहर निकल आयी और उसने चित्रा के होंठों पर उँगली रख दी।

"फातिमा को ऐसा लगता है–" चित्रा ने उसका हाथ हटाते हुए कहा।

ट्रेन रुक गयी। पप्पा ने उसका बैग उठाया। चित्रा भी सामान लेकर डिब्बे में चढ़कर अन्दर चली गयी। थोड़ी देर बाद पप्पा बाहर आ गये। ए.सी. डिब्बे की खिड़कियों के काँच काले होने की वजह से भीतर का दृश्य दिखाई नहीं देता था। मैं ही डिब्बे के अन्दर चला गया। चित्रा सामान ठीक से लगा रही थी। मुझे देखकर बोली, "अरे, मैं ही बाहर आ जाती।" एक मिनट के लिए हम दोनों आँखों में आँखें डाले वहीं खड़े रहे।

"चलो, गाड़ी छूटने का समय हो गया।" चित्रा ने कहा। मेरी ज़बान को जैसे ताला लग चुका था। कुछ भी बोलने का मन नहीं हुआ।

डिब्बे से बाहर निकला तो देखा कि फातिमा पप्पा के गले लगकर आँखों से मांडवी की धारा बहाये जा रही थी।

वापस लौटते समय फातिमा ने कुछ नहीं कहा। रुलाई को अन्दर ही अन्दर दबाती रही। कदम्बा बस स्टैंड पर उतरे तब भी उसकी आँखें भरी हुई ही थीं।

"क्या मैं तुम्हें घर छोड़ने आऊँ?" शाम के साढ़े सात बज चुके थे।

फातिमा ने गर्दन हिलाकर 'ना' कहा और एक ऑटो को रोक दिया। बैठने से पहले मेरा हाथ खींचा और ज़ोर से पकड़ा, "चित्रा नहीं है इसलिए मुझसे मिलना बन्द मत करना। प्लीज़..."

रात भर मेरी आँखों के सामने ट्रेन के डिब्बे में खड़ी चित्रा की निःशब्द आँखें आती रहीं और फातिमा का करुण स्वर कानों में गूँजता रहा।

"तुम्हारे सर मिले थे। तुम्हारे बारे में पूछ रहे थे।" कृष्णा ने आते ही बता दिया। अब तक कृष्णा 'आप' से 'तुम' पर आ चुका था।

आते समय अपने साथ हरी चौलाई का साग लेकर आया था। "अम्मी ने खेत के एक टुकड़े में इसे लगाया था। कहने लगी कि जाकर थोड़ा बाबू को दे आओ।"

लेकिन चौलाई देखकर माँ का चेहरा बिगड़ गया। "यह तो कड़वी होती है। आप लोगों ने टमाटर, फ्लावर वग़ैरह नहीं लगाया?"

मैंने कहा, "माँ नहीं चाहती, तो न सही। मैं खा लूँगा। मुझे पसन्द है वह।"

कृष्णा ख़ास बताने आया था कि उसने एडमिशन ले लिया है। उसने ज़रूरी किताबें भी ख़रीद ली थीं। "अभी क्लासिस शुरू होने में देर है। कोई भी काम हो तो बता देना।"

"कोई ज़रूरत नहीं। तुम्हारे आने से काम करने की जो आदत पड़ चुकी है वह बिगड़ जायेगी। उससे अच्छा है इसी तरह जब कभी छुट्टी वग़ैरह हो तब मिलने आ जाना। पढ़ाई में डिफिकल्टी हो तो बेझिझक बताना।"

कृष्णा चला गया। लेकिन मार्टिन सर की बात बताकर मन में अपराध-बोध जगा गया था। दरअसल मुझे उनके हाल-चाल के बारे में पूछना चाहिए था। आज ही जाना सही होगा।

सर के घर जब भी गया ख़ाली हाथ ही गया। पर वहाँ से लौटते समय भर-भर के ले आया–दिल में, दिमाग़ में, हथेलियों में। लेकिन आज मैं सहानुभूति जताने जा रहा था। ऐसे समय क्या लेकर जाना सही होगा? जब डैडी की मौत हुई थी तब मार्टिन सर मिलने आये थे। उन्होंने मुझे किताब लाकर दी थी। मैं उन्हें क्या दे सकता हूँ? मार्टिन सर भरी हुई गागर के समान थे जिसमें मेरी तरफ़ से ज़्यादा-से-ज़्यादा एक बूँद डाली जा सकती थी। पर इस बूँद के डाले जाने पर उसमें से एक बूँद बाहर छलक पड़ती। जो बाहर गिरती वह ज़्यादा अनमोल होती। इसलिए मुझे नहीं लगता

था कि मेरे पास सर को देने लायक कुछ था। पर लेने लायक बहुत सारा था। सहानुभूति व्यक्त कर सकता हूँ। पर क्या उसकी उन्हें ज़रूरत होगी? वे तो ज्ञानी व्यक्ति हैं। अब तक उन्होंने उस दुख को पचा भी लिया होगा। और मैडम आग्नेस! उनसे मैं कैसे बात कर पाऊँगा? कैसे उनसे आँखें मिला पाऊँगा? उन्हें याद करते ही सॉर्पोतेल मानो गले तक आ गया। पिछली बार जब मैंने स्टैला को देखा था तब ख़ुशी से लबालब भरे हुए उसके दिल से उत्साह का झाग छलक रहा था। खिले फूलों से खचाखच भरे बटमोगरे के पौधे सी लग रही थी तब। अब बिल्कुल मुरझा गयी होगी। स्टैला को सान्त्वना देने के लिए हाथ आगे बढ़ाने की कल्पना से ही दिल दहल गया। लगा, उल्टे पैर यहाँ से निकलकर भाग जाऊँ।

लेकिन ऐसा मौक़ा नहीं मिला। सर घर पर ही थे। उन्होंने मुझे हॉल में ले जाकर बिठाया। मैडम बाहर नहीं आयीं। सर ने बताया, "स्टैला कोलकाता गयी है–मदर स्टैला बनने!" रामिरो का दुख भुलाने के लिए उसने रास्ता ढूँढ़ लिया था। मदर टेरेसा के सम्प्रदाय में शामिल होने का। अपने गुज़रे प्रेमी की याद में दुखी होकर ज़िन्दगी बिताने की बजाय दीन-हीन लोगों की सेवा करने का।

मन सुन्न हुआ। रामिरो के प्रति अपनी श्रद्धांजलि प्रकट करने के लिए स्टैला अब ग़रीबों की सेवा करते हुए अपनी ज़िन्दगी को तपाकर सोना बनायेगी। "नन बनकर काम करने का निर्णय उसी का है।" सर ने बताया।

बेटी किसकी है? पलभर लगा जैसे मार्टिन सर ने सन्त का स्तर प्राप्त कर लिया है। लेकिन सन्त के पैर भी मिट्टी के ही होते हैं इसका तुरन्त अनुभव आया। "हम लोग कितने ख़ुश थे! लगा था रामिरो जैसे गुणवान जमाई के रूप में हमारे जीवन में बेटा आ जायेगा। लेकिन...अब...अब तो बेटी भी चली गयी है, दूर...बहुत दूर!" फिर गहरी साँस छोड़कर सर बोले, "मैंने कभी भी मौत की चिन्ता नहीं की। अगर की तो ज़िन्दगी की। रामिरो एक झटके में चला गया। उस बात का दुख तो है ही। आय नो, टाइम विल हील इट। चिन्ता हो रही है स्टैला की। उसे ज़िन्दगी में और कुछ भी सहना न पड़े, बस यही चाहता हूँ।"

सर से विदा लेकर बाहर आया तब उनके बग़ीचे के पेड़ से एक चिड़िया उड़कर चली गयी। वह डाल काफ़ी देर तक हिलती रही। वह मुझे विदा कर रही ़ी या उस चिड़िया को?

चित्रा का फ़ोन–"तुम कॉलेज क्यों नहीं गये?"

उसके मुम्बई पहुँचने के बाद ये दूसरा था। पहला फ़ोन आया था अपना इंटरव्यू कैसा रहा, अपने चित्र उन्हें कैसे पसन्द आये, बान्द्रा का रहेजा इंस्टीट्यूट

उसे कैसे पसन्द आ गया यही बातें बताने। ऊपर से वहाँ अंग्रेज़ी लिटरेचर विषय होने के कारण वह कुछ ज़्यादा ही ख़ुश थी। "पर अभी तक मन-मुताबिक़ किसी से दोस्ती नहीं हो पायी है।" उसने अफ़सोस ज़ाहिर किया था। तब भविष्य में उसे जो मन-मुताबिक़ दोस्त मिलने वाले थे उनके प्रति मुझे जलन-सी अनुभव हुई–क्या मुझे बेकार में वैसा लगा?

"कल से कॉलेज खुल गया है–भूल गये क्या?"

"जाकर क्या करूँ? टाइम-टेबल देखकर आ जाऊँ? ओरिएंटेशन सेशन की तो मुझे ज़रूरत है नहीं।"

"कोई और भी है वहाँ जो तुम्हारा इन्तज़ार कर रहा है यह कैसे नहीं समझ पा रहे हो तुम?"

मैं चुप।

"आई.डी. कार्ड बनाया?"

"हाँ।"

"वह भी फातिमा ने याद दिलाया तब। राइट?" तो चित्रा तक पूरी रिपोर्ट पहुँच चुकी थी!

"कम से कम फातिमा से मिलने तो जाओ। कॉलेज में उसका और कोई दोस्त नहीं है। जानते हो ना?"

"अब बनाने के लिए कहो उसे।"

कुछ देर चित्रा चुप रही।

"तुमने वह कहावत सुनी ही होगी–दूध का जला छाछ भी फूँक-फूँक कर पीता है।" और फिर कहा,"उसे तो अब न दूध से न छाछ से कोई लेना-देना चाहिए।"

चित्रा फातिमा के बारे में बताती गयी। बचपन में उसके साथ दुष्कर्म घटित हुआ था। इस घटना ने उसे पूरी तरह ध्वस्त कर दिया था। यहाँ तक कि वह आत्महत्या करने के बारे में सोच रही थी। लेकिन फिर उसने शायरी और कविता में अपना मन रमा दिया। टी.वी. से उसने नाचना सीखा। उसने कहीं भी आना-जाना बन्द किया था। स्कूल तक छोड़कर वह घर बैठी हुई थी। लेकिन जब असलम भैया ने उसे समझाया, बहुत आग्रह किया तब स्कूल जाने को तैयार हुई। चित्रा के मिलने से पहले वह कैसे अकेले-अकेले रहा करती थी इस बारे में तो ख़ुद फातिमा ने ही बताया था मुझे।

"जब मैंने उसे अपने मुम्बई जाने की बात बतायी तब़ बोली, 'अगर ऐसा है तो मैं भी कॉलेज छोड़ दूँगी।' लेकिन जब मैंने उससे कहा कि फिर तुम अकेले पड़ जाओगे तो शान्त हो गयी। तुम सुन रहे हो ना?"

“अं...”

“अभी उसे फ़ोन करो।”

चित्रा का फ़ोन आ जाने के बाद वह कितनी दूर चली गयी है, यह बात शिद्दत से महसूस होने लगती। किचन में चला गया और बड़ा सा मग भरकर चाय पी ली।

चाय का आँखिरी घूँट ख़त्म होने से पहले ही फ़ोन आया।

“थैंक्यू विपिन। मैंने शर्त जीत ली।”

“कौन सी शर्त?”

“अभी मैंने चित्रा से शर्त लगायी थी। वह कह रही थी, दो मिनट के अन्दर मुझे तुम्हारा फ़ोन आयेगा। मैंने कहा, दस मिनट तक राह देखूँगी। अगर नहीं आया तो इसके आगे जब तक विपिन उसे फ़ोन नहीं करेगा तब तक वह तुम्हें नहीं करेगी।”

“मैं बस करने ही वाला था।” मैं बुदबुदाया। “क्लास ख़त्म हो गयी?”

“पता नहीं। देखो, मैं एक कॉफ़ी और एक चाय लेकर कैंटीन में बैठी हूँ। कॉफ़ी का मग शर्मिन्दगी से आधा हो गया है और चाय का मग उसे चिढ़ा रहा है। कहता है–राह भटकने वाले की राह देखने वाला पागल है।”

“वहीं बैठी रहना। ठण्डी हो गयी हो तो भी पी लूँगा। बारह मिनट देना मुझे।”

स्कूल से दसवीं पास करके जब ग्यारहवीं में पहुँचा था तब पहले मन में एक शंका थी कि वहाँ के माहौल में अपने को कैसे ढाल पाऊँगा? लेकिन हायर सेकेंडरी की और वहाँ के विद्यार्थियों की कमज़ोरियाँ ही मेरी नैया पार कराने की ख़ातिर शक्ति बनकर उभरी थीं। और अब जब कॉलेज में पहुँचा तब अच्छी तरह समझ में आने लगा कि ग्यारहवीं-बारहवीं को जूनियर कॉलेज या हायर सेकेंडरी क्यों कहते हैं।

पहले दिन क्लास अटैंड न करने वालों में सिर्फ़ मैं ही नहीं था। बाद में जान गया कि यहाँ बंक-मास्टर ही ज़्यादा थे। जैसे-जैसे एक-एक साक्षात्कार होता जाता वैसे-वैसे मैं भीतर तक दहलने लग जाता। आधे से ज़्यादा विद्यार्थी या तो नशा था इसलिए या मौज-मस्ती के नाम पर सिगरेट पीते थे। काफ़ी ऐसे थे जिन्हें नाइट पार्टी की आदत थी। एक दिन मैंने कैम्पस में ही दो लड़कियों को सिगरेट का धुआँ छोड़ते हुए देखा। उस दिन पहली बार ठेले पर सिगरेट ख़रीदी। घर आते ही उसे होंठों के बीच रखा। माचिस की जलती तीली से सिगरेट का सिरा सुलगाकर बस एक ही कश लिया था–आधे घण्टे तक खाँसता रहा। आगे चलकर यह भी पता चला कि लेट पार्टी में जाकर बियर, वाइन पीने वाली लड़कियाँ भी हमारे कॉलेज में हैं। इनके घर में डाँटने-डपटने वाले, पूछ-ताछ करने वाले डैडी नहीं हैं क्या?

"ओय बच्चू, क्या ये सब वे डैडी को बताकर करती हैं?" फातिमा ने मुझसे पूछा। "और तुम्हें लगता है, हमारी हायर सेकेंडरी के बच्चे नहीं करते थे ये सब? थोड़े ही सही, पर थे। बस, जो भी करते छिपाकर करते।"

नाले में तैरने वाली कुछ मछलियाँ अब नदी में पहुँच चुकी थीं। अमृत, सर्वेश, ब्रैंडा, सूरज...कुछ जाने-पहचाने, कुछ अनजाने चेहरे कॉलेज में दिख गये। कुछ सीनियर्स की अगुवाई में फ्रैशर्स पार्टी का आयोजन होने जा रहा था। हमसे इस बारे में बात करने के लिए वे क्लास में आये थे। इस बहाने उनके साथ फातिमा भी आयी थी। हमें बताया गया कि नये विद्यार्थियों को कॉलेज के माहौल का अन्दाज़ा मिले, क्या करना है क्या नहीं यह पता चले, इस वजह से ये पार्टी दी जा रही थी। पार्टी की थीम तय करने के लिए उन्होंने आज का प्रोग्राम प्लैन किया था–'टैल द थीम।' एस.वाय. में से किसी ने पूछा, "आप में से सुपर हीरो टाइप कोई है?" फातिमा नज़रें गड़ाये मेरी तरफ़ ही देख रही थी। अमृत ने शायद यह नोट कर लिया। "ये देखो, हमारा सुपर मैन!" उसने मेरी तरफ़ उँगली से इशारा करते हुए कहा। सभी ने तालियाँ बजायीं। वहाँ से भाग जाने का मन हुआ। बैग उठाया। पीठ पर लटकाते हुए दरवाज़े की ओर बढ़ा। फातिमा ने रोक लिया–"प्लीज़ बैठो। तुम्हें कुछ भी नहीं करना होगा।"

फिर उन लोगों ने पूरा कार्यक्रम तय किया। सब लोगों को अपनी पसन्द के मुताबिक़ सुपर हीरो के वेश में आना था। और हर किसी को अपना-अपना हुनर पेश करना था। डांस, सांग, जोक, कोई भी कला...कुछ भी। मुझे लगा था फातिमा डांस या फिर शायरी पेश करेगी। लेकिन नहीं। पर किसी को भी मार्गदर्शन की आवश्यकता हो तो उसके लिए जिन दो सीनियर्स के नाम बताये गये, उनमें से एक नाम फातिमा का था।

पार्टी वाले दिन मैं कॉलेज नहीं गया।

"मैं डांस करना चाहती थी। पर मैंने नहीं किया। जानते हो क्यों? मुझे पता था तुम नहीं आओगे।"

दोनों का टाइमिंग अलग होने के कारण काफ़ी समय तक मिलना नहीं हो पाता था। पिछले साल चित्रा और फातिमा से मिले बिना चैन नहीं मिलता था। अब भी उनसे मिलने को जी करता था। अकेलापन काटने दौड़ता तब चित्रा को फ़ोन लगाता था। पहले जब प्रत्यक्ष मिलते थे तब समय के बीत जाने का एहसास ही नहीं हो पाता था। कई घण्टों तक बातें करते। लेकिन फ़ोन पर पाँच, दस, बीस मिनट में ही सब

बातें ख़त्म हो जातीं। ग़नीमत थी कि फातिमा साथ थी। उसने दिल को बड़ा सुकून दिया। उसके लेक्चर्स सुबह होते थे। मेरे दोपहर दो बजे शुरू हो जाते। वह मुझे कॉलेज जल्दी आने के लिए कहती। इस तरह मेरे लेक्चर्स शुरू होने से पहले हमें आधा घण्टा साथ बिताने का मौक़ा मिल जाता। कभी-कभार घर के काम निपटाकर कॉलेज पहुँचने में मुझे देर हो जाती तब वह मेरे लेक्चर्स ख़त्म होने तक वह लाइब्रेरी में समय बिताती। एक दिन मैंने कहा–

"चलो, इसी बहाने तुम्हारी पढ़ाई अच्छे से हो जाती है!"

"करेक्ट!" उसने बैग में पड़ी किताब निकालकर दिखाते हुए कहा।

"मिर्ज़ा ग़ालिब! तुम जानते हो मुझे यह शायर क्यों पसन्द है?"

"इश्क़-मुहब्बत! इसे छोड़कर क्या तुम कुछ और पढ़ भी सकती हो?"

फातिमा को शायद बुरा लग गया।

"*इशरत-ए-क़तरा है दरिया में फ़ना हो जाना,*
दर्द का हद से गुज़रना है दवा हो जाना।

दर्द का शायर है ग़ालिब! मुझे बेहद पसन्द है। तुम्हें भी पसन्द आयेगा।"

"तुममें और मुझमें बहुत फ़र्क़ है।"

"उतना नहीं। कॉमन ज़्यादा है।"

"क्या?"

"दर्द! मैं उसे दिल में छिपाये रखती हूँ। तुम उसे भूलना चाहते हो।"

उस रात मैंने इंटरनेट सर्च किया। ग़ज़लें, रुबाइयाँ और शायरी पढ़ी। फिर रात भर जागकर 'मिर्ज़ा ग़ालिब' फ़िल्म भी देख ली। अमेज़ॉन पर जाकर गुलज़ार की लिखी 'मिर्ज़ा ग़ालिब–एक स्वानही मंज़रनामा' किताब मँगवायी।

अगले हफ़्ते जब फातिमा से मिलना हुआ तब अपना क़बूलनामा पेश किया– उसने जो कहा था कि ग़ालिब दर्द का शायर है वह बिल्कुल सच था।

"और हमारे बीच का कॉमन फैक्टर 'दर्द' है कहा था, उसका क्या?"

पल भर चुप रहा। फिर बोला, "हो सकता है।"

एक दिन कॉलेज कैम्पस में सर्वेश मिल गया। "परोब, तुमसे कुछ बात करनी है।" मुझे लगा शायद नमशीकार या फिर पढ़ाई के बारे में कुछ कहना चाहता होगा।

लेकिन ज़रा हकलाते हुए उसने जो बात बतायी वह हैरत में डालने वाली थी। "तुम मेरे फ्रैंड हो इसलिए बता रहा हूँ। किसी से मत कहना...क्या तुम्हें स्टफ

चाहिए? मैं दिलवा सकता हूँ। किसी को पता नहीं चलेगा।" वह जिस तरह लड़खड़ाती हुई ज़ुबान में बोल रहा था उससे अन्दाज़ा आ गया। लेकिन ऐसी कौन सी मजबूरी थी जिसके कारण वह इस दलाली की दलदल में फँस गया?

"तुम्हें क्या फ़ायदा मिलेगा?" मेरे सवाल का जवाब देते समय वह ज़रा उलझ गया। बताऊँ या न बताऊँ इस दुविधा में फँस गया।

"कमीशन?" इस पर ना में सिर हिलाया।

"क्या सचमुच तुम चाहते हो कि मैं ये स्टफ लूँ? इससे तुम्हारा कोई फ़ायदा होता हो तो शायद मैं ले भी सकता हूँ। पर सच-सच बताओ, तुम यह कब से ले रहे हो?"

उस तपती दोपहर में मैं सर्वेश को साथ लेकर मिरामार बीच पर चला गया। उसने जो बताया उसे सुनकर उस पर तरस आया। आठ दिन पहले किसी ने उसकी बाइक के टूल बॉक्स में एक पैकेट रखा था। वह क्या है यह तक सर्वेश को पता नहीं था। जब वह पार्क की हुई अपनी बाइक निकाल रहा था तब अचानक वहाँ सादे कपड़ों में दो पुलिस वाले आ पहुँचे। उसकी जेबों की तलाशी लेने जैसा कुछ करते हुए उन्होंने उसके कपड़ों पर हाथ फेरा। और फिर पूछा, "स्टफ कहाँ है?" वह एकदम हैरान था। उसकी समझ में कुछ नहीं आ रहा था। फिर उन्होंने उसकी बाइक चेक करनी शुरू की। जब उसका टूल बॉक्स खोलने के लिए कहा तब उसमें वह पैकेट मिला। "चलो पुलिस स्टेशन। ग्रास लिए घूम रहे हो?" इतने में कॉलेज का एक सीनियर वहाँ पहुँचा और उसने बीच-बचाव करते हुए पाँच सौ रुपये देकर मामला दबा दिया। लेकिन मुस्तफ़ा ने बताया कि अगर वह ग्रास ख़रीदने के लिए और पाँच विद्यार्थी ग्राहक नहीं ले आया तो वे दुबारा उसके पास पहुँच जायेंगे।

"तुम डरते हो?"

"हाँ।"

"वे कौन हैं?"

"मैं नहीं जानता"

"मुस्तफ़ा कौन है?"

"कहते हैं कि सीनियर है। टी.वाय. में होगा शायद।"

"देखोगे तो पहचान लोगे ना? मुझे दिखाओ।"

सर्वेश और भी डर गया। "वह मुझे फिर से सताना शुरू करेगा। डैडी को बतायेगा।" किसी तरह मैंने उसे समझा-बुझाकर घर भेज दिया।

फातिमा को फ़ोन करके पूछा। "तुम किसी मुस्तफ़ा नाम के सीनियर को जानती हो?"

"नहीं। उस नाम के किसी सीनियर को मैं नहीं जानती हूँ। लेकिन एक मुस्तफ़ा है जो कॉलेज कैम्पस में आता रहता है। मैंने सेलिना वग़ैरह को कहते हुए सुना था कि वह बहुत दबंग क़िस्म का आदमी है। डोप सप्लाई करता है। तुम क्यों पूछ रहे हो? क्या हुआ?" उसको तसल्ली देने वाला जवाब देकर शान्त किया।

दूसरे दिन अमृत से मिला। उसे यह ख़बर सुनाई। अमृत शायद मुस्तफ़ा को जानता था।

"उसने तुम्हें परेशान तो नहीं किया ना?" अमृत ने पूछा।

फ़िर उसी ने आगे बताया, "कीड़ा है वह मुस्तफ़ा। लेकिन तुम परेशान मत होना। मैं देख लूँगा उसे। उसको रास्ते पर लाने की ज़िम्मेदारी तुम मुझे सौंप दो। सर्वेश से कहो कि वह उसे और तंग करे तो फ़ौरन मुझसे आकर मिल लेना।"

अमृत अब धीरे-धीरे नेता बनने के रास्ते पर चल पड़ा है यह बात उसने ही मुझे बतायी। काउंसिल, जी.एस., युवा नेता, रूलिंग पार्टी...कहने लगा, "तुम्हारे सपोर्ट की मुझे ज़रूरत है। याद रखना!"

उस दिन से सर्वेश ने अपनी बाइक पार्क करने की जगह को ही बदल दिया।

15 अगस्त को झण्डा वन्दन का कार्यक्रम हुआ। मैं उसमें शामिल होने कॉलेज चला गया। कुछ और होता तो शायद मैं नहीं जाता। देखा कि कार्यक्रम में उपस्थित लोगों में विद्यार्थी बहुत कम थे। टीचिंग स्टाफ ही ज़्यादा था। वहाँ फातिमा से मिला।

"ख़ैर, अच्छा हुआ! कम से कम तुम आये।" उसने ऐसा क्यों कहा यह बाद में कॉफ़ी पीते समय फातिमा ने स्पष्ट किया। इस कार्यक्रम में शामिल विद्यार्थियों की कम संख्या देखकर उसे बुरा लगा था। "हमें यह आज़ादी बिना कुछ किये, बनी-बनायी मिल गयी है। उसकी कीमत जिन्होंने नहीं समझी है उनसे बड़ा बदनसीब कोई नहीं। आय पीटी दैम!"

मुझे ख़ुशी हुई कि मैं झण्डा वन्दन के लिए आ गया। वैसे मैं भी आने के लिए कहाँ उत्सुक था? वन्दन करने योग्य मेरे जीवन में कोई नहीं था। कम से कम तिरंगे को वन्दन कर आते हैं सोचकर आया था। फातिमा ने मेरा आना कितना सार्थक था यह दिखा दिया।

जल्दी ही गणेश चतुर्थी का उत्सव आया। सात दिन छुट्टी!

"अब कब मिलेंगे हम?" फातिमा ने पूछा।

"कॉलेज शुरू होते ही।"

लेकिन ऐसा नहीं हुआ। चतुर्थी के दिनों में चित्रा की बहुत याद आयी। चित्रा के साथ फातिमा की भी। वैसे भी हम लोग हमेशा साथ ही मिला करते थे। मैंने फ़ोन किया। "हैलो, फातिमा, क्या आज शाम हम मिल सकते हैं? कला अकादमी के कैंटीन में। पाँच बजे?"

कृष्णा मीठी 'नेवरी'–गुजिया और चना दाल की बर्फी लेकर आया था। ये सब माँ के हवाले करने के बाद मैंने पूछा, "कृष्णा तुम्हें तीखी नेवरी बनानी आती है?"

फातिमा बेहद ख़ुश हुई। "तुम्हें कैसे पता चला कि मुझे तीखी नेवरी पसन्द है?"

"इंट्यूशन! मुझे लगा–"

"थैंक्यू विपिन।"

अब इस पर क्या कहता? आगे बोली,"थैंक्यू क्यों कहा है, यह नहीं पूछोगे?"

मैंने कन्धे उचकाये। "ऑबवियसली–"

"अगर वही एक वजह होती तो वह रस्म निभाने जैसी बात हो जाती। तुम्हें नहीं पता, आज मैं कितनी ख़ुश हूँ! आख़िर वह बेशक़ीमती पल आ ही गया! आज पहली बार हमारे यार ने ख़ुद फ़ोन करके हमें मिलने के लिए बुलाया है।"

गणेश चतुर्थी का त्योहार होने के कारण कैंटीन में लोगों की भीड़ नहीं थी। मैंने काउंटर पर जाकर कह दिया, "एक कॉफ़ी, एक चाय–स्पेशल और डबल। बढ़िया बनाना–दूध वाली!"

दीवाली की छुट्टियाँ शुरू होने से पहले एक दिन माँ को चक्कर आ गया। डॉ. कॉश्ताबीर को बुलाकर ले आया। ख़ून की जाँच करवायी तो हायपर ग्लायसेमिया! डेढ़ सौ से एकदम दो सौ अस्सी! चलो अच्छा हुआ, अस्पताल में रखने के लिए नहीं कहा। फ़िलहाल, मीठा पूरी तरह बन्द। चावल बन्द। शक्कर-गुड़ के डिब्बों को मैंने छिपाकर रख दिया। गोलियाँ और इंजेक्शंस के साथ डॉक्टरों के बिल भी बढ़ने लगे। डॉ. कॉश्ताबीर ने ख़बरदार किया, "अब ज़रा व्यायाम करो। थोड़ा चलना-फिरना शुरू करो। मीठा खाने जाओगी तो मौत भी जल्दी आयेगी।" लेकिन उसने मेरे पीछे किचन के डिब्बे खोलकर वहाँ छिपाया हुआ मीठा ढूँढ़कर खाना नहीं छोड़ा।

"डायबिटीज का नियमित मोनिटरिंग करना पड़ेगा। वह घर में अकेली होती है। ऐसे में शक्कर कम हो गयी तो कोमा में जा सकती है। शक्कर ज़्यादा बढ़ गयी तो आँखें, किडनी और हार्ट पर भी असर हो सकता है।" डॉ. कॉश्ताबीर के कहने पर मैं ग्लुकोमीटर ले आया। तब से मेरे काम में एक और काम जुड़ गया। डैडी के गुज़र जाने के बाद जो ख़ालीपन आया था उसे माँ ने भर दिया।

"विनू को बताया तुमने? उसे पता चल जाता तो दौड़ा-दौड़ा चला आता।" माँ की बात सुनकर मैंने बड़े मामा को फ़ोन करके बताया। पर उन्होंने फ़ोन पर ही माँ का हाल-चाल पूछा। "बहना को ज़रा अपनी जीभ पर क़ाबू रखने के लिए कहो। हमारी माँ को भी शक्कर की बीमारी थी। कंट्रोल करें तो कुछ नहीं होता।" विनू मामा द्वारा दी हुई मुफ़्त की सलाह माँ तक पहुँचा दी।

"कृष्णा को बुलाना चाहिए था। उतनी ही तुम्हें मदद हो जाती।" माँ को कहना था 'मुझे', पर कहा 'तुम्हें'।

मैंने बात अनसुनी कर दी। लेकिन कृष्णा से मिल आने का मन हुआ। बाइक बाहर निकाली। तभी एकदम याद आया। घर में नान खटाई का पैकेट ले आया था। माँ के हाथ लगने से पहले इसका सदुपयोग हो जाने दो सोचकर उसे साथ ले लिया। बीच वाली बस्ती में भाटकार के आउटहाउस के पास पहुँचा ही था कि वहाँ बाहर ही कृष्णा से मुलाक़ात हो गयी। मेरा काम हो गया। घर आने के लिए कह रहा था। लेकिन मैंने नहीं सुना।

"कैसे आना हुआ बाबू?" कृष्णा ने चिन्तित स्वर में पूछा।

"तुमसे मिलने।"

"पर मुझे याद करने की वजह?"

"दरअसल माँ तुम्हें याद कर रही थी। और तुमसे मिले हुए भी काफ़ी दिन हुए थे ना? तो सोचा ज़रा हाल-चाल पूछ आऊँ।"

"सही है। मैं भी इन दिनों नहीं पहुँच पाया। माँ से कहना, इतवार को आ जाऊँगा।"

"नहीं, नहीं। तुम मत आना। मैं घर पर नहीं रहूँगा।"

उसे बाय कहकर बाइक स्टार्ट की। पर बाइक जैसे मेरा साथ देने के लिए बिल्कुल तैयार नहीं थी। बहुत कोशिश की पर किसी तरह स्टार्ट नहीं हुई। पूरी तरह जैम हो गयी थी। ऐसे लगा जैसे अस्पताल के दरवाज़े पर पेशेंट बेहोश होकर गिर गया है, लेकिन डॉक्टर का कहीं अता-पता नहीं। कृष्णा ने कहा, "अप्पा घर पर नहीं है। शाम को देर से आने वाले हैं।" कृष्णा ने अपना ज़ोर आज़माकर देख लिया। पर उसकी कोशिश भी बेकार गयी। फिर वह बोला, "मैं इसे अप्पा को दिखा दूँगा। और अगर ठीक हो जाती है तो सुबह लेकर आ जाऊँगा।" मैं पैदल ही घर लौट आया।

कृष्णा सुबह आ गया, बिना बाइक के। "अप्पा कह रहे हैं, बहुत पुरानी हो गयी है। ठीक करके दे देंगे। लेकिन नयी लेना अच्छा होगा।"

मैंने सीधे जाकर होंडा की यूनिकॉर्न बाइक बुक की।

पिलियन सीट कमफर्टेबल थी इसलिए यूनिकॉर्न। चित्रा के लिए? वह अब गोवा कहाँ आ पायेगी? फातिमा? पर वह भी कहाँ मुझे रोज़ मिल पायेगी?

मैं कॉलेज पहुँचा तब तक क्लास शुरू हो चुकी थी। जाने दो कहा और बाहर चला आया। मोबाइल पर नज़र फेरी तो एस.एम.एस. था–'आय एम इन लाइब्रेरी।'

जाकर देखा, मैडम दरवाज़े की ओर नज़रें गड़ाये बैठी थीं। वहीं रुकने का इशारा करके बाहर आ गयी।

"थैंक्यू।"

"क्यों?"

"हमने बुलाया और आप चले आये इसलिए।"

उसने सच कहा था। क्या मैं कॉलेज इससे मिलने आता हूँ? कोई बुलाये और मैं दौड़ा चला जाऊँ, मेरा स्वभाव ऐसा बिल्कुल नहीं है। तो क्या मेरा स्वभाव बदल गया है?

मेरी चुप्पी से परेशान होकर फातिमा ने पूछा, "आज तुम्हें देर कैसे हुई? ऑल इज़ वैल आय होप।"

मैंने माँ के बारे में बताना टाल दिया। "बाइक रिपेअर करने दी है।"

"अरे, अब नयी ले लो।" उसने मज़ाक़ में ही कह दिया था।

"बुक की है।" सुनते ही उसका चेहरा एकदम खिल उठा।

"कब आ रही है?"

"जब आयेगी तब देखेंगे।"

"ऐ, फर्स्ट रायड मुझे देनी होगी आं! ऐसा करो, बाइक लाने जाओगे तब मुझे भी अपने साथ ले जाना। ओके?"

मैंने कुछ नहीं कहा। फातिमा बोलती रही। लांग राइड के सपने सजाती रही।

क़दम अपने आप कैंटीन की तरफ़ मुड़ गये। रोज़ दिखने वाले ग्रुप्स ही वहाँ मौजूद थे लेकिन एक भी टेबल ख़ाली नहीं था।

"सुपरमैन–" किसी ने कमेंट पास किया। फ्रेशर्स पार्टी हुई थी तब से मुझे देखते ही और ख़ासकर जब हम दोनों साथ होते तब ये सुनाई पड़ने लगता था। पहले-पहले उस ओर ध्यान नहीं गया था। जब गया तब उसकी परवाह नहीं की।

कॉफ़ी का मग फातिमा के हाथ में थमाकर और चाय का अपने हाथ में लेकर, मैं बैठने के लिए जगह तलाशने लगा।

"अरे, रॉय-सूरज, यहाँ जगह है ना। वहाँ क्यों बैठे हो?" किसी ने कहा। रॉय और सूरज उठकर वहाँ चले गये और हम उस टेबल पर बैठ गये।

"सुनो, तुमने कभी चाय और कॉफ़ी मिक्स करके पी है?"

"नहीं। मैं तो कल्पना भी नहीं कर सकता हूँ।" चाय की चुस्की लेकर मैंने कहा।

"मैंने भी कभी नहीं पी है। लेकिन एक दिन पिऊँगी ज़रूर। और उस दिन, मुझे पक्का पता है, वह मुझे पसन्द आयेगी।"

"कुछ भी बोलती हो।" मैंने उसे टोका। "क्या तुम्हें लगता है चित्रा दीवाली की छुट्टियों में आ पायेगी?"

"तुम बुलाओगे तो आ भी सकती है। चित्रा को उसके कॉलेज का माहौल बहुत पसन्द आया है। उसे मुम्बई की दीवाली देखनी है। गैलरीज़ देखनी हैं। इतना सब कुछ करने के बाद समय मिला तो आ जायेगी ऐसा कह रही थी। मैंने उससे कह दिया है, दीवाली पर नहीं पहुँची तो चलेगा, लेकिन ईद को तो आना ही पड़ेगा। इस

साल ईद नवम्बर में आयी है। यह भी बताया है कि विपिन आने वाला है हमारे घर। तुम्हें भी आना होगा। शायद आ जाये। ऐ ऽ तुम भी बोलो ना उसे!"

"तुमने उससे क्यों कहा कि मैं आने वाला हूँ?"

"तो क्या मेरे इसरार करने पर नहीं आओगे तुम?" फातिमा ने रूठकर कहा।

"इसरार की बात छोड़ो, तुमने तो अभी तक मुझे बुलाया भी नहीं है।"

"ज़रूर बुलाऊँगी।"

"और अगर उस दिन मैं नहीं आ पाया तो?"

"जिस दिन तुम आ पाओगे, उस दिन अपनी ईद मनाऊँगी।"

फातिमा ने जैसा कहा था वैसा ही हुआ। चित्रा आ गयी लेकिन दीवाली के बाद। "सिर्फ़ आठ दिन के लिए आयी हूँ। ये दिन पप्पा के साथ बिताना चाहती हूँ। तुम लोग ही यहाँ आओ ना! शनिवार को आ सकते हो तो बताओ। मैं फातिमा से भी कह दूँगी।"

डीलर का फ़ोन आ गया। "बाइक डिलिवरी के लिए तैयार है। शुक्रवार को सुबह आकर ले जाना।"

कृष्णा को बुलाया। उसे स्कूटर पर बिठाकर शोरूम ले गया। स्कूटर उसके हवाले किया और कहा, "अब यह तुम्हारा है। तुम्हारा नया स्कूटर आने तक।"

बाइक लाने जाते समय मन में आया था कि फातिमा को बता दूँ, लेकिन मन से इस ख़याल को झटक दिया। पर बाइक की डिलीवरी लेने के बाद पहला फ़ोन फातिमा को ही किया। उसके लेक्चर्स ख़त्म होने में अभी दो घण्टे बचे थे। पर बाइक के बारे में सुनते ही उसने दो लेक्चर्स बंक किये और मैं भी पागल सा बाइक लेकर उससे मिलने पहुँच गया। उसे पीछे बिठाकर दोना पावला सर्कल तक चक्कर लगा आया।

"इसकी पिछली सीट एकदम बेस्ट है आं–वेरी कमफर्टेबल!" फातिमा ने कहा। यह सोचकर ही यूनिकॉर्न ख़रीदी है यह बता देता तो कुछ ज़्यादा ही एक्साइट हो जाती इसलिए नहीं बताया। कल बाइक से काणकोण जाने का मौक़ा मिलने वाला था इसलिए फातिमा की ख़ुशी का कोई ओर-छोर नहीं था। पणजी से काणकोण पहुँचने के लिए साठ-सत्तर मिनट काफ़ी है कहा तो पगली बोली–"नहीं! धीरे-धीरे जायेंगे। दो घण्टे भी लग जायें तो लगने दो। उतनी ही ज़्यादा देर तक पिलियन रायड मिलेगी।"

लेकिन पनौती किस रूप में प्रकट हो सकती है इसका पहले अन्दाज़ा नहीं लग पाता। शुक्रवार की रात को ही माँ शिकायत करने लगी कि उसके पैर और तलवों में जलन हो रही है। मैं पैरों को तेल की मालिश करने गया तो हाथ तक लगाने नहीं दिया। बरदाश्त नहीं हो रहा है, कह रही थी। खाने के लिए भी नहीं उठी। मैंने जितना खिलाया उतना ही खाया। रात के समय डॉ. कॉश्ताबीर को आने के लिए कहना अच्छा नहीं लग रहा था। सुबह बुलाकर ले आया। लेकिन उससे पहले रात भर इंटरनेट पर सर्च करके माँ का कंडीशन अच्छी तरह समझ लिया। डायबेटिक न्यूरोपैथी अभी तक एडवांस्ड नहीं हो पायी थी। जल्दी इलाज किया और ख़ुद उसने भी एहतियात बरती तो इसमें से बाहर निकलकर आ सकती थी। रात भर उसके कमरे में बैठकर उसका कराहना सुनता रहा। उस पर दया आ गयी। बेचारी ने कोई सुख नहीं भोगा। या फिर जो भी भोगा उसमें ही सुख माना। उसे इस दुख से बाहर निकालने का दृढ़ निश्चय करके ही मैंने सुबह कॉश्ताबीर को फ़ोन किया।

और अगला फातिमा को–"सॉरी, मैं काणकोण नहीं जा सकता हूँ।"

उसे माँ की बिगड़ी हुई हालत के बारे में बताया। "तुम जाओ। और चित्रा से कहो कि यदि मुमकिन हुआ तो उसके जाने से पहले मिलने आ जाऊँगा।"

मैं फार्मेसी में था तभी चित्रा का फ़ोन आया। बाद में कर लूँगा सोचकर काट दिया। घर पहुँचने पर फातिमा का आया।

"चित्रा मुझसे नाराज़ हो गयी होगी।" मैंने कहा।

"हमसे! मैं भी नहीं गयी। मेरा मूड ही चला गया। अब माँ की तबीयत कैसी है?"

उसके बाद मैंने चित्रा को फ़ोन किया। "मंगलवार को ईद है। फातिमा के घर साथ ही चलते हैं। तुम्हें नयी मोटर बाइक भी दिखानी है।"

"सॉरी, विपिन। आय हैड टू कट शॉर्ट माय स्टे। मैं कल ही वापस जा रही हूँ। काणकोण से ही ट्रेन पकड़ रही हूँ।" मुझे लगा जैसे चित्रा ने फ़ोन को भी काटकर शॉर्ट कर दिया हो। मुझे उसकी आवाज़ में दोस्ती की गरमाहट, मिलने की चाह या फिर मिले बिना जाना पड़ रहा है इसलिए दुख जैसा कुछ भी महसूस नहीं हुआ। या फिर यह मेरा ही भरम था?

फातिमा का मूड भी ऑफ़ हो गया था। "माँ की तबीयत ठीक नहीं है और चित्रा भी नहीं है। ईद अगले साल ही मनाते हैं अब...चित्रा के साथ!" उसने कहा।

मंगलवार को सुबह ही मैंने फ़ोन किया। "ईद मुबारक, फातिमा।"

"थैंक्यू, विपिन। क्या तुम आज पणजी की तरफ़ आ रहे हो?"

दोपहर बारह बजे लोबो लैब में माँ का ब्लड-यूरीन रिपोर्ट लाने जाना था। "वहीं मिलते हैं।" उसने कहा।

मैं ज़्यादा देर तक नहीं रुक सकूँगा यह बताने के पहले ही उसने फ़ोन रख दिया।

फातिमा को इन्तज़ार करना न पड़े इसलिए पाँच मिनट पहले ही लैब से रिपोर्ट लेने गया। वहाँ काउंटर पर काम करने वाली औरत ने रिपोर्ट के साथ मेरे हाथ में एक टिफिन बॉक्स देते हुए कहा, "एक लड़की रख गयी है। तुम्हें देने के लिए कहा है।" बाहर निकलते ही फ़ोन आया। "सॉरी, विपिन। आज नहीं मिल पाऊँगी। वजह बाद में बताऊँगी।"

बिरयानी की ज़ायकेदार ख़ुशबू से ही पेट भर गया। माँ को बहुत पसन्द आ जाती। उससे छुपाकर खानी पड़ी।

अगले दो-तीन दिन काफ़ी बेचैन रहा। माँ की शुगर बढ़ने दी इसलिए मैं ख़ुद को ही अपराधी महसूस करने लगा था। पास आकर भी चित्रा दूर गयी–अजनबी सी; ईद का निमन्त्रण रद्द हुआ। चित्रा नहीं है इसलिए? या फिर जो नये इमाम आये हैं उन्हें सोशलाइसिंग पसन्द नहीं इसलिए? जब मैंने 'दोपहर को मिलते हैं' कहकर बुलाया तो ईद के दिन बाहर निकलना अच्छा नहीं लगेगा इसलिए मिलने नहीं आयी; इतना अकेलापन कभी भी अनुभव नहीं किया था।

अकेलापन? कल-परसों तक तो उसने मेरे जीवन को पूरी तरह घेर लिया था। घर में अकेला ही रहता, अकेला ही सोता, अकेला ही पढ़ता, अकेला ही सोचता, अकेला खेलता। हालाँकि थोड़े ही दिन खेलने का मौक़ा मिला था। माँ-डैडी घर होते तब भी मैं अकेला ही होता। अब भी घर में माँ है इसके बावजूद मैं अकेला ही हूँ। फिर भी आज, अकेलापन बोझ सा क्यों लग रहा है? शेयर करना चाहिए इसे! नहीं तो–

"हैलो फातिमा, आज शाम को मिलें?" मैंने बताया या पूछा!

"ऑल वैल?" चिन्ता झलक उठी। दिल को दिलासा मिला।

"फीलिंग लोनली।" इससे पहले कभी भी किसी के सामने अपना अकेलापन स्वीकार नहीं किया था। कहीं यह मेरी कमज़ोरी तो नहीं है ना?

माँ को दवाइयाँ देने के बाद जब वह सो गयी तब बाहर निकला। फातिमा आँखों के सामने आने तक वह आज भी धोखा देगी ऐसा क्यों लगा? क्या मैं छाछ फूँककर पी रहा था?

फातिमा को बाइक पर पीछे बिठाकर दोना पावला गया। टूरिस्ट्स का समन्दर उमड़ा हुआ था।

"अब कोई दूसरी जगह ढूँढ़ लेनी चाहिए, नहीं?" मैं फातिमा को देखता रह गया। कैसे ताड़ लेती है मन की बात यह फातिमा?

"ऐसे क्यों देख रहे हो?"

"मैं भी वही सोच रहा था। इस भीड़ में बात करना तक मुश्किल है।"

"तो फिर दूसरी जगह ढूँढ़ते हैं–"

"नेक्स्ट टाइम–"

"थैंक्यू!" मेरी बाँह ज़ोर से पकड़ते हुए फातिमा ने कहा।

आकाश से काले बादल हट गये और साफ़ रोशनी फैल गयी।

फातिमा की बाँहों में समा जाऊँ, उसकी गोद में सिर रखकर लेट जाऊँ कुछ ऐसे फ़िल्मी ख़याल दिल में आने लगे तब अपनी सोच पर मुझे ही अचरज हुआ।

"कुछ देर पहले तुमने फ़ोन किया था न कि मिलते हैं तब मैं ज़रा परेशान हुई थी। लेकिन अब बड़ी ख़ुशी महसूस कर रही हूँ।"

"दैट मेक्स टू ऑफ़ अस।" मैंने दिल से कहा।

अचानक फातिमा ने पूछा, "मेरा नाचने का मन हो रहा है। एक डांस करूँ?"

"यहाँ? लोगों को मुफ़्त में फ़िल्म दिखानी है?"

"मैं तुम्हारे लिए नाचूँगी–लोगों के लिए नहीं।" फिर अपनी बात को स्पष्ट करते हुए बोली, "नाचने के लिए भी मूड का होना ज़रूरी है। कोई भी फ़रमा दे और मैं नाचूँ, ऐसा नहीं होता। एनी वे, नेक्स्ट टाइम अगर मेरा मूड बने तो मुझे मना मत करना!"

जैसे कोई नियम बन गया था वैसे हमने चाय-कॉफ़ी पी और वापस लौटने के लिए उठे।

"थैंक्यू, फातिमा। कुछ दिनों से ज़रा डिप्रेस्ड फील कर रहा था।"

"चित्रा को याद करके?"

"पता नहीं। लेकिन तुमसे मिलकर अच्छा लगा।" मैंने बाइक के पास जाते-जाते कहा।

बाइक स्टार्ट करने से पहले मुझे रोककर उसने पूछा,"एक कविता सुनोगे? तीन पंक्तियों वाली, मैंने ही लिखी है।"

मैं रुका।

"सूरज मुझे चौंधियाँ रहा है, चौंधियाने दो
धूप में मैं जल रही हूँ, जलने दो
तुम्हारे उदास दिल पर साया मेरा पड़ने दो"

क्रिसमस के दिनों में हमें एक नयी जगह मिल गयी। बांबोळी बीच। थोड़ा सा पथरीला था पर अच्छी बात यह थी कि वहाँ लोगों की भीड़भाड़ नहीं थी। बैठने के लिए बेंच न होने के बावजूद चट्टानों पर बैठकर लहरों का खेल देखने में बड़ा मज़ा आता था।

चित्रा का फ़ोन नियमित आता रहता। एक हफ़्ते में मुझे तो दूसरे हफ़्ते में फातिमा को। मानो एक को किया तो दूसरे तक पहुँच जाता।

फातिमा का असाइनमेंट बहाना बन चुका था मुझसे मिलने का। हिन्दी असाइनमेंट था–'किताबों का महत्त्व'। उसका पढ़ना सिर्फ़ कविता, ग़ज़ल, शेरो-शायरी तक ही सीमित था। 'कुछ भी नहीं सूझ रहा है, ज़रा एक दो मुद्दे बताओ' कहती हुई आ पहुँची थी। दूसरे दिन वापस हाज़िर हुई। पाँच मिनट विषय से जुड़ी बातें और पन्द्रह मिनट बस यहाँ-वहाँ की। पढ़ाई के लिए समय ही नहीं मिलता कहती थी और दूसरी तरफ़ बीच-बीच में घूम आना चाहती। चित्रा की कम्पनी मुझे पसन्द होने का बड़ा कारण था उसका पढ़ना। फातिमा के पास कविता थी और डांस। दोनों में मुझे रुचि नहीं थी। पर अब वह मुझे पसन्द आने लगी थी। शायद वह चित्रा की सहेली थी इस कारण होगा। वह मुझे एक अनोखी दुनिया में ले जाती थी। शुरू में वह दुनिया उसी की है ऐसा लगता था। लेकिन बाद में वह मेरी भी जानी-पहचानी दुनिया हो गयी।

क्रिसमस की छुट्टियाँ और साल के ख़त्म होने से पहले हम बांबोळी बीच गये थे। अचानक उस पर सनक सवार हुई। "तुमने 'गाइड' फ़िल्म देखी है?"

मैंने नहीं देखी थी। फातिमा को पुरानी फ़िल्में बहुत पसन्द थीं। मुझे तो फ़िल्में ही पसन्द नहीं थीं।

"मुझे आज रोज़ी की तरह डांस करने का मन हो रहा है। करूँ?"

"पाँव लहूलुहान करने की इच्छा है तो ज़रूर करो।"

इसके बावजूद उठकर मोबाइल पर गाना ऑन किया और उन काली चट्टानों पर नाचने लग गयी। नंगे पाँव! दीवानी सी नाचने लगी। बहुत सुन्दर नाची। उसकी

अदा, उसका लचीलापन और बिना हाँफे गाना...मैं बस देखता रह गया। इतने में चक्कर लगाते समय सन्तुलन बिगड़ने की वजह से वह गिर गयी। दूर से देखने वाले कुछ लोगों ने उसके नाच से ख़ुश होकर तालियाँ बजायीं।

खरोंचें तो आयी ही थीं, पैरों के तलवे भी बहुत लाल हुए थे। मैंने एकदम उसे उठा लिया। "बहुत दर्द हो रहा है क्या?"

"*आप यों उठाओगे हमें हर बार, गिर पड़ने को हम हैं तैयार सौ बार।*" मैंने उसे नीचे उतारा। उसने मेरे कन्धों पर अपना बोझ डालकर चलना शुरू किया। बीच में ही उसने मुझसे पूछा, "मुझे नाचना क्यों पसन्द है जानते हो?" और उत्तर की प्रतीक्षा किये बिना बोली, "इट इज़ लाइक फॉलिंग इन लव!"

"किसके?"

"किसी के भी–मेरे....तुम्हारे" ऐसा कहकर उसने मेरी बाँह में चिकोटी काटी।

घर तक छोड़ आता हूँ कहा तो मना करते हुए ऑटो से चली गयी। उस रात 'बुक गंगा' वेबसाइट पर जाकर आर.के. नारायण का 'गाइड' उपन्यास मँगवा लिया।

दूसरे दिन फातिमा का फ़ोन आया। "कम से कम अगले दो दिन तक मैं कॉलेज नहीं आ पाऊँगी। इन्तज़ार मत करना।"

मैं क्यों इन्तज़ार करूँ? फिर भी पूछा, "क्यों?"

"दोनों पैरों के तलवों में छाले पड़े हैं।"

मेरी कड़ी निगरानी में चलने वाला इलाज और खाने-पीने पर लगाये गये बन्धनों का पालन करने के कारण तीन महीनों के भीतर माँ की तबीयत में काफ़ी सुधार आया। डॉ. कॉश्ताबीर ने भी कहा उससे–"तुम ठीक हो गयी हो यह मिरैकल ही है। इस बाबू को थैंक्स कहो।"

लेकिन माँ को मेरे लगाये हुए बन्धन पसन्द नहीं थे। उठते ही शिकायतें शुरू हो जातीं। "तुम ख़ुद अच्छे से शक्कर वाली चाय पीते हो और मुझे कड़वा ज़हर पिलाते हो।" घर के कामों की पूरी ज़िम्मेदारी मैंने अपने कन्धों पर ले ली थी। इसलिए वह बिना हिले-डुले एक ही जगह पर बैठी रहती। मैं ही उसे ज़बरदस्ती से उठाता, घुमा लाता। उसे वह भी किसी सज़ा की तरह लगता। सुख नहीं दिया इसलिए पहले डैडी को बुरा-भला कहती थी। अब दुख दे रहा है इसलिए मुझे!

माँ का सारा काम करने के बाद मुझे अपनी पढ़ाई भी करनी पड़ती थी। कॉलेज नहीं गया तो कोई हर्ज़ नहीं था, पर पढ़ाई का सिलसिला रुकना नहीं चाहिए था। कोंकणी विषय की पढ़ाई इंटरनेट की मदद से सम्भव नहीं थी। बस इसी वजह से क्लास मिस न करने की मेरी कोशिश रहती। साल बचाने या पास होने के उद्देश्य से नहीं। सीखने की ज़बरदस्त इच्छा के कारण!

इस बीच फन वीक आ गया। कॉलेज ने उसके लिए कमिटी बनायी। उसमें शामिल होने अमृत आगे बढ़ा। मुझे भी खींच रहा था। पर मैं टस से मस नहीं हुआ। कॉलेज ख़र्चा नहीं उठाने वाला था। कल्चरल कमिटी को स्पॉन्सरशिप्स लाकर फन वीक का ख़र्चा करना पड़ेगा यह तय होने के कारण बच्चे काम पे लग गये। मैंने भी एक हज़ार दे दिया। अमृत बियर कम्पनी की स्पॉन्सरशिप ले आया। पचास हज़ार की। अमृत हीरो बन गया। फन वीक बड़ी धूम-धाम से चल रहा था।

"कल डांस कॉम्पटिशन है। मैं सोलो परफॉरमेंस इवेंट में पार्टिसिपेट करने वाली हूँ। तुम्हें देखने आना ही होगा!" फातिमा ने फ़रमान जारी किया।

"सॉरी, नॉट इंटरेस्टेड।" मैंने बात झटक दी।

"प्लीज़! आओ ना! मैं कह रही हूँ इसलिए–"

"लेकिन मैं किसी का भी, कोई भी कार्यक्रम देखने नहीं गया हूँ।"

"इसीलिए आओ।"

पर मैं दबाव में नहीं आया।

"बताये दे रही हूँ, तुम नहीं आओगे तो मैं विथड्रॉ कर लूँगी!"

"तुम्हें जो चाहिए वह करो।" मैं भी ज़िद पर अड़ गया।

"ओ.के., मैं भी सबके सामने अनाउंस कर दूँगी–विपिन ऑडियंस में नहीं है इसलिए मैं विथड्रॉ कर रही हूँ। आय प्रॉमिस, कहे बिना नहीं रहूँगी।"

फातिमा ज़िद्दी भी थी और पागल भी। मुझे ज़रूर शर्मिन्दा करेगी! मैं ही पीछे हट गया।

"ऑडियंस में तुम्हें जब तक नहीं देखूँगी तब तक मैं डांस नहीं करूँगी। पहले ही बता रही हूँ।" ऊपर से मुझे धमकी भी दी।

जाना ही पड़ा और सच, मेरा जाना सार्थक हुआ। आख़िरी एंट्री फातिमा की थी। सामने अकेला मैं ही हूँ और पूरा स्टेज मानो अपना ही है इस धुन में फातिमा नाचे जा रही थी। पूरा ऑडियंस उठकर खड़ा हुआ था। ज़ोरदार सीटियाँ और तालियों के ऊपर तालियाँ! पैरों में पायल बाँधे पैदा हुई किसी जन्मजात नर्तकी सी फातिमा ने बेसुध होकर तूफ़ानी नृत्य किया...

बलम पिचकारी जो तूने मुझे मारी
तो सीधी-सादी छोरी शराबी हो गयी

डांस ख़त्म होते ही तालियों की गड़गड़ाहट से पूरा माहौल गूँज उठा। चारों ओर से कमेंट्स आने लगे...'आग लगा दी', 'फाड़ डाला', 'सुपर्ब', 'अल्टिमेट,' 'वन्स मोअर'...पहला इनाम किसे मिला है यह घोषित होने के पहले ही सब जान गये थे। इतने में माइक लेकर दुबारा स्टेज पर आ गयी।

"मैं अपना ये परफॉरमंस–आय डेडिकेट टू हिम हू सेव्ड माय लाइफ!"

फिर से तालियों की गड़गड़ाहट हुई। उसकी बात को कौन कितना समझा था इसे जानने का कोई रास्ता नहीं था। बावजूद इसके पीछे से कुछ आवाज़ें कानों में पड़ीं–'सुपरमैन!'...'सुपरमैन!'

स्टेज पर रोशनी के गोल घेरे में फातिमा थी। नीचे रोशनी में लोगों के बीच मैं। उस पल लगा–मुझे अँधेरे के घेरे में होना चाहिए था। फिर मैं किसी को भी नज़र नहीं आता, पर मुझे सब दिख जाता।

आमतौर पर सरकारी कार्यक्रमों में लोगों की उपस्थिति कम होती है। लेकिन सुना था कि कला और संस्कृति संचालनालय के डी.डी. कोसंबी फेस्टिवल ऑफ़ आयडियाज़, इस कार्यक्रम को लोगों का बहुत अच्छा प्रतिसाद मिलता है। मैं कभी नहीं गया था और जाता भी नहीं अगर मार्टिन सर का फ़ोन नहीं आता। "अच्छे-अच्छे स्पिकर्स आते हैं। कभी गये नहीं हो तो आज ज़रूर जाओ। प्रोफ़ेसर अनिल कुमार गुप्ता, 'ग्रास रूट इनोवेशंस' विषय पर बोलने वाले हैं। हिज़ लेक्चर मे मोटिवेट यू।"

सर ने ख़ास फ़ोन करके बताया है तो पक्का वह मेरे भले के लिए ही होगा। क्या सर हमेशा ये लेक्चर्स अटैंड करते हैं? तो फिर आज भी जायेंगे! क्या मैं आया हूँ या नहीं यह देखेंगे? मैंने सोचा कि फातिमा आना चाहे तो उसे भी साथ ले चलता हूँ। लेकिन अगर सर ने देखा और पूछा कि यह कौन है तो क्या बताऊँगा?

तीन बजे फिर से फ़ोन आया। "तुम लेक्चर में जा रहे हो?"

"हाँ, सर। जा रहा हूँ।"

"कैसे जाओगे?"

"बाइक से सर।"

"तुम्हारे साथ कोई और नहीं जा रहा हो तो मैं आऊँ?" मार्टिन सर ने ज़रा संकोच के साथ कहा।

"आय शैल बी ऑनर्ड सर!" दिल से कह दिया।

"ज़्यादातर हॉल खचाखच भर जाता है। हमें जल्दी ही निकलना पड़ेगा।"

सचमुच साढ़े चार तक हॉल पूरा भरने लगा था। शायद डॉ. गुप्ता का नाम सुनकर काफ़ी लोग आये थे। श्रोताओं में युवा ही ज़्यादा थे। हालाँकि सर के इतने निकट बैठने में संकोच महसूस हो रहा था लेकिन डॉ. गुप्ता को सुनने के लिए बड़ा उत्सुक भी था।

"माय लाइफ इज़ अ शोध-यात्रा!" डॉ. गुप्ता ने बताया। भारी-भरकम शब्द टालते हुए सब समझ सके ऐसी भाषा में डॉ. अनिल कुमार गुप्ता आराम से बात कर रहे थे। सब लोग ध्यान देकर सुन रहे थे। उन्होंने जो तरह-तरह के प्रयोग किये थे, ग्रास रूट युवाओं से उन्हें जो बढ़िया प्रतिसाद मिल रहा था वे उसके बारे में बता रहे थे। उन्होंने यह बात ज़ोर देकर कही कि प्रत्येक इनोवेशन के मूल में संवेदना होती है। नेमलेस, फेसलेस मनुष्य उनके हनी बी नेटवर्क का महत्त्वपूर्ण घटक है। हर एक के पास सर्जनात्मक मन होता है। वहाँ नयी कल्पनाएँ-संकल्पनाएँ जन्म लेती हैं। लेकिन उन्हें समय पर प्रोत्साहन नहीं मिला तो वे ख़त्म हो जाती हैं। जहाँ 'दिल बड़ा, दिमाग़ बड़ा' होता है वहाँ ये नयी संकल्पनाएँ जीवित रहती हैं। छोटे बच्चों,

युवा विद्यार्थियों को कुछ अद्भुत, हटके, उलटा, विपरीत सूझता रहता है। कई बार उसके बारे में बताने पर लोग उन पर हँसेंगे यह सोचकर वे चुप रहते हैं। दरअसल उनकी इस उलटी सोच में ही बहुत गहरी समझदारी छिपी होती है...

प्रो. गुप्ता ने चालीस मिनट तक बात की। हॉल खचाखच भरा हुआ था। लेकिन पूरी तरह शान्त था। उन्होंने शिक्षकों के बारे में भी अपने विचार व्यक्त किये। शिक्षक चार प्रकार के होते हैं। एक अपने भीतर होता है, दूसरा है प्रकृति, तीसरा अपने आसपास के लोग और चौथा है आपके विद्वान साथी। ये चार प्रकार के शिक्षक हमें आगे ले जाते हैं। जब ये बता रहे थे तब मार्टिन सर की तरफ़ देखने की इच्छा हुई थी। पर मैंने उसे दबाया। प्रो. गुप्ता ने जनता से एक आवाहन किया, ख़ास करके युवाओं से। "कोई भी नया विचार सूझता है तब, फिर चाहे वह कितना भी पागलपन से भरा या अव्यावहारिक हो, आप उसे लेकर मेरे पास आइए। उस पर गम्भीरता से विचार किया जायेगा।" उन्होंने अपना ई-मेल आई.डी. भी बता दिया। तालियों की गड़गड़ाहट के साथ लेक्चर ख़त्म हुआ। फिर प्रश्नोत्तर का सत्र शुरू हुआ। सर ने मेरी तरफ़ देखा। तुम्हें कुछ पूछना है तो पूछो कहने वाली नज़र से। मुझे याद आया, फातिमा ने जब अपना डांस परफॉरमेंस डेडिकेट किया था तब मन में आया हुआ विचार, 'अँधेरे का घेरा होना चाहिए था।' क्या सम्भव हो सकता है? लेकिन ज़ुबान नहीं हिली।

हम जब बाहर निकले तब साँझ गहरी हो चली थी। सर को उनके घर छोड़ दिया। नीचे उतरने के बाद थैंक्यू कहकर बोले, "प्रो. गुप्ता का लेक्चर कैसा लगा?"

"ऑसम सर। थैंक्स अ लॉट, सर। मुझे बताने के लिए।"

"मुझे लगा था उनसे कहने या पूछने के लिए तुम्हारे पास कुछ तो होगा।"

मैं चुप रहा।

"बी फ्रैंक। क्या तुम्हारे पास शेयर करने लायक एक भी आइडिया नहीं था?"

"सर, बहुत दिनों से एक विचार मन में आ रहा है। अँधेरे में टॉर्च जलाये तो रोशनी का गोल घेरा पड़ता है। लेकिन रोशनी में अँधेरे का घेरा छोड़ने मिल जाये तो? मुझ पर छोड़ दिया जाये तो मैं किसी को नहीं दिखूँगा। लेकिन मैं सबको देख सकूँगा। रंगमंच पर इसका बहुत अच्छा उपयोग हो सकता है। लेकिन वह कितना फिज़ीबल है यह नहीं पता।" मेरी बात समझ लेने में सर को थोड़ा समय लगा। लेकिन फिर बोले, "तुम्हें उनसे पूछ लेना चाहिए था। शायद वे भी इंप्रेस्ड हो जाते। क्या तुमने उनका ई-मेल नोट किया है?"

मैंने 'नहीं' कहा। सर ने अपनी जेब से एक काग़ज़ का टुकड़ा निकालकर मुझे दे दिया। उस पर प्रो. गुप्ता का ई-मेल आई.डी. लिखा हुआ था। "बिना समय गँवाये फ़ौरन उन्हें मेल भेज दो।"

"हमारी छुट्टियाँ शुरू हो चुकी हैं। तुम्हारी कब से होने वाली हैं?" चित्रा का फ़ोन आया था तब मैंने पूछा।

"कल से।"

"टिकट निकाला?"

"हाँ। लेकिन गोवा का नहीं। मैंने प्रीतम के साथ शिमला जाने का प्लैन बनाया है।"

"ये प्रीतम कौन है? तुम्हारा नया दोस्त है क्या?" वह गोवा नहीं आ रही है इसकी चिन्ता करना छोड़कर प्रीतम कौन है यह जानने के लिए इतना उत्सुक क्यों हूँ? मुझे अपने आप पर आश्चर्य हुआ।

"अरे, तुम्हारा नहीं। तुम्हारी! मेरी पार्टनर है वह! बहुत बढ़िया आर्टिस्ट है। मैंने उससे कहा, इस साल मैं शिमला आ जाती हूँ। लेकिन अगले साल उसे गोवा आना पड़ेगा। शी हैज़ एग्रीड!" और फिर काफ़ी देर तक प्रीतम समाचार जारी रहा।

"छुट्टियों में तुमसे मिलने का मौक़ा मिलेगा सोचकर कितना ख़ुश था। पिछली बार तो तुम धोखा देकर चली गयीं!"

"धोखा तुमने दिया था, भूल गये? लेकिन–अरे याद आया। माँ की तबीयत कैसी है अब?"

अन्दाज़े के अनुसार तुरन्त फातिमा का फ़ोन आ गया। "पता चल गया ना तुम्हें? चित्रा छुट्टियों में गोवा नहीं आ रही। मैंने उससे कहा, 'आय विल मिस यू...' तो कहती है, 'विपिन के साथ होगी तब मानकर चलना कि मैं भी साथ हूँ।' "

मैं हमेशा की तरह चुप रहा। वह आगे बोली, "यू नो विपिन, हमारी दोस्ती यानी दो लफ़्ज़ों की कहानी है! बताओ तो सही, कौन से?" और मैं कुछ कहूँ उसके पहले फातिमा बोली, "तुम और मैं!"

"चित्रा को अलविदा?"

“वह आती तो मुझे बड़ी ख़ुशी होती। लेकिन वह उधर शिमला में अपने फ्रैंड के साथ मौज-मस्ती करेगी। हम यहाँ मज़े करेंगे। यह छुट्टी सिर्फ़ तुम्हारे और मेरे नाम। तुम और मैं!”

फातिमा ने ऐसे बात की जैसे चित्रा नहीं आ रही है यह अच्छा ही हुआ था। लेकिन मुझे यह ठीक नहीं लगा। “देखो फातिमा, इन छुट्टियों में मैं कहीं बाहर नहीं जा पाऊँगा। मुझे घर पर ही रहना पड़ेगा।”

“नो प्रोब्लम, विपिन। अच्छा ही हुआ। मैं ही आ जाती हूँ तुमसे मिलने, तुम्हारे घर! लेकिन उससे पहले आज शाम को मिलते हैं।”

कांपाल वाले कैफे, ‘कॉफ़ी डे’ की कॉफ़ी बहुत बढ़िया होती है ऐसा फातिमा ने कहा था। सच हो सकता है। लेकिन उस शाम की चाय मुझे उतनी पसन्द नहीं आयी।

चित्रा छुट्टियों में नहीं आयी यह एक तरह से अच्छा ही हुआ। पिछली बार जब उसने काणकोण बुलाया था तब माँ को डायबेटिक न्यूरोपैथी का अटैक आने के कारण जाना रह गया था। इस बार एक और हादसा हो गया। गिरने की वजह से माँ की हालत बहुत बिगड़ गयी। पिछली बार की तुलना में स्थिति ज़्यादा गम्भीर होने के कारण मिल पाना मुमकिन ही नहीं था। गिरने की वजह उसका चटोरापन था। रोज़ उसके लिए पोदेर से दरदरे आटे से बना ब्रेड लेता था क्योंकि वह उसकी तबीयत के लिए अच्छा था। पता चला कि पिछले महीने भर से उसने इस पाव वाले के साथ साँठ-गाँठ बनायी थी। उसे पैसे देकर यह अपने लिए मीठी चीज़ें मँगवाती थी और काँच के बर्तनों में डालकर साड़ियों की अलमारी में छुपाकर रखती थी।

देर रात को मुझे कुछ गिरने की आवाज़ सुनाई दी इसलिए जाकर देखा तो वहाँ माँ ज़मीन पर गिरी थी और काँच का बर्तन टूटकर काँच उसके पैर में घुस गया था। हाथ देकर उसे उठाने की कोशिश की तो वह उठ भी नहीं पा रही थी। पहले उसके तलवे में घुसे काँच के टुकड़े को बाहर निकाला। ख़ून का फव्वारा छूट गया। मज़बूती से पकड़कर पैर ज़रा ऊपर की तरफ़ उठाया। बैंडेज ढूँढ़ निकाला और ज़ख़्म पर लपेटा। किसी तरह उसे उठाकर पलंग पर सुलाया। पूरी रात कराहते हुए, तड़पते हुए बितायी उसने और ये सब बेबस होकर देखते हुए मैंने।

मुझे शक तो था ही। डॉ. कॉश्ताबीर ने देखते ही कह दिया। “टखने में सूजन आ गयी है। इंसुलिन बढ़ाना पड़ेगा। दर्द के लिए भी दवाई लिखकर दे देता हूँ।

लेकिन दो दिन में सूजन कम नहीं हुई तो ऑर्थो को दिखाना पड़ेगा।" माँ के ज़ख़्म में चार टाँके लगाने के बाद उससे कहा, "तुमने हमारी बात नहीं सुनी ना? अब अस्पताल जाना पड़ेगा।"

माँ थोड़ी घबरा गयी। "मैं जल्दी से मर जाऊँ इसलिए मुझे अस्पताल में डाल रहे हो बाबू? इनके पीछे अब मुझे भी भेज रहे हो?"

यह सुनकर डॉ. कॉश्ताबीर क्या सोच रहे होंगे? या फिर मेरी तरह वे भी उसे अच्छी तरह पहचान चुके थे?

मैंने चौबीस घण्टे मॉनिटरिंग करने की ज़िम्मेदारी उठाई। दवाई, इंसुलिन, ड्रैसिंग, ग्लुकोमीटर पर रोज़ शक्कर की जाँच करना, ऊपर से उसे खिलाना-पिलाना, उसकी टट्टी-पेशाब साफ़ करना। बीच में जो थोड़ा-बहुत समय मिलता तब ई-बुक्स पढ़ना। लाइब्रेरी से आधुनिक कोंकणी साहित्य के प्रवर्तक शणै गोंयबाब का समग्र साहित्य ले आया था उसे मज़े लेकर पढ़ना...दिन इसी तरह गुज़र रहे थे।

फातिमा का फ़ोन आया तब उसे बताना पड़ा। मना करने के बावजूद वह मिलने आ गयी। जब वह आयी तब मैं माँ का स्पंजिंग कर रहा था। माँ की आँख लगने के बाद मैंने उसके लिए कॉफ़ी और मेरे लिए चाय बनायी।

"तुम अकेले ही ये सब करते हो? तुम्हें मदद की ज़रूरत है, विपिन। कोई मेड मिलती है तो देखो ना!" और फिर कॉफ़ी का मग हाथ में लेकर आगे पूछा, "मैं आ जाऊँ मदद के लिए?"

"क्या तुम्हें लगता है कि मैं ये सब नहीं कर पाऊँगा?" गरमा-गरम चाय की चुस्की लेकर मैंने पूछा।

"कम से कम मैं ऐसा कहने की हिमाक़त कभी नहीं करूँगी। मैं तुम्हें जानती हूँ। कल किसी ने बताया कि तुमने बच्चे को जन्म दिया है तो मैं उसे भी झूठ नहीं मानूँगी।" और फातिमा खिलखिलाकर हँस पड़ी।

मेरी नज़रों के सामने पुरुष की एनॉटॉमी खड़ी हो गयी। क्या पता कल को उसकी गोद में कोई गर्भाशय का प्रत्यारोपण करने में सफल हो भी जाये। और बच्चे का जन्म? सिझेरियन के सिवाय कोई चारा नहीं बचेगा। वैसे आजकल आराम से सिझेरियन हो जाते हैं।

"क्या सोच रहे हो? चाय ठण्डी हो जायेगी" फातिमा ने मेरी तन्द्रा भंग की।

चाय ख़त्म करके मैं उठ गया। फातिमा थोड़ी देर और बैठे यह इच्छा होने के बावजूद मैं उसे बैठने के लिए नहीं कह सकता था। "माँ को इंसुलिन देने का समय हुआ है।"

फातिमा भी उठी। मेरी कुछ समझ में आये इससे पहले कॉफ़ी-चाय के मग लेकर किचन में चली गयी। जैसे अपना ही घर हो वैसे दोनों मग सिंक में साफ़ किये और ऊपर वाले हुक पर लटका दिये।

"तुमने सब ऐसे किया जैसे यह तुम्हारा अपना ही घर है!" मन की बात होठों तक कब पहुँची पता न चला।

"मेरे दोस्त का घर है। क्या मेरा कोई हक नहीं बनता?" और फिर क़रीब... और क़रीब आते हुए उसने कहा–

" मंज़िल कौन सी है मैं नहीं जानती हूँ
मगर इश्क़ निभाना बहुत ख़ूब जानती हूँ
बिछड़ना तो है, रुकूँगी नहीं, लेकिन–
साथ बिताये ये दो पल, जी भर के जीना चाहती हूँ"

कहते-कहते फातिमा एकदम क़रीब आ गयी। एक हाथ मेरे कन्धे पर रखकर उसने मेरी छाती को अपनी नाक से छुआ। सूँघकर मेरी ख़ुशबू नाक में भर ली और बुदबुदायी, "इश्क़ की महक आप क्या जानें विपिन बाबू?"

अगले ही पल दरवाज़े के पास रखे सैंडल पहनकर एकदम ग़ायब हो गयी।

कृष्णा आया था अपने काम के लिए। इन छुट्टियों में महीने भर के लिए किसी होटल में काम मिल सकता है तो देखो, कहने। लेकिन माँ की बिगड़ी हालत देखी और उसने यहीं काम करने की तैयारी दिखाई। होटल में काम करता तो उसकी पढ़ाई की दृष्टि से वह अनुभव उसके लिए फ़ायदेमन्द हो सकता था। पर यह पता होने के बावजूद मैंने उसे मना नहीं किया।

कृष्णा को बुलाकर माँ ने उसे अपने लिए बिरयानी बनाने को कहा। मैंने उसे पहले ही आगाह किया था इसलिए वह बोला, "बाबू से कहो।" झल्लाते हुए माँ ने कृष्णा को कोसना शुरू किया।

मैंने फातिमा को फ़ोन किया तो बड़ी ख़ुश लगी। "तो सीख गये तुम दोस्ती निभाना!"

"ऐसा क्यों कह रही हो?"

"उस दिन तुम्हें जो नज़्म सुनायी थी उसका असर इतनी जल्दी हो जायेगा ऐसा सोचा नहीं था।"

मैंने विषय बदला। "पिछले दिनों तुमने मुझसे कहा था कि तुम्हारा कोई रिश्तेदार शेर-ए-पंजाब में काम करता है।"

"हाँ। मेरी अम्मी के भैया–मेरे मामू। क्यों? क्या हुआ?"

मैंने कृष्णा के बारे में उसे बता दिया। "महीने भर के लिए काम मिल जाये तो थोड़ा कमाने के साथ थोड़ा होटल का काम सीखने का मौक़ा भी उसे मिल जायेगा। क्या तुम पूछकर देख सकती हो?"

दूसरे दिन ही उसका फ़ोन आया। "शेर-ए-पंजाब का एक असिस्टेंट कुक दो महीने की छुट्टी पर गया है। कृष्णा को कल से ही भेज सकते हो।" सुनकर मैंने पहले ही साफ़ बता दिया। "कृष्णा ने एक साधारण से ढाबानुमा होटल में काम किया है। इसमें कोई शक नहीं कि वह बहुत बढ़िया खाना बनाता है और उसे यह काम बहुत पसन्द है। लेकिन मुझे नहीं लगता कि वह असिस्टेंट कुक का रिप्लेसमेंट

बनकर काम कर पायेगा।" फातिमा ने जो जवाब दिया वह मन को तसल्ली देने वाला था। "मैं जानती हूँ ना तुम्हारे कृष्णा को! मैंने सब बताया है। मामू ने कहा है कि वे उसे ट्रेन करेंगे और बोले, होशियार होगा तो सब सीख लेगा।"

कृष्णा को उसी दिन वहाँ भेज दिया।

इंसुलिन की वजह से शक्कर तो नीचे आ गयी लेकिन सूजन उतनी कम नहीं हुई थी। ज़ख़्म अब ठीक हुआ है ऐसा लग रहा था। लेकिन माँ अभी भी पैर ज़मीन पर नहीं रख रही थी। डॉ. कॉश्ताबीर ने बताया कि पैर नीचे नहीं रखेगी तो जल्दी ठीक होगी।

कॉलेज शुरू हो चुका था लेकिन मैं नहीं जा सका। मना करने के बावजूद फातिमा दो बार आकर चली गयी। चित्रा का फ़ोन भी आता रहता। समय निकालकर कृष्णा भी कभी-कभार कुछ चाहिए या नहीं यह देखकर चला जाता।

उस रात इंटरनेट पर किताबें ब्राउस करते समय एक किताब पर नज़र पड़ी। 'अ ग्रिफ ऑबसर्व्ड', लेखक–सी.एस. लेविस। मैं इस लेखक को नहीं जानता था। प्रिव्यू और रिव्यू पढ़कर लगा कि मार्टिन सर को पसन्द आयेगी। और एकदम याद आया, जुलाई की दस तारीख़ को सर का बर्थ डे है। मैंने किताब मँगवा डाली।

एक दो-बार समय निकालकर कॉलेज में कुछ लेक्चर्स अटैंड किये। लेकिन कोंकणी छोड़कर किसी भी क्लास में बैठने का मन नहीं हुआ। अंग्रेज़ी लिटरेचर पसन्दीदा होने के बावजूद बोरियत महसूस हुई। शायद मैंने कोंकणी में काफ़ी कम किताबें पढ़ी थीं इस कारण या फिर कोंकणी पढ़ाने वाले टीचर बढ़िया थे इसलिए होगा, वह क्लास मुझे पसन्द था। लेकिन लेक्चर में बैठने का मौक़ा बहुत कम मिलने के कारण इस सेमेस्टर में लाइब्रेरी से ज़्यादा से ज़्यादा पुस्तकें लाकर पढ़ लीं।

मुझ पर नज़र पड़ते ही फातिमा दौड़ी चली आती। फिर चाय-कॉफ़ी के साथ बात-चीत का दौर शुरू हो जाता। शाम का घूमना बन्द हो गया था। "ठीक है। शाम को तुम्हें फुरसत नहीं मिल पाती, कोई बात नहीं। सुबह आना। दोपहर को आना। मैं लेक्चर्स बंक कर दूँगी।"

"अरे, पर तुम्हारा टी.वाय. है। आख़िरी साल। यू नीड टू कॉन्संट्रेट।"

"कुछ नहीं होगा। और एग्ज़ैम के दौरान कोई मुसीबत आ भी गयी तो तुम हो ना परीक्षा की तैयारी में मेरी मदद करने! जैसे एफ.वाय. में की थी, अब टी.वाय. में करना।" फातिमा के पास जवाब तैयार होता।

कृष्णा मिलने आया था तब उससे कहा, "दस जुलाई की सुबह मुझे एक ब्लैक फॉरेस्ट केक चाहिए। क्या ला दोगे?"

शायद माँ ने सुन लिया था। दस तारीख़ को सुबह से राह देखने लगी। कृष्णा आते ही माँ ने मुझे पुकारा। "बाबू, कृष्णा क्या लेकर आया है?" मैंने 'कुछ नहीं' कहा तो बोली, "मुझे पता है। केक लेकर आया है। पहले ही बता रही हूँ, मुझे भी चाहिए!"

"माँ, यह हमारे लिए नहीं है। आज मार्टिन सर का बर्थ डे है। केक उनके लिए मँगवाया है।"

"ठीक है। थोड़ा सा टुकड़ा अलग निकालकर रख देना। केक खाकर मरने वाली नहीं हूँ मैं।"

मैंने उसकी तरफ़ ध्यान नहीं दिया। लेकिन उसकी चटोरी जीभ को शान्त करने के लिए फार्मेसी जाकर मैं शुगर फ्री पिल्स ले आया। शाम को मार्टिन सर के घर जाने से पहले माँ के लिए बढ़िया दूध वाली चाय बनायी और शुगर फ्री पिल्स डालकर दे दी। घूँट लेते ही उसकी आँखों में चमक आ गयी। "भगवान तुम्हारा भला करे बेटा। आज शक्कर वाली चाय पीकर जान में जान आ गयी!"

बेल दबाते ही मैडम आग्नेस बाहर आयी। मुझे भीतर ले जाकर बिठाया। "मार्टिन घर पर नहीं है। डॉक्टर से मिलने पणजी गया है।"

"क्या हुआ मैडम?"

"आजकल बी.पी. बढ़ने लगा है। दवा का असर नहीं हो रहा। इसलिए डॉक्टर ने कहा है कि गोलियाँ चेंज करके देखते हैं। अभी उसका फ़ोन आया था। दवाखाने में बहुत भीड़ है। उसे आने में देर होगी।"

मैं जाने के लिए उठा। "नहीं,नहीं। तुम्हें चाय पिलाए बिना भेजा तो मार्टिन को बुरा लगेगा।"

"अगली बार–" लेकिन उन्होंने नहीं सुना।

"तुम्हें मेरे हाथ की बनी दूध वाली चाय बहुत पसन्द है, मालूम है मुझे।" ऐसा कहते हुए अन्दर चली गयी।

मेज़ पर रखी किताब और केक को देखकर मैडम ने पूछा, "क्या ये तुम लेकर आये हो?"

"हाँ मैडम। होप ही लाइक्स द बुक। और केक भी। पहली बार सर के लिए कुछ ले आया हूँ।"

"केक!" मैडम कहीं खो गयी। उनकी आँखें भर आयीं। "स्टैला घर में थी तब ख़ुद बनाती थी। पिछले दस-बारह साल से वही केक बेक करती थी। मैं तो अब केक बनाना भी भूल चुकी हूँ।" भर्राये गले से मैडम बोली। उनकी चाय का स्वाद अभी ज़ुबान से मिटा भी न था कि मैडम ने वह ख़बर सुनायी। "मार्टिन नौकरी छोड़ने की बात कर रहा है। रिटायर होना चाहता है।"

"इतनी जल्दी?" मैंने हैरान होकर पूछा।

"हाँ। ही हैज़ सैडली लॉस्ट इंटरेस्ट इन लाइफ।"

"पर क्यों?"

आँखें पोंछते हुए मैडम ने बस कन्धे उचकाये।

"और सर बाद में क्या करेंगे?"

"कहता है बहुत सारी किताबें हैं जिन्हें उसे पढ़ना है।"

माँ की तबीयत सुधर रही है यह कहने के बजाय वह बिगड़ नहीं रही थी कहना सही था। मुझसे अपनी पूरी सेवा करवा लेती। शुगर फ्री इस्तेमाल करना शुरू किया था तब से मीठी चीज़ें मुँह में जाने लगी थीं। शायद इस वजह से वह सन्तुष्ट थी क्योंकि उसका कोसना, बुरा-भला कहना कम हो गया था। रोज़मर्रा के काम करने की आदत पड़ जाने के कारण अब अपने लिए फुरसत का समय निकालना आ गया था। किसी दिन बाहर जाना हो तो बर्तन साफ़ करना, झाड़ू लगाना, कपड़े धोना जैसे काम कल के लिए छोड़े जा सकते थे। इसका फ़ायदा फातिमा को मिलने लगा। या फिर मैं उसे वह दे रहा था?

"चित्रा थी तब तुम समय निकाल लेते थे। लेकिन अब मुझसे मिलने तुम्हें फुरसत नहीं–" वह शिकायत करती तब मैं उसके लिए समय निकाल लेता। उसके लिए या अपने लिए? रोज़ के ढर्रे से मुझे भी बाहर निकलना था। बाहर जाने के लिए निमित्त के रूप में मेरे पास एक ही पर्याय बचा रहता। चित्रा थी तब उन दोनों से मिलना और अब चित्रा नहीं है तो फातिमा से मिलना।

मेरे साथ समय बिताना फातिमा को पसन्द है यह जब चित्रा साथ हुआ करती थी तब भी मुझे महसूस होता था। लेकिन आजकल मुझे भी फातिमा के साथ समय बिताना अच्छा लगने लगा था। यह बात शायद उसने भी भाँप ली थी। इन दिनों बड़ी बोल्ड हो गयी थी। एक दिन उसने पूछा, "तुम इतने बैरागी से क्यों हो?" जवाब तो मुझे भी नहीं पता था। मैंने कन्धे उचकाये।

"क्या तुमने कभी किसी से मुहब्बत की है?" मेरे जवाब का कुछ देर इन्तज़ार

करने के बाद आगे पूछा, "कम से कम ख़ुद से?"

"क्या तुमने की है?" मुझे नहीं पूछना चाहिए था।

"ज़रा क़रीब आओ। मेरी आँखों में अच्छी तरह झाँककर देखो। क्या दिख रहा है? यही मेरी मुहब्बत है!"

"फातिमा का साथ तुम्हें पसन्द आने लगा है यह सुनकर मुझे अच्छा लगा।" चित्रा ने फ़ोन पर कहा।

"किसने, फातिमा ने कहा ये तुमसे?"

"कुछ बातें बिन बताये पता चल जाती हैं।"

"अगर ऐसा है तो यह भी पता चला होगा–तुम्हें याद किये बिना एक भी दिन नहीं गुज़रता।"

"पर यह बात मुझे फातिमा ने ही बतायी है।" कहकर चित्रा जी भर के हँसी थी।

"मेरी एक इच्छा है। पूरी करोगे?" सुबह फातिमा का फ़ोन आया।

"पूछ ऐसे रही हो जैसे आख़िरी इच्छा हो!"

"कुछ ऐसा ही समझो। मैं जानती हूँ, तुम्हें थिएटर में फ़िल्म देखना पसन्द नहीं। लेकिन आज तुम मेरे साथ चलो ना। प्लीज़!"

"जो मुझे पसन्द नहीं वही करने के लिए क्यों कहती हो?"

"मुझे पसन्द है इसलिए।"

"मैंने तुम्हें जाने से मना किया है क्या? तुम जाओ।"

"मैंने दो टिकट निकाले हैं। बस एक बार! ना कहकर मेरे दिल को मत दुखाना।" सीरियस सी लगी! या फिर नाटक कर रही थी?

"तुम ना, बड़ी स्वार्थी हो। सिर्फ़ अपने बारे में सोचती हो।"

"यही समझकर आ जाओ।" और उसने फ़ोन काट दिया। जैसे उसे पक्का पता था कि मैं उसकी बात सुन लूँगा।

सवा तीन का शो था। मल्टीप्लेक्स के बाहर भीड़ थी। फ़िल्म शुरू होने से पहले ही हम भीतर पहुँचे। लेकिन तीन सौ की क्षमता वाले इस हॉल में गिनकर पैंतीस दर्शक थे।

"कौन सी फ़िल्म है?"

“क्या फ़रक़ पड़ता है?” मज़ाक़िया स्वर में फातिमा ने जवाब दिया।

“अच्छी तो है ना?”

“टाइम्स ने दो रेटिंग दी है।”

“इतनी ख़राब? फिर भी टिकट निकाले?”

“इसीलिए निकाले!” कहकर फातिमा ने मेरी बाँह को कसकर पकड़ लिया।

फ़िल्म शुरू हो गयी। लेकिन इसकी बातों का सिलसिला जारी था। लोग न सुने इसलिए या लोगों को सुनाई न दे शायद इसलिए होगा–मेरे कान से चिपककर फुसफुसा रही थी।

“फ़िल्म नहीं देखनी थी तो यहाँ क्यों, हम बाहर जा सकते थे। रोज़ की तरह–”

“रोज़ की तरह नहीं चाहिए था। इसीलिए तुम्हें यहाँ ले आयी।”

“इस अँधेरे में?”

“क्योंकि तुम्हें अँधेरा पसन्द है। तुम्हीं ने चित्रा से कहा था। भूल गये?”

मैंने कोई जवाब नहीं दिया फिर भी फातिमा की बातें जारी रहीं। चित्रा के बारे में बात ज़रूर की, लेकिन वह भी अपना ही राग अलापने के लिए। “चित्रा ने परसों फ़ोन पर क्या कहा बताऊँ?”

प्रतिक्रिया न देने के बावजूद वह बोलती रही। “अब विपिन सिर्फ़ तुम्हारा है।”

“पहले क्या तुम लोगों ने आपस में बाँट रखा था?” मेरे स्वर में उभरी नाराज़ी उसने महसूस की होगी।

“ऐसी बात नहीं। जो उसने कहा बस वही बता रही हूँ। आउट ऑफ़ साइट, आउट ऑफ़ माइंड। उसे जो लगा उसने वह कह दिया। मैंने मान लिया। क्योंकि सचमुच मैं पहले की तरह उसे मिस नहीं करती हूँ।”

मुझे भी ऐसा ही लगने लगा था। लेकिन कुछ नहीं कहा।

“बिकॉज़–यू हैव मेड अप फॉर द लॉस...” इतना कहने तक पर्दे पर डांस शुरू हुआ। सेमी-क्लासिकल डांस देखने में फातिमा मगन हो गयी और उसकी चमकने वाली आँखें देखने में मैं।

इंटरवल को मैंने कहा, “तुम्हारे लिए कॉफ़ी ले आता हूँ।”

लेकिन फातिमा ने ज़ोर से हाथ पकड़ लिया। “नहीं, सिर्फ़ बातें करेंगे। कॉफ़ी-चाय लौटते समय पी लेंगे।” फ़िल्म शुरू होने से पहले उसका सवाल आया, “माँ तुम्हें शादी करने के लिए नहीं कहती?”

“क्यों कहेगी?”

“घर में कोई नहीं होता। और उसे भी किसी के सहारे की ज़रूरत है। इसलिए पूछा।”

"क्यों? मैं तो सब कुछ कर लेता हूँ! लेकिन वह चाहे तो उसकी मदद के लिए किसी को रखा जा सकता है। उसके लिए शादी करने की क्या ज़रूरत है?"

"पर मान लो, शादी करने के लिए वह पीछे पड़ गयी तो? सिर्फ़ मेरे दिल की तसल्ली के लिए बता देना, प्लीज़!"

"शादी का ख़याल मुझे छूता तक नहीं है। ठीक है?"

"थैंक्यू। लेकिन...जो प्यार करेगा वह शादी भी ज़रूर करेगा।"

"पता नहीं।" मैंने बात ख़त्म करने के लिए कहा।

"तो फिर मेरा क्या होगा?"

मैंने कुछ नहीं कहा।

"तुम समझते क्यों नहीं हो, विपिन? आय लव यू–मैं तुमसे प्यार करती हूँ।" उसने मेरी बाँह पकड़ते हुए अपनी मुहब्बत का इज़हार कर दिया।

"मैं नहीं करता हूँ।" फ़िलहाल उस जाल में फँसने के लिए मैं तैयार नहीं था, हालाँकि उसे दुखाने की मंशा बिल्कुल नहीं थी।

"तुम मत करना। पर मैं करती हूँ तुमसे। यू कांट स्टॉप मी!" मज़ाक़ अब सच में तब्दील हो चुका था। मुझ पर दो मुक्के जमाते समय फातिमा की आँखें छलछला रही थीं। उसने रूमाल आँखों पर रखा और हथेलियों में अपना चेहरा छिपा लिया। पर्दे पर ढिशूम ढिशूम शुरू हुआ था। फातिमा आँखें पोंछ रही है या फूट-फूटकर रो रही है यह समझ में नहीं आ रहा था।

फ़िल्म ख़त्म होने तक फातिमा शान्त हो चुकी थी। मैंने उसका हाथ पकड़ा और बाक़ी पैंतीस लोगों के साथ हम भी बाहर निकल आये। लगा कि फातिमा का मूड ठीक हो रहा है। लेकिन बाहर निकलते ही मानो किसी भयंकर चीज़ को देख लिया हो वैसे उसने मेरा हाथ एकदम झटक दिया और सिर झुकाये तेज़ क़दम उठाकर आगे बढ़ी। मुझे उसके पीछे लगभग दौड़ना पड़ा। मैंने बाइक निकाली और फातिमा से कहा, "चलो, तुम्हें कॉफ़ी पिलाता हूँ। थोड़ा फ्रेश हो जाओगी।"

"नहीं, नहीं। मुझे डर लग रहा है, विपिन। मुझे बस तक छोड़ देना।" वह सहमी सी लग रही थी। इधर-उधर देखते हुए उसने बताया कि थिएटर में उसने असलम भैया को देखा था और भैया ने भी उसे देख लिया था। "भाई जान के साथ वो तबलिगी इमाम भी थे। वही, जो लोगों को भड़काते रहते हैं। अब अब्बू के भी कान भर देंगे।"

"तुम उनसे डरती हो?" इतने में बस आ गयी और वह चली गयी। जाते समय ठीक से बात तक नहीं हो पायी।

ऐसा लगा मानो धुआँधार बहने वाला झरना अचानक फ्रीज हो गया हो।

दूसरे दिन न कॉलेज पहुँच पाया और ना ही फातिमा को फ़ोन करना याद रहा। माँ की शक्कर ठीक-ठाक लग रही थी, न बहुत कम न ज़्यादा। डायबिटीज़ कंट्रोल में है सोचकर मैं उतना सतर्क नहीं था। जब माँ शिकायत करने लगी कि पैर बहुत दुख रहा है तब देखा, टखने तक काला-नीला पड़ गया है। डॉ. कॉश्ताबीर को बुलाने के बजाय सीधे एम्बुलेंस बुलाई और अस्पताल ले गया। समय पर गैंगरीन का इलाज नहीं हुआ तो उसका क्या परिणाम हो सकता है यह मैं भली-भाँति जानता था।

अगले तीन दिन तक इसकी जाँच, उसकी जाँच, ये इंजेक्शन, वो गोलियाँ, ऊपर से लगातार सलाइन और कैथेटर। दिन-रात मेरा अस्पताल आना-जाना जारी था। ऐसे समय चित्रा का फ़ोन आया। "शनिवार को गोवा आ रही हूँ। मिलते हैं।"

"सॉरी, चित्रा। इस बार भी तुमसे नहीं मिल पाऊँगा।"

"नाराज़ हो?"

"नाराज़ होने के लिए फुरसत किसके पास है?"

"तो फिर मैं आ जाती हूँ तुमसे मिलने।" तब उसे माँ के बारे में बताया और कहा, "लगता है एंप्युटेशन करना पड़ेगा।"

कुछ देर सोचकर चित्रा बोली, "फातिमा की हालत के बारे में जानते हो ना तुम?"

मुझे अन्दाज़ा था। डाँट तो पड़ी ही होगी।

"उसका कॉलेज जाना बन्द कर दिया है घर वालों ने और..." चित्रा रुक गयी। शायद मेरी प्रतिक्रिया की राह देख रही थी। फिर आगे बोली, "इस बारे में हम बाद में बात करते हैं, विपिन। तुम माँ का ख़याल रखना। लेकिन...ख़ैर, जो भी हो मैं आ रही हूँ। तुम मिलने नहीं आ सकते तो मैं अस्पताल आती हूँ। कुछ ज़रूरी बात करनी है।"

और उसने फ़ोन रख दिया।

सर्जरी से पहले स्वीकृति फॉर्म पर साइन करते समय हाथ नहीं काँपा। लेकिन मन के कम्पनों को रोक नहीं सका। टखने तक काटे या घुटने तक? डॉक्टर के इस सवाल से दिल काँप उठा था। लेकिन डॉक्टर ने ही सलाह दी। पोस्ट ऑपरेटिव केयर की दृष्टि से घुटने तक एंप्युट किया तो गैंगरिन क़ाबू में रहने की सम्भावना अधिक थी।

डैडी होते तो क्या करते? एंप्युटेशन नहीं चाहिए कहकर क्या किसी तान्त्रिक-भगत के पास दौड़ते?

सर्जरी होते ही एक दिन और एक रात, आई.सी.यू में निगरानी में रखने के बाद जब माँ को वार्ड में ले आये तभी चित्रा का फ़ोन आया। कोंकण कन्या से आकर वह काणकोण में ही उतरी थी। "पप्पा से मिलकर खाना खाने के बाद बाहर निकलती हूँ और साढ़े चार बजे तक जी.एम.सी. में पहुँच जाती हूँ। घण्टा-डेढ़ घण्टा बात करके रात की सवा नौ की फ्लाइट पकड़कर मुम्बई चली जाऊँगी।" उन बातों में भावना की अपेक्षा व्यावहारिकता ज़्यादा दिखी। मानो यह उसकी बिज़नेस ट्रिप थी।

बीच में मैंने ड्यूटी नर्स से जाकर पूछा, "माँ अभी भी नींद में है लेकिन ठीक लग रही है। क्या मैं शाम को घण्टे-डेढ़ घण्टे के लिए घर जाकर आ सकता हूँ?"

"किसी एक का उसके पास होना ज़रूरी है।"

दोपहर को कृष्णा को फ़ोन लगाया। उसका क्लास आज चार बजे ख़त्म होने वाला था। "पाँच-दस मिनट की देर हो सकती है। लेकिन साढ़े चार बजे तक पहुँचने की कोशिश करता हूँ।" अपने कहे के अनुसार वह पहुँच गया। लेकिन उसके आने से पहले चित्रा वार्ड में पहुँच चुकी थी।

सवा साल बाद चित्रा को देख रहा था। बदली-बदली सी लगी। बदलाव? कैसा? मैं नहीं बता पाऊँगा। रूप, रंग, चलना, बोलना, बाल, कपड़े? या फिर सिर्फ़ आँखें? क्या देखा मैंने उन आँखों में?

कैंटीन की चाय और कॉफ़ी उतनी बुरी नहीं थी। लेकिन बैठकर बोलने जैसा वहाँ का माहौल नहीं था। मैंने बाइक निकाली और हम बाहर चले गये।

"कहाँ ले जा रहे हो?"

"पास ही।" बाइक बांबोळी बीच पर पहुँचते ही रोक दी और हमेशा की तरह चट्टान पर जाकर बैठ गये।

"तो यही वह जगह है, जहाँ फातिमा ने पैरों में छाले डाल दिये थे!"

फिर वह सीधे मुद्दे पर आ गयी, "उस दिन तुम लोग फ़िल्म देखने क्या गये फातिमा बेचारी मुश्किल में पड़ गयी।"

"उसे मैं लेकर नहीं गया था। वह मुझे ले गयी थी।"

"मतलब ग़लती कैसे उसकी है यह बताना चाहते हो तुम?"

"अरे नहीं। लेकिन मुश्किल में पड़ सकती है इसका अन्दाज़ा उसे होना चाहिए था।"

"वह था, इसीलिए उसने तुम्हें फ़िल्म देखने बुलाया था। अपनी मुहब्बत का इज़हार करने। तुमसे कमिटमेंट लेने। तुमने अगर मुहब्बत क़बूल की होती तो कितने

भी बड़े संकट का सामना करने के लिए वह पूरी तरह तैयार थी।"

"घर वालों से क्या वह इतना डरती है?"

"क्या तुम्हें लगा कि वह घरवालों से डरती है? असलम भैया को तो उसने थोड़ा अन्दाज़ा दे ही दिया था। अब्बू, अम्मा वैसे प्रोग्रेसिव हैं। लेकिन आजकल कुछ कर्मठ नेता इस्लाम के नाम पर कट्टरवादी सोच अपनाने लगे हैं, इस बात का उन्हें डर लगता है। उन्हें मुस्लिम लड़की की हिन्दू लड़के से दोस्ती मंज़ूर नहीं। तुम्हें भी वे इस बारे में बताना चाहते थे। उन लोगों के डर से ही अब्बू के कहने पर फातिमा ने ईद के दिन का निमन्त्रण रद्द किया था। नाचने के बाद जब पैरों में छाले पड़े थे तब तुम्हारा मूड ऑफ़ हुआ था। इसलिए उसने तुम्हें इस बारे में कुछ नहीं बताया। तुमने जब उसे घर तक छोड़ आने की बात की तब उसने तुम्हें मना किया था, याद है? कारण वही था। यह सब बताते समय फ़ोन पर बिलख-बिलख कर रो रही थी। मेरी भी आँखें भर आयीं। इसीलिए मैं यहाँ दौड़ी-दौड़ी चली आयी। तुम्हें समझाने।"

"मुझे क्या समझाने? मुझसे कहाँ चूक हुई है?"

"पहले सुनो।" और मानो कोई कहानी सुना रही हो वैसे चित्रा सुनाती गयी– "पता है कुछ बातें मैंने तुम्हें पहले बतायी हैं पर तुम नहीं जानते विपिन, व्हाट शी हैज़ गॉन थ्रू। इस लड़की ने बचपन में बहुत कुछ झेला है। बड़ी मासूम सी उम्र में उसके साथ दुष्कर्म हुआ तब बात बाहर निकली तो बदनामी होगी यह कहकर समाज के बड़े-बुजुर्गों ने घर वालों पर ज़ोर डाला और फिर बात को दबाया गया। जिसने उसके साथ ग़लत किया उसे कोई फ़रक़ नहीं पड़ा। पर फातिमा बेचारी डिप्रेशन में चली गयी। घर वालों का प्यार और समय-समय पर मिलने वाले काउंसिलिंग की मदद से वह इससे बाहर तो निकल आयी। लेकिन स्कूल में, कॉलेज में कभी किसी से घुलती-मिलती नहीं थी। हमेशा किसी खरगोश की तरह डरी-डरी सी रहती। एक दिन मेरी नज़र उस पर पड़ गयी। देखने में इतनी सुन्दर, गदराये शरीर वाली और फिर भी इस तरह दुबकी-दुबकी, अकेली-अकेली क्यों रहती है? यह बात मेरे लिए पहेली सी थी। उसकी आँखें कितनी एक्सप्रेसिव हैं यह देखकर मैंने उसका चित्र बनाने का फ़ैसला लिया। तभी हमारी पहली मुलाक़ात हुई। उसे भी कॉफ़ी पसन्द है यह तो तुम जानते हो। लेकिन वह कभी कैंटीन गयी ही नहीं थी। मैंने ही एक तरह से उसे पुश किया, उसका हौसला बढ़ाया। जब पहली बार उसकी पोएट्री सुनी तब मैं तो बिल्कुल हैरान हो गयी थी। दरअसल कविता की बड़ी गहरी समझ है उसे। और तुम्हें पता है? उसकी आवाज़ बड़ी सुरीली है! कभी डांस नहीं सीखा। लेकिन गिफ्टेड डांसर है। उसके जैसी टैलेंटेड लड़की मेरी फ्रेंड है और सिर्फ़ मेरी ही फ्रेंड है इस बात का मुझे बड़ा अभिमान था। अंटिल वी मैट यू।"

चित्रा क्षण भर रुक गयी। मेरी आँखों में आँखें डालकर उसने आगे कहा, "उस फेटफुल दिन तुमने उसे बड़ी मुसीबत से बचाया। वह इतनी सहमी हुई थी! अच्छा हुआ कि मैं वहीं उसके पास थी। उसे मैं ही घर छोड़कर आयी थी। कहीं वह वापस डिप्रेशन में न चली जाये इस बात का मुझे डर लगा था। फिर वह तुमसे मिली, तुमसे थैंक्स कहने के लिए। उसे लगा था कि तुम रौब झाड़ोगे, हीरोगीरी करोगे और उसके क़रीब आने की कोशिश करोगे। वह बस थैंक्यू कहकर परे हटने वाली थी। पर तुमने उल्टा ही किया। जो भी हुआ था उसका क्रेडिट भी नहीं लिया और फातिमा की तरफ़ नज़रें उठाकर देखा तक नहीं। वह जितना पास आने की कोशिश करती उतना तुम उसे दूर धकेल देते। यह देखकर उसे दुख होता था। मैं उसे समझाने की कोशिश करती। उसे अपने साथ बुलाती थी। तुमने तो देखा ही है कि तुमसे मिलने के बाद वह कितनी बदल गयी है! मेरे सामने गाने के लिए कहने पर शर्माने वाली फातिमा अब तुम्हारे सामने बेझिझक होकर डांस तक कर गयी। तुम नहीं जानते विपिन, वह तुम्हें कितना पसन्द करती है।"

"और तुम?" मैंने भी उसकी आँखों में आँखें डालकर पूछा। चित्रा ने अनसुना कर दिया।

"उसने कोई भी बात मुझसे छिपाकर नहीं रखी। उसने मुझसे कई बार कहा है कि विपिन क़रीब होता है तो महफूज महसूस करती हूँ। तुम ऐसे पहले पुरुष हो जो उसे मनुष्य के रूप में देखता है, भोग वस्तु के रूप में नहीं। वह हिन्दू या मुस्लिम है इससे तुम्हें कोई मतलब नहीं। वह सीनियर है या जूनियर, उम्र में बड़ी है या छोटी इससे भी तुम्हारा कोई लेना-देना नहीं। तुम्हारे सान्निध्य में वह आज़ादी अनुभव करती है।"

चित्रा की नज़रें दूर क्षितिज की ओर देख रही थीं। सूरज डूबने जा रहा था। आकाश में सफ़ेद बादल तिर रहे थे। समन्दर में दूर लंगर डालकर खड़ी एक शान्त नाव की ओर इशारा करके उसने कहा, "वो नाव और तुम एक जैसे हो। लहरों से भरे समन्दर में भी वह देखो कितनी शान्त खड़ी है। लेकिन एक बड़ा अन्तर है तुम दोनों में। वह तुम्हारी तरह स्थितप्रज्ञ नहीं है। हवा बहने पर वह हिलती है, तूफ़ान आने पर डगमगाती है, फ़ातिमा की तरह। उस नाव को कोई कुशल खिवैया मिले तो फिर कितने भी तूफ़ान आने दो, वह उनमें से निकलने का रास्ता पा सकती है।"

चित्रा शायद और भी कुछ कहना चाहती थी। पर शायद बात को कैसे उठाऊँ यह उसकी समझ में नहीं आ रहा था। मैंने ही पूछा, "इतनी देर तक तुम सिर्फ़ फातिमा के बारे में बोलती रहीं। अपने बारे में कुछ नहीं बताया। फातिमा बाद में मिली। पहले तुम मिली थीं मुझे दोस्त बनकर।"

"मैं हमेशा तुम्हारी दोस्त बनी रहूँगी विपिन। लेकिन–" और एकदम भावावेश में बोली, "तुम समझते क्यों नहीं हो, विपिन? वह तुमसे प्यार करती है। तुम दोनों ऐसे पॉइंट पर पहुँचे हो जहाँ अब तुम्हें अपना निर्णय लेना चाहिए। एटलीस्ट फॉर फातिमास सेक।"

"मुझे क्या करने के लिए कह रही हो?"

"प्रोपोज़ करो।"

मेरा मन एकदम उदास हो गया। गरजने वाली लहरें भी समन्दर किनारे बिखरे पड़े पत्थरों सी मौन हो गयी हैं ऐसा आभास हुआ। दिमाग़ सुन्न हो गया था। चित्रा मेरे उत्तर की प्रतीक्षा में थी। अपने आप को ज़रा सँभालने के बाद मैंने कहा, "सिनेमा हॉल में थे तब फातिमा ने भी मुझे यही कहा था। 'तुम समझते क्यों नहीं हो, विपिन? मैं तुमसे प्यार करती हूँ।' चलो अच्छा हुआ कि मैंने उसी वक़्त उससे कह दिया। मैंने दोस्ती क़बूल की है। लेकिन प्यार? उस नज़र से मैंने कभी देखा ही नहीं, सोचा ही नहीं। इसलिए मुझ पर इस प्रोपोज़ल की ज़बरदस्ती मत करो। प्लीज़!"

"विपिन, तुम ना बड़े ज़िद्दी हो। तुम क्यों स्वीकार नहीं करते कि फातिमा तुम्हें पसन्द है?"

"मुझे तो तुम भी पसन्द हो।" फटाक से मेरे मुँह से निकल गया। चित्रा एकदम स्तब्ध हो गयी।

"फातिमा मुझसे कह रही थी, 'मुझसे ज़्यादा वह तुम्हें पसन्द करता है।' सच कहती हूँ, विपिन। मुझे भी तुम बेहद पसन्द हो। लेकिन यह पसन्द अलग तरह की है और वह अलग। मैं तुम्हें लाइक करती हूँ। फातिमा लव्स यू।" पसन्द आना और प्रेम करना इनके बीच के फ़र्क़ पर गौतम बुद्ध ने जो कहा था वह अचानक दिमाग़ में आया। कोई फूल पसन्द आता है तब उसे तोड़ने की इच्छा होती है। लेकिन जब तुम उस फूल से प्रेम करते हो तब उसका पेड़ पर ही ख़याल रखते हो। चित्रा से यह कहने का मन हुआ। लेकिन मैं कुछ कहूँ इससे पहले उसने हाथ उठाकर मुझे रोका और एक गहरी साँस छोड़कर बोली, "सब बातें कही नहीं जा सकती। लेकिन तुम्हें अपना क़रीबी दोस्त मानती हूँ, इसलिए शेयर कर रही हूँ। अभी तक फातिमा से भी नहीं कहा है। पहले उसका मसला हल हो जाने दो।" दुबारा लम्बी साँस भरकर उसने जैसे अपने मन को तैयार किया। "आय एम इन अ रिलेशनशिप। सालभर हो गया है। क्वीअर बट ट्रू! उसके और मेरे ख़यालात काफ़ी मिलते हैं।"

"प्रीतम?" अनजाने में होंठों से शब्द निकल गया।

"तो तुम्हें याद है! हाँ। पिछली छुट्टियों में जिसके साथ शिमला गयी थी, वही।"

सूरज डूब गया। बहुत सारी कही-अनकही बातों का पिटारा साथ लेकर डूब गया।

"चेक इन बैगेज नहीं है सो डेढ़ घण्टा पहले पहुँच सकते हैं। लेकिन उससे पहले कॉफ़ी–आय मीन चाय और कॉफ़ी हो जाये?"

रास्ते में कॉफ़ी हाउस गये।

चित्रा को शायद बोलने के लिए कुछ सूझ नहीं रहा था इसलिए पूछा होगा," कब से तुम्हें पूछना चाहती थी। तुम लिखते क्यों नहीं? आय मीन जिस तरह का टैलेंट तुम में है तुम बढ़िया कहानियाँ, उपन्यास लिख सकते हो।"

"हाँ। मार्टिन सर भी कह रहे थे। लेकिन आयझॅक सिंगर ने कहा है–लाइफ इज़ गॉड्स नॉवेल। लैट हिम राइट इट।"

"इसके बावजूद उसने लिखा ना?"

"उसकी रचनाओं ने उससे ख़ुद को लिखवा डाला। मुझसे लिखवा लेंगी तो मैं भी लिख दूँगा।"

चाय-कॉफ़ी के आने तक मैंने चित्रा से पूछा, "तुम नया क्या पढ़ रही हो?"

चित्रा ने बैग से किताब निकालकर दिखाई, "अभी ये पढ़ रही हूँ।"

'बेबीजी!' लेखक का नाम कभी सुना नहीं था मैंने। आभा दावेसर। ब्लर्ब देखा। लेज़बियन फ़िक्शन। फ़ौरन वापस कर दी। चित्रा हँसी।

बाहर पार्क की हुई मेरी बाइक पर उसकी नज़र पड़ी होगी। बोली, "तुम्हारी नयी बाइक फातिमा को बहुत पसन्द आयी।" ख़ामोशी को तोड़ने के लिए कुछ बोलना चाहिए, मानो यह सोचकर चित्रा आगे बोली, "तुम्हारे साथ लांग राइड पर जाना चाहती थी।"

मेज़ पर मग आ गये। दोनों ने एक साथ उठाये। एब्संट माइंडेडली होंठों से लगाये।

"सो सिम्बॉलिक, है ना?" तब तक मेरे होंठों से लगा मग कॉफ़ी का है यह मेरे ध्यान में नहीं आया था। सचमुच, सब कुछ उल्टा हो रहा था।

एअरपोर्ट जाने के लिए टैक्सी में बैठते समय उसने दुबारा वही बात उठायी। मैंने तुम्हें प्रोपोज़ करने के लिए कहा इसका मतलब यह नहीं कि आज ही शादी करो। अभी प्रोपोज करके फिर दो साल तक रुका जा सकता है। फातिमा इसके लिए तैयार है। देख लो। अच्छी तरह सोचकर फ़ैसला करो।

माँ के कहने पर ही पहले मामा को फ़ोन किया था। लेकिन माँ की हालत के बारे में बताने पर बड़े मामा पर कोई ख़ास असर नहीं दिखा था। बाद में जब डॉक्टर ने कहा कि सर्जरी करनी पड़ी तो ख़ून की ज़रूरत होगी, तब मैंने अपना ख़ून देने की तैयारी दिखाई। लेकिन ज़्यादा ख़ून की ज़रूरत हो सकती थी, इसलिए मैंने मामा को दूसरी बार फ़ोन किया। मामा ने कहा, "कुछ कह नहीं सकता। आने की कोशिश करता हूँ। नहीं तो जी.एम.सी. के पास भी ब्लड डोनर्स मिलते हैं।" ख़ैर, यही सही। मामा भले नहीं पहुँच पाये लेकिन उनकी सलाह काम आयी। आख़िर, मैंने और कृष्णा ने ख़ून दिया और बाक़ी का ख़रीद लिया।

सर्जरी होने से पहले ही नर्स ने आगाह किया था, "फीमेल वार्ड में पेशेंट के पास किसी लेडीज़ का होना ज़रूरी है।" फिर से मामा को फ़ोन करके बता दिया। मामा ने इस ज़िम्मेदारी से भी हाथ झटक दिये। सर्जरी होने तक मैं वार्ड के बाहर ही दिन बिता रहा था और वहीं सोता था। मामा ने ख़बर तक नहीं ली। लेकिन सर्जरी होने के बाद जब माँ को वार्ड में लाया गया तब धर्मसंकट खड़ा हुआ।

शाम को चित्रा से मिल आने तक कृष्णा माँ के पास बैठा था। लेकिन बाहर। मेरे वापस आते ही उसने बताया कि मामा आकर गये। उसने बताया कि मैं ज़िम्मेदारी टाल रहा हूँ कहकर ग़ुस्सा हुए थे। लेकिन हल भी सुझा गये थे जिसका मुझे बड़ा फ़ायदा हुआ। पेशेंट के साथ रहने के लिए पेड अटेंडेंट मिलते थे। उन्हीं में से एक औरत का उन्होंने कृष्णा से परिचय कराया था और पैसे की बात मेरे साथ तय करने के लिए कहकर चले गये थे। मैंने राहत की साँस ली और कृष्णा को घर भेजा।

उस दिन पहली बार मुझे दिमाग़ में चल रही कश्मकश का अनुभव हुआ। मुझे ऐसा क्यों लग रहा है कि जिस चित्रा ने मुझमें अपने स्वतन्त्र अस्तित्व का एहसास पैदा किया, मुझसे दोस्ती का रिश्ता जोड़ा और मेरे भीतर की सुप्त कल्पना-शक्ति को जगाया वही चित्रा अब मुझसे बहुत दूर चली गयी है। चित्रा ने मुझे इतना बेचैन क्यों किया? क्या उस पर मेरा कोई मालिकाना अधिकार था? उसके समलिंगी होने के बारे में मुझे पहले कभी भी कोई शक क्यों नहीं हुआ? उसे समलिंगी पार्टनर मिली इस बात का मुझे बुरा लगा या वह मुझसे दूर जा रही है इस ख़याल से मैं बेचैन हुआ हूँ? उसकी किताब को झटककर वापस क्यों किया? इन विचारों के बवंडर में फँसा होने के बावजूद मैंने मोबाइल निकाला और बुक गंगा से 'बेबीजी' को मँगवाया।

क़रीब बारह बजे तक जागता रहा। फिर बैठे-बैठे आँख लग गयी। गाने की आवाज़ कानों में पड़ी और आँख खुली। मानो कहीं दूर से फातिमा ही गा रही थी–

तेरे मेरे सपने, अब एक रंग हैं/जहाँ भी ले जायें राहें, हम संग हैं।
तेरे मेरे दिल का तय था एक दिन मिलना
जैसे बहार आने पर तय है फूल का खिलना
तेरे दुख अब मेरे, मेरे सुख अब तेरे
तेरे ये दो नैना, चाँद और सूरज मेरे–ओ मेरे जीवन साथी
लाख मना ले दुनिया, साथ न ये छूटेगा
आके मेरे हाथों में हाथ न ये छूटेगा–ओ मेरे जीवन साथी

मेरे दिल की बेचैनी बढ़ाकर गीत ख़त्म हुआ। दूसरी बेंच पर कोई मोबाइल पर हल्की आवाज़ में गाने सुन रहा था। मेरी नींद अब टूट चुकी थी। यह फातिमा का पसन्दीदा गीत था। उस दिन दोना पावला से वापस आते समय पिछली सीट पर बैठे हुए उसने मुझे ज़ोर से भींचा था। 'गाइड' का वह गीत कान के पास गुनगुनाते हुए उसने जो कहा था वह अच्छी तरह याद है मुझे। "तुम्हारा नशीला बदन मेरी बाँहों से छूटता नहीं, विपिन।" तब मैंने कहा था, "बस करो अपने फ़िल्मी डायलॉग।" उसने फिर मुझे चुनौती दी थी। "कोशिश करके तो देखो, नहीं छूटेगा।" ख़ुद नशे में मदहोश सी आगे बोल पड़ी थी–

नाचती हूँ, गाती हूँ, यों तुम्हें कसकर पकड़ती हूँ
तब मैं–मुझमें बसे मैं को ही बाँहों में लेती हूँ।

आज याद आया, तब मुझे वह सब बहुत अच्छा लगा था। लेकिन चित्रा ने मुझे फातिमा के बारे में जो बताया वह मुझे अच्छा क्यों नहीं लगा? चित्रा को मन मुताबिक़ पार्टनर मिली थी। फातिमा को मन मुताबिक़ पार्टनर क्यों नहीं मिलना चाहिए?

पार्टनर? माँ की तबीयत ठीक नहीं थी तब घर आयी थी और ऐसे बरताव कर रही थी मानो अपना ही घर हो। अपने घर के लोगों के साथ कैसे पेश आती है मुझे नहीं मालूम। लेकिन मेरे साथ वह ज़िन्दादिल झरने की तरह कल-कल बहती थी। मैंने ख़ुद कभी उसे बाँहों में लेने की पहल नहीं की थी। लेकिन मुझे उसका बाँहों में ले लेना अच्छा लगता था। चित्रा ने कहा था–तुम उसे भोग वस्तु के रूप में नहीं देखते हो। वह भोग की वस्तु बिल्कुल नहीं थी। हम सटकर खड़े रहने के बावजूद मेरे मन में सेक्स से जुड़े ख़याल उभरकर नहीं आये थे। वजह फातिमा जानती थी। उसने कहा था–'आय लव यू, मैं तुमसे प्यार करती हूँ।' और मैंने 'मैं नहीं करता हूँ' कहा था। मे बी आय वाज़ रांग!

सुबह चित्रा का फ़ोन आया। "क्या सोचा है?"

मेरे पास जवाब नहीं था। फिर भी मैंने कहा, "गिव मी सम टाइम। मैं सोचता हूँ।"

मैंने जो कहा वह सही था या नहीं यह मैं ही नहीं जानता था।

'द नम्बर यू डायल्ड इज़ करंटली आउट ऑफ़ सर्विस'—चार बार यह मैसेज आने पर मैंने फातिमा को फ़ोन करना छोड़ दिया। अब जब भी कोई अनजाना नम्बर फ़ोन के स्क्रीन पर जगमगा उठता मैं झपटकर फ़ोन उठा लेता। यह सोचकर कि शायद यह फातिमा का फ़ोन हो सकता है। लेकिन निराशा ही हाथ लगती।

अस्पताल में माँ के पास रहने के लिए दो आयाएँ मिल चुकी थीं। वे शिफ्ट्स में काम करती थीं। बीच में माँ का काउंसिलिंग करने वाले डॉक्टर आते थे। पैर कट जाने से उत्पन्न स्थिति का सामना कैसे करना है यह बताते थे। बीच-बीच में मुझे भी सलाह देते थे। जी.एम.सी. में इलाज व्यवस्थित ढंग से चल रहा था। लेकिन कभी-कभार ऐसी दवाइयों की लिस्ट मिल जाती जिन्हें बाहर से लाना पड़ता था। ख़ून और पेशाब की जाँच वहीं हो जाती। पर कभी-कभी सैंपल हाथ में रख देते तब दोना पावला की लैबोरेटरी के चक्कर लगाने पड़ते थे। माँ का पथ्य, डाएट कैसे सँभाले यह सवाल आये दिन सताये रहता। जब वार्ड में थी तब तक दिन है या रात उसकी समझ में कुछ नहीं आता था। पर बीच में ही चिल्लाकर मुझे भीतर बुला लेती और भूख लगी है, कम से कम चाय तो पिलाओ कहती थी। फातिमा से जुड़े मसले का बोझ सिर पर लिए मैं यह सब किये जा रहा था।

अस्पताल में रेबेका नाम की एक केरल की नर्स थी। उसने मुझे रोज़ बाहर बेंच पर, कभी बैठे-बैठे तो कभी लेटे-लेटे झपकियाँ लेते हुए और रातों को जागते हुए देखा था। उसने मुझे बुलाकर कहा, "वे आयाएँ माँ का ख़याल रख रही हैं। तुम बीच-बीच में घर जाकर आराम किया करो। रात को नहीं आये तो भी चलेगा।"

यह मुझे क्यों नहीं सूझा? वैसे बीच में घर जाकर नहा-धोकर आ जाता था। लेकिन उस दिन आराम से शरीर रगड़-रगड़कर नहाया। आधे घण्टे तक कम्प्यूटर खोलकर भी बैठा। फिर कमरे में गया और अँधेरा करके गहरी नींद सो गया। दिन होने के बावजूद रात की तरह क़रीब चार घण्टे तक गहरी नींद ले ली। जब जागा तब माँ को अकेले नहीं छोड़ना चाहिए यह याद आते ही झट से उठकर अस्पताल गया। देखा कि कृष्णा माँ के लिए सूप और मेरे लिए चपाती-सब्ज़ी लेकर मेरा ही इन्तज़ार कर रहा है।

"माँ को कब घर ले जा रहे हो?" कृष्णा के पूछने तक यह सवाल मेरे ज़हन में बिल्कुल नहीं उभरा था। सीधे अन्दर जाकर सुगन्धा नाम से गौरवान्वित हमेशा पसीने की बदबू से भरी रहने वाली मेट्रन से पूछा, "माँ को कब घर ले जा सकते हैं?" जवाब में उसने उपहासपूर्वक कहा, "आज ले जा रहे हो? अभी ले जाना चाहते हो तो अभी ले जाओ। पेपर्स तैयार करूँ क्या?" फिर पास खड़ी नर्स से मुखातिब होकर बोली, "इन्हें लगता है कि पेशेंट को वार्ड में रखकर ये हम पर उपकार करते हैं। इनके लिए हमें जो मेहनत करनी पड़ती है उसका कुछ नहीं पर इन्हें जल्दी है घर ले जाने की। घर ले जाने के बाद क्या पेशेंट की अच्छे से देखभाल करेंगे इसकी गारंटी है? वह भी नहीं। बीमारी बढ़ गयी कहकर चार दिन में वापस ले आयेंगे।"

अपने जबड़े ज़ोर से भींच लिए और कनपटी की फड़कने वाली नसों पर उसकी नज़र पड़ने से पहले वहाँ से बाहर चला गया। कुछ देर में वह मलयाली नर्स बाहर आ गयी। मेरे पास बैठ गयी। कोई हमारी तरफ़ नहीं देख रहा है इसकी तसल्ली कर लेने के बाद उसने प्यार भरी आवाज़ में मुझे समझाते हुए कहा, "दुबारा उस मेट्रन से कुछ पूछने मत जाना। वह...वह" शायद उसे शब्द नहीं सूझ रहा था। मलयाली शब्द इस्तेमाल करके बोली, "वह कुर्तकतवन है। तुम हमसे पूछो। तुम्हारी माँ को और आठ-दस दिन तक नहीं ले जा सकते हो। उसका ड्रेसिंग, टॉयलेट, दवाई सब समय पर होना चाहिए। तुम उसे ले जाने की बात कर रहे थे ना, अरे उनको तो यही चाहिए। हमारे पास बेड्स नहीं हैं। नये पेशेंट्स लगातार आ रहे हैं। तुम पूछने ही मत जाना। ओ.के.?" तब पता चला सिस्टर रेबेका वार्ड में इतनी लोकप्रिय क्यों थी। उसने सभी को अपना बनाकर रखा था।

सरकारी अस्पताल में भर्ती होने के बावजूद बाक़ी ख़र्च बढ़ते जा रहे थे। मैंने कम्प्यूटर ऑन किया। ऑनलाइन जाकर बैंक में जमा पैसे चेक किये। आगे के ख़र्चे का अन्दाज़ा लगाया। ऐसे ही जारी रहा तो साल भर में पैसों की तंगी होने वाली थी। कुछ अनुमान लगाये। एफ.डी. के बजाय म्युच्युअल फंड में पैसा लगाया तो ज़्यादा फ़ायदा हो सकता था। कम्प्यूटर के स्क्रीन पर जो उभरा था वह नुक़सान होने की सम्भावना की ओर इशारा कर रहा था। अक्ल ठिकाने रखकर सतर्कता बरतते हुए पैसे लगाये तो? मैंने रिस्क ले लिया।

एक दिन जब घर पहुँचा तब इंटिमेशन मिला। कुरियर आकर चला गया था। चार दिन के भीतर पार्सल नहीं ले आया तो वापस जाने वाला था। मैंने फ़ोन करके भेजने के लिए कहा। दूसरे दिन 'बेबीजी' का आगमन हुआ। सीधे पढ़ना शुरू किया।

पढ़ते-पढ़ते ध्यान में आया कि प्रोपोज़ करने का यह भी तरीक़ा हो सकता है।

"हैलो चित्रा। आय थिंक आय लव फातिमा। उसे अपने जीवन-साथी के रूप में देखना चाहता हूँ। मैंने फ़ैसला कर लिया—मैं उसे प्रोपोज़ करूँगा। लेकिन मुझे वह शादी-ब्याह वाले रिचुअल्स नहीं चाहिए। हम लाइफ-टाइम पार्टनर बनकर रहेंगे—लिव इन रिलेशन में।" मैंने एक साँस में कह दिया। उस तरफ़ चित्रा सुन भी रही है या नहीं यह सोचे बिना।

जवाब नहीं आया तो थोड़ा चौकन्ना हुआ। "हैलो, हैलोऽ चित्रा? तुम सुन रही हो ना? हैलोऽ..."

"सुन रही हूँ। लेकिन विपिन, आय एम अफ्रेड—तुमने देर कर दी। फातिमा का निकाह तय हो चुका है।"

चालीस दिन अस्पताल में गुज़ारने के बाद माँ को डिस्चार्ज मिला। लेकिन डॉक्टरों ने चेतावनी दी थी। "और कुछ दिनों तक–शायद महीनों तक–उनका ड्रेसिंग करना पड़ेगा। उन्हें क्लचेस का सहारा लेकर चलने दो। टॉयलेट, स्पंजिंग, नहाना, कपड़े बदलना...ये सब काम घरवालों या फिमेल नर्स को करने पड़ेंगे। बिस्तर पर सोती रही तो बेड सोअर्स होने का डर है। इनफेक्शन होने पर जान को भी खतरा हो सकता है।"

मामा ज़िम्मेदारी से मुँह चुरा लेंगे यह पता होने के बावजूद मैंने उन्हें फ़ोन किया।

"अरे बाबू, तुम्हारी मामी क्या कोई नर्स या कोई आया है, जो तुम्हारे घर आकर रहेगी? जी.एम.सी. में कई औरतें मिल जायेंगी जो आया का काम करती हैं। नहीं तो पाद्री लोगों से पूछो। उनकी पहचान होती है इस तरह के लोगों से। नर्स सप्लाय करने वाली संस्थाएँ भी होती हैं। सिर्फ़ पैसे ख़र्च करने की तैयारी होनी चाहिए। तुम्हें अगर कोई नहीं मिलती तो बता देना। मैं पूछ-ताछ कर लूँगा।"

लेकिन ऐसी नौबत नहीं आयी। डिस्चार्ज लेते समय रेबेका नर्स पास आयी। "तुम्हें घर में रहने के लिए नर्स चाहिए तो बता देना। मेरी एक बहन है जो ट्रेंड नर्स है। वह बाळू–आय मीन विडो है बट वैरी नायस सिस्टर।" पर उसे केरल से गोवा पहुँचने में दो दिन लगने वाले थे। "सोमवार को आयी तो चलेगा?" सिस्टर रेबेका ने पूछा।

मैंने 'हाँ' कह दिया। उसने जितने माँगे थे उतने ख़र्च के लिए पैसे दिये। और तब तक वहीं की एक अटेंडेंट औरत को दिन में माँ के साथ रहने के लिए पैसे देना तय करके ले आया।

लेकिन मैंने जैसी कल्पना की थी उससे कई गुना कठिन था सब। दिन में वह आया सँभाल लेती थी। लेकिन रात को भी काफ़ी काम होता था। दवाई देने तक ठीक था। लेकिन पेशाब करने उठाना, पॉटी वाली कुर्सी पर बिठाना, पॉटी साफ़ करके रखना, उसे सुलाना जैसे काम भी होते थे। यह सब करते समय उसकी बेबसी देखकर उस पर तरस आ जाता था।

एक दिन जान-बूझकर मैंने सब काम एक पाँव पर रहकर करने का निर्णय लिया। चलना-फिरना, नहाना, टॉयलेट वग़ैरह सब काम एक पैर से करके देखे। तब कठिनाइयों का एहसास हुआ। लगा कि माँ के आराम का और भी अच्छी तरह ख़याल रखना चाहिए। मैंने टी.वी. उसके कमरे में रख दिया। उसके लिए नया म्यूज़िक सिस्टम ले आया। बैसाखियाँ लेकर आया। और नर्स के आने तक उसी के कमरे में सोने का निर्णय लिया। रातभर जीरो वाट बल्ब की रोशनी में आँख लगने के बावजूद कभी ऐसा नहीं लगा कि नींद पूरी हुई।

लाइट बन्द करके सोने की सबको आदत होती है। मैं तो अँधेरे का पुजारी हूँ। चित्रा कहा करती थी, "मैं जब रात को सोने जाती हूँ तभी लाइट बुझाती हूँ। अँधेरे में बहुत अच्छी नींद आती है। क्यों पता है? सुबह उजाला हो जाने का भरोसा होता है।" पर मुझे लगता कि उठने पर भी कभी उजाला ही न हो।

माँ को जिस दिन घर ले आया उसी दिन शाम को बड़े मामा आकर चले गये। भाई को देखकर बहन को कितनी ख़ुशी हुई इसका पता नहीं चल सका। "बहना, ख़ाली हाथ आया हूँ। तुम्हें डाइट का ख़याल रखना पड़ता है ना? जल्दी ठीक हो जाओ, और फिर तुम्हें जो चाहे वह माँग लेना।" रोज़ की तरह मामा ने औपचारिकता भरी सतही बातें कीं। भतीजे के लिए कुछ ले आने का सवाल ही नहीं था क्योंकि इससे पहले कभी कुछ लाया ही नहीं था। क़रीब दस मिनट तक बैठे रहे और फिर वापस आ जाऊँगा कहकर जल्दी-जल्दी चले गये।

दूसरे दिन छोटे मामा हाज़िरी लगाकर चले गये।

सच्चे मन से आने वालों में से दो लोग पहुँच नहीं पाये। दूर है इसलिए चित्रा और नज़रक़ैद में है इसलिए फातिमा। लेकिन मार्टिन सर आ गये। सेब लेकर आये थे। माँ का हाल-चाल पूछा। किसी मदद की ज़रूरत हो तो मैं हूँ इस बात का भरोसा दिलाया। जाते समय मेज़ पर पड़ी किताब देखी। 'बेबीजी'...ब्लर्ब पढ़ा और नीचे रख दी।

सोमवार दस बजे सिस्टर रेबेका से मिलने जी.एम.सी. में चला गया। मेरी आँखें उसे ढूँढ़ने लगीं। मैं उसे वार्ड में ढूँढ़ रहा था। फिर ध्यान में आया, सोमवार उसका छुट्टी का दिन है। मैं पीछे मुड़ा तो देखा कि कॉरिडोर से वह मेरी तरफ़ ही आ रही है। पहले उसे पहचान ही नहीं पाया। साड़ी में सिस्टर रेबेका कुछ अलग ही दिख

रही थी। चर्च की अवर लेडी फातिमा सायबीण अगर साँवली होती और साड़ी पहनती तो ऐसे ही दिखती! अचानक कोई दौड़कर आया और उसने रास्ते में ही सिस्टर रेबेका को रोक लिया। जाना-पहचाना सा लगा। उसकी बात ख़त्म होने तक मैं दूर ही रहा। लेकिन वह उसे बाय कहकर जाने के लिए मुड़ा तब पहचान गया। "असलम भैया...सुनिए..." वे पल भर के लिए ठिठके। मुझ पर नज़र पड़ते ही एकदम सकपकाकर पीठ करके दौड़ते हुए से बाहर चले गये।

सिस्टर रेबेका ने यह देख लिया था। "तुम उसे जानते हो?"

"हाँ।" मैंने सिर हिलाया।

"जल्दी में था वह। बहन की शादी जो हो रही है।"

पूछूँ या न पूछूँ? आख़िर पूछ लिया। "यहाँ किससे मिलने आये थे?"

"दरअसल वह आया था सायकियाट्रिक डिपार्टमेंट में। लेकिन यहाँ मुझे मिलने आया था।"

मेरे चेहरे पर सवाल देखकर वह थोड़ी असमंजस में पड़ गयी। "तुम जानते हो ना? उसकी बहन..."

"फातिमा?" मेरे मुँह से निकला।

"हाँ।" पल भर के लिए ज़रा हिचकिचायी। फिर उसने बताया कि छह साल पहले जब वह डिप्रेशन में गयी थी तब जी.एम.सी. में ही ट्रीटमेंट चल रहा था। सिस्टर रेबेका की ड्यूटी तब सायकियाट्रिक वार्ड में थी। उन्हीं दिनों की पहचान थी उनकी। फातिमा वहाँ से ठीक होकर चली गयी। लेकिन बीच-बीच में उसे गोलियाँ लेनी पड़ती हैं। "स्वीट गर्ल। लेकिन बेचारी..."

"येस, शी इज़ वेरी स्वीट! लेकिन सिस्टर, तुमने उसे बेचारी क्यों कहा?"

वह फिर से हिचकिचा गयी। "पेशेंट के बारे में इस तरह दूसरे से बातें नहीं करनी चाहिए। लेकिन...तुम्हें बता रही हूँ। उसकी शादी होने जा रही है इसलिए नर्वस है। उसी के बारे में बात करने वह डॉक्टर से मिलने आया था। दवाइयाँ लेने।"

मुझे और ज़्यादा जानने की ज़रूरत महसूस नहीं हुई। सीधे मुद्दे पर आते हुए पूछा, "आपकी बहन नहीं आयी?" पूछ रहा था तभी नज़र पड़ी। वह उसी के पीछे खड़ी थी। वह सिस्टर रेबेका की बहन है यह बिन बताये समझ में आ जाता था।

"अमांदा!" उसने परिचय कराया।

"चलो, चलते हैं ना? मैं बाइक लेकर आया हूँ। आप लोग ऑटो में आ जाइए।" मैं ही जाकर ऑटो ले आया और ऑटो वाले को मेरी बाइक के पीछे आने के लिए कह दिया।

सिस्टर रेबेका ने घर देख लिया।

उसे देखकर माँ के चेहरे पर मुस्कुराहट खिल उठी...

बहुत दिनों बाद ऐसी मुस्कान देखी थी मैंने। मुझे लगा था घर की इतनी बुरी हालत देखकर सिस्टर रेबेका और अमांदा मुँह बिगाड़ देंगी। पूरा घर देखते समय सिस्टर रेबेका मेरे कमरे में पहुँच गयी। "यहाँ इतना अँधेरा क्यों है?" उसने पूछा।

"मुझे अँधेरे की आदत हो चुकी है।"

खिड़की खुली ही छोड़कर सिस्टर रेबेका बाहर आ गयी। माँ का हाल-चाल पूछा। बहन को क्या-क्या करना है यह बताया। सिस्टर को मलयालम में बात करते हुए सुनना बड़ा अच्छा लग रहा था। क्या बहन को कोंकणी आती होगी? "कोंकणी सीख जायेगी। लेकिन उसे अंग्रेज़ी आती है। थोड़ी-थोड़ी हिन्दी भी आती है।"

बहन को माँ के कमरे में काम पर लगाकर सिस्टर रेबेका बाहर आयी।

"परोब–"

"मुझे 'बाबू' कहो, सिस्टर।"

"और तुम मुझे रेबेका कहो। बाबू, मैं जानती हूँ, तुम जेंटलमैन हो। लेकिन अमांदा बहुत सेंसिटिव है। उसे यहाँ किसी भी तरह की परेशानी नहीं होनी चाहिए। अमांदा तुम पर बर्डन नहीं बनेगी। लेकिन बड़ी बहन हूँ इसलिए थोड़ी चिन्ता तो होती ही है। उसने अपने जीवन में बहुत सहन किया है। पति की एक्सिडेंट में मौत हो गयी और फिर ससुराल वालों ने इसे सताना शुरू किया। मेरी आँखों के सामने रहेगी यह सोचकर ही उसे यहाँ बुलवा लिया है। सँभाल लेना।" और फिर बहन को बुलाकर उसने उसे मलयालम में जो कहा वह अन्दाज़े से पता चला–"अच्छे से रहना। मोबाइल चार्ज्ड रखना। बीच-बीच में फ़ोन करना।"

रेबेका चली गयी। पल भर लगा–रेबेका ही माँ के पास रह जाती तो?

दूसरे दिन कॉलेज से चिट्ठी आ गयी। कंट्रोलर ऑफ़ एग्ज़ामिनेशन की। न आती तो आश्चर्य होता। क़रीब दो महीनों से मैं कॉलेज नहीं गया था। इस बीच जो असाइनमेंट दिये थे वे भी पूरे नहीं हुए थे। थोड़े लेक्चर्स ने तो मेरा चेहरा तक नहीं देखा होगा।

"डू यू नो परोब, तुम्हारा अटेंडेंस कितना हुआ है?"

क्या बोलता?

"तीस परसेंट! मतलब सत्तर परसेंट एबसेंट।" प्रोफ़ेसर उत्तर की प्रतीक्षा करते हुए कुछ देर चुप रहे। "युअर इंट्रा सेमिस्टर असेसमेंट इज़ वेरी पुअर। नियम के अनुसार मिनिमम 75 परसेंट अटेंडंस होना चाहिए। 60 या 50 तक वह भी कोई

जेनुइन कारण हो तो माफ़ किया जा सकता है। लेकिन 30 परसेंट? एक्ज़ाम कमेटी ने अभी तक निर्णय नहीं लिया है। क्यों जानते हो? उनका कहना है–यू आर अ ब्रिलियंट स्टूडेंट। मैंने उनकी बात सुन ली है। लेकिन एक कंडीशन है। तुम्हें लिखकर देना होगा कि इसके आगे फुल अटेंडेंस मेनटेन करोगे।"

मैं उठ गया। कैंटीन जाकर चाय का कप लेकर टेबल पर जा बैठा। काग़ज़-पेन निकाला और चाय ख़त्म करने के पहले लिखकर ख़त्म किया। 'आय क्विट।' एक चिट्ठी प्रिंसिपल के ऑफ़िस में पहुँचा दी और दूसरी कंट्रोलर के।

उसी दिन जाकर मार्टिन सर से मिल आया। "सर, यू मे नॉट अप्रूव ऑफ़ इट। लेकिन मैंने कॉलेज छोड़ दिया है।" मुझे लगा था सर ग़ुस्सा होंगे, निराश होंगे। कम से कम उनके चेहरे पर सवाल उभर आयेंगे।

"वैल, कोई बात नहीं। तुमने सोच-विचार करके ही डिसिजन लिया होगा।" और फिर उन्होंने मुस्कुराकर कहा, "कॉलेज छोड़ दिया। लेकिन पढ़ना मत छोड़ना। फॉर्मल एजुकेशन के बिना भी बड़ा आदमी बन सकते हो। हैनरी फोर्ड कहाँ पढ़ा हुआ था? थॉमस एडिसन ने स्कूल तक कंप्लीट नहीं किया था। और बिल गेट्स इज़ अ कॉलेज ड्रॉप आउट। लेकिन ये सब जीनियस थे। तुम्हारी तरह। ओनली डिफरेंस इज़–वे एम्बिशियस थे; तुम नहीं हो।"

घर जाने से पहले वासुदेव के होटल पर जाकर चपातियाँ ले लीं। फिश करी लेना चाहता था। चूँकि उसने कहा कि चिकन तैयार है तो चिकन लिया। सोचा कि घर जाकर चावल बना दूँगा। लेकिन चिकन लेकर घर आया तो चावल के साथ-साथ दाल और रोटियाँ भी तैयार थीं। अमांदा के काम में खाना बनाना शामिल नहीं था। माँ के लिए सूप वग़ैरह बना देती तो समझ सकता था।

"आय गैट टाइम–आय कुक। डोंट वरी, सर।" खाना खाने बैठते समय संकोच अनुभव हुआ। उसे 'आओ, खाना खाते हैं', कैसे कहता?

"तुम पहले खाना खाओ।" कह दिया तो बोली, "यू इट फर्स्ट। आय कैन वेट।"

मुझे सही नहीं लगा। इसके बावजूद मैंने खाना खा लिया। चपाती शाम के लिए रखकर अमांदा ने जो रोटियाँ बनायी थीं, वे खा लीं। शाम के लिए बच सके इतना चिकन ले आया था। खाना खाने के बाद थाली धोकर रख दी। खाना डायनिंग टेबल पर रखा और अमांदा के लिए एक थाली निकालकर मेज़ पर रख दी। वह खाना खा लेगी सोचकर अन्दर चला गया। पन्द्रह-बीस मिनट तक खाने की मेज़ के पास कोई

आहट सुनाई नहीं दी इसलिए जब भीतर जाकर देखा तो खाना बिल्कुल वैसे का वैसा पड़ा था। माँ के कमरे में जाकर 'खाना खाओ' कहा तभी वह खाने आ गयी।

यह समझ पाना मुश्किल था कि संकोच मुझे ज़्यादा हो रहा था या अमांदा को।

इतवार को कृष्णा आ गया। नर्स आ गयी है और वह घर में भी मदद करती है यह देखकर बड़ा ख़ुश हुआ। माँ का हाल-चाल पूछने गया हुआ कृष्णा इतनी देर तक किससे बात कर रहा है यह देखने गया तो उसे अमांदा के साथ मलयालम में बातें करते हुए पाया। उस दिन पहली बार अमांदा के चेहरे पर मैंने चमक देखी। उस दिन एक और बात भी जान गया। मातृभाषा चेहरे पर ख़ुशी फैलाने की ताक़त रखती है!

"अरे! तुमने मलयालम कहाँ से सीखी?" मैंने पूछा तो कृष्णा ने कहा, "सिर्फ़ बोलना जानता हूँ। मुहल्ले में कुछ मालाबारी परिवार रहते हैं। उनके बच्चों से थोड़ी-थोड़ी सीखी है।"

घर में क्या है क्या नहीं यह देखकर एक लिस्ट बनाने का काम कृष्णा को ही सौंपा। सोचा वह घर आया ही है तो उसे ज़रा सुपर मार्केट भेजकर वहाँ से कुछ ज़रूरी सामान मँगवा लेता हूँ।

लिस्ट में इससे पहले कभी न दिखने वाली चीज़ों का समावेश हुआ था। उड़द दाल, इडली रवा, सांबर मसाला, प्युअर घी, मूँग दाल, ब्राउन राइस इन चीज़ों के साथ रोज़ का तेल, आटा, वॉशिंग पाउडर, अगरबत्ती, धूप...लिस्ट बड़ी लम्बी हो चुकी थी।

"सर, अम्माई ने यह भी लाने को कहा है। मैं ले आऊँ?" कृष्णा ने दो सौ रुपये और एक दूसरा लिस्ट दिखाकर पूछा। उस लिस्ट में शैम्पू, नारियल का तेल और एक कोलगेट टूथपेस्ट, बस इतना ही था। मैंने कहा, "ये तीन चीज़ें बड़ी वाली लिस्ट में जोड़ देना और वो दो सौ उन्हें वापस करना।"

अमांदा ने पैसे भी वापस ले लिए और लिस्ट भी। लेकिन घर का सामान आया तब उसमें उन तीन चीज़ों को देखकर मलयालम में अपने आप से जो कुछ बोली उससे इतना समझ में आ गया कि उसे यह अच्छा नहीं लगा था। उसी दिन शाम को सिस्टर रेबेका का फ़ोन आया। "मैं बताना भूल गयी। हर सोमवार सुबह उसे हाफ डे की छुट्टी देना, बाबू। सोमवार मेरा ऑफ़ डे है। कल सुबह नौ बजे मैं अमांदा को लेने आती हूँ। शाम होने से पहले पहुँचा दूँगी। ओके?"

कृष्णा के जाने के बाद चित्रा का फ़ोन आया। उसने पहले माँ की तबीयत के बारे में पूछा। बता दिया।

"कौन देखभाल कर रहा है उनकी?"

"नर्स रखी है। चौबीस घण्टे।"

"और खाना कौन बनाता है?"

"मैं ही बनाता हूँ। वह भी हैल्प करती है।"

"कॉलेज?"

"छोड़ दिया।"

"फातिमा की कोई ख़बर?"

"तुम्हें बतानी चाहिए।"

"मैंने फ़ोन किया था–"

उसे टोककर मैंने पूछा,"तुम्हारा फ़ोन लग गया? जब मैं करता हूँ तो क्यों नहीं लगता?"

"उसके पास फ़ोन नहीं है। मैं असलम भैया को फ़ोन करके उसके बारे में पूछती हूँ और जब वह फ़ोन लेती है और अकेली होती है तभी बात करती हूँ।"

"और असलम भैया? वे कुछ नहीं कहते?"

"असलम भैया उससे बहुत प्यार करते हैं। वे तुमसे भी नाराज़ नहीं हैं। दरअसल वे समाज से डरते हैं। इमाम से डरते हैं। तुम्हारी दोस्ती से असलम भैया को भले कोई ऐतराज़ न हो लेकिन वह उन्हें मंज़ूर नहीं। असलम भैया उनके कहे के बाहर जाने से डरते हैं।"

"निकाह की इतनी जल्दी क्यों हैं उन्हें?"

"तुम नहीं जानते विपिन। जब उन्होंने हुक्म दिया कि फातिमा तुमसे नहीं मिल सकती तब फातिमा ने साफ़ कह दिया–उसकी मुहब्बत के रास्ते में रोक लगायी तो वह तुम्हारे साथ भाग जायेगी। और सचमुच वह उसके लिए पूरी तरह तैयार थी।"

"मतलब, अगर मैं प्रोपोज़ करता तो वह मेरे साथ आ जाती?"

चित्रा ने कुछ नहीं कहा तो मैंने पूछा, "आ जाती? लिव इन रिलेशन में रहने के लिए?"

"अब अगर-वगर वाली बात करने से क्या फ़ायदा? उसकी इच्छा हो या न हो। घर वाले उसके निकाह की तैयारी में लग गये हैं। तुम्हें पता है? वह शादी करने के बाद मुम्बई आने वाली है। दूल्हा यहीं का है।"

चित्रा ख़ुश थी क्या अपनी दोस्त अब पास रहने आ रही है इसलिए? उनकी दोस्ती का सिलसिला आगे बढ़ने वाला है इसलिए? मेरे मुँह में कड़ुवाहट भर आयी। मैंने फ़ोन काट दिया।

"सर, चाय!" अमांदा ने चाय का कप सामने रखा और माँ का सूप लेकर भीतर चली गयी। चाय का घूँट लेते ही मुँह का स्वाद वापस आ गया।

फातिमा का हाथ पकड़कर उसे साथ ले आता तो वह ख़ुशी-ख़ुशी आ जाती। लिव इन रिलेशन ही क्यों? रखैल तक बनकर साथ रहने के लिए उसकी तैयारी होती। लेकिन मुझसे ही ग़लती हुई। चौंकन्ना नहीं रहा। पहले सूझा ही नहीं। माँ की बीमारी की वजह से कुछ और सोचने के लिए समय भी नहीं था। लापरवाह रहा। चित्रा ख़ास मिलने आयी थी, मुझे ख़बरदार करने। मुझे लगा मुझ पर शादी के लिए दबाव डाल रही है। मैंने सिर्फ़ ख़ुद के बारे में ही सोचा। फातिमा के बारे में ज़रा भी नहीं सोचा। उसी समय अगर मैंने कहा होता—मैं फातिमा के साथ रहने के लिए तैयार हूँ, उसे अपने घर में रखने के लिए तैयार हूँ तो शायद आज फातिमा पहले जैसी उत्साह की मूरत की तरह मेरे साथ होती। घर में शायरी की सोलो महफिलें चलती रहतीं। मेरे घर का टेढ़ा-मेढ़ा आँगन उस सीधी-सादी छोरी के पैरों की थिरकन से मंच का रूप धारण कर लेता...क्या अब भी हो सकता है?

मैंने फ़ोन किया। "सॉरी, चित्रा, तुम्हें मैंने कुछ बोलने ही नहीं दिया। तुमने फातिमा से बात की यह बताने के लिए फ़ोन किया—"

"और तुमने बोलने ही नहीं दिया। रहने दो। सुनो। मैंने फ़ोन किया था तब फातिमा पूरी तरह डिप्रेस्ड थी। तुमने जो कहा था उसे बिल्कुल वैसे ही बताया। 'आय थिंक आय लव हर'...लाइफ पार्टनर के रूप में उसे अपनाने की तुम्हारी तैयारी वग़ैरह सब बता डाला। शादी, ब्याह वाले रिचुअल्स फातिमा भी नहीं चाहती थी। लिव इन रिलेशनशिप में रहने के लिए भी वह तैयार थी। सिर्फ़—तुमने बताने में देर की।"

"सॉरी!" अनजाने में मेरे मुँह से यह शब्द बाहर निकला। शायद जीवन में पहली बार!

"लेकिन—सरप्राइसिंगली—उन बातों को सुनते ही फातिमा में मैंने बदलाव महसूस किया। उत्साहित होकर पूछने लगी—रिअली? सचमुच उसने कहा, 'आय लव यू? फाइनली, ही रियलायस्ड इट। मैं पक्का जानती थी। लेकिन विपिन बहुत स्टबर्न है। क़बूल हीं नहीं कर रहा था। बट नाव आय एम हैप्पी। वह मुझसे प्यार करता है यह बात उसके मुँह से निकली यह सुनकर अब चैन से मर सकती हूँ।' पर तुम डरना मत। पहले सुनो। वह कोई मरने की बात नहीं कर रही थी। उसने आगे कहा, 'मैं उसका फर्स्ट लव हूँ और वह मेरा! अब शादी भी उसे नहीं मिटा सकती। उसने मुहब्बत क़बूल की इसी में मुझे जन्नत मिल गयी।'"

आगे कुछ कहने की इच्छा ही नहीं रही।

ख़ाली कप लेकर किचन में गया तो कॉफ़ी की ख़ुशबू नाक में घुस गयी। अमांदा ने अपने लिए कॉफ़ी बनायी थी।

इंजक्शन करने वाला डॉक्टर या नर्स छोटे बच्चों को अपने दुश्मन की तरह दिखते हैं। मुझे देखते ही माँ की हालत भी कुछ वैसी ही होती है क्या? क्या अमांदा के साथ भी वह यही करती है? सुबह जब रेबेका बहन को लेने आयी तब वह माँ का हाल-चाल जानने गयी थी। उसे देखते ही माँ के चेहरे पर मुस्कान फैल गयी थी। अमांदा के बारे में कोई शिकायत नहीं की। लेकिन उनके जाते ही बची-खुची ताकत लगाकर मुझे कोसती रही..."पैर तो काट ही दिया, अब पेट काटने के लिए क्यों कह रहे हो? दवाइयों पर हज़ारों रुपये पानी की तरह बहाते हो लेकिन फीकी चाय तक गले के नीचे उतारने नहीं देते। मीठा तो दूर ही रहा, केले, चिकू, सेब जैसे फल तक बन्द कर दिये...ख़ुद तो कुछ ले आते नहीं और विनू को भी लाने से मना किया है।"

डैडी सुनते नहीं थे, मैं चुपचाप सुन लेता हूँ इसलिए वह ज़बान को लगाम नहीं लगाती थी। जाने दो, कहने दो बेचारी को। ठीक होगी और पहले की तरह जीभ के चोंचले पूरे कर सकेगी सोचकर पैर कटवा लिया था।

"नर्स ही रखनी थी तो सुबह जो आयी थी उस अस्पताल वाली नर्स को क्यों नहीं रखा? जिसे ले आये हो वह भी तुम्हारी तरह ही तड़पा रही है मुझे।"

"अस्पताल वाली नर्स क्या तुम्हें जो चाहिए वह खाने देती थी?" मजबूर होकर मैंने पूछा।

"उस समय मेरे ही मुँह में कोई स्वाद नहीं था। अब मुँह का स्वाद लौट आया है तो कुछ खाने का मन करता है। ऐसे मौके पर वह होती तो देती।"

माँ का मुँह बन्द हो इसलिए मैं बाहर जाकर किताब खोलकर बैठ गया।

"तुम अच्छे से जो मन में आता है वह खा लेते हो" यह डायलॉग सुनाई पड़ने से पहले ही मैंने दोपहर का खाना थाली में परोसा और थाली लेकर उसके कमरे में, उसके सामने ही जा बैठा। अमांदा ने खाना बनाकर रखा था इसलिए मुझे कुछ नहीं करना पड़ा। पहला निवाला मुँह में डाल रहा था तभी उसने पूछा, "आज क्या पकाया है?"

"खाना बहुत बढ़िया बना है माँ। करेले की सब्ज़ी, रोटी और सलाड।"

"चावल और करी नहीं बनायी?"

"नहीं।" सुनकर उसने लम्बी साँस छोड़ी।

मेरा खाना ख़त्म होने के बाद मैंने उसे सूप दिया और रोटी खिलायी। इस सब के बाद भी भुनभुनाती रही, "कम से कम केला तो खिलाना चाहिए था।"

"वे डॉक्टर, वह नर्स और तुम, मेरे पिछले जन्म के दुश्मन होंगे। मुझे खा-पीकर मर जाने दो कहती हूँ तो वह भी नहीं सुनते। एक केले के लिए मोहताज बना दिया मुझे? अगर खाने नहीं मिलेगा तो जीने का क्या फ़ायदा? मैं जिऊँ ही क्यों?" माँ नींद आने तक योंही बड़बड़ाती रही।

शाम क़रीब साढ़े छह बजे अमांदा और रेबेका ऑटो से वापस आ गयी। आदत के अनुसार रेबेका माँ से मिल आयी। अमांदा ने आते ही सीधे अपना काम करना शुरू किया। रेबेका ने केले के चिप्स का एक छोटा पैकेट मेरे हाथ में देकर कहा, "केरल की हैं। अमांदा अपने साथ ले आयी थी। लेकिन माँ को मत देना।"

"तुम्हें पता है सिस्टर, वह क्या कहती है?" चिप्स का पैकेट बग़ल में रखकर मैंने बताया, "नयी नर्स रखने के बजाय अस्पताल वाली नर्स क्यों नहीं रखी?"

"एनी कम्प्लैन?" रेबेका ने चिन्तित होकर पूछा।

"नहीं, नहीं। वैसे उसकी कोई कम्प्लेन नहीं है। उसे लगता है कि उसे भेजकर तुम्हें रखना चाहिए।"

"और तुम्हें?"

"ऑफ़ कोर्स, तुम जैसी सिस्टर मिले तो कौन ना कहेगा?"

"अमांदा को वापस ले जाऊँ?"

"नहीं। मैं ऐसा बिल्कुल नहीं कह रहा हूँ। माँ को तुम पसन्द हो। क्योंकि उसे लगता है कि तुम उसे मन मुताबिक़ खाने को दोगी।"

रेबेका हँसी। "भाषा की अड़चन छोड़े तो अमांदा एक बहुत अच्छी नर्स है। मुझसे भी अच्छी।" और आसपास कोई सुन तो नहीं रहा इसकी तसल्ली करके वह बोली, "मुझे एक और बात करनी थी।"

मुझे लगा वह एडवांस पेमेंट की बात करना चाहती है। लेकिन नहीं।

"सुना कि तुमने उसे शैम्पू, तेल और टूथ पेस्ट लाकर दी लेकिन पैसे नहीं लिए। उसे वह अच्छा नहीं लगा। उसे इंडिपेंडेंट रहना पसन्द है।"

मैं चौंक गया। उसकी अस्मिता को मेरे संस्कारों ने अनजाने में धक्का दिया था।

"नेक्स्ट टाइम वह कुछ भी माँगे तो–वैसे वह माँगने वाली नहीं है, लेकिन माँगे

तो पैसे ज़रूर लेना। ओके?" मैंने सिर हिलाया। रेबेका इस बार खुलकर बोली। "साफ़ बोल रही हूँ–अं बाबू घर में तुम और सिर्फ़ तुम्हारी माँ है। उसे ही नहीं मुझे भी थोड़ी चिन्ता हो रही थी। लेकिन मुझे लगता है कि मेरे पास इन्सान परखने की नज़र है। मुझे तुम पर भरोसा है।"

"और उसे? अमांदा को?" मैंने पूछा।

"उसे भी कोई शिकायत नहीं।"

मुझे याद आया। "मैं जानता हूँ, उसका काम सिर्फ़ पेशेंट की देखभाल करने का है। लेकिन वह खाना बनाने में भी मदद करती है। उससे कहो मुझसे जैसे बन पड़े वैसे मैं खाना बना दूँगा। चाहिए तो खाना बनाने के लिए कोई मिलता है तो देखता हूँ। उसे काम करने की ज़रूरत नहीं।"

रेबेका हँसी। "अरे वह बेकार नहीं बैठ सकती। माँ को क्या चाहिए क्या नहीं ये देखने के बाद फुरसत के समय में अगर वह करती है तो उसे करने दो। उसे वह पसन्द है इसीलिए करती है। डोंट वरी।" इतना कहकर रेबेका बहन के पास चली गयी।

जाने से पहले उसने मुझसे कहा, "वह–अस्पताल में जो लड़का आता था ना–जो कल आया था वो–"

"कृष्णा?"

"हाँ। अमांदा को वह बहुत अच्छा लगा। उसे गुड ब्वॉय कह रही थी। अगले संडे आयेगा कहकर गया है।" यह सुनकर पता नहीं क्यों पर मुझे अच्छा लगा।

'मोहर्रम के महीने में शादी-निकाह नहीं किये जाते इसलिए दिसम्बर में होगी।' चित्रा से समाचार मिलता रहता था। दूल्हा पैसे वाला था, बिज़नेसमैन था। दूल्हे ने दोना पावला में एक बंगला किराये पर लिया था। पन्द्रह-बीस लोग मुम्बई से और दूसरी जगहों से शादी में शामिल होने गोवा आये थे। एक रात पहले शुक्राना। जोहर नमाज़ होने के बाद 11:38 का मुहूरत था और निकाह के बाद बालिमा की रस्म थी। चित्रा को इन सब रस्मों में शामिल होने का निमन्त्रण था। लेकिन चित्रा नहीं गयी। ज़ाहिर है मुझे बुलावा ही नहीं भेजा था। फातिमा ने चित्रा के मार्फ़त एक पैग़ाम ज़रूर भेजा। 'निकाह के बावजूद मैं तुम्हें सताती रहूँगी!'

उसे क्या कहना था वह सिर्फ़ वही जानती थी। लेकिन एक बात सच थी–उस पूरे हफ़्ते में उसकी यादें सताती रहीं।

"बाबू, आक्का पूछ रही थी कि क्या उसे क्रिसमस के लिए एक दिन की छुट्टी मिल सकती है?"

"आक्का? तुम उसे अम्माई कहकर बुलाते थे न?"

कृष्णा हँसने लगा। अम्माई का मतलब आंटी था। अमांदा ने कृष्णा से कहा था कि कृष्णा उसे अम्माई कहकर पुकारे उतनी उम्र नहीं है उसकी इसलिए आक्का कहो। कृष्णा से वह बारह-पन्द्रह साल बड़ी होगी उम्र में। अब आक्का कहने से क्या दस साल छोटी होगी?

"पच्चीस को नहीं, चौबीस की रात को उसे मिडनाइट मांस के लिए जाना है। इसी वजह से चौबीस की शाम को जाकर पच्चीस की शाम तक आ जायेगी ऐसा कह रही है।"

ना कहने की कोई वजह ही नहीं थी।

"सिस्टर रेबेका उसे लाने नहीं आ सकती। मैं ही उसे पहुँचा आता हूँ।" कृष्णा ने कहा।

कृष्णा-अमांदा के बीच बड़ी सहजता से भाई-बहन का रिश्ता जुड़ गया था। वह उसे 'आनियन' कहकर पुकारने लगी थी। कृष्णा हर इतवार को आता था। फिर माँ के कमरे में या किचन में डेढ़-दो घण्टे उनकी बातें चलती रहतीं। कुछ दिनों बाद फिर कृष्णा ने उसे कोंकणी सिखाना शुरू किया और वह कृष्णा की टूटी-फूटी मलयालम को पटरी पर लाने लगी। कृष्णा के बहाने मेरी थाली में भी केरल के पदार्थ दिखने लगे। एक दिन कृष्णा ने उसे 'हाव सायबा पलतडी वेता' यह मशहूर कोंकणी गीत गाकर दिखाया। और उसके ना कहने के बावजूद एक मलयालम गाना गाकर सुनाने के लिए अमांदा पर ज़ोर डाला। मेरे कानों में न पड़ सके इतनी धीमी आवाज़ में उसने वह गाकर दिखाया। मैंने सुना। उसकी आवाज़ में मिठास बिल्कुल नहीं थी। सूर से तो उसका दूर तक कोई सम्बन्ध नहीं था। लेकिन उसने मेरे सीने में दबी फातिमा की याद को ज़रूर जगा दिया।

बेसुरी मलयालम सुनने के बजाय सुरीले मलयाली गीत सुनना अच्छा था। दूसरे दिन मैंने पूछताछ करके लोकप्रिय मलयालम फ़िल्मी गीतों की तीन सी.डी. लाकर उसके हवाले कर दीं।

इतवार को कृष्णा के आने और सोमवार को रेबेका के साथ अमांदा का बाहर जाने का सिलसिला जारी था। लेकिन लगातार चल रहा यह सिलसिला उस दिन टूट गया। अमांदा ने कहा–"आक्का विल नॉट कम। बिकॉज़ ऑफ़ क्रिसमस। आनियन विल टेक मी।"

चौबीस की शाम को वह साड़ी वग़ैरह पहनकर तैयार हो गयी। लेकिन कृष्णा का कहीं अता-पता नहीं था। उसे आने में काफ़ी देर हुई। कृष्णा दौड़ा-दौड़ा आ तो गया लेकिन कहने लगा, "सॉरी बाबू, मुझे आने में कुछ ज़्यादा ही देर हो गयी। बाहर अँधेरा हो गया है। बस भी नहीं मिलेगी अब। क्या तुम ज़रा उसे पहुँचाकर आ सकते हो? तुम्हारे वापस आने तक, माँ के पास मैं रुकता हूँ।"

फातिमा को छोड़कर किसी और को बिठा लिया इसलिए पिलियन सीट मुझ पर ग़ुस्सा होगी इस चिन्ता में मैं और ग़लती से कहीं मुझे छू न ले इसका पूरा ख़याल रखते हुए अन्तर रखकर अमांदा धीरे से पीछे बैठ गयी। पल-पल फातिमा की याद आती रही...

"हैप्पी न्यू ईयर विपिन!" सुबह-सुबह चित्रा का फ़ोन आया। आदत के अनुसार माँ का हाल-चाल पूछा। "उसकी देखभाल कौन, तुम ही करते हो? कृष्णा आता

है मदद करने?" पैर एंप्यूट की हुई बुजुर्ग औरत की देखभाल करने का मतलब क्या होता है इसकी चित्रा को कुछ भी कल्पना नहीं थी। मैंने अमांदा के बारे में बता दिया। फिर वह मेरे बारे में पूछने लगी। क्या कर रहा हूँ? क्या पढ़ रहा हूँ? क्या मिस कर रहा हूँ? और फिर मुद्दे पर आ गयी। "कल फातिमा से बात हुई। उसी ने फ़ोन किया था। तुम जानते हो, मुझसे ज़्यादा दूर नहीं है उसका घर। मैं अँधेरी में, वह कांदिवली में।"

दिल की धड़कनें तेज़ होती हैं तब मेरी ज़बान काम नहीं करती। लेकिन पूछे बिना नहीं रह सका। "कैसी है वह?"

"मैं जैसे सोच रही थी उसके मुक़ाबले अच्छी है।"

मैंने जैसी कल्पना की थी वैसी फातिमा मेरी नज़रों के सामने खड़ी हुई। ख़ुशहाल होगी ऐसी कल्पना भी कैसे करूँ?

"ग़लती से मेरे मुँह से निकल गया...उसे नहीं पूछना चाहिए था। पूछा, हाउ इज़ लाइफ? उसका जवाब सुकर कलेजा काँप गया। उसने कहा, 'जिसकी ख़ुशियों का जनाज़ा निकला हो, शादी की रात जिसका रेप हुआ हो उसी से पूछ रही हो? हाउ इज़ लाइफ?' ओह गॉड! कितना कुछ बरदाश्त कर रही होगी वह!" फिर ख़ुद को सँभालते हुए चित्रा बोली, "तुम्हारे बारे में पूछ रही थी। बहुत याद कर रही थी। शादी करके शौहर के घर ज़रूर पहुँची हूँ लेकिन लाइफ पार्टनर तो विपिन की ही हूँ ऐसा कह रही थी। तुम्हें आज फ़ोन करेगी।"

एड्रेनलीन शूट अप हो गया। बड़ी उत्सुकता से आगे की बात सुनने लगा।

"उसने तुमसे एक एहसान माँगा है। जी खोलकर और रोज़ तुमसे बात करने का मौक़ा मिल सके इसलिए उसने एक उपाय खोज निकाला है। वह तुम्हें विपिन कहकर नहीं बुलायेगी। उसने अपने मोबाइल पर भी तुम्हारा नम्बर 'फिलिपिना' नाम से सेव किया है। उसी नाम से तुम्हें पुकारने वाली है वह। और कोंकणी में ही बात करेगी, ज़्यादातर जब कोई पास होगा तब। किसी को पता न लगे इसलिए। तुम फ़ोन नहीं कर सकते। वह तुम्हें करेगी। दूसरों के लिए फिलिपिना उसकी गोवा की कैथलिक फ्रेंड है, समझे?"

ज़्यादा देर तक इन्तज़ार नहीं करना पड़ा।–"हैलो फिलिपिना, हैप्पी न्यू ईयर!"

कानों में आवाज़ पड़ी और मेरा साउंड बॉक्स ही बन्द हुआ। "हैलो फिलिपिना, सुनाई नहीं दे रहा क्या? सिर्फ़ मुझे विश करो। तुम्हारी आवाज़ सुनने के लिए तरस रही हूँ–दीवानी सी!"

"थैंक्यू। विश यू..." हैप्पी नहीं कह सका। "विश यू द सेम।"

"अच्छे से रहना। मेरी चिन्ता मत करना। मैं तुम्हें कल फ़ोन करती हूँ, ओके? बाऽ य।" एक तो गला भर आने के कारण फातिमा ने बात करना टाल दिया था या फिर घर वाले आसपास होंगे इसलिए इतनी ही बात की होगी। फ़ोन हाथ में लिए काफ़ी देर तक मैं वहीं खड़ा रहा।

दरवाज़े पर बाइक के रुकने की आवाज़ आयी और होश में आया। सिस्टर रेबेका के पास एक्टिवा है ये पता ही नहीं था मुझे। बहन को साथ ले जाने आती थी इसलिए शायद ऑटो लेकर आती होगी।

"हैप्पी न्यू ईयर!" मुझसे हाथ मिलाकर भीतर चली गयी। सीधे किचन में जाकर हाथ की थैली को मेज़ पर रखा और माँ के कमरे में चली गयी। माँ पॉटी कर रही थी। उसका काम निपटने तक रुकी रही। सब हो जाने के बाद हाथ आगे बढ़ाकर माँ को विश किया। "हैप्पी न्यू ईयर माँ।"

"केक ले आयी हो? या फिर सिर्फ़ शेक हैंड से ही काम चला रही हो?"

रेबेका का चेहरा उतर गया।

"तुम भी वैसी ही हो!" मुँह टेढ़ा करते हुए माँ ने कहा, "मैं जानती हूँ। क्या तुम अपनी बहन को केक नहीं दोगी? ज़रूर ले आयी होगी अपने साथ। पर मुझे भूखा रहना पड़ेगा।"

रेबेका का मुर्झाया चेहरा देखकर मैं माँ पर बिफर पड़ा। "तुम्हें किसने भूखा रखा है माँ? आज नया साल होने के बावजूद यह अमांदा तुम्हारे लिए अपनी बहन के घर नहीं गयी। यहाँ तुम्हारे पास रुक गयी है तुम्हारी सेवा करने। रोज़ तुम्हारे लिए सूप बनाती है, सत्तू बनाती है, अपने हाथों से खिलाती है। फिर भी–"

"तो कौन सा उपकार करती है? पैसे नहीं देते हो तुम उसे?"

गनीमत थी कि दोनों बहनें तब तक किचन में पहुँच चुकी थीं। इतने में अमांदा एक तश्तरी में केक का टुकड़ा लेकर आ गयी। मुझे लगा, मेरे लिए ले आयी है। पर वह तो माँ को देने ले आयी थी। 'उसे मत दो' कहने के पहले पीछे आयी हुई सिस्टर रेबेका बोली, "डोंट वरी। मैंने अमांदा को आज इन्सुलिन का डोज बढ़ाकर देने के लिए कहा है। उसे भी नया साल सेलेब्रेट करने दो।"

माँ ख़ुश हो गयी। "मैं जानती थी। तुम मुझे केक ज़रूर खिलाओगी। ये बाबू ही मुझे तरसाता रहता है।"

रेबेका बाहर निकल रही थी उसी समय कृष्णा आया। "केक ले आया हूँ।"

कहते हुए केक ले जाकर किचन में खाने की मेज़ पर रखा। मुझे लगा कि कृष्णा वह केक मेरे लिए नहीं बल्कि अमांदा के लिए लेकर आया है। जाते-जाते रेबेका कृष्णा को भी विश करके चली गयी।

मैं फ़ोन लेकर बैठ गया। मैसेजिस देख रहा था तब उनके बीच 'हैप्पी न्यू ईयर' विश करने वाला अमांदा का मैसेज देखा। सच, इस फ़ोन ने एक ही घर में रहने वालों को भी दूर कर दिया था!

"बाबू, आक्का ने तुम्हें खाने के लिए अन्दर बुलाया है।"

"मैं कभी इस वक़्त खाता हूँ?" मैंने बिना उठे पूछा।

"लेकिन आज न्यू ईयर है। आ जाओ। उसे बुरा लगेगा।"

देखा कि सिस्टर रेबेका आते समय अप्पम और मटन करी ले आयी थी। बहन के लिए ले आयी होगी। अब मेज़ पर कृष्णा और मैं बैठकर खाना शुरू कर देते तो उसके लिए कुछ नहीं बचता। मैंने एक ही अप्पम लिया। तो उसने मुझसे पूछे बिना एक और अप्पम परोसा। भरपूर कढ़ी पत्ता डालकर किया हुआ मटन बड़ा स्वादिष्ट बना था। मैं लेने में हिचकिचा रहा हूँ यह देखकर उसने ढक्कन उठाकर मुझे बर्तन दिखाया। सचमुच, बहुत था। मैंने कहा, "कृष्णा को खाने दो और तुम भी बैठो।" लेकिन वह मेरा खाना ख़त्म होने तक नहीं बैठी।

माँ की तबीयत सुधर रही थी। लेकिन अभी भी ड्रेसिंग करना पड़ता था। एक दिन सिस्टर रेबेका ने मुझसे कहा, "माँ को अस्पताल ले जाकर ज़रा डॉक्टर को दिखा लाओ। उनसे सलाह-मशवरा करना सही होगा। क्योंकि अब तक घाव भर जाना चाहिए था। इनफ़ेक्शन है तो देखना पड़ेगा।" माँ को डॉक्टर को दिखाया। डॉक्टर ने एंटिबायोटिक बदल दिये और इंसुलिन का डोज बढ़ाया। मार्च ख़त्म होने तक उसकी पपड़ी तक निकलकर घाव भर गया।

एक दिन माँ ने मुझे अपने पास बुलाकर कहा, "शादी कर लो। बीवी ले आओ।"

मैंने पूछा, "क्यों? काम करने?"

"घर में बच्चा चाहिए। वंश आगे चलाने के लिए।"

वंश चलाने? मतलब वंश चलाने के लिए ही मुझे जन्म दिया था? अचानक कहीं पढ़ी हुईं, हरिवंश राय बच्चन की कविता की पंक्तियाँ ज़हन में उभर आयीं। 'तुम्हें बेकार की चीज़ें याद रहती हैं।' माँ ने सच ही कहा था।

ज़िन्दगी और ज़माने की
कश्मकश से घबराकर
मेरे बेटे मुझसे पूछते हैं कि
हमें पैदा क्यों किया था?
और मेरे पास इसके सिवाय
कोई जवाब नहीं है कि
मेरे बाप ने भी मुझसे बिना पूछे
मुझे क्यों पैदा किया था?
और मेरे बाप को उनके
बाप ने बिना पूछे उन्हें और
उनके बाबा को बिना पूछे उनके
बाप ने उन्हें क्यों पैदा किया था?

ज़िन्दगी और ज़माने की
कश्मकश पहले भी थी,
आज भी है शायद ज़्यादा...
कल भी होगी, शायद और ज़्यादा...
तुम ही नयी लीक रखना,
अपने बेटों से पूछकर
उन्हें पैदा करना।

मैंने माँ से कह दिया, "मुझे शादी नहीं करनी है। बच्चा भी पैदा नहीं करना है। हमारे वंश वालों ने कितना नाम रोशन किया है देखा है मैंने। और रोशनी नहीं फैलानी मुझे।" बेचारी चुप रही।

माँ अब ठीक होगी इस ख़याल से मुझे ख़ुशी हो रही थी या मेरी चिन्ता बढ़ रही थी, यह मैं नहीं समझ पा रहा था। जब तक नर्स साथ होगी, माँ चिड़चिड़ी होने पर भी उसका कहा मानेगी। कहा मानती रहेगी तो बीमारी कंट्रोल में रहेगी। नहीं तो उस पर भरोसा नहीं किया जा सकता था। आज नहीं तो कल नर्स को जाने के लिए कहना ही पड़ेगा। हर महीने उसे पच्चीस हज़ार देना और ऊपर से माँ की दवाइयों का ख़र्चा। अब मेरी इतनी हैसियत नहीं रह गयी थी। सच था कि म्युच्युअल फंड में जब से पैसे लगाये थे, तब से थोड़ी आमदनी बढ़ी थी। लेकिन इस आमदनी की कोई गारंटी नहीं थी। सिस्टर रेबेका ने कहा था कि और दो-तीन महीनों के बाद माँ को नर्स की ज़रूरत नहीं पड़ेगी। लेकिन उसका ख़याल रखने के लिए पास किसी का होना भी उतना ही ज़रूरी था।

उनसे बात करना बेकार है यह जानने के बावजूद मैंने विनू मामा से यह बात कही। अचरज की बात यह थी कि दूसरे दिन दोनों मामा हाज़िर हो गये। कहने लगे कि उन्हें इस बात का एहसास हुआ था कि माँ के लिए पैसों का इन्तज़ाम करना उनकी ज़िम्मेदारी थी। मेरे और माँ के दस्तख़त मिल जाते तो काम हो सकता था। डैडी ने मामा को किस तरह हमारे दरवाज़े से भगा दिया था वह प्रसंग याद आया। मैंने कहा, "कोई हर्ज़ नहीं। लेकिन जहाँ दस्तख़त करने हैं पहले वे काग़ज़ दिखाइए।" छोटे मामा ड्राफ्ट साथ लेकर ही आये थे। पढ़कर देखा तो पावर ऑफ़ एटर्नी वाले दस्तावेज़ थे। मैंने कहा, "ऐसे ब्लैंक कैसे दूँ? स्पेसिफिकली किसके लिए है यह बताइए।" तब दोनों मामा लाइन पर आ गये। उनकी समझ में आ गया

कि वे मुझे उल्लू नहीं बना सकते थे। ननिहाल का घर और आसगाँव की ज़मीन डेवलपमेंट के लिए देना चाहते थे।। इसके लिए माँ के और डैडी नहीं थे इसलिए मेरे दस्तख़त उन्हें चाहिए थे। उन्होंने मुझे दस और माँ को दस ऐसे कुल मिलाकर बीस लाख देने का प्रस्ताव रखा। मैंने ज़मीन का प्लैन माँगा। घर वाली ज़मीन को रिडेवलप करने वाले बिल्डर के साथ क्या डील हुई है पूछा तो दोनों मामा उठकर बग़ल में गये और आपस में बात करने लगे। फिर छोटे मामा ने फाइनल ऑफ़र दी–पच्चीस लाख पहले और पचास लाख काम शुरू होने के बाद।

मैंने अन्दर जाकर मामा को दस्तख़त देने के बारे में माँ को बताया। साइन करने के लिए माँ तैयार थी। लेकिन उसकी शर्त थी। "मुझे हाथ ख़र्च के लिए तुम कितना दोगे?" डैडी ने कभी भी बेचारी के हाथ में पैसे नहीं दिये थे। मैंने पूछा, "तुम्हें कितने चाहिए?" माँ ने मेरी तरफ़ देखकर दृढ़ता से कह दिया, "दस हज़ार।" मैंने जब "ठीक है" कहा तब उसके चेहरे पर जो जीत की ख़ुशी फैली उसे देखकर हँसूँ या रोऊँ यह मेरी समझ में नहीं आया।

बाहर आकर मैंने डील स्वीकार की और उसके मुताबिक़ काग़ज़ तैयार करने के लिए कह दिया।

हर दो दिन बाद फातिमा का फ़ोन आने का सिलसिला कभी नहीं टूटा। अगर फ़ोन नहीं आता तो मैं बेचैन हो जाता। फ़ोन पर वह पहले की तरह ही हँसी-मज़ाक़ करती, शेरो-शायरी और कविताएँ सुनाती। ऐसे बर्ताव करती मानो शादी किसी और की ही हुई हो। शादी को लेकर दुख या खेद की भावना उसकी बातों में महसूस नहीं होती थी। लेकिन हमारे बीच की भौगोलिक दूरी बराबर महसूस होती रहती। मैंने एक बार कहा, "आय मिस यू।" इसके जवाब में एक नज़्म ही सुना डाली, "*मुहब्बत का एहसास तभी होता है, जब माशूक़ जुदा होता है।*" और आगे बोली," *न जाने ये जुदाई कब ख़त्म होगी; क्या ज़िन्दगी यों इन्तज़ार में ही कट जायेगी?*"

इन दिनों मैं उसकी शायरी के प्यार में पड़ गया था। फातिमा जो कविताएँ सुनाती वे सब उसी की नहीं होती थीं। कभी अपने तो कभी दूसरों के लिखे हुए को तोड़-मरोड़कर मन मुताबिक़ अपने रंग में ढालकर सुनाती थी। कभी कोंकणी में तो कभी उर्दू में। यह उर्दू है या हिन्दी पूछता तो बताती–"यह सुनने वाला तय करें। मुझे कोई फ़र्क़ नहीं पड़ता।" उसकी शादी हो गयी है इससे मुझे भी कोई फ़र्क़ नहीं पड़ रहा था। मेरी पहले वाली फातिमा मुझे मिल गयी, मुझे इसी बात की ख़ुशी थी।

एक दिन मैंने कहा, "तुम बिल्कुल पहले जैसी हो, फातिमा।" इस पर उसने कविता में उत्तर दिया था–

मैं एक किताब हूँ
कितनी भी पुरानी हो मज़मून नहीं बदलेगा
कभी मेरी याद आये तो पन्ने पलटकर देख लेना
मैं जैसी कल थी वैसी ही आज हूँ, कल भी रहूँगी।

वह ऐसी बातें करती तब उसकी तलम रेशमी ओढ़नी मेरे दिल को छू जाती। फिर वह पूरा दिन बहुत बढ़िया बीत जाता।

किसी का इन्तज़ार करती हुई सी अमांदा जिस तरह बाहर-भीतर कर रही थी, उसे देखकर मुझे पता चलना चाहिए था। कृष्णा मिठाई का बक्सा लेकर आया, तब याद आया आज उसका रिज़ल्ट था। 68 परसेंट मार्क्स के साथ फर्स्ट क्लास मिला था उसे। माँ का चरण-स्पर्श करने गया तो माँ ने पूछा, "पेढ़े नहीं लाये हो?" तब अमांदा ने उससे कहा, "स्वीट ले आया है। देती हूँ।" मुझे चिन्ता थी कि जब तक उसे स्वीट नहीं दिया जायेगा वह पागल कुत्ते सी हाथ धोकर पीछे पड़ेगी। कुछ देर में कृष्णा अन्दर बुलाने आया। "आक्का ने बुलाया है।" जाकर देखा, उसने पायसम् बनाकर रखा था। कृष्णा का अच्छा रिज़ल्ट आने की मानो उसे पूरी गारंटी थी। इतना ही नहीं, माँ का भी खाने का मन होगा यह जानकर उसने ख़ास माँ के लिए शुगरफ्री पिल्स डालकर पायसम् बनाया था जिसे एक कटोरी में अलग निकाल रखा था। कृष्णा और मुझे बैठने के लिए कहकर वह वहीं मेज़ के पास खड़ी हो गयी। अब मुझसे रहा नहीं गया। "बैठो" कहने पर भी नहीं सुना तो मैं जाने के लिए उठा, तब झिझककर बैठ गयी। कृष्णा हँसने लगा और फिर उसने मलयालम में कुछ कह दिया। वह भी हँसने लगी। पायसम् बढ़िया बना था!

कृष्णा को मैंने रात के खाने पर बुलाया था। रात को रुकने की तैयारी करके आने के लिए कहा था। मैं चिकन ले आया, आइसक्रीम ले आया। माँ का सारा काम निपटाने के बाद अमांदा ने रोटियाँ बनायीं। तीनों ने साथ बैठकर खाना खाया। कृष्णा से मैंने कहा, "अब आगे की तैयारी में लग जाओ।" फिर पूछा, "क्या तुमने उस डिप्लोमा कोर्स के बारे में पूछ-ताछ की?" जवाब देने में वह थोड़ा हिचकने लगा।

"मैं प्राइवेट केटरिंग कोर्स करूँगा।" मैं हैरान हुआ। ग्यारहवीं में दाख़िला लेने से पहले ही हमारी बात हुई थी। अब अचानक ये प्राइवेट सर्टिफ़िकेट कोर्स करने की बात कर रहा था–अच्छे नम्बर लाने के बावजूद।

"सर्टिफ़िकेट कोर्स एक साल का है। चालीस-पचास हज़ार में पूरा कोर्स हो जायेगा। डिप्लोमा दो साल का है। साल की फी साठ हज़ार...बाबू, यह सही है कि तुमने फ़ीस का ख़र्चा उठाने की बात की थी। लेकिन देखो, तुम्हारे पिछले साठ हज़ार और ये भी तुम दे दोगे तो दो लाख हो जायेंगे। अप्पा कहते हैं कि वापस करने में साल लग जायेंगे। उससे अच्छा है कोर्स करके नौकरी करो और जल्दी से क़र्ज़ा चुका दो। बच-बचाकर ख़र्च करने के कारण पिछले साठ हज़ार में से पच्चीस हज़ार बचे हैं और अप्पा ने कहा है कि कोर्स के लिए ऊपर से जितने पैसे डालने पड़ेंगे उन्हें वे दे देंगे।" गर्दन झुकाये कृष्णा ने आगे कहा, "अप्पा ने यह भी कहा कि बाबू पर पहले से ही माँ के इलाज़ के ख़र्चे का बोझ है। उसमें और..."

मुझे उस पर ग़ुस्सा आया। "उसकी बजाय वासुदेव के होटल पर ही क्यों नहीं रहे? मैं तुम्हें शेफ बनते हुए देखना चाहता हूँ। सिर्फ़ कुक नहीं। मेरे पास महत्त्वाकांक्षा नहीं है। तुम्हारे पास है! अब जैसा मैं कहता हूँ वैसा करो, नहीं तो तुम्हारे लिए मेरा दरवाज़ा बन्द..." मैं उठकर बाहर चला गया।

"सॉरी बाबू।" मेरे पीछे-पीछे आकर कृष्णा ने कहा, "कल ही जाकर फॉर्म ले आता हूँ–डिप्लोमा में एडमिशन करने।"

मैंने सीधे एक लाख का चेक दस्तख़त करके उसके हाथ में थमा दिया। मामा ने जो चेक दिया था उसके पैसे जमा हुए हैं या नहीं इसकी परवाह किये बिना।

'दरवाज़ा बन्द' वाली धमकी का अच्छा असर हुआ था। ग्यारहवीं में जब साइंस में दाख़िला लिया था तब मार्टिन सर ने ऐसी ही धमकी मुझे दी होती तो क्या मेरी पढ़ाई जारी रहती?

ब्रॉडवे से अमिताव घोष की ट्रिलॉजी में से 'सी ऑफ़ पॉपीस' और 'रिवर ऑफ़ स्मोक' ये दो किताबें लेकर निकला ही था कि रास्ते में पुलिस बन्दोबस्त में जा रहे जुलूस पर नज़र पड़ी। याद आ गया। दिल्ली के सत्तारूढ़ दल के एक सांसद ने हाल ही में एक खुली सभा के भाषण में कहा था कि मदरसा यानी टेररिस्ट तैयार करने की फ़ैक्टरी है। देश भर में इसका निषेध हो रहा था। यह जुलूस उसी का हिस्सा था। कुछ चेहरे जाने-पहचाने लगे। मैंने बाइक सम्राट थिएटर के पास वाले रास्ते पर पार्क की और आगे बढ़कर जुलूस में शामिल हो गया।

ज़्यादातर लोगों ने सिर पर टोपियाँ पहन रखी थीं। जुलूस में शामिल कुछ लोग ज़ोर-ज़ोर से नारे दे रहे थे। "हिन्दोस्ताँ ज़िन्दाबाद, दिल्ली सरकार मुर्दाबाद"... अचानक मुझे वे दिख गये। भीड़ में से रास्ता निकालकर मैं उन तक पहुँचा। मैं भी नारे लगाने लगा। उनकी नज़र मुझ पर पड़ी। लेकिन उन्होंने नज़रें चुकायीं। मैं और क़रीब गया। "हैलो" कहा। उनके चेहरे पर असहज सी मुस्कुराहट उभरी। "उस सांसद को कोर्ट में खड़ा कर देना चाहिए। जब जेल भेजा जायेगा तब पता चलेगा।" इस शोर में वे सुन सके इसलिए मैंने ऊँची आवाज़ में कहा। उन्होंने हामी भरी।

रैली आज़ाद मैदान तक जाने वाली थी। गुजरात लॉज के पास पहुँचने पर मैंने उनसे कहा, "एक चाय हो जाये? उसके बाद आज़ाद मैदान चले जायेंगे।" पल भर हिचकिचा गये। लेकिन बाद में साथ आये।

चाय आने का इन्तज़ार कर रहे थे तब मैंने कहा, "सरकार के ख़िलाफ़ नारेबाज़ी करने के लिए ग़ट्स की ज़रूरत होती है। आप लोगों में वो है ये देखकर अच्छा लगा।"

"हाँ! ये लोग ऐसे बोलते हैं जैसे इंडिया पर सिर्फ़ उन्हीं का हक़ है। मदरसे में जो जाते हैं, उन्हें क्या दग़ाबाज़ी सिखाई जाती है? हम क़ुरान को मानते हैं और उसमें जो है वही वहाँ सिखाया जाता है। देश से गद्दारी करना नहीं!"

"और जैसे क़ुरान में कहा गया है, वैसे ही सब लोग बर्ताव करते हैं, राइट?"

वह चौकस हुआ। लेकिन उसने हाँ में सिर हिलाया।

"तो अब एक काम करते हैं। तुम कुछ देर पहले जैसे स्लोगन दे रहे थे न, वैसे स्लोगन दो। कहो, दिल्ली सरकार मुर्दाबाद। तुम्हारे पीछे मैं भी कहता हूँ, दिल्ली सरकार मुर्दाबाद।"

आसपास के लोग हमारी तरफ़ देखने लगे।

"यहाँ? यहाँ नहीं। लोग क्या कहेंगे? वहाँ आज़ाद मैदान जाकर स्लोगन दे देंगे।"

इतने में चाय आ गयी। गरम थी। वे फूँक-फूँक कर पीने लगे। उन्हें जाने की जल्दी थी और चाय गरम थी।

"लोग क्या कहेंगे इस डर की वजह से तुमने मेरी बहन की भलाई के बारे में नहीं सोचा। इस तरह डर कर अब देश के मुसलमानों के हित की रक्षा करोगे?"

बची हुई चाय वहीं छोड़कर असलम भैया जल्दी-जल्दी आज़ाद मैदान की तरफ़ दौड़े।

आजकल किचन में क़दम रखे बिना मुझे सुबह की चाय मिल जाती थी। कृष्णा से उसकी आक्का ने पूछा था, "बाबू को क्या अच्छा लगता है?" कृष्णा ने उसे बताया, "बाबू के सामने जो भी आयेगा वह चुपचाप मज़े से खा लेगा। लेकिन दूध वाली कड़क चाय उसे बेहद पसन्द है।" शायद तब से, रोज़ सुबह दूध वाली चाय मेरे हाथ में आने लगी थी। पहले मेज़ पर रखती थी, अब हाथ में देती थी। आज भी चाय का कप मेरे हाथ में देते हुए उसने बताया, "टी पावडर इज़ गेटिंग ओवर।"

मैंने "ठीक है" कहा। अब अमांदा पहले की तरह यह चीज़ ख़त्म हुई है या वह ले लाओ जैसी बातें कृष्णा के ज़रिये नहीं करती थी। औरतों के लिए लगने वाला सामान वह जब रेबेका के घर जाती तब लेकर आती। और कभी उसे ख़ुद को ज़रूरत पड़ जाती तब कृष्णा से कहकर मँगवा लेती। उसके लिए अब घर अजनबी नहीं रह गया था। अब बहन के घर ख़ुद ही बस या ऑटो से चली जाती थी।

चाय का आख़िरी घूँट पिया और फ़ोन की रिंग सुनाई पड़ी। मुझे लगा फ़ोन कमरे में है इसलिए मैं कमरे में जाकर ढूँढ़ने लगा। वहाँ नहीं मिला तो बाहर आ गया। अमांदा ने लाकर दे दिया, शायद रसोयी घर में रह गया था। हड़बड़ी में मैंने फ़ोन ले लिया।

बेकार जल्दबाज़ी की। आमतौर पर जो फ़ोन आता वह या तो फातिमा का होता या फिर चित्रा का। लेकिन इस बार छोटे मामा हम पर मेहरबान हुए थे। उन्हें दस्तावेज़ों पर मेरे और माँ के दस्तख़त चाहिए थे। "तुम्हें यहाँ चक्कर लगाना न पड़े इसलिए कल्पेश को ही तुम्हारे पास भेज रहा हूँ। दस्तख़त करके भेज देना। कल पेपर्स सबमिट करने हैं।"

सुबह से कल्पेश का इन्तज़ार कर रहा था। साहबज़ादे देर शाम को पधारे।

"म्हापसा से पैदल चलकर आये हो क्या?"

निर्लज्जतापूर्वक दाँत निकालकर कहने लगा,"एमिली की वजह से देर हुई।" वह उम्मीद कर रहा था कि मैं पूछ लूँगा यह एमिली कौन है? लेकिन मुझे उसमें रुचि नहीं थी। "अर्जेंटिना की है। अकेले ही घूमती है। मुझे उसने सुबह बुलाया था,

लेकिन उसे उठने में ही बारह बज गये। फिर ब्रेकफास्ट वग़ैरह कुछ नहीं किया। सीधे ब्रंच ले लिया। फिर उसका शॉपिंग...रात को रुकने के लिए कह रही थी। चाचा जी का अर्जेंट काम था इसलिए उसे छोड़कर यहाँ आ गया।" कल्पेश ऐसे बोला जैसे यहाँ आकर उसने मुझ पर बड़ा एहसान किया था।

मैंने जाकर उसके लिए चाय बनायी। इस बीच माँ के कमरे में जाकर वह माँ का हाल-चाल पूछकर आ गया। बाहर आते समय उसकी आँखें चमक रही थीं। दबी आवाज़ में बोला–

"ये वही नर्स है? नर्स के बारे में सुना था तब मुझे लगा कि कोई बुड्ढी होगी। पर ये तो...सॉलिड है आं!"

मुझे उस पर बड़ा ग़ुस्सा आया।

"यहाँ कैसे आये? बाइक से?"

"अरे नहीं। बस से आया हूँ।"

"पेपर्स दे दो।" मैंने दस्तख़त कर दिये। भीतर जाकर माँ से भी करवा लिए। बाहर आकर कल्पेश से पूछा, "अब कैसे जाओगे? आठ बजने को आ रहे हैं।"

घड़ी देखकर वह बोला, "रहने दो अब। यहीं रुक जाता हूँ। बस, सुबह दस बजने से पहले पेपर्स चाचा जी के हाथ पड़ने चाहिए।"

ऐसा कभी नहीं हुआ था कि हमारे घर कोई रिश्तेदार आकर रात को रुक गया हो। कल्पेश का यह बर्ताव मुझे ज़रा भी पसन्द नहीं आया। लेकिन उसे 'अब चले जाओ' कहने का विचार भी मेरे मन में नहीं आया।

"बड़े दिनों बाद तुमसे मिलने का मौक़ा मिला है। ज़रा बाहर जाकर एक चक्कर लगा आये क्या? तुमने नयी बाइक ख़रीदी है ना? चलो एक राउंड लगाते हैं।"

मैं उठा। लेकिन नहीं...जिस सीट पर फातिमा बैठी थी, जो सीट फातिमा की है, उस सीट पर कल्पेश को नहीं बिठाना है। हाँ, चित्रा एक बार बैठी है, मार्टिन सर बैठे हैं, कृष्णा को भी मैंने बिठाया है, एक बार अमांदा भी बैठी है। लेकिन कल्पेश को? कभी नहीं!

"बाइक नहीं लेंगे। चक्कर लगाना चाहते हो तो पैदल ही टहल आते हैं।"

अमांदा को भी पता चल जाये इस इरादे से माँ को बताया–"हम ज़रा एक चक्कर लगाकर आते हैं। कल्पेश आज रात यहीं ठहरने वाला है। लौटते समय रात के खाने के लिए कुछ ले आता हूँ।" उस पर अमांदा ने कहा, "उसकी ज़रूरत नहीं। चार रोटियाँ ज़्यादा सेंक लूँगी। सब्ज़ी, अण्डे हैं। बाहर का कुछ मत लाना।"

"तुम्हारी कम्पनी मुझे पसन्द है। जानते हो क्यों? क्योंकि तुम बोलते नहीं हो! लेकिन तुम्हें सुनना पसन्द है।" मुझे क्या पसन्द है यह अब कल्पेश मुझे बता रहा था।

नुक्कड़ तक पैदल जाते समय रास्ते में बाबुश का बार लगा। "बार देखने हैं तो कांदोली और कलंगूट के देखो। क्या जगमगाहट होती है जानते हो? रात के बारह बजे तक वहाँ दिन रहता है। म्हापसा के बार्स बस ठीक ही हैं। लेकिन यह तुम्हारा बार तो एकदम ख़ाली है ना रे! अरे बार कैसे खचाखच भरे होने चाहिए। इतना शोरगुल होना चाहिए, एक बात करे तो दूसरे को सुनाई नहीं देना चाहिए। फिर कितना भी पिओ, गाली-गलौज तक करो–"

मैं चलता रहा। नुक्कड़ पर पहुँचते ही कल्पेश ने कहा, "वापस मुड़े क्या? मुझे प्यास लगी है। एक बियर पीते हैं। जेब में पैसे हैं ना?"

बाबुश के बार में बहुत सी ख़ाली मेज़ें पड़ी थीं। लेकिन कल्पेश ने बाबुश से कहकर एक मेज़ कोने में लगवा ली।

"बियर लोगे ना?" कल्पेश ने ऐसे पूछा मानो हम रोज़ पीने बैठते हैं।

"मुझे पसन्द नहीं।"

"एकदम मेरे मन की कही तुमने! मुझे भी पसन्द नहीं। व्हिस्की पीते हैं।"

मेरे जवाब के लिए रुके बिना ही उसने व्हिस्की मँगवा ली। हाफ सुना तब लगा था कि हाफ पेग की बात कर रहा है। देखा कि इसने तो आधी बोतल मँगवाई है। दो गिलास में व्हिस्की डालकर चिअर्स किया–मुझसे पूछे बिना। कल्पेश का लापरवाही भरा बर्ताव मुझसे बरदाश्त नहीं हो रहा था। मैंने सोडा डालने के पहले ही गिलास होंठों से लगाया। गला जल उठा। "अरे ड्राय क्यों ले रहे हो? साथ में सोडा लो न!" उसने मेरे गिलास में सोडा उड़ेला और फिर फ़ौरन चिप्स मँगवाये।

"मैं ना कभी जेब में पैसे नहीं रखता हूँ। सीधे बैंक में! जानते हो मैं कितना कमाता हूँ? दिन में कम से कम दो हज़ार तक आराम से कमाता हूँ। लेकिन एकाध दिन ऐसा होता है जब कुछ भी हाथ नहीं लगता! शुक्र है गोवा घूमने आने वाली उन विदेशी गोरियों का। कुछ अमेरिकन औरतें ना अकेले ही घूमती हैं। उनके पास ना, ढेर सारा पैसा होता है। एक है, जो हर साल आती है और ख़ास मुझे ही बुलाती है। मैं उसके सारे काम जो करता हूँ! पिछले दिनों जब वापस चली गयी तब पाँच सौ डॉलर मेरे हाथ थमा गयी। बैंक में अब तक मेरे पास क़रीब लाख रुपये जमा हो गये हैं। और अब तो हमारा घर भी रिडेवलपमेंट के लिए जायेगा। करोड़ों मिलने वाले हैं। पिताजी ने कहा है, मुझे नयी गाड़ी ख़रीदकर देंगे। उसके बाद तो मज़े ही मज़े हैं।"

"कैसे मज़े?"

अपना गिलास ख़ाली करके कल्पेश ने उसे दुबारा भरा। मेरा गिलास अभी तक ख़ाली नहीं हुआ है यह देखकर बोला, "अरे इसे ख़त्म करो ना!" और फिर चखना अपने मुँह में ठूँसकर मुझे भी खाने के लिए कहने लगा।

"एक बार गाड़ी हाथ आने दो, फिर देखो–" नाक को उँगली लगाकर, जिस्मानी रिश्ते की चाह का इशारा करते हुए उसने कहा, "मज़े ही मज़े। टैक्सी का भाड़ा भी और मन माँगी छमिया भी। क्या फॉरेन क्या इंडियन।"

"इंडियन?" मैंने पूछने की ग़लती की।

"अरे, दिल्ली, मुम्बई, अहमदाबाद से सिंगल लेडी लोग आती हैं। उन्हें गाड़ी की भी ज़रूरत होती है और यंग ड्राइवर की भी। तुम जानते हो चौबीस घण्टों की कितनी पेमेंट मिलती है? पाँच हज़ार! गाड़ी चलेगी पचास किलोमीटर तक और ड्राइवर? मीटर डाउन होने तक!" फिर उसकी बातों की गाड़ी मुझ पर आकर रुक गयी। "बताओ, तुम कितना कमाते हो?" इस बीच वह गिलास पर गिलास ख़ाली करता जा रहा था। दूसरे पेग से ही मैं थोड़ा हिलने लग गया हूँ यह मेरी समझ में आ गया। कल्पेश अब पूरे फॉर्म में आया था। "हीरो, अब तक कितनी गर्ल फ्रैंड्स की हैं तुमने? कभी किसी के साथ सोये भी हो? तुम्हारी उम्र का था तब मैं पचास की औरत के साथ तक सोया हूँ। तुम जानते हो? एक-एक औरत के साथ सोने के लिए लोग हज्जारों पैसे ख़र्च करते हैं। और मुझे देखो–औरतें हज्जार ख़र्च करके मुझे अपने पास बुलाती हैं। एक बार के लिए दो हज़ार, पाँच हज़ार...सोचो महीने के कितने हो गये? मेरे चाचा वकीली करते हैं। कितना कमाते हैं? लोग सिर्फ़ कुछ हज़ार कमाने के लिए दिन-रात काम करते हैं...शादियाँ करते हैं। क्यों? ताकि बिस्तर गरम करने के लिए उन्हें एक औरत मिल जाये। और इतनी मेहनत करने के बाद जो उन लोगों के हाथ आता है वह मुझे बैठे-बैठे मिल जाता है। खाओ, पिओ और ऊपर से ये–" दुबारा उसकी उँगली नाक पर चली गयी।

मुझे घिन आयी। "क्या तुम उसी के लिए जीते हो?" मैंने उसे नीचा दिखाने के लिए पूछा था। लेकिन उसने बड़ी शान से कहा, "जिगोलो होने के यही तो मज़े हैं!"

मेरा सिर दर्द करने लगा। उसकी बातें सुनकर या शराब की वजह से यह समझ न सका। उल्टी कर देने का मन हो रहा था। "चलो, चलते हैं। दस बजने को आ रहे हैं।" बिल चुकाने के बाद मैंने कहा।

"अरे, रुक जाओ ना। ख़त्म तो करने दो!" अभी तक उसकी बातें ख़त्म नहीं हुई थीं। "कमाने के लिए भी दिमाग़ की ज़रूरत होती है। हमारे पड़ोस में ना, एक नर्स रहा करती थी। एक दिन घर में अकेली देखकर मैं उससे मिलने गया तो फ़ौरन हाथ लग गयी। आगे चलकर मैंने ही उसे एक मस्त आइडिया दिया–उसने इंटरनेट

पर अपना एड दिया और मसाज करने का काम शुरू किया। पहले किसी का भी मसाज कर लेती थी। फिर उसे धन्धे की समझ आ गयी। अब वो आदमियों का तो मसाज करती ही है, औरतों का भी होमो...डबल पैसे देकर अपना मसाज करवा लेती हैं। तुमसे कहता हूँ बाबू, आदमियों से ज़्यादा औरतों की भूख खूँखार होती है।"

"सब औरतों की?" मैंने तंज़ कसते हुए पूछा।

"सब।"

"मामी की भी? छोटी मामी की भी?"

कल्पेश की शराब उतर गयी। उठा और चुपचाप बाहर निकल आया।

खाना नहीं चाहिए कहा इसलिए या मैं पीकर आया था इसलिए यह कहना मुश्किल था। अमांदा ने त्योरियाँ चढ़ाकर मेज़ पर रखे बर्तन उठाये और अपनी जगह रख दिये।

सिर सुन्न सा हुआ था। आँखें भारी हुई थीं। हथेलियों में भर-भरकर पानी चेहरे पर, आँखों पर मारा तब जाकर ज़रा अच्छा लगा। देखा, कल्पेश ने हॉल के सोफ़े पर ही अपना बिस्तर जमा दिया था। मैं भी जाकर अपने कमरे के अँधेरे में समा गया।

अचानक 'ठन, ठन' की आवाज़ कानों में पड़ी। हड़बड़ी में उठकर बाहर चला गया। माँ के कमरे में जाकर देखा, अमांदा नीचे बैठकर, हाथ में पकड़ा स्टील का गिलास ज़मीन पर पटकती जा रही थी। मुझे देखकर रुक गयी। उसकी आँखें अंगारे बरसा रही थीं। छाती ऊपर-नीचे हो रही थी। मुझे शक हुआ। जाकर देखा तो कल्पेश हॉल में सोफ़े पर चादर सिर पर ओढ़े, हाथ-पैर समेटे सोया हुआ था। मेरा दिमाग़ घूम गया। झटके में मैंने एक हाथ से चादर खींची और दूसरे हाथ से कल्पेश को उठाकर खड़ा किया। डर के मारे काँपने लगा था। वह कुछ कहे इससे पहले झन्नाटेदार थप्पड़ उसके गालों पर जमा दिया।

इतने शोरगुल में भी माँ की नींद में कोई खलल नहीं पड़ा था। शायद दवा का असर होगा।

बची हुई रात मैंने हॉल में आरामकुर्सी पर बैठकर गुज़ारी। पौ फटते ही कल्पेश को धीरे से दरवाज़ा खोलकर, चुपके से बाहर जाते हुए देखा। उठकर बाथरूम चला गया। तड़के ही ठण्डे पानी से नहा लिया। वहाँ से निपटकर बाहर आया और सबसे पहले चाय बनायी। दो कप। एक कप लेकर माँ के कमरे में गया और अमांदा के सामने रख दिया। जैसे मैंने अन्दाज़ा लगाया था वैसे उसने बची हुई रात जागकर ही बितायी थी। अच्छा हुआ, माँ अभी तक गहरी नींद सो रही थी।

अगर अमांदा कहती कि वह काम छोड़कर जाना चाहती है तो मैं उसे नहीं रोकता। मैं सिस्टर रेबेका के फ़ोन का इन्तज़ार कर रहा था। अगर वह चली गयी तो दूसरी कोई मिलने पर भी नहीं रखूँगा। अब जैसे बन पड़े वैसे मैं ही माँ की देख-भाल कर लूँगा यह तय किया। दो बार फातिमा का और एक बार चित्रा का फ़ोन आकर चला गया। गुनहगार मन को फ़ोन उठाने की हिम्मत नहीं हो रही थी। अमांदा चुपचाप रोज़ की तरह काम किये जा रही थी। इसके बावजूद मेरे मन का बोझ रत्ती भर कम नहीं हुआ था।

इतवार को कृष्णा आया और हमेशा की तरह अमांदा के पास जाकर बैठा। कुछ देर बाद बाहर आकर बोला, "बाबू, यहाँ परसों कौन आया था? तुम्हारे साथ?" मेरा दिल ज़ोर से धड़कने लगा। मेरे मुँह से कुछ नहीं निकल सका। फिर चाय के कप मेज़ पर रखने की आवाज़ आते ही बात बदलकर उसने कहा, "चलो, तुम्हें चाय पीने बुलाया है।"

'बाहर ही लाकर दो' कहने का मन हुआ था। लेकिन मुझे भी यह दर्दनाक फोड़ा फोड़ना था।

मुझे लगा था वह कृष्णा के मार्फ़त मुझसे जो कहना है वह कहलवा देगी। मैंने मन की पूरी तैयारी की। चाय का कप लेकर वह भी बैठ गयी। अब उसे बैठने के लिए कहने की ज़रूरत नहीं पड़ती थी। मेरी आँखों में देखते हुए उसने कृष्णा से कहा। "आनियान, जानते हो? तुम्हारा बाबू आजकल बुरी संगत में फँस गया है। वेरी बैड!"

मैं भीतर तक सिकुड़ गया। वेरी बैड! मैं शर्मिन्दा हो गया। "इफ एवर दैट मैन कम्स हियर, आय विल..."–मुझे लगा था 'काम छोड़ दूँगी' कहेगी, लेकिन बोली, "आय विल किल हिम!" कल्पेश के लिए उसके मन में जो भयंकर गुस्सा और घृणा थी वह पल भर में फूट पड़ी।

"प्लीज़–उससे दूर रहो।"

और जैसे कोई गुनाह स्वीकार कर लिया हो वैसे मेरा सिर हाँ में हिल गया।

"आनियान से तुम्हारे बारे में बहुत कुछ सुना था। लेकिन नहीं पता था कि तुम शराब भी पीते हो। मुझे पता है, उसने तुम्हें पिलायी। और तुम पी गये? वेरी बैड! प्लीज़, नेवर अगेन।"

दुबारा मेरा सिर हिल गया।

"अमांदा..." पहली बार नाम लेकर मैंने उसे पुकारा था। "आय प्रॉमिस, फिर से ऐसा नहीं होगा।"

"थैंक्यू।" जैसे मैंने उस पर कोई उपकार किया हो।

चाय ठण्डी हो गयी। उसने कप उठाया और फिर से गरम करके ले आयी। उसके चेहरे पर उभर आये कोमल भाव पहली बार इतने नज़दीक से देखे थे।

अमांदा ने मुझे कटघरे में खड़ा करके आरोप पत्र पढ़कर सुनाने के बाद मैंने उसी रात चित्रा को फ़ोन करके पूरी घटना बताकर अपना गुनाह क़बूल किया। और कहा कि ये सब फातिमा को बताने की हिम्मत मुझमें नहीं है इसलिए तुम ही फातिमा तक ये ख़बर पहुँचा दो।

सुबह ही फातिमा का फ़ोन आ गया। "ऐ शराबी, काश मैं भी तुम्हारे साथ नशा करती; तो ना होश तुम्हें रहते, न मुझे।"

"मज़ाक़ बस हुआ फातिमा। मैं यहाँ शर्म से डूबा जा रहा हूँ और तुम्हें मज़ाक़ सूझ रहा है?"

"अरे फिलिपिना, रीड बिटवीन द लाइन्स। मैंने क्या कहा?"

"आसपास कोई है क्या?" सीधी बात करने में झिझक रही है ऐसा लगा।

"तुम ही हो।"

"साफ़ बताओगी कि नहीं?"

"मैं कह रही थी–नशा ही चाहते हो, तो मेरी बाँहों में चले आओ।" उस पल शिद्दत से महसूस हुआ, फातिमा मेरे क़रीब होनी चाहिए थी!

बहुत दिनों के बाद मार्टिन सर का एस.एम.एस. आया। मिलने आ जाओ कहा था। कहीं तबीयत तो ख़राब नहीं हुई ना सोचकर फ़ौरन चला गया।

"इन दिनों क्या कर रहे हो?" सर के इस सवाल का मेरे पास कोई जवाब नहीं था।

"माँ की वजह से बिज़ी रहते हो?"

"नहीं सर। माँ की देखभाल के लिए नर्स है। वही सब करती है।"

"नौकरी करना तुम्हें रास नहीं आयेगा यह मैं जानता हूँ। लेकिन तुम्हारा वैल्यूएबल टाइम तुम्हें बेकार नहीं गँवाना है।"

कुछ नहीं कर रहा था यह बात सच थी। लेकिन मैं क्या कर सकता था? सर ने जो कहा वह सच था। नौकरी? डैडी ने की थी; मुझसे नहीं होगी।

"मैं तुम्हें पानी के पास ले जाऊँगा। पीना है या नहीं यह तुम्हें सोचना है।"

सर ने कहा। "तुम्हारे पास राइटिंग स्किल है। पॉटेंशियल है। आर्टिकल्स लिखो, सोशल कमेंटरी लिखो। स्टोरीज़ लिखो। पब्लिश कराने की ज़िम्मेदारी मेरी है। नहीं तो अच्छा लिटरेचर ट्रांसलेट करो या रिसर्च आर्टिकल्स लिखो। लेकिन जो भी करो सोच-समझकर करो।" मैंने न हाँ कहा, न ना!

दो समानधर्मा एक सा सोचते हैं। कुछ वैसे ही चित्रा का फ़ोन आया। "तुम और शराब! मेरा अब भी विश्वास नहीं हो रहा। ख़ाली दिमाग़ शैतान का घर होता है। उस पल तुम पर किसी शैतान ने क़ब्ज़ा कर लिया होगा। जानती हूँ, फातिमा की कसक तुम्हारे दिल को साल रही है और इस सबकी यह भी एक वजह हो सकती है।... विपिन, एक बात कहूँ?" चित्रा कुछ देर रुक गयी। शायद मेरे जवाब का इन्तज़ार कर रही थी। "तुम्हें अपने आप को बिज़ी रखना चाहिए। ऐसा कोई भी काम हाथ में लो जो तुम्हें व्यस्त रखेगा और मन को सन्तोष भी देगा। घर रहकर भी तुम किसी प्रॉजेक्ट पर काम कर सकते हो।" चित्रा को सलाह देना बहुत पसन्द है। आर्टिस्ट नहीं बन पायी तो करियर काउंसेलर ज़रूर बन सकती है।

"हैलो फिलिपिना।" फातिमा ने फ़ोन किया लेकिन चित्रा की तरह कोई सलाह नहीं दी। मैं कोई काम करूँ या बेकार बैठा रहूँ उसके लिए एक जैसा था। जब तक उसे मेरा समय मिलता रहता–पहले प्रत्यक्ष मुलाकात में और अब फ़ोन पर, उसकी कोई भी शिकायत नहीं थी। "रात को क्या मज़ा आया पता है? तुम मेरे ख़्वाब में आये और पूरा समय मुझे सताते रहे।"

"अब जाग जाओ।"

"तब भी कहाँ मैं सोयी हुई थी? जाग ही तो रही थी। तुम्हें नहीं पता? ख़्वाब देखने के लिए सोने की ज़रूरत नहीं होती।"

कॉलेज में कोंकणी साहित्य पढ़ रहा था तब एक बात ध्यान में आ गयी थी कि कोंकणी के बारे में इंटरनेट पर बहुत कम सामग्री उपलब्ध है। जब ढूँढ़ने जाता तब किसी शब्द की व्युत्पत्ति नहीं मिलती थी, समान्तर कोश, विलोम शब्द खोजे तो नहीं मिलते थे या अलग-अलग बोलियों की जानकारी नहीं मिलती थी। शणै गोंयबाब पढ़ने के बाद कोंकणी भाषा के विकास में उनके महत् योगदान को देखकर मैं अभिभूत हो गया था। मुझे शणै गोंयबाब के इस बुनियादी काम को आगे ले जाने की ज़रूरत महसूस हुई। लगा कि इंटरनेट की दृष्टि से कोंकणी का काम आगे बढ़ाना

है तो वैब सर्च इंजिन तैयार होना चाहिए। गूगल करके देखा तो अभी तक कोंकणी का थिसारस नहीं बना था। किसी ने अगर इस दिशा में काम करने की पहल की हो तो उसके बारे में भी मुझे पता नहीं चल पा रहा था।

इंटरनेट पर कोंकणी भाषा की सामग्री उपलब्ध कराने का काम मुझ अकेले के बस की बात नहीं थी। चूँकि यह अकादमिक कार्य था इसलिए इसे अंजाम तक पहुँचाने के लिए किसी बड़ी अकादमिक संस्था का इसके साथ जुड़ना बहुत महत्त्वपूर्ण था। इसी सोच ने मुझे गोवा कोंकणी अकादमी तक पहुँचा दिया। पहली बार मैं वहाँ क़दम रख रहा था। अध्यक्ष से तो नहीं मिल पाया लेकिन उपाध्यक्ष से मेरी बात हो गयी। मेरे जैसे कितने लोग हर दिन अपने प्रस्ताव लेकर उनके पास आते होंगे। मुझ जैसे अनुभवहीन युवा में उन्होंने क्या देखा पता नहीं पर उन्होंने मेरी बात शान्ति से सुन ली। वे भी शायद नये ज़माने के दबावों से अच्छी तरह परिचित थे। उन्होंने कहा कि उन्हें मेरा प्रस्ताव अच्छा लगा और इस दिशा में मैं जो भी काम करूँगा उसमें उनका पूरा सहयोग रहेगा। लेकिन वहाँ की कार्यकारी समिति की मान्यता प्राप्त करने के पश्चात् ही मैं आगे बढ़ सकता था और उससे पहले मुझे अपना प्रस्ताव और इस कार्य का अन्दाज़ा देने वाली पूरी जानकारी उनके कार्यालय में जमा करनी थी। कार्यकारिणी समिति की अगली बैठक अगले महीने ही होने जा रही थी इसलिए उन्होंने उससे पहले प्रस्ताव भेजने के लिए कह दिया।

उपाध्यक्ष की प्रोत्साहन भरी बातों ने मुझमें मानो ऊर्जा का संचार कर दिया। इस कार्य के महत्त्व को वे समझ गये हैं यह देखकर मैंने बड़े उत्साह से अकादमी के बुक शॉप से शणै गोंयबाब समग्र के चार खण्ड, गोवा विश्वविद्यालय द्वारा प्रकाशित ज्ञानकोश के चार खण्ड और वहाँ जितने भी शब्दकोश उपलब्ध थे उनकी प्रतियाँ ख़रीद लीं और घर वापस आया। बड़े जोश और उमंग के साथ समानार्थी शब्दकोश के कार्य का प्रारम्भ किया। पहला चरण था कोश निर्माण की प्रक्रिया को समझना। मैथडॉलॉजी को समझना प्रारम्भ किया। शोध-कार्य शुरू करने से पहले सब कोश पढ़े। शणै गोंयबाब के साहित्य में से सामान्यतः प्रयुक्त न होने वाले और जिनसे मैं अपरिचित था ऐसे शब्दों को चुन-चुनकर उनकी फ़ेहरिस्त बनाता चला गया गया। इस बीच अस्मिता प्रतिष्ठान द्वारा पूरे किये गये मशीन ट्रांसलेशन प्रकल्प का पता चला। गोवा विश्वविद्यालय से तीस लाख शब्दों का भण्डार भी प्राप्त हुआ जिनका व्याकरणिक वर्गीकरण हो चुका था। शब्दों का बेसिक स्पैलचेकर तैयार था हालाँकि वह परिपूर्ण नहीं था। फिर भी मेरी मूलभूत आवश्यकताओं की आपूर्ति हो गयी थी।

"बाबू, तुम्हें इस तरह पढ़ाई करने में व्यस्त देखकर अच्छा लगता है।"

कृष्णा के शब्दों से उसके मन में उपस्थित आदर भाव प्रकट हो रहा था।

"आक्का बता रही थी कि इन दिनों तुम खाना खाने तक समय पर नहीं आते हो।"

दरअसल मेरा स्वभाव ही कुछ ऐसा था। हाथ में लिया हुआ काम जब तक ख़त्म नहीं हो जाता, मैं चैन से नहीं बैठ सकता था। मेरा ज़्यादातर समय कम्प्यूटर पर ही बीत जाता। चाय तक याद नहीं आती! अमांदा ही कमरे में आकर चाय दे जाती थी।

"चाय यहाँ ले आऊँ या फिर तुम आ रहे हो अन्दर?" कृष्णा यहीं लाकर दे देता तो अच्छा होता। फिर सोचा इसी बहाने पैरों को थोड़ा व्यायाम देने का मौक़ा मिलेगा।

चाय का घूँट लिया और सामने देखा तब अमांदा के माथे पर लगी बड़ी लाल बिन्दी पर नज़र पड़ी। पहली बार उसे ऐसे देख रहा था। मेरी नज़र उसकी बिन्दी पर गड़ी हुई देखकर वह बोली, "आनियान ले आया है मेरे लिए।" और फिर मुझसे पूछा, "यू लाइक्ड इट?" मैं असमंजस में पड़ गया। मुझे फटाफट कॉमप्लिमेंट्स देने की आदत नहीं थी। मन में होने के बावजूद कभी फातिमा तक को खुलकर नहीं दिये थे। लेकिन लगा जैसे अमांदा बड़ी उम्मीद लेकर मेरी तरफ़ देख रही है। उसका भाई जो ले आया था!

"क्यों कृष्णा, तुम्हें अच्छी लगी ना?" मैंने कृष्णा से ही पूछा।

"हाँ। उस पर ख़ूब फब रही है, नहीं?" कृष्णा ने मुझसे अपनी बात की पुष्टि चाही।

"येस। यू लुक गुड!" अमांदा का चेहरा ख़ुशी से खिल उठा।

महीने भर में मेरा काम काफ़ी आगे बढ़ चुका था। अकादमी ने जो तारीख़ दी थी उससे पहले ही मैं अपना लिखित प्रस्ताव और अब तक किये हुए काम की सी.डी. लेकर अकादमी के ऑफ़िस पहुँचा। सीधे सेक्रेटरी के पास चला गया।

"क्या काम है?" मानो इस बला को कैसे टाले सोचते हुए, माथे पर शिकन डाले उसने रूखे स्वर में पूछा। मैंने उसके सामने इस विषय पर कुछ न बोलना उचित समझा।

"अध्यक्ष से मिलना चाहता था।"

"अध्यक्ष चले गये हैं।" कुत्सित मुस्कान के साथ सेक्रेटरी महोदय ने कहा।

"उपाध्यक्ष से मिल लूँगा।"

"अध्यक्ष-उपाध्यक्ष दोनों त्याग-पत्र देकर चले गये हैं।" पहले वाले स्वर में ही अपनी बात जारी रखते हुए उसने कहा। कचहरी में बैठा पूरा स्टाफ चुपचाप यह सब देख रहा था।

"क्या कार्यकारी समिति के किसी सदस्य से मिल सकता हूँ?"

"बरख़ास्त!"

"नयी समिति कब बनेगी?"

"मन्त्री जी से जाकर पूछो।" और मानो अपनी व्यस्तता जताते हुए सिर फ़ाइल में घुसेड़ दिया। मैं निराश हो गया। लेकिन नाउम्मीद नहीं होना चाहता था।

"एक प्रस्ताव लेकर आया था। किसके पास जमा करूँ?"

"यहीं रखकर जाओ।" उसने मेज़ पर हाथ पटककर कहा।

"मुझे इसकी प्राप्ति की स्वीकृति दीजिए।" मैंने मेज़ पर प्रस्ताव-पत्र और रिसीव्ड सिग्नेचर के लिए उसकी कॉपी रख दी।

"कैश ले आये हो क्या? एकनॉवलेजमेंट क्यों चाहिए?"

"यह प्रस्ताव है–" मेरे माथे की नसें फड़कने लगी थीं।

"रख दो। पढ़ने के बाद प्राप्ति की स्वीकृति दे दूँगा।"

मैंने अपना प्रस्ताव-पत्र उठाया। सबके सामने उसे फाड़ दिया। चार टुकड़े किये और मेज़ पर पटक दिये। उसके बाद बाहर चला आया।

फिर से एक ख़ालीपन...

चित्रा ने कहा, "ख़ाली रहना या न रहना तुम्हारे हाथ में है। तुममें इतना पॉटेंशियल है कि तुम चाहो तो कुछ भी कर सकते हो। कोई और प्रोजेक्ट चुन लो। बिज़ी रहो।"

बोलना कितना आसान है! ख़ैर, जब मार्टिन सर ने इस बारे में पूछा तब मुझे बताना ही पड़ा। उन्होंने मुझे प्रो. अनिल गुप्ता और उस समय मेरे दिमाग़ में जो विचार कौंधा था उसकी याद दिलायी। अपने ऊपर विश्वास बनाये रखने के लिए कहा और धीरज न खोने की सलाह दी।

फातिमा के मसले ही अलग थे। उसे मुझसे शिकायत थी। उसे लगता था कि मैं चित्रा को ही सब कुछ बताता हूँ, उसको नहीं। उसने मुझसे साफ़ कह दिया, "*जिन्हें आपकी क़द्र नहीं, उनके पीछे दौड़ते हो; जिन्हें आपकी फ़ि क्र है, उन्हें भूल जाते हो।*"

ऐसे समय साथ मिल जाता मोबाइल और कम्प्यूटर का। दो बेस्ट फ्रैंड्स! दिमाग़ ठिकाने आने तक कुछ दिन इन दोस्तों के साथ बिताये। मूड ज़रा ठीक हो ही रहा था कि सिस्टर रेबेका का फ़ोन आ गया। गाँव से उनके कुछ रिश्तेदार आये थे। रेबेका ने इसीलिए तीन दिन की छुट्टी ली थी–शनिवार, इतवार और सोमवार। इन तीन दिनों के लिए अमांदा को भी छुट्टी देने के लिए कहा था। सोचा, अच्छा हुआ। यह बदलाव मेरे लिए फ़ायदेमन्द साबित हो सकता है।

अमांदा की अनुशासनपूर्ण तीमारदारी के चलते माँ की तबीयत क़ाबू में थी। दवाई बिना शिकायत किये ले लेती। हालाँकि उठने, घूमने में आलस्य करती थी। इंसुलिन के इंजेक्शन की अब आदत पड़ चुकी थी। अमांदा सब सूचनाएँ देकर, कैसे क्या करना है यह समझाकर चली गयी। मैं भी आलस झटककर उत्साह से अपने काम में लग गया। काम ख़त्म होते ही माँ के कमरे में जाकर उसके साथ टी.वी. देखने बैठ जाता। बीच-बीच में अमांदा के लिए जो मलयालम गीतों की सी.डी. लाकर दी थी उन्हें सुनता। उनके साथ एक मलयालम फ़िल्म की वी.सी.डी. भी देखी। मुझे लगा अमांदा उसे अपनी बहन के घर से ले आयी होगी। बाद में जब कृष्णा आया तब पता चला, अमांदा को फ़िल्में देखना पसन्द है इसलिए उसी ने अमांदा को लाकर दी थी। इतवार की जगह शनिवार को कैसे आना हुआ यह पूछने पर कृष्णा ने बताया कि आक्का ने उससे कहा था कि इतवार के साथ-साथ शनिवार की शाम को भी यहाँ चक्कर लगा आना। उसका कृष्णा पर इस तरह हक़ जमाना मुझे पसन्द नहीं आया। कृष्णा से मैंने कहा, "मैं सँभाल लूँगा। तुम जाओ और कल भी आने की ज़रूरत नहीं।" इसके बावजूद कृष्णा आया। फिर हम दोनों ने साथ बैठकर वह मलयालम फ़िल्म देखी। तब कृष्णा ने बताया कि वह फ़िल्म अमांदा के साथ माँ ने भी तीन बार देखी थी। मैंने उससे कहा, "अगली बार जब यहाँ आओगे तब उसके लिए दो-तीन अच्छी फ़िल्मों की वी.सी.डी. ले आना। फुरसत के समय में उसे देखने दो।"

रात को माँ को अकेली छोड़ अपने कमरे में जाकर सोने के लिए मन तैयार नहीं हुआ। माँ के कमरे में ही सो गया। माँ की एक बात अच्छी थी। दिन भर आराम करने के बावजूद रात को भी उसे गहरी नींद आ जाती। सुबह जब मैंने चाय बनायी तब कहने लगी, "थोड़ी शक्कर डालो।" मैंने शुगरलैस पिल्स घोलकर चाय दी तब बड़ी ख़ुश हुई। लेकिन जैसे ही मैंने उसे उठाया और बैसाखियों के सहारे दस मिनट चलने की कोशिश करने को कहा तो बिफरकर मुझे बुरा-भला कहना शुरू किया। उन दो रातों और तीन दिनों के अनुभव के बाद नर्सिंग किसे कहते हैं यह सही मायनों में जान गया। दिन में पेशाब और टट्टी को मिलाकर कम से कम दस बार पॉटी तो

चार-छह बार खाने-पीने के लिए उठाकर बिठाना। दो-तीन बार बैसाखियों के सहारे चलने का अभ्यास कराना, बिना चूके सही समय पर तीन बार इंसुलिन के इंजेक्शन देना, ऊपर से एंटिबायोटिक्स। अगर माँ सोयी हुई हो तो सब्र रखकर उसके जागने का इन्तज़ार करना पड़ता। जब कभी माँ सोने का नाटक करती तब अमांदा को फ़ौरन पता चल जाता। माँ के लिए कुछ भी करते समय मुझे ख़ुशी भले न मिलती हो लेकिन परेशानी भी नहीं होती थी। आख़िर वह मेरी माँ थी! लेकिन किसी बाहरी व्यक्ति द्वारा माँ के लिए इतना सब कुछ हँसता हुआ चेहरा लेकर करना सचमुच हैरानी की बात थी! बढ़िया नर्स है या बदले में उसे पैसे मिल रहे हैं तो क्या हुआ?

सोमवार की शाम अमांदा वापस आ गयी और जो बोझ मुझ पर उतारकर चली गयी थी उसे फिर एक बार अपने सिर पर उठा लिया।

एक इतवार की सुबह कृष्णा घर आया तो बड़े जोश में था।

"सुना है कि तुम सर्वेश नमशीकार को जानते हो। वह परसों हमारे इंस्टीट्यूट में आया था।"

"क्या वहाँ पढ़ता है वह?" मुझे नहीं पता था कि सर्वेश होटल मैनेजमेंट कर रहा है।

"नहीं। वह डिग्री की पढ़ाई कर रहा है। यह उसका फाइनल ईयर है। एकदम ब्रिलियंट है! पढ़ाई ख़त्म होने से पहले ही उसे ताज रिसॉर्ट का बढ़िया ऑफ़र मिला है। साल भर वहाँ रहकर एक्सपीरियंस लेने के बाद वह अपना होटल शुरू करने वाला है जिसके लिए उसे कुछ टेलेंटड लोगों की तलाश है। वह उन्हीं के बारे में पूछ-ताछ करने इंस्टीट्यूट आया था। मुझसे बात करने के बाद उसने मुझे ऑफ़र दे दी–अपना होटल जॉइन करने की।"

सर्वेश के बारे में सुनकर उसके लिए मन में प्रशंसा का भाव जगा। सचमुच, उसने जो हासिल किया था वह क़ाबिले तारीफ़ था। "तो आख़िर पिता ने जो बन्धन डाले थे उन्हें तोड़ने में वह कामयाब हो गया!" मैंने कहा।

"हाँ बाबू। कह रहा था कि तुम्हीं ने उसे इन्सपायर किया है। वह तुम्हें बहुत मानता है।"

सर्वेश ने अपना रास्ता चुन लिया यह देखकर मैं बहुत ख़ुश हुआ। वह मेरे लिए प्रेरणा स्रोत बन गया। मेरे अन्तर में नयी चेतना का संचार हुआ। नयी उमंग और नये उत्साह

के साथ मैंने काम करना शुरू किया। सबसे पहले मार्टिन सर ने जो कहा था उस पर अमल करने का निश्चय किया। प्रो. अनिल गुप्ता ग्रास रूट लेवल पर नवाचार को बढ़ावा देने और उसे कार्यान्वित करने की दिशा में जो काम कर रहे थे उससे सम्बन्धित जानकारी इकट्ठा करनी शुरू की। हनी बी नेटवर्क के बारे में गूगल पर रिसर्च करना शुरू किया। किन-किन क्षेत्रों में किन-किन लोगों की नयी खोजें, नयी अवधारणाएँ किस तरह सफल हुईं या किस वजह से असफल हुईं इसका अध्ययन करके अपने नोट्स बनाने लगा। लिखते-लिखते अचानक ध्यान में आया कि ए फोर पेपर्स ख़त्म हो गये हैं। दोपहर हो चुकी थी। उठकर तैयार हुआ और कमरे के बाहर निकला। हॉल में पहुँचते ही देखा वहाँ अमांदा नहाने के बाद अपने गीले बालों को पीठ पर खुला छोड़कर, फैन ऑन करके उसके नीचे बैठी थी। गर्मी से बचने के लिए या बाल सुखाने के लिए पता नहीं! मुझे देखते ही जल्दी-जल्दी उठ गयी। तब तक हैलमेट लेकर मैं दरवाज़े तक पहुँच गया था। "रेनकोट?" उसने पूछा।

बाहर ठण्डी हवा बह रही थी। बारिश के आसार नज़र आ रहे थे। अब ढूँढ़ने कौन जायेगा सोचकर रहने दो कहने जा रहा था लेकिन तभी अमांदा ख़ुद ही उसे लेकर आ गयी। सीधे पणजी जाकर जे.डी. स्टेशनरी हाउस से एक पेपर रीम ख़रीद लिया। वहाँ से बाहर निकलते ही भीनी ख़ुशबू नथुनों में भर गयी। आसपास नज़र दौड़ाई तो वहाँ फ़ुटपाथ पर मोगरे के गजरे लेकर बैठी एक बुढ़िया पर नज़र पड़ी। उससे एक गजरा ख़रीदा और बारिश शुरू होने से पहले घर लौट आया।

दोपहर का खाना खाने के बाद दुबारा काम करने बैठा। समय का ख़याल ही नहीं रहा। मोगरे की ख़ुशबू नाक में भर गयी इसलिए गर्दन ऊपर उठाई तो सामने चाय लेकर वह खड़ी थी। कप रखकर उसने 'थैंक्यू' कहा। जब मैंने पूछा, "व्हाय?" तब गर्दन घुमाकर बालों में लगाये हुए मोगरे के गजरे पर हाथ फेरा और हल्के से मुस्कुराती हुई बाहर चली गयी। पलभर सोच में पड़ गया–फातिमा के बाल भी लम्बे हैं। उसके बालों में भी बड़ा सुन्दर लगता। तो फिर मैंने कभी उसके लिए क्यों नहीं ख़रीदा? शायद उसके माथे पर हमेशा दुपट्टा ओढ़ा हुआ रहता था इस वजह से होगा। फातिमा को फ़ोन करने का मन हुआ। लेकिन उसकी शर्त थी कि फ़ोन वही करेगी–फिलिपिना को। सोच ही रहा था कि फ़ोन आ गया।

"हाय फिलिपिना क्या कर रही हो?"

"अरे वाह! तुम्हें याद किया और तुम्हारा फ़ोन आया।"

"देखा? टेलीपैथी! अऽच्छा! बताओ तो, याद कैसे किया?"

"अचानक दिमाग़ में आया–मैंने तुम्हें कभी भी कोई फूल या फूलों का गजरा नहीं दिया। क्या वजह होगी?"

"सिम्पल। फूल इसलिए नहीं दिये क्योंकि बहार नहीं थी।" कितनी हाज़िर जवाबी है यह फातिमा!

"फातिमा, आज मोगरे का गजरा देखा और उसकी ख़ुशबू आते ही तुम याद आ गयीं। दो साल से हम मिल रहे थे, लेकिन एक बार भी–"

"सुनो–*आप फूल देते तो फूलों से आती ख़ुशबू*
आप काँटे देते, तो काँटों से आती ख़ुशबू
ना भी देते, तो आपके जिस्म से आती ख़ुशबू
तो फिक्र किस बात की?"

"तुम भी ना फातिमा, हर बात को हँसी में उड़ा देती हो।"

"*दुनिया को लगता है हम हँसते हैं, कोई भीतर झाँककर तो देखे...उदासी के मंज़र के सिवाय कुछ न दिखेगा।*" फातिमा ने कहा और फ़ोन काट दिया।

यह सुनते ही मेरा मूड बिगड़ गया। फातिमा का उदास चेहरा आँखों के सामने आता रहा। काफ़ी देर तक यों ही ब्राउस करते हुए बैठा रहा। छह बजे के आसपास उठकर बाहर चला गया। अमांदा माँ के कमरे में वी.सी.डी. लगाकर फ़िल्म देख रही थी। माँ वहाँ बैठकर फ़िल्म देखते-देखते झपकियाँ ले रही थी। पल भर वहाँ रुककर ऐसे ही पूछा–"क्या नाम है फ़िल्म का?"

"रति निर्वेदम"

उसका मतलब मेरी समझ में नहीं आया। वह उठने लगी तो उससे कहा कि उठने की ज़रूरत नहीं। ख़ुद ही चाय बनाकर पी ली और वापस कमरे में आ गया। नेटफ्लिक्स पर फ़िल्में ब्राउस करनी शुरू कीं। जो नज़रों के सामने दिखी उसे क्लिक किया और 'क़रीब क़रीब सिंगल' देखने बैठा। फ़िल्म ख़त्म हुई तब तक खाने का समय गुज़र चुका था। पेट में चूहे दौड़ने का एहसास हुआ।

किचन में गया तो वहाँ टेबल पर थाली लगाकर अमांदा राह देख रही थी। देर से आने के लिए उसे सॉरी कहा। खाना खाया और फिर अपने कमरे में चला गया। लैपटॉप पर एक और मूवी देखना तय किया। ब्राउस कर रहा था तब सोने की तैयारी में लगी अमांदा अचानक कमरे में आ गयी। "सॉरी बाबू, टोटली फॉर्गोट टू टेल यू। इंसुलिन इज़ फिनिश्ड। पूरी तरह भूल गयी। अभी देने के लिए भी डोज नहीं है। अर्जेंट चाहिए। सॉरी, बट प्लीज़ ब्रिंग नाव।"

जाना ज़रूरी था। हॉल में पहुँचा तो वह हाथ में हेलमेट लिए खड़ी थी। बार-बार "सॉरी, माय मिस्टेक। हाव कुल्ड आय फॉर्गेट?" कहे जा रही थी।

बाहर हल्की बारिश हो रही थी।

"रेनकोट?" कहकर रेनकोट ढूँढ़ने लगी। "कहाँ रखा है?"

मैंने कहा, "मैं देखता हूँ।" फिर याद आया। कुछ देर पहले जब पणजी गया था तब उसे लेकर तो गया लेकिन आते समय अपने साथ लेकर नहीं आया था। जे.डी. के शॉप पर ही छोड़ दिया होगा। चूँकि बारिश बहुत हल्की थी इसलिए बिना रेनकोट के ही चला गया। दवा ख़रीदकर बाहर आ रहा था तभी ज़ोर की बौछार आयी। दस-पन्द्रह मिनट तक वहीं रुका रहा। बारिश थोड़ी कम होते ही बाहर निकला। घर लौटने तक पूरी तरह भीग चुका था। ग्यारह कब के बज चुके थे। अमांदा दरवाज़े पर ही ख़ड़ी थी। बाइक पार्क की और हैलमेट लेकर सीढ़ियाँ चढ़ रहा था तभी पीछे से एकदम बाइक नीचे गिरी। स्टैंड के नीचे मिट्टी गीली होने की वजह से फिसलन हुई होगी। हैलमेट वहीं छोड़कर बाहर चला गया। अमांदा भी बाहर आकर बाइक उठाने में मदद करने लगी। मैंने आवाज़ ऊँची की, "तुम अन्दर जाओ। भीग जाओगी।" लेकिन उसने नहीं सुना। पूरी तरह भीग गयी। अन्दर आने के बाद दवा का पैकेट उसके हाथ में देकर पूछा, "माँ सो गयी?"

"हाँ। लेकिन इंजेक्शन लगा सकती हूँ।" वह जल्दी-जल्दी अन्दर गयी।

चाय चाहिए थी। लेकिन कपड़े पूरी तरह भीग चुके थे इसलिए कमरे में चला गया। कपड़े निकालकर टॉवेल लपेटा। कम्प्यूटर स्लीप मोड में जाने की वजह से अँधेरा फैल गया था। उसे ऑन किया। नींद कोसों दूर भाग गयी थी। बहुत पहले सोचा था कि आगे कभी 'द लास्ट टैंगो इन पैरिस' फ़िल्म को आराम से देख लूँगा। उसे देखना तय किया। फ़िल्म देखने बैठ ही रहा था कि अमांदा टॉवेल लेकर आ गयी। "सॉरी बाबू। यू आर वैट बिकॉज़ ऑफ़ माय मिस्टेक।" कहकर सीधे जहाँ मैं बैठा था वहाँ आयी और टॉवेल मेरे माथे पर डालकर बाल पोंछने लगी। मुझे यह सब अजीब सा लगा। लेकिन उसने मुझे कुछ कहने का मौक़ा ही नहीं दिया। "यू विल गेट कोल्ड। लैट मी–" कहते हुए बाल पोंछने के बाद वह टॉवेल से मेरी पीठ पोंछने लगी। वह इतनी क़रीब आयी कि मेरी पीठ पोंछते समय उसकी छातियाँ मेरे मुँह के पास पहुँच गयीं। एक मीठीऽ सी ख़ुशबू नाक में भर गयी। ये ख़ुशबू मोगरे की नहीं थी। उसकी थी। औरत की ख़ुशबू! पीठ पोंछने के बाद उसने मेरा हाथ खींचा और मुझे खड़ा होने के लिए कहा। और टॉवेल से मेरा सीना पोंछने लगी। उसकी तेज़ हो रही साँसों की गरमी मुझे महसूस होने लगी। मेरी साँसें भी तपने लगीं। पोंछना ख़त्म हुआ था फिर भी उसका हाथ चल रहा था। अचानक उसके हाथ से टॉवेल छूटा और उसने अपने दोनों हाथों की गिरफ़्त में मुझे कसकर पकड़ लिया। सन्तुलन न बिगड़े इसलिए ख़ुद को गिरने से बचाने की कोशिश में शायद अपने आप मेरे हाथों

ने भी उसे पकड़ा। फिर लगा जैसे उसकी पकड़ ढीली पड़ रही है। वह डगमगाने लगी है। लगा जैसे उसके घुटनों से सारी ताक़त जा रही है। वह नीचे गिरने के डर से मैंने उसे अपनी बाँहों में कस लिया। पलकें बन्द किये उसने अपना सिर ऊपर उठाया। उसका चेहरा मेरे चेहरे के एकदम क़रीब आ गया था। उसके होंठ काँप रहे थे। अपना पूरा बोझ मुझ पर डालकर वह हाँफ रही थी। उसकी छाती मेरी पसलियाँ दबा रही थीं। उसे उठाकर कॉट पर रखते समय मेरी कमर के टॉवेल ने कब अपनी जगह छोड़ी पता ही नहीं चला। मेरे हाथ उसकी उभरी हुई छातियाँ टटोलने लगे। ब्रा कैसे खोलते हैं मैं नहीं जानता था। उसी ने हाथ पीछे करके हुक खोला और अपनी छातियों को मुक्त किया। उनींदा हुआ कम्प्यूटर स्लीप मोड में चला गया और कमरे के घने अँधेरे ने हम दोनों को धीरे से अपनी बाँहों में ले लिया।

सुबह ऐसे जागा जैसे अभी कोई सपना देखा हो। बग़ल में अमांदा नहीं थी। रात की मेहनत के बाद अब पूरी थकान ग़ायब होकर जान एकदम तरोताज़ा सी हो गयी है ऐसा लगा। पुरुषत्व सार्थक हुआ है और मैंने पूर्णत्व पा लिया है इस तृप्त भावना के साथ मैं उठा। कपड़े पहने। चाय की तलब हुई। किचन में जाकर चाय का पानी चढ़ाया। माँ के कमरे में अभी तक अँधेरा था। जाकर ब्रश कर आया तब तक पानी खौलने लगा था। चाय बना ली। तभी पीछे से क़दमों की आहट हुई। मुड़कर देखा तो सामने अमांदा सिर झुकाये खड़ी थी। चाय दो कप में उड़ेली और उन्हें मेज़ पर रख दिया। मैं बैठ गया पर अमांदा वहीं खड़ी रही। वह गुलाबी बॉर्डर की सफ़ेद साड़ी पहने हुए थी। बाहर जाते समय पहनी जाने वाली। झुकी गर्दन झुकी ही रही।

"चाय पी लो।" मैंने कहा। वह नहीं हिली। मैंने चुस्की ली फिर भी वह वैसी की वैसी खड़ी रही।

"क्या हुआ?" मैंने पूछा। मुझे अपने आप पर आश्चर्य हुआ। मैं ऐसे बर्ताव कर रहा था जैसे कल कुछ भी नहीं हुआ था।

"आय एम गोइंग।" नज़रें ऊपर उठाये बिना, अपराधी भावना को छिपाये बिना उसने कह दिया।

"कहाँ?" पूछने के बाद मैंने देखा, उसने बैग भरकर जाने की तैयारी कर ली थी।

"होम।" और सिर नीचे किये ही बोली, "आय एम सॉरी।"

मेरे मुँह से शब्द नहीं निकल सका। रात को जो कुछ भी हुआ क्या उसमें सिर्फ़ उसी की ग़लती थी? पर...क्या वह ग़लती थी? जो कुछ हुआ वह सहज नहीं था?

किसी ने भी किसी पर भी ज़बरदस्ती नहीं की थी! और अगर कोई ग़लती हुई भी हो तो उसमें मैं भी शामिल था।

दोनों के बीच की ख़ामोशी बरदाश्त नहीं हो रही थी। उसी ने पहले तोड़ी। "सॉरी, माय मिस्टेक।" उसके शब्द काँप रहे थे।

"डोंट गो।" मेरे मुँह से निकल गया। "माय मिस्टेक टू।"

काफ़ी देर तक वह ना में सिर हिलाती रही।

"इस तरह माँ को छोड़कर–?"

"प्लीज़।" सिर थोड़ा सा ऊपर उठाकर उसने कहा।

"प्लीज़ मेरी बात सुनो। इट विल नॉट हैपन अगेन।"

सिर पूरा ऊपर उठाकर पहली बार मेरी आँखों में आँखें डालकर उसने कहा, "मी टू। नॉट अगेन...सॉरी।"

उसका सॉरी सुनने से पहले मैंने कहा, "नेवर अगेन।" और अमांदा बैग लेकर अन्दर चली गयी।

चाय ठण्डी हो गयी थी। उसे बाहर फेंक दिया। दूसरा पानी चढ़ाकर तीन कप ताज़ा चाय बनायी। माँ की चाय माँ को दे आया और दूसरा कप अमांदा के हाथ में थमा दिया।

"थैंक्यू।" उसकी आँखों में पानी छलछला रहा था।

बाद में मेरे मन में सवालों का कोहराम मच गया। कभी कहीं पढ़ा था–'कामातुराणां भयं न लज्जा'। यह किसे लागू होता था? मुझे? या उसे? डैडी को बाहर का चस्का लगा था। माँ ने ही ऐसा कहा था। सुना था कि डिलीवरी के समय घर में रहने वाली कामवाली के साथ उनका शारीरिक सम्बन्ध था। एल्सी भी कामातुर थी। अपनी यौन इच्छाओं की पूर्ति चाहती थी। डैडी ने शायद उसके साथ भी सम्बन्ध जोड़ा था। डैडी के कामातुर जिंस मुझमें भी प्रवाहित हो गये हैं क्या? डैडी कामवाली के साथ रिश्ता बनायेंगे इस डर से माँ घर के काम में मदद करने के लिए किसी औरत को रखना नहीं चाहती थी। लेकिन घर में कोई नौकर क्यों नहीं रखते ऐसा पूछा करती थी। उसकी सेक्स की ज़रूरत को डैडी ने कभी पूरा नहीं किया था। कभी भी नहीं? फिर मेरा जन्म कैसे हुआ? शायद माँ उनके मन मुताबिक़ उन्हें सुख नहीं दे पा रही थी। उन्होंने तो मामा से साफ़ कह दिया था, "इसने मुझे कभी औरत का सुख नहीं

दिया।" कभी-कभार पास्कोआल आ जाता था। पर उसका आना भी डैडी ने बन्द करा दिया था। आयुर्वेदिक डॉक्टर को भी उसका इलाज करने से मना किया था। क्या यौन सुख चाहने वाले चरित्रहीन होते हैं? समाज की नज़रों में सभ्य बने रहकर अपने शरीर की वासना को ख़ुद ही तृप्त किया जा सकता है। हस्तमैथुन से। वह भी तृप्त करती होगी। पति की मौत के बाद अमांदा विधवा का जीवन जी रही है। पैंतीस की भी नहीं हुई है। पिछले पाँच साल तक समाज के बनाये नैतिक नियमों ने उसके लिए शरीर सुख वर्जित कर दिया है। क्या कभी सबकी नज़रों से छुपकर उसने यह सुख भोगा है? ऐसा नहीं लगता। इन सात महीनों में यहाँ रहते हुए उसे कभी किसी को उस नज़र से देखते हुए नहीं पाया। सेक्स शरीर की ज़रूरत है। सच है। लेकिन कहते हैं कि उस पर काबू रखने में नैतिकता होती है। किसने तय की है यह नैतिकता? डैडी ने अपनी मर्दानगी का झण्डा फहराया, माँ को शरीर सुख से वंचित रखा। क्या यही है वह नैतिकता? रवीन्द्र केळेकर कहते हैं–संभोग में अगर मनों का मिलन नहीं हो पाता तो वह संभोग अनैतिक है। क्या कल रात हमारे मन एक हुए थे? नहीं। सिर्फ़ शरीर एक हुए थे। इसलिए वह अनैतिक हुआ? हमने जिसे भोगा था वह ख़ूबसूरत, ख़ालिस जिस्मानी सुख था। एक ग़ाफिल पल में उसका क़दम फिसल गया। लेकिन वह न गोबर में पड़ा था और ना ही किसी की दुम पर। इतने समय तक रोककर रखा हुआ पानी का प्रवाह, बाँध में दरार पड़ने पर बहेगा ही बहेगा। अब वह ख़ुद को दोष दे रही है। उस रात उसने जितना सुख लिया था उतना ही दिया भी था। हिसाब बराबर हो चुका था। शादीशुदा होती तो पति से धोखा किया ऐसा कहा जा सकता था। लेकिन वैसा कुछ भी नहीं था। इसके बावजूद वह इतना अपराधी क्यों महसूस कर रही है? जाने दो। जो दरार पड़ी थी उसे 'नेवर अगेन' वाले संकल्प ने भर दिया था...विचारों का कोलाहल शान्त हो जाने का एहसास हुआ।

एक प्रश्न का उत्तर अमांदा से माँगने का मन हो रहा था। "अपराधी भावना को ज़रा अलग रखकर बताओ–क्या तृप्त करने वाला सुख मिला?" लेकिन मैं जानता था मैं यह नहीं पूछ पाऊँगा।

चाय की तलब हुई। किचन में जाकर जैसे ही गैस पर पानी चढ़ाया, अमांदा आ गयी। उसने सुबह वाली साड़ी बदल दी थी। अब वह घर में पहने जाने वाले कपड़ों में थी। मुझे बैठने के लिए कहकर उसने चाय बनायी। चाय तैयार होने तक उसने मेरी तरफ़ देखा तक नहीं। अनजाने में मैं उसके पीछे अचम्भित होकर सा नये सिरे से उसे देखने लग गया था। विश्वास नहीं हो रहा था कि कल रात इसी शरीर को मैंने आवेग भरी भावना से स्पर्श किया था।

धीरे से मेरे सामने चाय का कप रखकर वह वहीं खड़ी हो गयी।

"बैठो।" मैंने कहा। उसने गर्दन हिलाते हुए 'नहीं' कहा। उसे देखकर लग रहा था कि वह कुछ कहने का साहस जुटा रही है। पैर पर पैर घिसते हुए कुछ देर चुपचाप खड़ी रही। फिर धीरे से बुदबुदायी, "थैंक्यू।"

"फॉर व्हॉट?"

शर्मायी हुई सी मुस्कुरायी और फिर मुड़कर अन्दर चली गयी।

क्या मुझे अपने प्रश्न का उत्तर मिल गया था?

क्या वह सुख मुझ पर इतना हावी हो गया था कि मुझे फातिमा की याद तक नहीं आयी? उसका ख़याल तक मन को क्यों नहीं छुआ? अमांदा ने किसी को धोखा नहीं दिया है यह सोचते समय कहीं मैंने फातिमा को धोखा तो नहीं दिया है ना, ऐसी शंका मन में क्यों नहीं उभरी? अमांदा जब स्कूटर पर पीछे वाली सीट पर बैठी थी तब मुझे वह फातिमा की सीट लगी थी। अगर ऐसा था तो कल रात जब अमांदा ने अपनी बाँहों में जकड़ा था तब फातिमा की कही बात, 'तुम्हारा नशीला बदन मेरी बाँहों से छूटता नहीं' क्यों याद नहीं आयी? फातिमा ने बाइक पर बैठकर पीछे से बाँहों में ले लिया था। इसने आगे से। उस वक़्त भी फातिमा याद क्यों नहीं आयी? याद आती तो क्या मैं अमांदा को दूर करता?

उसकी बाँहों में था तब मुझे फातिमा की याद नहीं आयी यह अच्छा हुआ। क्या उसे मेरी याद आती है जब वह पति की बाँहों में होती है? चित्रा जानती होगी। मैंने चित्रा को फ़ोन लगाया लेकिन चित्रा का फ़ोन बिज़ी आ रहा था। काफ़ी देर में उसका फ़ोन आया। लेकिन तब तक वह जान लेने की मेरी उत्सुकता ठण्डी पड़ चुकी थी। यों ही यहाँ-वहाँ की बातें कीं। कल तक मुझे लगता था कि ऐसा कुछ भी नहीं है जिसे मैं चित्रा-फातिमा के साथ शेयर नहीं करता हूँ। हाँ, सच है। मैं कभी भी झूठ नहीं बोलता हूँ। लेकिन सच छिपाना भी एक तरह का झूठ ही है। 'सत्यं ब्रुयात, न ब्रुयात सत्यं अप्रियम्' वचन याद आया। अगर ऐसा है तो मुझे अप्रिय लगेगी इसलिए फातिमा भी कुछ बातें नहीं बताती होगी। प्रीतम के साथ अपने रिश्ते को क्या चित्रा ने पहले मुझसे छिपाकर नहीं रखा? वह मुझे अप्रिय लगेगा इसलिए?

मैंने वह पूरा दिन और रात, पिछली रात के उस सुखदायी प्रमाद का समर्थन करने में बिता दी।

सुबह आँख खुली। अब आगे से इस कमरे में चाय नहीं आने वाली है इसका एहसास होते ही मैं उठकर बाहर चला गया।

"कोई काम हाथ में लेने के बाद उसे उसके लॉजिकल कंक्लुजन तक ले जाने के लिए जिस दृढ़ता की ज़रूरत होती है वह तुम्हारे पास नहीं है। तुम एक बात पर डटे नहीं रहते हो। फातिमा जो कहती है वह सच है। ऐसा कुछ नहीं है जो तुमसे नहीं हो सकता। जीवन सार्थक करना है तो ऐसा कुछ करो जिससे देश का फ़ायदा हो, गोवा का फ़ायदा हो। थिंक बिग और काम पे लग जाओ।" मैंने हनीबी नेटवर्क के सम्पर्क में रहकर 'अन्धकार पुंज' इस विषय पर शोध कार्य करने का विचार मन से निकाल दिया था इसलिए चित्रा मुझसे बेहद नाराज़ थी।

जब मैं उद्विग्न अवस्था में होता तब चित्रा भी गम्भीर होकर कोई भी सलाह देने लग जाती। फातिमा की बात और थी। मैं जब गम्भीर हो जाता तब हँसी-मज़ाक़ करके वह मेरे थके-हारे मन को तरोताज़ा कर देती। फिर मैं नये उत्साह के साथ काम में लग जाता।

"मेरी फिलिपिना कुछ भी कर सकती है।"

मैंने उसे रोककर पूछा, "तुम्हारा यह डायलॉग मुझे अच्छे से याद हो गया है। मूड सही करने के लिए क्या करूँ, यह बताओ।"

"मूड बेचैनी का है ना?"

"हाँ।"

"वही तो कह रही हूँ। मुझे बाँहों में भर लो, चैन ख़ुद-ब-ख़ुद मिल जायेगा।"

"शायरी बस करो।"

"शायरी नहीं है ये। तुम्हें एहसास दिला रही हूँ–तुम कुछ भी कर सकते हो। सिर्फ़ मेरा साथ होना ज़रूरी है। फिर देखो तुम कितनी अच्छी तरह अपने काम में लग जाओगे।"

"तो फिर मुझे तुम्हारे आने तक काम के मूड का इन्तज़ार करना पड़ेगा।"

"ऐसा किसने कहा? तुम ही यहाँ आ जाओ।"

"लेकिन मुम्बई क्यों?"
"तुम्हारे सपने पूरे करने।"
"मैं सपने नहीं देखता हूँ।"
"लेकिन मैं देखती हूँ–तुम्हारे, जागते हुए। तुम्हारे अनजाने में। सुनो-
सपनों में उलझती हूँ तो तुम्हारा क्या बिगड़ता है?
बाँहों में कस लेती हूँ तुम्हें जब, कभी समझ में भी आता है?"
"तुम ना सिर्फ़ सपने ही देखती रहो।"
"ग़नीमत है कि सपने देखती हूँ। नहीं तो–"
"पर क्यों आऊँ?"
"मुझे सताने।"

ज़रूरत महसूस होते ही सामने हाज़िर हो जाने के लिए मूड मेरा रिश्तेदार नहीं था। मेरा मूड में आ जाना और तभी कुछ उल्टा हो जाना समीकरण सा बन गया था। सुबह उठ रहा था तभी अमांदा माँ, माँ, माँ...कहते हुए दौड़ी-दौड़ी आयी। माँ कोई रिस्पॉन्स नहीं दे रही थी। उसने उसकी नब्ज़ देखी, छाती पर कान रखकर दिल की धड़कन सुनने की कोशिश भी की।

"कॉल डॉक्टर" वह चीख़ उठी।

मैंने डॉ. कॉश्ताबीर को फ़ोन किया और बाइक लेकर उन्हें लाने चला गया।

"सॉरी।" उन्होंने हाथ फेरकर माँ की आँखें बन्द कीं लेकिन वे पूरी तरह बन्द नहीं हो सकीं। शायद जान जाकर काफ़ी समय बीत चुका था।

अमांदा ने बताया कि रात दो बजे उसने माँ का डायपर बदला था। "उस समय वह जाग गयी थी। कुछ बोली नहीं। लेकिन ज़रा सुस्त लग रही थी। लेकिन कहीं कुछ पेन हो रहा हो तो नहीं बताया।" मायूस होकर अमांदा बोलती रही थी।

"हार्ट अटैक। पेन हो तो भी डायबेटिक पेशेंट उसे महसूस नहीं कर पाता है। उसकी मौत दो घण्टे पहले हो गयी होगी।"

डॉ. कॉश्ताबीर ने डेथ सर्टिफ़िकेट दे दिया। मैं उन्हें घर छोड़कर आ गया।

मामा को फ़ोन किया।

कृष्णा को बुलाया।

तब तक अमांदा ने बहन को भी फ़ोन किया होगा। वह आ गयी थी। मेरे पास आकर सहानुभूति व्यक्त करने के बाद उसने पूछा, "क्या मैं अमांदा को अपने साथ

ले जा सकती हूँ?" मैंने "हाँ" कहा। चित्रा को फ़ोन करके यह ख़बर दे दी और कहा, "अभी नहीं कल बात करते हैं।"

बरसों से जिन्होंने इस घर में क़दम तक नहीं रखा था वे दोनों मामियाँ आ गयीं। उनमें से किसी ने माँ के मुँह में शक्कर डाली थी। ज़िन्दा थी तब मीठा खाने के लिए तरस जाने वाली माँ के मुँह में अब मुट्ठी भर शक्कर पड़ी थी।

ढाई साल में कुछ भी नहीं बदला था। डैडी की मौत के समय जिन रीति-रिवाज़ों का पालन हुआ था वह सब अब फिर से हुआ। इस बार दोनों मामियों के साथ मामा भी उपस्थित थे। वही दिखावटी सहानुभूति, वही लोग, वही पण्डित, वही रीति-रिवाज़, वही संस्कार...। उसी परम्परा का पालन करते हुए कृष्णा श्मशान नहीं गया।

शायद अब जेब में पैसे आये थे इसलिए दोनों मामा टैक्सी लेकर आये थे। उन्होंने ही हर्स वैन बुलायी, पण्डित को बुलाया। श्मशान में लकड़ियाँ, अगरबत्ती, चन्दन, कपूर...जो-जो चाहिए था वह सब वही देख रहे थे। जीजाजी के अन्तिम संस्कार की तुलना में बहन का अन्तिम संस्कार अच्छी तरह सम्पन्न हुआ इससे ख़ुश होकर वे अपनी पत्नियों के साथ वापस चले गये।

दूसरे दिन दोनों मामाओं ने अख़बार में अपनी बहन की मृत्यु पर शोक-सन्देश छपवाकर दुनिया के सामने अपना दुख ज़ाहिर किया।

अगले दो दिनों में बहुत सारे लोग आकर गये। अमृत और सर्वेश तक। चित्रा और फातिमा छोड़कर। मार्टिन सर इस बार ख़ाली हाथ आये थे। लेकिन बताकर गये–"डोंट वेस्ट टाइम। माँ की मौत का शोक मनाते हुए बैठे मत रहना। काम करते रहना। अपने क्रिएटिव माइंड को बिज़ी रखना। दुनिया में जिसने जन्म लिया है उसका मरना तय है। मैं भी मरूँगा, तुम भी मरोगे। लोग भूल जायेंगे। लेकिन तुम्हारे जाने के बाद भी, तुम्हारा काम, एक जीनियस का काम, लोग हमेशा याद रखेंगे।"

फातिमा अपने मज़ाक़िया स्वभाव से मेल न खाने वाली, लेकिन मेरे मन की बात कह गयी। "आज मुझे तुम्हारे पास होना चाहिए था। तुम्हारे आँसू पोंछने के लिए नहीं। लेकिन तुम जब अकेलेपन की बारिश में भीगोगे तब मेरे प्यार का छाता तुम पर पकड़ने के लिए। तुम्हारे सपने पानी से धुल न जायें इसलिए। तुमसे मिलने की बड़ी तमन्ना है। तुम्हारे पास आना चाहती हूँ, तुमसे हाथ मिलाने नहीं, तुम्हारा हाथ थामने।" फातिमा की ख़ुशमिज़ाजी ने आज मेरी तरफ़ पीठ की थी। मुझे भी शिद्दत से महसूस हुआ, उसे मेरे पास होना चाहिए था।

कहा, "दिल की गहराइयों से कह रहा हूँ, फातिमा, आज तुम्हारी बहुत याद आ रही है। आय मिस यू! तुमसे बहुत सारी बातें करने का मन हो रहा है। हर पल तुम्हें अपने क़रीब चाहता हूँ..."

"काश!" इतना कहकर फातिमा ने अचानक फ़ोन काट दिया।

मेरे खाते में पच्चीस लाख जमा करने के बाद और अगले पचास लाख देने के एग्रीमेंट पर जब से दस्तख़त किये थे तब से बड़े मामा इस भुलावे में थे कि अब मैं जैसा वे कहेंगे वैसा ही करूँगा। डैडी थे तब तक उनके मन की मुराद पूरी नहीं हो पायी थी। इस बार वे ठानकर आये थे। अब सब कुछ एकदम सही-सही कर देंगे। "अब देखना तुम, कैसे इसे सीधा कर देता हूँ।" शायद ऐसा कुछ कहकर छोटे मामा को भी साथ लेकर आये थे।

दोनों मामा अपने घर से दोपहर का खाना खाकर ही निकले थे। जिस घर में मौत होती है वहाँ बारह दिन तक मछली नहीं पका सकते। ज़ाहिर था हमारे घर मछली नहीं आ सकती थी। बहन की शादी हो जाने पर उसका गोत्र अलग हो जाता है इसलिए यह नियम मामा के परिवार को लागू नहीं होता था। मामा ने बड़ा रस लेकर अपना मछली पुराण प्रारम्भ किया। बड़ी मामी ने जलद्वार वाले तालाब की झींगा मछली की सहजन की फलियाँ डालकर स्वादिष्ट करी बनायी थी। महँगा होने के बावजूद बढ़िया ताज़ा किंगफिश ले आये थे जिसके मसाला लगे टुकड़ों को सूजी में लपेटकर, छोटी मामी ने नारियल तेल में कुरकुरा होने तक तला था। इतना बढ़िया खाना वे दोनों भरपेट खाकर आये थे। यह सब बताने के बाद, 'भूख नहीं है लेकिन चाय चलेगी' कहकर वे अपने विषय पर आ गये। जिसका सिर्फ़ नाम सुना था ऐसे आकाश के एक नक्षत्र को अशुभ ठहराकर बड़े मामा बोले, "आधे घण्टे के फ़रक़ से वह बच गयी। नहीं तो महा शान्ति पूजा किये बग़ैर मुक्ति नहीं मिलती। अब आगे का काम आसान हो गया।"

"आगे क्या बचा है?"

"देखो बाबू, जीजाजी के समय तुमने मना किया था। वे जीजा थे इसलिए तुम्हारी बात मान ली। लेकिन यह हमारी बहन है।"

"आपके जीजाजी ने क्या बुरा किया था?"

मेरा स्वर सुनकर मामा थोड़े सकपका गये। लेकिन इस बार जेब में पैसों की खनखनाहट थी। ऊपर से छोटे भाई के सामने मुझसे ना सुनने की अपमानजनक स्थिति का सामना उन्हें नहीं करना था।

"नहीं, नहीं। मरे हुए लोगों की बुराइयों के बारे में बात करना ठीक नहीं।" कहकर मामा ने अपने दोनों गालों पर अपने ही हाथों, हलके से चपत जमा दी। "अब यह हमारी सगी बहन ठहरी। सब कुछ शास्त्र के अनुसार होना चाहिए।"

"शास्त्र क्या कहता है? आप जानते हैं तो बता दीजिए।"

छोटे मामा चुपचाप बैठे थे। मानो बड़े मामा की हाँ में हाँ मिलाना तय करके ही आये थे। बड़े मामा को जोश आया। पण्डित जी से मिलकर आये थे शायद। "यह सही पूछा तुमने। जानना आवश्यक है। अब तुम्हारी माँ चली गयी। अब उसकी वापसी की यात्रा शुरू हो गयी है। कपाल फूट चुका है। अब वह पितृलोक का रास्ता चल रही है। ग्यारह दिन की यात्रा होती है यह। बारहवें दिन उसका श्राद्ध संस्कार करना है। उसकी इच्छाएँ, वासनाएँ अगर अतृप्त रह गयीं तो उसकी आत्मा यहीं अटकी रह जायेगी।"

"आप अभी कह रहे थे कि वह अब पितृ लोक के रास्ते में है। फिर यहाँ कैसे अटकी रहेगी?"

"यहाँ मतलब वहीं है रे, बाबू। बड़ी कठिन यात्रा होती है वह! जब तक आत्मा मुक्त नहीं होगी उसे देवलोक में प्रवेश नहीं मिल पायेगा। देवलोक ही उसका बैकुंठ है, वही उसका मोक्ष है!" ऐसा कहकर मामा ने ऊपर देखकर दोनों हाथ जोड़े।

"मतलब, श्राद्ध संस्कार के बाद वह मुक्त हो जायेगी। यह सब करने के बाद हमारा कर्तव्य ख़त्म हो जायेगा। आप यही कहना चाहते हैं ना?"

"अगर तुम नहीं चाहते तो बाद में मासिक श्राद्ध करने की ज़रूरत नहीं है। आजकल ये सब लेकर कोई नहीं बैठता। लेकिन एक वर्ष पूरा होने पर श्राद्ध संस्कार होना ही चाहिए!"

"वह क्यों?"

"पीछे बचे हुए लोगों को उस मृतात्मा से कोई कष्ट न पहुँचे इसलिए।"

"बचे हुए लोगों को मतलब किसको?"

"तुम्हें, मुझे–"

"हो गया?"

कैसे मैंने अपनी बात क़बूल करवा ली इस गुमान में बड़े ने छोटे की तरफ़ देखा। छोटा निर्विकार चेहरे के साथ चुप बैठा था। शायद इसमें से उसकी समझ में कुछ नहीं आया था।

"सुनिए मामाजी, आप जिसे शास्त्र कहते हैं उस पर बुद्धि को यक़ीन नहीं होता। अन्धविश्वास की पूँजी के सहारे अपना पेट भरने का इन्तज़ाम करने के लिए पण्डितों-पुजारियों द्वारा रचा गया कर्मकाण्ड है यह। मेरा इस तरह के संस्कारों पर

रत्ती भर भी विश्वास नहीं। माँ की कोई इच्छा अगर पूरी नहीं हो पायी है तो उसकी ज़िम्मेदारी मेरी है। उसके परिणाम भुगतने के लिए मैं तैयार हूँ। माँ मीठा खाना चाहती थी लेकिन वह उसे हममें से किसी ने नहीं दिया। उसके मरने के बाद मामी ने उसके मुँह में शक्कर डाली। इसका पुण्य उसे ज़रूर मिलने दो। जब वह जीवित थी तब आप लोगों ने क्या किया और क्या नहीं ये आप बेहतर जानते होंगे। अगर आपको लगता है कि मरने के बाद जो भी करेंगे वह उस तक पहुँच जायेगा तो आप अवश्य कर सकते हैं। लेकिन जिसमें मेरा यक़ीन नहीं मुझे वह करने के लिए मत कहिए।"

इसके बावजूद जाते-जाते मामा ने पूछा,"कल अस्थियाँ लाने के लिए श्मशान में बुलाया है, वह तो याद है ना?"

"अगर आप ला सकते हैं तो आप ले आइए। मुझे कोई दिक़्क़त नहीं।"

"नहीं, नहीं। जिसने अग्नि दिया है उसे ही लानी होती हैं।"

"अगर ऐसा है तो वह काम मुझे सौंपकर आप विदा ले सकते हैं।"

सुबह-सुबह अमांदा मिलने आयी। पास आकर बैठी। मेरा हाल-चाल पूछा। मैं कैसा हूँ, क्या कर रहा हूँ? कुछ ज़्यादा ही औपचारिक सा लगा तब उठकर खड़ी हुई। "आय विल मेक टी" कहकर किचन में चली गयी। उसके हाथ की बनी चाय की आदत हो गयी थी। हम वहीं बैठकर चाय पीने लगे। उसने कहा, "आय एम गोइंग टुमॉरो।"

"कहाँ? घर?"

उसने हाँ में गर्दन हिलाई।

"आक्का रेबेका सेज़–यू आर अ गुड मैन...जेंटलमैन।"

"और तुम?"

"वेरी गुड!" और फिर झिझककर बोली, "आय विल मिस यू।"

उसने बालों का जूड़ा बनाया था। गर्दन पर ढीला छोड़ा था। पीठ पर खुले छोड़े हुए लम्बे बाल याद आये। उससे भी ज़्यादा ऐसे बाल अच्छे लगे।

"व्हॉट हैपंड?" मुझे ताकते हुए देखकर उसने असमंजस में पड़कर पूछा।

"यू लुक गुड!" उसके होंठों पर मुस्कान फैली।

"मैं एक बात पूछूँ?" उसने पूछा।

मैं ना क्यों कहूँ?

"डू यू हैव अ फ़ोटो ऑफ़ युअर गर्लफ्रैंड?" आँखों में आँखें डालकर उसने पूछा।

इसे किसने बताया? गर्ल फ्रैंड नहीं है कहना चाहता था। लेकिन वह झूठ बोलने जैसा होता। पल भर रुकने के बाद कहा, "हाव डू यू नो?"

"गैस! तुम जब उसके साथ फ़ोन पर बात करते हो तब तुम्हारे चेहरे पर ख़ुशी का उजाला फैलता है।"

मैं मोबाइल पर फातिमा का फ़ोटो ढूँढ़ने लगा। कभी क्लिक ही नहीं किया था। चित्रा ने जो बीच-बीच में शेयर किये थे उनमें एक-दो थे। पर फ़ोटो देखने के बाद मुझे कभी नहीं लगा था कि उनमें रम जाऊँ। मैंने एक फ़ोटो खोलकर अमांदा को दिखाया। उसने देखा। देखती रही। मैंने उसके चेहरे पर तरह-तरह के भावों की तरंगों को उठते हुए देखा।

"वेरी प्रिटी!" उसने मोबाइल वापस करते हुए दिल से कहा।

अमांदा ने कप धोकर रख दिये। गीले हाथ अपने आँचल से ही पोंछ डाले। मैं उठा तो मेरे पास आकर उसने कहा, "अवर लास्ट मीटिंग!" और आकर मेरे गले से लग गयी। मेरे गालों को अपने गालों से छुआ। और धीमी आवाज़ में मेरे कान में कहा, "थैंक्यू, बाबू–फॉर एवरीथिंग।" उसके होंठ नहीं काँपे थे। साँसें तेज़ नहीं हुई थीं। यह एक दोस्त के गले लगने जैसा था। उसकी बातों में अपनेपन की गरमाहट थी।

वह भारी क़दमों से बाहर आयी। दरवाज़े पर पहुँची तभी बाहर एक टैक्सी आकर रुक गयी। उसमें से पहले चित्रा और पीछे-पीछे फातिमा उतर गयी। चित्रा सीधे आकर मेरे गले लग गयी। पीछे-पीछे फातिमा आयी और अपनी दोनों बाँहों में मुझे कसकर जकड़ लिया। मेरे लिए साँस लेना भी मुश्किल हुआ।

चित्रा ने अमांदा को देखा तो हाथ आगे बढ़ाकर विश किया और अपना परिचय दिया। अमांदा फातिमा को बिना पलके झपकाये देखे जा रही थी। फातिमा की आँखें पूरी तरह बन्द थीं लेकिन उनमें से आँसू बह रहे थे। मैंने उसकी बाँहें छुड़वाई। फातिमा ने उसे देखा था या नहीं यह नहीं जान सका। लेकिन पास आकर अमांदा ने ही उसे खींचकर अपनी बाँहों में लिया। उसके माथे को चूमा और उसके कान में कहा–"यू आर लकी, वेरी लकी!" फातिमा को उलझन में डालकर 'बाय' कहकर अमांदा चली गयी।

चित्रा हमारी तरफ़ पीठ करके जा रही अमांदा की ओर देखती रह गयी। "यह वही नर्स है ना? कितनी सेन्सिटिव है! और उसकी आँखें...कितनी एक्सप्रेसिव हैं!"

"यह फातिमा यहाँ आने के लिए ज़िद करने लगी। तुम्हें देखे बिना उसे चैन नहीं मिलने वाला था। सो आ गये।" चित्रा अकेले ही बोले जा रही थी। फातिमा की

आँखें मुझ पर टिकी हुई थीं। मैंने उसकी नज़रों से नज़रें मिलायीं। उसकी नज़रें नहीं हिलीं। वह अपनी ही धुन में थी। मेरे कान चित्रा की बातें सुन रहे थे। लेकिन नज़रें फातिमा पर स्थिर थीं। फातिमा मुझे चैलेंज देती हुई सी, कौन पहले पीछे हट जाता है कहती हुई सी, एकटक देखे जा रही थी। करुणा, सहानुभूति, प्रेम, स्नेह, सान्त्वना, चिन्ता, सभी भावनाएँ बड़ी उत्कटता से उन नज़रों में एकत्रित हुई थीं। उसकी आँखों में देखते समय मुझे सुकून सा अनुभव हो रहा था। उसकी नज़रों में इसी तरह क़ैद होकर रह जाऊँ ऐसा लग रहा था। मैंने अपनी हार स्वीकार की। मेरी पलकें झपक गयीं। चित्रा का बोलना कब ख़त्म हुआ पता नहीं चला। वह बड़ी गम्भीर होकर फातिमा की तरफ़ देख रही थी। चित्रा के माथे पर उभर आयीं चिन्ता की रेखाएँ मैं स्पष्ट पढ़ सकता था।

"मैं हार गया।" हार गया कहने के लिए क्या हमारे बीच कोई मुक़ाबला चल रहा था? मैं योंही समझ बैठा था कि फातिमा मुझे चुनौती दे रही है। फातिमा की नज़रें अभी भी मुझी से चिपकी हुई थीं।

"तुम हमेशा हार जाते हो, विपिन।" चित्रा ने अपनी गम्भीरता को बरक़रार रखते हुए कहा, "फातिमा के प्यार को तुम कभी समझ ही नहीं पाये। तुम्हारे दिल में उसके लिए जो प्यार था उसे तो फातिमा ने भी पहचान लिया था। पर तुम उसे मानने के लिए बिल्कुल तैयार नहीं थे। सैड, तुम ख़ुद को भी नहीं समझ पाये। तुम्हारे प्यार में वह इतनी पागल हो चुकी थी कि तुम्हारा लिव इन रिलेशनशिप का प्रोपोज़ल तक उसे मंज़ूर था। लेकिन तुमने देर की। क्योंकि तब तक निकाह तय हो चुका था। जानते हो विपिन, अभी तक वह पगली तुमसे उतना ही प्यार करती है। राधा की तरह...मीरा की तरह। तुमने उसे फ़ोन पर कहा था ना कि यू मिस हर। तब से उसका चैन पूरी तरह खो गया था। मेरे पीछे ही पड़ गयी। यहाँ आने के लिए उसे कम्पनी चाहिए थी। दुनिया को दिखाने के लिए वह उसके मायके आयी है। अब्बू-अम्मी से मिलने। लेकिन एयरपोर्ट से हम सीधे यहाँ चले आये हैं। अब दुनिया को दिखाने के लिए वह अपने घर चली जायेगी। मैं भी पप्पा से मिलकर आ जाऊँगी। लेकिन आज शाम को ही हम फ्लाइट से वापस जा रहे हैं।" चित्रा ने धड़ाधड़ सब कुछ बता डाला।

मैं हैरान होकर सुन रहा था। "घरवाले उसके साथ अच्छा बर्ताव करते हैं ना?"

"घरवाले? उसके दिल में बस एक ही घर है। जिसमें सिर्फ़ दो लोग रहते हैं–तुम और वह–ऐसा उसी ने मुझसे कहा था। क्यों फातिमा?"

"अब बस भी करो।" नज़रें मुझी पर टिकाये हुए फातिमा ने कहा। "मेरी बातें बहुत हुईं। अब अपनी कहो।"

वह बोली और मेरी जान में जान आयी।

"बताता हूँ। चलो, अन्दर आओ। तुम लोगों को कॉफ़ी पिलाता हूँ।"

कॉफ़ी हुई, चाय हुई। लेकिन फातिमा ने कुछ नहीं कहा। सुनती रही। चित्रा ने अपने कॉलेज के बारे में कुछ बातें बतायीं...पप्पा के बारे में बात की...मेरे नये प्रोजेक्ट के बारे में भी पूछा। काफ़ी देर तक दोनों बैठी रहीं। जाते समय फातिमा की आँखें मुझसे कुछ कह रही थीं। बता रही थीं–मुझे क़रीब लो ना...कानों में कुछ बोलो ना...दिल की बात ज़ुबान पर ला दो ना...

वे चली गयीं। मुझे भी याद नहीं रहा–माँ के गुज़रने के बारे में किसी ने बात ही नहीं की थी!

कृष्णा का फ़ोन आया। उसने बताया, "मैडम आग्नेस किराये की मोटर बाइक से आते समय रास्ते में गिर गयीं। वैसे कुछ ज़्यादा चोट नहीं लगी है लेकिन गिरने से जो मार लगी उसके कारण थोड़ा बदन-दर्द है।" मैं फ़ौरन उनकी ख़बर लेने चला गया।

"किराये की मोटर बाइक से घर आ रही थी। पणजी कदम्बा सर्कल के पास एक गड्ढे में से बाइक निकालते समय आग्नेस उछलकर रास्ते पर गिर गयी। डॉक्टर को दिखाया है। ठीक होने में क़रीब दो दिन लग जायेंगे।" मार्टिन सर ने ऐसे बताया जैसे कोई बड़ी बात नहीं हुई थी।

सबस्टैंडर्ड काम की वजह से गड्ढे बहुत बढ़ गये हैं कहकर बात को नज़रअन्दाज़ किया जा सकता था। लेकिन मेरशी में भी सकर्ल के पास, सिग्नल के पास वाली सड़कें साल-डेढ़ साल के भीतर ही कैसे फूट जाती हैं? इस बारे में खोज-बीन करने का विचार मन में आया। सर के घर से वापस आते समय पणजी में चक्कर लगाकर मेरशी आ गया। सिग्नल के पास या ट्रैफिक आयलैंड के पास ही सड़कें ख़राब हो जाती हैं क्योंकि उतनी जगह पर ब्रेक लगाना ज़्यादा होता है। यह सही है कि सबस्टैंडर्ड काम की वजह से सड़कें कुछ ही सालों में ख़राब हो जाती हैं। पर कम से कम ये सिग्नल के पास वाली सड़कें लम्बे समय तक टिकने वाली होनी चाहिए थी।

मुझ जैसे एक नया प्रोजेक्ट मिल गया। मैंने इसमें अपना पूरा ध्यान लगाया। अगले छह दिन इसका अध्ययन करने के बाद एक विचार मन में आया। उतनी ही जगह पर फेविकॉल सोल्युशन का इस्तेमाल करें तो? इस पर सोचते-सोचते कुछ शोध-कार्य के निष्कर्ष हाथ लगे। अगले आठ दिनों के भीतर पचास पन्नों की रिपोर्ट तैयार हुई तब पहले उसे मार्टिन सर को दिखाने का मन हुआ।

"पी.डब्ल्यू.डी. चीफ़ इंजीनियर मेरा स्टूडंट था। उससे मिल लो। वह तुम्हारी कुछ मदद कर सकता है।" मार्टिन सर से प्रेरणा लेकर चीफ़ इंजीनियर से मिलने गया। वह काम में बिज़ी था। फिर भी उसने मेरी बात सुन ली और 'बाद में बात करते हैं' कहकर अपने पास पेपर्स रख लिए।

दूसरे दिन उसका फ़ोन आया। आकर मिलने के लिए कहा। रिपोर्ट पढ़कर वह उससे बहुत प्रभावित हुआ था। उसने कहा कि वह बहुत जल्द मिनिस्टर की अपॉइंटमेंट ले लेगा। "मिनिस्टर साहब को पसन्द आया और सेंक्शन हो गया तो तुरन्त इसे इंप्लिमेंट कर देंगे।"

मन्त्री जी को शायद ज़्यादा काम नहीं था। फ़ौरन मिलने का समय दे दिया। चीफ़ इंजीनियर ने बड़े उत्साह के साथ यह प्रस्ताव उनके सामने प्रस्तुत किया। विस्तार से बताने लगे तो मन्त्री जी ने टोककर कहा, "थोड़े में बताओ।" मुझे उनकी समझ का अन्दाज़ा आ गया।

सुनने के बाद उनका सवाल आया, "तुम्हारी क्या अपेक्षा है?"

"पैसों की बात कर रहे हैं तो कुछ नहीं।"

"तो फिर इसमें हमारा क्या फ़ायदा है?"

"फ़ायदा गोवा का होगा। गड्ढे कम होंगे तो दुर्घटनाएँ भी कम होंगी।"

"मैंने पूछा, हमारा क्या फ़ायदा है, मेरा क्या फ़ायदा होगा?"

मेरे पास उत्तर नहीं था।

"देखो, इस दुनिया में फ़ायदा देखे बिना कोई कुछ भी नहीं करता। तुम्हारी कोई अपेक्षा नहीं है तो तुम जा सकते हो।"

"मेरी अपेक्षा है, सर। मैं चाहता हूँ गोवा की सड़कें अच्छी बनें, दुर्घटनाएँ कम हो जायें।"

"वह हमारा काम है। हम देख लेंगे।" और मीटिंग ख़त्म हो गयी।

मेरे मुक़ाबले चीफ़ इंजीनियर का चेहरा ही ज़्यादा मुर्झा गया था। "सॉरी मिस्टर पोरोब। सरकारें इसी तरह चलती हैं। आपने अगर उनसे बीस लाख माँगे होते तो शायद वे इस प्रस्ताव को मंज़ूरी दे देते।"

जाने से पहले इंजीनियर साहब ने पूछा, "इफ यू डोंट माइंड, क्या मैं ये रिपोर्ट अपने पास रख सकता हूँ? मैं अपने स्तर पर उसे इंप्लिमेंट करने की कोशिश करता हूँ। लेकिन बदले में आपको कुछ नहीं मिल पायेगा–क्रेडिट भी।"

इस सबका उद्देश्य ही सड़कें सही-सलामत रखने का था इसलिए मुझे उतना दुख नहीं हुआ।

इस प्रकल्प पर शोध-कार्य करते समय एक और बात बार-बार मेरे ज़हन में आ रही थी। दिमाग़ को अब उसमें लगा दिया। इतने में फातिमा का फ़ोन आया। "इन्तज़ार की भी हद होती है।"

तब नज़र पड़ी। मन्त्री जी से बातें हो रही थीं उस वक़्त फ़ोन साइलेंट मोड पर होने की वजह से पता ही नहीं चला कि फातिमा के दो फ़ोन आकर चले गये थे।

"काम में इतना भी मसरूफ़ न होना कि मैं तक तुम्हें याद न आ सकूँ।"

गोवा आकर जाने के बाद उसका उदासी वाला मूड थोड़ा सुधर गया था। इसका कारण भी उसने बताया था–शेरो-शायरी वाले अन्दाज़ में।

बहुत बरदाश्त की मैंने उदासी
तो पास तुम्हारे चली आयी
जब देखी यार की आँखों में मायूसी
तो क्या कहूँ?
भाग गयी मेरी उदासी लेकर यार की मायूसी

तब से पहले की तरह हँसी-मज़ाक़ और शायरी हाथों में हाथ डाले चल रही थी।

आज की पूरी ख़बर फातिमा को बता दी। "मन्त्री जी ने भले निराश कर दिया हो लेकिन महत्त्वपूर्ण बात यह है कि काम जारी रहने वाला है।"

"गुड! काम ख़त्म हो गया तो मुम्बई चले आओ।"

"और वहाँ आकर क्या करूँ?"

"हम भी अकेले, तुम भी अकेले, साथ मिलेंगे तो बहुत कुछ करेंगे!"

"मैं अकेला ज़रूर हूँ लेकिन बेकार नहीं हूँ। नये प्रॉजेक्ट के बारे में सोच रहा हूँ।"

"वाउ! ऑल द बेस्ट!"

"अरे अभी शुरू नहीं किया है।"

"तो फिर करो। और याद रखो–

मुझे याद करते रहोगे
हर मुकाम पर कामयाबी पाओगे
मुझे साथ लेकर चलोगे
हर मुश्किल को दूर करोगे
क्यों जान, याद रहेगा ना?"

मैं बड़े उत्साह से काम में लग गया। लेकिन कौर उठाते ही मक्खी पड़ी, लाइट चली गयी! अब आयेगी, अब आयेगी कहते-कहते शाम हो आयी। अँधेरा फैलने लगा। उकताकर मैं उठकर बाहर चला गया। और मैं यहाँ प्रकाश में अन्धकार पुंज बिखेरने के मंसूबे बाँध रहा था। रोशनी फैलाने वाली लाइट ही ग़ायब हो जाये तो फिर आगे कैसे बढ़े? मैंने सोलर पैनल बिठाया होता तो इस लाइट पर यों निर्भर नहीं रहना पड़ता। सौर ऊर्जा! यह मेरा विषय नहीं है लेकिन हमेशा मुझे आकर्षित करता रहा है। इसकी तरफ़ अपना ध्यान केन्द्रित करना सही होगा क्या? क्यों ना इसे भी आज़माकर देख लिया जाये?

जिसे तैरना नहीं आता उसे पानी में नहीं कूदना चाहिए, इतनी समझ मुझमें थी। लेकिन कोई काम नहीं आता इसलिए हाथ पर हाथ धरे बैठने वालों में से मैं नहीं था। हमारे देश के विकास में सबसे बड़ी बाधा, बड़े-बड़े प्रकल्पों के लिए आवश्यक बिजली का अभाव है यह मैं जानता था। लेकिन बिजली निर्माण का मसला इंजीनियरिंग क्षेत्र से जुड़ा हुआ था। उसे हल करने के लिए औपचारिक शिक्षा आवश्यक थी। आवश्यक? मेरी आँखों के सामने थॉमस एडिसन आ गये। वे ड्रॉप आउट थे–मेरी तरह। उन्होंने लाइट बल्ब, मोशन कैमेरा कैसे ढूँढ़ निकाला? आचार्य पद पर पहुँचने वाले गोवा के ही धर्मानन्द कोसम्बी जिन्होंने बौद्ध साहित्य और पाली भाषा का गहन अध्ययन करके पाली भाषा को पुनर्जीवित किया–उन्होंने कहाँ तक शिक्षा ग्रहण की थी? दृढ़ निश्चय! मेरे पास तो उसी की कमी है। टुकड़ों-टुकड़ों में आता है मेरे पास। ये सब स्वयं शिक्षित थे। स्वाध्याय पद्धति अपनाकर मैं भी नये विषयों का अध्ययन कर सकता हूँ। अब कूद पड़ूँगा। हाथ-पैर हिलाता रहूँगा। कभी तो पार हो ही जाऊँगा।

निर्णय हो गया और लाइट आ गयी। क्या अद्भुत संयोग था! और समय नहीं गँवाया। थोड़ा खाना खाया और काम में लग गया।

पूरे देश के लिए काफ़ी हो इतनी बिजली का निर्माण करने का महत्त्वपूर्ण सवाल हमेशा से हमारे देश के सामने उपस्थित रहा है। पण्डित नेहरू ने जब भाखड़ा नांगल प्रकल्प शुरू किया था तब लगा था कि इस प्रकल्प द्वारा आधे भारत की आवश्यकताएँ पूरी करने लायक बिजली का निर्माण हो जायेगा। आज इतने सारे बाँध और बिजली निर्माण प्रकल्प होने के बावजूद आवश्यकतानुसार बिजली का निर्माण नहीं हो पा रहा है। हमारा देश साधन-सुविधाओं से इतना समृद्ध होने के बावजूद ऐसा क्यों है? अब तक देश के भीतर आपूर्ति करके ऊपर से बाहर निर्यात करने जितनी बिजली हमारे पास होनी चाहिए थी। इस दृष्टि से अध्ययन करते समय मैंने सोलर एनर्जी पर अपना ध्यान केन्द्रित किया। सूरज की रोशनी और धूप सब जगह पहुँचती है। हमारे पास कड़ी धूप वाले प्रदेश हैं, मरुस्थल, रेतीले रेगिस्तान हैं। वहाँ से सोलर एनर्जी बड़ी मात्रा में क्यों नहीं मिल सकती?

इस बारे में जब जानकारी ढूँढ़ने लगा तब पता चला कि यह प्रयोग पाश्चात्य देशों में सफलता से सम्पन्न हो चुका है। अपने अध्ययन के अन्त में इस निष्कर्ष पर पहुँचा कि अगर थार रेगिस्तान में सोलर पैनल लगा दिये जायें तो पूरे भारत की बिजली की ज़रूरत को पूरी कर सके इतनी ऊर्जा हमारे पास तैयार हो सकती है। लेकिन उसे बाक़ी जगहों पर कैसे पहुँचाया जाये? सिर्फ़ माँग होने से कुछ नहीं होता। उसका भण्डारण और वितरण करने के लिए आवश्यक साधन भी होने चाहिए। सड़क परिवहन के ज़रिये सोलर ऊर्जा प्राप्त करने के प्रयोग बाहर के कुछ देशों में हुए हैं। उन देशों में ज़्यादातर इसी ऊर्जा का इस्तेमाल करके सड़कों के दीये जलाये जाते हैं। हम भी उनका अनुकरण कर सकते हैं। लेकिन अनुकरण करने की बजाय, बड़ी मात्रा में ऊर्जा का संचय करके उसे निर्यात करने की अभिनव योजना का प्रारम्भ हम क्यों नहीं कर सकते? लेकिन भण्डारण कैसे करें? वह भी करोड़ों मैगावॉट्स बिजली का!

जो-जो जानकारी मिलती मैं पेन ड्राइव पर स्टोर करता जाता। 8 जी.बी. पेनड्राइव भर गया तब 32 जी.बी. ले आया। पूछ-ताछ करने पर पता चला कि नयी अत्याधुनिक यू.एस.बी. फ्लैश ड्राइव की क्षमता 2 टी.बी. जितनी होती है। अगर यह उँगली बराबर उपकरण इतनी सूचना, जानकारी स्टोर कर सकता है तो ऊर्जा का संचय करने के साधनों का निर्माण हम क्यों नहीं कर सकते? इस दिशा में मैंने अपना शोध-कार्य आगे बढ़ाया।

जो ज्ञान-विज्ञान उपलब्ध है उसे समझ लेना आसान है। लेकिन नये सिरे से कुछ निर्माण करना या बदलाव लाने के लिए कोशिश करना बहुत कठिन होता है। काम बहुत है और इसके लिए बहुत पढ़ना पड़ेगा इस बात का एहसास हुआ। समय

लगेगा लेकिन नामुमकिन नहीं है इस भावना के साथ मैंने कमर कस ली।

पहली बात यह थी कि यह शोध-कार्य अकेले आदमी के बस की बात नहीं थी। इसके लिए समान विचारों वाले लोगों की मदद चाहिए थी। ऊपर से संसाधनों की ज़रूरत पड़ने वाली थी। लैब चाहिए, उपकरण चाहिए, मानव संसाधन, मदद के लिए लोग चाहिए। इस सबके लिए स्पॉनसर चाहिए। आगे बढ़ो कहने वाले प्रायोजक की अनुपस्थिति में यह प्रकल्प आगे नहीं बढ़ सकता था। यह मुमकिन होने पर ही बेझिझक, बिना किसी चिन्ता के इस प्रकल्प पर काम शुरू किया जा सकता था।

चित्रा से जब इस बारे में बात कर रहा था तब उसने सुझाया। "तुम जी.ई.सी. में जाकर इस विषय से जुड़े वहाँ के एक्सपर्ट्स से क्यों नहीं मिल आते?" मैं इंजीनियरिंग कॉलेज चला गया। किससे मिलना है पता नहीं था। इलेक्ट्रिकल और इलैक्ट्रॉनिक्स विभाग में पूछ-ताछ की। क्यों आये हो, क्या काम था, किससे मिलना है? मेरी ओर शक की निगाहों से देखने वालों को जवाब देने के बाद उन्होंने बताया, "टीचिंग स्टाफ क्लासिस ले रहा है। शाम तक रुकना पड़ेगा।" रुक गया। एक अध्यापक से मिला तो उसने मुझे एच.ओ.डी. के पास जाने के लिए कहा। उनसे मिला। मैंने जो नोट्स बनाये थे उन्हें दिखाए। अपनी अवधारणा उनके सामने रखी। पेपर्स हाथ में लेकर उन्होंने पूछा,

"पीएच.डी. के लिए एप्लाई किया है?"

मैंने कहा, "मुझे न पीएच.डी. में इंटरेस्ट है न किसी और डिग्री में। मेरे दिमाग़ में एक विचार है जिसे आगे काम करने के लिए मुझे मार्गदर्शन चाहिए।"

पन्ने पलटने के बाद उन्होंने मेरी तरफ़ ग़ौर से देखा।

"हाउ मैनी अवर्स मेक्स अ ईयर?"

"8765, सर।"

"अभी हमारे देश में कितनी ऊर्जा का निर्माण होता है पता है?"

"330 जिगावॉट सर।"

"क्या तुम्हें लगता है कि ज़रूरत के अनुसार ज़्यादा हार्वेस्टिंग करने की क्षमता हमारे देश के पास नहीं है?"

"बिल्कुल है सर। लेकिन हार्नेसिंग करने की क्षमता बढ़ाने की ज़रूरत है।"

"यू मीन ग्रिड बढ़ाने की! लेकिन और भी पर्याय हैं ना?"

"येस सर। ग्रिड है। बैटरी है। आज 100 मेगावॉट पावर का भण्डारण करने की क्षमता लिथियम आयन बैटरी के पास है। भविष्य में और भी बढ़ सकती है।"

"इस प्रोजेक्ट से तुम क्या हासिल करना चाहते हो?"

"हम बड़ी मात्रा में बिजली का संचय करके उसे एक्सपोर्ट कर सके इतनी बिजली का निर्माण कर सकते हैं, सर। लेकिन उसे स्टोर करने, हार्नेसिंग करने के लिए छोटे-छोटे उपकरण तैयार करने की दिशा में संशोधन की ज़रूरत है।"

"किस तरह के?"

"जैसे इनफोर्मेशन स्टोर करने के लिए पेन ड्राइव होते हैं, वैसे।" एच.ओ.डी. साहब ने दुबारा पेपर्स पर नज़र घुमायी। "यू बेटर सी प्रो. राममूर्ति ऑफ़ द इंडियन इंस्टीट्यूट ऑफ़ साइंस एंड टेकनॉलॉजी ऑफ़ बैंगलोर। लकिली ही इज़ हियर फॉर अ सेमिनार। तुम कल आ जाना। सेमिनार भी अटैंड करना।"

घर आकर मैंने इंटरनेट ब्राउस किया। इंडियन इंस्टीट्यूट ऑफ़ साइंस एंड टेकनॉलॉजी देश की शीर्षस्थ संस्था थी। मुझे सही मार्गर्शन मिल सकता है इस भरोसे के साथ मैं अगले दिन गोवा इंजीनियरिंग कॉलेज में पहुँचा।

मुझे सेमिनार के विषय में रुचि नहीं थी। प्रो. राममूर्ति द्वारा सेमिनार का उद्घाटन हुआ। उद्घाटन सत्र के बाद टी-ब्रेक था। मैं एच.ओ.डी. सर के पास गया तो वे मुझे प्रो. राममूर्ति के पास ले गये। आसपास बाक़ी स्टाफ भी था। मैंने कहा,"सर, मैं जानता हूँ आप बहुत व्यस्त हैं। लेकिन आप अगर मुझे अपना थोड़ा समय देंगे तो एहसान होगा। आप जहाँ चाहे, जब चाहे मैं बात करने के लिए आपसे मिलने आ जाऊँगा।" लेकिन प्रो. राममूर्ति जल्दी में थे। उद्घाटन के बाद उन्हें दोपहर को ही रिटर्न फ्लाइट पकड़नी थी। एच.ओ.डी. सर ने मुझसे कहा कि उनसे टू द पॉइंट बात करो। मैंने उनके हाथ में पेपर्स दे दिये। शीर्षक पढ़कर उन्होंने वापस किये। सिनॉप्सिस देने के लिए कहा तब मैंने संक्षेप में उन्हें अपने प्रोपोज़ल के बारे में बताया।

"तुम यह क्यों कर रहे हो?" उन्होंने माथे पर शिकन डालकर पूछा।

"इस रिसर्च से देश को फ़ायदा हो सकता है इसलिए।"

वे हँसने लगे। "क्या तुम्हें लगता है कि बिना किसी फॉर्मल शिक्षा के इस विषय से जुड़े काम को तुम आगे ले जा सकते हो?"

"हाँ, सर।"

"किस आधार पर?"

"माय फेथ इन मी।"

"यू आर ओवर कॉनफिडेंट, माय ब्वॉय। तुम्हें क्या लगता है दुनिया में किसी ने भी इस बारे में सोचा नहीं है?"

"सोचा होगा सर। लेकिन अभी तक ब्रेक थ्रू नहीं मिल सका है।"

"और अगर कल ही किसी को मिल गया तो?"

"आय शैल बी हैप्पी!"

"दैन बेटर स्टॉप टॉयलिंग ओवर दिस एंड बी हैप्पी नाव।"

सब हँसने लगे। फिर उन्होंने एच.ओ.डी. की तरफ़ देखकर कहा, "सो चाइल्डिश!"

उस दिन मैंने ख़ुद को अपने कमरे के घने अँधेरे में छिपा लिया। उन एडल्टिश लोगों से! ताकि प्रो. राममूर्ति, लोक निर्माण विभाग के मन्त्री, अकादमी के सचिव, प्रो. नमशीकार, गांवकार सर जैसे विद्वानों की नज़र मुझ पर कभी न पड़ सके। उनके बीच मैं चाइल्डिश जो था!

फातिमा का फ़ोन आया। "हाय फिलिपिना! क्या कर रही हो?"

"बड़े-बड़े विद्वानों की अक्लमन्दी भरी बातें सुन रहा हूँ।"

डैडी की अक्लमन्दी भरी बातें सुनकर बड़ा हुआ था। कभी किसी के सामने अपना मुँह नहीं खोला था। लेकिन आज फातिमा के सामने नॉन-स्टॉप सब शेयर किया और दिल का बोझ उतार कर कहा, "इन्सानियत पर मेरा जो भरोसा था उसमें अब दरार पड़ चुकी है।"

"और पागलपन पर जो था उसका क्या?" मैं उसका मज़ाक़ समझने की हालत में नहीं था। उसने आगे कहा, "इन्सानियत और पागलपन के बीच उतना फ़र्क़ नहीं है, विपिन। ज़्यादा सोचा मत करो।" मैं कुछ कहूँ इससे पहले वह बोली, "तुमने 'मकड़ी' फ़िल्म देखी है?" मैंने नहीं देखी थी।

"विशाल भारद्वाज का नाम सुना है?" नहीं सुना था।

फातिमा ने बताया, "इस आदमी ने 'मकड़ी' की पटकथा लिखी और बड़ी उम्मीद के साथ चिल्ड्रन फ़िल्म सोसायटी को भेज दी। लेकिन सोसायटी ने उसे रिजेक्ट किया। शायद उन्हें वह चाइल्डिश लगी होगी। इसके बावजूद उसने हौसला नहीं छोड़ा। फिर यह फ़िल्म उसने ख़ुद बनायी। उस फ़िल्म को बेस्ट फ़िल्म का नेशनल अवार्ड मिला। उसके सिवाय कई अन्तरराष्ट्रीय अवार्ड्स भी मिलें।" मैं चुपचाप सुनता रहा।

"अवार्ड मिलने के पीछे की वजह बताऊँ? रिजेक्शन! इस रिजेक्शन को उसने चैलेंज के रूप में लिया और ख़ुद ही फ़िल्म बनायी। वह जीत गया।" कुछ देर रुककर उसने कहा, "मोरल ऑफ़ द स्टोरी?"

"लँगड़ी गायों के बीच बछड़ा सयाना!" मेरा मूड बदलने लगा।

"राइट। लेकिन बेचारी उन गायों को लँगड़ी क्यों बनाते हो? उसके बजाय

कहो, 'उन साँड़ों के बीच बछड़ा भोला-भाला।'" कहकर फातिमा ज़ोर से हँसी। आसपास कोई नहीं था इसलिए या फिर मुझे 'चिअर अप' करने के लिए?

"थैंक्यू फातिमा। मुझे लगने लगा था–मैं हार गया।"

"जब तक मैं हूँ तुम्हें किसी तरह हारने नहीं दूँगी, याद रखना।"

मैं फातिमा से हौसला-अफ़ज़ाई का सहारा क्यों चाह रहा हूँ? मैं कब से हारने-जीतने के बारे में सोचने लगा? लेकिन सचमुच, उसकी बातें सुनकर हौसला बढ़ गया था! मूड अब अच्छा हुआ था।

"आज मैंने फ़ोन क्यों किया बताओ?" फ़ातिमा ने मुझे फिर से पसोपेश में डाल दिया।

"आज सालगिरह है। याद है कुछ?" मुझसे जवाब की उम्मीद नहीं रखनी चाहिए यह बात अब उसने सीख ली है। अपनी बात जारी रखते हुए बोली, "थिएटर में अँधेरे को अपना गवाह बनाकर तुमने मुझे 'नहीं' कहा था। तुम सोच नहीं सकते विपिन, उस दिन मैं कितना टूट गयी थी। मुझे उस दिन को याद नहीं रखना है। जिस दिन चित्रा से बात करते हुए, तुमने मेरे लिए अपनी मुहब्बत क़बूल की, वह आज ही का दिन है। उसे याद रखना है। आज एक साल हुआ है उस दिन को... जिस दिन तुमने चित्रा से कहा था–'आय लव हर!' वो अलफाज़ मेरी ज़िन्दगी में ज़िन्दगी बनकर आये!"

"लेकिन मैंने बड़ी देर की तुम्हें अपने दिल की बात बताने में।" मैंने दिल से कहा।

"जो हुआ सो हुआ। सुबह का भूला शाम को घर लौटे तो उसे भूला नहीं कहते।"

"बहुत दुख दिया ना मैंने तुम्हें?"

"लेकिन राहत भी दी–लाइफ पार्टनर की जगह देकर। इश्क़ तो पा लिया है। अब बस एक ख़्वाहिश है जो पूरी करनी है।"

उसके शायराना अन्दाज़ के साथ मैं मुक़ाबला नहीं कर सकता था। फिर भी पूछा, "कौन सी?"

"*तेरी ज़िन्दगी की किताब में, चन्द पन्नों की अधूरी कहानी हूँ मैं। अधूरी उस कहानी को अब, पूरी करना चाहती हूँ।* बताओ, मुम्बई कब आ रहे हो?"

"मैं तो कल ही आने के लिए तैयार हूँ।" सोचने से पहले मुँह से निकला।

"कल नहीं।"

मुझे लगा शायद मिलने में कोई अड़चन होगी। लेकिन नहीं।

"आज ही आओ!"

"मेरे आने से तुम्हें कोई दिक़्क़त तो नहीं होगी ना?"

"नहीं आओगे तो हो जायेगी।"

"देखता हूँ।"

"फ़ौरन आ जाओ। मेरी बेताबी बढ़ रही है।"

"एक बात बताऊँ? जब से तुम मुम्बई गयी हो तब से तुम्हारी शायरी में कुछ ज़्यादा ही निखार आया है।"

"तुम्हें पसन्द नहीं?"

"बहुत पसन्द है।"

"तो फिर जल्दी आओ। मेरी शायरी, मैं और मुम्बई तुम्हारा इन्तज़ार कर रहे हैं।"

"मुम्बई क्यों?"

"मुम्बई में ही हमारे इश्क़ को परवान चढ़ते हुए देखोगे तुम।"

"फातिमा, गोवा में मिलते थे तब मैं तुम्हारी बातों की तरफ़ कभी ध्यान ही नहीं देता था। अब तुम फ़ोन पर बात करती हो तब दिल बहुत ख़ुश होता है। मन करता है कि बातों का सिलसिला यों ही चलता रहे। फ़ोन बन्द करने की इच्छा ही नहीं होती।"

"मेरा भी वहीं हाल है। *फ़ोन पे बोलती हूँ तो बहार खिलती है, फ़ोन रखती हूँ तो उदासी छाती है।*"

सुबह-सुबह मार्टिन सर का फ़ोन आया। बोले, "आकर मिलो।" चला गया। पी. डब्ल्यू.डी. के चीफ़ इंजीनियर ने सर को फ़ोन किया था और मेरे प्रोजेक्ट की बहुत तारीफ़ की थी। बता रहे थे कि उस प्रोजेक्ट को वे अपनी निगरानी में कार्यान्वित करना चाहते हैं। उन्हें इस बात का दुख था कि कॉपीराइट न होने और एग्रीमेंट साइन न होने के कारण उसके बदले में वे मुझे कोई भुगतान नहीं कर पायेंगे।

मेरे लिए उनका इतना कहना काफ़ी था। अब तक जितना काम किया था वह सार्थक हो जाने की सन्तुष्टि मुझे मिली।

प्रो. राममूर्ति वाला क़िस्सा सर को बता दिया। उसे सुनकर मुझसे ज़्यादा मार्टिन सर दुखी हुए। मैंने उनसे कहा, "सर, अभी तक मैंने प्रॉजेक्ट पर काम करना बन्द नहीं किया है। शोध-निर्देशक और प्रायोजक ढूँढ़ने का अपना प्रयास जारी रखूँगा। और तब तक अपने पैसे ख़र्च करके ड्राफ्ट डॉक्यूमेंट तैयार करूँगा।" सुनकर अनायास ही सर के मुँह से आशीर्वचन निकला–"आगे बढ़ो। यू विल सक्सीड!" फिर शायद उन्हें याद आया होगा–"तुमने थोरो को पढ़ा है ना? उसने जो किताबें

लिखीं उन्हें यूज़लैस कहकर पब्लिशर्स ने उसकी तरफ़ ध्यान ही नहीं दिया था। उसने अपने पैसों से उन्हें छापा। तब किसी ने भी उसका मूल्य नहीं समझा था। मौत के बाद वह बहुत फेमस हो गया। गांधी और टॉल्सटॉय तक उसका आदर करते थे। और फ्रांस काफ्का के बारे में तो तुम जानते ही हो। 'मेटामॉरफॉसिस' जैसी किताब को भी प्रकाशकों ने फेल करार किया था। आज तुम देख रहे हो ना? इसीलिए कह रहा हूँ, निराश मत होना।"

सर की बातों ने दुबारा उम्मीद और ज़िद जगायी।

मैडम की बनायी चाय पीकर बाहर निकला तभी चित्रा का फ़ोन आया। "कब आ रहे हो मुम्बई?" उसे प्रो. राममूर्ति वाला क़िस्सा बताकर कहा कि उस प्रोजेक्ट पर काम शुरू करने से पहले मुम्बई आने के बारे में सोच रहा था। कहा, "फातिमा भी चाहती है कि मैं वहाँ आ जाऊँ।" मेरे मन की चिन्ता भी उसके सामने ज़ाहिर की। "उसके घरवालों को मेरा वहाँ आना कैसा लगेगा? मेरे आने से फातिमा की परेशानियाँ बढ़ने वाली हों तो मेरा वहाँ न आना ही अच्छा होगा।"

"उस बारे में तुम न सोचो तो अच्छा है। तुम्हारे आने का वह इतनी बेकरारी से इन्तज़ार कर रही है कि अगर तुम नहीं आये तो मुझे डर है कि वह डिप्रेशन में चली जायेगी।"

चित्रा ने कहा तब उससे अगला सवाल पूछा, "और वहाँ आकर मैं रहूँगा कहाँ और उससे मिलूँगा कहाँ?"

"तो क्या उसने तुम्हें कुछ नहीं बताया? मुझे लगा तुम जानते हो। मेरा अपना फ़्लैट है। तुम यहीं आओगे और फातिमा भी तुम्हें यहीं आकर मिलेगी।"

कहीं जाना हो तो उत्साह के मारे फुदकना, बड़ी उत्सुकता से वहाँ पहुँचने का इन्तज़ार करना, मेरे स्वभाव में नहीं था। आज ही ऐसा क्यों हो रहा है? शायद फातिमा का असर हो रहा है मुझ पर। किसी शुभ कार्य के लिए घर के बाहर क़दम रख रहा हूँ ऐसा लगा। तो फिर शुभ कार्य में देरी क्यों? जल्दी पहुँचना है तो सफ़र ट्रेन से क्यों?

मैं आ रहा हूँ इसलिए फातिमा का भी यही हाल था। "कब आ रहे हो? टिकट निकाला? फ्लाइट से आ जाना, ठीक है?"

"हाँ निकालता हूँ टिकट। रिटर्न टिकट कब का लूँ?"

"लौटने का टिकट किसी भी दिन का निकालो। लेकिन आने का कल वाला ही।

तरस रही हूँ, विपिन। कल की शाम तुम्हारे नाम, मुझे बस इतना पता है। परसों मेरे पास समय नहीं है।"

"अगर ऐसा है तो फिर परसों का रिटर्न टिकट बुक करता हूँ।"

"हाँ, बुक करो। रही ज़िन्दगी तो मिलेंगे दोबारा!" फातिमा को मिलने की फुरसत नहीं होगी तो फिर मुम्बई रहने में मुझे कोई रुचि नहीं थी। ऑनलाइन टिकट बुक किया।

ढाई बजे की फ्लाइट थी। साढ़े तीन बजे लैंड हुई। चित्रा के कहे के मुताबिक़ उबर एप पहले से ही डाउनलोड किया था। कार के लिए सिर्फ़ दस मिनट रुकना पड़ा। साढ़े चार बजने के पहले ही अंधेरी में चित्रा के फ़्लैट पर पहुँच गया।

चित्रा मेरा ही इन्तज़ार कर रही थी। "मैं कॉफ़ी बनाती हूँ। और हाँ, मैं नहीं भूली हूँ। तुम्हारे लिए चाय बनाती हूँ। तब तक तुम मेरी पेंटिंग्स देख लेना।"

वन बी.एच.के. फ़्लैट के हॉल में ही सब पेंटिंग्स सजा रखी थीं। सजा कहाँ रखी थीं, एक-दूसरे से सटाकर रखी थीं। मैं उन्हें देखने लगा। जब से चित्रा से दोस्ती हुई थी तब से चित्रों को परखने की नज़र मुझमें पैदा हुई थी। लेकिन चित्रों से ज़्यादा आज ध्यान फातिमा के आने की तरफ़ लगा हुआ था। प्राकृतिक सौन्दर्य चित्रित करने वाले पेंटिंग्स, ज़्यादातर गोवा के, काणकोण के थे। नॉस्टैल्जिया से भरे। लेकिन एक पेंटिंग पर मेरी आँखें स्थिर हो गयीं। न्यूड था! तभी चित्रा वहाँ पहुँची। बताने कि चाय-कॉफ़ी तैयार है। मेरे हाथ का चित्र देखकर बोली "ओह, वह मेरा सेल्फ पोर्ट्रेट है। कैसा लगा?"

"मैं न्यूड कैसी लगती हूँ?" इस अर्थ वाला प्रश्न नहीं था यह। और पेंटिंग कैसा बना है इस सवाल का जवाब देने की क्षमता मुझमें नहीं थी।

"मैंने एक एक्सपेरिमेंट के रूप में बनाया है। पर, फ़ोटो देखकर नहीं! एन ब्रिंगमन ने बहुत ज़बरदस्त सेल्फ पोर्ट्रेट्स बनायी हैं। लेकिन फ़ोटो से। फ्रिडा काहलो की सेल्फ पोर्ट्रेट्स भी बहुत फेमस हैं। मैंने भी हाथ आज़माने की कोशिश की।"

"गुड। लेकिन एक लेमैन की तरह अपनी राय देना चाहूँगा। तुम कपड़ों में ही ज़्यादा अच्छी लगती हो।"

"क्या मैं न्यूड होती हूँ तो अलग और कपड़ों में अलग होती हूँ? दोनों मैं ही हूँ ना?" कहकर वह मुझे किचन में ले गयी। वहाँ टेबल पर चाय और कॉफ़ी रखी हुई थी। हम दोनों बैठ गये। उसने कहा, "फ्रिडा कहती है, 'मैं सेल्फ पोर्ट्रेट बनाती हूँ क्योंकि आय एम द पर्सन आय नो द बेस्ट।'"

चाय का मग मेरे हाथ में देकर चित्रा ने क़ॉफी का मग उठाया। "पिछली बार जब हमारे मग्स की अदला-बदली हुई थी तब मुझे लगा था कि हम दुबारा नहीं मिलेंगे। एंड हियर वी आर, थैंक्स टू फातिमा!"

"मुझे बिल्कुल नहीं लगा था कि फातिमा मुझे माफ़ कर देगी..."

"तुमने नोट किया है विपिन, तुम पहली बार मिले थे तब बहुत इंट्रोवर्ट थे। अकेले-अकेले रहा करते थे। अब कितना बदल गये हो..."

"हाँ, आय फेल्ट लोनली दैन। अब ख़ुद को लोनली महसूस नहीं करता। थैंक्स अगेन टू यू एंड फातिमा।"

फातिमा ने कहा था कि वह पाँच बजे तक पहुँच जायेगी। मेरी जान मानो सूली पर टँगी हुई थी। "आ जायेगी। पाँच मिनट पहले ही आयेगी।"

"ज़रूर आयेगी। लेकिन चाहता हूँ कि घर लौटने के बाद उसे कोई प्रोब्लम न हो।" मैंने अपनी चिन्ता ज़ाहिर की।

"मुझे भी चिन्ता हो रही है। लेकिन...उसने भी इस बारे में ज़रूर कुछ न कुछ सोचा होगा। देखो, कैसे कॉन्फिडेंटली तुम्हें बुलाया है।" कॉफ़ी का घूँट लेकर वह अपने दिल की बात कहने लगी। "तुमने अभी चिन्ता की बात की। पर क्या उसके घर वालों के बारे में, उसके प्रॉब्लम्स के बारे में तुम कुछ जानते हो?"

मैं कैसे जानता?

"शादी होकर उसके मुम्बई आने को अब साल भर हो गया है। वह यहाँ क़रीब चार बार आकर चली गयी है। लेकिन मैंने उसके घर में क़दम तक नहीं रखा है। उससे जितनी भी बातें सुनी हैं वे सिर्फ़ तुम्हारे बारे में थीं। अपनी शादी की रात का बस एक बार ग़लती से उसने उल्लेख किया था। नहीं तो अभी तक उसके मुँह से मैंने उसके पति के बारे में, ससुराल वालों के बारे में, कुछ भी, मतलब कुछ भी नहीं सुना है। पूछने पर अलग ही जवाब देती है। एक दिन उसने कहा, '*विपिन के साथ मेरा कुछ ऐसा रिश्ता बना है, हर चीज़ से पहले उसी का ख़याल आता है।*' मुझे तो ये सब उसका पागलपन ही लगता है।" थोड़ी देर बाद चित्रा ने पूछा, "क्या तुम अब भी अपनी लिव इन रिलेशनशिप वाली बात पर कायम हो?"

"पहले से भी ज़्यादा स्ट्रांगली। लेकिन क्या वह अब मेरे साथ ऐसे रहना चाहेगी?"

"पता नहीं। लेकिन इतना सच है कि तुम्हारे लिए वह कुछ भी करने को तैयार रहती है। उस दिन देखो कैसे 'अम्मी-अब्बू की याद आ रही है' कहकर तुमसे मिलने दौड़ी चली आयी। तुम पूछकर तो देखो।"

"आज घर वालों को क्या बताकर आने वाली है?"

"सुबह मुझसे फ़ोन पर कह रही थी कि मदरसे में उसके साथ पढ़ने वाली एक लड़की गोवा से आयी है। उससे मिलने वह डोंबिवली जाने वाली है। ज़ाहिर है यह झूठ हमारे लिए नहीं था। लेकिन अगर कोई मुझसे पूछे तो बताने के लिए था।"

पाँच बजने में दो मिनट बचे थे तभी फातिमा आ गयी। दरवाज़ा बन्द करते ही मुझसे लिपट गयी। फिर उसकी नज़र हमें देखकर हँसने वाली चित्रा पर पड़ी। "ऐऽ तुम यहाँ क्या कर रही हो? बैड गर्ल!"

"अरे मैं निकल ही रही थी। विपिन अकेला रह जायेगा इसलिए तुम्हारे आने तक रुकी हुई थी।" एक स्लिंग बैग में उसने पहले से ही अपने कपड़े पैक कर रखे थे। उसे पीठ पर चढ़ाकर चित्रा बाहर जाने लगी।

"तुम कहाँ जा रही हो?" मैंने चौंककर पूछा।

"प्रीतम के होस्टल पर।"

"वापस कब आओगी?"

"फातिमा से पूछो।" कहकर चित्रा फातिमा को आँख मारकर चली गयी।

"वह अब सीधे सुबह आयेगी।"

दूरियाँ मिट गयी थीं! बेकरार होकर फातिमा को अपनी बाँहों में खींचने के लिए आगे बढ़ा तो वह परे हट गयी। "ठहरो। पहले मुझे साफ़-सुथरी हो जाने दो।" कहकर फातिमा नहाने चली गयी। बहुत देर तक नहायी। नाइट गाउन पहनकर बाहर आयी तब बारिश की बौछार के बाद ताज़ा खिले हुए, धूप में हवा के झोंकों पर डोलने वाले, गुलाबी जवाकुसुम के फूल की याद आयी। उसके पास जाने के लिए पहला क़दम बढ़ाया ही था तभी बोली, "चलो, तुम पहले नहा लो। फ्रैश महसूस करोगे। तब तक मैं चाय-कॉफ़ी बनाती हूँ।" और किचन में जाते हुए बोली, "अपने साथ पहनने के लिए दूसरे कपड़े लेकर नहीं आये हो तो मत पहनो। लेकिन अभी जो पहने हैं वे कपड़े उतारकर रख दो।"

मैंने चाय पी ली थी। लेकिन यह बता देता तो वह कॉफ़ी पिए बिना रह जाती। इसी बहाने बहुत दिनों के बाद उसके साथ बातें करने का मौक़ा मिलेगा यह सोचते हुए मैं नहाने चला गया। शॉर्ट्स पहने बाहर आया तब चाय-कॉफ़ी के मग इन्तज़ार कर रहे थे।

बिना बोले की जाने वाली बातों को पहली बार अनुभव कर रहा था। शायद इससे पहले मैंने उन्हें नोट नहीं किया था। शायद पहली बार सिर्फ़ हम दोनों, इस तरह क़रीब बैठे थे। फातिमा के खुले बालों को मैं पहली बार देख रहा था। लिपस्टिक

के बिना भी उसके भरे हुए होंठों पर हलका गुलाबी रंग झलक रहा था। उसका रंग गोरा या काला है इससे मुझे कोई मतलब नहीं था। लेकिन उसके गालों की उभरी हुई हड्डियाँ बड़ी आकर्षक लग रही थीं। चौड़े माथे पर गीले बालों की लटें झूल रही थीं। घनी भौंहें बीच में जुड़ जाने के कारण धनुष का आकार ग्रहण कर रही थीं। और दो बड़ी-बड़ी आँखें मेरी आँखों को मानो चुनौती दे रही थीं। सुन्दरता की परिभाषा मुझे मालूम नहीं थी। लेकिन सुन्दरता देखने वाले की आँखों में होती है, यह कथन अगर सत्य है तो आज फातिमा कुछ ज़्यादा ही सुन्दर दिख रही थी। उसकी आँखों को मैं कैसा दिखता हूँ ऐसा एक ख़याल मन को छूकर चला गया।

"क्या देख रही हो?" मैंने पूछा।

"*सागर से भी गहरा प्यार तुमसे है मैंने किया, हर साँस पर अपनी तुम्हारा नाम कब का लिख दिया, फिर भी ज़ालिम मुझे तुमने इतना तड़पा दिया?*"

"पर अब आ गया हूँ ना मैं?"

"तुम आये और मेरे पैरों की सारी ज़ंजीरें टूट गयीं।" कहते हुए वह उठी। क़रीब आकर मेरी गोद में बैठ गयी। "आज मैं मुक्त हुई हूँ, आज़ाद हुई हूँ। आय एम अ फ्री बर्ड नाव...तुम्हारी डाली पर बैठा हुआ।" कहकर उसने मेरे कन्धे पर अपना सिर रख दिया।

मेरे कन्धे पर दो गरम आँसू टपक पड़े। झट से मैंने उसका चेहरा ऊपर उठाया। देखा, उसकी दोनों आँखों से ख़ुशी छलक रही थी। फिर भी पूछा, "आर यू हैप्पी?"

"पागल, मैं सागर में तैर रही हूँ और तुम मुझसे पूछ रहे हो, तुम भीग गयी क्या?"

मैंने दोनों मग उठाये और उन्हें धोने के लिए सिंक के पास ले गया। मेरे हाथ से चाय का मग छीनकर फातिमा ने कहा, "इसे मैं धो लूँगी। तुम्हारे होंठों ने इसे छुआ है। तुम चाहो तो मेरा मग धो सकते हो।"

"ये तुमने मेरा-तुम्हारा क्या लगा रखा है? ये दोनों हमारे मग हैं।"

"कितना सही कहा है तुमने!" मग वहीं रखकर अपने गीले हाथों से उसने मुझे पीछे से अपनी बाँहों के घेरे में क़ैद किया और पीठ को अपने गरम होंठों से छू दिया।

मैंने उसकी तरफ़ मुड़कर कहा, "फातिमा मुझे तुम्हारी चिन्ता हो रही है। कल जब तुम घर जाओगी–"

बीच में मुझे टोककर फातिमा ने पूछा, "शीशे ने कभी पत्थर से दोस्ती-दुश्मनी की है? मैंने की है। टूटने की तमन्ना रखकर।"

"तुम मुझे कभी हारने नहीं दोगी। और मैं तुम्हें टूटने दूँगा?"

मैंने सीधे पूछ लिया, "क्या हम साथ रहें?"

"हम साथ ही तो हैं!"

"आय मीन–हमेशा के लिए। लिव इन रिलेशन में। फातिमा मैं तुम्हारे साथ ज़िन्दगी बिताना चाहता हूँ। इससे बढ़कर मेरे लिए कोई और ख़ुशी की बात नहीं हो सकती। चलोगी मेरे साथ?"

"मैंने कसम खायी है। आय विल लव यू टिल डैथ डू अस अपार्ट।"

उसकी आँखों में गहरे दर्द की रेखाएँ उभर आयी हैं ऐसा लग रहा था तभी उसने मुझे खींचकर कुर्सी पर बिठाया और ख़ुद भी मेरे पास सटकर बैठ गयी। मेरा हाथ अपने हाथों में लेकर बोली, "तुम मुझसे इतना प्यार करते हो...मैं तुम्हें ना कैसे कह सकती हूँ?"

ख़ुशी के सैलाब को दिल में थामकर रख पाना मुश्किल हुआ तब मैंने फातिमा को ज़ोर से अपनी बाँहों में भींच लिया। उसे आश्वस्त करते हुए कहा, "इसके आगे तुम्हें कोई दुख सहना नहीं पड़ेगा, फातिमा।" फिर उसका चेहरा ऊपर उठाकर मैंने उसके लरज़ते होंठों पर अपने होंठ रख दिये।

अपने होंठों को छुड़ाकर वह बोली, "*तुम्हारी बाँहों में ना मुझे गम की परवाह, ना मुझे ख़ुशी से मतलब, मेरी ज़िन्दगी जो मेरी बाँहों में है।*" और फिर उसने मुझे कसकर बाँहों में भर लिया।

फातिमा की शायरी की मिठास मुझ पर अपना जादू बिखेरने लगी थी। गोवा में थी तब कभी उसकी शायरी ने इतना प्रभावित नहीं किया था। आज उसके गद्य संवादों में भी मुझे काव्य नज़र आ रहा था।

"कब चलें गोवा? कल?"

"तुम्हें इतनी जल्दी क्यों है? तुम्हारा हाथ मेरे हाथ में है तब तक कैसा डर? *ज़िन्दगी में दौड़ लगाना मुझे पसन्द नहीं, जब तक तुम्हारा साथ है, जल्दबाज़ी मुझे मंजूर नहीं।* समझे?"

"कब आओगी, कम से कम ये तो बताओ।"

"कल नहीं। कल का टिकट निकाला है मैंने।" उसने मुसकुराकर बताया।

"कहाँ जा रही हो?"

"जाना है। एक उत्सव है।"

"अकेले ही?"

"क्यों? डर लगता है कि कोई उठाकर भगा ले जायेगा?" वह हँस पड़ी।

"यों ही झूठ मत बोलो।"

"मैंने झूठ बोला?"

"नहीं? तुम मदरसे की किसी सहेली से मिलने जा रही हो यह बताकर नहीं आयी?

"चित्रा की बच्ची के पेट में कुछ रहता ही नहीं।"

"और रात को नहीं आओगी ऐसा कहा है?"

"हाँ। रात को उस फ्रैंड के घर रहने वाली हूँ।"

"और सुबह?"

"तुम इतने शक्की क्यों हो? बताया ना, सुबह वहीं से चली जाऊँगी।"

"लेकिन जाओगी कहाँ?"

फातिमा उठी। पर्स खोलकर मुझे रेल का टिकट दिखाया। स्वराज एक्सप्रेस का। रतलाम स्टेशन का। देखकर चुपचाप वापस किया। टिकट बाहर निकालते समय कुछ नीचे गिरा। मैंने झुककर उसे उठाया। सिम कार्ड था।

"अरे, ग़लती से यहीं रह गया।" कहते हुए वह बाथरूम में गयी। कार्ड कमोड में डालकर फ्लश करके वापस आयी। "इस्तेमाल हो चुका था। अब वह किसी काम का नहीं रहा।"

मेरे कुछ पूछने से पहले ही वह बोली, "ऐ विपिन, बहुत हुई पूछ-ताछ। अब मुझे भूख लगी है। पहले तुम मेरे लिए एक मस्त ऑमलेट बनाओ। उसके बाद मैं तुम्हें आइसक्रीम खिलाऊँगी। ओके?"

उसी ने प्याज, टमाटर काटा। मैंने सिर्फ़ अण्डा फोड़कर उसमें मिक्स किया। ब्रेड रेडी था। फ्रीज में आइसक्रीम थी। बातें करते करते सब खाकर ख़त्म किया।

"फातिमा, अब एक डांस करो ना?"

"भरे हुए पेट के साथ?"

"भला क्या खाया है जिससे पेट इतना भर गया?"

"ठीक है। नाचूँगी। पर तुम्हें भी साथ नाचना पड़ेगा।"

"अरे नहीं। मुझे नहीं आता।"

"हर दिल जो प्यार करेगा, वह गाना गायेगा–" उसने गाना शुरू किया।

"प्लीज़, बलम पिचकारी वाला डांस करोगी?"

फातिमा ने मोबाइल पर गाना लगाकर डांस करना शुरू किया। सब कुछ भूलकर, तन्मय होकर, आवेग में झूम-झूमकर नाचने लगी। दीवानी सी! सिर्फ़ मेरे लिए। गाना ख़त्म हुआ लेकिन उसके चक्कर ख़त्म नहीं हुए। आख़िर मैंने उठकर उसे रोका तो मेरी बाँहों में आ गिरी। हाँफ रही थी। छाती ऊपर-नीचे हो रही थी। मैंने उसे अपनी बाँहों में क़ैद कर लिया। अपने फड़कते होंठ उसके होंठों पर रख दिये। काफ़ी देर तक हम उस मिठास को चखते रहे...चूसते रहे। होंठों से होंठ मिलाये हुए ही फातिमा ने डोलना शुरू किया। मैं भी अपने आप उसके साथ इस पैर से उस पैर पर बोझ डालते हुए डोलने लग गया। फिर अचानक सिर पीछे लेकर वह हँस पड़ी।

"मुझे पता था। हर दिल जो प्यार करेगा–"

मेरी बाँहों की पकड़ ढीली हो चुकी है यह देखकर फातिमा ने मुझे फिर से अपनी बाँहों में जकड़ लिया।

"मुझे उठाओ।" वह अपने दोनों पैरों की उँगलियों पर खड़ी हुई। मैंने उसकी कमर को पकड़कर उसे उठा लिया। उसका सीना मेरे सिर के पास पहुँचा। उसे चाहिए था इसलिए या फिर मुझे चाहिए था इसलिए–उसे उठाकर बेडरूम में पहुँच गया। नीचे रखने से पहले उसने दोनों हाथों से मेरा सिर पकड़कर खींचा और अपने सीने पर रखकर ज़ोर से दबाया।

मेरी साँस घुट गयी। वह हँसी। पकड़ ढीली करके कहा, "घुटन हो रही है ना? मैं रोज़ ऐसे ही घुटती हूँ। तुम्हारी याद में तकिया दबाती हूँ तब।"

उसे नीचे रखकर मैं लाइट बन्द करने जाने लगा। उसने रोका।

"ऐ अँधेर नगरी के राजा, आज की एक रात अँधेरे का साथ छोड़ दो। मेरी ख़ातिर, आज की रात उजाले में बिता दो।" और पास आकर उत्कटता से बोली, "क़सम से, आज की एक रात का तुम्हारा साथ मेरे लिए जन्म भर के लिए काफ़ी है।"

वह पगला गयी थी और मुझे भी पागल बना रही थी। मेरी साँसें गरम हो चुकी थीं। शब्द नहीं फूट रहे थे। उसे बाँहों में लेकर सहला रहा था तब अचानक उसने मेरे सीने को हल्के से काटा और फिर पूछा, "हर पहल...मुझे ही करनी पड़ेगी?"

उसने मेरा हाथ अपनी छाती पर रखकर ज़ोर से दबाया। मैं उसे टटोलने लगा। फातिमा के पूछने तक मुझे एहसास ही नहीं हुआ था। "विपिन, तुम्हारे और मेरे बीच कुछ भी नहीं होना चाहिए। क्या तुम्हें नहीं लगता?"

मेरी ट्यूब जलने में थोड़ा समय लगा। फिर मैंने उसका नाइट गाउन उतारा। अपने शॉर्ट्स को हाथ लगाया तब फातिमा ने रोका। "वह काम मुझे करने दो।"

वह सारी रात कमरे की ट्यूब लाइट दो मदमस्त प्रेमियों के आवेगमय मिलन को अपलक देखती रही।

अपने कहे के मुताबिक़ सारी रात फातिमा मुझे सताती रही। मुँह से बोले जा रही थी, हाथों से घूँसे जमा रही थी, बाल खींच रही थी, पैरों से मार रही थी, कुचल रही थी...पूरी भड़ास निकाल दी और फिर...दूरियाँ ख़त्म हुईं...हम दो नहीं रहे... रात भर फातिमा अपनी हर चाह पूरी करती रही...सुबह-सवेरे किसी पल रुक गयी, वह भी शायरी के साथ–"*रात कुछ ऐसी है हमने गुज़ारी, ज़िन्दगी की हर तमन्ना हुई है पूरी।*"

पूरी रात वह नहीं सोयी, मुझे भी सोने नहीं दिया। सुबह साढ़े छह बजे उसने चाय-कॉफ़ी बनायी। पीने से पहले दोनों मग उठाकर चाय और कॉफ़ी को एक बर्तन में उड़ेलकर मिला दिया और फिर उससे दोनों मग दुबारा भरे। "याद है, तुमसे मैंने पूछा था–चाय-कॉफ़ी कभी मिक्स करके पी है? अब पी लो।" मैंने पी ली।

उसके बाद जल्दी ही जाने के लिए तैयार हो गयी। "मुझे स्टेशन तक छोड़ने आ रहे हो ना? पौने आठ की गाड़ी है। बान्द्रा स्टेशन छोड़ देना मुझे।"

"जाने से पहले नहाओगी नहीं?"

"नहाकर, इस बदन से जो तुम्हारी ख़ुशबू आ रही है उसे मिटा दूँ?"

हम ऑटो रिक्शा में बैठकर स्टेशन की ओर निकल पड़े। पूरे रास्ते में वह मुझसे चिपककर मेरी बाँह को कसकर पकड़े हुए बैठी थी। कानों में उसका फेवरेट गाना गुनगुनाते हुए–"*आज फिर जीने की तमन्ना है। आज फिर मरने का इरादा है।*"

स्टेशन आते ही उतर गयी। मुझे उसी ऑटो से वापस जाने के लिए कहा। गाड़ी तक छोड़ने आता हूँ कहा तो, "नहीं, यहीं अलविदा कहते हैं। बाऽय।" कहकर तेज़ क़दम उठाते हुए चली गयी। पता ही नहीं चला, जाते-जाते मुझमें बसे मुझको भी अपने साथ ले गयी!

"उठ गये? सो, हाउ वॉज़ इट? कुछ सोने भी दिया तुम्हें उसने?" सुबह-सुबह चित्रा का फ़ोन आया। "फातिमा चली गयी या है वहाँ?"

"चली गयी।" मेरी वापसी की फ्लाइट दोपहर पौने एक बजे थी। "मैं साढ़े दस बजे निकल रहा हूँ। तुम चाबी लेने आओगी? या फिर मैं लाकर दूँ?"

"मेरे पास डुप्लिकेट है। डायनिंग टेबल पर रखकर तुम दरवाज़ा ओढ़ लेना। सुनो, प्रीतम यहाँ है। मिलोगे? आ जाओ। हमें अच्छा लगेगा। लेकिन तुम्हें अभी निकलकर बान्द्रा आना पड़ेगा।"

प्रीतम को देखने बान्द्रा जाने का मूड नहीं था। 'रहने दो' कहा।

सुबह से चार बार मैंने फातिमा को फ़ोन लगाया था। 'फ़ोन अस्तित्व में नहीं है' ऐसा मैसेज बार-बार आ रहा था। गोवा पहुँचने पर फिर से किया तो वहीं मैसेज आने लगा। घर पहुँचने तक तीन बज गये। फ्लाइट में जो सैंडविच खाया था, उसी से पेट भर गया था। और खाना खाने का मन नहीं हुआ।

मुम्बई की मुलाकात ने मुझे सुकून देने की बजाय बेचैन अधिक किया। फातिमा ने मुझसे पागलों सा प्यार किया था। सुख भरपूर दिया था, देह का भी और मन का भी! लेकिन मुझे व्याकुल करके चली गयी थी। इतनी बेचैनी क्यों हो रही है इसका सन्तोषजनक उत्तर मुझे नहीं मिल रहा था। फिर भी मैंने तय किया कि इस बेचैनी से बाहर निकलकर अब मैं अपने काम में लग जाऊँगा।

शाम को चित्रा को फ़ोन करके फातिमा के बारे में पूछा। उसने कहा कि वह भी उसे ट्राय कर रही थी लेकिन फ़ोन नहीं लग रहा था। "तुम परेशान मत होना। वह घर पर ही होगी। कल का 'सुरूर' अभी तक उतरा नहीं होगा।"

"घर कैसे होगी? वह तो रतलाम जाने वाली थी ना?"

चित्रा को आश्चर्य हुआ। सुबह जब चित्रा ने पूछा, 'वह चली गयी क्या' तब मैंने 'हाँ' कहा था। मुझे लगा था चित्रा को उसने बताया होगा और चित्रा मुझसे उसके रतलाम जाने के बारे में पूछ रही है। चित्रा एकदम ब्लैंक हो गयी। थोड़ा सँभालने के बाद बोली, "मुझे कैसे कुछ नहीं कहा?"

मैंने चित्रा को ये भी बता दिया कि लिव इन रिलेशन में रहने के लिए वह राज़ी हो गयी है। सिर्फ़ कब से ये वह बाद में बतायेगी। चित्रा को ख़ुशी हुई या फ़िक्र यह मैं नहीं जान सका।

मेरी ज़िन्दगी का ज़्यादातर हिस्सा अकेले ही बीता था। घर में डैडी-माँ थे तभी से मुझे अकेले रहने की आदत हो चुकी थी। लेकिन अब इस अकेलेपन से मैं तंग आ चुका था। मैं इस घर में भूत की तरह रह रहा हूँ ऐसा लगने लगा था। अब फातिमा इस घर में आने तक मेरी हालत ऐसी ही रहने वाली थी!

रोज़ शाम को चित्रा को फ़ोन करके मैं उसकी परेशानी बढ़ाता रहता। फातिमा की आवाज़ सुने बग़ैर मेरे दिल को चैन नहीं मिल सकता था। फ़ोन क्यों नहीं लग रहा है? मज़ाक़ करते करते कहीं वह मुझे धोखा तो नहीं दे गयी ना?...सिम कार्ड फ्लश किया था वैसे ही उसने मुझे भी अपनी ज़िन्दगी से फ्लश आउट किया था यह समझने में चार दिन लग गये, जब दोपहर को चित्रा का फ़ोन आया। "बाबू, फातिमा ने तुम्हें दगा दे दिया रे!" और अपनी बेचैनी का कारण मैं समझ गया।

चित्रा की पूरी बात सुनने के बाद मुझे फातिमा पर बड़ा ग़ुस्सा आया। और जलन भी हुई। अच्छे से साथ-साथ सफ़र पर निकल सकते थे। कह रही थी उत्सव मनाने जाना है! जीवन में एक ही बार आने वाला यह उत्सव ऐसे अकेले मनाकर तुमने ठीक नहीं किया। गाड़ी में मैं भी साथ होता तो कितने मज़े करते हुए जा सकते थे हम। शेरो-शायरी और बातें करते हुए, मुक्के मारते और चिकोटी काटते हुए, एक-दूसरे को कसकर पकड़ते और मसलते हुए, हँसते-हँसाते, रुलाते, चिढ़ाते हुए... हँसी-ख़ुशी सफ़र तय करते। रास्ते में जब डिब्बे में 'चाऽय, ऐ चाय' कहते हुए चाय वाले आते तब तुम्हें चिढ़ाते हुए मैं चाय पर चाय पी लेता। लेकिन फिर तुम्हें ख़ुश करने की ख़ातिर पैंट्री कार में जाकर तुम्हारे लिए स्पेशल कॉफ़ी लेकर आ जाता।...जलन महसूस हुई क्योंकि तुमने ऐसे अकेले ही मौज-मस्ती की थी! साथ होते तो ट्रेन के डिब्बे के उस तंग दरवाज़े पर खड़े होकर तेज़ हवा के थपेड़े अपने बदन पर झेलते। तुम्हें भी बड़ा मज़ा आता। बीच में जब गाड़ी पुल पर से गुज़रने लगती तब घड घड घड घड आवाज़ आ जाती। नीचे बहती नदी...पहले हम अपने मोबाइल फेंक देते। किसका सबसे दूर गिरता? या फिर बीच में ही किसी खम्भे से जा टकराता? फिर हाथ में हाथ डाले...एक...दो...और तीऽ न! हाथों में हाथ डाले

एक साथ बाहर कूदने का मज़ा लेने का बढ़िया मौक़ा गँवा दिया तुमने। अकेले ही कूद गयी। मुझे चिढ़ाते हुए।

चित्रा कह रही थी कि उसे तुम्हारी आख़िरी बात बार-बार याद आ रही है। 'बैड गर्ल' कहा था तुमने उसे। वैसे मुझसे भी बहुत कुछ कहा था। 'एक रात का तुम्हारा साथ मेरे लिए जन्म भर के लिए काफ़ी है' और तुमने अपने शायराना अंदाज़ में कहा था, 'तेरी ज़िन्दगी की किताब में, चन्द पन्नों की अधूरी कहानी हूँ मैं। अधूरी उस कहानी को अब, पूरी करना चाहती हूँ।' मेरी ज़िन्दगी की किताब की कहानी तुमने मुझे अलग रखकर पूरी की इस बात का मुझे ग़ुस्सा आ सकता है ये कैसे नहीं सोचा तुमने? मुम्बई बुलाते समय ही मुझे लम्बे सफ़र की तैयारी करके आओ कहना चाहिए था। क्या ख़ाक तैयारी करता? 'मुम्बई आ जाओ, तुम्हारे मेरे सपने पूरे करने', 'मुम्बई में ही हमारे इश्क़ को परवान चढ़ते हुए देखोगे तुम', तुम्हारी इन बातों का मतलब मैं तब नहीं समझ सका था। लेकिन तुम्हें सब पता था ना? मुझे इस तरह अँधेरे में क्यों रखा? 'कल की शाम तुम्हारे नाम...परसों मेरे पास समय नहीं है'–तुमने कहा था। तुम्हारे पास शायद नहीं था। लेकिन मेरा सारा समय तो तुम्हारा ही था ना? 'अब बस एक ख़्वाहिश है जो पूरी करनी है।' मैं यह मानकर चल रहा था कि हम दोनों की ख़्वाहिश एक है। इसीलिए भागा-भागा तुमसे मिलने आया था। उस रात की मदहोशी में तुमने कहा था, 'रात कुछ ऐसी है हमने गुज़ारी, ज़िन्दगी की तमन्ना हो गयी है पूरी।' और ट्रेन पकड़ने स्टेशन पर जाते समय मेरा हाथ अपने हाथ में लेकर गाया हुआ वह गीत, 'आज फिर जीने की तमन्ना है, आज फिर मरने का इरादा है।' तुम गा रही थीं तब तुम्हारी तमन्ना को तो जान गया था लेकिन इरादा समझने में मैंने ग़लती की। 'रही ज़िन्दगी तो मिलेंगे दोबारा' इसे मैंने सीरियसली क्यों नहीं लिया?

गला फाड़-फाड़कर बताने का मन हुआ, "हम सब मौत के मुसाफ़िर हैं। स्टेशन आने का इन्तज़ार करते हुए बैठे हैं।"

दरवाज़े पर कौन है? कृष्णा?

"तुम अकेली ही उतरकर चली गयीं...बस, इसीलिए तुमसे ग़ुस्सा हूँ। कहाँ? शाश्वत शान्ति की ओर?"

"बाबू!" आवाज़ कृष्णा की थी। लेकिन आँखों के सामने फातिमा...

असतो मा सद्गमय, तमसो मा ज्योतिर्गमय
मृत्योर्मा अमृतम् गमय, शान्तिः शान्तिः शान्तिः।

चर्च के हॉल में बैठकर धीर-गम्भीर आवाज़ में उपनिषद की यह पंक्तियाँ सुनाता हुआ सामने खड़ा कृष्णा मुझे अस्पष्ट सा दिख गया। उसका क्या काम है यहाँ? पूछने के पहले ही वह ग़ायब हुआ।

मृत्यु अन्तिम सत्य है ना? तो फिर मृत्यु से अमरत्व की ओर ले जाने की प्रार्थना करने में विरोधाभास नहीं है? असत्य से सत्य की तरफ़ ले जाओ कहना ठीक है। लेकिन सत्य यानी क्या? मैं हूँ वह सत्य? मैं यानी कौन? मेरा नाम? मेरा शरीर? मेरा मन? मेरा वंश? यह तो अहंकार है। या फिर यही वास्तव है?

अन्धकार से प्रकाश की ओर ले जाने का प्रतीकात्मक अर्थ कुछ भी लिया जा सकता है। लेकिन ऐसा क्यों मानकर चलें कि अन्धकार बुरा ही होता है। मैं तो प्रकाश में अन्धकार का पुंज बिखेरना चाहता था। यह चाह क्या अज्ञान से उपजी थी? मुझे अँधेरा पसन्द है। इसका मतलब क्या मैं अँधेरे का पुजारी हूँ? मेरा जन्म ही अन्धकार में से हुआ है। क्या जन्म और मृत्यु का परस्पर सम्बन्ध है? माँ के गर्भ से बाहर निकला तब जन्म हुआ? या जब गर्भ धारण हुआ वही जन्म का क्षण है? गर्भ धारण के दौरान शुक्राणु कितना बड़ा होता है? मिलिग्राम का सौवाँ हिस्सा। मैं जन्म के समय आठ पाउंड था। आज मैं सत्तर किलो हूँ। तो क्या अब मृत्यु द्वारा ही इस सबसे मुक्त हो जाऊँगा? अमरत्व की ओर ले जाने की प्रार्थना करने का मतलब मृत्यु को नकारने जैसा नहीं हुआ? शान्ति! कहते हैं कि मृत्यु में ही शान्ति होती है। अगर ऐसा है तो फातिमा ने शान्ति प्राप्त की। मुझे पीछे छोड़कर? यह तुमने ठीक नहीं किया फातिमा! गीता में कृष्ण कहते हैं, मृत्यु का मतलब है आत्मा एक शरीर त्यागकर दूसरा शरीर धारण करती है। क्या फातिमा की आत्मा मेरे लिए रुक जायेगी, साथ-साथ शरीर बदलने?

मनुष्य जन्म कितना सुन्दर है इस बारे में मैंने पढ़ा है, हालाँकि अनुभव नहीं किया है। मृत्यु का अनुभव ले सकूँ इतना सयाना ज़रूर हूँ। मेरे जन्म से किसी का भी भला नहीं हुआ। माँ कहा करती थी, मेरे जन्म के बाद उसने सिर्फ़ बुरे दिन देखे। डैडी तो पहले मुझे निकम्मा ही मानते थे। बाद में उन्हें लगा कि मुझे डॉक्टर बनाया तो मैं काम का आदमी बन सकता हूँ। वहाँ भी मैं असफल हुआ। चित्रा ने कहा था, 'मुझमें दृढ़ता नहीं है', 'मैं हमेशा जल्दी हार मान लेता हूँ।' लेकिन तुमने कहा था, 'जब तक मैं हूँ तुम्हें किसी तरह हारने नहीं दूँगी।' लेकिन मुझे हारने के लिए छोड़कर अकेली ही चली गयीं! मुम्बई में तुमसे मिलने के बाद मुझे लगा था, 'लाइफ फुल

ऑफ़ लव इज़ वर्थ लिविंग।' अब मेरे पास जीने की कोई वजह ही नहीं बची। चित्रा अपनी कला के लिए जी रही है, मार्टिन सर किताबें पढ़ने का आनन्द लेने की ख़ातिर जी रहे हैं। माँ कहती थी, 'मीठा खाने को नहीं मिलेगा तो क्यों जिऊँ?' कल्पेश 'गन्दा है पर धन्धा है' कहते हुए जिगोलो बनकर पैसा कमाने के लिए जी रहा है। जीने के लिए अच्छी-बुरी वजह का होना ज़रूरी है।

पिछले दिनों लैपटॉप पर देखी हुई एक फ़िल्म याद आयी–पूरी दुनिया बीमार हो गयी है, लोग एक-दूसरे के ख़ून के प्यासे हुए हैं। दुनिया रहने के क़ाबिल नहीं रही है, इनहैबिटेबल हुई है। माहौल असुरक्षित हुआ है। आदम जात उस आख़िरी दिन का इन्तज़ार कर रही है...प्रलय का दिन! हाँ, कभी ना कभी वह दिन ज़रूर आयेगा। तो फिर उस दिन का इन्तज़ार करते हुए जीने का क्या मतलब है? कोंकणी लेखक पुंडलिक नायक ने अपने एकांकी में जिस मौत के चबूतरे की बात की है, क्या वह अभी भी होगा? मौत नहीं आ रही इसलिए झुलसाती धूप में, तपती ज़मीन पर रेंगते हुए जा रहे साँप की तरह जब तक मौत निगल नहीं लेती तब तक चलते रहे? या फिर मौत का सामना करें?

दिमाग़ ठिकाने पर लाने के लिए चाय पीने की ज़रूरत महसूस हुई। किचन में गया तो देखा कि चाय पत्ती ख़त्म हुई है। वासुदेव के होटल जाकर चाय पीने बाहर निकला। रास्ते से जा रहा था तभी नारियल का एक बड़ा पत्ता धड़ाम से नज़दीक आ गिरा। ऊपर देखा। क्या उसे पता था कि वह गिर जायेगा? उसके गिरने से क्या नारियल के पेड़ का कोई नुक़सान हुआ था?

"अच्छे से बच गये तुम। तुम पर गिरा होता तो वहीं ढेर हो जाते।" रास्ते से गुज़र रहे एक आदमी ने कहा। नारियल के पत्ते ने क्या मुझ पर एहसान किया था?

वासुदेव के होटल पहुँचने पर देखा कि वासुदेव तो वहाँ मौजूद था पर होटल बन्द था। जीवन की लड़ाई में हारा हुआ सा वासुदेव बाहर बैठा था।

"क्या हुआ?"

"तुमसे सच कहता हूँ बाबू, चालीस साल हो चुके हैं मेरे धन्धे को और मेरी शादी को। इतने सालों बाद अब जाकर जीवन का अर्थ समझ पाया हूँ।"

मेरा कौतूहल जग गया। मेरे अगले सहज सवाल की प्रतीक्षा में वासुदेव कुछ देर रुका रहा। फिर ठण्डी साँस लेकर वही बोल पड़ा, "इस जीवन का कोई अर्थ नहीं।"

वासुदेव की उदास आँखों में मैंने मौत देखी। किसकी? उसकी? मेरी?

अब तक जो जीवन जिया वह अर्थहीन था यह समझने में वासुदेव को चालीस साल लगे। इतने साल रुकने के लिए मैं तैयार नहीं था। जीवन अर्थपूर्ण होना यानी

क्या? इस अर्थ होने में भी भला कोई अर्थ है? आय मस्ट क्विट! मुझे अपने सफ़र की तैयारी कर लेनी चाहिए।

अरे भई! पर तैयारी कैसी? साथ तो कुछे ले जाना है नहीं। टिकट तक की ज़रूरत नहीं।

सीधे रेलवे स्टेशन चला गया। प्लेटफॉर्म पर चाय का स्टॉल दिखा। मुझे अपने पास बुलाने लगा...चिढ़ाने लगा। लेकिन ट्रेन आने का समय हो रहा था। मुसाफ़िर बेसब्री से ट्रेन का इन्तज़ार कर रहे थे। मैं भी उनकी भीड़ में घुस गया। इतने में स्पीकर पर घोषणा सुनी, '...गाड़ी अपने नियत समय से बीस मिनट देरी से चल रही है।'

मैं उलझन में पड़ गया।

जान दी जाये? या चाय हो जाये?

□□